« JE NE ME SUIS JAMAIS SENTI UN ÉTRANGER EN FRANCE »

STEFAN ZWEIG

« JE NE ME SUIS JAMAIS SENTI UN ÉTRANGER EN FRANCE »

Lettres à mes amis français

Texte établi, préfacé et annoté par
Brigitte Cain-Hérudent et Claudine Delphis

ALBIN MICHEL

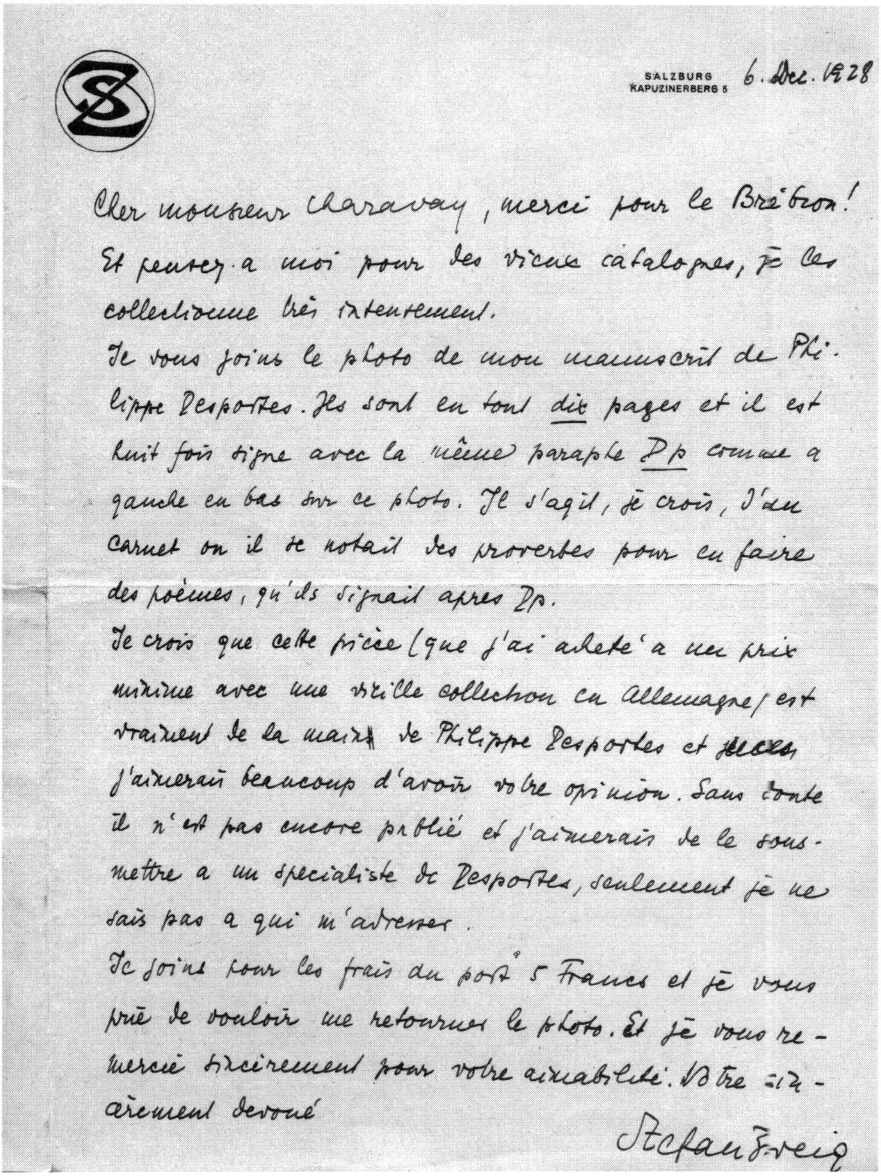
SALZBURG
KAPUZINERBERG 5
6. Dec. 1928

Cher monsieur Charavay, merci pour le Brébion!
Et pensez a moi pour des vieux catalogues, je les collectionne très intensément.
Je vous joins le photo de mon manuscrit de Philippe Desportes. Ils sont en tout dix pages et il est huit fois signé avec la même paraphe Dp comme a gauche en bas sur ce photo. Il s'agit, je crois, d'un carnet ou il se notait des proverbes pour en faire des poèmes, qu'ils signait apres Dp.
Je crois que cette pièce (que j'ai acheté a un prix minime avec une vieille collection en Allemagne) est vraiment de la main de Philippe Desportes et j'aimerais beaucoup d'avoir votre opinion. Sans doute il n'est pas encore publié et j'aimerais de le soumettre a un specialiste de Desportes, seulement je ne sais pas a qui m'adresser.
Je joins pour les frais du port 5 Francs et je vous prie de vouloir me retourner le photo. Et je vous remercie sincèrement pour votre aimabilité. Votre sincèrement devoué
Stefan Zweig

Lettre autographe de Stefan Zweig à Noël Charavay.

AVANT-PROPOS

Violations de frontières

L'idée première de ce livre appartient à Claudine Delphis. Sa carrière brillante et atypique, entre études germaniques, études romanes et histoire, entre l'Université (en France) et deux instituts français (en Allemagne), l'a conduite à explorer le trésor inouï que sont les lettres des grands intellectuels et écrivains. En 2001 déjà, elle avait exhumé la *Correspondance de Georges Duhamel et Stefan Zweig, l'Anthologie oubliée de Leipzig*, et en 2019 elle publiait la *Correspondance de Stefan Zweig avec Jean-Richard Bloch*.

Elle nous appréciait pour plusieurs traductions assorties d'articles critiques que nous avions signés sur Zweig depuis 1991, mais aussi sur Wolfgang Hilbig, ou Kafka, Schnitzler, Romain Rolland. Et sans nous connaître autrement, elle nous invita à collaborer avec elle. C'était au temps de la Covid. Nous avons accepté en raison de notre admiration pour ses livres, d'une richesse impressionnante. Un chantier foisonnant s'ouvrit, qui progressa avec des échanges amicaux, francs et productifs. Mais le 15 avril 2024, Claudine Delphis était retrouvée sans vie dans son appartement de Berlin. Nous avons tenu à persévérer.

Les correspondances littéraires européennes au XXe siècle la fascinaient, dans leur complexité, très souvent cruelle. Elle avait débuté par une thèse de doctorat sur « Ludwig Turek, l'aventure et l'écriture » (1981), qui faisait d'elle une spécialiste d'André Gide. Sa passion prédominante était devenue la recherche des autographes épistolaires, reliques d'un passé effacé, mais toujours vivant pour un observateur curieux. Elle ressuscita ainsi deux romanistes autrichiens bien connus de Stefan Zweig : en 1999, parut *Wilhelm Friedmann (1884-1942), le destin d'un francophile – Correspondance avec Georges Duhamel, Jean-Richard Bloch et Marcel Raymond*, et en 2009 *Survies d'un Juif européen : Correspondance de Paul Amann (1884-1958) avec Romain Rolland et Jean-Richard Bloch*. En 2023, elle fit redécouvrir Christian Sénéchal (1886-1939), le germaniste et infatigable passeur, à travers sa *Correspondance avec Romain Rolland et André Spire*.

Claudine Delphis sut bousculer plus d'une frontière et transcender les disciplines de l'Université. Elle se voulait historienne, mais elle savait aussi tuteurer les roses trémières dans son Trégor natal, au-dessus du Jaudy. Ce fut peut-être l'une des raisons qui la poussa à nous choisir : nous ne traversions pas la chaussée tout à fait dans les clous nous non plus. Pour le dire en toute simplicité, nous sommes une espèce d'Odradek, un binôme étrange de lecteurs-traducteurs-dialogiques qui s'efforcent de rester dans l'esprit de Mikhaïl Bakhtine. Sans être des universitaires, nous poursuivons des recherches approfondies sur des auteurs oubliés ou mal connus, que nous lisons, à deux et à voix haute, quotidiennement, et que nous traduisons parfois (Roland Reuß, Otl Aicher ou Oliver Matuschek). Nous sommes ainsi amenés à violer plus d'une frontière, entre les langues et les genres, de Restif de La Bretonne à Céline, Grimmelshausen ou Defoe. Et dans notre espace littéraire, Stefan Zweig est devenu un pôle prépondérant.

Il fut donc convenu que nous composerions ensemble une anthologie de lettres adressées par l'Autrichien à des amis français, presque tous écrivains et poètes, en établissant un ordre chronologique – non sans quelque difficulté pour les missives non datées qui exigent un travail de fin limier. En respectant autant que possible son français bizarre, à la fois défaillant et inventif : un drôle de français ! En éclairant par des notes maintes allusions qui risquaient de rester des énigmes pour le lecteur. Nous l'avons fait avec Claudine Delphis, qui y travailla avec passion jusqu'à son dernier jour. Nous avons poussé plus loin en cherchant à lire posément, le plus souvent possible, les livres français que Zweig reçut, signés par ses amis, et pour lesquels il improvisa des critiques chaleureuses et pertinentes. Nous avons constaté que ses remarques sont toujours substantielles. Par la lecture effective des œuvres concernées, nous rencontrions sa pensée au plus vif. Ce fut bien une violation de frontières : ce qui était mort ressuscitait dans l'esprit. Et nous n'avons pas besoin de le dire à Claudine, elle nous reçoit cinq sur cinq, avec son bon sourire.

Ce miracle est dû à la qualité idiosyncrasique de Stefan Zweig – « cet intermédiaire, cet être de communication et de communion, qui est à son affaire parmi les groupes humains, entre lesquels il circule comme une libre comète », selon Charles Baudouin. Il n'est pas qu'un écrivain, tout prouve qu'il fut et restera un pollinisateur tous azimuts, un « cross-pollinator ». Nous l'éprouvons chaque jour davantage. Le nombre d'objets poétiques qu'il nous a offerts est prodigieux. Le « cross-pollinator[1] » est un agent fécondant, transnational et violateur de frontières, inévitablement. Il passe d'une langue à l'autre sans respecter vraiment toutes les règles, ni trop s'en émouvoir.

Exemple fascinant : ce « cross-pollinator » a organisé à Vienne, le 14 mai 1924, la rencontre de Freud et de Rolland, d'où résultèrent des œuvres étonnantes. Et il en a fait se rencontrer bien d'autres. En revanche, il n'a jamais pu présenter Arturo Toscanini au même Rolland. Non, il n'a pas tout réussi. S'il a fait triompher *Volpone* en français avec Jules Romains, il n'a pas pu le persuader d'entamer avec lui d'autres collaborations (pour *La Célestine*, pour son *Agneau du pauvre* ou son *Quiproquo*), bien qu'il eût beaucoup insisté, comme plusieurs lettres en témoignent.

Stefan Zweig est tout ensemble un poète, un traducteur, un agent éditorial averti, un collectionneur passionné, un homme sensible, intensément vivant et fier d'être à soi, comme Montaigne, une « libre comète ». Et nous restons convaincus que sa mort volontaire, lucidement décidée, n'est pas une fin lamentable, mais une euthanasie. Des mieux réussies. Digne d'un stoïcien. « C'est la

1. Expression empruntée à David Werman par Henri Vermorel dans son ouvrage *Sigmund Freud et Romain Rolland. Un dialogue*, Albin Michel, 2018, p. 123.

mort d'un sage », affirme Jules Romains dès février 1942, devant les étudiants de l'Université de Mexico.

*

« Je ne me suis jamais senti un étranger en France… J'ai beaucoup vécu à Paris dans ma jeunesse. Ah, cette atmosphère humaine, amicale, sans pompe ni faste, cette atmosphère de camaraderie […] est de celles que l'on n'oublie pas », déclare Stefan Zweig le 24 avril 1940 dans un entretien avec André David. Son goût pour la France est ancien, bien vivant, et de nombreux Français illustres suscitent son intérêt (Taine, Rimbaud, Verlaine, Balzac, Fouché, Marie-Antoinette, entre autres). Et l'on chercherait en vain dans d'autres pays d'Europe (non germaniques) autant de correspondants.

La matière épistolaire que nous avons rassemblée sous la houlette de Claudine Delphis a une saveur particulière, comme un beau panier de champignons, frais, et variés. Ces lettres, ces cartes, ces quelques télégrammes ou autres pneumatiques, inédits dans leur immense majorité, dormaient dans des archives et des bibliothèques du monde entier. Ces messages furent adressés entre 1909 et 1942 par Stefan Zweig à des confrères français qui, s'ils n'étaient pas tous poètes ou écrivains, avaient tous partie liée au livre et à l'écriture. Ces destinataires, au nombre de cinquante-huit, sont présents dans plus ou moins de lettres : dans une seule pour vingt-huit d'entre eux. Mais sept destinataires en ont reçu plus de vingt ; quatre destinataires en ont reçu plus de trente, et deux, plus de cinquante ! Autre caractéristique : sur les quatre cent vingt-quatre lettres réunies ici, seules trente sont rédigées en allemand : nous les avons traduites. Et pour faire valoir le charme des différents papiers à lettres estampillés de l'élégant monogramme bleu nuit SZ, il faudrait donner une édition en fac-similé, comme Zweig les aimait…

Son goût pour les manuscrits est précoce, invétéré, on ne le rappellera jamais trop. Il témoigne de la conscience que la création poétique et la lettre autographe sont consubstantielles à l'écriture, dans une espèce de convergence décisive. Dès l'apparition des hiéroglyphes, le scribe accroupi cachète des lettres-missives. C'est le sujet de thèse de Gaston Maspéro en 1873 : « Du genre épistolaire chez les anciens Égyptiens » (signalé par Gustave Lanson dans son *Choix de lettres du* XVIIe *siècle*). Stefan Zweig le savait sans doute. Pour lui, écrire des lettres faisait partie des tâches inévitables de l'écrivain responsable, comme il s'en explique dans sa toute première lettre à Roger Martin du Gard. Le succès venu rendit ce travail obsédant. Les lettres aux confrères restèrent pour lui plaisantes, vivifiantes, jamais de pure forme. Surtout quand il s'agissait de remercier pour un livre, d'encourager l'ami, de l'aider à être traduit en allemand, à trouver un éditeur, un théâtre pour créer une pièce qui en valait la peine à condition (parfois) de l'arranger un peu, et non sans promettre souvent d'écrire un article de critique dans la presse germanophone. Il y avait aussi les « lettres dans l'action » : autour de *Jérémie* (avec Charles Baudouin), autour de l'anthologie poétique confiée à Georges Duhamel, plus tard autour de *Volpone* avec Jules Romains, ou de conférences à organiser en terres germaniques (pour Edmond Jaloux, Guy de Pourtalès) et à la fin (pour Jules Romains) brésiliennes – sans oublier non plus la lettre à Henri Barbusse pour le congrès d'Amsterdam !

Cette vaste matière épistolaire constitue ainsi une sorte de chronique de l'activité littéraire en France et hors de France, avant la Grande Guerre, et même pendant qu'elle fait rage, puis surtout dans l'entre-deux-guerres. Ces lettres sont aussi des marqueurs de la notoriété croissante de Zweig en France, puisqu'on le voit répondre à de nombreux écrivains qui lui ont envoyé leur nouvel ouvrage, sans le connaître personnellement. Notre collection n'exclut pas non plus la célébration des naissances, comme chez René Arcos, Charles Baudouin ou André Spire ; ni les condoléances quand un confrère meurt, par exemple Georges Chennevière. Mais les élections (à quoi que ce soit) ou les décorations, ou les prix littéraires sont totalement absents – excepté le prix Nobel du très cher Martin du Gard. Ces lettres de Zweig reflètent aussi son horreur de la politique politicienne, et son esthétique générale, sérieuse, jamais ludique : sous le signe de Verhaeren dès 1900, il se sent fraternellement proche de tous les jeunes poètes. Ceux de l'Abbaye de Créteil sont tous présents dans cette anthologie. On peut cependant repérer une évolution assez nette, autour de quelques points d'inflexion, parfois surprenants.

Au printemps 1914, à Paris, Zweig semble bien disposé à se rapprocher du groupe de la *NRF*, grâce à Henri Ghéon ; mais la guerre interrompit tous leurs projets. Après la guerre, ce fut l'évolution d'André Gide qui l'intéressa, et il le lui écrivit dans des lettres d'une grande franchise. On n'est pas peu étonné de constater qu'il approuve chaleureusement *Retour de l'URSS*, si vilipendé par Romain Rolland. On est surpris aussi (mais l'on comprend assez vite) de voir Charles Du Bos être préféré quelque peu à André Suarès. Ces inflexions s'expliquent par l'ouverture internationale, sans aucune frontière, de Stefan Zweig.

Cela dit, certaines absences frappent : de tous ceux, par exemple, que l'on saluera comme des inventeurs dans la seconde moitié du siècle. Nulle trace de lettres à Céline, non plus qu'à Supervielle, à André Breton... et la liste pourrait s'allonger. L'éventail, cependant, paraît largement ouvert, et il présente une grande diversité, de Poulaille à Pourtalès, de Martinet à Schweitzer, de Barbusse à Valéry, de Jaloux à Spire. Prédominent surtout l'importance « virile » (selon Zweig) de Jules Romains, l'humanité bénéfique de Georges Duhamel et l'amitié fraternelle de Roger Martin du Gard.

Quoi qu'il en soit, cette matière épistolaire singulière, qui reflète si bien les tendances profondes de Stefan Zweig, offre les agréables surprises des correspondances : l'éclectisme et la liberté dans l'exercice du goût et de la curiosité, c'est-à-dire du désir. Toute lettre, croisée par hasard au fond d'un tiroir ou dans un livre, est un objet à reconstruire, à rénover. Un fragment nous invite à recomposer un ensemble – qui peut se révéler très grand ! Ces reliques abolissent la mort, permettent de s'entretenir avec les morts, au-delà de toute frontière.

La dernière lettre de notre anthologie a d'ailleurs, explicitement, permis à Jules Romains de faire cette expérience. Il l'a reçue à Mexico sept jours après avoir appris par téléphone la sinistre nouvelle. Nous pouvons lui dire aujourd'hui – puisqu'il s'est interrogé là-dessus – que ce n'est pas une lettre d'adieu, mais qu'elle constitue les stances de Stefan Zweig, comme il y a des stances du Cid ou de Polyeucte. Zweig, le spiritualiste agnostique qui a la religion de l'amitié, n'écrit pas que sa décision est prise, mais il sait l'effet que sa lettre-missive produira sur ses amis : ce sera comme s'il n'était pas mort. Et s'il n'y avait que cette lettre du 19 février 1942, comme une réponse aux premières lettres de 1909 et de 1910, notre livre aurait déjà une unité organique.

*

Cette anthologie fournit bien d'autres apports à la connaissance de Zweig, pour expliquer son étrange survie au XXIe siècle dans le monde entier. Elle impose le monde d'hier, elle le rend présent. En réalité, le monde de Zweig est peut-être devenu intempestif, comme l'est une utopie fascinante.

Présenter les apports effectifs d'un livre ne permet pas pour autant d'en taire les défauts, les limites. Une pareille collection de lettres ne peut être que le résultat du hasard : beaucoup manquent certainement à l'appel, ayant été perdues, détruites, vendues ou dispersées. Le cas extrême, c'est l'absence totale de lettres à son « ami le plus cher à Paris », Léon Bazalgette, qui devient ainsi l'ami-fantôme de cette collection… Outre ce hasard qui porte les clefs (*Fors Clavigera*), la faux du temps est passée, avec deux guerres, les persécutions et les usures de toutes les vieillesses. Cependant, d'autres lettres sont déjà publiées en livres précieux, notamment celles qui furent échangées avec Romain Rolland, ou avec Jean-Richard Bloch. Par ailleurs, les femmes sont largement absentes, tout comme les continents extra-européens, les religions, et maintes œuvres qui n'attiraient pas Stefan Zweig. Chacun peut le constater. Or, la présence et l'absence sont les deux pôles d'où naît la tension même de l'épistolarité : il a écrit à quelqu'un d'absent, et je lis ce qui ne m'était pas destiné – et les destinataires sont si nombreux que le risque est grand de s'y perdre. On voudrait en discuter – en violant les frontières – avec l'auteur des lettres, qui a le mérite d'être unique, dans tous les sens du mot.

Étant donné les nombreux échanges – parfois insoupçonnés jusque-là – que cette anthologie fait découvrir, Romain Rolland, le correspondant cardinal de Zweig, se trouve un peu relativisé. Des liens importants ont existé avec d'autres écrivains et poètes français. Avec Jules Romains, le cadet viril, se développa une amitié exemplaire : la réciprocité, l'égalité, la générosité, rien n'y a manqué de ce qui favorise la civilisation et la supériorité de l'esprit. Sans être exclusive, puisque les amitiés avec Marcel Martinet, puis avec Roger Martin du Gard eurent la même qualité, et peu importe que l'un fût un militant libertaire par « refus de parvenir », et l'autre un prix Nobel de littérature, archiviste paléographe de surcroît !

Au demeurant, l'accord parfait se trouve toujours en poésie, au sens d'activité littéraire sérieuse, vraie et généreuse, jamais gratuite, jamais futile. C'est à Georges Duhamel, membre fondateur de l'Abbaye de Créteil, le très humain écrivain-médecin, l'auteur de *Civilisation*, que Stefan Zweig s'est adressé en 1921 pour diffuser « la poésie française de Villon à Baudelaire ». Et c'est à Jules Romains que, le 19 février 1942, quatre jours avant le grand départ, il rappelle un poème de *La Vie unanime* (imprimé en 1908 à l'Abbaye), qu'il avait lui-même traduit sans tarder – mais en ajoutant, ce dernier jeudi-là : « Tu as pressenti comme fait toujours le poète. »

Puissent toutes ces petites et grandes lettres donner à pressentir ! Qu'elles contribuent par exemple au retour parmi nous de Duhamel, de Martin du Gard et de Romains dans le très grand cortège des écrivains français. Et ce serait un peu grâce à Stefan Zweig, « cross-pollinator » toujours…

Brigitte Cain-Hérudent, Parly, 2025

Un drôle de français épistolaire

Nous souhaitons dans cet ouvrage donner à découvrir l'expression authentique du grand écrivain autrichien quand il écrit en français. D'après la plupart de ses lettres publiées jusqu'ici en France, on pourrait penser qu'il maîtrisait parfaitement la langue écrite. Pourtant, ce n'était pas tout à fait le cas, même s'il se sentait à l'aise dans cette langue qu'il aimait depuis sa jeunesse lire et parler. Et il était le premier à le savoir – à le déplorer ! Voici un petit florilège de textes à l'état brut :

À Jules Romains, le 23 avril 1910 :

Je regrette vivement de ne pouvoir vous dire mon enthusiasme entier (car la parole Française ne m'obéit pas assez bien.) [...] et en Français je n'ai que des usés, des mots appris, je sens toujours comme il me faut traduire un sentiment jaïssissant par une parole froid et étroite.

À Georges Duhamel, le 4 novembre 1921 :

Je ne sais pas, si j'arrive à m'expliquer assez clairement en Français.

À André Suarès, le 9 décembre 1921 :

[...] je souffre beaucoup, que – sentant bien chaque nuance de la langue Française – ma parole reste sèche et dure en écrivant ; j'ai toujours peur d'écrire à un maître tel vous dans mon français cassé et bégayant : je sens si bien, ce que j'aimerais à vous dire, mais mes pensées marchent sur des béquilles et j'entends toujours le fatal choc de bois dans chaque phrase. Pardonnez moi – car vous avez le droit à donner des dispenses – tous mes péchés en Français.

À André Gide, le 22 février 1922 :

Je vous demande moins d'indulgence pour ma franchise comme pour le misérable Français que je suis obligé contre ma meilleure volonté d'écrire. Vous me comprendrez, [...] et vous débrouillerez de ces paroles, j'espère, le sens plus clair que je sais l'exprimer.

À Roger Martin du Gard, le 18 avril 1931, en haut de sa première lettre : *Excusez les fautes de langue !*

Il faut cependant garder en tête un facteur déterminant, c'est qu'il est toujours surchargé de lettres à écrire ; il va donc très vite, et on a souvent l'impression qu'il ne se relit pas. Suite du florilège :

À Georges Duhamel, le 27 mai 1922 :

Excusez ces lignes hâtives. La correspondance m'étouffe. Dès que mes livres ont paru en Amérique, j'ai un tel amas de lettres chaque jour sur ma table, que j'ai envie de prendre la fuite.

À Simon Kra, le 2 février 1926 : *Excusez la hâte ! je suis très pressé : 38 lettres à répondre.*

À Edmond Jaloux, le 27 septembre 1928 : *Je vous écris tout cela en hâte avec une plume courante.*

*

Le français que Stefan Zweig écrit est donc à la fois fautif et pittoresque, souvent incorrect, mais toujours expressif ; on y entend résonner les conversations entre amis. Il nous semble d'ailleurs que sa psychologie quand il écrit des lettres en français est encore à ébaucher – et qu'elle se nourrit d'ingrédients divers. Il faut un certain courage pour ne pas craindre de se montrer si imparfait. Et être convaincu que l'essentiel n'est pas là, que les idées d'une part, et, de l'autre, les sentiments (de sympathie ou d'affection) comptent bien davantage. On a du reste l'impression qu'il parie toujours que ses « fautes de langue » n'empêcheront pas qu'on le comprenne (c'est vrai, le plus souvent). Il pourrait y avoir aussi un soupçon de vanité sur l'air de « Je suis si célèbre et apprécié en France que je peux tout me permettre... ». Hypothèse toutefois un peu difficile à concilier avec sa réelle modestie, une franchise et une simplicité qui le conduisent par exemple à revenir à l'allemand, dès qu'il comprend que son correspondant le connaît, ainsi avec Charles Baudouin, Guy de Pourtalès ou Albert Schweitzer, et même avec Romain Rolland – mais jamais avec Jules Romains, pourquoi ? Contentons-nous de dire qu'il souhaite gagner du temps ou serrer sa pensée de plus près. Par ailleurs son français a une histoire : il comporte des germanismes – par exemple, la distinction flottante entre « si » et « quand » (*se présenteront… si je réussirai d'aller en Russie*) ; tandis que, dans la période de l'exil, les anglicismes se multiplient. Comme il n'est pas question ici de le corriger, mais plutôt de saluer la verve animée de sa plume française, nous sommes intervenus le moins possible. C'est seulement quand cela tourne au charabia incompréhensible que nous proposons notre lecture, tout en sachant que c'est une cote mal taillée – qu'on nous pardonne !

*

Ainsi avons-nous partout rétabli les accents (aigus, graves ou circonflexes) et les traits d'union – toujours omis – et les négations très souvent incomplètes (*il croyait pas nécessaire*). Nous avons rectifié les accords erratiques (*des idées primitifs et éternelles / ma admiration*), le genre de nombreux mots courants (*une choix, un œuvre, un lettre, une monde*) ; des erreurs constantes (*journeaux / manuscript / essay*). Comme certaines confusions fréquentes peuvent troubler le sens, nous rétablissons « dans » pour « en » (*en huit jours*), « que » pour « comme » (*Je vois Tolstoï autrement comme vous*) ou « ce » pour « il » (*il sera un devoir de l'aimer*), ou encore « parmi » pour « entre » (*vous dire combien je suis heureux de vous savoir entre nous*) et « d'autant » pour « autant » (*j'en souffre autant plus comme je fais toujours l'effort*). Pour le subjonctif, le conditionnel (*il est possible que je serais à Paris / si vous voudriez me faire signe*), et pour bon nombre de conjugaisons (*vous vous avez surpassé / il me conquérira / vous êtez*), nous avons procédé à de discrètes rectifications pour faciliter la lecture.

En revanche, nous conservons volontiers certaines traces de langage parlé (*parsque / à tantôt / quelle vie qu'on mène ! demandra / cette été / Leipzic / Munic / pièce trop surcharchée en idéologie*) ; quelques créations plaisantes comme *l'aimabilité / la véridicité / les possédeurs de manuscripts / être encarcéré / des tergiversions*. Une mention spéciale s'impose pour « essay », qui désigne tantôt un article de journal ou de revue, tantôt une étude approfondie, et pour « laisser » (*laissez vous remercier*, c'est : permettez-moi de vous remercier ; mais *laisser publier un livre*, c'est le faire paraître ; quant au très fréquent « entendre de », c'est en général *avoir des nouvelles de*, mais parfois *entendre parler de*.

On découvrira, par ailleurs, dans ce volume une particularité de Zweig, qui pourrait étonner le lecteur : selon une habitude ancienne (de latiniste studieux), il écrit le plus souvent non pas le banal et un peu méprisant « etc. » (*et cetera*), mais « ect. » (*e ceteris : parmi tous les autres / à titre d'exemple*) – les deux formes étant bien attestées et possibles en latin. Nous conservons aussi son usage, parfois surprenant, des majuscules, mais qui ne gêne pas la compréhension (*se voir Samedi prochain*).

Une dernière précision : nous maintenons tels quels les mots que Zweig souligne et les titres qu'il met entre guillemets. Dans les notes, en revanche, nous observons l'usage général des titres en *italiques*.

Brigitte Cain-Hérudent

Note sur cette édition

Les quatre cent vingt-quatre *Lettres à ses amis français* qu'envoya Stefan Zweig entre 1909 et 1942 et que nous avons réunies ici sont, matériellement, des messages assez divers. Ce sont des cartes postales illustrées – comme il en existe encore –, et des cartes de correspondance ou « cartes-lettres » – qu'il utilise volontiers et où il a fait imprimer son adresse du « Kapuzinerberg 5, Salzburg », entre 1919 et 1934. Quand il est à Paris, il expédie parfois un pneumatique, ou « petit bleu ». Parfois aussi un télégramme, de félicitations ou d'effusion. À part quelques lettres dactylographiées, dans l'immense majorité des cas ces lettres sont manuscrites, rédigées avec cette encre violette qu'il adopta très tôt ; rares sont celles écrites à l'encre noire ou bleu nuit. Quand il est en voyage, il écrit sur du papier libre, ou sur le papier à lettres de l'hôtel où il séjourne : en Suisse, à Paris, au Portugal, à Marseille, à Vienne, à Marienbad… Mais en général, il utilise son propre papier à lettres, avec son adresse imprimée en tête et les initiales « SZ » que lui a dessinées son ami, l'artiste austro-hongrois Ephraïm Moses Lilien. Ces en-tête figurent aussi sur des cartes de visite ou des bristols un peu plus grands ; ils jalonnent le déroulement d'une vie : Vienne puis Salzbourg, Londres puis Bath. Après le départ de Stefan et Lotte Zweig outre-Atlantique à la fin juin 1940, c'est « une vie nomade » ; il n'y a plus que des adresses précisées dans chaque nouvelle missive.

Pour ce qui concerne la présentation des lettres, dans les cas, très fréquents, où elles ne sont pas datées, nous avons indiqué entre crochets droits la date du cachet postal quand il est présent et lisible, ou bien celle dont différents indices nous permettent de faire l'hypothèse. Dans la logique d'authenticité que nous suivons pour donner à lire le « drôle de français épistolaire » de Zweig, nous avons respecté la mise en forme de chaque lettre (sa physionomie, pourrait-on dire), pour les alinéas, la position de la signature, les lignes ajoutées en post-scriptum un peu à la diable... La diversité est donc au rendez-vous.

Enfin, voici quelques données chiffrées, en deux listes.
Les destinataires par nombre décroissant de lettres :

59 = Romains
51 = Duhamel
38 = Arcos
32 = Baudouin
28 = Martinet
24 = Martin du Gard
20 = Suarès
13 = Pourtalès
11 = David / Poulaille
10 = Spire
8 = Cain / Guéhenno / Hotz / Vidrac
7 = Ghéon / Jaloux
6 = Du Bos / Lalou
5 = Barbusse / Maurois / Pierre-Quint / Schweitzer
4 = Gide / Valéry
3 = Bonaparte / Charavay / Sénéchal
2 = Arland / Cortot
1 = Ambrière / Barzun / Bloch / Carré / Cattaui / Chardonne / Chennevière Georges / Chennevière Charlotte / Colette / Commène-Crémieux / Étiemble / Green / Halévy / Jouve / Kra / Larbaud / Lefèvre / Lenormand / Mercereau / Morand / Morisse / Pange / Parijanine / Paulhan / Han Ryner / Vaudoyer / Vellay / Vercors (28 cas)

Les trente lettres écrites en allemand par Zweig et traduites par nous :

16 lettres (sur 32) à Charles Baudouin
5 lettres (sur 5) à Albert Schweitzer
7 lettres (sur 13) à Guy de Pourtalès
2 lettres (sur 3) à Christian Sénéchal.

LETTRES 1 À 9

Juillet 1909-juillet 1912

Ces premières lettres sont sous le signe de la poésie – de la poésie nouvelle : Verhaeren, Jules Romains, Georges Duhamel, Charles Vildrac, René Arcos (les trois derniers ayant lancé et partagé l'aventure de l'Abbaye de Créteil, entre fin 1906 et début 1908). Zweig s'y manifeste déjà comme un passeur enthousiaste, d'une sensibilité nouvelle, commune aux hommes de bonne volonté de France et d'Allemagne, sous l'illustre patronage de l'Américain Walt Whitman. C'est « Das Neue Pathos », la nouvelle « décharge d'électricité humaine », selon les mots de Léon Bazalgette. La filiation s'impose : de Whitman à Verhaeren, en passant par Nietzsche. Quant à la figure de Jules Romains, elle est éclatante : « J'ai une confiance illimitée en votre œuvre et je suis sûr de ne subir jamais une déception » (23. IV. 1910, lettre 4). Et ce fut vrai. À tout jamais.

S'agissant de poésie moderne et internationale, l'importance des traductions est capitale. Les traducteurs ne sont donc pas oubliés : Léon Bazalgette, Paul Morisse, Jethro Bithell, Richard Dehmel… et Stefan Zweig ! L'enthousiasme est déjà son emblème, sous la devise de Verhaeren : « Admirons-nous les uns les autres. » Les livres qu'il reçoit deviennent des livres vivants : il les présente au public germanophone (d'Autriche, de Suisse ou d'Allemagne), traduits, imprimés et vendus – pour que les auteurs et les traducteurs puissent aussi en vivre.

1909

1. Stefan Zweig à Jules Romains[1]

[Vienne, après le 14 août 1909][2]

Mon cher Romains, je lis avec plaisir l'essay de Grautoff[3] sur votre œuvre dans la *Zukunft*[4]. J'ai écrit également sur vous, il n'a pas encore paru[5]. Je viens de finir un grand livre sur Verhae-

1. Carte postale, non datée, manuscrite à l'encre violette, où les deux dernières lignes sont ajoutées à droite, puis à gauche de l'image ; cachet postal peu lisible « ?.1909 » ; reproduction en noir et blanc, P. P. Rubens, « Helene Fourment » ; adressée à « Monsieur Jules Romains, Paris, 54 rue Lamarck ». Fonds Jules Romains, BnF, NAF 28403 (177), f. 1.

2. Pour cette datation, voir note 4. L'adresse « Mon cher Romains » montre clairement qu'ils se connaissent déjà.

3. Otto Grautoff (1876-1937), grand ami de Thomas Mann et historien d'art (thèse sur Poussin) ; traducteur du *Johann-Christof* de Rolland (1914 à 1920). Il fonda en 1928 la *Deutsch-Französische Rundschau*, symétrique de la *Revue d'Allemagne* et la Deutsch-Französische Gesellschaft (« Société franco-allemande »). Exilé en France après 1933, il meurt à Paris.

4. Dans cette revue hebdomadaire d'esprit critique, *L'Avenir*, fondée en 1892 par Maximilian Harden (1861-1927), Grautoff a publié une étude écrite à Paris : « Jules Romains », cf. *Die Zukunft*, vol. 68, daté 14 août 1909, pp. 236-239, avec des extraits de poèmes traduits par sa femme Erna Heinemann-Grautoff.

5. Dans la *Neue Freie Presse* (Vienne) paraîtra le 17 octobre 1909, dans la rubrique « Literarische Notizen ») [« Notes littéraires »] (p. 36) un compte rendu plutôt inspiré, signé « St. Z. », intitulé « Jules Romains. *La Vie unanime*, Poème, Paris, Éditions de l'Abbaye, Paris, 1908. *Premier livre de prières*, Vers et prose, Paris, 1909 ».

ren[1], notre maître et ami, je crois il contient des choses bien. J'espère d'entendre de vous et je vous félicite chaleureusement de ce premier succès chez nous qui ne restera pas le dernier.

Cordialement à vous,

Stefan Zweig

Vienne (Autriche) VIII. Kochgasse[2]

2. Stefan Zweig à Charles Vildrac[3]

[Vienne] 28 / XII [1909]

Mon cher monsieur Vildrac,
Voilà – en hâte – quelques détails biographiques[4].

Né [à] Vienne 1881, études philosophiques. En littérature surtout connu par des poèmes.

---

1. *Verhaeren, sa vie, son œuvre*, « traduit sur le manuscrit inédit » par Paul Morisse et Henri Chervet (1881-1915), Mercure de France, Paris, 1910 (achevé d'imprimer : 4 avril), la même année que l'original allemand, qui paraît en juin : *Émile Verhaeren, eine Biographie*, Insel Verlag, cf. *Correspondance Émile et Marthe Verhaeren – Stefan Zweig (1900-1926),* éd. Fabrice van de Kerckhove (désormais *Kerckhove 1996*) p. 280, lettre 132.

2. C'est la première adresse indépendante de Zweig, à proximité du Ring et de chez ses parents. Il louera cet appartement à partir de février 1907 et jusqu'en 1920, après son retour de Suisse.

3. Lettre manuscrite sur papier à en-tête, avec à droite « VIII, Kochgasse 8, Wien » et, à gauche, le monogramme SZ. Fonds Charles Vildrac, IMEC, 675 /VLD/ 23/ 5 (1922-1963).

4. Vildrac s'est adressé à Zweig, « Cher Monsieur et confrère », pour obtenir sa collaboration, et pour qu'il lui indique (en plus de son propre CV) des noms d'auteurs autrichiens à contacter « pour un éditeur parisien » qui veut rassembler des nouvelles « de toutes nationalités [...] dans une publication périodique », à savoir : *Les Mille Nouvelles nouvelles* (lettre du 15 novembre 1909, Stefan Zweig Collection, Daniel A. Reed Library, The State University of New York at Fredonia (désormais *Fredonia*).

Livres
Silberne Saiten 1900, Die frühen Kränze 1907 (poèmes)
Thersites tragédie qui a été jouée avec beaucoup de succès dans les théâtres Royales de Dresden, Hannover, Cassel ect ect.
Die Liebe der Erika Ewald 1904 Erstes Erlebnis 1909 nouvelles
Traductions de Émile Verhaeren
Essays en livre Paul Verlaine 1905 Balzac 1908 Émile Verhaeren 1910 (le dernier livre paraîtra en même temps chez le Mercure de France (3 Fr. 50) traduit par Paul Morisse.
Collaboration dans toutes les grandes revues et quotidiens Allemands, traductions parues dans le Mercure de France, La Phalange, Vers et Prose (par Henri Guilbeaux[1]).
Je verrai aujourd'hui Arthur Schnitzler notre plus grand nouvelliste et Raoul Auernheimer[2] et tâcherai mon possible, pour les intéresser pour votre bel effort.

Je suis très intéressé dans votre travail sur la technique du vers[3], que j'espère de recevoir bientôt. Je vous écrirai plus attentivement la prochaine fois, je suis très pressé pour l'instant.

Bien à vous, cher monsieur Vildrac

Stefan Zweig

---

1. Henri Guilbeaux (1884-1938), écrivain et traducteur – le premier pour des poèmes de Zweig, dès 1903 –, journaliste fort intéressé par « La vie littéraire en Allemagne » qu'il présente par exemple dans *La Nouvelle Revue*, sept.-oct. 1913, p. 109. En Suisse il fonde à Genève la revue pacifiste *Demain* (1916-1917) ; socialiste, anarchiste, puis communiste. Zweig l'évoque dans diverses phases de son évolution, voir *Le Monde d'hier, Souvenirs d'un Européen*, traduction Serge Niémetz, Belfond, Paris, 1993 (désormais *Zweig 1993*[B]).

2. Raoul Auernheimer (1878-1948), rédacteur en chef des pages culturelles (« Das Feuilleton ») du grand quotidien viennois *Die Neue Freie Presse* et ami de Zweig depuis longtemps.

3. Dans sa lettre à Zweig du 24 décembre, Vildrac annonce l'envoi d'« un petit travail sur la technique du vers que je viens de publier en collaboration avec Georges Duhamel », son ami depuis 1902, dont il a épousé la sœur Rose en 1906 : les *Notes sur la technique poétique* (1910).

1910

3. Stefan Zweig à Charles Vildrac[1]

[Vienne, le 29 janvier 1910]

Mon cher monsieur Vildrac, je ne veux que vous dire mes remerciements pour votre livre[2] avec cette carte. L'impression du livre, je la dirai – et je crois, vous le préférerez aussi – publiquement dans un de nos journaux. Croyez-moi cher monsieur Vildrac[3] que j'ai infiniment de sympathie avec vous et le groupe de jeunes poètes en France, qui ne font pas du tapage, mais du travail sérieux. Votre livre est un de ceux, que j'aime et que j'admire. Bien à vous

Stefan Zweig

1. Carte postale manuscrite, avec la légende « Burgring K. K. Hofburgtheater ». Fonds Charles Vildrac, IMEC, 675 /VLD/ 23/ 5 (1922-1963).

2. Il s'agit sans doute du récent *Livre d'amour, poèmes*, Eugène Figuière, Paris, 1910, où le thème de l'amitié, qui compte tant pour Zweig, est central, cf. Christian Sénéchal, *Les Grands Courants de la littérature française contemporaine*, 1934, Marburg, p. 201 et p. 302. Mais Vildrac avait aussi publié aux éditions de l'Abbaye en 1907 *Images et mirages* (novembre) et *Tryptique* (juin).

3. La suite est écrite au verso, en haut et en bas de la photo de Vienne.

4. Stefan Zweig à Jules Romains[1]

Vienne, 23. IV. 1910

Mon cher ami, un livre de vous[2] est pour moi une des choses, que je ne peux pas laisser près de moi-même pour un jour, sans les goûter, parsque je sais, que quelque chose là-dedans m'attend. Vous savez, que après Verhaeren il n'y a personne entre les poètes Français que j'aime autant que vous : et j'étais tellement heureux de tenir votre œuvre entre mes mains que je commençais immédiatement à lire.
Votre livre surpasse infiniment votre œuvre antérieure. Il est si neuf, si frais, si violent et consolant à la fois que je regrette vivement de ne pouvoir vous dire mon enthousiasme entier (car la parole Française ne m'obéit pas assez bien.) Il faut parler des choses neuves avec les paroles neuves et en Français je n'ai que des usés, des mots appris, je sens toujours comme il me faut traduire un sentiment jaillissant par une parole froide et étroite. Mais je vous prie, mon cher Romains, de me croire que j'étais profondément ému par votre poème : et j'ai tremblé de joie à lire des parties comme page 41 ou page 71[3] : voilà un rythme, qui coule dans tous les pores de la réalité, du sujet et puis la vision énorme à travers les objets quotidiens. Je vois que nous sentons tous le même en cet instant : que les poètes avant nous ont aimé trop eux-mêmes et les hommes et pas assez les choses, qu'il faut donner de la vie, une existence presque humaine aux êtres sans paroles, que nous devons donner de notre âme à eux, qui ont formé nous-mêmes. Il y a des sentiments et des idées

1. Lettre manuscrite datée 23 avril 1910, à l'en-tête « VIII, Kochgasse 8, Wien » avec le monogramme SZ. Fonds Jules Romains, BnF, NAF 28403 (177), f. 2.

2. Il s'agit probablement d'*Un être en marche, Poème*, composé d'un « Poème épique » (pp. 7-84) et d'un « Poème lyrique » (pp. 87-188), paru au Mercure de France en 1910, 190 p., beaux textes lisibles sur archive.org.

3. Zweig renvoie ici au début du poème IX : « C'est étonnant tout le silence qu'il y a ! » (p. 41) ; puis (p. 71) dans le poème XVI : « Des grelots sonnent ; / Loin, sur la route, / Quatre cyclistes. »

dans votre œuvre, dont je ne savais pas qu'ils étaient aussi en moi, mais je sentais, comme je lisais vos pages, qu'ils ouvraient les yeux dans leur sommeil comme des enfants qui entendent leur nom à travers la nuit. Je sens, que je me suis enrichi par votre livre et tout mon effort moral est de conserver ma gratitude intacte toute ma vie.

Mon cher Romains, je parlerai de votre livre dans une revue allemande[1]. Ne soyez pas inquiet, si vous n'avez pas des succès en France : je crois, qu'on est trop traditionnel dans ce pays, pour aimer un essay si neuf vers des sensations, que nous [ne] venons d'éprouver que par des décades[2] et non des siècles.

Demain ou après-demain je vous enverrai mon livre sur Verhaeren[3]. Je ne sais rien, comment il se présente en Français et pour les Français. Mais si vous l'aimez, je l'aimerai aussi.

Encore une fois : je vous remercie, d'être resté tellement fidèle à vous-même, à votre œuvre. J'ai après ce livre une confiance illimitée en votre œuvre et je suis sûr, de ne subir jamais une déception. Moi-même, je ne suis pas encore si loin que vous, les fondements de mon lyrisme ne sont pas si sûrs que le vôtre : mais votre exemple m'encouragera.

Fidèlement à vous, mon cher Romains,

Stefan Zweig

---

1. On trouve dans la rubrique « Notes littéraires » de la *Neue Freie Presse* du 17 juillet 1910 (p. 35 du Supplément du dimanche) une présentation signée « St. Z » du recueil de Jules Romains. Cf. les archives numérisées de la Bibliothèque nationale autrichienne anno.onb.ac.at.

2. Usage ancien, comprendre : « depuis quelques décennies ».

3. Voir lettre 1.

5. Stefan Zweig à Paul Morisse[1]

[Vienne, après le 4 avril 1910]

Cher Monsieur et ami[2], mille remerciements pour votre bonne lettre. Je vous donne la liste des écrivains auxquels j'adresse moi-même le livre[3].
À Bazalgette[4] envoyez directement un exemplaire. De même qu'à Georges Brandes[5].
En outre je vous prie de vouloir bien m'écrire les adresses des personnes suivantes : André Gide, M. Maeterlinck, Romain Rolland, Stuart Merrill, Maurice des Ombiaux[6].

---

1. Lettre manuscrite à l'encre violette, sans lieu ni date. Notre datation s'appuie sur la date de l'achevé d'imprimer du *Verhaeren* de Zweig : le 4 avril 1910. Fonds Paul Morisse, Bibliothèque Jacques Doucet, Paris, 8024-291 H 1 Alp.

2. Zweig a choisi en effet Paul Morisse, de préférence à Henri Guilbeaux, pour traduire son *Verhaeren*, ayant admiré ses traductions en collaboration avec Georges Polti, de Goethe en 1907, puis de Novalis en 1908 (Mercure de France), voir *Écrits littéraires. D'Homère à Tolstoï, Inédits (1902-1933)* (désormais *Zweig 2021*), pp. 97-101.

3. Stefan Zweig, *Émile Verhaeren. L'Homme et l'œuvre*, voir lettre 1.

4. Léon Bazalgette (1873-1928) : critique et traducteur « qui révéla à la France l'œuvre de Walt Whitman ». Zweig l'a rencontré en 1904. « C'est mon ami le plus cher à Paris ! Bazalgette est l'un des êtres les plus cordiaux et formidables que je connaisse » (Zweig à Rilke le 5 août 1907). Auteur lui aussi d'un *Verhaeren* (Sansot, 1907). Dans les chroniques, les journaux ou les diverses correspondances de Zweig, le nom de Bazalgette est le symbole de l'amitié éclairée et indéfectible. Zweig sera le seul écrivain de langue allemande à participer à l'hommage que la revue *Europe* rendra à Bazalgette en juin 1929 (n° 78, pp. 157-168).

5. Georg Brandes (1842-1927), né Morris Cohen : influent critique danois, dont l'ouvrage de 1871, *Les Principaux Courants de la littérature européenne du XIX*[e] *siècle* fit référence. Zweig l'évoque à plusieurs reprises dans *Le Monde d'hier* (*Zweig 1993*[B]).

6. Maurice Des Ombiaux (1868-1943), journaliste et écrivain belge ; il publie des poèmes dans *La Jeune Belgique* ; des romans réalistes, puis historiques ; passionné de culture wallonne, il est à l'origine de l'Académie des gastronomes.

Je suis très impatient déjà de voir le livre. Vous recevrez l'édition Allemande immédiatement qu'elle paraîtra en exemplaires bien reliés.
Une question encore. Je suis en relation personnelle et souvent amicale avec la plupart des auteurs de premier rang Allemand (Hofmannsthal, Dehmel, Schnitzler, etc.). Est-ce que – s'il s'agit d'une œuvre ou d'une pièce de théâtre, qui aurait sûrement grand succès en France – je peux vous proposer comme intermédiaire. Je pense seulement aux œuvres de grande valeur artistique qui en même temps vous pourraient garantir un bon succès matériel. Je suis toujours à votre disposition, si vous avez l'intention de traiter avec les auteurs ou les éditeurs ; j'en connais beaucoup et presque tous, et il me serait un plaisir excessif de vous rendre un service en revanche de ce grand, que vous avez rendu à moi.
Sincèrement à vous, cher Morisse

Stefan Zweig

6. Stefan Zweig à Jules Romains[1]

[Vienne, 5. 6. 10]

Mon cher Romains, merci pour votre bonne lettre[2] : j'étais inquiet que mon livre ne vous aurait pas trouvé. Je suis sûr, votre grand succès viendra comme celui de Verhaeren de l'étranger et surtout de l'Allemagne, qui est le pays de la morale littéraire et de la

1. Carte de correspondance s. d. [cachet postal 5.6.10], écrite à l'encre violette, adressée « à Monsieur Jules Romains, Brest (Finistère), 58, bouvd. Gambetta ». La fin du texte, à partir de « mon conseil », est ajoutée dans la marge de gauche sur la hauteur. Fonds Jules Romains, BnF, NAF 28403 (177), f. 4.

2. Longue et confiante réponse en effet de J. Romains, datée « Brest, 30 mai » (où il occupe un premier poste, au lycée, de professeur de philosophie) : « Votre lettre m'a été une récompense, une consolation. [...] Votre livre [...] collabore à la formation de cette unité de souffle qui devrait animer ensemble la Poésie de toutes les nations. Je vous serre les mains très chaudement » (*Fredonia*).

grande justesse[1]. J'ai conseillé à Mr Jethro Bithell[2], un Anglais qui traduit superbement, de prendre des poèmes de vous dans une anthologie des poètes Français : il était enthousiasmé et traduit beaucoup de vous. Vous recevrez une lettre de lui directement. Je suis bien heureux, qu'il y a maintenant en France et Allemagne quelques esprits qui se comprennent si bien dans leurs intentions, dans leur sentiment expansiv et cosmique : cette amitié au-dessus des langues et nations est sans doute la preuve la plus forte des valeurs invisibles et des tendances secrètes de notre époque.
L'adresse de Stefan George est *Blätter für die Kunst*, Verlag Bondi, Berlin. Je ne crois pas qu'il aura de l'intérêt pour vous, il est notre Mallarmé. Envoyez votre livre plutôt à Dehmel et à Hermann Bahr[3] (St. Veit bei Wien) et dites que c'était sur mon conseil. Très à vous

Stefan Zweig

1. Sans doute à comprendre comme « justice ».
2. Jethro Bithell (1878-1962), germaniste anglais, et surtout poète il publia entre 1909 et 1912 quatre anthologies de poésie contemporaine : allemande, belge et française.
3. Richard Dehmel (1863-1920), écrivain allemand et poète dont l'inspiration vitaliste marqua la sensibilité de son temps, et de nombreux musiciens comme Schönberg, Richard Strauss, Webern, Sibelius ; Hermann Bahr (1863-1934), écrivain autrichien et notable critique littéraire qui lança le groupe « Jung-Wien » et soutint les artistes de l'avant-garde. Zweig, qui le fréquenta à Salzbourg, l'évoque souvent dans *Le Monde d'hier*.

1911

7. Stefan Zweig à Jules Romains[1]

[Vienne, 6 juin 1911]

Mon cher ami, je vous remercie bien vivement pour votre roman[2], qui est neuf, d'une dynamique très intense et donne une idée de Paris plus large que les longs romans des académiciens. Je rendrai compte de votre bel effort dans notre première revue et je vous enverrai une copie. À quand votre pièce[3] ? Vous m'avez promis de me l'envoyer sitôt qu'elle aura paru. J'ai eu

1. Carte postale manuscrite, en couleur, non datée [cachet postal : 6 VI.11] légendée « Wien-Universitätsplatz mit Jesuitenkirche ») ; au verso, une guirlande Jugendstil encadre le texte à l'encre noire ; précision en haut à gauche : « VIII Kochgasse 8 » ; carte adressée à : « Jules Romains, Paris ». À partir de « eu un beau temps en Amérique », la fin du texte est écrite au recto sous l'image, puis sur le ciel. Fonds Jules Romains, BnF, NAF 28403 (177), f. 3.

2. Il peut s'agir du roman *Mort de quelqu'un*, mais plus probablement de *Puissances de Paris*, parus chez E. Figuières en 1911.

3. Sans doute *L'Armée dans la ville*, « tragédie en vers » en cinq actes, « Achevé d'imprimer/Éd. Garnier /à Chartres pour le Mercure de France, 30 mai 1911 ». « Ce fut ma première pièce jouée (par Antoine à l'Odéon, en mars 1911) », cf. André Bourin, *Connaissance de Jules Romains, discutée par Jules Romains*, Flammarion, 1961, p. 148.

un beau temps en Amérique, surtout le canal de Panama était pour moi une révélation[1]. C'est le plus grand monument de l'énergie moderne. Fidèlement à vous

Stefan Zweig

1. Pour ce premier voyage aux États-Unis, Zweig, parti de Cherbourg à la fin février 1911, était de retour à Vienne le 23 avril, ayant visité aussi Cuba et Panama. Il publia « L'Heure entre deux océans : le canal de Panama » dans la *Neue Freie Presse*, le 6 juin 1911 ; voir aussi dans *Le Monde d'hier*, la toute fin du chapitre « Au-delà de l'Europe ».

1912

8. Stefan Zweig à Georges Duhamel[1]

Vienne, 6 mai 1912

Mon cher confrère[2],
je vous remercie très sincèrement pour vos « Propos critiques[3] » qui m'ont autant plus intéressé que j'aime les poètes de l'Abbaye[4]

1. Lettre manuscrite, avec l'en-tête « VIII, Kochgasse 8, Wien » et le monogramme SZ. Signalons que presque toutes les lettres à Duhamel de la présente anthologie sont reprises du volume *Georges Duhamel-Stefan Zweig, Correspondance. L'Anthologie oubliée de Leipzig*, édition établie, présentée et annotée par Claudine Delphis, Leipziger Universitätsverlag 2001 (désormais *Delphis 2001*).

2. Leur connaissance remonte aux années 1909-1910 ; Duhamel se souvient : « C'est à Saint-Cloud, rue de Montretout, chez Verhaeren, que je rencontrai pour la première fois Stefan Zweig [... qui] venait de composer tout un ouvrage sur le poète des *Villes tentaculaires*. Zweig avait alors une trentaine d'années. Il savait tout. Il était terriblement intelligent », cf. *Biographie de mes fantômes*, Hartmann, 1948, pp. 171-172 ; voir *Delphis 2001*, p. 21.

3. *Propos critiques*, paru en mars 1912 chez Figuière, réunit des articles qui constituent une série d'hommages à la poésie et à la création contemporaines puisqu'ils sont consacrés notamment à Jules Romains, Charles Vildrac, René Arcos, Georges Chennevière, André Spire, Luc Durtain.

4. L'Abbaye de Créteil, « association fraternelle d'artistes » vivant sous un même toit et réalisant « ce rêve tolstoïen d'apprendre un métier manuel » a cinq membres fondateurs en 1906 : Vildrac, Duhamel, Arcos, Henri Martin-Barzun et le peintre Albert Gleizes ; voir les souvenirs de G. Duhamel, *Le Temps de la recherche*, Paul Hartmann Éditeur, Paris, 1947, et *Biographie de mes fantômes*, ainsi que l'étude sensible et approfondie de Christian Sénéchal,

comme les seuls vraiment puissants de cette époque en France. Chez nous les journaux s'occupent presque seulement des gloires de Paris et du boulevard, de Bernstein et Croisset[1], de ces fabricants de pièces de théâtres et sont loin de savoir de la vraie génération moderne en France. Et ce me sera un devoir de signaler toujours publiquement et par l'agitation de la parole, que vous, Romains, Vildrac, Arcos, Duhamel sont les poètes, que nous aimons fraternellement. Envoyez-moi, quand[2] il paraîtra, votre nouveau volume[3], je m'empresserai d'en rendre compte. Je regrette que vous ne savez pas l'Allemand, qu'il serait inutile de vous envoyer mes poèmes, mais croyez-moi, il y a en ce moment entre la jeune génération chez vous et chez nous plus de rapports latents que vous ne supposez et j'en suis heureux, car cela prouve que nous ne sommes pas des groupes factices, mais des fragments des idées vivantes de notre époque, qui nous ont choisis comme formes et bouches. Nous travaillons dans des champs différents, mais l'effort et le but sont les mêmes et j'attends le jour, où on reconnaîtra l'unité secrète, qui surpasse les langues et les pays et rapproche un nouveau sentiment du monde plus vaste et plus profond que ceux d'autrefois.
Croyez-moi, cher Duhamel, votre admirateur et ami

Stefan Zweig

L'Abbaye de Créteil, Librairie André Delpeuch, Paris, 1930, sans oublier l'éclairant n° 15 des *Cahiers de l'Abbaye de Créteil* (décembre 1995) : *L'Abbaye de Créteil (1906-1908)*.

1. Henry Bernstein (1876-1953) ; Francis de Croisset, pseudonyme de Franz Wiener (1877-1937) : auteurs dramatiques dont les comédies – où l'argent et la vie sexuelle sont les ressorts principaux – connaissent un vif succès dans la France d'avant 1914 et de l'entre-deux-guerres.

2. Zweig a écrit « s'il paraîtra », à partir du mot « wenn » qui en allemand signifie soit « si », soit « quand ».

3. *Compagnons*, recueil de poèmes paru en avril 1912 à la *NRF*. Duhamel répond le 6 juillet « à cette excellente lettre […]. Vous apportez à défendre notre cause une générosité dont nous sommes tous profondément touchés. […] Je ne saurais trop vous remercier : votre clairvoyance me donne la plus grande joie : il nous est bien difficile de trouver semblable lucidité chez les critiques de notre pays » (*Fredonia*).

9. Stefan Zweig à René Arcos[1]

[Vienne, fin juillet 1912]

Cher confrère, recevez quelques mots sur « Ce qui naît[2] » que j'ai publiés dans la Neue Freie Presse[3] du 20 juillet[4] comme témoignage de ma haute admiration et sympathie. Votre bien dévoué

Stefan Zweig[5]

---

1. Carte-lettre manuscrite à l'encre violette avec l'en-tête « VIII, Kochgasse 8, Wien » et le monogramme SZ ; datation d'après l'article signalé ci-dessous, note 3. Österreichische Nationalbibliothek [désormais ÖNB], Stefan Zweig Autogr. 1211/20 (10).

2. *Ce qui naît*, poème, Eugène Figuière, Paris, 1910, 143 p.

3. La *Neue Freie Presse*, grand quotidien publié à Vienne de 1864 à 1938, très prisé de la bourgeoisie libérale. Ayant été au Maximilian-Gymnasium le condisciple et l'ami d'Ernst Benedikt, le fils du rédacteur en chef Moritz Benedikt (1908-1920), Zweig y a ses entrées, et sa première publication (à tout juste 20 ans) date du 11 avril 1902, pour le récit *Die Wanderung*, « La Marche » ; voir le chapitre « Universitas vitæ » du *Monde d'hier* (*Zweig 1993*[B]).

4. Le compte rendu de Stefan Zweig, signé « ---g » paraît dans la *Neue Freie Presse* du dimanche 21 juillet 1912, p. 34 dans la rubrique « Literarische Notizen ». Il insiste sur la nouveauté des jeunes poètes français qui, sous l'égide de Verhaeren, de Whitman et la pensée de Bergson, s'ouvrent sur le monde. Stefan Zweig souligne dans *Ce qui naît* la liberté du rythme et la force des assonances qui remplacent les rimes – ce qui rend ce lyrisme « frère » des autres poètes européens. S'étant libérés de l'individualisme étroit des Symbolistes et des Décadents, ces « véritables jeunes » annoncent le XXe siècle et la grande joie de participer à la force du temps présent.

5. René Arcos (à Paris) remercie Zweig, avec sa « vive sympathie », le 8 août suivant : « Je souhaiterais votre compréhension de la vraie poésie et des idées vivantes [...] et vous enverrai prochainement mon nouveau livre » (*Fredonia*).

LETTRES 10 À 22

Décembre 1912-août 1913

Cette fois, c'est le théâtre, la vie brillante, la beauté des éditions, la qualité des traductions, à Paris et en Allemagne, à Londres et à Vienne. Car Zweig est aussi un agent éditorial qui sait compter, protéger les droits des créateurs, toujours avec élégance. Il s'exprime avec plaisir dans un français un peu heurté, toujours vivifiant et communicatif. Il inspire confiance. Il étonne. Il séduit. Il adore Paris, au printemps de préférence. L'érotisme est au rendez-vous : c'est l'époque de Marcelle, et il y a le fameux déjeuner, en mars 1913, au « Bœuf à la mode » où il invite Verhaeren, Romain Rolland, Léon Bazalgette et Rainer Maria Rilke. Il vient d'acheter sur les quais le manuscrit des Fêtes galantes *de Verlaine. Il découvre aussi, en compagnie de Rilke, les publications d'André Suarès, l'ami de Romain Rolland, qui vont aussitôt susciter « son admiration profonde et dévouée ».*

10. Stefan Zweig à Henri-Martin Barzun[1]

[Vienne, 27. ? 12. 1912]

Cher monsieur Barzun,
Retenu par les répétitions d'une pièce de théâtre[2], ce n'est qu'hier que j'ai pu lire votre « Ère du drame » que vous avez eu l'obligeance de m'envoyer[3]. Le livre, beau en style et fort dans sa

1. Carte postale en couleur (Vienne, cathédrale Saint-Étienne, légendée « Ludwig Hans Fischer pinx. »), manuscrite à l'encre violette. La datation se fonde ici sur la mention (d'une main étrangère) « 28.12.1912 », date d'arrivée à Paris (adresse : 7, rue de la Tour). La fin du texte, à partir de « important chez nous » est écrite en haut de l'image. Henri Martin Papers, Catalogued Correspondence, Series I, Box 7, Rare Book & Manuscript Library, Columbia University.

2. Dans cette période prodigieuse, Zweig « accompagne » à la fois la création en Allemagne du drame de Verhaeren *Philippe II* (qu'il a traduit en allemand) et celle de sa propre pièce *Das Haus am Meer* [« La Maison au bord de la mer »], écrite en 1910 et créée le 26 octobre 1912 au Burgtheater de Vienne, dans une mise en scène de Max Reinhardt ; pièce reprise à Hambourg le 23 novembre et fin novembre à Munich, voir les lettres de Zweig à Verhaeren de fin novembre et décembre 1912 (n° 232 à 234, *Kerckhove 1996*).

3. *L'Ère du drame. Essai de synthèse poétique moderne*, Figuière, Paris, 1912. « J'[y] ai trouvé […] un chapitre "Le Rythme poétique", Figuière [p. 42-47] qui montre chez cet "abbé" de Créteil […] un sens aigu des nouveautés possibles », écrit Christian Sénéchal à André Spire en juillet 1931, cf. Christian Sénéchal, *Correspondance avec Romain Rolland et André Spire*,

synthèse, me paraît surtout remarquable par la fraîcheur, la virginité de certaines de ces idées et sa force virile d'expression. Je tâcherai de rendre compte de ce livre important chez nous, et je vous envoie, cher monsieur, l'expression de mes sympathies les plus vives

Stefan Zweig

édition de Claudine Delphis, Classiques Garnier, Paris, 2023, pp. 438-439 (désormais *Delphis 2023*).

1913

11. Stefan Zweig à Georges Duhamel[1]

Paris, le 8 mars 1913

Cher monsieur et confrère, je suis pour trois semaines à Paris[2] et viens d'apprendre, qu'une pièce[3] de vous sera montée au Théâtre des Arts. Je serais très heureux d'assister à la répétition générale ou la première et j'espère, vous le rendrez possible.
J'ai bien reçu votre beau et consciencieux essay sur Paul Claudel et je l'ai immédiatement annoncé dans un essay sur Claudel, qui paraîtra prochainement[4]. Je serais très heureux de vous

---

1. Lettre manuscrite sur papier à l'en-tête « Hôtel Beaujolais, *Vue sur les jardins du Palais-Royal.* A. Hottinger propriétaire. Lumière électrique. Chauffage central, salle de bains. 15, rue de Beaujolais / 83, Galerie Beaujolais ».

2. Zweig est arrivé à Paris le 3 mars, et après deux nuits à l'hôtel Voltaire il découvre bientôt l'hôtel Beaujolais qui « a l'immense avantage de donner sur les jardins du Palais-Royal et non sur la rue, terriblement bruyante » (*Journaux*, *op. cit.*, p. 50).

3. *Le Combat*, pièce en cinq actes, bientôt créée, le 14 mars 1913. Après la générale, Zweig est peu enthousiaste et note : « Je m'enfuis après le troisième acte, préférant à ces fantômes lyriques le spectacle vivant du Boulevard devant un verre de bordeaux », *Journaux* (*Zweig 1993*[A]), pp. 54-55.

4. Cette étude de Duhamel, « Paul Claudel, le philosophe, le poète, l'écrivain, le dramaturge » a paru le 20 janvier 1913 dans la revue du *Mercure de France* et Zweig la recommande en effet chaudement dès février suivant dans son essai « Le Triomphe des cathédrales. Remarques sur *L'Annonce* de Paul Claudel » publié à Munich dans la revue *März*.

voir ici à Paris, peut-être quand vous ne serez plus occupé des affaires de votre pièce. Je viens d'avoir une pièce donnée en Allemagne[1] et je connais les énervements, les préparatifs assez pour respecter un besoin de repos chez vous, qui vous retiendra de voir des gens

Croyez, cher monsieur Duhamel, que tous mes vœux sont pour votre œuvre et son succès. Et je serai heureux de pouvoir bientôt vous serrer la main ! Votre très dévoué

Stefan Zweig

12. Stefan Zweig à André Suarès[2]

Hôtel Beaujolais,
15, rue de Beaujolais 12 / 3 / 13

Monsieur et cher Maître,

Romain Rolland qui connaît mon désir de vous voir pour vous dire toute l'admiration que votre œuvre m'a inspirée, a été si aimable de m'introduire chez vous avec quelques paroles[3]. J'ai un respect infini pour votre temps si précieux et je ne demanderais pas plus que de vous serrer la main et de vous faire quelques

---

1. *Das Haus am Meer* [« La Maison au bord de la mer »], voir lettre précédente, note 2 ; sur les impressions de Zweig, voir ses lettres à Verhaeren du 10 et 16 décembre 1912, in *Kerckhove 1996*, pp. 435 et 437 ; et *Le Monde d'hier* [*Zweig 1993*[B]], pp. 33-34.

2. Lettre manuscrite. Fonds Maurice Noël.

3. Romain Rolland évoque sa « visite à Zweig », le lundi 10 mars 1913 : « Bien que je l'aie déjà vu, je suis toujours surpris de trouver un homme d'un physique si différent de ce que ses écrits annoncent. [...] un jeune Juif, de 32 ans, très brun, cheveux ras, petite moustache, type assez accusé, parler fluide et un peu lourd. Très aimable avec moi [...] D'esprit très large, très ouvert. S'exprimant bien en français. [...] Il vient de découvrir Suarès, et croit qu'en France Suarès est inconnu. Il n'en a lu que les deux volumes de critique (*Sur la vie*), et en est enthousiaste. C'est le seul artiste qu'il tienne à voir, à ce voyage ; il me prie de lui donner un mot d'introduction ; ce que je fais », cf. Romain Rolland, *De Colas Breugnon à Jean-Christophe, Pages de Journal*, Éditions du Salon Carré, Paris, 1946 (désormais : *Rolland 1946*).

propositions pour la traduction de vos œuvres en Allemand : je vous prie donc de m'indiquer une heure qui vous soit tout à fait convenable, je suis toujours libre pour vous voir (excepté Lundi Midi)

Recevez, monsieur et cher maître, l'assurance de mes sentiments les plus dévoués

Stefan Zweig

13. Stefan Zweig à André Suarès[1]

15, rue de Beaujolais,
Hôtel Beaujolais 15 Mars 1913

Monsieur et cher Maître, je vous remercie pour votre gracieuse invitation[2] et je me ferai l'honneur de vous rendre visite Lundi vers 5 heures. J'avais un peu peur de vous envoyer ma première lettre, comme je ne crains rien plus que de paraître importun, mais j'ai senti la bonne conscience d'une admiration profonde et dévouée. Je viendrai donc Lundi vous rendre mes hommages et croyez-moi, monsieur et cher maître, votre très dévoué

Stefan Zweig

1. Lettre manuscrite. Fonds Maurice Noël.

2. André Suarès a répondu aussitôt à Zweig, le 12 mars : « Il faut, Monsieur, tout ce que je trouve de généreux sentiments dans votre lettre pour que je renonce au parti de ne voir personne. Je serai donc heureux de vous ouvrir ma porte, et je n'oublierai pas que vous y frappez au nom de Rolland. [...] choisissez vous-même le jour qu'il vous plaira, la semaine prochaine, de cinq à sept » (lettre inédite communiquée par Stéphane Barsacq).

14. Stefan Zweig à Georges Duhamel[1]

15, rue de Beaujolais [après le 20 mars 1913]
Hôtel Beaujolais

Cher monsieur et confrère, j'ai hésité longtemps à vous féliciter, mais je voulais attendre le moment où le premier tumulte autour de vous soit apaisé et vous demander l'occasion de vous dire, combien j'estime votre œuvre dramatique, qui – avec et après Claudel – est peut-être pour la France la plus forte possibilité vers un drame littéraire ; si vous avez le temps, je serais heureux de pouvoir causer avec vous. Choisissez l'heure et le lieu vous-même[2] et croyez-moi, cher monsieur Duhamel, votre très dévoué
Stefan Zweig

15. Stefan Zweig à André Suarès[3]

15, rue de Beaujolais,
Hôtel Beaujolais 21. III. 1913

Monsieur et cher maître, recevez l'expression de ma plus sincère gratitude pour le précieux envoi de votre livre[4] et permettez-moi de vous dire combien j'ai senti sa beauté et sa grandeur. Vous avez réalisé une synthèse admirable de l'unité d'un sentiment

1. Billet manuscrit sur papier libre.
2. Duhamel répond le 28 mars 1913 en invitant Zweig à venir chez lui, « 28, rue Vauquelin – / Nous causerons et vous me ferez grand plaisir », cf. plus loin, lettre 16.
3. Lettre manuscrite, Fonds Maurice Noël.
4. Il doit s'agir de *Sur la mort de mon frère*, paru en 1904, chez Frédéric Hébert, Paris ; nouvelle édition augmentée d'une préface de l'auteur, 1917, Émile-Paul, Paris ; réédition en 2024 par Alexandre de Vitry, Société des textes français modernes (stfm). Zweig exprime ici fortement – avec son français défectueux, mais inspiré – sa conviction fondamentale que la littérature et le livre perpétuent l'âme des morts : « sauver une vie déjà perdue ». Idée qu'il partage avec Jules Romains.

(sentiment suprême et saint) et de toute la variation de ses formes, facettes luisantes d'un cristal dur et éternel. J'étais ému sans être triste, au contraire, j'éprouvais cette dernière reconnaissance pour la vie, qu'elle permet même à la douleur la grandiosité et la beauté. Je sens très bien que je m'exprime peu habilement en Français et j'en souffre d'autant plus que je fais dans ma langue maternelle toujours le suprême effort vers la précision et l'intensité de la parole. Mais heureusement les sentiments les plus unis sont aussi les plus faciles à exprimer, ils se bornent souvent à une seule parole et je trouve la mienne dans une gratitude pour une émotion inoubliable, fondée dans mon cœur avec vos paroles. Comme je le trouve grand de sauver une vie déjà perdue, de la tenir grande et puissante dans la mémoire de tous, qui n'ont jamais pu approcher à cette même vie, de lui gagner des amis après sa mort et des frères à son âme.

Je suis allé (avec le plus grand de nos poètes allemands Rainer Maria Rilke) me procurer les livres de vous, que je ne possédais pas encore et j'ai réussi en partie[1]. Croyez-moi, que vous me trouverez prêt pour gagner à votre œuvre (non la grande gloire, que vous ne désirez pas), mais la possibilité d'accès pour tous ceux qui aiment l'art sincère et profond. J'attends avec impatience le Beethoven[2] et je viens d'écrire au Insel-Verlag[3]. Mais je peux vous promettre en tout cas

1. Rainer Maria Rilke (1875-1926), très présent dans *Le Monde d'hier*, voir les chapitres « L'école au siècle passé » et « Paris, la ville de l'éternelle jeunesse » ; « Paris a été le cadre de nos rencontres les plus fréquentes et les plus heureuses », voir *Journaux 1912-1940*, Knut Beck (éd.), traduction Jacques Legrand, Belfond, Paris, 1993 [désormais *Zweig 1993^A*], p. 77.

2. Une ébauche d'essai sur *Beethoven*, auquel Suarès travaille depuis les années 1890, figure dans les « Chroniques de Caërdal » publiées par Jacques Copeau dans *Essais et portraits* (1913 et 1914) (voir *Parienté 1999*, pp. 192-193), et dans *Musiciens*, Louis Jou, 1931, Éditions du Pavois, 1945, Granit, 1986 (préface de Michel Drouin), puis dans *Sur la musique*, Actes Sud, 2013 (préface de Stéphane Barsacq).

3. Lettre non retenue dans la récente édition de leur correspondance (*Briefwechsel. Anton Kippenberg-Stefan Zweig, 1905-1937*, édition et notes par Oliver Matuschek avec la collaboration de Klemens Renoldner, Insel Verlag, Berlin, 2022 – désormais *Kippenberg-Zweig 2022*). Mais dès le

l'édition Allemande, seulement je crois que le Insel-Verlag serait particulièrement heureux, s'il pouvait éditer le livre à la même époque pour avoir quasi une édition originale de Suarèz[1]. Mais ce sont des détails et presque des affaires. Et je n'ai pas voulu aujourd'hui que vous dire, comment je suis encore ému par votre beau livre et combien je serais heureux, de le dire à mes amis et à ceux, qui veulent entendre. N'oubliez pas, cher monsieur et maître, que je me ferai toujours honneur de vous fournir des renseignements ou de vous être utile en Allemagne et croyez-moi toujours à votre disposition. Votre respectueusement dévoué

Stefan Zweig

16. Stefan Zweig à Georges Duhamel[2]

[Paris, le 28 mars 1913][3]

Cher Monsieur et confrère,
Je regrette beaucoup de ne pouvoir venir demain, car j'ai un appointement avec Romain Rolland[4] depuis des jours. Si vous

---

31 décembre 1912 (*ibid.*, lettre 148, p. 149), Zweig mentionne Suarès (nommé après Anatole France, Bergson et Rolland) pour écrire l'introduction à l'anthologie de poésie française qu'il propose à l'Insel Verlag. Zweig y publie ses livres depuis 1906, et conseille activement l'éditeur Kippenberg. Les mots suivants illustrent clairement le rôle d'intermédiaire et de quasi-agent éditorial que Stefan Zweig joue volontiers pour nombre de ses amis écrivains français.

1. Erreur que Stefan Zweig commet parfois sur le nom de Suarès (*idem* lettre 37).

2. Billet manuscrit sur papier libre.

3. Date établie grâce aux indications fournies par les *Journaux* de Zweig.

4. Nombreuses rencontres entre Zweig et Rolland durant ce printemps 1913, notamment le déjeuner du 17 mars, où Zweig invite Verhaeren, Rilke, Rolland et Léon Bazalgette au restaurant Le Bœuf à la mode, voir le récit in *Zweig 1993*[A], p. 43, et de Rolland dans *Pages de Journal* (Rolland 1946), pp. 106-109.

voulez, je viendrai la semaine prochaine le jour que vous me proposerez. En hâte votre bien dévoué

Stefan Zweig
15, rue de Beaujolais,
Hôtel Beaujolais

17. Stefan Zweig à Georges Duhamel

[Paris, le 1er avril 1913][1]

Cher Monsieur Duhamel,
je suis bien désolé de vous dire que je viens d'accepter une invitation pour demain mercredi[2]. Mais je me permettrai de passer chez vous jeudi vers deux heures[3] : si vous n'êtes pas chez vous, je repasserai vendredi à la même heure. Je veux causer avec vous d'une mise en scène possible d'un de vos drames en Allemagne et j'espère de pouvoir vous être utile. Votre bien dévoué

Stefan Zweig

1. Carte pneumatique (« petit bleu ») avec cachet postal « 1.4.13 ».
2. Nouveau rendez-vous chez Rolland, chez qui Zweig rencontre les écrivains Alphonse de Châteaubriant et les frères Tharaud.
3. Date acceptée par Duhamel ; Zweig note le 3 avril : « Lui aussi au cinquième étage, comme tous les écrivains ici [!], à l'opposé de nos habitudes de confort douillet. Il donne l'impression d'un homme ouvert et agréable, nous passons ensemble deux bonnes heures », *Zweig 1993^{A}*, p. 68.

18. Stefan Zweig à Georges Duhamel

15, rue de Beaujolais,
Hôtel Beaujolais [7 avril 1913][1]

Cher Monsieur Duhamel,

J'ai lu la traduction. Elle est bonne, un peu trop « poétique » dans le mauvais sens du mot, mais faite avec élan et connaissance. Vous pouvez être content[2].
Voulez-vous que je prenne le manuscrit en Allemagne pour le présenter à un bon agent ou un théâtre ? Il faut seulement que vous m'assuriez qu'il n'est pas entre les mains d'un autre agent. Je tâcherai de vous procurer une avance, qui vous garantirait l'ardeur de l'éditeur[3]. Mais je n'ose rien promettre.
Indiquez-moi, si cela vous est agréable, un jour quand vous voulez me faire le plaisir de déjeuner avec moi. Peut-être jeudi ? je vous attendrai chez moi ou à l'endroit que vous me proposerez. Si vous n'avez pas le temps, je tâcherai de vous voir un jour après le déjeuner avant de partir.
Et acceptez avec bienveillance mon livre sur Verhaeren[4]. Bien à vous

Stefan Zweig

1. Billet sur papier libre. Datation d'après les *Journaux* de Zweig.

2. Il s'agit de la traduction en allemand de *La Lumière*, pièce représentée pour la première fois le 8 avril 1911 au théâtre national de l'Odéon dans le cadre des matinées du samedi consacrées au théâtre d'avant-garde. Le texte paraît en juin 1911 chez Eugène Figuière.

3. Ce seront les éditions P. E. Tal qui publieront finalement à Vienne en 1920 *Das Licht* dans la traduction d'Erwin Rieger (1889-1940).

4. Voir lettre 1. Duhamel y réagira, le 11 juillet 1913 : « [...] Votre "Verhaeren" est superbe ! » Verhaeren lui-même avait écrit à Zweig, le 16 avril 1910 : « Je l'ai relu et tout le bien que j'en pense est confirmé. C'est une œuvre de conscience, d'intelligence et de force, et je vous en serai toute ma vie reconnaissant », *Kerckhove 1996*, lettre 112, p. 267. L'étude approfondie de Zweig est en effet loin d'être une simple hagiographie.

19. Stefan Zweig à Georges Duhamel

[Paris, le 8 avril 1913][1]

Cher monsieur Duhamel

c'est avec plaisir que je viendrai Jeudi[2] à 11 3/4 chez vous, content de l'occasion de faire la connaissance de Madame Duhamel[3].

Croyez, cher monsieur Duhamel, à mes sentiments les plus distingués

Stefan Zweig

20. Stefan Zweig à Georges Duhamel[4]

[Vienne, mai-juin 1913]

Cher Monsieur et ami, tout sera réglé sous peu[5], j'ai pour vous un éditeur et agent très honnête et large et vous aurez un traducteur excellent pour « Le Combat ». Je pense avec joie et

1. Petit billet sur papier libre.

2. Le jeudi 10 avril (alors que Zweig, dans son Journal, donne la date de « mercredi 9 » par erreur).

3. Blanche Duhamel, née Sistoli (1886-1975), au théâtre Blanche Albane, a rencontré Georges Duhamel à l'Abbaye en 1907, et ils se marient en 1909. Elle a travaillé avec André Antoine à l'Odéon, en vedette chez Jacques Copeau au Vieux-Colombier ainsi que pour les Pitoëff. Ses talents d'actrice et de lectrice enthousiasmeront le public allemand lors des conférences de son époux, qu'elle accompagne souvent, par exemple à Leipzig en 1929. Elle se consacrera de plus en plus à l'œuvre de l'écrivain.

4. Carte de correspondance (petit format), manuscrite. Notre datation s'appuie sur les réponses de Duhamel. Fonds Georges Duhamel, BnF, NAF 28275.

5. Dans l'intervalle, Duhamel a informé Zweig que la traductrice de *La Lumière* a dû renoncer. Et il le prie « d'agir désormais ainsi qu'il vous semblera bon. Croyez que je vous suis vivement reconnaissant, quel que soit le résultat de vos recherches, du mal que vous vous serez donné » (lettre à Zweig, le 29 avril 1913).

regret aux beaux jours de Paris, mais le travail me tient et je suis content. Meilleurs compliments à Madame Duhamel et aux amis unanimistes. Votre bien dévoué

Stefan Zweig

Et le manuscrit !![1]

21. Stefan Zweig à André Suarès[282]

[Vienne] 11 juin 1913

Monsieur et maître, je vous prie de ne pas croire mes promesses oubliées : seulement je n'avais pas encore l'occasion de voir mon éditeur[3] personnellement, ce qui se fera dans quinze jours. Je veux lui proposer l'idée du Beethoven, annoncée déjà par lettre et un choix des essays. Vous lirez bientôt un petit compte-rendu sur « Pascal, Ibsen, Dostoïevski » – paroles précédant un essay plus définitif et qui appellent comme provisoires votre indulgence. Croyez-moi, monsieur et maître, votre admirateur fervent

Stefan Zweig

---

1. Duhamel à Zweig, le 19 avril 1913 : « Je n'ai pas encore cherché le manuscrit que je me ferai un plaisir de vous offrir. [...] Rien n'est perdu et je vous enverrai cela à Vienne », et encore, le 29 avril : « Je n'oublie pas non plus le manuscrit que je vous dois et que je veux vous offrir. Le tout est de chercher ce qui me semblera digne d'un tel usage » (*Delphis 2001*, p. 80).

2. Lettre manuscrite sur papier à lettre avec en-tête et monogramme SZ. Fonds Maurice Noël.

3. Anton Kippenberg, voir plus haut lettre 15.

22. Stefan Zweig à André Suarès[1]

[Vienne] 14 août [1913]

Monsieur et cher maître, je vous remercie infiniment pour votre « Cressida[2] ». J'ai lu le livre et je l'ai relu déjà deux fois. Il est peut-être le plus beau de vos dialogues : jamais en France et nulle part l'esprit a si victorieusement proclamé la beauté, la force et l'éternité de la chair, jamais l'égoïsme enfantin de la femme est devenu si puissant dans les paroles. Je suis épris de ce beau poème plus que je ne peux vous l'exprimer en Français. Et je vous prie de vouloir bien me transmettre le droit d'autorisation. Je viens de parler avec l'éditeur du Insel-Verlag à Leipzig, qui serait très content de publier un livre de vous. J'aimerais bien de commencer avec la « Cressida ». Et je vous prie d'arranger avec votre éditeur l'affaire matérielle de telle façon, qu'il ne demande pas trop, comme c'est le premier livre de vous qui paraîtra et qui fera le chemin de la gloire aux autres. Tâchez, qu'il ne demande pas plus que 400 francs pour ce premier livre : le succès augmentera le prix des autres. Vous comprendrez, cher maître, qu'il m'est très pénible de parler d'argent avec vous, mais comme dans notre vie moderne les choses d'art ont perdu leur belle vie végétative et élémentaire pour devenir objets de valeur, il serait hypocrite, de vouloir éviter ces choses, qu'il faut discuter pour les oublier plus vite après. Le Beethoven[3] pour-

1. Lettre manuscrite à l'encre violette, avec l'en-tête viennois et le monogramme SZ. Sur l'enveloppe – adressée à « Mr André Suarès, Paris, 20 rue Cassette, Frankreich » – l'année se lit sur le cachet postal : « 16-8-13 ». Bibliothèque Jacques Doucet, Ms. 24663 (legs Alice Suarès). Lettre publiée par Jean-Paul Corsetti, « Stefan Zweig, Correspondances inédites », in *Recueil*, n° 14, Champ Vallon, 1990, et par Stéphane Barsacq, « Lettres inédites entre André Suarès et Stefan Zweig », in *Revue des Deux Mondes*, décembre 2021-janvier 2022.

2. *Cressida*, Émile-Paul, Paris, 1913. Proses et dialogues qui ne se comprennent que par référence à *Troïlus et Cressida*, le drame de Shakespeare où le personnage de Thersite occupe une place importante, alors qu'il est absent du *Cressida* de Suarès.

3. Voir plus haut lettre 15.

rait suivre directement : et si j'ose de vous donner un conseil, réservez-vous le droit allemand pour ce livre d'avance et ne le donnez pas à l'éditeur. Verhaeren et Claudel le font de la même façon : car l'éditeur donne des autorisations sans regarder bien le traducteur. Et pour vos livres, qui ne sont que de la musique, il faut une ardeur semblable à la vôtre.
Je pense à une édition d'abord à un nombre restreint avec des exemplaires de luxe : ah, si on pouvait avoir des dessins de Rodin ! Je ne dis pas que ce soit impossible, comme le Insel-Verlag fait une édition superbe de Rodin en ce moment (le texte est de Rainer Maria Rilke et peut-être le plus bel essay en Allemand.) Plus tard on pourrait tirer une édition simple.
Je ferai la traduction soigneusement (peut-être pas seul[1]), mais je vous demande d'avance la permission d'agir librement[2]. L'esprit des langues est trop fort pour se changer entièrement et une traduction littérale détruit le rythme, qui est l'âme de la parole. Je ne changerai jamais le sens, jamais le rythme : mais dans le détail je rétablirai peut-être des petites nuances. Je ne peux pas signer autrement une traduction : Verhaeren a toujours consenti. Et je demande aussi de vous un peu de confiance.
Permettez-moi que je vous envoie une de mes tragédies « Thersites », publiée il y a cinq ans[3] et montée dans plusieurs théâtres. Je vous l'envoie pour vous montrer que l'esprit de cette époque[4]

1. La traduction allemande de *Cressida* signée « Stefan Zweig, en collaboration avec Erwin Rieger », paraîtra en 1920 chez E. P. Tal & Co, Leipzig, Vienne, Zurich, en mille exemplaires, le n° 7 de la collection « Die zwölf Bücher » [« Les douze livres »] dirigée par Carl Seelig, cf. *Zweig 2021*, p. 16.

2. Question importante pour Zweig qui parle d'expérience, ayant traduit et publié des poèmes choisis de Verlaine, Baudelaire, Rimbaud, Desbordes-Valmore. Il qualifie ses propres traductions de « Nachdichtungen » (« transpositions »).

3. *Tersites*, tragédie en trois actes, Insel Verlag, 1907, créée à Dresde et à Cassel le 26 novembre 1908. En français « Thersite », *in* Stefan Zweig, *Romans, Nouvelles, Théâtre*, traduit et présenté par Brigitte Vergne-Cain et Gérard Rudent, La Pochothèque LGF, Paris (désormais *Zweig 1995*).

4. Comprendre : le moment historique où les Modernes (à commencer par Freud) se ressaisissent de la mythologie grecque classique.

est familier à mon imagination et je regrette que vous ne saurez pas la lire. Et, coïncidence curieuse : je travaille depuis un an à un grand essay sur Dostoïevski[1], qui sera bien différent du vôtre[2] (auquel j'emprunte avec admiration des passages) : oh, comme j'ai eu des délices en vivant sa vie de martyre et en comprenant sa ferveur par ses douleurs[3].
Je prépare un essay sur votre œuvre : lentement et soigneusement. J'ai déjà écrit maintes fois votre nom dans des essays (sur Claudel, Rolland ect.) et j'écrirai aussi sur les « Trois essays » et « Cressida » dans notre plus grand quotidien[4] quelques mots, mais seulement pour avertir le public, des paroles non d'artiste, mais d'avertissant, paroles non pour convaincre, mais seulement pour intéresser.
Votre confiance fait mon orgueil : et je compte vous démontrer que vous n'en aurez pas à vous plaindre. Je veux tout faire pour que le livre soit parfait en traduction et représentation comme il est parfait dans sa vie, dans son âme. Encore une fois je vous remercie, cher maître, pour votre envoi, votre œuvre et votre bonne grâce. Votre très dévoué

Stefan Zweig

1. L'étude de Zweig (à cause du conflit mondial) ne paraît qu'en 1920, dans *Drei Meister. Balzac, Dickens, Dostoïevski* [« Trois maîtres »] – mais un fragment, « L'Amour chez Dostoïevski », est publié dans la revue *Das Neue Pathos*, en avril-mai 1914, cf. *Écrits littéraires* (*Zweig 2021*), p. 131-136.

2. L'essai de Suarès, *Dostoïevski* est publié par Charles Péguy en 1911 aux *Cahiers de la Quinzaine*, puis dans le recueil *Trois hommes : Pascal, Ibsen, Dostoïevski*, NRF, 1913.

3. Voir le beau poème en prose « Le Martyr (Dostoïevski. 22 décembre 1849) » [*Der Märtyrer*] qui paraît dans l'*Insel-Almanach pour l'année 1913* ; est traduit sans tarder par Henri Guilbeaux dans son *Anthologie des lyriques allemands contemporains depuis Nietzsche*, préface d'Émile Verhaeren, Paris, Figuière, 1913, 413 p. Zweig le reprendra en 1924 dans ses « Poèmes complets » [*Gesammelte Gedichte*, Insel Verlag] et, en 1927, sous le titre « Instant héroïque » dans *Les Heures étoilées de l'humanité* [*Sternstunden der Menschheit*], paru dans la collection « Insel-Bücherei ».

4. La *Neue Freie Presse*, cf. lettre 9.

LETTRES 23 À 41

Février-juin 1914

Les six premiers mois de 1914 donnent le vertige. Stefan Zweig, auteur-voyageur, éblouit par ses talents : poète, traducteur-adaptateur, critique littéraire et agent artistique génial qui sait toujours compter, expert en la matière. Depuis qu'il s'est voué à Émile Verhaeren (en 1902) et à l'ambitieux éditeur Anton Kippenberg (en 1906) ses idées foisonnent : il vit la modernité comme la plus belle jeunesse, de Vienne à Paris, de Londres à Berlin, avec des incursions jusqu'aux Indes orientales (1909), sans oublier les Amériques (1910). En arrière-plan de la vingtaine de lettres qu'on va lire ici, il faut imaginer la scène européenne la plus brillante. Par exemple Hellerau, près de Dresde, pour la création de L'Annonce faite à Marie, *le 5 octobre 1913. Henry Van de Velde, Rilke, Lou Andreas-Salomé, Franz Werfel, Annette Kolb, les Kippenberg (notamment) assistent à ce spectacle, dans une adaptation de Jakob Hegner, un ami de Zweig. Lequel a pu acheter à Paul Claudel une copie manuscrite autographe de sa désormais très fameuse pièce, pour 500 francs, en la soufflant, semble-t-il, à André Gide, au dangereux André Gide… Sur cette toile de fond, Henri Ghéon et André Suarès prennent un relief extraordinaire. Henri Ghéon, un pilier de la NRF dès la première heure, et Suarès, l'ombrageux condottière des lettres françaises ne pratiquant que le français et l'italien, ce qui désole Zweig. Quant à Oskar Fried, musicien très moderniste, d'une élégance munichoise impressionnante, il cherche, comme Schönberg, un style nouveau de déclamation à la fois lyrique et dramatique.*

1914

23. Stefan Zweig à Henri Ghéon[1]

2 II 1914, Vienne, Autriche

Monsieur, j'ai l'honneur de m'adresser à vous[2] avec une proposition, qui vous étonnera peut-être d'abord, mais que, je l'espère, vous jugerez favorablement. Je connais depuis longtemps votre beau drame « Le Pain[3] » et j'avais déjà l'idée de le traduire en allemand. Mais voilà, que le plus hardi, le plus intéressant de nos compositeurs Allemands, Oscar Fried[4], le premier dirigent de Berlin, qui a composé Verhaeren, s'adresse à moi et demande, si je voudrais faire un livret d'opéra de votre pièce. Je disais : non, parsque je n'aime pas les livrets d'opéra, tirés des belles œuvres. Mais il me propose, d'en faire une très belle chose :

1. Lettre manuscrite recto verso à l'encre violette, sur deux feuilles (pliées en deux) du papier à l'en-tête « VIII, Kochgasse 8, Wien », avec à gauche le monogramme SZ. Fonds Henri Ghéon, NAF 28147 (77), BnF.

2. Roger Martin du Gard évoque un « Barbe-bleue hilare [...] perpétuellement ivre d'exister » dans la première page de ses *Notes sur André Gide* (Roger Martin du Gard, *Œuvres complètes*, « La Pléiade », II).

3. *Le Pain. Tragédie populaire en 4 actes et 5 tableaux*, éditions de la Nouvelle Revue française, Gallimard, 1912, 130 p., elle est créée par Jacques Copeau en 1911, au théâtre des Arts.

4. Oscar Fried (Berlin 1871-Moscou 1941) : disciple de Mahler, compositeur et chef d'orchestre [*Der Dirigent* en allemand, mot que conserve Zweig] ; sur sa création musicale inspirée par Verhaeren, voir la lettre de Verhaeren à Zweig, le 28 juin 1913, *Kerckhove 1996*, pp. 459-460.

un grand mélodrame, qui, en conservant la parole poétique intacte, ne donne la musique qu'aux chœurs et aux orchestres et qui essayerait quelque chose d'absolument nouveau, réunissant l'idée du théâtre grec avec le sujet moderne. Maintenant je suis très pris de cette possibilité et j'aimerais de faire une œuvre absolument originale sur votre sujet, conservant les personnes et les idées, mais tout à fait autre dans les rythmes. Et je vous en demande la permission, de faire cette œuvre qui portera en front l'indication « d'après le motif de Henri Ghéon ». Je ne veux pas en avoir des avantages matériels : je vous offre 50 % de toutes mes recettes du théâtre et du livre. Je vous réserve en outre le droit de laisser traduire et monter intégralement dans une autre traduction votre pièce, en me réservant seulement le terme, qu'il ne soit pas monté sur la scène Allemande avant deux ans.
Je ne crois pas, qu'une offre de ma part pourrait être plus large et plus inspirée de respect pour votre œuvre. J'avais d'abord l'idée de vous offrir une somme fixe, mais, comme Fried est un compositeur génial, il est bien possible que l'œuvre ait un très grand succès et l'idée me serait pénible de vous avoir dérobé de votre part. Je crois un partage est la façon la plus honnête et mon offre est beaucoup plus haut que les 50 %, comme vous conservez le droit, de faire monter et traduire votre œuvre. Il est alors seulement une question de confiance et je vous prie de demander des renseignements sur ma personne chez mon ami Émile Verhaeren (qui m'a dédié son Hélène de Sparte[1] et sur lequel j'ai publié un grand livre chez le Mercure de France) ou chez Romain Rolland, Paul Fort, Alfred Valette, chez qui vous voulez en France ou en Allemagne.
Je veux faire une très belle chose de votre œuvre, assez libre dans la forme et très personnelle. Je n'ai jamais travaillé dans ma vie pour l'argent : si cette fois je cherche et j'accepte la collaboration d'un musicien, c'est seulement, parsque je vois

1. *Hélène de Sparte*, drame traduit par Zweig en 1909 et publié en 1910 à l'Insel Verlag, Leipzig, dans *Drei Dramen* [*Helenas Heimkehr*, *Philipp II.*, *Das Kloster*].

la possibilité de créer un nouveau type musical dans notre époque, opposé à celui de Wagner et des Anciens. L'œuvre sera représentée selon nos idées sans chanteurs et non dans un opéra, peut-être dans des salles de concerts ou sur une scène libre. Nous voulons commencer avec cette œuvre une série des œuvres, qui représentent la vie moderne avec le grand essor des représentations antiques. Et votre œuvre, inspirée si hautement des idées primitives et éternelles de notre vie moderne serait le plus beau commencement. Vous pouvez être sûr, que, tout en le refaisant de ma propre personnalité, j'en conserverai les lignes grandes et pures.
Je ne sais pas, si je me suis assez bien exprimé. Mais je voudrais surtout que vous sentiez : ici il ne s'agit pas d'une offre ordinaire, d'utiliser un drame pour un opéra, mais d'un essay vers une beauté inconnue, essay, qui peut se briser contre les obstacles de la résistance de la matière et de l'ignorance, mais qui peut provoquer aussi une ère nouvelle dans notre conception du drame et du théâtre. J'attends, cher monsieur et confrère, votre réponse et je vous prie de vouloir bien croire à mon respect et ma sympathie la plus dévoué

Stefan Zweig

24. Stefan Zweig à Henri Ghéon[1]

[Vienne] 12 Févr. 1913

Monsieur et cher confrère, je vous remercie de votre bonne lettre et je suis heureux de sentir que nous nous entendrons. Tout ce que vous voulez voir conservé de votre œuvre était aussi dans mes intentions à conserver : je veux vous dire franchement ce que je veux changer, c'est dans le troisième acte de la comédie

1. Lettre manuscrite, sur papier libre, à l'encre noire. Le contenu montre que la date « 1913 » est une inadvertance. Fonds Henri Ghéon, BnF, NAF 28147 (77).

musicale l'épisode de Madame Roux[1], laquelle je voudrais éliminer complètement. Dans l'adaptation qui demande des lignes plus droites et simples, je ne laisserai subsister que le conflit moral de l'homme supérieur et la foule, mais je serai obligé de faire disparaître l'autre division en bourgeois et prolétarien. Et j'ai fait mon effort pour démontrer la défaite tragique du héros sans cette épisode, qui est pour l'œuvre même, d'importance inférieure.
Je conserverai intégralement le titre de votre pièce, j'ajouterai « d'après les motifs de la tragédie de Henri Ghéon », je partagerai fidèlement les recettes avec vous.
Et maintenant : une chose, que je vous prie de tenir discret et absolument confidentiel. Reinhardt[2] connaît votre pièce depuis deux ans, mais il n'a jamais trouvé l'élan nécessaire pour l'accepter dans la forme existante. Quand Fried et moi nous lui avons expliqué notre idée, de la refaire en musique, avec des chœurs, – si vous voulez : symphoniquement – il était très touché de notre idée. Vous savez peut-être que Reinhardt propose à construire un théâtre énorme dans des proportions Grecques pour 5 000 personnes[3]. Et votre et notre forme serait pour ce théâtre idéale. Il se peut donc que votre œuvre aura une résurrection en Allemagne, comme vous ne pouvez le deviner, une réalisation ample et grandiose comme sur aucune scène du monde. Et il se peut, que les recettes de votre part seront très grandes.

---

1. Dans le texte de Ghéon, ce personnage n'apparaît qu'au quatrième (et dernier) acte du *Pain* (à lire sur archive.org). Supprimer cet acte revient à modifier la portée politique de la pièce ; mais Ghéon se déclare d'accord, dans sa lettre à Zweig le 14 février (*Fredonia*).

2. Max Reinhardt (Baden, Autriche 1873-New York 1943), acteur et le plus célèbre metteur en scène de l'époque, directeur (notamment) du Deutsches Theater de Berlin (1905-1932) et du Theater in der Josefstadt à Vienne à partir de 1924. Émigré aux États-Unis en 1938, il crée une école de théâtre à Hollywood.

3. À Berlin dans le Grosses Schauspielhaus (l'ancien cirque Schumann) où tiennent cinq mille spectateurs ; et en août 1920, Reinhardt fait éclater la scène traditionnelle en inaugurant le festival de Salzbourg avec *Jedermann*, joué devant la cathédrale.

Il se peut. Il n'existe aucune commande de la part de Reinhardt, aucune promesse de notre part. Il n'existe aucun traité, aucun contrat jusqu'à présent entre Mr Fried et moi. Je veux faire ce que je peux, il verra, si la chose lui convient, et puis nous penserons à la réalisation. Nous ne voulons pas faire un commerce, mais une œuvre, tout un genre d'art neuf et fécond et nous sentons dans votre « Pain » les racines, qui nourrissent et fermentent nos idées. Nous pouvons échouer complètement, lui et moi – nous le risquons hardiment. Nous n'acceptons aucune avance de la part d'un éditeur du livre ou de la musique (qu'on nous donnerait largement, à nous deux) pour ne pas nous lier. Nous ne savons rien – si nous réussirons, mais je le crois et Fried et Reinhardt aussi. Maintenant c'est à vous d'avoir confiance avec nous.
Je veux vous donc répondre à votre demande de vous verser une somme d'avance pour vous dédommager de votre retard : je le fais avec plaisir, mais à partir de l'instant, que je crois la collaboration avec Fried réalisée. Je veux faire un acte ou une partie maintenant, pour qu'il se puisse décider (car je ne veux[1] pas qu'il s'engage déjà maintenant, néanmoins qu'il le ferait.) Je veux qu'il travaille avec élan. Je vous propose donc d'attendre encore deux mois. Dans deux mois je vous verserai, si nous faisons la tragédie musicale, la somme de 1 000 francs pour l'abstention pour deux ans, mais qui sont déjà une avance sur vos droits de 50 %. Si nous ne faisons pas la tragédie musicale et vos pourparlers sont brisés, je m'engage moi-même de faire la traduction de votre tragédie intégralement et d'acheter les droits ou les garanties. Je crois, que de cette façon il est impossible que vous soyez diminué dans vos chances. D'ailleurs Hegner est un ami d'enfance de moi[2] et il monterait à Hellerau[3] la pièce aussi dans ma traduction (moi,

1. « Veux » est souligné de deux traits.

2. Jakob Hegner (Vienne 1882-1972 Lugano), condisciple de Zweig au Wasa-Gymnasium ; il devint éditeur et imprimeur. Après Maupassant, il traduisit et publia, outre Claudel, Francis Jammes, Bernanos, Marcel Schwob.

3. Le Festspielhaus de Hellerau, près de Dresde, créé en 1909, avec son école expérimentale de musique, de danse et de théâtre dirigée de 1910 à 1914

je trouve Hellerau peu désirable d'ailleurs, Claudel vous en peut raconter.) Reinhardt, cela est presque sûr, ne montera votre œuvre que dans notre adaptation – j'ai causé avec lui longuement. Et puis, n'oubliez pas que je suis auteur chez Reinhardt et que mes pièces sont montées en Allemagne sur plus de cent théâtres : j'ai donc l'influence pour pouvoir mettre en scène votre pièce.
J'espère que vous trouverez ma proposition honnête. Vous comprendrez mon dégout de vendre un travail avant d'avoir écrit une ligne : je ne crois pas qu'on puisse réaliser une œuvre d'art en pensant aux recettes et Fried est heureusement du même avis. Je comprends aussi votre situation, que vous ne voulez pas laisser une offre fixe contre des essais grandioses mais encore vagues : mais je crois, ma lettre vous assure. Si l'œuvre que nous nous proposons ne se fait pas – ce que je saurai en deux mois – je veux moi-même remplacer le traducteur. Et je peux le dire sans peur d'être contredit : que personne en Allemagne, excepté peut-être Rilke, pourrait faire une meilleure traduction d'une œuvre lyrique et pathétique.
En même temps je vous prie : envoyez-moi votre nouvelle tragédie « L'Eau de vie[1] » aussi. Peut-être je peux vous être utile et je ne demande pas mieux.
Recevez donc, cher confrère, l'assurance de mes meilleurs sentiments

Stefan Zweig

P.S Je vous prie encore une fois de tenir tout ce que je vous ai confié des intentions de Reinhardt, absolument confidentiel. Rien n'est sûr entre lui et nous et je ne voudrais pas avoir la nouvelle percer jusqu'aux journaux.

---

par le musicien et pédagogue suisse Émile Jacques-Valcroze (1865-1950), attira toute l'Europe artistique. Le 5 octobre 1913 eut lieu à Hellerau la première de *L'Annonce faite à Marie*, de Paul Claudel, alors consul de France à Hambourg.

1. *L'Eau de vie*, tragédie rustique en trois actes, sur les drames de l'alcoolisme, qui a un grand succès au théâtre du Vieux-Colombier en 1914.

25. Stefan Zweig à Henri Ghéon[1]

[Vienne, 18 février 1914]

Monsieur et cher confrère, je vous remercie de tout cœur pour votre bienveillance. Maintenant je peux me mettre joyeusement au travail, sachant que vous comprenez si bien mes desseins et que vous avez confiance en nos efforts. Je serai à Paris vers le 20 mars et j'espère de pouvoir vous montrer la façon, comment j'ai entrepris l'œuvre.
Je vous remercie également pour votre offre généreuse de vouloir me faire parvenir la scène inédite du « Pain » et de « l'Eau de vie » : je les lirai avec reconnaissance et joie !
J'ai averti Mr Hegner de nos conditions et j'espère qu'il comprendra que je ne veux pas gâcher ses affaires. Pourtant – on ne sait jamais ; en tout cas que je suis content, que nous sommes d'accord. Je suis profondément convaincu que vous ne regretterez jamais d'avoir eu confiance en la probité et l'effort artistique de votre très dévoué

Stefan Zweig

1. Lettre manuscrite à l'encre violette, sur une feuille du papier à l'en-tête de Vienne avec le monogramme SZ. Datation d'après le cachet postal « 18.II.14 » figurant sur l'enveloppe, adressée depuis Vienne (Autriche) à « Mr Henri Ghéon, Orsay (Seine & Oise) près Paris, France ». Fonds Henri Ghéon, NAF 28147 (77), BnF.

26. Stefan Zweig à Henri Ghéon[1]

[Vienne, 16 mars 1914]

Cher monsieur et confrère, je ne serai pas avant le 20 mars à Paris, retenu par les répétitions d'une pièce[2], moi aussi. Mais alors, au revoir ; je serai très content d'assister à la mise en scène de « l'Eau de vie ».
Votre très dévoué

Stefan Zweig

27. Stefan Zweig à Henri Ghéon[3]

[Paris, après le 20 mars 1914][4]

Cher monsieur Ghéon, certainement alors à mercredi à la répétition générale (je n'ai pas encore reçu les billets) et jeudi soir je vous prie de dîner avec moi, je vous attends chez moi à partir de 6 heures jusqu'à huit heures. Très à vous

Stefan Zweig

15, rue de Beaujolais

---

1. Carte postale en noir et blanc, représentant le Wiener Konzerthaus, écrite à l'encre violette, cachet postal « Wien, 16. III.14 », adressée à « Monsieur Henri Ghéon, Orsay près Paris, (S. & O.) ». Fonds Henri Ghéon, NAF 28147 (77), BnF.

2. Il pourrait s'agir d'une reprise de « La Maison au bord de la mer ».

3. Billet manuscrit à l'encre violette, sur une feuille. Datation d'après le contenu. Fonds Henri Ghéon, NAF 28147 (77), BnF.

4. La succession ici de trois lettres courtes (numéros 27-28-30) témoigne bien de l'effervescence des relations entre écrivains du premier rang. Les seules dates attestées sont, d'après le Journal de Zweig, les lundi 23 mars (il voit Ghéon, Gide, Rolland, et de nouveau Ghéon), et jeudi 26 mars (voyage à Rouen avec Verhaeren).

28. Stefan Zweig à Henri Ghéon[1]

Hôtel Beaujolais [le 22 mars 1914]

Cher confrère, c'est avec plaisir que je viendrai vous prendre, seulement je vous prie de vouloir bien changer l'heure de 6 ¾ à 7 heures. Je suis invité pour cinq heures chez mon cher Romain Rolland[2] et je ne sais pas si je pourrai venir si exactement. Un quart d'heure de plus me donnera plus de l'aise. À tantôt donc !
Votre bien dévoué

Stefan Zweig

29. Stefan Zweig à André Gide[3]

15 rue de Beaujolais, Hôtel de Beaujolais
[Paris, 24 mars 1914]

Monsieur et cher maître, je viens de proposer à Dr. Kippenberg comme traducteurs[4]
Mr Paul Wiegler[5], qui a donné des versions parfaites de Anatole France

1. Billet manuscrit, à l'encre noire, sur le papier à en-tête « Hôtel Beaujolais ». Datation d'après le contenu. Fonds Henri Ghéon, NAF 28147 (77), BnF.

2. Par un bref billet daté du 21 mars, Romain Rolland vient de proposer à Stefan Zweig une rencontre le lundi 23 mars au 3, rue Boissonnade, où il vient de s'installer, cf. *Rolland-Zweig 2014*, p. 73.

3. Carte-lettre manuscrite, sans date, à l'encre noire ; enveloppe adressée à « Monsieur André Gide/Villa Montmorency, Auteuil », cachet postal « 24 III 14 ». Fondation André Gide.

4. Dans sa lettre à son éditeur de Leipzig, Zweig précise : « je viens de voir André Gide. Il me demande conseil, il est extrêmement important pour lui d'avoir un bon traducteur pour son roman », cf. *Kippenberg-Zweig 2022*, pp. 195-196. *Les Caves du Vatican* (NRF, 1914) ne paraîtra en allemand qu'en 1922 à l'Insel Verlag, Leipzig, traduit par Dieter Bassemann.

5. Paul Wiegler (1878-1949), traducteur d'Anatole France, notamment pour *La Rôtisserie de la reine Pédauque* et *L'Île des pingouins*, publiés en 1907 et 1909 chez Piper, Munich (réédités en 1991 et 1987).

Mr Artur Schurig[1] qui a de tous le mieux traduit Flaubert
Madame Hedwig Lachmann[2], qui a traduit Wilde beaucoup mieux que Mr Greve.
J'espère que mes conseils lui seront bienvenus et je me permettrai de vous avertir dès que j'aurai sa réponse. Votre bien dévoué

Stefan Zweig.

30. Stefan Zweig à Henri Ghéon[3]

15, rue de Beaujolais, Hôtel Beaujolais
[le 25 ? mars 1914]

Cher monsieur Ghéon, j'ai remis votre manuscrit[4] hier à Mr Gallimard – merci pour le plaisir[5] de deux heures d'aujourd'hui et d'admirable terreur qu'il m'a donnée. C'est peut-être l'œuvre la plus dramatique de la génération Française, – trop forte même peut-être pour le grand public qui est toujours hypocrite jusqu'à un certain point. J'ai averti déjà un éditeur Allemand. Nous causerons de tout cela, si vous voulez me faire le grand plaisir de dîner mercredi avec moi avant votre première, car vous m'avez dit que c'est votre seul jour libre. Dites-moi où je peux vous attendre ou trouver mercredi et recevez jusque-là mes félicitations chaleureuses. Je suis sûr d'un très[6] grand succès littéraire et artistique et j'en serai encore plus heureux peut-être que vous-même. Votre très dévoué

Stefan Zweig

1. Arthur Schurig (1870-1929) est aussi évoqué par Zweig comme un expert de Stendhal, et de Mozart : « Une biographie allemande de Stendhal » in *Écrits littéraires*, p. 343 (désormais *Zweig 2023*).
2. Hedwig Lachmann (1868-1918), poétesse ; elle a aussi traduit Poe, Swinburne et Balzac ; épouse de Gustav Landauer (1870-1919).
3. Lettre manuscrite à l'encre violette, sur une feuille pliée en deux de papier sans en-tête. Fonds Henri Ghéon, NAF 28147 (77), BnF.
4. Probablement celui de *L'Eau de vie*, voir lettre 24.
5. Mot très peu lisible, ceci est notre lecture.
6. Le mot « très » est souligné de deux traits.

31. Stefan Zweig à René Arcos[1]

Hôtel Beaujolais, Paris
[Début avril 1914]

Cher monsieur, le Insel-Verlag m'a chargé de faire une anthologie des poètes Français[2] (en Français, et comme je tiens fort à vous voir représenté dans ce volume, je vous prie de vouloir bien m'accorder l'autorisation de choisir 2-3 poèmes de votre œuvre lyrique (quitte à nous de traiter avec votre éditeur[3]).

Votre bien dévoué

Stefan Zweig

32. Stefan Zweig à Georges Duhamel[4]

15, rue de Beaujolais,
Hôtel Beaujolais
[Début avril 1914]

Cher Monsieur Duhamel, le Insel-Verlag m'a chargé d'éditer une anthologie des poètes français[5] (en Français) et je vous

---

1. Lettre manuscrite (photocopie). Sammlung Knut Beck, Literaturarchiv Salzburg (LAS SZ-SKB).

2. L'idée était dans l'air : à Londres, Jethro Bithell (cf. lettre 6) ; à Paris, Henri Guilbeaux (cf. lettre 2) avait composé une *Anthologie des lyriques allemands contemporains depuis Nietzsche* où figurent des poèmes de Zweig.

3. Réponse d'Arcos, le 15 avril 1914 : « Je vous donne bien volontiers cette autorisation que vous me demandez de choisir des poèmes dans les livres que j'ai publiés. [...] Je vous serais bien obligé de ne me ranger dans aucune école car j'ai la maladie de l'indépendance. [...] Je pense que vous avez écrit aussi à Vildrac, à Duhamel, à Romains ? Ce sont de nobles et grands poètes » (*Fredonia*).

4. Lettre manuscrite à l'encre violette, sur une petite feuille de papier libre. Fonds Georges Duhamel, BnF, NAF 28275.

5. Rappelons qu'il ne s'agit pas encore ici du projet proposé à Duhamel en 1921 pour la « Bibliotheca Mundi » (cf. lettre 82).

demande l'autorisation de vous représenter avec 2-3 poèmes (quitte à nous de traiter avec votre éditeur). J'espère recevoir votre réponse affirmative et d'avoir occasion de vous en remercier personnellement. Très à vous
Stefan Zweig

33. Stefan Zweig à Charles Vildrac[1]

15 rue de Beaujolais
Hôtel Beaujolais
[Début avril 1914]

Cher monsieur Vildrac, le Insel-Verlag m'a chargé d'éditer une anthologie de poètes français (en Français) et je vous prie de vouloir me donner 2-3 poèmes de vous (quitte à nous de traiter avec votre éditeur.)
J'ai regretté beaucoup de vous avoir manqué quand j'amenais mon ami Trebitsch[2] chez vous[3]. Il est amateur des tableaux, et je suis sûr, vous ne regretterez pas d'entrer en relations avec lui.
Très à vous
Stefan Zweig

1. Lettre manuscrite sur papier libre. Fonds Charles Vildrac, IMEC, 675/VLD/23/5 (1922-1963).

2. Siegfried Trebitsch (1868-1956), officier autrichien, prosateur, dramaturge et traducteur (théâtre de Bernard Shaw) ; ami de longue date de Zweig. Il émigre en 1938 pour la Suisse puis la France, et peut regagner la Suisse en 1940.

3. La galerie de peinture de Charles Vildrac, tenue aussi jusqu'en 1932 par sa femme Rose, se trouvait 11, rue de Seine, Paris, voir dans *Les Cahiers de l'Abbaye de Créteil*, n° 40, décembre 2021, pp. 8-20.

34. Stefan Zweig à Georges Duhamel[1]

15, rue de Beaujolais
Hôtel Beaujolais
[Paris, après le 15 avril 1914]

Cher Monsieur et ami,
merci pour votre consentement, j'ai reçu de tous les poètes réponse affirmative – les deux seuls qui ne m'ont pas encore répondu sont Jules Romains et Vildrac – rappelez à eux ma lettre, quand[2] vous les verrez. J'espère de vous voir mardi à la répétition générale au théâtre du Vieux Colombier[3] et de vous serrer la main. Sincèrement à vous

Stefan Zweig

35. Stefan Zweig à André Suarès[4]

[Vienne] 28. IV. [1914]

Monsieur et cher maître, je viens de passer maintenant un mois à Paris, mais je n'osais pas de me présenter chez vous, comme vous n'avez jamais répondu à ma demande de traduire votre admirable livre « Cressida[5] ». Je veux tout de même me permettre de m'adresser à vous pour deux demandes, que je voudrais

1. Lettre manuscrite. Fonds Georges Duhamel, BnF, NAF 28275. Pour la datation proposée, voir lettre 31, note 3.

2. Zweig a écrit « si » (à partir de « wenn » qui signifie en allemand « quand » ou « si »).

3. Ce n'est pas, semble-t-il, une pièce de Duhamel, dont la première saison du théâtre du Vieux-Colombier ne porte pas mention. Par ailleurs, Zweig en approchant la *NRF* devient un peu plus « rive gauche » qu'auparavant.

4. Lettre manuscrite, avec en-tête de Vienne et monogramme SZ. Fonds Maurice Noël.

5. Zweig revient ici sur les questions qu'il abordait dans sa lettre du 14 août 1913 (n° 22).

faire de la part du Insel-Verlag et j'espère, vous recevrez mes mots gracieusement.
Je prépare pour le Insel-Verlag une grande édition Allemande de Verlaine en quatre volumes. Tous nos grands poètes – Dehmel, Rilke – collaboreront en qualité de traducteurs et en outre aura chaque volume un essay sur Verlaine d'un Français représentatif. Verhaeren, Paul Claudel, André Gide m'ont accordé de donner un essay ou un poème qui sera imprimé à la tête du livre, et je désire vivement de publier aussi votre superbe essay sur Verlaine[1] en traduction. Je vous offre 100 Francs pour le droit de publier cet essay et j'espère, vous serez accessible à notre proposition, surtout comme il s'agit ici d'une œuvre représentative. Les quatre noms de Verhaeren, Claudel, Gide et le vôtre sont pour nous la parole Française d'aujourd'hui et réunie en faveur de Verlaine, elle fera retentir son nom.
Le Insel-Verlag prépare également un choix de « Poètes depuis Baudelaire » en Français[2] et je vous demande la permission de publier trois poèmes de vous dans cette anthologie et de faire vous-même le choix, lesquels vous aimez le plus. Le Insel-Verlag vous versera 10 francs par poème pour le droit de la reproduction. Je suis un peu honteux d'être obligé de vous avoir parlé aussi de ces choses matérielles, mais l'argent ne devrait faire honte que à celui, qui le craint parsqu'il l'aime trop[3]. Quant à « Cressida » je vous ai demandé seulement l'autorisation pour laisser à l'éditeur le soin de s'arranger avec le vôtre, mais vous ne m'avez jamais répondu. Je vous avoue franchement que j'en ai souffert, parsque

1. Cet essai « Verlaine », paru d'abord dans *La Grande Revue*, est repris dans *André Suarès : Idées et visions*, éd. Robert Parienté, collection « Bouquins », Paris, 2002, *in* « Sur la vie », pp. 253-258.

2. Dès le 28 décembre 1912, Anton Kippenberg a proposé à Zweig de composer une « anthologie de la poésie française moderne », cf. *Kippenberg-Zweig 2022*, p. 146, n. 1. Mais ce projet ne se réalisera pas, à cause de la guerre.

3. Suarès répond avec vigueur à Zweig sur ce point, le 1er mai 1914 : « Je ne puis être de votre avis. Il faut avoir assez de force pour se rendre libre à l'égard de l'argent comme de toutes les puissances brutales. [...] Et c'est lui donner trop d'importance que de rougir à le toucher seulement. » Cf. *Suarès-Zweig 2021/22*, pp. 26-27.

j'admire profondément votre art et votre tenue morale (si solitaire en France et partout) et je regretterais infiniment de vous avoir froissé sans le savoir et surtout sans le vouloir. Mais même votre silence ne me pourrait éloigner de votre œuvre, comme elle fait partie de ma vie intellectuelle : ma passion vivante.
Recevez, cher maître, l'assurance de mes sentiments les plus distingués

Stefan Zweig

36. Stefan Zweig à André Suarès[1]

[Vienne, 5 mai 1914][2]

Mon cher maître, le jour d'hier m'a apporté une triple joie : votre bonne lettre[3], et les deux livres, dont je connais et j'admire l'un, depuis que j'en ai lu les différentes parties dans la « Nouvelle Revue Française ». Et je suis heureux de pouvoir traduire « Cressida » : je vous ai averti il y a un an, que je le veux faire avec toute la passion artistique dont je dispose, mais en me réservant le droit de ne pas traduire toujours textuellement. Votre langue n'est pas nourrie seulement des idées, elle est trempée en musique : et souvent la même phrase perd sa mélodie dans une autre langue. Et je trouve qu'il serait criminel de vous traduire autrement que avec l'idéal de la musique. Je serai peut-être forcé de laisser un adjectif qui ne possède pas son frère dans notre race pour lui substituer une sœur, un mot

1. Lettre manuscrite, avec en-tête de Vienne et monogramme SZ. Fonds Maurice Noël.

2. Cette datation se fonde sur la lettre de Zweig à son éditeur Kippenberg, le 4 mai, où il « vient de recevoir l'accord ferme de Suarès » pour Verlaine (lettre 139, *Kippenberg-Zweig 2022*, p. 199).

3. André Suarès a écrit à Zweig, le 1er mai 1914, concernant *Cressida* : « Je l'avertis [mon éditeur Émile Paul] que vous êtes le traducteur de mon choix, et il est tout prêt à vous réserver cette œuvre, selon mon désir. » Et : « Pour le Verlaine, tenez, cher Monsieur, que nous sommes d'accord dès à présent. » Cf. *Suarès-Zweig 2021/22*, pp. 26-27.

plus doux, plus harmonieux ; je changerai peut-être quelquefois la tournure d'une phrase entière, pour ne pas interrompre l'onde mélodieuse de l'ensemble. Mais je ne traduirai jamais contre la mélodie, jamais sans la conscience, que votre prose vaut dix fois la poésie des autres.
Je m'adresserai immédiatement à votre éditeur et j'espère qu'il ne fera pas des conditions trop lourdes : je pense d'abord à une édition à tirage limité – pas justement une édition de haut-luxe pour les snobs (qui pullulent dans la nouvelle Allemagne) mais une édition remarquable quant à l'impression (en deux couleurs si possible) et la présentation.
De vos poèmes je possède le volume « Lais et Sônes[1] » et je connais le cycle « Vers et Prose ». Je voudrais choisir de ceux-là quelques-uns pour l'anthologie et je suis sûr, elle réveillera l'attention des amateurs pour vos poèmes.
I. Volume : Frühe Gedichte (Les poèmes du Parnassien)
II. Volume : Geistliche Gedichte (Les poèmes catholiques)
III. Volume : Weltliche Gedichte (Les poèmes de l'époque post-catholique)
IV. Volume : Prosaschriften (Les documents autobiographiques, Lettres, Essays)
Pour le second volume Claudel nous a donné un poème « Verlaine poète catholique » (inédit), je voudrais donc placer votre Essay à la tête du III ou mieux encore du IV volume parsque c'est lui, qui donne le plus le portrait de Verlaine l'homme et non seulement Verlaine littérateur. Le Insel-Verlag est très heureux de votre consentement et se permettra de vous envoyer la somme convenue immédiatement.
Je me permettrai bientôt de publier un petit essay sur votre œuvre (chose difficile après le portrait magnifique de Caërdal dans le « Voyage du Condottiere ». Peut-être je le mettrai en tête de la « Cressida », mais j'ai peur qu'il pourrait détruire l'unité de l'œuvre : il sera mieux placé dans un volume des essays de vous, qui ne tardera pas à paraître en Allemand. Seulement je

1. *Lais et Sônes*, poèmes, Bibliothèque de l'Occident, 1909.

vous conseille de délibérer consciencieusement le choix d'un traducteur : je ne connais rien de si difficile à traduire que votre prose (sauf celle peut-être de Mallarmé, qui est, à mon avis d'ailleurs, trop artificielle, trop tournée, d'une beauté moite, qui ne respire plus la vie). Et il y a beaucoup dans votre œuvre qui meurt avec la langue (elle entre trop profondément dans le sens, dans la vie de la langue Française pour être extraite sans blessures et souvent mortelles) et on ne peut pas la rendre à la vie que avec un nouvel enfantement après une union passionnelle et lyrique avec sa propre vie. Et puis, il faut absolument le sens musical comme faculté primordiale, comme source de la création. Recevez, cher maître, comme signe modeste de reconnaissance un volume de vers. Je sais, vous ne saurez pas le lire et je le regrette pour vous. C'est la seule objection que j'ai contre votre œuvre : qu'un esprit comme vous soit emprisonné dans la langue Française[1] et dépend de la bonne volonté de traducteurs et éditeurs pour connaître les chefs-d'œuvre du monde. Penser, que vous ne connaissez les Karamazov que d'après cette traduction infecte Française, qui a mis de côté[2] les chapitres les plus étonnants, que vous ne savez rien de l'esprit qui vous aurait peut-être passionné le plus de tous les auteurs vivants : Strindberg. Que vous ne devinerez jamais la grandeur de Goethe et l'idée du poème lyrique Allemand, que Shakespeare et Keats vous refusent leurs mélodies. Ah, dépendre, vous, le plus indépendant de tous, de la bonne volonté des éditeurs Français – c'est une idée qui pèse sur mon cœur.

Recevez, cher maître, encore une fois mes remerciements les plus sincères et l'assurance de mon admiration, qui se prouvera, j'espère, active et digne de votre œuvre

Stefan Zweig

---

1. Dans sa lettre suivante, datée « 11-17 MAI 1914 », Suarès proteste là-contre avec de bonnes raisons. « Vous vous trompez un peu [..] Je crois saisir le rythme de l'allemand, au moins dans les vers de Goethe ; mais je l'avoue, la prose allemande m'est absolument fermée. » Cf. *Suarès-Zweig 2021/22*, pp. 27-28.

2. Stefan Zweig a écrit « à côté ».

37. Stefan Zweig à André Suarès[1]

[Vienne] 2 juin 1914

Mon cher maître, enfin, après trois semaines je viens de recevoir la réponse de Mr Émile Paul à ma demande de l'autorisation. Son prix est 400 francs, une somme assez importante pour un éditeur Allemand, si on y joint le montant pour la traduction. Mais il m'est répugnant de marchander, je tâcherai de gagner le Insel-Verlag pour cette œuvre et je préfère de résigner matériellement ma part, car c'est pour moi affaire d'honneur de traduire le premier un livre de Suarèz. Seulement c'est possible que le Insel-Verlag demandera d'avoir la première main sur tous vos livres, car c'est l'introduction d'un auteur qui coûte, et je vous conseille d'accepter, car le Insel-Verlag est la maison d'édition la plus artistique d'Allemagne. Le directeur a été très heureux de savoir que vous vouez votre essay sur Verlaine à notre édition et la somme convenue doit être déjà entre vos mains[2].
Je m'adresserai donc à l'Insel-Verlag pour « Cressida » et j'espère de pouvoir donner une réponse définitive à votre éditeur dans peu de temps. Je me mettrai immédiatement à l'œuvre, sans toutefois le presser. C'est plus qu'une traduction pour moi et je veux exprimer par le fait tout le respect que je porte à votre œuvre. Quant à l'essay, je suis en correspondance avec le « Literarische Echo[3] ». Il y a quelqu'un qui avait déjà promis un essay sur

1. Lettre manuscrite, avec en-tête de Vienne et monogramme SZ. Fonds Maurice Noël.

2. Le 4 mai 1914, Zweig a informé son éditeur Kippenberg de son propre projet de traduire *Cressida*, ainsi que de l'accord formel de Suarès pour donner à l'Insel une introduction à l'un des volumes prévus des *Œuvres* de Verlaine ; il a aussi insisté pour que la somme des 100 francs proposés soit rapidement envoyée à « André Suarès, 20 rue Cassette, Paris. [... qui est] l'un des hommes les plus importants de la France moderne [...] », cf. lettre 139, in *Kippenberg-Zweig 2022*, p. 199.

3. *Das Literarische Echo*, revue bimensuelle paraissant à Stuttgart, Berlin ; fondée en 1898, elle devint en 1923 *Die Literatur*, et en 1942 *Europäische Literatur*, avant de cesser d'exister en 1944.

votre œuvre et on fait des efforts pour rendre possible que toutefois mon essay y puisse paraître. Si non je choisirai une autre revue Allemande.
Je lis votre Essay sur Stendhal[1] avec beaucoup d'admiration. Stendhal est pour moi un de ceux, où l'homme ou plutôt la vie elle-même perce partout l'écrivain, et chez aucun je ne me sens autant créateur moi-même en lisant que chez lui[2]. Il allume en moi le désir de pénétrer dans les choses plus que tous les autres Français et je trouve, qu'il aiguille tous les sentiments les plus vagues. Votre essay était pour moi une révélation d'intensité vitale et je vous en remercie de tout mon cœur. Fidèlement à vous

Stefan Zweig

38. Stefan Zweig à André Suarès[3]

[Vienne] Juin 1914

Un mot hâtif, seulement, cher et grand André Suarès au lieu de répondre à votre belle lettre[4]. Émile Paul Frères ont posé des conditions très aimables et je leur ai répondu immédiatement que je suis très heureux de les accepter, j'ai préparé même déjà le chèque qui devrait être envoyé le jour de la signature du traité. Mais je n'ai pas encore reçu de réponse, pas le traité – je crains que une des lettres se soit égarée. Je leur écris aujourd'hui une seconde fois.

1. Il doit s'agir du texte « Stendhal en Lombardie », qui constitue le chapitre XX de « Vers Venise », dans le tome 1 du *Voyage du Condottiere*, Cornély, Paris, 1910, réédition Émile Paul, 1914.

2. Dans les *Écrits littéraires* (désormais *Zweig 2021*), on ne trouve pas moins de quatre articles sur Stendhal : deux en 1906, un en 1910, un en 1928. Et Zweig est plus attiré par Henri Beyle que par Stendhal le romancier.

3. Carte manuscrite « Bristol », datée « [chiffre illisible] juin 1914 », avec en-tête de Vienne (barré) et le monogramme SZ. Fonds Maurice Noël.

4. Le mot « belle » n'est pas métaphorique ici, il désigne le papier, la qualité de l'écriture, la mise en page, cf. André Suarès, *Valeurs 2002*, éd. Robert Parienté, « Autour du livre et du manuscrit », p. 153.

Premier succès de mes efforts : le plus grand, le plus littéraire, le plus cultivé des éditeurs d'Allemagne, le Insel-Verlag s'est décidé de faire l'édition. Alors vous pouvez être sûr qu'elle sera aussi dans le sens esthétique de premier ordre. Vous serez content. Je ne sais pas si vous avez lu mes réponses dans les « Nouvelles littéraires » et dans le « Journal littéraire » sur la question quel auteur Français on préfère. Dans tous les deux j'ai nommé seul votre nom et avec ostentation.
Excusez la hâte et ne jugez pas comme un manque de respect ces quelques pauvres lignes simplement informatives ! Votre tout dévoué

Stefan Zweig

39. Stefan Zweig à André Suarès[1]

[Vienne 3/6/14]

Mon cher maître, ma lettre venait de partir quand la vôtre arrivait. Je suis heureux de recevoir les poèmes de vous pour l'Anthologie[2] et de vous savoir content que je m'essaye à votre « Cressida ». Dans quelques jours j'aurai la réponse du Insel-Verlag et je verrai clair : soyez sûr que j'aurai assez d'élan pour surmonter tous les obstacles, qui pourraient s'interposer et que le livre paraîtra en Allemand avant que l'été se renouvelle[3]. Je vous écris en hâte – nous voulons faire une excursion vers Carnutum[4], la vieille ville Romaine sur Danube – et je

1. Carte manuscrite, avec l'en-tête de Vienne et le monogramme SZ ; mais la date figurant au-dessus « 3/6/14 », ainsi que la mention « cressida » [*sic*] sont d'une autre main. Fonds Maurice Noël.

2. Suarès annonçait en effet à Zweig (lettre « 11-17 mai ») l'envoi de « trois poèmes à prendre dans *Lais et Sônes*, et deux chants tirés d'un très ancien livre de vers. Vous feriez bien de les donner tous les cinq pour qu'on eût une idée plus juste de cette musique » ; cf. *Suarès-Zweig 2021/22*, p. 28.

3. Mais la guerre éclate et *Cressida* ne paraîtra en allemand qu'en 1920, cf. lettre 22.

4. Ceci, pour Suarès le latiniste (aujourd'hui Petronell-Carnutum).

vous prie d'excuser ces paroles trop pressées. Croyez-moi, je vous en prie, votre fidèlement dévoué

Stefan Zweig

40. Stefan Zweig à André Suarès[1]

[Vienne] 6 juin 1914

Mon cher maître, je viens de recevoir la réponse de l'Insel-Verlag. Elle est entièrement affirmative, il tient beaucoup d'acheter le droit d'autorisation de « Cressida » au prix proposé par Mr Émile-Paul. Sa seule condition, qu'il pose est – comme je prévoyais – qu'il demande le droit d'option sur vos autres livres, cela veut dire que vous (ou l'éditeur) s'engage à lui faire part avant de donner le droit d'autorisation à un autre éditeur Allemand et de lui offrir toujours l'autorisation aux mêmes conditions. Vous comprendrez l'intérêt de l'Insel-Verlag, qui n'aime pas à partager ses auteurs avec des maisons d'édition de moindre réputation : Verhaeren a accepté ses conditions et en est fort content, car son œuvre en Allemagne est réunie dans une main, comme celle de Maeterlinck, de Claudel, de Verlaine, ect. Vous ne pouvez pas trouver un éditeur plus artistique et je crois de pouvoir vous conseiller à accepter cette condition, qui ne vous lie nullement et vous oblige seulement à lui donner toujours la possibilité d'acquérir des livres de vous avant les autres. Un refus de lui vous rendrait toujours la disponibilité entière.
Je vous prie donc, cher maître, de vous entretenir avec votre éditeur et de me dire, si vous ou lui sont prêts d'accepter la proposition du Insel-Verlag. Personne n'en serait plus heureux que votre fidèlement dévoué

Stefan Zweig

1. Lettre manuscrite, avec en-tête de Vienne et monogramme SZ. Fonds Maurice Noël.

41. Stefan Zweig à Alexandre Mercereau[1]

10 juin 1914

Mon cher Mercereau !
Votre livre est prêt[2], il paraîtra lundi, je crois.
Le Insel-Verlag vous envoie les deux lettres de Insel-Verlag à Fasquelle, qui a refusé jusqu'à présent de répondre. Soyez si aimable de les représenter vous-même à Fasquelle[3] et de demander la réponse chez lui. Moi personnellement je ne comprends pas sa façon d'agir, qui compromet toutes nos intentions.

Amicalement à vous
Stefan Zweig

1. Lettre dactylographiée avec signature « Stefan Zweig » au crayon à papier, fac-similé sur le site bibliorare.com/lot/347752.

2. *Paroles devant la vie* (E. Figuières, Paris, 1913), texte ambitieux sur la mission et la puissance intuitive du poète. Il paraît à l'Insel Verlag, Leipzig, 1914, sous le titre *Worte vor dem Leben*, avec une postface de Zweig, traduction Paul Friedrich, Zweig ayant proposé et mené à bien ce projet, cf. lettres à son éditeur Kippenberg, les 16 août 1913 et 9 janvier 1914, *Zweig-Kippenberg 2022*, pp. 164 et 190.

3. Il s'agit sans doute d'obtenir l'autorisation de reproduire des poèmes d'Alexandre Mercereau parus chez Fasquelle, pour l'*Anthologie de la poésie française moderne* (en français), projetée par Kippenberg et Zweig (projet interrompu par la guerre).

LETTRES 42 À 63

Février 1916-décembre 1918

Les seize mois que passe en Suisse Stefan Zweig font date : de novembre 1917 à mars 1919. C'est le début de sa « deuxième vie », jusqu'en 1934. Il s'agit pour lui d'apprendre à vivre dans l'urgence et la précarité, quand l'Europe est plongée dans le malheur. Apprentissages donc de la responsabilité et de la gravité. L'influence de Romain Rolland se perçoit partout. Mais sans aucune doctrine, sans aucun dogmatisme. D'ailleurs la mémoire d'Émile Verhaeren surplombe l'ensemble. La figure de Tolstoï, inoubliable, reste plus lointaine, trop russe pour Stefan Zweig. Parmi les pacifistes autour de Rolland, il y a Charles Baudouin, psychologue et pédagogue, qui est aussi poète et connaît supérieurement l'allemand ; il traduit Carl Spitteler, le Suisse inspiré. Il plaît à Rolland. Mais pour Zweig, Baudouin est surtout le directeur-fondateur du Carmel, *cette revue dont le titre, au caractère religieux, signifie « asile » et « montagne sacrée » qui permet d'apercevoir, au loin, la Paix. D'où les deux textes envoyés par Zweig à Baudouin : « La Tour de Babel » et « La Légende de la troisième colombe », dans le temps où il compose, alors qu'il est encore à Vienne, son grand drame de* Jérémie. *Charles Baudouin, au* Carmel, *est déjà son traducteur. Et pour Zweig, l'intérêt s'accroît du fait que Verhaeren, qui a accepté de collaborer à la revue, demande aussi à Baudouin de transmettre à Zweig « son admiration et son meilleur souvenir ». Quant à René Arcos, c'est lui aussi un poète pacifiste, très astucieux, qui vient de parcourir le monde en journaliste stipendié par le* Chicago Daily News. *Il en a tiré un roman autobiographique –* Le Mal (1914-1917) *– où « Petit-Louis » a couru toutes sortes d'aventures et a pu rencontrer deux fois Verhaeren, à Londres et à Lausanne. Captivé, Stefan Zweig fait tout pour que le livre soit publié à Zurich, en français et en allemand. Ses lettres à Baudouin et à Arcos expriment son dévouement et sa passion quelque peu fébrile pour le grand large. Elles forment un contrepoint étonnant et séduisant aux lettres échangées alors avec Romain Rolland. D'un côté la fièvre, le versant Verhaeren, versant douloureux, de l'autre le versant plus lumineux, plus conquérant. Charles Baudouin va bientôt traduire* Jérémie, *René Arcos et Frans Masereel vont s'associer pour produire de beaux livres à l'enseigne du Sablier.*

1916

42. Stefan Zweig à Charles Baudouin[1]

[Vienne] 17 février 1916

Cher Monsieur le Professeur[2],

J'ai appris avec une joie sincère l'existence de votre beau projet[3] et je ferai bien évidemment tout mon possible, dans la mesure de mes forces, pour m'associer à votre tâche. Étant donné que Rolland la soutient avec sa qualité d'homme et son autorité, je n'ai aucun doute qu'au-delà d'un succès moral indéniablement certain auprès de quelques-uns, vous rencontrerez aussi l'approbation d'un public large et reconnaissant. Car on ressent

---

1. Lettre en allemand (à cause de la censure en temps de guerre), dactylographiée sur papier à l'en-tête de Vienne, avec le monogramme SZ. Fonds Charles Baudouin, Bibliothèque universitaire de Genève, Ms.fr. 7531, f. 92-93.

2. Ch. Baudouin enseigne depuis 1915 à l'Institut Jean-Jacques Rousseau de Genève, fondé en 1912, centré sur des recherches en psychologie et pédagogie, et voué à la formation d'éducateurs. Cf. l'éclairante *Correspondance entre Romain Rolland et Charles Baudouin, Une si fidèle amitié (1916-1944)*, édition établie, présentée et annotée par Antoinette Blum, Cesura, 2000 (désormais *Rolland-Baudouin 2000*), pp. 13-14.

3. Ch. Baudouin a écrit (en allemand) à Stefan Zweig le 8 février précédent, car il vient de fonder sous l'égide de Romain Rolland la revue pacifiste et d'esprit européen (mensuelle) *Le Carmel*, qui paraîtra à Genève entre 1916 et 1918.

aujourd'hui un vif besoin de paroles qu'aucune passion haineuse n'emplit, mais qu'inspire seule cette ultime et précieuse passion intérieure pour les anciens idéaux indestructibles.
Je vous enverrai dans les tout prochains jours le petit texte dont j'espère qu'il vous plaira et qui me paraît tout à fait possible car il ne touche nulle part au politique et cherche à élucider la tragédie de notre époque à travers un symbole éloigné[1]. Je serai très heureux qu'il paraisse dans une bonne traduction – vous pourrez peut-être montrer les épreuves à Rolland avant de les faire imprimer – pour qu'il puisse y apporter toutes les modifications qu'il souhaitera. Je ne vous ferai qu'une demande, c'est que vous m'informiez suffisamment à l'avance de la date de sa parution, afin que je puisse le publier en langue allemande dans un journal de chez nous[2], en indiquant explicitement qu'il est repris de votre revue. Par ailleurs, je vais m'efforcer de vous trouver des contributions de qualité, et je pense que beaucoup seront heureux de savoir qu'il existe un lieu où ils sentiront que leurs paroles seront comprises et largement diffusées.
Permettez-moi de vous remercier encore une fois bien sincèrement d'avoir pris sur vous, en des temps pareils, cette tâche de servir toutes ces cultures devenues étrangères les unes aux autres et de plaider aussi sur le terrain des idées, en votre qualité de Suisse[3], pour une neutralité supérieure. Transmettez, je vous prie, mes bien cordiales salutations à Rolland, et recevez vous-même les miennes.
Avec mes sentiments les meilleurs,

votre sincèrement dévoué

Stefan Zweig

---

1. C'est *La Tour de Babel*, qui paraîtra en deux parties, dans *Le Carmel* en avril (n° 1, pp. 17-18) et en mai (n° 2, pp. 31-32). Zweig enverra sans tarder une copie du texte à Romain Rolland, le 19 février, cf. *Correspondance 1910-1919*, p. 312, lettre 162.

2. *Der Turm zu Babel* paraît le 8 mai 1916 dans *Die Vossische Zeitung*, Berlin, pp. 1-2.

3. Erreur, car Baudouin est français : né à Nancy en 1893, où il devient licencié de philosophie en 1912, après avoir suivi à la Sorbonne les cours du philosophe Henri Bergson et du psychologue Pierre Janet.

43. Stefan Zweig à Charles Baudouin[1]

[Vienne] 18 février 1916

Cher Monsieur le Professeur, je vous envoie ici le petit texte promis[2], et je vous réitère ma demande, que vous m'informiez à l'avance de la date de sa parution afin que je puisse le publier également ici. Vous verrez qu'il n'est d'aucune façon politique et traite uniquement du problème de la civilisation européenne. Avec mes meilleures salutations, votre dévoué

Stefan Zweig

1. Lettre en allemand, manuscrite, sur papier à l'en-tête de Vienne avec le monogramme SZ. Fonds Charles Baudouin, Bibliothèque universitaire de Genève, Ms.fr. 7531, f. 95.

2. *Der Turm zu Babel*, dont Charles Baudouin remercie Zweig (lettre du 27 février), et lui annonce la parution d'une première moitié du texte – qu'il traduira lui-même, mais cela va sans dire – dans le premier numéro du *Carmel*, en avril.

44. Stefan Zweig à Charles Baudouin[1]

Vienne, 26 août 1916[2]

Bien cher Monsieur,
Grand merci pour vos chaleureuses paroles[3]. Je donne volontiers mon accord pour la traduction de l'Essay[4] pour la *Socialistische Revue*[5].
J'espère aussi pouvoir bientôt vous envoyer une nouvelle contribution[6], mais mon service si peu littéraire me soustrait presque complètement à tout travail personnel[7].
J'adresse à mon tour mon meilleur souvenir au poète des « Villes tentaculaires ». J'ai toujours respecté et compris sa douleur, même si je trouvais indigne de lui la forme qu'il lui donnait[8].

---

1. Lettre manuscrite en allemand ; enveloppe adressée à « Herrn Charles Baudouin, Rédaction des « Carmels », Genf / La Chapelle s/ Carouge ». Fonds Charles Baudouin, Bibliothèque universitaire de Genève, Ms.fr. 7531, f. 96-97 et f. 98.

2. Lettre rédigée depuis le bureau du caporal Stefan Zweig, déclaré apte au service le 12 novembre 1914 et affecté depuis le 1er décembre aux Archives du ministère de la Guerre – comme d'ailleurs plusieurs autres écrivains (dont Rilke).

3. En effet, Baudouin a écrit à Zweig dans sa carte-lettre du 17 août : « Verhaeren (qui est devenu plus calme qu'au début de la guerre) me charge de vous saluer et de vous exprimer son admiration – spécialement pour "La Tour de Babel" », en allemand, traduit par nous (*Fredonia*).

4. Il s'agit d'une traduction en anglais (voir la note suivante). Signalons que *La Tour de Babel* a été auparavant qualifié (lettre 42) de « petit texte » (« kleiner Aufsatz »), puis (lettre 43) de petit article (« kleiner Artikel »).

5. [*Sic.*] Charles Baudouin a informé Zweig (le 17 août) que « "The Socialist Review" (London) souhaite traduire votre bel essai » et il demande à Zweig son accord, « si l'idée vous plaît ».

6. Ce sera la « légende » évoquée dans la lettre du 16 décembre.

7. Cependant, depuis le printemps 1915, Zweig travaille dans ses heures de liberté à son futur drame biblique *Jérémie*. Par prudence, il ne dit donc pas tout à Baudouin, et même vis-à-vis de Rolland il reste allusif, cf. lettres des 29 mars et 22 juillet 1916, *Rolland-Zweig 2014*, pp. 321 et 327.

8. Zweig pense ici aux pamphlets violemment antiallemands de Verhaeren, comme *La Belgique sanglante* ou *Sur les ailes rouges de la guerre*.

Mais j'ai toujours su tout ce qu'il souffrait et je l'ai éprouvé en pensée avec lui. Qu'il puisse cependant faire à présent servir aussi à la modération et à la réconciliation ce Verbe qui a chez lui tant de force dans la passion : nécessaires sont les voix qui appellent les hommes à la méditation. C'est vraiment un Tolstoï qui a manqué à cette époque !

Avec toutes mes salutations,

votre cordialement dévoué

Stefan Zweig

45. Stefan Zweig à Charles Baudouin[1]

[Vienne] 16 décembre 1916

Cher Monsieur le Professeur,

Je viens de recevoir à nouveau un numéro de votre revue et j'y ai pris grand plaisir. Acceptez en signe de mon bon souvenir une petite légende[2] dont je me réjouirais qu'elle puisse paraître chez vous, comme la première[3]. Elle aussi n'a bien sûr absolument rien de politique et cherche seulement à exprimer poétiquement l'heure présente.

1. Lettre en allemand, dactylographiée, sur papier à l'en-tête de Vienne avec le monogramme ; signature à l'encre violette. Enveloppe adressée à « Herrn Professor Charles Baudouin, La Chapelle sur Carouge, Villa Louisette ». Fonds Charles Baudouin, Bibliothèque universitaire de Genève, Ms.fr. 7531, f. 99-100.

2. C'est *La Troisième Colombe*, texte lui aussi d'inspiration (très librement) biblique. Elle a paru le 5 décembre précédent dans la revue *Der Bildermann*, Berlin, éditée par Paul Cassirer, et sera reprise (à Noël) dans la *Neue Freie Presse* le 24 décembre 1916, puis dans le recueil *Legenden und Märchen unserer Zeit* [« Contes et Légendes de notre temps »], Kurt Wolf, 1917.

3. Baudouin écrit à Stefan Zweig, le 29 décembre suivant, qu'il l'a reçue avec joie et déjà traduite, pour la publier dans *Le Carmel* en janvier 1917, 2e année, n° 1.

La mort de Verhaeren m'a profondément bouleversé[1]. Il n'y a pas eu en moi un seul instant de rancœur contre lui, mais toujours de l'affection, de la compassion et de l'amitié, et je vous remercie infiniment de m'avoir, il y a quelques temps, transmis ses paroles[2]. Avec toutes mes salutations,
Votre très dévoué

Stefan Zweig

1. Le 27 novembre 1916, Verhaeren a été écrasé sous une locomotive à Rouen.
2. Voir lettre 44, note 3.

1917

46. Stefan Zweig à Charles Baudouin[1]

Zürich, 20 novembre 1917

Cher monsieur, je suis ici en Suisse pour un court séjour, mais il faut retourner en Autriche. Je serai à Genève dans une semaine et je ne voudrais pas me passer du plaisir, de vous connaître personnellement et de vous donner pour votre « Carmel » une de mes œuvres récentes[2] dans notre esprit commun d'humanité. Je vous avertirai immédiatement dès mon arrivée à Genève[3]. Sincèrement à vous

Stefan Zweig

---

1. Lettre manuscrite, en français cette fois, sur papier libre. Cachet postal « 20.XI.17 ». Fonds Charles Baudouin, Bibliothèque universitaire de Genève, Ms.fr. 7531, f. 101-102.

2. C'est *Jérémie* ; voir la lettre 48.

3. Jeudi 29 novembre. Ils se rencontrent en ville vendredi 30 novembre, puis Zweig rend visite à Baudouin le dimanche 2 décembre, mais son *Journal* témoigne que l'impression du dimanche matin, chez Masereel, est plus forte – comme le sera la visite à Paul Birukoff [1860-1931, l'ancien secrétaire de Tolstoï], le soir, voir la fin de la lettre suivante (n° 47).

47. Stefan Zweig à Charles Baudouin[1]

Zürich, Hôtel Schwert
[16 décembre 1917]

Mon cher ami, merci pour votre carte[2] ! C'est depuis des jours que je veux vous écrire et également à Mugnier[3], mais j'avais deux conférences[4] à faire ici, la journée se passait en travail et en conversations. Ce n'est que maintenant, que je peux vous dire, combien votre livre m'a fait plaisir[5]. Je dois reconnaître franchement que rien dans votre « Éclat d'obus » n'égale les derniers poèmes dont vous avez donné lecture chez vous et qui sont plus larges dans le rythme, plus intenses dans le sentiment. Là vous êtes dans une vue plus ample, plus vaste, et je vous dis que je n'ai pas oublié la vision lyrique du cataclysme universel, évoqué par vous d'une façon magistrale. Les sonnets sont très beaux : ils donnent des instants, des sentiments purs et humains, mais je me réjouis de les voir inférieurs à la grande vision synthétique que donnera votre prochain volume, je me réjouis, car rien n'est plus beau que de voir un développement artistique et moral chez ses amis. Je rendrai compte de votre beau volume et j'attends l'autre avec impatience. Envoyez-moi

1. Lettre manuscrite, sans en-tête, datée d'après le cachet postal sur l'enveloppe. Fonds Charles Baudouin, Bibliothèque universitaire de Genève, Ms.fr. 7531, f. 104-105.

2. Carte de correspondance, datée « 7.XII.17 », où Charles Baudouin remercie pour « votre *Jeremias* », dont « les premières pages [...] me promettent beaucoup ». Fonds Charles Baudouin, f. 17-1 (*Fredonia*).

3. Henri Mugnier (1890-1957), jeune poète autodidacte né à Genève, d'origine savoyarde, cf. *Rolland-Baudouin 2000*, lettre 8, p. 52-53. Il est le collaborateur de Baudouin, pour *Le Carmel* – et comme Baudouin l'écrit à Zweig le 7. XII. 1917, c'est lui qui a égaré la lettre originale de Verhaeren à Baudouin, que Zweig aimerait tant voir de ses propres yeux.

4. Ou plutôt des lectures d'extraits de ses pièces : *Le Comédien métamorphosé* ou *Jérémie*.

5. *Éclats d'obus : Sonnets de la guerre de France (1914-1915)*, Cahiers du *Carmel*, Genève et Paris, 1917.

les deux ou trois grands poèmes, je veux les traduire et publier chez nous. Ils sont admirables !
Merci mille fois d'avoir traduit le premier tableau de *Jeremias* ! Je le lirai avec reconnaissance et je suis fier que la traduction a tenté un poète comme vous. Je reste jusqu'à fin décembre en tout cas ici à l'hôtel Schwert.
J'écrirai en ces jours à Mugnier ! Donnez mes meilleurs souvenirs aux amis !
Fidèlement votre

Stefan Zweig

Ps Je vous joins un petit essay sur notre visite à Birukoff[1]. (Gardez-le en souvenir !)

48. Stefan Zweig à René Arcos[2]

Zürich, Hôtel Schwert

[16-12-1917]

Mon cher monsieur Arcos, votre lettre[3] était une grande joie pour moi. Je suis heureux de vous savoir sain et sauf (oh, chaque vie

1. C'est « Le visage de Tolstoï », voir *Zweig 2021*, p. 171. Dans sa lettre suivante à Zweig, « le 18.XII.17 », Baudouin lui demande la permission de traduire ce texte dans *Le Carmel*.

2. Lettre manuscrite (6 pages) à l'encre violette, sur papier sans en-tête ; la date est d'une autre main, au crayon noir. ÖNB, Stefan Zweig Autogr. 1311/19 – 3.

3. Le 12 décembre 1917, Arcos a écrit à Stefan Zweig : « Notre ami commun R. R. me dit que vous êtes en Suisse et me parle de votre état d'esprit si semblable au nôtre. J'aurais aimé vous rencontrer. Êtes-vous encore pour longtemps en Suisse ? J'habite actuellement un village de pâtres, à 2 000 m, avec ma femme. J'ai été pendant trois ans correspondant de journaux américains et j'essaie de fixer en un livre "Le Mal" le peu que j'ai vu et entendu de mes voyages, tant en Europe qu'en Afrique. » Plus loin il demande à Stefan Zweig : « Avez-vous eu connaissance de la "Vie des martyrs" de Duhamel et "Europe" de Jules Romains ? Ce sont de belles œuvres humaines ; c'est en

est maintenant un lambeau de matière céleste, arraché aux griffes de cet animal dévorant) et je suis heureux de vous savoir dans nos idées. Pour nous d'Autriche, il est plus facile d'être sans haine, sans rancune, car nous connaissons déjà de l'époque de la paix ce combat entre les peuples et je le sais depuis des années, qu'il n'est que le produit d'un petit orgueil de se nommer le plus fort. Oh notre grand Verhaeren, qui disait « Il faut nous admirer les uns les autres ». Être sans orgueil, voilà tout le secret pour moi. Pour moi la guerre n'était que le déchaînement de l'orgueil accumulé par des dizaines d'années dans les pendules d'Europe. Et elle ne frappe que les humbles. Les pauvres de la vie, qui n'avaient ni joie ni orgueil. Eux sont les victimes !
Je connais bien les difficultés que vous, les Français, avez, pour professer votre foi[1]. Pour nous, cela est moins dangereux et je le regrette. J'ai dit cela ouvertement dans une lettre que j'ai adressé à nos frères d'idées en France dans « Demain » et qui paraîtra en janvier[2]. J'admire votre courage de plein cœur. Est-ce qu'on le croira, dans une époque plus claire, que la parole de la paix et l'humanité était défendue sous ce ciel et sur cette terre !
Ma position est d'ailleurs non plus une des plus agréables. J'ai fait trois ans de service auxiliaire et j'ai eu avec des difficultés énormes un congé de deux mois, pour tenir ici lectures de mes œuvres et pour des conférences avec le théâtre qui veut monter ma pièce[3], qui ne peut pas être montée en Allemagne. Maintenant, fin Dezembre, il faut repartir ou tâcher de trouver une excuse : le Directeur du théâtre m'a réclamé ; mais je ne sais pas encore, s'il réussira de me sauver encore pour deux mois. Mon dégoût est immense de rentrer à la caserne, maison

---

elles que s'est réfugié notre espoir en cette ère maudite. / À vous, par-dessus toutes les haines / René Arcos / Chandolin s/Sierre. Valais » (*Fredonia*).

1. Allusion à la dictature de Clemenceau, alors que *Jérémie* peut être publié à Leipzig par l'Insel Verlag en 1917, où la version définitive paraît en 1928.

2. « À mes frères français », *Demain* (décembre 1917, pp. 125-128), la revue de Guilbeaux (cf. lettre 2).

3. *Jeremias, eine dramatische Dichtung in neun Bildern* [« Poème dramatique en neuf tableaux »] sera créé le 27 février 1918 au Stadttheater de Zurich, dans une version abrégée, avec six tableaux.

de bétail humain, mais je ne veux pas non plus de grâce par notre gouvernement. Oh, c'est si difficile de rester libre dans sa conscience maintenant !
Il y a ici tout un cercle de poètes Allemands qui font une propagande furieuse contre la guerre dans leurs œuvres. Nous avons l'avantage de pouvoir publier dans les journaux et chez les éditeurs Suisses : ce que Latzko, Franck, Ehrenstein, Rubiner, Unruh ont pu dire, sans être importunés, est énorme. Mais le gouvernement se sent encore plus fort que la parole des poètes, il nous ignore, il nous estime même hypocritement[1] en se sentant plus fort. J'ai fait ici une lecture commune avec Jouve[2], néanmoins que je sois soldat et obligé de rentrer, mais on feint de ne rien remarquer. Nous parlons au peuple, aux consciences Allemandes, et tout de même dans le vide : la machine est encore plus forte que l'homme.
Voilà notre état d'âme : se sentir uni à la volonté de tous les intelligents, uni aux grandes masses du peuple et tout de même impuissants. Il y a des jours où je crois que seulement l'action puisse nous sauver, et plus la parole. Et puis des jours, où je sens que la vraie victoire pour nous n'est que dans la conscience, dans l'œuvre. Je travaille beaucoup et je vous ferai envoyer en quelques jours ma tragédie « Jeremias ». Je n'ai pas un exemplaire en ce moment.
Merci pour vos poèmes[3]. Je les aime beaucoup ! Il ne faut jamais le dire à haute voix, mais je crois : la guerre nous a fait du bien. Nous sommes devenus plus humains par la non-humanité des autres, plus forts par notre solitude morale. Mais comment se réjouir d'un progrès que les autres ont payés avec leur sang et leurs larmes ? Jamais je n'ai connu de poèmes de vous, qui

1. Zweig a écrit « hypocritiquement ».
2. Le 12 décembre 1917, Zweig fit entendre en allemand des extraits de *Jeremias*, et Jouve, en français, de quelques poèmes de *Danse des morts*, cf. *Zweig 1993^A*, p. 188.
3. Sans doute quelques-uns des poèmes publiés après-guerre dans *Le Sang des autres, poèmes, 1914-1917*, ornés de huit bois gravés hors-texte par Frans Masereel, Éditions du Sablier, 1919, 93 p.

soient tellement trempés dans le rythme universel que ceux-là et je vous en félicite. J'espère de trouver occasion à en traduire un ou l'autre.
Notre ami R. – oh, quel ami, quel homme ! – m'a raconté de votre livre[1]. Dès qu'il sera fini je ferai tout pour en faire paraître dans la « Europäische Bücher », une collection des livres qu'édite ici un éditeur suisse, Rascher, et qui réunissent en traduction Allemande les œuvres les plus importantes contre la guerre, Latzko, Barbusse, Duhamel, Franck, Jouve ect. ect. C'est une collection très importante, qui se vend énormément en Suisse. Naturellement les livres ne peuvent pas entrer en Allemagne et Autriche pendant la guerre.
Le livre de Romains « L'Europe » est introuvable. Je suis un peu étonné de le trouver dans nos idées mais d'autant plus content. Chez nous tous les auteurs sont maintenant contre la guerre : hélas, ils ne l'étaient pas au commencement. Nous n'étions qu'un petit groupe, très, très petit ! Maintenant c'est la grande mode, d'être pacifiste, d'être humain – et puis on est avec cela en bonne concordance avec le gouvernement.
Merci encore une fois, cher monsieur Arcos, de m'avoir montré la solidarité de la pensée humaine au-dessus des malentendus sanglants. Chaque acte de courage compte doublement en ce temps et je vous garderai toujours un souvenir respectueux pour votre beau geste. Je reste en tout cas ici jusqu'au 30 Décembre. Si une prolongation est possible, je vous le ferai savoir et peut-être il y aura moyen de vous serrer la main. Sincèrement votre

Stefan Zweig

1. C'est *Le Mal, 1914-1917*, qui paraîtra aux Éditions d'Action sociale, La Chaux-de-Fonds, 1918, voir la lettre à Rolland, le 17 février 1918, *Rolland-Zweig 2014*, p. 406.

49. Stefan Zweig à Charles Baudouin[1]

Zürich, Hôtel Schwert
[après le 16 décembre 1917]

Mon cher ami, excusez, si je ne vous réponds et remercie qu'aujourd'hui. J'étais à Berne, puis j'avais du travail pressant. Ce n'est qu'aujourd'hui que je peux vous dire ma reconnaissance pour l'admirable traduction[2]. Elle est parfaite, sans faute et je ne demanderais pas plus que de voir traduite cette œuvre par vous, qu'on pourrait éditer après avec une préface de Rolland (il a écrit un petit essay[3] sur ce livre.) Mais si vous le traduisez, je vous conseille de diminuer le texte. Il est beaucoup trop long, je le sais maintenant et plus que vous faites des coupures, plus vous rendez service à l'œuvre. Je vous donne pleine autorisation pour cela et je vous enverrai même un exemplaire avec mes propres diminutions.
J'ai traduit à peu près déjà un de vos beaux poèmes dès qu'ils seront imprimés.
Je suis navré que je n'ai pas encore pu écrire à Mugnier. Mais ces jours étaient terribles pour moi. Demain et après-demain j'aurai les vacances pour le faire et pour traduire vos poèmes. Je ne sais pas encore si je réussirai à me faire prolonger mon séjour, je crains que je n'aurai pas la chance. Toutefois je reste jusqu'au 31. Dezembre.
Excusez la hâte. Je vous écrirai dans quelques jours ! De tout cœur votre
Stefan Zweig

1. Lettre manuscrite. Fonds Charles Baudouin, Bibliothèque universitaire de Genève, Ms.fr. 7531, f. 157-158.

2. Baudouin a annoncé à Zweig « le 14. XII. 17 » l'envoi de « la traduction, que j'ai faite, du premier tableau de votre "Jeremias" » (*Fredonia*).

3. Ce texte, « Vox clamantis », annoncé par Romain Rolland à Zweig le 6 décembre 1917 (cf. lettre 187, *Rolland-Zweig 2014*, p. 357), est publié dans la revue internationale, d'esprit pacifiste et moderniste *Cœnobium*, Lugano, XII, 20 novembre 1917 ; sa traduction (par Friderike von Winternitz) paraît ensuite dans la revue de Martin Buber, *Der Jude*, le 2 décembre 1918.

1918

50. Stefan Zweig à René Arcos[1]

Zurich, Hôtel Schwert 10. Janvier 1918

Cher monsieur Arcos, j'ai hésité de vous écrire, parsque je n'étais encore sûr, si je pourrais rester ici en Suisse encore quelque temps. Mais j'ai réussi, le théâtre d'ici m'a réclamé encore jusqu'au fin du Février. J'ai en tout cas six semaines pour moi et j'espère de trouver une possibilité de vous voir.
Quant à votre livre[2], je peux laisser faire une traduction immédiatement et l'éditeur Rascher, qui concentre la littérature Européenne (Barbusse, Rolland, Jouve, et de notre côté Leonhardt Franck, Latzko ect.) l'éditera sûrement et vous versera sûrement une avance sur la vente. Je le connais bien. Il n'est pas large, mais très ambitieux. Pour l'édition Française vous aurez certainement un éditeur à Genève. Soyez sûr que je ferai mon possible et surtout que je me charge de vos intérêts matériels, mais aussi de vous défendre contre le danger de tomber dans ces pièges (très nombreux en Suisse) de la propagande. Il y a des gens qui ont intérêt spécial de mêler la conscience des hommes libres à leurs intentions politiques.
Dès que vous aurez fini votre livre avertissez-moi. Je vous enverrai le mien. Je suis loin de Zurich et je n'ai pas donné mon adresse

---

1. Lettre manuscrite à l'encre noire, sur papier sans en-tête. ÖNB, Stefan Zweig Autogr. 1311/19 – 4.
2. *Le Mal*, cf. lettre 48.

à l'Hôtel, qui reçoit ma correspondance, pour rester tout seul quelques jours. Je veux travailler. Oh c'est si longtemps que je n'avais pas de repos ! Et à Zurich on fait trop de politique, je déteste ces discussions sur les origines et les probabilités de la guerre – elles n'aboutissent à rien. Pour moi cette guerre est une énigme, comme la vie elle-même, énigme, que la raison ne réussira jamais à éclaircir. Et j'aime la sainte parole de Dostoïevski, que personne ne doit être juge. Je ne veux juger. Je ne veux même plus. Je veux vivre, sentir et sentir surtout la douleur du monde entier. Je veux la montrer dans sa grandeur et sa folie. Que les autres tirent les conséquences actives – moi je suis seulement l'homme d'action morale. Je peux réunir et apaiser. Mais je ne sais pas combattre.
Il est difficile pour moi de vous dire, combien je sens la valeur de notre unité morale. C'est un fait historique : nous, la centaine des hommes, représentent maintenant l'Europe, la grande, la sainte Europe. Notre amitié intellectuelle et personnelle est un miracle et il faut l'admirer comme tel. Soyons fiers de notre amour – la seule fierté humaine que j'admets !
Encore une fois : merci de vos paroles, de votre affection fraternelle et de tout ce que vous faites pour notre sainte Europe.
Sincèrement à vous, votre

Stefan Zweig

51. Stefan Zweig à René Arcos[1]

Zurich, Hôtel Schwert 29. I. 191[8]

Mon cher monsieur Arcos,
Je suis ici et je resterai en tout cas jusqu'à la fin Février. Envoyez-moi votre manuscrit[2] si tôt que possible, je vous dirai

1. Lettre manuscrite à l'encre violette sur papier libre. Le contenu montre que la date « 1917 » est une inadvertance de Stefan Zweig en ce début de 1918. ÖNB, Stefan Zweig Autogr. 1311/19 – 2.

2. *Le Mal*, évoqué dans la lettre précédente.

immédiatement tout ce qu'on pourra faire et je parlerai avec l'éditeur. Je suis sûr de réussir et si les choses sont en train, je vous avertirai, pour que vous assistiez vous-même aux pourparlers. Maintenant cela serait encore trop tôt.
Je vous prie, dites à Jouve mes amitiés. Je lui ai écrit il y a[1] trois semaines et je n'ai pas un mot de lui. Donnez une bonne poignée de main au vaillant Masereel[2] et aux autres amis là-bas[3].
Mon livre vous est réservé. J'attends des exemplaires pour vous l'envoyer.
À tantôt donc ! Votre bien dévoué

Stefan Zweig

52. Stefan Zweig à René Arcos[4]

Zurich, Hôtel Schwert 11. II. 1918

Mon cher confrère, je viens de terminer votre livre et j'ai le besoin de vous serrer la main. Rarement j'ai senti une telle coïncidence fraternelle des idées et justement la fin de votre livre, ce cri contre la violence (même contre celle de la révolte si nécessaire) sort de mon propre cœur[5]. Je suis très isolé ici avec

1. Zweig a écrit ici « avant », décalqué de l'allemand « vor ».

2. Frans Masereel (1889-1972) est ce peintre et graveur que Zweig a rencontré à Genève fin 1917, « un homme simple, merveilleux, tout en profondeur, loyal et sensé : on ne peut s'empêcher de l'aimer. Il parle de tant de choses, avec un sens de l'humain tellement sobre : on aimerait lui ressembler », écrit Zweig le 29 octobre 1918, in *Zweig 1993*[A], p. 218). C'est le début d'une vive amitié et d'une étroite collaboration entre les deux artistes.

3. C'est-à-dire à Genève, où Arcos serait venu, « descendu de son pic » comme il l'annonçait pour le courant de janvier ; car dans sa lettre suivante, le 8 février, Arcos parle à Zweig de Genève, « ville brumeuse », « peu sympathique » – « contraste insupportable » avec leur « solitude alpestre » (*Fredonia*).

4. Lettre manuscrite à l'encre noire, sur papier sans en-tête ; ÖNB, Stefan Zweig Autogr. 1311/19 – 5.

5. Ce livre, *Le Mal*, est spécialement émouvant pour Zweig, puisque dans ce récit autobiographique Verhaeren est évoqué « en termes transparents »

mes idées – la plupart de mes compagnons sont partisans de la révolution, jusqu'auboutistes à l'envers[1] et moi, je n'éprouve pas autre désir que celui de la réconciliation – même au prix de l'orgueil et de la vanité. Le cœur est une chose que nul ne peut vaincre que l'esprit – jamais les faits du jour, les événements de l'heure. Il n'existe pas une défaite dans le monde intérieur[2].
Quant à la position artistique de votre livre, je le trouve fort beau aussi. Il contient des longueurs et certains épisodes me semblent plutôt diminuer la vitalité du livre au lieu de l'agrandir. Peut-être vous serez du même avis dans quelques semaines et le jugerez utile de faire des coupures. Mais quelle variété de vie et de pensée ! Et quelle impartialité ! Quelle clarté de vue ! Vraiment, c'est un livre pour tous, pour l'Europe !
Maintenant, question de l'édition. J'ai parlé avec l'éditeur Rascher[3]. Je lui ai dit la valeur de votre livre. Et j'ai parlé des conditions. Naturellement il ne se décidera que après l'avoir lu et s'il lui plaît. Mais pour ce cas presque sûr, il veut faire l'édition française et allemande, il donnerait 15 % pour l'édition française et je crois qu'il vous payerait trois éditions à 1 000 exemplaires d'avance. Pour l'édition Allemande, qui viendrait plus tard, il payerait 1 000 francs pour le droit définitif.
Quant à la traduction, je veux la surveiller moi-même. J'ai proposé que ma femme la ferait et je veux surveiller le texte car il faut la garantir pour vous, que la traduction soit exacte et que le sens ne soit pas falsifié par le traducteur dans un but quelconque, ou qu'on ne fasse pas des coupures. C'est pour cela que j'insiste que la traduction reste sous mes yeux. Et si vous consentez, je ferai une petite étude sur vous et les jeunes

---

comme s'étant libéré de sa violente haine patriotique, cf. *Kerckhove 1996*, pp. 87-89.

1. Sont désignés ici les défaitistes allemands, réfugiés à Zurich, qui souhaitent la défaite des empires centraux, pour qu'advienne la république.

2. Même idée dans l'article paru à Vienne, le 14 décembre 1919, « Les limites de la défaite », cf. *Zweig 2020*, pp. 157-161.

3. Max Rascher (1883-1952), pacifiste convaincu, il fonde en 1908 sa maison, Rascher Verlag, à Zurich.

de votre cercle. Mais seulement si vous le désirez et je ne ferai pas imprimer un mot sans votre consentement. Je sais que nous sommes tous exposés à des gens, qui guettent nos idées et cherchent les prétextes partout.
Mais tout cela, quand l'éditeur aura lu votre livre. Il l'aura fait le plus tard en huit jours. Puis je vous conseille de venir vous-même à Zurich et de traiter directement. Je n'ai voulu que vous préparer le chemin.
Excusez, cher Arcos, la forme de cette lettre. Je vous écris en hâte ! De tout cœur votre

Stefan Zweig

53. Stefan Zweig à Charles Baudouin[1]

Zürich, 18. II. 1918

Mon cher ami, je suis vraiment honteux de ne pas avoir écrit si longtemps, mais les répétitions et tous les affaires qui sont attachées à une représentation du théâtre[2] me préoccupent et puis : je suis déjà très fatigué. Toutefois je veux vous remercier de tout mon cœur pour les derniers numéros du « Carmel » – les traductions des Werfel sont merveilleuses[3] (je veux les lui montrer, il est à Zürich)[4] et je vous félicite également de vos

1. Lettre manuscrite à l'encre violette, sur papier sans en-tête ; enveloppe adressée à « Monsieur Charles Baudouin, Genève, Saconnex d'Arve », avec cachet postal de départ « 18.II.18 » et d'arrivée « 19.II.18 ». Fonds Charles Baudouin, Bibliothèque universitaire de Genève, Ms.fr. 7531, f. 107.

2. *Jeremias*, qui vient d'être créé à Zurich le 27 janvier 1918, voir lettre 48.

3. Poèmes choisis sans doute dans trois récents recueils de Werfel : en 1911 *Der Weltfreund* [« L'Ami du monde »] ; en 1913 *Wir sind* [« Nous sommes »] ; en 1915 *Einander – Oden, Lieder, Gestalten* [« L'un pour l'autre – Odes, Chants, Figures »].

4. Franz Werfel (1890-1945) assiste à la création de son drame *Die Troerinnen des Euripides* [« Les Troyennes »] au Stadttheater de Zurich, le 22 janvier 1918 ; Zweig y assiste, rencontre plusieurs fois Werfel, qui lui offre

poèmes. La revue se développe de plus en plus : puisse-il se faire, qu'elle soit très répandue.
Quant à vos poèmes, deux sont traduits. Ils paraîtront bientôt.
Et le *Jeremias* ? Y avez-vous travaillé ? Je le demande en amitié – mais je ne pense pas de vouloir vous presser[1].
Je sais comme votre temps est précieux.
Mes affaires militaires ne sont pas encore réglées. Je fais tout pour pouvoir rester encore : dans ce cas je viendrai certainement à Genève vous revoir tous. J'ai bien travaillé en Suisse, je serais content, si la réalité n'était pas si terrible[2]. Oh de la joie, de la joie ! Un monde paisible sur notre cœur, un ciel sur notre vie sans foi !
Je vous serre la main. Dites à Mugnier et aux amis mes meilleurs sentiments ! Tout à vous votre

Stefan Zweig

On pense de faire un recueil des Poèmes contre la guerre en deux langues, Francs-Allemand. Je ne sais pas encore si cela se fera[3]. Je vous avertirai !

son quatrième recueil *Der Gerichtstag* [« Le Jour du jugement »], selon le Journal, les 29 et 31 janvier 1918, *Zweig 1993*[A], pp. 199-200.

1. Baudouin, le 30 janvier à Zweig : « Je traduis le second tableau et j'attends vos indications pour les passages que vous avez l'intention de couper. »

2. Sans doute une allusion à l'affaire personnelle qui conduit Zweig au bord du suicide, voir la lettre à Rolland du 3 mars, n° 210, *Rolland-Zweig 2014,* pp. 410-413.

3. Cette belle idée n'aura pas de suite ; mais en 1920 les Éditions du Sablier publieront *Les Poètes contre la guerre : anthologie de la poésie française*, avec une préface de Romain Rolland, intitulée « L'Esprit contre la guerre ».

54. Stefan Zweig à René Arcos[1]

Zurich, Hôtel Schwert, 28. II. 1918

Mon cher monsieur Arcos, je vous écris en hâte. Je vis dans le trouble, la représentation avait un succès extraordinaire, mais elle m'accable de mille choses, lettres, ect. ect.
J'ai parlé avec Rascher aujourd'hui. Il est prêt à publier, à condition que vous faites votre volume plus concentré – il croit aussi, qu'on lui ferait du bien en le diminuant de 50 pages – le livre en traduction allemande, et de faire peut-être aussi une édition Française d'abord. Il vous attend, quand vous voudrez et je crois, l'arrangement sera bon. J'espère de pouvoir vous aider dans les pourparlers, sans vouloir toutefois promettre sûrement ma présence, car il est peu sûr, que je puisse rester encore ici. Chaque jour une révocation m'attend et je ne peux rien dire avec sûreté. Quelle vie qu'on mène ! Toujours attelé au char sanglant et attendant le coup de fouet du maître.
Alors à tantôt. Et merci de vos bonnes paroles ! Votre

Stefan Zweig

55. Stefan Zweig à Charles Baudouin[2]

[Zürich, le 7 mars 1918]

Mon cher ami, merci de votre envoi et de votre lettre[3]. Je suis heureux que vous traduisiez le *Jeremias*, seulement faites tout à

1. Lettre manuscrite à l'encre violette, sur papier libre. ÖNB, Stefan Zweig Autogr. 1311/19 – 6.

2. Lettre manuscrite sur papier sans en-tête, datée d'après le cachet postal de départ « 7. III. 18 » sur l'enveloppe, adressée à « Saconnex d'Arve, près Genève, Villa Carmel ». Fonds Charles Baudouin, Bibliothèque universitaire de Genève, Ms.fr. 7531, f. 109.

3. Zweig a reçu dans l'intervalle plusieurs lettres de Baudouin ; le 27 février : « je travaille maintenant au quatrième [tableau] » et « mon rêve »

votre gré des coupures. L'œuvre est plein de répétitions et de longueurs : vous lui faites du bien en les diminuant et vous vous épargnez beaucoup de travail. Le succès ici était vraiment très grand. Pour la demande des actionnaires suisses[1], je vous conseille

1) de tâcher de vous entendre avec Rascher & Cie, [pour voir] s'il ne veut pas prendre régulièrement un certain nombre de vos livres

2) de tâcher de gagner comme actionnaire le poète Hans Reinhardt (Winterthur).

Il est très riche, Suisse, fait beaucoup pour l'art. Invitez-le aussi à collaborer à votre revue : c'est un bon poète et un excellent homme. Je tâcherai de l'intéresser.

Vos poèmes paraîtront, je l'espère, bientôt. Je ne sais pas encore, si je pourrai rester : toutefois vous entendrez de moi. J'espère de pouvoir venir à Genève. Mais mon cher ami, je suis toujours dans l'indécis, je ne suis pas libre. Seulement mon cœur est libre, mais bien oppressé. Ce qui s'est passé en politique m'a abattu complétement[2], puis des ennuis personnels.

Oh quand vivrons-nous, revivrons-nous !

Je dirai à Werfel de vous envoyer ses livres[3] !

Mes meilleures salutations aux amis ! De tout cœur votre

Stefan Zweig

---

serait « de pouvoir, avec vous, présenter la pièce à la Comédie de Genève » ; le 5 mars, une longue lettre où Baudouin remercie Stefan Zweig pour ses *Erinnerungen an Emile Verhaeren* [« Souvenirs de Émile Verhaeren »], une brochure de 91 pages, imprimée à compte d'auteur chez Christoph Reissers Söhne Wien 1917 ; puis il revient sur la carte postale où Verhaeren lui écrivait sur « La Tour de Babel » dont il avait lu le début dans *Le Cahier du Carmel* : « c'est grand, c'est large », mots que Stefan Zweig a manifestement perçus (cf. lettre 44, n. 3) selon Baudouin comme « un signe de la colombe de l'Arche ».

1. Baudouin, le 27 février, a demandé conseil à Zweig pour financer son projet, avec son équipe, « d'édifier *Le Carmel* en maison d'édition ».

2. L'évolution de la guerre (traité de Brest-Litovsk, signé le 3 mars) est favorable à l'Allemagne et fait reculer les espoirs de paix négociée.

3. Toujours le 27 février, Baudouin a demandé des livres de Werfel, afin de traduire de ses poèmes. Ce projet aboutira en 1924 à la parution chez Stock du recueil de Werfel *L'Ami du monde*, cf. lettre 53, n. 3.

56. Stefan Zweig à René Arcos[1]

Rüschlikon, Hôtel Belvoir[2] 23. III. 1918

Mon cher Arcos, méfiez-vous des hommes ! Vous avez encore trop de confiance, trop d'espérances ! Le petit loup Rascher s'est de nouveau retiré dans la forêt impénétrable de sa timidité. Vous avez manqué de tirer de lui un traité pour la traduction Allemande[3] – maintenant il me raconte ses histoires du papier et il voudrait d'abord lire la traduction Allemande (pour presser le prix). Je vous assure, ce n'est pas un plaisir de parler avec lui et je ne suis pas bien fait pour marchander et prier (même pour mes amis). Je vous conseille : écrivez-lui droitement, qu'il vous envoie un traité pour l'édition Allemande (sans souffler mot de cette lettre, seulement en lui rappelant sa promesse). Il sera forcé de se déclarer.
S'il ne marche pas, je ferai traduire le roman par Beran[4], qui se connaît en affaires, qui saura tirer d'un éditeur ici tout ce qu'il faut. Il est tenace, ce que je ne suis pas, et pour cela meilleur que moi, il ne laissera pas sa proie, il insistera, il combattra – tous des vertus que je ne possède pas. Je suis peut-être moralement assez fort, mais d'une gaucherie dans les petites batailles sans pair et j'ai bien vu, que vous ne savez non plus défendre votre cause avec l'énergie nécessaire. Si Rascher ne marche pas immédiatement, je vous conseille, de charger Beran,

---

1. Lettre manuscrite à l'encre violette, sur papier libre. ÖNB, Stefan Zweig Autogr. 1311/19 – 7.

2. Zweig vient de s'installer, pour travailler au calme, dans ce site merveilleux, surplombant le lac de Zurich et à vingt minutes de la ville, par le train ou le bateau ; il y restera un an.

3. Arcos n'a pas obtenu que Rascher lui signe un contrat, mais Zweig continue son rôle d'intermédiaire.

4. Felix Beran (Vienne 1868-Zurich 1937), ingénieur, puis journaliste, poète et traducteur (il se lia avec Joyce à Zurich) ; il publie le 9 mars 1918 un récit très favorable de la création de *Jeremias* dans la *Pester Lloyd* (Budapest), cf. Oliver Matuschek, *Drei Leben. Eine Biographie*, Fischer Taschenbuch, 2008, p. 162.

qu'il traduise d'abord le roman et pour qu'il mène le combat après. Beran est un peu dans la purée et cela donne une énergie incomparable. Mais avant tout écrivez à Rascher comme si tout était déjà fait et signé.
D'ailleurs je crois que Schickele[1] n'a pas eu une influence favorable sur le sort de votre livre.
Je ne sais pas, si je pourrai rester longtemps. Mais en tout cas jusqu'au 10 Avril. Votre fidèle
Stefan Zweig

Vous avez oublié le Jules Romains[2] !

57. Stefan Zweig à Charles Baudouin[3]

Rüschlikon-Zürich, Hôtel Belvoir le 25 mars 1918

Cher ami !
Pardonnez-moi de vous écrire aujourd'hui en allemand, mais je dicte aujourd'hui les lettres de toute une semaine pour m'en débarrasser[4] et pouvoir rester plongé dans mon travail, et je travaille en effet comme un forçat, pour mettre entièrement à profit mon temps de liberté ici[5]. Je ne voulais aujourd'hui

1. René Schickele (1883-1940), poète, romancier et essayiste alsacien (père allemand, mère française), il dirige en Suisse la revue expressionniste *Die weissen Blätter* [Les Feuilles blanches] en la marquant de son pacifisme de gauche.

2. Arcos a oublié de remporter son volume d'*Europe, poème*, évoqué dès sa première lettre à Zweig (n° 48, note 3) ; car à présent « j'en ai besoin car je prépare une étude sur les poètes pendant la guerre », écrit-il le 2 avril à Zweig (*Fredonia*). C'est l'anthologie évoquée à la fin de la lettre 53.

3. Lettre en allemand, dactylographiée et signée à la main à l'encre violette, datée 25 mars 1918, sur un papier sans en-tête.

4. Sans doute en recourant à une secrétaire, selon l'usage de Zweig dès avant la guerre à Vienne.

5. « Ici », c'est-à-dire en Suisse. Plusieurs chantiers sont en train : sa pièce de théâtre *Légende d'une vie*, sa nouvelle, « Le réfractaire », qui deviendra

vous dire que trois choses. Premièrement : une revue qui paraît chez nous en français, la « Revue d'Autriche[1] », aimerait reproduire vos superbes traductions de Franz Werfel[2] en renvoyant explicitement au « Carmel ». Si vous en êtes d'accord, veuillez avoir l'amabilité de m'envoyer un autre exemplaire du Cahier en question. Secundo : les poèmes de vous que j'ai traduits paraîtront bientôt, l'un en Allemagne, l'autre en Suisse. Je vous ferai parvenir aussitôt les numéros concernés. Tertio : Avez-vous reçu une réponse de Hans Reichardt, de Winterthur[3] – car je pourrais éventuellement parler encore avec lui.
Ce sont les trois choses que je ne voulais pas oublier, et j'y ajoute tous mes bons vœux pour votre travail. Je vous écrirai prochainement plus en détail et serais depuis longtemps venu à Genève si je savais vraiment que je vais pouvoir prolonger mon séjour ici. Mais là, je profite de chaque journée, de chaque heure pour travailler et je ne m'accorde que rarement la joie d'écrire une lettre à des amis.
Bien cordialement aux camarades et à vous, de votre sincèrement dévoué
Stefan Zweig

La Contrainte ; Zweig doit aussi revoir la nouvelle traduction entreprise par Friderike de *L'Émile*, de Rousseau. Et pour servir l'œuvre de Rolland (comme il l'a fait pour Verhaeren), il peut lui annoncer, le 23 mars, qu'il publiera « après la guerre ce livre sur vous et votre œuvre [...]. *Rolland-Zweig 2014*, lettre 216.

1. Toujours dynamique dans son rôle d'« agent éditorial », Zweig soutient ici discrètement l'ouverture de l'Autriche vers une paix séparée à négocier avec la France, cf. Romain Rolland sur Zweig, dès le 20 novembre 1917, *Journal des années de guerre* (désormais *Rolland 1952*), pp. 1351 et suiv.

2. Voir *supra*, lettre 53.

3. Voir *supra*, lettre 55.

58. Stefan Zweig à Charles Baudouin[1]

Rüschlikon bei Zürich, Hôtel Belvoir
[27 avril 1918]

Mon cher ami, il faut que je vous le dise avant tout : rarement j'ai eu tel plaisir que en traduisant vos poèmes[2]. Hier j'en ai lu trois à des amis, ils disaient que jamais je n'avais fait mieux en traduisant. J'en ai envoyé un au Berliner Tageblatt, le journal le plus répandu : je suis curieux, s'ils l'imprimeront maintenant. Peut-être je traduirai, quand j'aurai votre volume, plusieurs pour les réunir après dans une plaquette de luxe[3]. En tout cas, je suis impatient de recevoir votre volume : j'en rendrai compte et je ferai mon possible chez mes amis.

Merci pour l'envoi des poèmes de Werfel. Je les ai expédiés à la Revue d'Autriche. Et j'ai écrit à Werfel de vous envoyer ses livres.

Je suis heureux que vous avez travaillé au Jeremias[4]. Où, croyez-vous, devrait-on l'éditer ? Chez le Carmel – ou peut-être à La Chaux-de-Fonds, où les livres d'Arcos et de Jouve paraîtront[5]. Ou attendre la paix et le Mercure de France ? Car en temps de guerre il n'est pas très probable qu'il y aurait moyen de le faire paraître là-bas, néanmoins je peux espérer, que Paul Morisse ferait

---

1. Lettre manuscrite, sur papier sans en-tête, Datée d'après le cachet postal (d'arrivée) au dos de l'enveloppe, f.114r. Fonds Charles Baudouin, Bibliothèque universitaire de Genève, Ms.fr. 7531, f. 113.

2. Baudouin a envoyé à Zweig quelques poèmes de son recueil « L'Arche flottante », qui paraîtra dans *Le Cahier du Carmel*, 1re série, n° 2, Paris, La Maison française d'art et d'édition, 1919.

3. Ces initiatives et ces projets montrent combien (malgré la guerre) l'ambiance berlinoise, artistique et intellectuelle, continuait d'être brillante, cf. *Quasi una phantasia* (janvier-février 1918) in *Zweig 2021*.

4. Dans sa lettre du 13 avril, Baudouin annonce avoir terminé le 7e tableau et il espère « revoir l'ensemble » avec Zweig « à Genève afin de préparer le terrain pour le jouer ici » (*Fredonia*) – ce qui ne se fera pas.

5. De René Arcos, *Le Mal 1914-1917* (voir lettre 52) ; de Pierre Jean Jouve : *Danse des morts* ont paru à l'Édition d'action sociale (Zweig a écrit « à Chaux les Fonds »).

son possible. Nous en causerons encore. En tout cas, coupez beaucoup ! C'est trop long, trop touffu ! Et le papier très cher. Je verrai Hans Reinhardt bientôt et je tâcherai de le gagner pour le Carmel. Si je puis vous être utile, n'oubliez jamais que je suis heureux, de pouvoir vous être utile.
Est-ce que vous possédez de mes livres, mes poèmes et mon recueil de contes Erstes Erlebnis[1] ? Je serais heureux de vous l'envoyer. Dès que vos poèmes paraîtront, je vous les enverrai. Ou si vous désirez, aussi les manuscrits. Fidèlement à vous votre

Stefan Zweig

Si vous avez des vacances je serais heureux de vous avoir ici quelques jours pour vous reposer. Je ne peux vous offrir qu'une hospitalité très simple, mais il fait si beau ici. Et vous verrez Zürich.

59. Stefan Zweig à Charles Baudouin[2]

[Zürich, le 17 juin 1918]

Mon cher ami, je vous réponds avec un grand retard[3], mais j'étais profondément dans mon travail. Je fais beaucoup en ce moment, j'écris une nouvelle pièce[4], j'en ai traduit une[5], je tra-

1. *Première expérience*, sous-titre *Geschichten aus dem Kinderland* [« Histoires du pays des enfants »], recueil de quatre nouvelles, paru en 1911 à l'Insel Verlag, Leipzig.

2. Lettre manuscrite, sur papier sans en-tête, datée d'après le cachet postal (d'arrivée) au dos de l'enveloppe : « 17. VI. 18 ». Fonds Charles Baudouin, Bibliothèque universitaire de Genève, Ms.fr. 7531, f. 115.

3. Baudouin lui a en effet écrit le 24 mai précédent, voir la note 2, p. 111.

4. Il s'agit de *Legende eines Lebens*, « un drame moral et contemporain [...] un conflit tout à fait loin de notre époque [...] un problème très complexe qui m'attire et qui me distrait », écrit Stefan Zweig à Rolland, le 15 mai 1918, cf. B. Vergne-Cain et G. Rudent, « Le Chaînon manquant, *Légende d'une vie* », L'Avant-Scène Théâtre, n° 1447, septembre 2018, pp. 61-65.

5. C'est *Le temps viendra*, drame en trois actes, de Romain Rolland, paru en mars 1903 aux *Cahiers de la Quinzaine* (IVe série, 14e cahier), que Rolland

vaille à plusieurs grandes choses. Un poème de vous paraîtra en ces jours dans la Vossische Zeitung à Berlin, je vous envoie immédiatement une copie. Et j'attends votre volume[1] avec impatience pour en rendre compte publiquement et pour dire toute l'admiration que j'ai pour vos poèmes. J'étais interrompu à les traduire en ces jours de travail, mais je ne les oublie pas
Je suis heureux que vous ayez terminé la traduction du Jeremias[2]. La pièce sera montée à Vienne bientôt[3], où la censure est plus douce. L'édition du livre est au 8ème mille – succès énorme pour un drame. Pour l'édition je laisse tout à vos dispositions – seulement, je crois par prudence devoir m'abstenir à participer au frais comme aux recettes. Vous savez : commerce avec l'ennemi, cette menace infâme que nos détracteurs pourraient vous insinuer. La méchanceté est telle en ce moment qu'il faut éviter même les actions les plus honnêtes si elles touchent la loi de l'instant. Mais je crois que je puis trouver un de mes amis Suisses – purement Suisses – ici, qui s'intéressait à fonder une maison d'éditions : on pourrait peut-être réunir ses travaux avec les vôtres. Il est Suisse, pur Suisse, absolument sûr dans ses idées et au point de l'indépendance matérielle[4]. Reinhardt[5] et moi nous avons trois fois pris rendez-vous, sans jamais nous trouver. Mais la semaine prochaine je l'attraperai.

---

envoie à Zweig le 1er février 1918 (cf. lettres 204 et suiv., in *Rolland-Zweig 2014*, p. 397) ; le 3 juin (lettre 231, *ibid.*) Zweig lui annonce qu'elle « est finie » ; elle sera publiée bientôt avec une préface : *Die Zeit wird kommen* (1 000 ex. numérotés), E. P. Tal, Leipzig, Wien, 1919, rééd. *ibid.*, 1921.

1. *L'Arche flottante*, voir lettre précédente, note 2.

2. Baudouin à Zweig, le 24 mai : « [...] Voilà bien un mois que j'ai terminé la traduction de Jeremias. [...] Je n'ai pas fait de coupures en traduisant. [...]. Il sera toujours temps de couper après. Je pense qu'on pourrait donner une version abrégée au *Carmel*, puis une version complète au *Mercure de France*, mais pas maintenant. Votre Cœur de l'Europe (bien innocent !) a été interdit en France, parce que vous êtes autrichien » (*Fredonia*).

3. La première de *Jeremias* n'aura finalement lieu à Vienne que le 9 octobre 1919, au Deutsches Volkstheater.

4. Comprendre : « quant à l'indépendance matérielle ».

5. Il s'agit à nouveau de Hans Reinhart, le mécène possible pour *Le Carmel*.

Mon cher ami, je suis triste aussi. Comment pourrait-il être autrement ! La folie a atteint un tel degré que la raison devient folle en tâchant de la comprendre. Et le sang Français, le sol Français – je le sens dans mon cœur avec la même pitié que le nôtre. Quand pourrons-nous causer librement ? ! Et quelles belles choses nous ferons ensemble ! Je suis impatient de commencer ! Une question : il y a quelquefois des livres à traduire maintenant, naturellement des livres de nos idées, Latzko[1], par exemple, a fini un nouveau recueil. Son dernier[2] était traduit horriblement. Est-ce que cela vous intéresserait – naturellement chez un éditeur Suisse. On paye assez bien des travaux de ce genre et si vous vous intéressez je pourrai facilement vous mettre en relation avec un éditeur Suisse.
Je regrette que vous ne veniez pas à Zürich. Moi je ne peux pas bouger en ce moment. Trop de travail pèse sur moi. Mais en Septembre je viendrai. C'est presque sûr. Je dis : « presque », car qui sait maintenant de demain ?
Je vous écrirai bientôt dès que j'aurai votre poème imprimé. À tantôt donc ! De tout mon cœur votre fidèle

Stefan Zweig

---

1. Andreas Latzko (Budapest 1876-Amsterdam 1943), officier hongrois, engagé sur le front italien et autorisé en 1916 à venir se soigner en Suisse. Son « nouveau recueil », c'est *Der letzte Mann* [« Le dernier homme »] qui va paraître au Dreiländerverlag, München, 1919 ; et en 1920 dans une « traduction libre » de René Arcos et David Roget, avec onze bois gravés de Frans Masereel, préface de Stefan Zweig, Éditions du Sablier, Genève. Signalons sa correspondance avec Zweig, « Une amitié difficile » : *Andreas Latzko und Stefan Zweig – eine schwierige Freundschaft. Der Briefwechsel 1918-1939.* Hg. H. Weichselbaum, Frank und Timme, Berlin, 2018.

2. Ce sont les six nouvelles de *Menschen im Krieg* [« Hommes en guerre »], d'abord parues en 1917, sans nom d'auteur, chez Rascher, à Zurich, avec un immense succès et qui font sensation parmi les pacifistes, cf. *Hommes en guerre*, Agone, 2003, 4e éd. revue et augmentée, avec l'introduction de Rolland, l'avant-propos d'Henri Barbusse, la postface de Marcel Martinet.

60. Stefan Zweig à René Arcos[1]

[Rüschlikon] 25 Juin 1918

Mon cher ami, j'ai si souvent pensé à vous et toujours avec le vif besoin de vous écrire. Mais j'avais peur de vous ennuyer : je suis si profondément attristé, que je crains la contagion. Je ne bouge pas de Rüschlikon, je travaille mais sans joie, sans élan, la plume trotte comme un vieux cheval le long des lignes. Mon cœur est noyé dans l'ennui rouge et brûlant. Et j'évite les hommes. J'en ai assez de leur tristesse et de leur gaieté. Quelquefois je rêve des voyages, pour me réveiller brusquement – oh, nous avons perdu pour toujours la terre ! Nous serons cloués aussi après la guerre pour des années à la même place, emprisonnés dans les patries. J'ai presque plus de peur de la paix que de la guerre. Et nous deux, avec nos parents au loin dans les pays torturés. Chez vous l'invasion, chez nous la famine – un peuple, une armée, un empereur qui ne veulent plus combattre, qui n'ont plus d'ambition, qui n'aspirent qu'à un peu de tranquillité, vraiment je ne sais rien de plus terrible dans l'histoire que cette position d'un état combattant contre sa volonté. Quelquefois la rage m'emporte : j'ai écrit un manifeste « Confession de foi au défaitisme[2] » qui paraîtra à la Friedenswarte au cinquième anniversaire de la guerre. J'ai proposé de nous déclarer publiquement « défaitistes », de faire un mot d'honneur de l'insulte. C'est inutile, je sais bien. Mais de temps en temps on a le besoin de cracher dans la figure souillée du monde.

---

1. Lettre manuscrite à l'encre violette, sur papier libre. La date (très convaincante) est ajoutée au crayon noir, d'une autre main. ÖNB, Stefan Zweig Autogr. 1311/19 – 9.

2. Cette traduction par Zweig (malaisée à comprendre) exprime bien son intention : il court au martyre comme les « confesseurs » chrétiens des premiers siècles ; ce texte, *Bekenntnis zum Defaitismus* [Déclaration pour le défaitisme] paraît dans la revue *Die Friedenswarte* en juillet-août 1918 (c'est d'ailleurs le quatrième anniversaire de la guerre, et non pas le cinquième). Autour de Zweig ce « manifeste » solennel rencontre surtout de l'incompréhension, par exemple chez Rolland, le 10 juillet (*Rolland-Zweig 2014*, lettre 239).

Je suis heureux que votre roman paraîtra[1]. J'en rendrai compte ici. Et avec quelle joie ! Je souhaite seulement que vous réussissiez, de faire entrer votre femme en Suisse[2] : on est si seul ici. Car les amis, ils sont si attristés tous. On ne pourrait pas aimer des gens gais en ce moment et toutefois on serait si heureux, de pouvoir rire avec des bons camarades : oh quelle abominable lettre que celle-là que je vous écris. Sans force, sans élan, sans espérance : mais elle peint assez bien mon état d'âme. La Suisse m'ennuie énormément, je deviens mélancolique ici : je suis habitué à l'espace et j'ai envie de brûler des distances. Et les gens, si étroits, si froids, si haineux – je les comprends bien au fond de leur âme, mais tout de même, je sens toujours que leur volonté secrète nous repousse.
Quand vous verrez Jouve et Masereel, serrez bien leurs mains. Je les aime tant et je suis si heureux de vous savoir ici en Suisse. Je me comprends mieux avec vous qu'avec les Allemands : les plus antimilitaristes d'entre eux sont encore nationalistes (à rebours, mais tout de même nationalistes). Ils parlent de la défaite et de la victoire – deux mots qui me rendent furieux. Et puis ils parlent littérature.
J'ai écrit un petit conte, l'histoire d'un réfractaire[3]. Mais je ne la publie pas. Elle reste chez moi jusqu'à la fin de la guerre – elle serait trop informative pour les mouchards.
Je vous serre la main. Pardonnez-moi de vous avoir écrit une lettre si confuse et triste, mais, hélas, je ne puis pas autrement.

---

1. *Le Mal. 1914-1917*, déjà évoqué.

2. Renée Arcos, née Marjollet, partie en visite à Paris en avril 1918, n'obtenait pas (sous la « dictature » de Clemenceau) l'autorisation de rejoindre son mari en Suisse, cf. Joris van Parys, *Frans Masereel, Une biographie*, AML éditions, 2008, « Archives du futur », p. 103.

3. Intitulé d'abord « Der Refractär », puis « Der Zwang », voir lettre 57. Ce récit dédié « À Pierre Jean Jouve, en amitié fraternelle » paraîtra à l'Insel Verlag en août 1920, et ce sera le seul texte de Zweig illustré par Frans Masereel avec dix bois gravés ; *La Contrainte*, traduite sans tarder par Magdelaine Marx, paraît dans la revue *Clarté* (fondée par Henri Barbusse) d'avril à août 1920, série inachevée. Mais *Der Zwang* ne sera pas republié du vivant de Zweig.

Je pense toujours à vous et ma bonne compagne me rappelle souvent pleine de compassion le sort de votre femme retenue. N'est-ce pas, vous nous enverrez un mot, dès qu'elle arrivera : il serait si bon, de pouvoir féliciter un ami au lieu de le plaindre. Fidèlement votre

Stefan Zweig

61. Stefan Zweig à Charles Baudouin[1]

Rüschlikon, Hôtel Belvoir 3 août 1918

Mon cher ami, merci pour votre lettre. J'espère de traduire encore plusieurs de vos poèmes[2]. Pour l'instant, je finis une pièce nouvelle[3].
Quant au « Jeremias », il y aurait maintenant occasion de l'imprimer. Joseph Chapiro[4] de la Sentinelle qui a édité le livre de Jouve La Danse des morts aimerait à publier la traduction et je crois on pourrait le faire de telle façon, que cela serait en même temps une édition du « Carmel » ! et de « l'action social » (*). Mon ami Masereel dessinerait la couverture – cela donnerait un livre admirable, bien imprimé, qui se vendrait bien comme toutes ces éditions. Est-ce que cette proposition vous plaît ? Si

---

1. Lettre manuscrite à l'encre violette, sur papier sans en-tête. Fonds Charles Baudouin, Bibliothèque universitaire de Genève, Ms.fr. 7531, f. 117.

2. Zweig ayant publié dans la *Vossische Zeitung* la traduction de « La Vision du matin spirituel », Baudouin lui écrit le 31 juillet qu'il le trouve « d'une fidélité absolue au rythme, à la pensée, à la musique de l'original. Je croyais en lisant votre traduction, avoir écrit le poème sous cette forme » (*Fredonia*). Il se déclare disposé à traduire Latzko ; mais la première traduction publiée en France en 1920 sera celle de Magdeleine Marx, intitulée *Les Hommes en guerre*, chez Flammarion.

3. *Légende d'une vie*, voir la lettre 59.

4. Joseph Chapiro (Kiev 1893-New York 1962), écrivain et journaliste, diversement évoqué par Zweig dans son *Journal de Suisse*, le 20 septembre 1918, *Zweig 1993A*, p. 205. Voir aussi la mise en garde explicite de Rolland le 12 mars 1918, in *Rolland-Zweig 2014*, lettre 214.

vous consentez, je pourrais vous mettre en relation avec Chapiro. Il habite Genève 1, rue du Contrat social.
La traduction de Latzko[1] n'est pas encore sûre, car Jouve voudrait rédiger celle d'un ami de lui et Latzko, qui aime Jouve beaucoup est incliné à la confier à lui. Mais il y aura une autre occasion, je pense à vous avec beaucoup de gratitude.
Je n'ai pas vu Reinhardt[2] mais je le verrai bientôt. Et je tâcherai de le gagner. En plus j'intéresserai un libraire d'acheter quelques exemplaires de la collection complète. Je viendrai bientôt à Genève et nous parlerons de tout cela.
L'arrestation de mon ami G.[3] m'a profondément ému. J'ai confiance absolue dans son caractère. Je le connais depuis 15 ans et je le sais parfaitement honnête. Mais l'excitation de l'époque est telle, qu'on ne sait plus ce qui va nous arriver.
Je vous serre la main bien cordialement ! Votre fidèle

Stefan Zweig

(*) Cela veut dire que vous vous réserveriez comme honoraire un certain nombre d'exemplaires pour les abonnés du Carmel[4].

1. *Der letzte Mann*, voir la lettre 59. Pour la suite, on peut comprendre que Jouve hésite, car il voudrait traduire plutôt un (autre) ami (non nommé).
2. C'est encore le mécène possible pour *Le Carmel*. Voir lettres 58 et 59.
3. Henri Guilbeaux. Voir lettre 2.
4. Texte ajouté dans la marge à gauche.

62. Stefan Zweig à Charles Baudouin[1]

[Montreux[2], 27.XI.1918]

Mon cher ami, je serai mercredi soir à Genève et j'espère de vous voir Jeudi. Je vous avertirai immédiatement de mon adresse. Content et heureux de vous revoir, fidèlement votre
Stefan Zweig

63. Stefan Zweig à René Arcos[3]

Rüschlikon, bei Zürich 7. Dez. 1918

Mon cher ami, votre lettre[4] me trouvait dans un état d'indécision, qui se prolonge déjà des semaines et des semaines. Il faut absolument que j'aille à Vienne, régler différentes choses et chaque jour, quand j'ouvre le journal je trouve un autre obstacle. Tout cela m'absorbe et la grande débâcle chez nous, qui fait crouler aussi l'existence de mes parents et la mienne peut-être, est peu favorable à la production littéraire. Toutefois je travaille : mais je n'apprécie pas le travail qui sort d'une confusion de détresse, d'angoisse et de nervosité.
Rieger[5] voulait aller avec moi. Tous les deux nous sommes indécis. Pour moi la situation est plus risquée encore, car je tiens

1. Carte de correspondance manuscrite à l'encre violette. Datation d'après le cachet postal d'arrivée. Fonds Charles Baudouin, Bibliothèque universitaire de Genève, Ms.fr. 7531, f. 119.

2. C'est la gare la plus proche de Villeneuve, où Zweig rend visite à Rolland (ce sera la dernière avant son retour en Autriche, en mars 1919).

3. Lettre manuscrite à l'encre violette, sur papier sans en-tête, ÖNB, Stefan Zweig Autogr. 1311/20 (1).

4. Arcos à Zweig, de Genève, le « 1. 12. 18 ».

5. Erwin Rieger (1889-1940), ami proche, rencontré en Suisse (cf. *Journaux 1912-1940*, « 2 octobre 1918 » et lettre à Rolland, 8 juin 1931, in *Rolland-Zweig 2016*), fidèle collaborateur de Zweig, un certain temps son secrétaire particulier ; son premier biographe (1928) ; grand amateur et tra-

absolument à revenir ici. Peut-être pour toujours. Qui sait ? Souvent j'ai eu envie d'aller dans un pays lointain et de devenir cultivateur de tulipes ou jardinier – j'ai la nostalgie d'une occupation honnête et seulement liée avec la nature, non avec les hommes. La littérature me dégoûte presque autant que la politique – et cela veut dire : beaucoup !!

J'ai écrit immédiatement à Bodmer[1]. Il est un peu lent et lourd dans ses décisions. Toutefois j'espère de pouvoir vous donner bientôt des nouvelles[2].

Mon cher ami, où vivons-nous, dans quel monde ? Chaque ressentiment, si funeste qu'il soit, est surpassé par la réalité, et la méchanceté, le mensonge prennent des proportions effrayantes. Des mots comme « droit », « liberté », « justice », est-ce qu'on osera de les user encore ? Tous les gens parlent un langage que je ne comprends plus. Il faudrait presque pour nous, les fidèles, inventer une nouvelle langue, pour que nos conceptions ne soient pas souillées par les mots désabusés des autres. « Liberté » – tout mon être ne respire que cette idée. Mais où la trouver, notre liberté ? Je n'ai pas encore trouvé le pays sur le globe : vous, mon cher ami, vous avez vraiment eu une conception prophétique avec votre « Île perdue[3] ». Est-ce qu'on ne devrait pas la retrouver maintenant ? Fonder, acheter une île quelque part dans l'océan et organiser une communauté nouvelle. Vous croyez, que

---

ducteur de littérature française. Sa disparition mystérieuse à Tunis affecta beaucoup Zweig, qui l'évoque encore dans sa dernière lettre à Friderike, le 22 février 1942.

1. Hans Bodmer (1863-1948), le directeur et cofondateur du Lesezirkel Hottingen (« Cercle de lecture » où Zweig et Jouve « lisent » le 12 décembre 1917). Ne pas le confondre avec le grand bibliophile et collectionneur Martin Bodmer (1899-1971) qui devait racheter en 1936 la majeure partie de la collection de manuscrits de Zweig.

2. Il s'agit d'une conférence qu'Arcos a proposé de faire, sur le conseil de Jouve, au Lesezirkel de Zurich, sur « les poètes français pendant la guerre. Je parlerais, entre autres, de Vildrac, Romains, Jouve, Duhamel, Spire, Martinet, Paul Fort etc… J'ai reçu plusieurs poèmes inédits que je lirais volontiers. Je crois qu'il y a là matière à une conférence intéressante » (*Fredonia*).

3. *L'Île perdue, poème dramatique*, Paris, Mercure de France, 1913, 181 p.

je plaisante. Non, c'est tout à fait sérieux. Si je savais moyen de fuir des états civilisés pour vivre tranquillement chez les Indiens, je le ferais, le cœur léger. Mon dégoût devient aussi grand que le crime lui-même, le crime de cette guerre, le crime de cette paix. Dites mes amitiés à Chapiro, aux autres camerades et croyez-moi votre fidèle

Stefan Zweig

Mes compliments à Madame votre femme

LETTRES 64 À 77

Mars 1919-janvier 1921

Stefan Zweig est rentré en Autriche ; il s'installe comme il le peut dans son petit manoir du Kapuzinerberg, qui domine Salzbourg. Il y vit bien, malgré l'horreur de l'époque en Allemagne comme en Autriche où règnent la famine, l'inconfort, la révolution, les répressions sanglantes, les assassinats politiques et la perte de sa fortune personnelle. Il clame pourtant : pas de défaite pour l'esprit libre ! D'autant que sa correspondance internationale reprend, vaille que vaille. Même si le prix des voyages à l'étranger est prohibitif à cause de l'inflation et du taux de change. Seule l'Italie est tentante et accessible. Malgré tout, l'Allemagne n'est pas un pays étranger. Et moins que jamais. Les vrais amis français restent les mêmes : Rolland, Arcos, Baudouin, Barbusse, Jouve, Martinet – et bien sûr Bazalgette, et Bloch, et Mercereau, sans oublier ni Vildrac ni Jules Romains ni Duhamel. Une riche palette. Or, Zweig est surtout fier de se mettre, avec Anton Kippenberg, à la tête d'un projet fou, compensatoire : la « Bibliotheca Mundi » (lettre 71). Et il peut continuer d'acquérir des autographes littéraires, même en France, chez Charavay, marchand à Paris, place Fürstenberg la bien-nommée, pour un autographe de Sainte-Beuve, le prince des critiques littéraires, qui fut aussi un poète. Critique et poète : la vraie nature de Stefan Zweig ? En tout cas, c'est son idéal, nimbé du rêve de la vieille Allemagne – comme il l'écrira bientôt à Suarès, « le maître du grand art, celui de voir clair tout en restant passionné » (lettre 119).

1919

64. Stefan Zweig à René Arcos[1]

Hôtel Belvoir, 6. III. 1919

Mon cher ami, j'ai depuis des semaines votre beau livre[2] et je crois de n'avoir pas encore dit à vous ma gratitude. Excusez cela. Ma vie est tellement troublée, les formes de mon existence future tout à fait ébranlées, de Vienne mon travail[3], deux livres à remettre à l'éditeur[4], une pièce à monter[5] m'appellent, en même temps les nouvelles de la faim et l'impossibilité d'un retour en Suisse rendent une telle décision fort dangereuse. Mais je crois, que je ne pourrai plus longtemps résister au courant qui m'entraîne vers la patrie – comprenez bien cette parole : « patrie », ce n'est pas pour moi le débris de l'Autriche, mais mon travail, mes livres, une chambre à moi, l'existence créatrice. Car ici mon travail ne vaut plus rien, je suis distrait, j'attends

1. Lettre manuscrite à l'encre violette, sur papier libre ; « Hôtel Belvoir », donc à Rüschlikon. ÖNB, Stefan Zweig Autogr. 1311/20 (2)

2. *Le Sang des autres, poèmes, 1914-1917*, ornés de huit bois hors-texte par Frans Masereel, Paris, Éditions du Sablier, 1919, 93 p.

3. Zweig continue à fournir des articles à la *Neue Freie Presse*, comme il l'a fait en Suisse.

4. En 1919 vont paraître le recueil *Fahrten. Landschaften und Städte* [« Parcours. Paysages et villes »], composé d'impressions de voyage en prose et de pièces en vers, E. P. Tal, Leipzig, ainsi que *Der Zwang* [« La Contrainte »], à l'Insel Verlag, Leipzig.

5. *Légende d'une vie.*

plus le facteur et les journaux que l'inspiration intérieure : le choc, qui a touché l'Allemagne et l'Autriche se fait tout de même ressentir, car plus que dans une autre époque nous sommes tous prisonniers de notre État. La maille devient chaque jour plus épaisse et, si contradictoire que la pensée pourrait paraître, je crois que l'asservissage financière, contrôlaire, douanière[1] nous fera presque regretter la mince portion de liberté pendant la guerre. Pour vous Français le monde est ouvert, vous pouvez aller en Amérique, en Angleterre, en Italie : pour nous, à deux pas de notre vie s'érige la frontière de haine et de l'État. Et puis, l'impossibilité de pouvoir être une force morale dans ce pays corrompu : la révolution qui a commencé si héroïquement s'est avilie en brigandage et corruption, l'esprit est écarté complètement. Mon dégoût pour la politique est énorme. Je rêve toujours de votre « Île perdue », cette idée prophétique. La Suisse paraîtrait d'en être une, hélas, elle est enserrée des deux flancs par la pression des vagues. Il ne reste que le travail, île solitaire, mais difficile pour l'âme de trouver le bateau enchanteur qui l'emporte vers ces rivages.

Je viens de lire « Clarté » de Barbusse, un mauvais livre à mon avis du point de vue artistique, mais admirable comme confession de notre esprit[2]. Tâchez, mon cher ami, de réunir un groupe en France, des maçons pour la république mondiale[3] ; il y aura chez nous aussi des camarades en dehors du socialisme corrompu et avide de puissance. J'espère que notre fraternité sera plus forte que tous les intérêts, mais seulement il faut beaucoup, beaucoup de patience. Le plus dangereux est d'être impatient dans les choses d'esprit : je crois, nous aurons trente ans à faire avant de

1. Exemple du français de Zweig, très créatif.

2. Voir le compte rendu de Zweig dans la *Neue Freie Presse*, le 18 mars 1919 : « Clarté. Le nouveau roman d'Henri Barbusse », cf. *Zweig 2020*, pp. 137-145.

3. Zweig rêve de « La reconstitution de l'Internationale de l'esprit », comme il intitule un tout récent article du 4 février 1919, voir *Zweig 2020*, pp. 119-123. Le mot « maçons » résonne tout près de « Baumeister der Welt » [« Constructeurs du monde »], mot qui désignera plus tard ses trilogies littéraires.

voir même les fondements de notre temple d'union Européenne. Toute notre vie y sera. Car nous sommes une génération perdue. Mais il faut sauver l'autre, celle qui vient.
Mon cher ami, je vous serre la main en vous remerciant de votre bonne amitié. Dites aux camarades là-bas, à Romains, Duhamel, Vildrac, Bazalgette, Mercereau, Bloch[1] que j'étais avec eux chaque moment de la guerre et que nulle cruauté de la paix, « de la justice et du droit » ne changera mes sentiments, même si ma vie en souffrira cruellement. Aussi depuis l'Autriche nous resterons en communion étroite. J'espère que notre vie sera assez longue (tout de même) pour nous réunir souvent. Les meilleurs compliments à Madame, aussi de la part de ma femme. Et bien vivement votre

Stefan Zweig

Le cher Rieger partira avec nous dans dix ou quinze jours[2].

65. Stefan Zweig à Henri Barbusse[3]

Rüschlikon près de Zürich
23. Mars 1919

Cher Maître et confrère, je vous remercie de tout mon cœur de m'avoir fait parvenir votre roman « Clarté ». Quand j'avais lu dans des heures de désespoir et de solitude morale votre « Feu » – je vous raconterai un jour par quelles difficultés j'ai réussi de me procurer ce livre qui gagnait après tout le monde[4] –

1. Jean-Richard Bloch (1884-1947), romancier et essayiste que Zweig fréquente en ami à Paris ; voir le substantiel volume *Stefan Zweig et Jean-Richard Bloch, Correspondance (1912-1940)*, édition établie, présentée et annotée par Claudine Delphis, Éditions universitaires de Dijon, 2019 (désormais *Delphis 2019*).

2. Ce fut en effet le cas, le 24 mars 1919.

3. Lettre manuscrite sur papier libre. Fonds Henri Barbusse, Lettres adressées à Henri Barbusse, BnF, NAF 16536, f. 196.

4. Nous entendons dans cette expression que *Le Feu. Journal d'une escouade* (paru en novembre 1916), connut, ensuite, un succès mondial.

j'éprouvais un sentiment de fraternité pour vous qui jamais ne pourra plus périr. Vous recevrez un essay qui saluait dans ces heures sombres votre foi et aussi ceux, qui disent ma profonde reconnaissance pour la Clarté[1]. À mon avis nul, excepté le cher Romain Rolland, qui depuis une vingtaine d'années, inconnu mais inlassable, défendait l'idée de la plus grande patrie, n'a montré avec tant de lucidité logique et artistique le but, qui doit et qui devra être celui de toutes les âmes libres, la fusion républicaine de tous les peuples du monde (ils sont un peuple : l'humanité), l'abolition des frontières intellectuelles et idéologiques. Celui seulement qui ne connaît que la liberté, qui a souffert atrocement de l'isolation artificielle de cette dernière époque peut comprendre l'essor prodigieux que vos paroles ont donné à notre rêve. Je me défends d'espérer que cette union (nécessaire) se fera demain ou après-demain, mais plus un idéal rencontre des obstacles dans la torpeur des âmes, le traditionalisme des cerveaux, plus ce sera un devoir de l'aimer. Même ceux qui se sont moqué de notre ténacité Européenne commencent maintenant à s'apercevoir de la force de notre foi et peut-être dans peu de temps nous serons obligés de défendre cette foi contre les opportunistes, qui épouseront nos idées par pressentiment de leur réalisation.
Vous êtes pour l'Europe un homme nécessaire, cher et grand Henri Barbusse, et j'espère que nul succès ne vous pourra jamais détourner de votre tâche. J'aimais vos livres antérieurs[2], mais j'espère beaucoup plus en ceux que votre foi ardente nous donnera : le succès vous a donné la tribune mondiale et de loin je

1. Ici nous comprenons que Zweig adresse à Barbusse en même temps le texte de son article (« essay ») écrit « dans ces heures sombres », c'est-à-dire publié en 1917 (8 juillet) sur *Le Feu*, et d'autre part (« ceux [les mots] qui disent… Clarté ») son tout récent compte rendu publié dans la *Neue Freie Presse*, le 18 mars 1919 : « *Clarté*. Le nouveau roman de Henri Barbusse », traduit in *Pas de défaite pour l'esprit libre*, p. 137-145 (*Zweig 2020*).

2. En particulier le roman *Les Suppliants* (Flammarion, 1903), traduit et postfacé par Stefan Zweig, avec le sous-titre « Roman d'une jeunesse d'avant-guerre », qui paraîtra en 1932 (!), chez Rascher, Zürich : *Die Schutzflehenden, Der Roman einer Vorkriegsjugend*, réédition Schwartzkopff, Berlin, 2006.

suis heureux de vous entendre parler à des milliers et des millions avec cette haute conscience, qui – héritage sacré du grand Leo Nikolaïevitch [Tolstoï] – peut, elle seule, sauver le monde. Entre les signataires de votre appel[1] j'ai rencontré un nom qui m'est très cher, celui de mon ami Mercereau[2]. Dites-lui ma bonne et sincère amitié et croyez, cher Maître et confrère, à l'admiration sincère de votre bien dévoué
Stefan Zweig

66. Stefan Zweig à Pierre Jean Jouve[3]

[Salzbourg], le 10 juin 1919

Mon cher ami,

Cette lettre est écrite pour vous tous, pour Frans et Arc., je suis un peu pressé, car j'étais obligé d'interrompre mon séjour à S. et d'aller à V.[4] Et même plus loin[5]. Je viens de voir ici l'excellent docteur Ferrière[6] qui me donnait des nouvelles de notre cher

1. C'est « Le Manifeste des intellectuels combattants français », rendu public par Barbusse le 17 janvier 1919, dans *Le Populaire* et *La Vérité*, et qui est le point de départ du mouvement « Clarté », voir *L'Esprit et le Feu. Correspondance Henri Barbusse-Romain Rolland*, édition de Philippe Baudorre, Garnier, Paris, 2023 (désormais *Barbusse-Rolland 2023*), p. 52.

2. Voir la lettre 41, 10 juin 1914.

3. Lettre adressée à Pierre Jean Jouve, recopiée par sa femme Andrée Jouve (1884-1972) et transmise à Jean-Richard Bloch (classée parmi les lettres de Zweig, Fonds Jean-Richard Bloch, BnF, NAF 28222, f. 4 bis. P. J. Jouve a détruit beaucoup de lettres d'amis, y compris toutes celles de Romain Rolland.

4. En clair : Frans Masereel, René Arcos, restés à Genève – S. = Salzbourg, V. = Vienne.

5. Voyage aussi pour des raisons familiales, possiblement vers Reichenberg où son frère Alfred dirige la fabrique de textile créée par Moritz Zweig, leur père.

6. Le Dr Frédéric-Auguste Ferrière (1848-1924) : membre de la Croix-Rouge depuis 1884, il en dirigea à partir de 1914 le Centre pour les prison-

et grand ami. Savez-vous que ces idiots ont propagé dans nos journaux la nouvelle sensationnelle qu'il soit retenu (interné) par force dans sa ville[1] : je suis furieux qu'on exagère toujours sans se rendre compte de l'effet. En ce moment nous sommes très heureux de voir le réveil de la fraternité internationale chez les ouvriers (hélas, il n'existe que chez les pauvres, le sentiment de solidarité et j'espère que la démonstration aura son effet). Les nationalistes français ont avec leur frénésie créé le contraire de ce qu'ils désiraient : en Autriche la volonté d'union avec l'Allemagne, en Allemagne le réveil du militarisme. À ce qu'on me raconte, l'esprit de réconciliation est tué pour des années en Allemagne : les officiers sont acclamés et on fusille les chefs de gauche, tout ce qui est international et prolétaire est écrasé par la force brutale. Chez nous[2] un cynisme sans bornes : on danse, on s'amuse, on parle de la banqueroute comme d'une opérette plaisante. Et le bolchevisme triomphera sous peu. Aucun poète ne réussira jamais de dépeindre ce mélange de frivolité, cynisme et avidité qui règnent en ce moment à V. Je suis dégoûté, dégoûté. J'ai honte à pleurer. Le prof. Ferrière vous racontera plus[3]. Je ne peux pas.
Si vous écrivez à R., dîtes-lui mes amitiés ferventes. Est-ce qu'il a vu déjà Bazalgette, J. R. Bloch et les autres amis ? Et comment est-il reçu par les jeunes ? Pour moi la grande question est si la jeunesse l'accepte comme chef ou non. J'ai peur qu'on aura encore peur de lui, que son nom soit encore trop souillé par la crapule. Et est-ce qu'il rentrera chez vous ? Et vous-mêmes ? J'espère, dans 2 ou 3 semaines la paix sera conclue et la liberté reviendra au moins pour vous : chez nous la servitude maté-

---

niers de guerre, à Genève, où Romain Rolland (« notre cher et grand ami ») travailla avec lui.

1. C'est-à-dire Paris, où Rolland est venu début mai au chevet de sa mère (elle meurt le 19 mai 1919).

2. Chez nous : en Autriche.

3. Comprendre : « à Genève, quand il rentrera » ; Jouve quant à lui est dans une petite maison à Mies, non loin du lac de Genève (cf. Daniel Leuwers, *Jouve avant Jouve ou la naissance d'un poète*, Klincksieck, Paris, 1984).

rielle suivra la servitude militaire et morale pendant des années. D'ailleurs nous attendons le bolchevisme pour cette semaine : la bourgeoisie est dans l'attente, sans se défendre ; elle met la tête elle-même sur la guillotine. Ce que nous détestons dans ce bolchevisme, ce n'est pas l'idée, mais les hommes. Tous les accapareurs, tous les sales littérateurs se réservent déjà leurs places pour le cas que le nouveau régime advienne, tous fraternisent et flattent déjà en secret les chefs de la révolution future, en gagnant l'argent encore avec l'ancien régime.
Nul Balzac ne pourra jamais dépeindre la débâcle morale. Les mêmes officiers qui faisaient pendre par centaines des Czeches se déclarent tout d'un coup Tchechoslowakes ; chacun ne pense qu'à sauver son argent ou à voler les autres. Mes amis, je vous dis cela pour que vous compreniez ma mélancolie : vous m'avez vu pendant les grandes défaites de ma nation. J'étais calme. Vous m'avez vu les jours où notre fortune personnelle a croulé : j'étais calme et indifférent. Mais je ne peux pas vivre dans ce monde de voleurs et cabotins sans me répéter chaque jour qu'il n'y a qu'un seul monde, un seul réel : l'amitié et le travail. Élargissons ce monde tant que nous pouvons et oublions l'autre ! Sauvons cette petite terre que nous labourons avec nos rêves et notre travail ardent ! Étrange : nous voyons des deux côtés l'Europe et les voyous détestables, vous la laideur de la victoire (l'orgueil bête et féroce), nous la laideur de la défaite (l'égoïsme effréné et blasphémique). Oh il faudra bien détruire les deux côtés, les brûler dans la forge rouge de la révolte pour refaire le monde uni et fraternel. Je salue les camarades de là-bas, Barbusse et Rolland, vous tous qui cherchez la « Clarté ». Si je peux être fraternel et aidant, ayez confiance en moi. Nulle injustice de la politique ne me rendra jamais injuste : je n'ai qu'à lever le regard vers R. R. pour voir l'exemple d'une vie claire et juste : et je ne baisserai jamais la tête pour voir la fange sale des autres. La bonne lettre de ta femme a été une résurrection morale pour nous deux : merci mes chers amis de tout mon cœur !

Fidèlement à vous tous

Votre

SZ

67. Stefan Zweig à René Arcos[1]

Salzbourg, Kapuzinerberg 5
27 juin 1919

Mon cher ami, je viens de recevoir les cinq exemplaires de « Liluli », le livre est délicieusement présenté et notre bon Frans s'est surpassé lui-même[2]. Ces éditions auront sous peu de temps un succès énorme : ils seront un jour célèbres comme ceux de Deman ou de Morris[3]. Continuez mes amis, c'est le seul moyen d'oublier le temps.
Je vois que vous vous proposez d'éditer un livre de nouvelles[4]. Sont-elles terminées déjà ? Si vous voulez une édition Allemande je suis sûr de pouvoir vous trouver un éditeur[5]. Et la comédie de Duhamel[6], est-elle jouable ? Si vous le croyez, écrivez-lui que je suis prêt à me charger soit de la traduire soit de lui aider chez les théâtres. Savez-vous que Charles Baudoin a traduit mon « Jeremias » en Français ? Je serais archi-heureux si vous

---

1. Lettre manuscrite à l'encre violette, sur papier libre, « Salzbourg » étant souligné par Zweig. ÖNB, Stefan Zweig Autogr.1311/20 – 3.

2. *Liluli*, pièce pacifiste et satirique, dite « aristophanesque » par son auteur Romain Rolland, vient de paraître « avec vingt-sept bois dessinés et gravés par Frans Masereel » aux Éditions du Sablier, tout juste fondées à Genève par Arcos et Masereel.

3. Edmond Deman (1857-1918), libraire et éditeur bruxellois, notamment (à partir de 1888) de Verhaeren, et Mallarmé. William Morris (1834-1896), célèbre peintre anglais, éditeur, typographe et concepteur de polices.

4. René Arcos, *Le Bien commun*, « récits, avec vingt-sept bois dessinés et gravés par Frans Masereel », « achevé d'imprimer le 16 septembre 1919 ». Écrire ici « continuez mes amis, c'est le seul moyen d'oublier le temps » (cette époque terrible), par allusion aussi à l'emblème du Sablier, est un trait d'esprit de Zweig, en accord d'ailleurs avec *Liluli.*

5. Ce sera l'Insel Verlag (Leipzig) où paraîtra en 1921 la traduction de Friderike Maria Zweig (mariage civil à Vienne le 28 janvier 1920).

6. Georges Duhamel, *Lapointe et Ropiteau*, comédie qui sera jouée le 8 mars 1921 au théâtre des Arts (Hébertot), cf. *Correspondance Jean-Richard Bloch-Georges Duhamel, Cahiers de l'Abbaye de Créteil* 17, p. 97.

pouviez le publier dans votre collection[1], Rolland donnerait une introduction. De l'édition Allemande on imprime maintenant le 14ème mille et j'espère à la fin de l'année être arrivé à 20 mille. Je serais fier d'être en votre compagnie, mes amis !
Les exemplaires de Liluli envoyez directement à Hugo Heller[2], Vienne Bauernmarkt 3. Comme la paix est signée, il n'y a plus d'obstacles et j'espère il prendra toutes vos éditions en dépôt, ce qui serait assez important pour la vente dans le Balcan aussi et dans l'Hongrie, Bohème[3] ect. Il fera aussi une exposition de Masereel un jour.
Mon cher ami, je ne veux pas parler de la politique. Mais vous dire que je suis mortifié – beaucoup plus que par les conditions de la paix – par la bassesse morale de l'Allemagne, dans ce moment tragique pas une grande voix dans le parlement, pas un geste, un mot pour l'histoire, pour l'immortalité. La seule gloire de la souffrance est le beau cri, qui sort des profondeurs inconnues et va vers l'éternel : je n'ai rien entendu qu'un sourd gémissement d'orgueil blessé, un chuchotement des arrivistes dans la politique. Et cela m'opprime plus que vous ne le devinez : plutôt vivre dans un peuple fou (comme vous) que dans un peuple mou. De ne voir personne auquel se fier, de se savoir entouré d'une prudence anxieuse et stupide. Quel triomphe pour Clemenceau, la bassesse morale de l'Allemagne. Nous au moins, nous en Autriche nous étions toujours petits, même pendant la victoire. Ah, mon ami, mon ami, où fuir ? Où chercher la paix éternelle ?!
Nous pensons, ma femme et moi, chaque jour à Rolland. Il est vraiment l'éternel vaincu, mais plus héroïque moralement dans

1. Baudouin s'adressera aussi à Jean-Richard Bloch, lettre d'août 1920, puis du 7 septembre et du 9 octobre (*Correspondance*, tome IV, Fonds Jean-Richard Bloch, BnF), mais sa traduction de *Jérémie* ne sera publiée qu'en 1929 chez Rieder à Paris.

2. Hugo Heller (1870-1923), éditeur et libraire renommé, dans le Ier arrondissement de Vienne.

3. Il semble donc qu'aux yeux de Zweig le commerce des livres puisse continuer comme avant, à partir de Vienne, en dépit de la défaite et de la paix.

chaque défaite de ses idées. Comme il a dû souffrir, le soir où Paris dansait, lui, qui connaît le mal de la victoire ! Et nous pensons à vous : comme on était bien ensemble dans cet enfer tout de même ! Si vous pouviez venir un jour ici, quelle joie pour nous : c'est beaucoup plus calme que la Suisse, néanmoins que peut-être demain tout l'édifice de l'État sautera.
Si vous écrivez à Paris, dites à Romains, Duhamel, Mercereau, Bazalgette que je les suis de loin avec beaucoup d'affection. Mais quand est-ce que je pourrai revoir les vieux compagnons et camerades : le change est pour nous un désastre et même cet argent autrichien commence à être rare pour moi. Nous avons perdu la plus grande partie de notre fortune et le reste ne vaut plus rien : mais je vous assure, que cela pèse moins sur moi que le dégoût. Écrivez-moi, cher ami, nous sommes heureux de chaque mot, qui vient des rives de l'Europe[1], dites à votre femme et aux amis nos sentiments fidèles. Votre

Stefan Zweig

68. Stefan Zweig à René Arcos[2]

[Salzbourg, novembre 1919]

Mon cher ami, je trouve un instant pour vous écrire. Soyez sûr que je tâcherai de vous obtenir les meilleures conditions[3], mais hélas cela sera toujours en marks et ne vous fera pas riche en Suisse ! Vous serez alors aussi victime de la défaite

1. Zweig aurait-il le sentiment de n'être plus en Europe ? De fait, cette lettre-ci « a mis deux mois pour arriver jusqu'à moi ! », lui répond Arcos, le 1er septembre (*Fredonia*).

2. Lettre manuscrite à l'encre violette, sur papier libre, date ajoutée au crayon noir, d'une autre main. ÖNB, Stefan Zweig Autogr. 1311/20 – 4.

3. En effet, dès le 16 décembre suivant, Arcos fait état d'un contrat signé avec Kippenberg ; l'édition allemande des neuf récits intitulée *Le Bien commun* paraîtra en 1921 à l'Insel Verlag : *Das Gemeinsame*, traduit par Friderike Zweig.

comme nous-mêmes ! Mais il s'agit avant tout de vous introduire chez nous d'une façon représentative chez un premier éditeur et – soyez sûr – je ferai mon mieux. Comme j'aurais voulu revoir avec vous Romains et Duhamel[1] ! Le dernier fait partie de la « Clarté[2] », mais vous savez que je partage votre point de vue. Chez nous également les opportunistes se sont fait députés de la Clarté et notre Chap.[3] a embrouillé l'affaire en ouvrant la discussion pourquoi Rolland et Nicolaï s'abstiennent : il fait partout du désordre ! J'ai écrit au comité que je ne fais pas partie, parsque je doute que Anatole France, qui est directeur suivra l'idée du manifeste qui dit, « l'héritage est un vol », en laissant sa fortune non à sa famille mais à la nation, à toutes les nations. À Berlin ce sont les plus tapageux gens des cafés qui ne connaissent pas le Français ou une autre langue et découvrent l'internationalisme avec un tel fracas comme si une nouvelle étoile se montrait au-dessus de leur toit. Mes chers amis, comme cela nous paraît ridicule ! Et Romains, que fait-il ? Donnez-moi son adresse, je veux lui envoyer mes livres, il sait bien l'allemand !
Le Insel-Verlag publiera ma nouvelle avec les bois de Masereel[4]. On pourrait après faire une édition Française si vous voulez. Je tâcherai de trouver une liaison plus fixe entre la Insel-Verlag et vous : peut-être qu'il prendrait en bloc toutes les traductions de vos éditions. Mais oublions nos livres ! J'étais en Allemagne et je suis dans la même impression comme toujours quand je reviens : une admiration mêlée avec dégoût. Tout est organisé là-bas : le truquage, le vol, le chantage, la littérature, le succès, la prostitution (il y avait une assemblée publique des prostituées quand j'étais à Berlin, dans une grande salle avec une présidente et des discours) et on organisera la vengeance. Ici c'est l'indifférence absolue, on se fiche pas mal de toutes les nations, on

1. À Genève, où ils ont vu Arcos.
2. Il s'agit ici du groupe « Clarté » fondé par Henri Barbusse. Duhamel en démissionnera dès janvier 1920.
3. Joseph Chapiro, voir lettre 63.
4. *Der Zwang* [« La Contrainte »], voir lettre 60, du 23 juin 1918.

veut manger et ne pas payer des taxes, c'est tout. Et je préfère cette mentalité à celle en Allemagne, à cet orgueil maudit des nations, qui rivalisent au lieu de vivre chacun pour soi ou tous ensemble, sans regarder plus loin que le bord de l'assiette. Moi par exemple je vis ici tranquillement, je ne m'occupe pas de politique, je ne lis presque plus des journaux, je fume, tant qu'il y a du tabac et je travaille, tant que j'ai d'encre et de pensées. Mais je n'oublie pas les amis et vous êtes si souvent dans nos conversations ! Je suis sûr, vous vous trouverez admirablement ici, vous verrez plus de gaité chez ce peuple affamé que chez vous[1] : on rigolera en pratiquant l'internationalisme sans manifeste et sans groupe, d'une façon joyeuse et cordiale ! Au revoir donc, chers amis ! Votre

Stefan Zweig

69. Stefan Zweig à René Arcos[2]

[Salzbourg, 24. XII. 1919]

Mon cher Arcos, je vous envoie quelques mots sur L en allemand[3] ; je suis en train de partir pour l'Allemagne et je crains, que mes paroles n'aient pas l'intensité précise, que j'aurais pu donner, si vous m'aviez donné quelques heures de plus. Mais laissez-vous les traduire et, si vous ne les trouvez pas assez bonnes, jetez-les dans le panier[4]. Je ne serai pas fâché !

---

1. Cf. « Les limites de la défaite », publié le 14 décembre 1919 dans la *Neue Zürcher Zeitung*, à Zurich, cf. *Zweig 2020*, pp. 147-148 et 157.

2. Lettre manuscrite à l'encre violette, sur papier libre, date ajoutée au crayon noir, d'une autre main. ÖNB, Stefan Zweig Autogr. 1311/20 – 5.

3. René Arcos a demandé à Stefan Zweig, dans une carte datée du 17 décembre 1919, de présenter son « compatriote et camarade » Andreas Latzko, dont les Éditions du Sablier vont publier en français *Le Dernier Homme* : « Tâchez d'écrire directement votre "préface-préambule" en français. Je me charge de le redresser » (*Fredonia*).

4. Cette préface de Zweig figure (pp. 11-15) dans *Le Dernier Homme*, Le Sablier, voir lettre 59.

Je suis très heureux, que l'affaire avec la Insel soit réglée. Je parlerai avec Kippenberg dans deux jours, je tâcherai à faire, qu'on publie bientôt une deuxième édition bon marché qui se vendrait en milliers d'exemplaires. Soyez sûr que je fais pour mes amis toujours le mieux !
Rieger est à Vienne, il sera de retour dans quelques jours ! J'y vais en janvier et je tirerai l'oreille à Hugo Heller, pour qu'il se souvienne.
Quant à l'impression des livres Français, je vous conseille de vous adresser à Leipzic[1]. Car à Vienne rien ne fonctionne maintenant précisément et puis, la morale est si basse, qu'on vous volerait sûrement les papiers pendant l'impression. Nous sommes devenus des Balcaniens avec leurs mœurs de brigandage !
Je vous enverrai mon manuscrit[2] dans trois semaines. Pour l'instant je suis trop occupé. Mad. v. W. et moi pourrons enfin nous marier : c'est le premier avantage que nous avons de notre chère (très chère) république[3]. Mais il faut mille démarches, voyage à Vienne et un tas de choses embêtantes ! Et si cela réussit (ce qui est sûr) jamais nous ne pourrons plus rattraper notre cher Arcos, qui a son bébé déjà prêt pour le mois de mai. Nous vous félicitons d'avance !
Je vous écrirai immédiatement après mon retour de Leipzig : excusez ces lignes que je griffonne en hâte. Je ne voulais pas

1. Arcos s'est enquis (lettre du 16 décembre 1919) si « ces belles éditions autrichiennes dont vous me parliez [pourraient] imprimer notre Sablier », ce qui est aussi l'esprit de la « Bibliotheca Mundi », dont le projet se développe à Leipzig.

2. C'est *Der Zwang* ; mais cela n'aura pas de suite, Zweig ayant donné son texte à la revue *Clarté* où *La Contrainte* sera publiée, mais partiellement et en livraisons irrégulières (du 17 avril au 7 août 1920), traduction de Magdeleine Paz, et sans les illustrations de Masereel. Voir dans la lettre 71 (deux mois plus tard) le jugement de Zweig sur *Clarté*.

3. Le remariage de Friderike von Winternitz, catholique et divorcée, était impossible dans l'Empire autrichien. Le mariage civil eut lieu à Vienne, le 28 janvier 1920.

vous laisser sans réponse et vous montrer, que je suis toujours heureux, de vous montrer ma fidélité d'ami. De tout mon cœur votre

Stefan Zweig

Je vous remercie pour le W. W.[1] ! Dites à Bazal qu'il m'écrive un mot, je suis un peu étonné qu'il m'oublie parfaitement.

1. Il s'agit de *Calamus*, tout juste paru au Sablier : une partie des *Feuilles d'herbe* de Walt Whitman, traduction de Léon Bazalgette, « Bazal », voir lettre 5.

1920

70. Stefan Zweig à Charles Baudouin[1]

[20 janvier 1920] Salzbourg, Kapuzinerberg 5

Mon cher ami, c'est longtemps que je ne vous ai pas écrit. Voilà la raison : d'abord le dégoût d'écrire sur cette affreuse époque de l'humanité, puis j'attendais de pouvoir vous envoyer mes nouveaux livres. Mais, hélas, ils sont en retard depuis cinq mois – tout en Allemagne et Autriche est arrêté par les circonstances. J'ai lu les épreuves il y a une demi-année, mais les grèves, les difficultés diverses retardent tout. J'ai traduit deux de vos poèmes des « Baptismales[2] » – les poèmes ont subi le même sort. Ils n'ont pas encore paru, mais ils paraîtront. Alors je suis honteux quand je pense à vous – et c'est souvent et toujours avec affection. Je viens justement d'écrire à Werfel[3], qu'il vous envoie son nouveau volume « Der Gerichtstag » – la plus grande œuvre lyrique en Europe depuis une dizaine d'années. J'ai lu vos traductions, elles sont superbes comme toujours.

---

1. Lettre manuscrite, datée d'après le cachet postal de départ « Salzburg, 20.01.20 », sur papier à en-tête avec le monogramme SZ et l'adresse viennoise « ~~VIII. Kochgassse 8, Wien~~ » barrée et remplacée au-dessus par « Salzbourg, Kapuzinerberg 5 ». Fonds Charles Baudouin, Bibliothèque universitaire de Genève, Ms.fr. 7531, f. 120.

2. Recueil publié à Genève en 1919 aux Éditions du Carmel.

3. Voir lettre 53, note 4. *Der Gerichtstag* : « Le Jour du jugement ».

Je reçois assez souvent des nouvelles de France, surtout de Morisse, Bazalgette, Jean R. Bloch[1] et du cher R. R. Mais je sens bien, que ce sont des exceptions – en Allemagne il n'y a pas grande différence. Mais restons fidèles entre nous, cela suffira.
Mon cher ami, voilà un mot seulement pour vous assurer de ma fidèle affection ! Et mille salutations de votre

Stefan Zweig

71. Stefan Zweig à Charles Baudouin[2]

Salzbourg, Kapuzinerberg 5 [23 février 1920]

Mon cher ami, je reviens de Munic, où j'ai rencontré mon ami Paul Morisse, le directeur de Georges Crès & Co. Nous avons bien causé ensemble et j'étais content d'entendre de Paris des nouvelles de mes amis. Aussi lui m'a raconté de l'intention de Dujardin[3] de publier « Jérémie » et je préfère cette édition beaucoup à une chez la « Clarté » qui tout de même est un peu politique. Et je déteste la politique autant que je peux détester quelque chose.
Ce que je voulais vous proposer pour la traduction[4], c'est d'abord de traduire tout à fait librement, comme vous voulez, puis de resserrer un peu l'ouvrage. La pièce est beaucoup trop longue et vous vous facilitez le travail en laissant de côté certaines

1. Début mars 1919, Zweig reprendra contact avec Jean-Richard Bloch, voir *Delphis 2019*.

2. Lettre manuscrite, avec le monogramme SZ et l'adresse de Vienne ; au-dessus (avec tampon-encreur) la nouvelle adresse de Salzbourg. L'enveloppe avec son cachet postal « 23. II. 20 » est adressée à « Monsieur Charles Baudouin, professeur à l'Institut Jean-Jacques Rousseau, Genève, Saconnex d'Arve bei Genf, Genève, Suisse ». Fonds Charles Baudouin, Bibliothèque universitaire de Genève, Ms.fr. 7531, f. 12.

3. Édouard Dujardin (1861-1949), qui a fondé en 1917 et qui dirige *Les Cahiers idéalistes français*.

4. Il s'agit encore de *Jérémie*.

répétitions : plus vous coupez, plus vous êtes utile au succès. Je vous donne pleine autorisation de le faire tout à votre gré. Et pour les premières éditions j'aimerais que vous receviez le revenu entier, disons pour les premières trois[1]. Après nous pouvons partager – s'il y en aura, je ne suis pas trop optimiste. J'attends encore votre « Arche[2] » pour en traduire quelques poèmes. Peut-être pourrais-je les réunir avec les autres à une petite plaquette. Je publierai prochainement deux dans une revue et je vous les enverrai immédiatement.
Mes livres à moi. Hélas, je les attends encore[3]. L'impression est maintenant si lente et les deux livres qui devraient paraître à Noël, ne seront prêts qu'en mars. Mais je vous envoie demain deux de mes anciens livres.
Franz Werfel habite Breitenstein (Semmering) Autriche, Villa Maller [*sic*]. Je lui ai écrit de vous envoyer ses livres, mais il est très paresseux.
Je m'occuperai de votre livre la « Suggestion[4] ». Je le donnerai à un des premiers médecins et je le prierai d'en rendre compte : moi je ne peux que admirer la clarté, avec laquelle vous avez développé les théories, sans pouvoir en constater l'exactitude.
Maintenant une nouvelle : j'ai pris la direction d'une grande entreprise internationale qui s'appelle Bibliotheca mundi. Le Insel Verlag éditera sous ma direction les chefs d'œuvres de la littérature mondiale dans leurs langues (français, grec, latin, espagnol, hébreu, russe ect.) car on peut en ce moment imprimer beaucoup moins cher en Allemagne que partout. Il y aura des anthologies de poèmes, des raccourcis de Philosophie. Peut-être vous pouvez nous éditer un volume ?! Je me permettrai de vous proposer un jour un volume, malheureusement nous ne pouvons payer qu'en mark.

---

1. Comprendre : « les trois premiers tirages ».
2. *L'Arche flottante*, recueil évoqué dans la lettre 58, n. 2.
3. Ce sont *Drei Meister (Balzac, Dickens, Dostoiewski)* et *Der Zwang*.
4. *Suggestion et autosuggestion ; essai psychologique d'après les résultats de la nouvelle école de Nancy*, Neuchâtel-Paris, Delachaux & Niestlé, 1919 (nombreuses rééditions).

Et maintenant de moi. Je travaille à mon livre sur R. Rolland et j'espère de le finir en avril. Une traduction hollandaise et suédoise est déjà prévue, j'espère que aussi en France une sera possible[1] et dans ce cas je serais très heureux de vous avoir comme traducteur. Je vis ici paisiblement à Salzbourg dans cette délicieuse vieille ville et je suis heureux d'avoir quitté pour toujours les grandes villes. Elles ne donnent rien à l'âme et prennent le plus précieux : la solitude. Je suis marié, je vis dans ma maison (une vieille belle chose, que j'avais achetée il y a trois ans) je n'ai pas de soucis d'argent, néanmoins que ma fortune paternelle est devenu presque nulle grâce au change, mais je travaille et je vois un succès avec mes travaux. La seule chose qui me fait défaut, c'est le voyage : je ne peux pas penser à venir en Suisse, car la vie est pour nous trop chère. Quand j'étais en Suisse 100 couronnes valaient 50 francs, aujourd'hui 1 Fr. 50. Imaginez les sommes, que je devrais dépenser pour un séjour de dix jours !!! Merci, encore une fois, cher ami pour vos bonnes nouvelles et croyez à ma fidélité amicale ! Votre

Stefan Zweig

72. Stefan Zweig à René Arcos[2]

[Salzbourg, 3 mars 1920]

Mon cher ami, Latzko est parti pour l'Hongrie il y a deux semaines, mais il n'y a aucune nouvelle dans nos journaux, qu'il aurait eu des difficultés. C'est sans doute un faux bruit[3],

1. *Romain Rolland : sa vie – son œuvre* attendra cependant sa publication française jusqu'en 1929, à Paris, aux Éditions pittoresques, et la traduction sera signée Odette Richez.

2. Carte de correspondance, adressée depuis Salzbourg à « René Arcos, Genève (Schweiz), 34 rue des Peupliers » ; datation d'après le cachet postal « 3. III. 20 ». ÖNB, Stefan Zweig Autogr. 1311/20 (6).

3. Dans une carte envoyée à Stefan Zweig le 20 février 1920, Arcos s'inquiétait du sort d'Andreas Latzko qu'on disait « arrêté et condamné à mort » en Hongrie, et appelait à agir.

et lui par ses exagérations ne nourrit que trop facilement telles choses. Mais d'autre part ce qui se passe en Hongrie maintenant, surpasse en cruauté toutes les bornes – la réaction a appris de la révolution ! Quel triste monde, qui après cinq ans de tueries[1] ne peut pas encore en avoir assez ?
Vous m'avez promis un exemplaire du livre de Latzko[2]. N'oubliez pas de me l'envoyer, je serai très heureux de l'avoir. Vous savez, qu'il est question de tenir le congrès à Salzburg au lieu de Berne[3] : mais je doute fort, que quelque chose de sérieux pourrait y sortir. J'ai écrit aux amis, que on peut beaucoup plus perdre que gagner, si le congrès ne donnera pas un effet admirable, s'il ne sera pas assisté par les meilleurs ! Mon cher Arcos, ne nous oubliez pas. Fidèlement votre

Stefan Z.

Ma femme vient de finir la traduction[4]

Et le bébé[5] ? Édition du Sablier, copie unique avec la signature de René Arcos ? Quand paraîtra-t-il[6] ?

1. Zweig a écrit « turières ».
2. *Le Dernier Homme* paru au Sablier.
3. Sur ce projet, âprement discuté, d'un Congrès des intellectuels internationalistes, voir la lettre de Zweig à Rolland du 9 février 1920, in *Rolland-Zweig 2015*, n° 6, p. 45.
4. Des récits *Le Bien commun*, de René Arcos, voir lettre 67, note 5.
5. La suite est écrite dans la marge à gauche, le long du texte.
6. « Nous attendons notre petit pour les premiers jours de juin », écrira Arcos à Zweig, le 27 mars 1920 (*Fredonia*).

73. Stefan Zweig à Charles Baudouin[1]

[Salzbourg, 15 mars 1920]

Mon cher ami, je vous écris dans un état d'excitation bien compréhensible : la contre-révolution longuement attendue vient d'éclater en Allemagne[2]. Voilà le meurtre qui recommence ! Le grand mensonge qui enfante des nouveaux – et pendant cette bataille le peuple crève de faim et la culture croule. Mon cher ami, c'est la plus dure déception, de voir la bêtise éternelle des hommes auxquels les idées ne sont qu'un prétexte pour s'étriller, nos chères idées, auxquelles toute notre ardeur appartient. Dans les heures de telle désolation un livre comme le vôtre[3] a été un vrai bienfait ! Jamais vous n'avez montré tant de valeur morale et poétique. Je crois que votre livre, méconnu pour l'instant, sera un des rares spécimens d'une vision Européenne. Je traduirai plusieurs de ces beaux poèmes et je vous les enverrai tous ensemble, peut-être que je réussirai d'en former un petit cahier en allemand. Seulement la crise du papier est assez aiguë en ce moment et il faut faire des efforts, pour encourager les éditeurs. Mais ma position est assez forte et j'espère de réussir.

Avez-vous des nouvelles de Dujardin[4] ? Je serai heureux que le Jeremias paraîtra dans les « Cahiers ». Une traduction en Russe, en Anglais est en préparation, mais je préfère celle en français. En Allemagne le tirage est maintenant à 18 000, chiffre énorme pour une tragédie. Mais nous craignons que bientôt l'impression des livres ne sera presque plus possible : l'anarchie universelle

---

1. Lettre manuscrite à l'encre violette, sur papier sans en-tête. Fonds Charles Baudouin, Bibliothèque universitaire de Genève, Ms.fr. 7531, f. 124.

2. Allusion au putsch avorté de Wolfgang Kapp (1858-1922), nationaliste et conservateur, voir les lettres de mars 1920 (notamment n° 14 à 16) échangées par Zweig et Rolland, fort explicites sur leurs positions respectives, cf. *Rolland-Zweig 2014*.

3. *L'Arche flottante*, recueil publié aux *Cahiers du Carmel*, 1re série, n° 2, Paris, La Maison française d'art et d'édition, 1919.

4. Voir lettre 71.

menace chaque production et personne ne peut deviner ce qui se passera dans les mois prochains. J'espère que au moins votre vie est à l'abri de toutes ces tempêtes et que vous vivrez tranquillement votre vie intellectuelle avec votre femme et votre enfant. Avant de conclure ma lettre, laissez-vous remercier, mon cher ami, pour la dédicace de votre sublime poème : j'espère que je pourrai répondre un jour à ce beau geste d'amitié et de fraternité ! De tout mon cœur votre fidèle

Stefan Zweig

74. Stefan Zweig à René Arcos[1]

[Salzbourg, 6 avril 1920]

Mon cher ami, je viens de recevoir votre belle anthologie[2] et pour vous être utile, j'ai immédiatement traduit la préface de R. pour notre plus grand journal en ajoutant que cette belle anthologie paraîtra chez vous. Je suis sûr, cela augmentera la vente en Allemagne sensiblement. J'ai seulement parcouru l'anthologie – je ne comprends pas le silence que vous faites autour du nom de Henri G.[3], qui tout de même était un des premiers et les plus décisifs. Vous savez, je suis bien loin de lui avec les idées et le cœur, mais tout de même mon sentiment de justice se

1. Carte de correspondance, adressée à « René Arcos, Éditions du Sablier, Genève (Schweiz), 34 rue du Sablier », datation d'après le cachet postal « 6. IV. 20 ». ÖNB, Stefan Zweig Autogr. 1311/20 (7)

2. *Les Poètes contre la guerre*, préface de Romain Rolland intitulée « L'esprit contre la guerre », Le Sablier. « Elle fait déjà crier. Il faudrait en faire une édition allemande. Vingt-quatre poètes y sont représentés, et Romain Rolland a écrit l'introduction », a écrit Arcos à Zweig, le 27 mars précédent (*Fredonia*).

3. Henri Guilbeaux n'est pas désigné ici comme un poète, mais comme un pacifiste qui a pris tous les risques en Suisse à partir de 1915 pour publier de la poésie pacifiste, en particulier Marcel Martinet, interdit en France. D'ailleurs Arcos répond à Zweig le 16 avril suivant (*Fredonia*) : « Ce que vous dites à son sujet est très juste et je ne songe nullement à le contester » (voir la lettre 75).

révolte : au moins son nom aurait dû figurer dans la page des absents. Vos nouvelles[1] nous ont enchantés : vous avez raison mille fois. Je prêche depuis des mois à R. d'aller à Rome (moi je préfère Naples encore) et de vivre enfin dans un pays gai, plein de musique et de grâce. Je me souviens de plus en plus que ma mère est née en Italie – comme j'aimerais d'y retourner et je supporte Salzbourg seulement, parsque c'est la seule ville italienne au-delà des Alpes (une merveille de ville). J'espère de tout mon cœur que vous passerez par S. en allant ou en revenant (est-ce que vous reviendrez jamais[2] ?). Je vous écrirai bientôt. Votre fidèle

Stefan Z.

75. Stefan Zweig à Marcel Martinet[3]

[Salzbourg, fin novembre 1920]

Mon cher Marcel Martinet, depuis trois ans, depuis le jour où j'ai lu la première fois vos poèmes à Genève chez cet ami Henri[4], j'étais impatient de vous dire une parole de sympathie et de fraternité. Je ne l'osais pas à cette époque[5], mais je souffrais presque du sentiment retenu – aujourd'hui enfin je peux

1. Arcos annonçait de « Genève, le 27/3 » son départ prochain pour l'Italie, avec les Jouve et Masereel : « Quel exode ! »

2. Plaisanterie de Zweig, lui-même grand amateur de l'Italie.

3. Lettre manuscrite à l'encre violette, à l'en-tête de l'ancienne adresse à Vienne, barrée. Fonds Marcel Martinet, BnF, NAF 28352 (74), f. 253-254. Nous fondons notre datation sur la lettre du 27 novembre 1920 de Zweig à Rolland, n° 50, in *Rolland-Zweig 2015*.

4. C'est Henri Guilbeaux que Zweig, par prudence, ne nomme pas, car il a été condamné à mort par contumace, pour trahison, par le 3e Conseil de guerre français en février 1919. Zweig avait lu dans la revue *Demain*, lancée par Guilbeaux en janvier 1916, des poèmes extraits du recueil *Les Temps maudits*.

5. Étant autrichien, Zweig ne voulait pas compromettre Martinet pendant la guerre.

vous dire ma parole amicale sur ce livre[1], qui n'a pas vieilli par les années, au contraire, qui me paraît plus nécessaire, plus viril, plus humain que jamais. Je vous envie l'ardeur et la croyance que vous avez sauvées du déluge – moi je suis infecté par la lassitude d'un peuple affamé et je dois me défendre contre chaque vague d'indifférence qui monte chaque jour de la profondeur de nos foules : j'aimerais d'avoir votre foi pour ma clarté[2], qui reconnaît trop bien que l'humanité ne veut pas de la vérité, qu'elle a peur de ce qu'elle grandit[3] : l'héroïsme moral. Il faut des hommes tels vous pour réveiller cette flamme secrète, qui brûle au cœur des hommes étouffé par des longues époques de torpeur et j'aime des hommes comme vous plus que moi-même. Je suis un peu trop girondiste, j'ai horreur de la brutalité (dont je ne reconnais que trop bien la nécessité) – mais mon cœur est avec ceux qui font revivre les grands courants des peuples.
Vous savez peut-être que je viens de terminer un livre sur R. R.[4]. J'aimerais de le vous envoyer soit en Allemand, soit en Anglais – j'espère que vous le pourrez lire. Et j'espère de tout mon cœur de pouvoir vous serrer la main bientôt, combien votre nom, votre œuvre m'est cher et nécessaire. La lettre se refuse toujours un peu à la bonne et franche parole – je serais heureux de tenir votre main de camarade et de retenir votre amitié pour

1. *Les Temps maudits*, recueil alors interdit en France, a paru en 1917 à Genève aux éditions de la revue *Demain*, et il est publié en juillet 1920 à Paris, chez Ollendorff. Réédition augmentée, Agone, 2003.

2. Nous comprenons : « J'aimerais avoir votre force de conviction, pour mes idées – qui ne sont pas les vôtres ». Voir plus loin : « je suis un peu trop girondiste », vous êtes « montagnard ».

3. Nous comprenons : « peur de l'héroïsme moral, qui grandit l'humanité ».

4. *Romain Rolland. Der Mann und das Werk*, Rütten & Loening, Frankfurt-am-Main 1921 ; le livre sort en décembre 1920 (et Rolland en reçoit deux exemplaires, le 13 décembre à Villeneuve, en Suisse). La version anglaise *Romain Rolland : The Man and his Work*, traduite par Eden and Paul Cedar, London Allen & Unwin / New York, Seltzer, 1921. Mais la traduction française (par Odette Richez) ne paraîtra qu'en 1929.

toujours. Croyez-moi, cher Martinet, de tout mon cœur votre reconnaissant

Stefan Zweig

Envoyez un exemplaire de votre livre à mes amis Eden & Cedar Paul, London W C 1, 39 Stedham Chambers, ils traduiront sûrement quelques uns des poèmes en anglais. Je sais qu'ils sont déjà traduits en allemand et on connaît (et on aime) bien votre nom chez nous.

76. Stefan Zweig à Henri Barbusse[1]

24 décembre 1920

Il y a un an, Henri Barbusse, vous placiez le mot *Clarté* en tête d'un livre[2], d'une volonté, d'une action. Et même si nous ne nous sommes pas tous entièrement ralliés à votre volonté – car certains d'entre nous pensent qu'une restructuration sociale du monde ne pourra transformer ni l'essence de notre nature humaine, ni celle de notre temps –, nous continuons à accompagner votre volonté de vérité, de « clarté ». Et il me semble qu'aujourd'hui, un an plus tard, c'est le bon moment pour parler en toute clarté de ce que nous espérions et de ce que nous avons réalisé, nous qui vîmes dans ce signe un message dominant l'obscurité de l'époque.

Nous allons parler clair, nous allons parler vrai. Il y a une chose à dire donc, avant tout : nos espoirs étaient grands, peu ont été réalisés. Rien, pour ainsi dire, de ce que nous voulions faire ne s'est concrétisé dans le monde. L'idée internationale

1. Lettre ouverte à Henri Barbusse, imprimée le 24 décembre 1920 à Berlin, dans l'hebdomadaire *Das Tage-Buch*, sous le titre « Bilan d'une année », puis le 28 décembre suivant dans le quotidien *Salzburger Wacht*, p. 2, cf. le site anno.onb.ac.at. Cette lettre a paru dans *Stefan Zweig, Pas de défaite pour l'esprit libre (Zweig 2020)*, pp. 163-166, traduction B. Cain-Hérudent.

2. Voir la lettre 65.

que nous voulions réveiller chez les hommes et dans les nations (qui avaient les mains encore ensanglantées par la guerre et des âmes figées dans la haine) est restée impuissante ; les frontières se dressent plus durement que jamais, en séparant les peuples ; la méfiance engraissée par le fumier puant d'une presse lamentable se propage encore, des deux côtés du fossé. Aujourd'hui, un an plus tard, nous n'avons même pas été capables de nous serrer la main, c'est seulement par des textes que nous nous sommes communiqué notre rancœur, notre colère.
Encore un aveu – puisqu'il s'agit de parler en toute clarté : nous ne sommes pas devenus plus nombreux, nous le sommes moins qu'il y a un an. Dans le premier élan passionné, certains nous ont rejoints ; les mots de fraternisation universelle planaient au-dessus de leur sentimentalité vague : ils pensaient qu'avec ce beau slogan ce serait une tâche aisée, un succès facile, et surtout que c'était un voile qu'ils pourraient jeter sur leur comportement insensé pendant la guerre. Ensuite arriva ce qui devait arriver : le manque de constance de tous ceux qui n'aiment une idée que dans le temps où elle peut leur servir d'argument pour justifier leur propre existence ; la mollesse des convictions qui ne peuvent subsister sans trouver d'écho, sans avoir de succès. Il serait fou de le nier : nous qui depuis toujours avons voulu l'unité de l'Europe, la fraternisation des peuples, et qui les voulons aujourd'hui encore, nous sommes moins nombreux qu'il y a un an. Car le monde est fatigué. L'individu est fatigué, il ne veut pas se rallier à des idéaux qui ne deviendront des réalités que pour une génération à venir, il veut son repos, il veut faire son travail, vivre sa vie à lui. Nous appartenons à une génération lassée qui a le sentiment de s'être déjà trop gaspillée, durant ces cinq années de guerre, pour de fallacieuses visions d'avenir, et qui maintenant veut se sentir vivre pour elle-même. Ne nous gaussons pas d'elle : nous avons tous connu, et souvent, de pareils moments de dégoût et de fatigue, nous avons dû faire appel à toutes nos forces pour que les désillusions ne s'emparent pas de notre âme.

Pourtant, jamais – il faut que nous le comprenions ! – nos efforts n'ont été plus nécessaires qu'à présent où ils sont presque devenus vains. Puisque nous sommes moins nombreux, il faut que nous soyons plus passionnés, plus forts. Peut-être est-ce un bien que nos projets d'une association, d'une riposte ne se soient pas réalisés trop tôt : dans toutes les allées de la vie publique, trop d'arrivistes, trop de touristes se seraient alors précipités vers nous. Peu nombreux comme nous le sommes, nous nous connaissons bien les uns les autres, nous savons quelle est notre volonté, notre valeur. Nous n'avons pas besoin de faire marcher devant notre idée une foule qui fasse illusion –, une idée est vivante, même si sur des centaines de millions d'hommes seule une douzaine, ou même un seul individu se reconnaît entièrement en elle.
Parlons donc clairement, à la face du monde : nous sommes restés aussi peu nombreux que nous l'avons toujours été. Pour diffuser nos idées aux autres, nos seuls moyens sont d'agir et d'être nous-mêmes ; nous sommes pauvres, nous sommes dispersés, nous n'avons aucun pouvoir dans l'Europe politique d'aujourd'hui. Nous ne pouvons empêcher aucune folie, nous ne pouvons pas lancer de véritables actions –, nous pouvons seulement conserver vivante l'idée, le germe de toute action véritable, la plus authentique réalité du monde.
Voilà, me semble-t-il, ce qu'il faut absolument dire, au bout de la première année de « Clarté[1] » : nous sommes peu nombreux, nous avons réalisé peu de chose ; pourtant ce n'est pas le nombre qui compte, mais l'énergie qu'une idée vient mobiliser. Moins nous sommes, plus nous devons nous renforcer les uns les autres, et c'est dans ce sens que je vous salue aujourd'hui, Henri Barbusse !

1. Il s'agit bien de *Clarté*, la revue littéraire et politique fondée à Paris et dirigée par Barbusse, dont quatre-vingt-sept numéros furent publiés entre 1919 et 1927.

1921

77. Stefan Zweig à Noël Charavay[1]

[Salzbourg, 7.1. 21]

Cher monsieur Charavay, de votre bulletin de Janvier je vous prie de vouloir bien m'envoyer n° 98556 St. Beuve[2] ou si ce numéro est vendu et [si] vous en disposez[3], un autre poème de sa main.

Votre sincèrement dévoué

Stefan Zweig

Salzburg, Kapuzinerberg 5
Autriche

1. Carte de correspondance, manuscrite à l'encre violette, avec l'adresse de Salzbourg préimprimée, adressée à « Mr Noël Charavay, Paris (France) 3, rue de Fuerstenberg ». Collection particulière.

2. C'est bien sûr le grand écrivain et critique littéraire Charles Sainte-Beuve (1804-1869).

3. Comprendre : « et si vous en avez un à vendre ».

LETTRES 78 À 131

Janvier 1921-juillet 1924

En trois ans, Stefan Zweig s'élance à nouveau sur la scène internationale : sa seconde vie commence. Dès 1922, il est de nouveau comme chez lui à Paris. Il est l'ami autrichien de tout ce qui compte un peu. Il peut même écrire avec franchise à André Gide (lettre 99). Mais par ailleurs, il fait se rencontrer à Vienne Sigmund Freud et Romain Rolland, le 14 mai 1924. Il remplit désormais la fonction de « cross-pollinator » tout en faisant son propre miel. Avec les cinq nouvelles du recueil Amok (Der Amokläufer) *paru en 1922, son succès en Allemagne est incontestable, malgré les temps difficiles. Trois dates peuvent servir de repères dans cette course fascinante : 20 mars 1922, 15 février 1923, et 31 juillet 1924. La première est ce lundi soir où il rencontre Alzir Hella, son futur traducteur-associé, dans un bureau de* L'Humanité *: présentés l'un à l'autre par Fernand Desprès et Léon Bazalgette – le jour même du retour de Zweig à Paris – une belle compagnie, donc, d'anarchistes distingués ! Le 15 février 1923, c'est la parution du premier numéro de la revue* Europe *dont René Arcos est le rédacteur en chef, avec Paul Colin, et les nombreuses lettres de Zweig au « petit père » Arcos fourmillent de suggestions et de commentaires francs et amicaux. Quant au 31 juillet 1924, c'est le jour où il peut annoncer à Duhamel que son* Anthologie de la poésie française *a enfin pu paraître à Leipzig, en français, dans la « Bibliotheca Mundi » qu'il dirige pour l'Insel Verlag.*

(Signalons que l'en-tête de la belle collection figure sur trois lettres, les nos 82, 96 et 97.) Un tour de force à tous égards, compte tenu du boycott de tout ce qui est français après la défaite, et surtout après l'occupation de la Ruhr. C'est un exploit que d'avoir publié cette anthologie, composée par un chirurgien français héroïque, auteur de l'admirable Vie des martyrs *(1917). Il ne faudrait pas oublier que Zweig reste un poète (dont les poèmes paraissent en 1924 :* Die Gesammelten Gedichte, *Insel Verlag) ; un conteur dont les tirages s'envolent ; un critique littéraire des plus savants et des plus fins, à une époque où les anarchistes français utilisent avec grâce le subjonctif imparfait… à propos de pipes : ainsi Fernand Desprès dans la missive n° 104 du 23 mars 1922 – et Alzir Hella en est un autre.*

78. Stefan Zweig à René Arcos[1]

[Salzbourg, après le 15 janvier 1921]

Mon cher ami, je vous dis seulement avec un mot tout mon regret que – pour 3 jours à Zurich et St Gall[2] – je ne pouvais pas pousser jusqu'à Genève, pour vous serrer la main. Mais hélas, j'aurais dépensé plusieurs centaines de mille couronnes en restant quelques jours de plus en Suisse (je plaisante, mais il y a plus de vérité dans ces chiffres fantaisistes pour nous que vous ne le croyez peut-être). Mais vous verrez vous-même – vous savez bien, que nous avons une promesse de vous, de nous rendre visite et que nous vous attendons. Votre livre a beaucoup de succès, j'ai vu une traduction dans la « Friedenswarte[3] » et

---

1. Carte de correspondance, avec l'adresse de Salzbourg préimprimée (mais barrée ici), adressée à « René Arcos, Genf (Schweiz) 45, rue de Lancy ». ÖNB, Stefan Zweig Autogr. 1311/21-6. Notre datation se fonde sur celle de la lettre suivante (n° 79) qui évoque ce même passage par Zurich.

2. Stefan Zweig est parti le 9 janvier pour la Suisse, dans le cadre de ses responsabilités éditoriales pour la « Bibliotheca Mundi », et il y a notamment rencontré Paul Morisse, ainsi que Robert Faesi (1883-1972) au sujet d'une « Anthologia Helvetica ».

3. « Votre livre », c'est *Le Bien commun*, et « une traduction », c'est un extrait qui a paru dans cette revue pacifiste, évoquée dans la lettre à René Arcos du 25 juin 1918, n° 60.

j'étais très heureux de le voir répandu. Tous mes compliments à Madame et sieur Philippe ! Votre fidèle

St. Z.

79. Stefan Zweig à Georges Duhamel

Salzbourg (Autriche)
Kapuzinerberg 5
22. I. 1921

Mon cher Georges Duhamel, notre ami commun Paul Morisse[1] vous a sûrement raconté de mon regret d'avoir été à Zurich justement une semaine avant votre conférence[2]. Et hélas, l'état de notre change ne permettait pas – tant que je le désirais – une prolongation de mon séjour. Je n'avais donc pas le plaisir de vous serrer la main.

Mais je sens votre présence humaine dans le livre que vous avez eu la bonté de m'envoyer[3]. Avec quelle joie j'ai suivi pendant la guerre et après, votre développement moral et artistique, et jugez combien j'étais heureux de nous rencontrer toujours dans la même ligne (nous le sommes, je crois, aujourd'hui encore avec notre méfiance contre la politique, notre aversion contre chaque dictature, celle d'en haut et celle d'en bas, notre confiance dans une fraternité humaine, sans que de nouvelles hécatombes soient sacrifiées à un idéal meurtrier.) Peut-être tout cela n'est pas un hasard. Nous sommes d'une génération, et nos maîtres ont été les mêmes, les aspirations les mêmes et au-delà de la

---

1. Voir la lettre à Paul Morisse d'avril 1910 (n° 5). Depuis que Duhamel a rejoint le Mercure de France, il connaît bien Morisse.

2. À Genève, où Duhamel a parlé le 14 janvier 1921 sur « Les Raisons d'un optimisme humain » et le lendemain sur « Ce qui nous aide à être nous-mêmes ». Sa pièce *L'Œuvre des athlètes*, donnée alors à la Comédie de Genève, est bientôt traduite (par Nanny Colin) : *Der Athletenbund*, Kiepenheuer, Potsdam, 1921.

3. Il s'agit sans doute de *La Possession du monde*.

différence de nos langues je me sens plus proche de vous que de beaucoup de mes confrères.
Votre œuvre est assez connue chez nous et si un jour, vous avez l'intention de venir en Allemagne ou Autriche, il me sera facile de vous arranger des conférences[1]. Je crois qu'il serait nécessaire que nous voyagions beaucoup, pour retremper notre esprit dans le fleuve multiforme de la vie Européenne, pour garder la vue large au-delà de toutes les barrières, que les États et les petits esprits élèvent entre nous.
Je crois, mon cher Duhamel, vous ne savez pas l'Allemand[2]. Sans cela je vous aurais envoyé mon livre sur Rolland[3] mais il paraîtra dans deux mois en Anglais et peut-être il vous sera plus facile de le lire dans cette version. Savez-vous, qu'une scène de votre « Ombre des statues » a influencé une pièce de moi (je l'ai annoté, que une scène de vous a été d'influence, dans le livre imprimé) qui s'appelle « La Légende d'une vie » et qui montre les figures de Cosima Wagner et Maria Wesedonck en conflit héroïque[4] ? En outre j'ai écrit une fois pendant la guerre sur votre « Vie des Martyrs », livre que j'aime beaucoup, beaucoup.
Mon cher Duhamel, je suis heureux de vous adresser la parole après tant de sombres années – qui, au loin de nous éloigner nous ont rapprochés – et je vous prie de me considérer toujours votre fidèle admirateur et ami

Stefan Zweig

---

1. Duhamel séjournera notamment à Vienne (piloté par Erwin Rieger) du 6 au 9 décembre 1923, voir les lettres 121 à 123.

2. Dès sa deuxième lettre à Zweig, Duhamel lui a en effet écrit, le 6 juillet 1912 : « … c'est pour moi une grande tristesse que de ne pas connaître l'allemand ».

3. Voir lettre 75.

4. Dans la pièce de Zweig, *Legende eines Lebens*, les deux personnages féminins sont Leonore Franck et Maria Folkenhof. Quant à l'aimée de Richard Wagner, elle se nommait Mathilde Wesendonck (1828-1902). La pièce a été créée en France en 2018, cf. *L'Avant-Scène Théâtre* n° 1447, septembre 2018, et notre article « Le Chaînon manquant », pp. 61-65.

80. Stefan Zweig à Georges Chennevière[1]

[Salzbourg, janvier 1921]

Mon cher confrère, enfin donc réunis vos poèmes[2] que je connais depuis si longtemps par les revues, par les amis : ou mieux, que je croyais de connaître, car, unis comme ils sont maintenant, ils me paraissent intensifiés et plus riches. L'un donne à l'autre un peu de son rythme et tout le livre est comme une symphonie, où tout paraît se suivre sans loi, mais où tout est lié profondément par des synthèses obscures[3]. Je ne vous dis que la vérité absolue, en vous assurant, que vos poèmes (dont j'ai lu maintenant déjà la plus grande partie) me paraissent égaux aux plus renommés de la génération contemporaine, que vous n'avez pas à craindre la comparaison avec tout autre poète lyrique en France. Je suis invité à donner dans une revue allemande un compte rendu sur les livres lyriques de la France : soyez sûr que ce sera en premier lieu que je m'occuperai de vous, je veux même traduire – supposant votre permission – la préface[4], dont le rythme mélodieux et scandé me paraît superbe.
Croyez, cher Chennevière, à ma sympathie profonde et recevez bien les salutations empressées de votre
Stefan Zweig

1. Carte manuscrite sans date à l'encre violette avec le monogramme SZ et l'adresse de Vienne, barrée. Son contenu permet de la situer au début de l'année 1921. Fonds Georges Chennevière, NAF 28253(4), f. 203, BnF.

2. Georges Chennevière, *Poèmes 1911-1918*, Paris, La Maison des Amis du Livre (7, rue de l'Odéon, Adrienne Monnier), 1920. Les premiers comptes rendus sur cet ouvrage paraissent dès janvier 1921, dont celui de Jules Romains – grand ami de Chennevière depuis le lycée Condorcet, à Paris (*L'Humanité*, n° 6144, 18e année, 18 janvier 1921, p. 4). Le volume est lisible sur archive.org.

3. Le jugement de Zweig est d'une grande pertinence, car le titre sans éclat *Poèmes 1911-1918* révèle peu à peu le lien entre l'histoire intime et l'histoire terriblement collective.

4. « Préface » composée de seize tercets (*ibid.*, p. 1-3).

81. Stefan Zweig à René Arcos[1]

[Salzbourg, avant le 25.2.1921]

Mon cher ami, nous pensons d'aller fin de mars pour quinze jours en Italie – j'ai assez et trop travaillé et [je veux] donner un repos en plus au pauvre public allemand, qui a dû avaler trois livres et deux traductions de moi cette année[2]. Nous voulons rejoindre les Jouve à Florence, puis reviendrons par Venise. Et puis nous restons à Salzbourg, où vous viendrez – ne retirez pas votre promesse ! En Suisse je ne voulais pas aller à Genève parsque je n'avais pas le temps. Y aller pour un jour, cela aurait été trop peu pour vous et le cher Masereel. Le point matériel n'est pas si sensible – Mes livres marchent bien, on vient de faire une pièce de cinéma d'une de mes pièces de théâtre[3] (écrite il y a dix ans). Je n'ai pas à me plaindre – le pire est dans le passé et probablement dans l'avenir. Mais j'ai mes nerfs en bon état et nous sommes – on n'ose pas dire : heureux – contents, car la vie tout de même est un spectacle assez varié. Je pense souvent à vous et toujours avec empressement.
Votre fidèle

Stefan Zweig

Vue de mes fenêtres ! Joli, hein ?

---

1. Carte postale manuscrite, envoyée à l'adresse « 45, rue de Lancy, Genève ». Stefan Zweig a écrit « Vue de mes fenêtres… » directement sur la photographie (en haut) représentant un panorama de Salzbourg. ÖNB, Stefan Zweig Autogr. 1311/20-8. Notre datation se fonde sur la lettre de Zweig à Rolland, le 25 février 1921 (n° 63, *Rolland-Zweig 2015*, p. 185).

2. Zweig pense à « trois livres » : *Drei Meister* / *Marceline Desbordes-Valmore. Das Lebensbild einer Dichterin* [« La vie d'une poétesse »] / *Romain Rolland. Der Mann und das Werk* paru en décembre 1920 (avec la date de 1921) ; les « deux traductions » peuvent être celles des pièces *Le jour viendra*, et *Liluli*, de Romain Rolland.

3. Il s'agit de « La Maison au bord de la mer », *Das Haus am Meer*, Insel, 1912, qui fut filmée – « une pièce de cinéma » – par le réalisateur Fritz Kaufmann, avec Asta Nielsen, Gregori Chmara et Albert Steinrück, mais qui ne sortit en Allemagne qu'en mars 1924.

82. Stefan Zweig à Georges Duhamel[1]

Salzbourg, le 5 Mars 1921

Mon cher Duhamel, je vous remercie de tout mon cœur de ne pas avoir oublié ma fidélité envers vous et de m'avoir envoyé votre beau livre[2] qui manifeste si admirablement votre foi humaine comme toutes les autres œuvres, qui vous ont rendu une autorité Européenne. Jamais nos efforts n'ont été plus nécessaires que à l'heure présente, et c'est maintenant chez nous la tâche la plus lourde, car en Allemagne s'élève du fond de désespoir l'orgueil torturé, et reprend (avec un geste, auquel il ne croit lui-même pas) les paroles du plus violent nationalisme. Jamais notre situation n'était plus pénible, car nous, qui parlons pour la fraternité des peuples, faisons des figures un peu ridicules en face des événements politiques. Mais plus notre tâche est dure et ingrate, plus nous persévérerons.

Maintenant, mon cher Duhamel, je viens avec une proposition. Je dirige une très grande et très belle entreprise littéraire, la plus belle qu'on puisse faire en ce moment, la « Bibliotheca Mundi » du Insel-Verlag à Leipzic[3]. Vu les difficultés de se procurer avec notre change terrible les chefs d'œuvres de la littérature universelle, l'Insel-Verlag a résolu d'imprimer lui-même les édi-

1. Lettre manuscrite (grand format) à l'encre violette, à l'en-tête « BIBLIOTHEKA MUNDI / Redaktion / Salzburg ». Fonds Georges Duhamel, BnF, NAF 28275.

2. Il s'agit de *La Possession du monde*, « paru au Mercure de France à la fin de l'hiver [1919] », écrit Duhamel au début de sa préface.

3. Ce projet a déjà été envisagé entre Zweig et son éditeur Anton Kippenberg, à l'Insel Verlag en 1912 ; mais peu avant de regagner l'Autriche, Zweig y revient dans sa grande lettre du 6 mars 1919 (*Kippenberg-Zweig 2022*, p. 332-339). Son critère décisif pour la collection, ce sont des textes « importants et vivants » pour les Européens d'aujourd'hui. Il conclut avec une liste impressionnante de titres (pays par pays) qu'il suggère d'emblée.

tions en toutes les langues Européennes. Nous avons édité un Dante, un Baudelaire, une anthologie Russe, des livres Italiens, Espagnols en des éditions superbes. Je vous envoie la première liste de nos éditions et un exemplaire de notre Baudelaire « Les Fleurs du mal[1] » pour que vous voyiez avec quelle maîtrise cette édition est faite[2].
Ma charge est de diriger le choix littéraire des éditions. Et je me propose de laisser paraître une Anthologie Lyrique Française en deux volumes. Le premier volume, Anthologie Lyrique de Villon à Baudelaire pourrait paraître immédiatement. Le second volume, De Baudelaire jusqu'à aujourd'hui, sera plus difficile à faire, comme il y a des droits des auteurs et des éditions à respecter.
Je vous propose donc, cher Duhamel, de nous faire le choix de l'Anthologie de Villon à Baudelaire, un volume de 300-350 pages. Vous n'avez rien à faire que de nous écrire les titres et les premières lignes de tous les poèmes que vous choisissez (et les textes seulement des poésies très difficiles à trouver.) Le travail n'est donc pas dur et l'œuvre très belle : n'oubliez pas que ces éditions sont très répandues en Allemagne, Suisse, Scandinavie, Autriche et que vous faites avec cela une œuvre représentative.
Je me suis adressé à vous, parsque je connais vos essays sur la Poésie dans le « Mercure » et parsque j'ai une confiance illimitée en votre goût[3].
Si vous préférez de faire le choix ensemble avec Vildrac (ce qui donnerait encore plus de variété), je suis très content aussi.

---

1. *Les Fleurs du mal* – dont Zweig accuse réception à Kippenberg avec enthousiasme le 13. XII. 1920 : « Ils sont tout à fait merveilleux ! » (*Briefwechsel 2022*, *ibid.*, pp. 408-409) – font partie de la première livraison de la « Bibliotheca mundi », à côté de Kleist (*Nouvelles*), de l'anthologie *Le Parnasse russe* (composée en cyrillique) et de Musset (*Trois drames*).

2. Romain Rolland aussi est admiratif, cf. sa lettre à Zweig, le 11 février 1921, cf. *Rolland-Zweig 2015*, n° 62, p. 184.

3. Zweig affirme maintes fois ses réserves vis-à-vis des travaux des érudits ou philologues qu'il juge en général dépourvus de sensibilité pour la poésie, et de l'aptitude, capitale à ses yeux, d'admirer. Il y reviendra avec conviction dans les mois suivants, voir les lettres 92 (§ 3) et 94.

Dites-moi donc cher Duhamel, trois choses :

1) Si vous voulez accepter cette tâche

2) Combien de temps vous désirez pour ce travail

3) Combien de temps il vous faudrait, pour nous donner une liste de tous les poèmes qu'on devrait imprimer. Je veux que votre travail manuel soit si mince que possible, que vous ne perdriez pas votre temps si précieux avec des paperasses. Je surveillerai moi-même l'exécution et l'impression. Vous recevrez par le même courrier un exemplaire de la Bibliotheca, qui vous animera certainement plus que je le puis faire par mes paroles. Si vous refusez (ce que je n'espère pas), soyez si gentil de demander à votre et notre ami Vildrac, si lui veut accepter. Car je ne veux pour cette anthologie représentative que l'un de vous, dont je connais la conscience ferme dans les choses d'art et d'humanité.

De tout mon cœur votre fidèlement dévoué

Stefan Zweig

83. Stefan Zweig à Charles Vildrac[1]

Salzbourg, Kapuzinerberg 5
5. III. 1921

Mon cher Charles Vildrac, je suis très heureux de voir un livre de vous[2] et de revoir votre écriture après tant des années. Quand je vous savais en danger au front, tous mes vœux ardents étaient pour vous : j'ai pensé souvent à vous tous et toujours sans un instant de méfiance et de doute.

J'aime beaucoup en vos poèmes le sobre, le tragique – la peur, de faire des mots. Et rien que cette sobriété peut rendre notre

1. Lettre manuscrite à l'encre violette, sur papier à l'en-tête de Vienne barré (~~VIII. Kochgasse 8~~) rectifié à la main. Fonds Charles Vildrac, IMEC, 675/VLD/ 25/3 (1920-1921).

2. *Charles Vildrac, Chants du désespéré 1914-1920*, NRF, Gallimard, Paris, 1920 ; collection « Poésie/Gallimard », 2016.

désespoir – avec les grands rythmes roulants on ne peut saisir jamais le plus profond du tragique, qui est toujours tout prêt du sanglot et du silence. Votre rythme sonore répond si parfaitement à la sensation réelle – je sens, je m'exprime mal en Français, pour vous dire, par quel moyen intuitif vous avez trouvé la forme mystiquement correspondante aux sentiments. Vous êtes, cher Vildrac, un lyrique né, un qui ne peut trouver que le juste par ce profond mystère du lyrisme inné et j'aime autant ces poèmes pour la pureté du sentiment que pour l'éclat de certains mots, le rythme subtil et si cadencé. Je vous félicite de tout mon cœur : vous n'avez qu'à rester tel que vous êtes, pour nous rester si cher !

J'ai écrit à Duhamel aujourd'hui dans une affaire artistique et aussi matérielle, dont il vous racontera probablement. Je serais heureux si vous aviez intérêt pour notre entreprise si belle et internationale.

Je me souviens souvent de votre petite boutique rue de Seine[1]. Si je pouvais y revenir bientôt, quelle joie : je n'ose encore rien promettre, mais mes vœux m'avancent. Peut-être mes pas suivront un jour.

De tout mon cœur, cher Vildrac

Stefan Zweig

84. Stefan Zweig à René Arcos[2]

Salzbourg, Kapuzinerberg 5
[avant le 8 mars 1921]

Mon cher ami, depuis longtemps j'avais l'intention de vous écrire. Je suis heureux que votre maison d'édition prospère[3].

1. Vildrac a ouvert en 1911 une galerie d'art, au 11, rue de Seine, Paris VIe, qu'il tiendra avec sa femme Rose jusqu'en 1930.

2. Lettre manuscrite non datée à l'encre violette, sur papier libre. ÖNB, Stefan Zweig Autogr.1311/22-10.

3. Arcos a en effet écrit à Zweig, le 1er février : « [...] Je travaille à divers ouvrages, tout en préparant nos prochaines publications du Sablier :

Malheureusement je ne peux plus m'acheter toutes vos éditions, nous n'avons pas moyen d'expédier d'argent en Suisse et puis : votre change est si terrible, que je ne pourrais plus m'acheter des livres. Vous vivrez ici, quand vous viendrez, comme des princes grâce à votre change.
Mon ami, je vous enverrai bientôt un petit conte philosophique, qui dans la forme d'une légende montre toutes les idées de notre foi d'indépendance[1]. Je serais heureux, si elle vous plaisait et si elle pouvait paraître chez le Sablier.
Le directeur du Insel-Verlag lit maintenant votre livre[2]. Sa réponse ne tardera pas longtemps et je ne doute pas, qu'elle sera affirmative. Attendez encore un petit peu – ma femme est en train de traduire le livre. Dès que l'affaire sera conclue, il pourra paraître bientôt. Un éditeur de Vienne[3] vient de publier des éditions de haut luxe, vraies merveilles de livres très chers (ils coutent ici 700 couronnes). Ce sont « Aucassin et Nicolette » et autres choses françaises. Il aimerait aussi de faire les mêmes en édition Française et vous demande, si vous voudriez les prendre en commission dans votre maison. Vous pourriez avoir des éditions admirables, qui vaudraient en France 200-300 Francs pour cinquante Francs et moins même, car ici on a déjà le matériel prêt. Si l'affaire vous intéresse, dites-moi un mot, je le lui transmettrai.
Un libraire de Vienne s'adressait à vous en vous demandant la représentation pour l'Autriche, il m'a promis, de vous fournir des garanties, pour que le cas Heller ne se répète pas. A-t-il déjà payé, celui-là[4] ? Je n'ai aucune réponse de lui, je crains

---

un Barbusse, un Duhamel, un Werth, etc... – Nous ferons bien un Zweig un jour » [*Fredonia*].

1. *Les Yeux du frère éternel*, « un conte indien », voir la lettre 85, note 2.

2. Livre paru au Sablier, les *Cinq récits* de Verhaeren qu'Anton Kippenberg lit en français ; cf. lettre suivante n° 85, n. 3.

3. C'est la maison Avalun Verlag, active entre 1919 et 1923 à Vienne, puis à Leipzig. Parmi ces beaux-livres a paru en 1919 la chantefable *Aucassin et Nicolette* (XIIIe siècle), traduite par Erwin Rieger, qui en envoie un exemplaire à René Arcos, cf. sa lettre du 1er février 1921 à Zweig.

4. Arcos terminera sa lettre à Zweig du 14 mars 1921 par : « Mr Heller nous doit toujours ses 5 Liluli ! »

que la chute de notre change a troublé sa conscience ! Dès que je serai à Vienne, j'irai chez lui – c'est le plus grand libraire et il pourrait bien régler ses comptes. Mais, mon cher ami, figurez-vous notre situation matérielle : un millionnaire Américain pourrait acheter maintenant notre pays entier. Avec cent francs suisses vous pourriez vivre ici deux mois facilement ! Tout ce que l'Autriche contient de valeurs déménage maintenant nous sommes plus pillés que la Belgique et d'une façon pacifique et légale. Et tout de même je vis tranquillement, je travaille et je me sens très bien au milieu de cet État qui craque : je vis d'ailleurs[1], et jamais je n'avais tant de concentration.

J'ai reçu l'invitation de venir à Berne pour le congrès de la « Clarté »[2]. Je n'y pense pas ! Nous, les vieux amis, nous n'avons pas besoin de manifester notre amitié publiquement, nous n'avons pas besoin des conférences – c'est très bien pour les autres, qui feront une bonne affaire dans l'internationalisme et qui veulent faire oublier leurs écrits pendant la guerre. Notre union est assez ferme sans mes paroles et les manifestes !

À tantôt donc ! Salzbourg[3] vous attend ! Fidèlement votre

Stefan Zweig

1. Comprendre : « je me nourris d'une autre substance » ; même idée dans l'article « Les limites de la défaite », du 14 décembre 1919, in *Zweig 2020*, p. 161.

2. Pour le congrès projeté à Berne, voir lettre 72.

3. Écrit à la française.

85. Stefan Zweig à René Arcos[1]

Salzbourg, 8. Mars 1921

Mon cher Arcos, je viens de finir un conte indien[2], que je juge du point de vue artistique très réussi : la nouvelle aurait dans votre format à peu près 60-80 pages et je l'ai envoyée à Baudouin, pour lui demander son opinion et s'il voudrait la traduire. Si vous avez encore l'intention de publier quelque chose de moi dans votre belle collection, je serais heureux, si elle vous plaisait. Quant aux bois de Masereel, on pourrait faire que on les achèterait en même temps pour l'édition allemande. Le côté matériel est tout à fait indifférent. J'aimerais seulement à être en votre société. C'est une proposition au hasard, cher ami, et cela ne dérangerait pas au moindre degré notre bonne amitié, si pour des raisons matérielles ou quelconques vous ne pouvez pas vous intéresser pour cette proposition. Si je peux vous donner une suggestion pour votre « Sablier », cela serait de publier un volume de Rabindranath Tagore, soit son très beau roman (qui sort, il est vrai, de votre format) soit des poèmes soit un des petits drames (qu'on pourrait jouer facilement au Colombier.) Rabindranath Tagore a une influence énorme chez nous sur la littérature et il l'aura aussi en France.
Je suis heureux d'entendre que le Verhaeren paraît chez la Insel[3] : ma femme traduira les contes (qui sont, à vrai dire,

1. Lettre manuscrite sur le papier à l'en-tête de Vienne (barré) et le monogramme SZ. ÖNB, Stefan Zweig Autogr. 1311/20 – 9.

2. *Die Augen des ewigen Bruders* [« *Les Yeux du frère éternel* »], qui sera publié plus tard, dans la revue *Europe* en mars et avril 1925, traduit et intitulé *Virata* par Alzir Hella et Olivier Bournac. Cf. B. Vergne-Cain et G. Rudent, « Les articles signés Stefan Zweig dans la revue *Europe* : en réserve », in *Europe, Une politique de la littérature*, le numéro du centenaire, automne 2023 (désormais *Europe 2023*), pp. 82-84.

3. *Verhaeren, Cinq récits*, avec un frontispice et vingt-huit bois dessinés et gravés de Frans Masereel, Le Sablier, Genève, 1920, 102 p. La traduction, signée Friderike Maria Zweig : *Fünf Erzählungen*, paraît avec les mêmes illustrations à l'Insel Verlag, Leipzig, 1921.

de qualité inférieure). Votre livre a un très grand succès chez tous nos amis[1] et je suis sûr que dès maintenant vous pouvez compter sur un public en Allemagne. Nous vous attendons ici pour le printemps : en passant par Munich, je viendrai même à votre rencontre (si vous ne préférez pas de venir directement.) J'ai l'intention d'aller fin de mars en Italie et de revenir le 15 avril. J'ai absolument besoin de respirer un peu l'air Européen et d'entendre une autre langue que la nôtre, où on gémit seulement. J'ai trois livres en Amérique et en Angleterre, mes éditions en Allemagne marchent bien et je n'ai pas l'intention de faire des épargnes – je veux continuer ma belle vie d'autrefois, vie sans luxe, mais vivant dans le plus grand luxe du monde, l'indépendance et la liberté.
Je suis heureux d'entendre des grands succès de Vildrac[2]. Tout votre groupe – Duhamel, Vildrac, Romains et vous – ont enfin remporté la grande victoire à laquelle votre tenue morale vous prédestinait.
Et quel plaisir pour moi de voir mes vieux amis Rolland et Léon Bazalgette[3] devenir des chefs d'une nouvelle jeunesse ! Cela console sur la stupidité de la politique, l'avidité des littérateurs et toute la fange de la vie quotidienne.
Au revoir donc cher ami. Et dites mes meilleurs sentiments à Madame Arcos et embrassez votre dauphin Philippe de la part de votre fidèle

Stefan Zweig

---

1. Qui lisent en allemand les récits de *Das Gemeinsame* [« *Le Bien commun* »].

2. Zweig pense aux *Chants du désespéré* (cf. lettre 83), mais surtout à *Le Paquebot Tenacity*, comédie en trois actes et quatre tableaux, créée par Jacques Copeau au théâtre du Vieux-Colombier, le 6 mars 1920, et qui fut un triomphe.

3. Léon Bazalgette (cf. lettre 5) dirige aux Éditions Rieder la collection des « Prosateurs étrangers modernes » et il assure la chronique de littérature étrangère à *L'Humanité* où Marcel Martinet occupe alors la fonction de directeur littéraire (1921-1923).

86. Stefan Zweig à Georges Duhamel

Salzbourg, Kapuzinerberg 5
21. III.1921

Mon cher ami,
je vous remercie de tout mon cœur pour votre bonne lettre[1] et l'accueil favorable de ma proposition. Je crois que ces anthologies représenteront devant l'Europe quelque chose de durable – Hofmannsthal par exemple fait l'anthologie de Goethe[2] – et que vous rendez service à la poésie Française, à l'éditeur et à vous-même en acceptant le choix (qui est une responsabilité morale et artistique, mais il faut toujours s'exercer dans cette responsabilité).
Quant aux offres matérielles vous recevrez directement une lettre du Insel-Verlag. J'espère qu'il pourra faire des propositions honorables, néanmoins que le change pour l'Allemagne est un grand obstacle. Quant aux détails je vous écrirai plus amplement, dès que vous aurez accepté la tâche définitivement. Le travail n'est point pressé et a le temps jusqu'à la fin de l'année.
Mais maintenant, cher Duhamel, une autre demande. Vous me dites que vous lisez[3] en Tchecho-Slowaquie. Savez-vous, que vous ne faites pas de détour en passant par Salzbourg et sachez bien que vous serez bien accueilli ! Vous pouvez loger chez nous et vous aimerez cette admirable ville. Avec plaisir je vous aurais invité de donner une conférence ici, mais nous n'osons pas de vous proposer nos honoraires, qui sonnent bien en couronnes. Mais la couronne autrichienne n'est qu'un papier avec des grands chiffres là-dessus. Si vous voulez lire à Vienne, ce serait autre

1. Duhamel à Zweig le 13 mars 1921 : « Votre proposition me tente beaucoup. Aussi, malgré la charge de mes travaux personnels, je suis à peu près résolu à me charger de la chose », *Delphis 2001*, p. 86-87.

2. Zweig, directeur de la collection « Bibliotheca mundi », avait demandé à Hugo von Hofmannsthal une sélection de cent poèmes de Goethe. Toutefois ce volume ne fut pas réalisé.

3. Au sens de « donner des conférences, avec des lectures ». Mais c'est ici l'interprétation de Zweig, Duhamel ayant mentionné simplement « plusieurs voyages (Angleterre et Tchéco-Slovaquie) ».

chose. Là-bas, on pourrait vous arranger une belle soirée et je vous garantis un grand succès. Vous n'avez qu'à écrire à Berta Zuckerkandl[1] (qui sera d'ailleurs à Paris dans 8 jours).
Mon cher Duhamel, je ne vous dis cela pas seulement par politesse, je vous invite à Salzbourg ou à Vienne aussi pour que enfin nous ayons occasion de nous parler, de construire un peu pour le futur. Je ne crois pas que maintenant on puisse faire autre chose que avoir des bonnes intentions et de rester un honnête homme, mais il faut être instruit, il faut voir et connaître. Moi, je vais en Italie maintenant pour 15 jours. Il serait bien si un Français tel vous voyait un peu l'Autriche et l'Allemagne pour être indépendant des journaux, pour voir avec ses propres yeux. Je regrette tant, qu'aucun du groupe Français[2] n'a été jusqu'à présent chez nous ou en Allemagne – et c'est plus facile pour vous que pour nous. Si vous pouvez donc, restez un ou deux jours de plus : vous verrez un instant de l'histoire, la défaite peinte par les couleurs sombres de grandes foules et le luxe criard de quelques privilégiés. Nulle part comme à Vienne on ne voit ces contrastes, nulle part on admire tant la force de désir, qui surnage le déluge. Je m'honorerai d'être votre guide et je serais heureux de causer avec vous. Fidèlement votre

Stefan Zweig

1. Berta Zuckerkandl (1863-1945) dont le salon viennois est capital dans les échanges culturels entre la France et l'Autriche (sa sœur a épousé Paul Clemenceau, le frère du « Tigre ») ; elle a traduit de nombreuses pièces du théâtre français d'alors.
2. Le « groupe français », cf. la fin de la lettre 92 où sont nommés « Pierre [Jean Jouve], Arcos, Vildrac Martinet, Romains ».

87. Stefan Zweig à René Arcos[1]

[Salzbourg, 23.3.1921]

Mon cher ami, je pars aujourd'hui pour une quinzaine et je ne veux pas le faire sans vous avoir dit toute ma reconnaissance pour votre beau livre[2]. Il est plein de vérité, mais la vérité ne perd pas en force en devenant œuvre d'art : la maîtrise de la prose est vraiment extraordinaire. Je crains seulement qu'il sera difficile de trouver un éditeur Allemand : on a horreur chez nous des livres qui font penser au passé et on fait tout pour tisser une nouvelle auréole autour du militarisme. Tout ce que nous avons dit a été pour rien, le mensonge est plus fort que la réalité la plus repoussante que le vieux monde a connue.

Jouve et Baudouin viendront en été à Salzbourg. Et vous, mon vieux, vous restez comme un clou à sa place : n'y a-t-il pas moyen de vous tirer de votre métier[3] ? Le voyage repose, il ne fatigue pas : il faut connaître le monde, si sale qu'il soit partout ! Embrassez votre femme et Philippe de la part de votre fidèle

Stefan Zweig

1. Carte de correspondance manuscrite, l'adressée à « Monsieur René Arcos, Genève (Suisse), 45 rue de Lancy ». ÖNB, Stefan Zweig Autogr. 1311/21-1. Notre datation se fonde sur la lettre de Zweig à Rolland (n° 71) : « Brescia, 24 mars 1921 : [...] je suis déjà en Italie, hier j'ai passé le lac de Garde », cf. *Rolland-Zweig 2015*, p. 198.

2. Il s'agit du volume annoncé par Arcos à Zweig, le 14 mars 1921 : « Un autre livre de moi "Caserne" va bientôt paraître chez Rieder & Cie » (*Fredonia*) ; *Caserne*, « achevé d'imprimer mai 1921 », Rieder, Paris.

3. Exemple où le français de Zweig est manifestement nourri de latin ; « clou » c'est « clavis » (à comprendre ici comme « cheville ») ; et Arcos ici n'est pas éditeur, mais écrivain, poète : « métier » désignant un métier à tisser... du texte.

88. Stefan Zweig à René Arcos[1]

[Florence, 1er avril 1921]

Mon cher Arcos, je suis en Italie et je ne le regrette pas. À quand donc votre visite ? votre vieux

Stefan Zweig

Qu'attends-tu, ô petit père ?
Je t'embrasse

p j jouve.

Il ne faut pas attendre en 7bre, vieux amis, il n'y aura plus de place – si vous veniez en mai ? Qu'en dites-vous ? On aurait tant à se dire. On vous embrasse
Quand, une photo de Philippe ? Andrée

Je vous embrasse bien cordialement Friderike Zweig

89. Stefan Zweig à Georges Duhamel

Florence (Italie) 7 avril 1921

Mon cher ami, j'ai fait un petit voyage en Italie (où j'ai rencontré le cher Jouve avec lequel nous avons parlé de vous amicalement[2]) et on me fait suivre une lettre de mon éditeur,

1. Carte de correspondance manuscrite, par Zweig à l'encre violette, par les époux Jouve (Pierre Jean, Andrée) à l'encre bleue, enfin par Friderike au crayon noir. Datation d'après le cachet postal « 1.4.1921 ». ÖNB Stefan Zweig Autogr. 1311/21-2.

2. Duhamel connaît lui aussi Jouve de longue date, celui-ci ayant rencontré les membres de l'Abbaye en 1906 ; en juillet 1912, des rapports amicaux se créent, quand Duhamel fait à Poitiers une conférence, organisée par Jouve, sur « Les directions de la littérature moderne, axée sur trois jeunes poètes : Romains, Duhamel et Vildrac ». Quant à Zweig,

le Insel-Verlag, qui me prie de vous transmettre ses propositions pour la composition de l'anthologie jusqu'à Baudelaire. Le change allemand est si mauvais qu'il semble diminuer la somme, qui serait énorme en Allemagne – en francs Français donc, il vous offre 2 000 francs pour le travail. Et je crois même qu'il ne pourrait pas payer plus, car il s'agit, comme vous avez vu, d'une édition à un prix fixe. Mon cher ami, je ne connais pas la valeur de l'argent en France, ni les honoraires de là-bas – c'est à vous-même de me répondre avec la franchise, qui est la seule bonne façon entre amis, si vous voulez entreprendre à ces conditions un travail, qui me semble assez représentatif et avant tout durable.
Dites-moi donc un mot à Salzburg (Autriche) Kapuzinerberg 5 et excusez cette lettre hâtive, écrite « in un albergo poco elegante » sur une table sale et encombrée. Fidèlement votre

Stefan Zweig

90. Stefan Zweig à Georges Duhamel[1]

Salzbourg, Kapuzinerberg 5
30 mai 1921

Mon cher ami, Le Insel-Verlag me prie de vous transmettre sa joie et sa satisfaction que vous vouliez bien entreprendre de faire l'anthologie Française de Villon à Baudelaire[2] (et plus tard, espérons, aussi celle de Baudelaire jusqu'à nos jours). Vous avez tout le temps jusqu'à Noël. Ne vous dérangez pas dans votre travail, qui est précieux pour nous tous.

---

voir la lettre 48, note 2. D'ailleurs, Duhamel écrit à son tour à Zweig, le 12 octobre 1921 : « Je vois souvent Jouve et nous parlons de vous avec amitié », *Delphis 2001*, p. 92.

1. Longue carte « Bristol » manuscrite à l'encre violette, avec le monogramme SZ et l'adresse viennoise barrée.

2. Duhamel a confirmé à Zweig son accord formel pour l'anthologie dans sa lettre du 22 avril 1921, écrite au retour de Prague.

J'entends que on intéresse des théâtres chez nous pour « La Lumière[1] ». Espérons que cela réussisse et nous donne occasion de vous revoir. Le cher Jouve et Arcos sont les seuls de l'ancienne Pléiade que j'ai revus depuis 1914 : je voudrais bien venir à Paris, mais j'attends un moment où le monde sera moins agité et moins stupide. J'ai un tel dégoût de passer des frontières et de voir des uniformes que j'aimerais souvent m'enterrer dans un trou[2] – mais le désir de me déplacer est très intense aussi. Je vous envoie, mon cher ami, l'assurance de ma fidélité amicale et de mon respect profond ! Votre

Stefan Zweig

91. Friderike Zweig à Charles Hotz[3]

[Salzbourg] 18 oct. [1921]

Cher Monsieur Hotz[4], mon mari n'est pas ici, il est depuis quelques jours à Vienne, ainsi je vous remercie cordialement pour votre aimable lettre et les trois charmantes pipes, qui causeront une vive joie à mon mari, qui les a tant admirées. Nous sommes bien heureux que vous étiez content de votre séjour en Autriche et nous serons heureux si vous y reviendrez bientôt. Le paysage sur les cartes postales est très intéressant. Nous avons eu des

1. La pièce de Duhamel *La Lumière* (voir lettre 18, note 2) a été représentée à Prague, où Duhamel a séjourné (31 mars au 15 avril 1921) avec Charles Vildrac, dont la comédie *Le Paquebot Tenacity* a été donnée aussi (lettre 85).

2. Voir « Phobie des bureaux », article de mars 1919, in *Zweig 2020*, pp. 129-136.

3. Carte postale avec vue générale de Salzbourg, adressée à « Charles Hotz, Marseille / Endoume / rue de l'Orient »). Charles Hotz Papers, Collection International Institute of Social History, Amsterdam (désormais *Fonds Ch. Hotz, Amsterdam*).

4. Charles Hotz a fait la connaissance des Zweig à la suite de la récente visite qu'il a rendue à son camarade Fernand Desprès au sanatorium de Parsch (non loin de Salzbourg).

nouvelles de ce cher M. Desprès[1]. Je crains qu'il travaille trop. Mon mari ne reviendra de Vienne que pour repartir à Munich à la rencontre de notre ami Masereel[2]. Il vous écrira bientôt. En attendant je vous salue affectueusement en vous remerciant et en vous souhaitant un automne aussi radieux qu'il est ici. Pas de pluie encore.

Votre

Friderike M. Zweig

92. Stefan Zweig à Georges Duhamel[3]

Salzbourg, Kapuzinerberg 5
21 octobre 1921

Mon cher ami, je vous remercie beaucoup pour votre carte et votre bon souvenir[4]. Le Insel-Verlag a formellement accepté ma proposition – le directeur est pour ce moment absent mais je lui écrirai encore une fois pour un traité. Malheureusement le change allemand continue à baisser, la somme[5] a triplé en trois mois, mais je suis sûr qu'il ne changera rien à sa promesse et je veux immédiatement après son retour vous faire envoyer un traité signé par lui.
Pour l'Allemagne le domaine public est 30 ans après la mort d'un auteur. Vous pouvez donc prendre Victor Hugo (qui du

1. Fernand Desprès (1879-1949), arrivé le 31 juillet 1921 à Salzbourg pour les conférences de l'université d'été organisées par la section anglaise de la Ligue internationale des femmes pour la paix et préparées par Friderike Zweig, a quitté l'Autriche à la fin septembre, après un séjour au sanatorium de Parsch pour reprendre son travail de chroniqueur judiciaire au journal *L'Humanité*.

2. Cette rencontre aura lieu à Munich, Frans Masereel (lettre 51) n'ayant pas obtenu de visa pour l'Autriche n'a pu venir à Salzbourg.

3. Lettre manuscrite à l'encre violette, avec le monogramme SZ et l'adresse viennoise barrée.

4. Zweig répond ici aux questions exprimées par Duhamel le 12 octobre 1921, cf. *Delphis 2001*, p. 92.

5. Les 2 000 francs mentionnés dans la lettre 89.

point de vue poétique est antérieur à Baudelaire) ; il serait même possible de publier Rimbaud. Mais je vous conseille de laisser ce dernier de côté, car on ne peut pas présenter des poèmes de Rimbaud sans les faire précéder par ceux de Verlaine, qui ne sera pas libre en Allemagne avant 1926. Mais Victor Hugo est absolument nécessaire.

Je crois, l'anthologie sera une grande et belle chose, dont vous serez fier vous-même. Je crois, on montre mieux sa physionomie littéraire, son goût artistique, par le choix que par des paroles : et jusqu'à présent les anthologies Françaises ont été toujours faites par des professeurs et jamais par les poètes. Il sera intéressant de montrer la vieille poésie Française vue par un jeune – le livre aura beaucoup, beaucoup d'intérêt pour tous.

J'étais heureux de voir Pierre Jouve, Desprès et autres de vos amis. Et j'ai l'intention de venir à Paris au printemps – je n'ose encore rien fixer, je ne veux rien promettre, car il y a toujours des nouvelles difficultés à craindre. Le monde est loin de se calmer, au contraire. Pour moi il est terrible de voir comme la tension entre la France et l'Allemagne s'augmente, loin de se diminuer. Aussi dans la littérature il est maintenant difficile d'introduire des traductions Françaises ou vos pièces[1] : les pangermanistes crient qu'on a monté en Allemagne depuis la défaite déjà 20 pièces des Français vivants, en Allemagne, et à Paris pas un seul Allemand n'a pu être représenté. Aussi pour les livres, aucune réciprocité – il est difficile à leur répondre car au fond ils ont un peu raison. Dans le domaine de l'art l'hostilité en France est beaucoup plus grande qu'en Allemagne (où on est vraiment large et généreux sur ce point, si borné qu'on soit en politique) et je crains que les auteurs Français en auront à souffrir. Vous savez, cher ami, comme je suis loin d'approuver toute forme de représailles – je vous raconte cela à titre d'in-

1. Zweig vient d'en faire l'expérience concrète pour la pièce de Romain Rolland *Le temps viendra*, qu'il a lui-même traduite, voir ses lettres à Rolland du 30 décembre 1920, ainsi que des 25 février et 4 septembre 1921, in *Rolland-Zweig 2015*.

formation, pour vous faire comprendre, qu'il est difficile pour nous d'intéresser les théâtres et les éditeurs pour vos œuvres, tant que la France reste si tenacement fermée à la littérature et la musique moderne de l'Allemagne et même à la science. Nous n'avons rien à faire avec la sale politique – mais il est notre devoir de combattre pour l'unité de l'art, la réciprocité de l'attention entre les peuples, et il est temps pour vous de mettre une fin à la tendance en France de s'occuper seulement d'elle-même ; il faut propager plus énergiquement et surtout activement l'internationalisme de l'art. Je connais bien vos difficultés avec les éditeurs et les théâtres – mais il se pourrait trouver une forme intime, des conférences sur la littérature allemande ou la lecture publique des œuvres. Nous avons besoin de pouvoir montrer un effort de votre côté ; si nous voulons continuer (et nous voulons bien) il faut absolument un contrepoids, si mince qu'il soit. Je suis sûr, cher ami, vous me comprendrez, que ce n'est pas pour nous, pour nos œuvres, mais pour vous, pour vos œuvres. Vous vous aidez en nous facilitant notre tâche en Allemagne.
Mes souvenirs amicaux à tous les confrères, à Pierre, à Arcos, Vildrac, Martinet, Romains et surtout à vous, cher Duhamel !

De tout cœur votre

Stefan Zweig

93. Stefan Zweig à Charles Hotz[1]

[Salzbourg, fin octobre 1921]

Cher Monsieur Hotz, c'est très tardif que je vous remercie, mais je me baladais à travers toutes les routes de l'Allemagne et de l'Autriche. Avant-hier j'étais à Munic pour embrasser mon cher ami Frans Masereel, qui nous a raconté de vous.

1. Lettre manuscrite sans date à l'encre violette, avec le monogramme et l'ancienne adresse viennoise barrée. Datation possible grâce au contexte. Fonds Charles Hotz, Amsterdam.

Les pipes que vous avez été si amical de m'envoyer ne sont plus dans leur étui : je les promène dans ma bouche et je suis fier de l'admiration, qu'ils accueillent. Vous n'avez pas pu faire mieux, pour vous maintenir quotidiennement dans notre souvenir reconnaissant !

Je suis heureux que votre voyage en Autriche ne vous ait pas déçu et surtout que vous avez pu profiter de votre séjour à Vienne pour entendre quelques auditions de valeur[1]. Et nous ne demandons pas mieux que votre bon souvenir vous encourage de revenir.

De la part de ma femme je joins les meilleurs compliments aux miens. Croyez-moi votre sincère

Stefan Zweig

94. Stefan Zweig à Georges Duhamel[2]

Salzbourg 4 nov. 1921

Mon cher ami, j'ai dû attendre pour vous répondre avec toute l'assurance que vous désirez[3], un mot du Insel-Verlag, qui, justement arrivé, me dit qu'il vous a envoyé directement une lettre confirmant[4] nos entretiens amicaux. Je suis très heureux que le travail vous intéresse : je suis sûr, que, en route, vous vous apercevrez du fait, dont j'étais frappé moi-même d'avance :

---

1. Le Fonds Charles Hotz contient quantité de factures (dont celles de ses séjours à Parsch), de programmes de concert, avec des billets d'entrée, entre autres pour la 8e symphonie de Mahler sous la direction de Bruno Walter (Vienne, le 24.09.1921) et la 9e symphonie de Beethoven sous la direction de Leopold Reichwein (Vienne, le 25.09.1921).

2. Lettre manuscrite à l'encre violette, avec le monogramme SZ et à l'en-tête de « ~~VIII. Kochgasse 8~~ », l'adresse viennoise barrée.

3. Duhamel dans une carte postale à Zweig (fin octobre 1921) disait son désir de « recevoir d'Insel-Verlag un traité régulier », et précisait que son travail (« huit à dix heures de lecture par jour ») aboutirait à « remettre au soleil beaucoup de petits poètes oubliés mais pleins de flamme ».

4. Zweig écrit « affirmant ».

qu'il n'existe aucune anthologie Française faite d'un poète et d'un vrai critique, seulement des anthologies scolaires, faites par des professeurs ou dans le sens professoral. À la fin vous verrez que votre livre était nécessaire – et il n'y a pas un éloge plus désirable. Un livre nécessaire vaut plus qu'un bon livre (il y en a tant !).
Oui, cher ami, j'ai bien reçu votre dernier livre[1], je l'ai pris avec moi à Munic (où j'allais pour rencontrer le cher Frans Masereel[2], ami d'exil suisse) et je l'ai lu avec beaucoup de joie. Vous avez plus que jamais le don de la plastique simple et claire, et si vous racontez l'aventure la plus extraordinaire, elle paraît naturelle grâce à cette simplicité (très très artistique) de votre façon de raconter. On devient immédiatement familial avec l'object[3], on ne sent pas « l'artiste » comme intermédiaire entre la vision et nos yeux. C'est un très grand don, que vous possédez (presque seul en France) et que vous avez su élargir à la grandeur des objets (ce qui explique le grand succès de vos « Vie des Martyrs » : beaucoup ont décrit le même, mais chez vous on avait le sentiment, de vivre, non de lire, ces tristes agonies).
Je ne sais pas si j'arrive à m'expliquer assez clairement en Français. J'aurai occasion un jour de le faire plus amplement en Allemand et en public.
Merci encore une fois, cher ami pour vos sentiments fraternels, que vous avez prouvés à moi, pour tout le soin que vous vouez à ce beau livre et croyez-moi votre fidèle

Stefan Zweig

J'ai aussi des invitations pour des lectures en Suisse, mais je les donnerai seulement si je vais en France, pour me payer le voyage. J'espère de venir au mois de mars.

---

1. C'est le recueil de (huit) nouvelles : *Les Hommes abandonnés*, paru le 14 octobre 1921 au Mercure de France.
2. Voir lettres 91 et 93.
3. Exemple « créatif » du français de Zweig, que nous conservons.

95. Stefan Zweig à André Suarès[1]

Salzbourg (Autriche) Kapuzinerberg 5
9 décembre 1921

Mon cher maître, rentrant d'un voyage[2] je trouve votre précieux envoi et je vous remercie d'autant plus chaleureusement pour ce beau livre[3], que je n'espérais plus votre souvenir bienveillant. J'ai lu maints essays de vous[4] pendant la guerre et j'étais – pourquoi pas le dire avec la franchise qui honore la parole ? – très attristé, de voir votre esprit si lucide et élevé passionnément mêlé à une folie mondiale, que les générations après nous regarderont avec effroi et étonnement. Mais regrettant la distance, que votre passion élevait entre nous, que la fatalité unissait à la stupidité de nos diplomates, je n'ai jamais cessé d'admirer votre art, et même dans les heures les plus sombres, même pendant que votre voix condamnait notre langue, j'ai savouré la perfection de la vôtre dans vos livres et j'étais heureux, de sentir plus leur perfection en traduisant votre œuvre que par la lecture la plus ardente. Et vous verrez que aussi dans mon livre sur Romain Rolland, écrit dans les heures de combat, votre nom est toujours nommé avec le plus grand respect. Je me suis toujours refusé de faire la guerre, soit avec les armes, soit avec les paroles : celui qui veut comprendre les autres, les comprend trop pour pouvoir combattre. Il est souvent plus en eux que en soi-même.
Et maintenant – car vous préférerez sans doute aussi que je ne glisse pas avec un silence gêné sur les années et sur les abîmes, qui nous ont séparés – maintenant permettez-moi, de vous dire

1. Lettre manuscrite, avec le monogramme SZ et l'en-tête de Vienne barré et remplacé à la main par l'adresse de Salzbourg. Fonds Maurice Noël.

2. Voyage en Allemagne, voir lettre à Rolland du 6 décembre 1921, *Rolland-Zweig 2014*, n° 95, p. 245.

3. *Poète tragique, portrait de Prospero (Shakespeare)*, Émile-Paul, Paris, 1921.

4. Citons notamment *Commentaires sur la guerre des Boches*, chez Émile-Paul, I. *Nous et eux*, 1915 ; II, *C'est la guerre*, 1915 ; III, *Occident*, 1915 ; IV, *La Nation contre la race*, deux volumes, 1916-1917 ; *Ceux de Verdun*, Émile-Paul, 1916.

combien vous m'avez donné avec votre Shakespeare. Jamais vous n'avez atteint un tel degré de maîtrise, jamais dans la littérature moderne une telle vivacité variée du style (plutôt musique que parole) dompte une telle profondeur de la connaissance. En France il y avait toujours des admirateurs pour Shakespeare, pour Goethe, mais jamais je n'avais l'impression que le génie ni de l'un, ni de l'autre était vraiment senti. Les poètes, surtout Hugo, fixaient toujours le regard sur les drames, sur le poète – mais l'être Shakespeare, cette élévation, cette perfection de la nature humaine, la divinité de cette humanité, nul ne l'a compris comme vous, nul, même s'il avait eu la conception si large et ample, n'aurait pu exprimer ce sentiment dans une forme si complexe et passionnante.
Quand je rentrais de mon voyage, le premier mot de ma femme était : un admirable livre de Suarez (*sic*) est venu, le plus beau, qu'il ait jamais écrit, je le lis depuis huit jours et je ne peux pas finir, parsque je recommence toujours. Voilà les paroles de ma femme : elles sont les miennes aujourd'hui et j'espère je pourrai les dire en Allemand plus clairement. Car, cher maître, je souffre beaucoup, que – sentant bien chaque nuance de la langue Française – ma parole reste sèche et dure en écrivant ; j'ai toujours peur d'écrire à un maître tel vous dans mon français cassé et bégayant : je sens si bien, ce que j'aimerais à vous dire, mais mes pensées marchent sur des béquilles et j'entends toujours le fatal choc de bois dans chaque phrase. Pardonnez-moi – car vous avez le droit à donner des dispenses – tous mes péchés en Français : au moins j'ai l'excuse, qui fait défaut à beaucoup d'auteurs français, de savoir écrire dans ma langue.
Encore une fois, merci, cher maître, j'espère qu'on trouvera un éditeur chez nous pour votre admirable livre : ne doutez pas de mes efforts et croyez-moi, cher maître, votre fidèlement dévoué

Stefan Zweig

P.S. Je vis maintenant dans la ville de Mozart, la plus belle de l'Autriche. Et si un jour, vous viendrez, nous espérons de vous avoir sous notre toit.

En Allemagne a paru un très beau livre sur Shakespeare, le chef-d'œuvre (fragment) de Gustav Landauer, ce haut esprit[1] qui a été lâchement assassiné pendant la révolution allemande avant qu'il pouvait finir ce livre plein de grandeur qui complète grandiosement le vôtre[2].

96. Stefan Zweig à Georges Duhamel[3]

Salzbourg, le 13. Dez. 1921

Mon cher ami, le Insel-Verlag me transmet votre lettre – excusez le retard, j'étais en voyage. Avant tout je veux vous dire, que ni le Insel-Verlag ni moi ne voulons vous restreindre dans votre choix[4] et vous serrer votre choix dans une mesure artificielle. Faites tout à fait comme vous le jugerez juste – si le texte est trop gros pour un volume, on en fera deux. Et nous espérons toujours que vous pourriez un jour compléter l'œuvre avec un volume troisième : de Baudelaire jusqu'à nos jours. Peut-être on réussira d'obtenir la permission des éditeurs pour les auteurs qui n'entrent pas encore dans le domaine public.
L'impression sera faite avec tout le soin imaginable. Les éditions de la Insel sont célèbres pour leur acuratesse[5] et leur forme

1. La suite est écrite dans l'espace libre, à gauche de la signature.
2. *Gustav Landauer, Shakespeare, dargestellt in Vorträgen* [« présenté en conférences »], Francfort-sur-le-Main, Rütten & Loening, 1920, deux volumes de Gustav Landauer (1870-1919) édités par Martin Buber, sur lesquels Zweig publie en juillet, puis octobre 1921, deux longs articles, traduits dans *Zweig 2021*, pp. 239-244 et pp. 259-265.
3. Lettre manuscrite à l'encre violette, à l'en-tête « BIBLIOTHEKA MUNDI, Redaktion ».
4. Dès le 8 novembre, Duhamel précisait à Zweig : « Ce livre sera sûrement très gros. Mais il faut qu'il en soit ainsi pour que chaque poète soit représenté d'une façon convenable. »
5. Néologisme reprenant le mot allemand « Akkuratesse » signifiant « soin », « précision ».

superbe – je crois cher ami, vous serez très, très content de votre œuvre, dès que vous le verrez.
J'ai parlé à Berlin et à Vienne en regard à vos conférences. Tout sera prêt, si un jour vous me dites que vous avez l'intention de venir : aussi à Frankfort et dans d'autres grandes villes de l'Allemagne il sera facile d'arranger des discours ou des lectures. J'ai donné moi-même à Berlin deux conférences et je peux dire avec un très grand succès : Berlin comme Vienne sont maintenant des villes très internationales. Berlin a 200 000 refugiés Russes par exemple et ma conférence sur Dostojewski était parlée presque en pleine Russie[1] !
J'espère de venir à Paris au mois de mars et nous parlerons de tout cela et de beaucoup des autres choses amicalement comme autrefois et, j'espère, toujours. Dites mes amitiés aux amis et croyez-moi votre fidèle

Stefan Zweig

97. Stefan Zweig à Georges Duhamel[2]

Salzbourg, le 30. Dez. 1921

Mon cher ami, je vous réponds par retour du courrier pour vous dire toute la joie, avec laquelle j'ai reçu votre lettre[3]. Vous avez tenu parole – chose si rare chez les artistes ! – et je suis sûr d'avance que votre choix sera une œuvre d'art, une sorte de monument qui vivra avec le nom de son sculpteur.
Maintenant c'est à nous de vous prouver notre précision, notre bonne foi, notre bonne volonté.

---

1. Cette impression est confirmée par Ilya Ehrenburg, qui arrivant à Berlin en 1921, trouve que le quartier de Charlottenburg est si plein de Russes qu'il pourrait être rebaptisé « Charlottengrad », et le Kurfürstendamm « Kurfürsten-Prospekt », voir ses souvenirs, *Les Gens, les années, la vie*, trad. Michèle Kahn, Parangon, Paris, 2008.

2. Lettre manuscrite à l'encre violette, à l'en-tête « BIBLIOTHEKA MUNDI, Redaktion ».

3. Duhamel à Zweig, le 23 décembre 1921, voir *Delphis 2001*, p. 102.

Envoyez donc comme papiers d'affaires chargés[1] le manuscrit en plusieurs parties à Insel Verlag Leipzig Kurzestr. 7. N'oubliez pas de mettre sur chaque partie l'annotation « Bibliotheca Mundi, Anthologie Française, partie... » pour que on puisse là-bas former immédiatement le manuscrit. Il y a trois hommes de haute culture française (un professeur de l'Université, qui parle le français comme l'allemand) attachés à l'Insel-Verlag : ils reproduiront exactement les pièces non contenues dans le manuscrit que vous avez indiquées. Je viendrai aussi à Leipzig en février et je peux y venir à chaque instant.

Vous recevrez sûrement les épreuves. J'ai proposé d'imprimer les poèmes d'abord sur des feuilles détachées et non immédiatement toujours 16 pages : on a beaucoup d'expérience à la Insel et vous verrez avec quelle précision tout est fait là-bas. En outre les épreuves sont lues en même temps par deux correcteurs spéciaux. La Insel a l'orgueil tout-à-fait spécial de n'avoir pas une seule faute d'impression dans tous ses livres.

J'ai écrit aujourd'hui à la Insel sous la forme la plus pressante qu'on commence immédiatement l'impression. Envoyez donc directement le manuscrit pour éviter un délai. Si la préface n'est encore pas terminée, cela ne fait rien : envoyez le manuscrit d'avance. L'adresse est, je le disais déjà, Insel-Verlag Leipzig Kurzestrasse 7. En question d'orthographe comme en tout on exécutera exactement vos ordres. Vous n'avez pas à craindre la moindre intervention ou vexation, je vous garantis cela formellement. Tous vos désirs aussi quant à l'envoi des exemplaires seront exécutés : vous verrez que la Insel tient beaucoup à rendre les efforts qu'on fait pour elle (Je peux vous dire cela, car je ne suis en aucune forme lié matériellement à la Insel, je suis seulement auteur et dirige la collection Bibliotheca Mundi).

Et maintenant, encore une fois, mille fois merci, cher ami. J'espère de pouvoir bientôt vous serrer la main. J'espère également

1. La formule « papiers d'affaires chargés » est sans doute une désignation propre à la poste allemande ; Duhamel précisait d'ailleurs : « [...] je l'expédierai [le manuscrit] par petits paquets sous forme de lettres recommandées » (*ibid.*).

d'avoir bientôt la joie de voir ce beau livre qui vous sera – j'en suis sûr – une belle étape durable de votre vie littéraire, un manifeste de votre manière de voir et de comprendre, qui sera signé par des milliers de lecteurs attentifs. Bonne nouvelle année !
Fidèlement votre

Stefan Zweig

1922

98. Stefan Zweig à Georges Duhamel

[Salzbourg, fin janvier, début février 1922]

Mon cher ami,

le Insel-Verlag m'a accusé la réception de votre manuscrit immédiatement[1] : il semble qu'il ne croyait pas nécessaire de vous avertir spécialement et moi pour ma part je le croyais fait directement. Excusez ! J'écris d'urgence à la Insel de ne pas tarder avec l'impression – promise d'ailleurs plusieurs fois. Je ferai, soyez sûr, mon possible ! Et je suis sûr que le Insel-Verlag fera son mieux aussi.
J'espère de venir à Paris au mois de mars : je vous verrai donc avant que vous partiez pour les vacances. Merci encore une fois pour tout !

Fidèlement votre

Stefan Zweig

---

1. Duhamel avertit Zweig le 2 janvier 1922 : « Je compte expédier demain la fin en deux autres paquets : ils sont prêts. [...] Je suis content d'être venu à bout de cette tâche que je n'ai cessé d'envisager comme une mission humaine. » Il lui écrit à nouveau le 20 janvier, inquiet et craignant que les paquets ne soient perdus, cf. *Delphis 2001*, pp. 94-95.

99. Stefan Zweig à André Gide[1]

[Salzbourg] 20.II.1922

Cher Monsieur et Maître, Ernst Robert Curtius[2] m'avait déjà annoncé le gracieux envoi de vos « Écrits choisis[3] » et j'ai reçu le volume avec la plus grande joie. J'avais manqué à la bonne époque d'autrefois de collectionner les livres rares comme votre « André Walter[4] » et j'étais si heureux de relire après des années des pages, qui m'avaient ravi il y a dix ans, et de les comparer avec vos écrits nouveaux. Rien, même pas une guerre mondiale n'a pu changer ou altérer pour un instant l'admiration que j'avais pour ces pages délicieuses et, réunies comme elles le sont maintenant, elles forment une vie si active, si complexe et donnent enfin l'unité précieuse de votre œuvre.

J'aimerais beaucoup de pouvoir vous montrer avec l'envoi d'un de mes livres après-guerre toute l'admiration et la profonde reconnaissance qui m'anime pour tant de dons[5] intellectuels et artistiques, que je vous dois ; je sais, que vous savez assez l'Allemand et je vous prie seulement de me dire avec un mot

---

1. Lettre manuscrite, à l'encre violette, avec en-tête et monogramme (Bibliothèque Jacques Doucet, Ms GAMMA – 1516-1). Lettre publiée par Claude Foucart, *in* « Deux Européens : André Gide et Stefan Zweig », *Bulletin des Amis d'André Gide*, avril 1980, VIII. 46, pp. 249-267, ici pp. 257-259.

2. Il y a une notable habileté de Zweig à mentionner d'emblée Ernst Robert Curtius (1886-1956), grand ami de Gide, et qui a publié en juin 1919 son étude *Die literarischen Wegbereiter des jungen Frankreich* [« Les pionniers littéraires de la France nouvelle »] chez Kiepenheuer, à Potsdam. Ce sont (dans cet ordre) : « Gide – Rolland – Claudel – Suarès – Péguy ».

3. Ce titre est-il une erreur ou un trait malicieux ? En effet, deux « auto-anthologies » composées par Gide ont paru en 1921 à Paris : *Pages choisies*, collection « Bibliothèque de l'adolescence », chez Georges Crès, et *Morceaux choisis*, à la NRF ; pour leur description précise, cf. Hadrien Courtemanche, Centre d'études gidiennes, 2025.

4. André Gide, *Les Cahiers d'André Walter*, L'Art indépendant, Paris, 1891.

5. Les « dons » (cadeaux) que sont les œuvres de Gide.

sur une carte postale votre adresse actuelle et si vous préférez mon livre sur Dostoïevski, Dickens et Balzac[1] ou mon édition de la Desbordes-Valmore, qui ont paru chez le Insel-Verlag, qui est le vôtre[2].

J'ai lu aussi votre appel dans « La Nouvelle Revue Française[3] » et j'en étais touché, néanmoins que ici mon opinion personnelle se détache de la vôtre[4]. Je crois qu'il n'existe jamais un moment où il faut souligner l'opportunité ou la nécessité d'un rapprochement intellectuel entre deux nations, mais je crois que ce rapprochement, cette cohésion artistique au-dessus des collisions politiques ne doit jamais être suspendue. Dans le domaine de l'art je ne comprends pas la possibilité d'une guerre mondiale, d'une trêve ou d'une paix. Il y a cent ans, Gœthe proclamait que l'époque de la Weltliteratur, de la littérature supranationale était venue et à cette époque, qui était aussi une des grandes collisions, ses sympathies et ses antipathies restaient fermes à côté des aspirations nationales. Cela n'empêche pas à mon avis que chaque nation garde sa personnalité littéraire – comment pourrait-elle autrement ? – mais les résultats, les œuvres sont à la merci, à la joie des Fous : c'est à ce seul point que je crois au communisme. L'œuvre d'art n'appartient plus à son auteur, ni à son possesseur, ni à sa nation, ni à son époque : ni l'auteur, ni son pays ne doivent nourrir un orgueil ou se reconnaître une supériorité par le fait de son existence.

1. Il s'agit de *Drei Meister*, paru en 1920 chez Insel, mais où l'ordre des auteurs étudiés est différent (*Balzac, Dickens, Dostoïevski*). Zweig nommerait-il ici le Russe en premier, avec quelque malice, parce qu'il sait que Gide dans ses conférences du Vieux-Colombier à Paris les a lui aussi cités dans cet ordre-là ?

2. Le roman de Gide *Les Caves du Vatican* (NRF, 1914) paraît à l'Insel Verlag, Leipzig, cette même année 1922, traduit par Dieter Bassermann : *Die Verliesse des Vatikan*.

3. André Gide a publié dans la *NRF*, n° 98, en novembre 1921 un long article : « Les rapports intellectuels entre la France et l'Allemagne ».

4. Voir la lettre à Rolland, le 6 novembre 1921, où Zweig a exprimé amplement sa « colère », cf. *Rolland-Zweig 2015*, lettre 91, pp. 237-238.

Il fait partie[1] d'un trésor universel qui comme le radium ne s'épuise pas, tant qu'on en prenne et allume des forces. C'est pour cela que je m'oppose intérieurement à la proclamation d'un moment propice à un rapprochement intellectuel : ce moment doit être une continuité que ne peuvent rompre ni des guerres ni des débats politiques.

Je vous développe ouvertement ma pensée divergente en ce point et je vous demande moins d'indulgence pour ma franchise que pour le misérable Français que je suis obligé contre ma meilleure volonté d'écrire. Vous me comprendrez, parsque vous êtes doué de cette faculté si rare de comprendre même là où vous ne consentez pas et vous débrouillerez de ces paroles, j'espère, le sens plus clair que je ne sais l'exprimer. Et vous reconnaîtrez dans ma franchise aussi la sincérité de mes sentiments envers vous et mon estime immuable.

Il est possible que je sois au printemps pour 8 jours à Paris. Et je serais heureux, si vous vouliez y recevoir votre fidèlement dévoué

Stefan Zweig

100. Stefan Zweig à René Arcos[2]

[Salzbourg, 11.3.1922]

Mon bon Arcos, je viendrai la semaine prochaine à Paris pour quelques jours. J'ai déjà écrit à Desprès, il me procurera un hôtel[3] : demandez-lui l'adresse. Je suis heureux de vous revoir. On sera gai n'est-ce pas, pour ces quelques jours. Merci pour

---

1. Stefan Zweig a écrit ici « part » ; plus haut : « surnationale » pour supranationale, et « collicisions » pour collisions.

2. Carte postale manuscrite. À partir de cette date, toutes les lettres ou cartes de Stefan Zweig à Arcos lui sont adressées au « 12, rue du Ruisseau, Paris (18e) ». ÖNB, Stefan Zweig Autogr. 1311/21-3.

3. L'hôtel Beaujolais étant alors en réfection, Zweig va descendre à l'hôtel des Colonies, 27, rue Paul-Lelong, Paris IIe, non loin de la Bourse.

le beau Verhaeren[1] ! Et dites à Jouve, à Duhamel combien je suis impatient de les revoir. Fidèlement votre

Stefan Zweig

101. Stefan Zweig à Georges Duhamel[2]

[Salzbourg, 15.III.1922]

Mon cher ami, je serai le 22 ou 23 à Paris[3], je ne sais pas encore où je logerai[4]. Mais écrivez à Fernand Després, Rédaction de l'Humanité[5] ou à Bazalgette[6], où je pourrais vous voir le 24 ou 25. Fidèlement votre

Stefan Zweig

---

1. Émile Verhaeren, *Le Travailleur étrange et autres récits*, avec vingt-six bois dessinés et gravés par Frans Masereel, Paris, Éditions du Sablier, 124 p. (réédition Petite Bibliothèque Ombres, 2013). C'est Marthe Verhaeren qui, très heureuse du premier volume *Cinq récits*, envoya elle-même au Sablier les sept récits composant ce second volume posthume.

2. Carte de correspondance (petit format) manuscrite, datée d'après le cachet postal.

3. Zweig arrive en réalité dès le lundi 20 mars, et le soir même, par l'intermédiaire de Fernand Després (cf. lettre 91), il fait la connaissance d'Alzir Hella (1881-1953) qui deviendra son traducteur et « partenaire » ; cf. Anne-Élise Delatte, *Alzir Hella, La voix française de Stefan Zweig*, Éric Jamet-Éditeur, Étival-lès-Le Mans, 2018, pp. 161-169.

4. Voir lettre 100.

5. Et c'est dans *L'Humanité*, « journal socialiste quotidien » que P. J. Jouve, à la fin de son remarquable article du 14 mai 1922 (p. 4), intitulé « Un Européen : Stefan Zweig » écrit : « Après huit ans, Stefan Zweig vient de revenir à Paris. Nous étions quelques-uns qui avions le droit de le recevoir et de lui faire sentir que dans la nation si incroyablement durcie et aveugle, il était pourtant chez lui – ni plus ni moins que nous-mêmes [...] Zweig a pu [...] retrouver cette chose pure et "en dehors", que les guerres n'altèrent pas. Nommons-la : l'Amitié. »

6. Léon Bazalgette dirige alors la collection « Prosateurs étrangers modernes » aux éditions Rieder et sera, en février 1923, un des cofondateurs de la revue *Europe*.

102. Stefan Zweig à Charles Hotz[1]

Paris, le 20 mars 1922

Mon cher monsieur et ami, je suis très heureux d'être avec Desprès et plus content encore de vous serrer la main bientôt. Au revoir !

Votre fidèlement dévoué

Stefan Zweig

103. Stefan Zweig à Georges Duhamel[2]

[Paris, 22 mars 1922]

Mon cher ami, je n'aurais pas demandé mieux que de venir Samedi à midi déjeuner avec vous[3]. Mais Samedi est le premier déjeuner du Cercle Littéraire International[4] qui était si aimable de m'inviter dans la façon la plus charmante et je ne puis pas autrement que suivre à cette invitation[5]. Mais si vous ne m'écrivez pas le contraire, je viendrai ce Samedi vers 4 heures chez vous. Je ne vous importunerai pas longuement – je veux vous voir,

1. Bref message contenu dans une lettre que Fernand Desprès envoie ce jour-là à Charles Hotz.

2. Carte de correspondance (petit format) manuscrite, expédiée depuis « Hôtel des Colonies, rue Paul Lelong 27 » à « Monsieur Georges Duhamel, Paris Vème 28, rue Vauquelin ».

3. Donc dans le même appartement qu'avant la guerre, puisque les Duhamel y ont habité de mars 1913 à janvier 1932.

4. C'est la section française du Pen-Club, créé récemment à Londres en 1921, cf. la lettre de Rolland le 31 décembre 1921 ; cf. *Rolland-Zweig 2015*, n° 97, pp. 251-252.

5. En réalité, Zweig n'y va pas volontiers, comme en témoigne sa lettre à Friderike Zweig, le 21 mars 1922 : « Malheureusement on m'a placé au centre d'un mouvement [...]. Mais moi je ne veux pas – je veux vivre ici dans le calme », et le 23 mars : « J'ai fait des pieds et des mains pour m'en défendre. Heureusement que j'y aurai beaucoup d'amis », *Zweig-Zweig 1987*, pp. 179-180.

vous serrer la main et vous demandez si tout se passe selon votre désir avec la Insel. Cordialement votre

Stefan Zweig

104. Stefan Zweig [*et al.*] à Charles Hotz[1]

Paris, le 23 mars 1922

Cher ami,
Peut-être cette carte vous atteindra-t-elle avant votre départ[2] Zweig voudrait que vous lui achetassiez[3] des pipes telles que celles que vous lui avez adressées à Salzburg (5 ou 6). Bien entendu, à ses frais.
Très cordialement à vous et à Esther
Fernand Desprès

Cher monsieur Hotz, excusez-moi si je vous transmets cette demande de me procurer ces splendides pipes, mais je me suis tellement habitué à ces admirables pipes, que je n'hésite pas à vous importuner[4]
Au plaisir de vous revoir bientôt
Stefan Zweig

Bonne nuit, mes enfants
Amédée Dunois[5]

---

1. Carte postale, classée parmi les lettres adressées par F. Desprès à Charles Hotz. Fonds Charles Hotz, Amsterdam.
2. Charles Hotz réside à Marseille, voir lettre 91, note 3.
3. Trait d'humour des « anar » de l'époque ? Mais ce purisme est aussi celui d'Alzir Hella.
4. Cette carte à plusieurs voix reflète bien l'ambiance de camaraderie tant appréciée par Zweig à « Paris, la ville de l'éternelle jeunesse » qu'il évoque en détail dans ses « Souvenirs d'un Européen », écrits vingt ans plus tard dans *Le Monde d'hier*.
5. Amédée Dunois né Catonné (1878-1945), écrivain, anarchiste, syndicaliste révolutionnaire, socialiste, puis communiste. Il mourut à Bergen-Belsen en résistant courageux.

Les amitiés de
L. Bazalgette

105. Stefan Zweig à Marcel Martinet[1]

[Salzbourg, 3. IV. 22]

Mon cher Martinet, je t'envoie d'ici mes meilleurs souvenirs – à toi et à tous les amis. Je n'oublierai pas ta belle tragédie[2] et je tâcherai d'intéresser des gens de théâtre. À vous[3] il faut avant tout de créer un théâtre populaire à vous-même, soit seulement pour deux mois par an, pour deux trois jours par mois – mais un théâtre à vous. Vous n'avez rien à espérer des autres : aidez-vous vous-mêmes.
Rentrant je trouve une lettre d'une Française, Mlle Niolet qui étudie à Göttingen, qui voudrait traduire une petite nouvelle de moi et l'envoyer à l'Humanité et qui demande mes conditions. Je lui ai répondu qu'elle ne devrait toucher, si l'Humanité publie la nouvelle[4], que les droits pour la traduction et que la part de mes droits doit être versée au fonds pour la Russie en détresse. Donc si elle vous l'envoie et que vous acceptiez la

---

1. Carte de correspondance (petit format) manuscrite à l'encre violette, avec adresse préimprimée « Kapuzinerberg 5, Salzburg ». BnF, Fonds Marcel Martinet, NAF 28352 (74), f. 257.

2. Il s'agit de *La Nuit*, drame en cinq actes, paru avec des illustrations de Gaston Pastré, Éd. Clarté, Paris, 1921 ; réédition in *Les Temps maudits*, comportant l'étude de Léon Trotsky de 1922, coll. « 10/18 », UGE, 1975.

3. Après le tutoiement du début de la lettre (assez rare chez Zweig pour être signalé), ce « vous » désigne le petit groupe d'extrême gauche, militant de la culture prolétarienne.

4. « Un épisode au lac de Genève » paraît en effet dans *L'Humanité* les 21 et 22 juin 1922. Marcel Martinet, appelé par le rédacteur en chef Amédée Dunois, y est « chargé des rubriques littéraires », ce dont il s'acquitte « avec une conscience exemplaire », écrit Jean Prugnot, cf. https://maitron.fr/martinet-marcel/.

nouvelle, faites de cette façon et versez ma part directement à la collecte[1] pour les enfants Russes.
J'ai écrit à Schwarzwald pour sa note et je vous avertirai immédiatement du règlement[2]. Dites au cher et fraternel Desprès, à Dunois et aux autres amis toutes les cordialités reconnaissantes de ma part et venez tous bientôt, votre ami
Stefan Zweig

106. Stefan Zweig à Charles Hotz[3]

Salzburg Kapuzinerberg 5
14. IV. 1922

Mon cher ami, j'avais déjà écrit hier[4] à Desprès qu'on sera charmé au Sanatorium de vous y revoir. Pour l'instant le prix est de 7 000 couronnes avec une petite surtaxe pour les étrangers, en tout cas, même si une augmentation légère surviendrait – la pension ne surpassera pas 12 francs (car si la vie augmente ici, le franc français monte dans les mêmes proportions.) Vous n'avez qu'à avertir le Dr. Schwarzwald, qui vous attend. Nous serons charmés de vous revoir et je tâcherai de payer toute ma dette de reconnaissance que j'ai envers vous tous de ces beaux jours à Paris.
À revoir ou mieux : à bientôt ! Votre fidèle

Stefan Zweig

1. Zweig a écrit « collection ».
2. Le docteur Schwarzwald, à Parsch, voir lettre 106 ; Zweig se comporte ici comme un bon « camarade ».
3. Carte de correspondance, manuscrite à l'encre violette, avec le monogramme et l'adresse viennoise (VIII. Kochgasse) barrée. Fonds Charles Hotz, Amsterdam.
4. Sans tarder, Desprès a transmis le message à Charles Hotz : « Stefan Zweig m'écrit qu'on vous attend au Sanatorium avec joie. Les prix oscillent entre 7.000 et 8.000 couronnes par jour. En tout cas même s'ils s'élèvent, ils ne surpasseront pas 11 ou 12 francs par jour. Zweig ajoute que vous n'avez qu'à écrire au Dr Schwarzwald. » Lettre du 13 avril 1922 sur papier à en-tête de *La Voix paysanne*, hebdomadaire agricole publié par *L'Humanité*. Fonds Charles Hotz, Amsterdam

107. Stefan Zweig à René Arcos[1]

[Salzbourg, 13.5.1922]

Mon cher ami, Colin[2] m'écrit en ce moment qu'il te rend visite à Paris et que vous deux avez l'intention de venir après ensemble à Munic[3]. Je lui ai envoyé une lettre de Kurt Wolff[4] pour l'informer. K. W. pose plusieurs questions et il serait peut-être utile d'éclaircir ces questions par lettre avant de risquer le voyage. Il faut d'abord conclure les préliminaires par lettre pour que le voyage aboutisse. Dites-lui cela.

Moi je viendrai à votre rencontre. Je pense toujours venir, excepté entre le 28 mai et 6 juin : pendant ces jours je serai à Vienne. Bonjour petit père ! On était bien heureux d'avoir Masereel ici. Quel chic type, ce bon Frans[5] : plus on le connaît, plus on l'aime ! Saluts à ta femme, à Philippe le superbe gosse, et à toi !

St. Z.

---

1. Carte de correspondance manuscrite, avec adresse préimprimée « Stefan Zweig, Salzburg, Kapuzinerberg 5 », datation d'après le cachet postal « 13. V. 22 ». ÖNB, Stefan Zweig Autogr. 1311/21-4.

2. Paul Colin (1890-1943), journaliste belge et critique d'art, qui a fondé en 1919 à Bruxelles la revue *L'Art libre*, a soutenu la cause de Romain Rolland en 1920-1921 lors de sa polémique avec Henri Barbusse. À la demande de Rolland, il fut le codirecteur d'*Europe* aux côtés d'Arcos.

3. Il s'agit de trouver un éditeur pour la future revue *Europe* et Zweig ne ménage pas ses efforts.

4. Kurt Wolff (1887-1963), important éditeur (à Leipzig, puis Munich) des auteurs d'avant-garde (dont Kafka) ; exilé en 1933 vers Florence, en 1938 vers la France, il put émigrer en 1940 vers les USA où il fonda Pantheon Books.

5. Frans et Pauline Masereel ont passé la dernière semaine d'avril 1922 chez les Zweig, à Salzbourg, voir Joris Van Parys, *Frans Masereel, Une biographie*, « Archives du futur », AMI Éditions, Bruxelles, 2008, p.163. Zweig a écrit « quel chique type »...

108. Stefan Zweig à Edmond Jaloux[1]

27 mai 1922

Cher monsieur et confrère, vous ne devinerez probablement pas quel vif plaisir vous m'avez procuré en m'envoyant votre « Escalier d'or[2] ». Je regrette infiniment que je ne possède rien de la précision cultivée de la langue, qui rend ce livre si exquis, pour pouvoir vous exprimer, à quel point j'étais ému par ses figures délicieuses, la finesse de la composition, par ce parfum lyrique et doux qui enveloppe l'action. Est-ce seulement le fait que j'ai habité pendant une année moi-même dans une des maisons du Palais-Royal, que vous décrivez (dans l'Hôtel Beaujolais, rue Beaujolais et Palais-Royal), ou est-ce le charme d'artiste si pur, que vous réalisez si admirablement dans ce vieux symboliste[3] – je ne le sais, je peux seulement vous répéter que depuis longtemps je n'étais pas tellement pris et conquis par un roman comme par le vôtre. Il y a là-dedans cette douce lumière de gaieté du cœur qui illumine les romans de Dickens et de Jean-Paul, mais à part de cela une finesse tout à fait Française. Est-ce qu'il y aura assez de gens là-bas, chez vous, pour goûter tout le charme de ce délicieux récit ? Chez nous, en Autriche ou en Allemagne, où on préfère (malheureusement !) les livres obscurs et touffus, il n'y aura qu'une élite pour l'apprécier. Toutefois je ferai le mieux pour le faire connaître à ceux-là.

J'aurais bien désiré de répondre à votre gracieux (et si précieux) cadeau par l'envoi d'un de mes livres. Mais je crains que vous ne sachiez pas l'Allemand et le seul paru en traduction, mon livre sur Verhaeren chez le Mercure de France, est épuisé. Mais

1. Lettre manuscrite sur deux pages à l'encre violette, sur papier à l'en-tête du « Kapuzinerberg 5, Salzburg » avec le monogramme SZ à gauche. Fonds Edmond Jaloux, Bibliothèque Jacques Doucet, Ms 6054.

2. Edmond Jaloux, *L'Escalier d'or*, La Renaissance du Livre, Paris, 1922.

3. Ce personnage « symboliste » a publié autrefois deux recueils de poésie et fréquenté la fine fleur des poètes parisiens.

on prépare la traduction d'un autre[1]. Et dès qu'il aura paru j'aurai le plaisir de vous l'adresser.
Encore une fois merci et laissez-moi mériter de recevoir vos nouvelles œuvres. Je les attends avec impatience et avec une sympathie bien sincère.
Croyez-moi, cher monsieur et confrère, votre bien dévoué

Stefan Zweig

109. Stefan Zweig à Georges Duhamel

Kapuzinerberg 5, Salzbourg
27 mai 1922

Mon cher ami, j'avais depuis longtemps l'intention de vous écrire, mais je préférais de vous donner immédiatement[2] des précisions sur les questions, que nous avons abordées pendant notre entrevue – hélas, trop courte ! J'ai entamé des pourparlers pour vos conférences : à Vienne, cela serait facile à faire à chaque instant, et même deux ou trois conférences. À Berlin je n'ai pas encore pu réussir, de même à Munic : à Leipzic il y aurait un petit milieu favorable à l'Université grâce à l'influence d'un de mes amis. En somme jusqu'à présent pas encore cette série complète, qui seule pourrait garantir les frais et le temps perdu. Donc il faut attendre encore un peu : j'ai encore adressé des questions à plusieurs amis, qui me répondront. Mais soyez sûr, je m'attache avec toutes mes forces morales à cette idée.
De Leipzic on me dit, que l'impression de l'anthologie est quasi finie. Le livre sera très beau et durable ; vous ne regretterez pas de l'avoir composé.

1. Zweig espérait sans doute que paraîtrait bientôt en français sa « légende », *Les Yeux du frère éternel*, publiée en mai 1921 dans la grande revue berlinoise *Die Neue Rundschau* ; mais ce sera seulement en mars et en avril 1925, dans *Europe*, à Paris.
2. Comprendre : « j'attendais de pouvoir vous donner des précisions ».

J'espère de vous rencontrer à Varese[1] bientôt. Espérons que l'affaire de la grande revue[2] soit réglée jusqu'à cette date. Je suis en relation continuelle avec Colin et j'espère que nous pourrons trouver un appui en Allemagne[3]. Il faut un centre de la cohésion Européenne, une plateforme sans politique, même sans politique littéraire des clans. Et je préfère que cette revue paraisse en France : tout ce que nous proposons en Allemagne ne sort pas des frontières de la langue.
Je vous envoie aussi une liste pour vos livres. Le Professeur Friedmann[4] (pour les langues romaniques) à Leipzic mérite surtout votre attention. Il est en train d'écrire une histoire de la littérature moderne en France et se propose un essay sur vos œuvres.
Excusez ces lignes hâtives. La correspondance m'étouffe. Dès que mes livres ont paru en Amérique, j'ai un tel amas de lettres chaque jour sur ma table[5], que j'ai envie de prendre la fuite. Je

1. Rolland note dans son *Journal* (cité par Jean Pérus, *Correspondance R. Rolland-M. Gorki*, p. 389) : « La Ligue Internationale des Femmes pour la Paix et la Liberté dont ma sœur fait partie, avait organisé des conférences internationales à Varèse, près de Côme, en Italie. Au dernier moment, les violences des fascistes [...] rendent la réunion impossible en Italie. » Elle aura lieu en Suisse, à Lugano (18 août-2 septembre 1922) et Duhamel l'inaugure par une conférence sur « Individualisme et Internationalisme » ; voir la présentation détaillée in *Delphis 2001*, pp. 109-110.

2. *Europe*, dont le premier numéro sortira le 15 février 1923.

3. Voir lettre 107. Zweig adresse notamment plusieurs lettres à Kurt Wolff qui insiste sur le prix, qui doit rester modéré pour assurer la diffusion de la future revue en Allemagne.

4. Zweig a rencontré Wilhelm Friedmann (1884-1942) en Suisse où, à la fin de la guerre, il est traducteur et interprète à la légation d'Autriche, à Berne. Duhamel prendra contact avec ce juif viennois très cultivé, en poste à Leipzig, et ils deviennent vite des amis, Friedmann traduisant Duhamel et organisant des soirées pour lui dans plusieurs universités, cf. *Wilhelm Friedmann (1884-1942), Le destin d'un francophile* (désormais *Delphis 1999*). En 1933, Friedmann, réfugié à Paris, est lecteur et chargé de cours à l'École des Hautes Études et à la Sorbonne ; à Bedous (Pyrénées) où il attend un visa pour les USA, il est arrêté en décembre 1942 par la Gestapo et se donne la mort.

5. Ce sont des lettres de lecteurs, manifestement, et non (comme dans la présente anthologie) à des confrères écrivains.

crois ce sera plus commode pour nous de voyager une fois par an à Paris et Londres et Berlin que de répondre. Je sais que vous souffrez du même fléau – donc vous me pardonnerez ma brièveté qui correspond mal avec l'intensité de mon amitié, ma gratitude pour vous.
Mes compliments à Madame Duhamel et de tout cœur

Stefan Zweig

110. Stefan Zweig à Marcel Martinet[1]

[Salzbourg, le 1er juillet 1922]

Mon cher ami, tu me feras grand plaisir de m'envoyer deux numéros de l'Humanité qui contient ma petite nouvelle[2]. Je suis très excité en ces jours par l'assassinat de Rathenau[3] – j'étais lié avec lui par une amitié de beaucoup des années et si je ne partageais pas toutes ses idées je l'avais toujours admiré comme le plus lucide cerveau que j'ai connu. Et un tel homme assassiné par des gamins payés, par des émissaires des monarchistes (qui se cachent eux-mêmes). Toutefois je crois que Rathenau a servi avec sa mort à l'unité du peuple : enfin on commence en Allemagne de te défendre. J'ai écrit à la traductrice[4] que je ferai tout pour placer tes livres : tu peux être sûr de moi.

---

1. Carte de correspondance (petit format) adressée à M. Martinet, à la « Rédaction de l'*Humanité* / 142 rue Montmartre, Paris ». Fonds Marcel Martinet, BnF, NAF 28352 (74), f. 256.

2. Ce sont les deux numéros où a paru l'*Épisode au lac de Genève*, voir lettre 105, note 4.

3. L'assassinat du ministre des Affaires étrangères Walther Rathenau a lieu à Berlin, le 24 juin 1922, cf. in *Rolland-Zweig 2015* les lettres échangées du 25 au 29 juin (nos 111 à 113).

4. Hermynia Zur Mühlen (1883-1951), qui essaie (en vain) depuis l'automne 1919 de trouver un éditeur pour le roman *La Maison à l'abri* (Ollendorff, Paris, 1919) ; voir ses lettres à Martinet à partir du 17 octobre 1919 et jusqu'en avril 1922, dans le Fonds Marcel Martinet, BnF, NAF 28352 (74), f. 241 à 247.

Si tu vois Dujardin[1], dis-lui combien je me réjouis encore et encore de sa pièce[2]. Fidèlement à toi et aux amis

Stefan Zweig

111. Stefan Zweig à Georges Duhamel[3]

[Salzbourg] 4 août 1922

Mon cher ami, j'étais pour des raisons de famille à Vienne : je n'ai pas encore pu vous remercier pour votre délicieux livre[4]. Rien de plus difficile que de donner un portrait authentique de l'enfance : vous l'avez fait à merveille et j'ai admiré plus que jamais votre art clairvoyant, et vraiment j'écrirai sur ce livre (comme d'ailleurs aussi Mr Scheyer[5], qui m'en parlait avec enthousiasme à Vienne.) Vous êtes maintenant très connu chez nous : la représentation de « La Lumière[6] » a eu grand succès littéraire et l'artiste veut reprendre la pièce en Tchechoslowakie, quand il fera une tournée. On sera toujours heureux chez nous de vous entendre comme conférencier à Vienne. Tout est réglé, et aussi à Budapest on pourra facilement faire une tournée. Mais en Allemagne !! Pour le moment il n'y a rien à faire. La politique Poincarienne a détruit tout ce que nous

1. Édouard Dujardin (1861-1949), poète (ami de Mallarmé), auteur dramatique et romancier, connu essentiellement pour son récit *Les lauriers sont coupés* (1887). Il n'a pas été possible d'identifier la pièce en question.

2. La fin est écrite à gauche, le long du texte.

3. Lettre manuscrite à l'encre violette, sur papier libre.

4. Ce sont *Les Plaisirs et les Jeux*, parus en juin 1922, qui célèbrent les joies d'une vie simple et familiale, et furent diversement accueillis par les critiques. Traduction allemande *Freuden und Spiele*, en 1927, chez Rotapfel, Zurich.

5. Moriz Scheyer (1887-1949), écrivain et journaliste, il tient au *Neues Wiener Tagblatt* la chronique théâtrale, littéraire et musicale, cf. *Si je survis, Vienne 1938-Paris-Dordogne 1945*, traduit par O. Mannoni, Flammarion, 2016.

6. Voir la lettre 90.

avions élevés[1] contre le torrent de haine en ces derniers deux ans : tous nos efforts sont devenus illusoires et nous-mêmes, isolés d'une façon tragique. Le meurtre de Rathenau[2] n'était qu'un signe extérieur de la fermentation secrète, qui ronge le corps et l'esprit de l'Allemagne : j'ai bien peur qu'un jour la fièvre éclatera. Nous passons ici une époque plus dangereuse que vous ne soupçonnez là-bas : les grèves continuelles, les menaces entre la droite et la gauche peuvent chaque jour amener des événements.

C'est pour cela que je n'ose pas d'aller si loin que Varese cette année. Mes parents, qui ont passés la soixante-dixième année tous les deux, sont seuls à Vienne : je ne peux pas m'éloigner si loin à un instant si peu stabile : j'irai à Leipzic pour deux jours, j'espère déjà voir là-bas les premiers exemplaires de l'Anthologie et de préparer tout, pour qu'ils arrivent dans les mains des meilleurs critiques chez nous et ailleurs. Pour la France vous avez sans doute fait votre liste vous-même. Je vous écrirai immédiatement tous les détails : le livre sera très beau et sera très bien vendu, j'en suis sûr.

Mon cher ami, je suis très triste que je ne pourrai pas probablement vous rencontrer à Varese[2]. Mais l'inquiétude intérieure est telle à ce moment que je serais venu nerveux, harassé – et quand on a un devoir à faire, il faut le faire bien, avec toute l'intensité de son être. J'espère, ce nuage noir au-dessus de nos têtes passera et on pourra de nouveau travailler et élever sa voix libre.

Salutations à vous, compliments à votre chère femme. Votre sincère ami

Stefan Zweig

---

1. Zweig dans sa hâte avait écrit « avaient élevé ».

2. Voir la lettre 110. Et Zweig évoque longuement Rathenau dans *Le Monde d'hier*, au chapitre « Par-delà les frontières de l'Europe ».

2. Voir lettre 109.

112. Stefan Zweig à Charles Baudouin[1]

Salzbourg, le 10 août 1922

Cher ami,

Ici à Salzbourg c'est de nouveau l'inévitable Festival, comme l'an dernier la ville est pleine d'étrangers, et comme l'an dernier il ne me reste chaque jour qu'à peine une heure tranquille. Mais celle qui me reste, je m'en suis vite saisi pour lire vos nouveaux poèmes et juste avant mon départ je veux au moins vous dire d'un mot ma gratitude pour les avoir reçus.
Il y a dans vos poèmes une finesse si élevée, une clarté de la forme vivante et un si incroyable progrès dans la création que je m'en suis réjoui pour vous, étant votre ami. Et je saurai trouver le temps et l'heure nécessaire pour m'y plonger un jour de façon plus calme et plus approfondie. Prenez ces mots d'aujourd'hui comme une confirmation hâtive et un très chaleureux remerciement.
Je pars demain pour Leipzig où j'ai à faire chez mon éditeur, je ne pourrai hélas pas venir pour l'université d'été[2] parce qu'à cause de la situation générale il est maintenant difficile de quitter l'Allemagne et l'Autriche, et que d'autre part vu mes soucis concernant mes parents je ne veux pas m'éloigner trop. Mais nous nous reverrons bientôt, cher ami, – la volonté est là en permanence, et cela se réalisera donc bientôt. À titre de revanche, vous recevrez en tout cas sans tarder mon nouveau livre[3].
Très cordialement votre

Stefan Zweig

---

1. Lettre dactylographiée, en allemand, sur papier sans en-tête. Fonds Charles Baudouin, Bibliothèque universitaire de Genève, Ms.fr. 7531, f. 126.

2. C'est la rencontre prévue à Varèse et qui se tiendra à Lugano, voir lettre 109.

3. Le recueil de cinq récits, *Amok. Novellen einer Leidenschaft*, va paraître à l'automne 1922, à l'Insel Verlag, Leipzig.

113. Stefan Zweig à René Lalou[1]

[Salzbourg] 4. XII. [19]22

Cher Monsieur et Confrère, j'ai reçu avec le plus grand plaisir votre livre[2], qui est vraiment un livre nécessaire, un livre indispensable pour tous ceux qui ont le désir d'être informés sur toutes les évolutions de la littérature moderne en France. J'ai beaucoup admiré l'impartialité de votre jugement, la disposition claire et naturelle d'un ensemble si large et j'espère de pouvoir dire bientôt publiquement combien j'aime et j'honore votre bel effort.

Puis-je vous être utile en vous communiquant les noms des quelques connaisseurs et hauts critiques en Allemagne, auxquels vous rendrez un grand service, en leur envoyant votre livre et qui sûrement en parleront devant leur public. Ce sont les experts de la littérature française en Allemagne et je vous donne leurs adresses

Professor Ernst Robert Curtius, Marburg (Allemagne), Universität

Professor Wilhelm Friedmann, Leipzig (Allemagne), Schwägrichenstrasse 5 ou Universität

Hermann Bahr, München, Barerstrasse 50

Dr. Erwin Rieger, Vienne (Autriche) VI Linke Wienzeile 5

Je suis sûr, que ces quatre hommes[3] feront plus connaître votre livre chez nous qu'il sera connu en France, où justement l'impartialité lui procurera certain mécontentement de ceux qui

1. Lettre manuscrite à l'encre violette, avec le monogramme SZ et l'adresse viennoise barrée, remplacée à la main par « Salzburg (Autriche), Kapuzinerberg 5 ». Fonds René Lalou, BnF, NAF 14693, volume V, f. 363.

2. René Lalou, *Histoire de la littérature française contemporaine (1870 à nos jours)*, Paris, Éditions Crès, 1922.

3. Parmi ces quatre critiques, trois (Friedmann, Bahr et Rieger) sont des amis intimes de Zweig, qui ne manqueront pas de signaler l'ouvrage de Lalou ; Wilhelm Friedmann le fera en 1925, Hermann Bahr, Erwin Rieger et Curtius dès 1923.

ne voient que eux-mêmes. Recevez cher Monsieur l'assurance de mes sentiments les plus distingués

Stefan Zweig

114. Stefan Zweig à Georges Duhamel[1]

[8 décembre 1922]

Mon cher ami, j'étais à Leipzig, j'ai vu que les premières épreuves sont presque prêtes : on n'attend que la correction de la suite pour commencer l'impression. L'éditeur est très enthousiasmé du livre et nous attendons le meilleur succès. J'ai entendu avec plaisir que vous irez en Algérie[1] : j'y étais il y a 15 ans[2] pour la dernière fois (j'allais jusqu'à Tlemcen en caravane).
Mille amitiés, cher ami et confrère ! Votre fidèle

Stefan Zweig

1. L'information reçue par Zweig est erronée : Duhamel et leur ami commun René Arcos vont partir pour la Tunisie (du 2 janvier à la mi-février 1923), Duhamel y fera deux conférences sur « Le roman contemporain et la vie » et « L'influence de la guerre sur la littérature française ».

2. Zweig a voyagé en Afrique du Nord en 1905, et publié à son retour dans la *Neue Freie Presse* (27 avril 1905) le récit *Abendaquarelle aus Algier* [« Alger le soir : une aquarelle »], in *Pays, villes, paysages*, traduction Hélène Denis, Belfond, 1996.

1923

115. Stefan Zweig à Charles Vildrac[1]

Salzbourg, 5. Mars 1923

Mon cher ami, enfin je peux vous remercier pour votre beau livre[2]. « Michel Auclair[3] », je l'aimais depuis longtemps, mais « Le Pèlerin » était un inconnu pour moi, dont je suis heureux de l'avoir rencontré. C'est doux et tendre : on sent l'atmosphère tiède et touffue de toute la province et on entend battre ce délicieux petit cœur d'une jeune fille. J'ai rêvé toute sa vie après – cela serait une pièce encore à faire, le voyage à Paris, l'enchantement et la désillusion. Mais tout est déjà dans ce délicieux petit acte.
On l'aimerait bien chez nous, votre Auclair. Mais mon ami, nous sommes retombés en Allemagne et même un peu en Autriche dans ces derniers deux trois mois jusqu'aux profondeurs de la haine. Je comprends la rage : après deux ans de repos, de voir encore en pleine paix (on le croyait au moins) les tanks se promener dans les rues de Mannheim et Darmstadt (loin de

---

1. Lettre manuscrite à l'encre violette, sur papier sans en-tête ni monogramme. Fonds Charles Vildrac, IMEC, 675/VLD/ 23/ 5 (1922-1963).

2. Charles Vildrac, *Le Pèlerin*, pièce en un acte, Paris, Éditions de la Nouvelle Revue française, 1923, créée au théâtre des Champs-Élysées.

3. Charles Vildrac, *Michel Auclair*, pièce en trois actes, Paris, Éditions de la Nouvelle Revue française, 1922, créée au théâtre du Vieux-Colombier.

la Ruhr[1]), de voir le militarisme triompher. Et c'est plus de le voir triompher après la guerre que pendant la guerre. Je suis le dernier de nier les torts de l'Allemagne – mais en ce moment nous souffrons atrocement de la force brutale et je crois que la France a perdu en ces semaines des sympathies mondiales qui valaient bien quelques puits de charbon. Nous, qui n'avons pas lâché notre foi européenne et qui ne la lâcherons jamais, nous avons bien à souffrir de la stupidité des autres – on nous reproche (comme si c'étaient nous, qui occupions les villes allemandes et avions déclenché la guerre) nos sympathies pour la France et l'indifférence des intellectuels en France (le parti pris par les socialistes là-bas est vraiment dégoûtant.) Mais, mon cher ami, quand on est arrivé à comprendre l'éternité et l'indestructibilité de la stupidité humaine, alors on ne s'occupe pas de leurs manifestations. Toutefois – l'air n'est pas parfumé, que nous respirons.

Je vous remercie, chers amis, pour votre confiance. Je regrette tant que je ne peux pas répondre aux envois de vos livres avec les miens, car sauf le cher Masereel, vous ne comprenez pas notre « boche » – toutefois, si cela vous fait plaisir, je serais heureux de vous envoyer un ou l'autre, qu'il vous salue, muet mais fraternellement.

Croyez-moi, cher Vildrac, votre fidèle ami !

Stefan Zweig

« Auclair » ne pourra pas, je crains, se présenter à la scène allemande avant qu'un arrangement soit fait entre la France et l'Allemagne. En Autriche cela serait possible – mais plus difficile qu'il y a un an !

1. L'occupation militaire de la Ruhr, décidée par Poincaré, commença le 11 janvier 1923, avec l'envoi de soixante mille soldats franco-belges, en représailles du non-paiement des réparations dues par l'Allemagne.

116. Stefan Zweig à Charles Hotz[1]

[Salzbourg, le 13 mars 1923]

Cher Monsieur Hotz,
Depuis longtemps je voulais renouveler ma reconnaissance pour l'aimable envoi de « L'École[2] », qui devient toujours plus intéressante et qui au point de vue pédagogique est une chose unique[3]. Seulement l'article sur la dottoressa Montessori ne semblait pas juste. C'est vrai qu'avec de l'argent on peut faire d'une école quelque chose de grande et durable valeur, mais je ne sais pas si chaque organisateur pédagogique saurait faire un usage aussi sensé que Montessori. Elle avait ce mois-ci (ou aurait dû avoir) un discours à Vienne et je regrette de ne pas avoir eu l'occasion d'y assister. – Cher Monsieur Hotz, comment vous portez-vous et Madame Hotz, dont nous regrettons de ne pas avoir eu l'occasion de la voir à S.[4] Reviendrez-vous cet été – et est-ce que l'affaire de votre demeure est arrangée ?
Il y aura probablement cet été de la musique moderne internationale, mais peut-être pas d'autres festivals. Desprès nous écrit souvent. Il semble qu'il va mieux cette année-ci. Mon mari vous

---

1. Carte bleue, manuscrite, avec la mention de l'illustre papeterie Huber & Lerner / Wien 1 / Kohlmarktstr. 7. Fonds Charles Hotz, Amsterdam. Datation possible grâce au contexte.

2. Il faut entendre *L'École émancipée* (revue du syndicalisme révolutionnaire enseignant), et non *L'École libératrice* ; Zweig est donc bien en relations suivies avec un groupe de militants anarcho-révolutionnaires autour de Desprès, Hotz et Martinet, sans oublier Alzir Hella.

3. Deux articles de l'institutrice italienne socialiste Abigaille Zanetta (1875-1945), de l'aile gauche du PSI, qui en 1919 a participé à la fondation du « Syndicato magistrale italiano ». Articles intitulés « Ce que je pense de la "méthode" Montessori », *L'École émancipée*, n° 17, 20 janvier 1923, et « Les réclames qui ont trop de succès, la "méthode" Montessori », *ibid.*, n° 18, 27 janvier 1923. Et aussi l'article de Célestin Freinet, « À propos de la méthode Montessori », *ibid.*, n° 21, 17 février 1923.

4. Salzbourg.

envoie ses meilleurs compliments. En vous remerciant bien des fois, je suis, cher M. Hotz
Votre
Fr. M. Zweig

Nous avons encore de la neige ici.
[1]Meilleurs souvenirs de votre fidèle
Stefan Zweig

117. Stefan Zweig à Han Ryner[2]

[Salzbourg] 12 juin 1923

Cher Monsieur et confrère, je vous remercie vivement de m'avoir envoyé votre belle et courageuse brochure[3] sur Gaston Rolland. J'aimerais beaucoup d'en parler dans notre revue pacifique Die Friedenswarte[4]. Je me demande seulement si cela ne pourrait être nuisible à cette victime d'une justice cruelle, si en langue allemande paraissait un mot en sa faveur ? Nous avons aussi en Allemagne, surtout en Bavière encore des victimes – Ernst Toller, le poète, avant tout – et nous faisons notre possible pour souligner la stupidité de telles mesures en pleine paix (quelle paix ! quel monde d'ailleurs). Je ne demande pas mieux que de montrer au grand public aussi la situation tragique d'un héros de la conscience Française, de Gaston R. Seulement si vous

1. Ajouté à partir d'ici à l'encre violette.

2. Lettre manuscrite, avec l'en-tête et le monogramme SZ, publiée dans les *Cahiers des Amis de Han Ryner*, n° 22, 3e trimestre, 1951, p. 16. Merci à Oliver Matuschek (Berlin) qui nous a signalé cette lettre.

3. Han Ryner, « Une conscience pendant la guerre. L'Affaire Gaston Rolland », *La Brochure mensuelle*, n° 3, mars 1923. Gaston Rolland (1887-1982), objecteur de conscience, a été condamné après un second procès à quinze ans de travaux forcés, commués ensuite en peine de prison. Il bénéficiera de la grâce amnistiante en juillet 1924.

4. *Die Friedens-Warte – Journal of International Peace and Organisation*, fondé en 1899 par Alfred H. Fried (1864-1921), prix Nobel de la Paix en 1911.

croyez, que si le résultat de ma publication lui pourrait valoir une aggravation de sa situation, je me tairai.
Je suis très heureux de la bonne occasion pour vous dire tout le respect que j'ai pour vous et votre œuvre depuis beaucoup des années.

Croyez-moi, cher confrère, votre sincèrement dévoué

Stefan Zweig.

Votre brochure est superbe comme prose, comme document vibrant – personne en France n'aurait pu l'écrire mieux. Cela surpasse de loin l'occasion donnée – votre brochure durera.

118. Stefan Zweig à Georges Duhamel[1]

[Salzbourg]13 juin 1923

Mon cher ami, je suis envers vous dans une situation pénible : depuis des mois, j'attends les exemplaires de votre admirable anthologie, mais je ne peux entendre rien de précis de la part du Insel-Verlag. Celui-ci est dans une situation assez difficile : le livre est prêt, mais autant que je sais, il existe depuis l'occupation de la Ruhr une décision de la société des éditeurs, de ne pas publier des éditions en Français avant que la situation politique ait changé. Le Insel-Verlag ne m'a jamais fait savoir cela directement : je vais la semaine prochaine à Leipzig et je saurai immédiatement quand il publiera enfin le livre si attendu. Vous êtes donc comme nous tous victime de la folie, qui de nouveau couvre l'Europe avec ses flots de haines et des outrages, et je regrette infiniment ce délai forcé : le Insel-Verlag, le plus Européen de tous, ne demanderait pas mieux que d'éditer enfin ce livre imprimé et relié, dont il est très fier et je crois que nous trouverons à Leipzig une forme de le faire bientôt. Je vous avertirai immédiatement.

---

1. Lettre manuscrite à l'encre violette, sur papier à en-tête de Salzbourg avec le monogramme SZ.

Aussi les théâtres sont fermés aux auteurs Français, comme les portes des restaurants aux passants : nous sommes tombés dans l'état d'esprit (ou de non-esprit) de la guerre et je suis bien heureux de vivre en Autriche, où la mentalité n'est pas tellement envenimée par la politique. J'ai entendu avec grand plaisir de votre succès triomphal en Hollande[1] : comme je préfère cette façon de conquérir le monde à celle qu'on pratique avec les canons et les tanks.
Vous entendrez bientôt de moi. Vous comprendrez, cher ami, comme je me sens coupable envers vous, sans l'être en réalité. Espérons que toutes ces affaires se débrouilleront bientôt et que notre sort et celui de nos livres ne soit plus mêlé et souillé par la sale politique

Fidèlement votre

Stefan Zweig

119. Stefan Zweig à André Suarès[2]

[Salzbourg] 23 août 1923

Cher Maître, je me doute bien que vous ne saurez jamais quel plaisir vous m'avez fait en m'envoyant votre livre[3]. Je suis un de ceux pour qui une page de vous est une profonde émotion, une joie exubérante : souvent je m'arrête en lisant, pour la lire et la relire encore, tant je suis saisi par la beauté de certaines concentrations. Et je suis en rage si je pense comme vos bons

1. Duhamel a fait une tournée de conférences, du 12 novembre au 4 décembre 1922, sur le roman français contemporain à La Haye, Rotterdam, Amsterdam, Arnhem et Utrecht : un « pays étonnant », écrit-il à Roger Martin du Gard. Il publiera en 1925 *Suite hollandaise*.

2. Lettre manuscrite, avec l'en-tête et le monogramme SZ ; lettre éditée par Stéphane Barsacq, collection particulière de Maurice Noël, cf. *Revue des Deux Mondes*, décembre 2021-janvier 2022, pp. 28-30 : fac similé reproduit pp. 22-23.

3. Il doit s'agir de *Stendhal, Verlaine, Baudelaire, Gérard de Nerval et autres gueux*, paru en 1923 chez Édouard Champion, Paris.

compatriotes (compatriotes de passeport seulement, pas de l'esprit) vous négligent, comme ils ont peur de vous connaître et de vous reconnaître. Je vois chaque mois un tas de revues : depuis des années, je n'ai jamais trouvé un article ou un mot même qui vous donne votre rang. Je n'ose pas vous dire à quel point cette stupidité (qui est plutôt de méchanceté) m'agace. À mon humble avis il y a dans vos livres une atmosphère de liberté d'esprit, de courage intellectuel, d'indépendance morale que nous n'avons pas connue en Europe depuis Nietzsche : moi, je ne connais pas plus grande joie [que] de voir quelqu'un penser au fond (je ne sais pas si je m'exprime bien), de le voir saisir le secret des secrets dans un être, dans une œuvre. Peut-être il faut être soi-même l'homme fasciné par le désir de tout comprendre pour vous comprendre, votre passion de pénétrer dans une œuvre d'art comme dans une femme avec la même volupté de la dompter, de la saisir et de la créer. Mais comme vous payez cher cette supériorité : on la paye toujours avec un isolement, mais le vôtre après trente ans de travail me paraît presque le plus injuste de notre époque !
Je suis souvent ému de penser comme vous vivez, isolé, comme vous créez contre une sourde et malveillante indifférence dans votre pays, sans avoir (comme Nietzsche) la récompense d'être apprécié par l'Europe entière. Rolland vous dira combien je tiens à votre œuvre : croyez-moi – et je m'en fais honneur – que je suis un des rares aujourd'hui qui aussi contre un silence universel vous proclament en eux-mêmes comme un des maîtres les plus purs de la pensée et de la vie. Puisse notre confiance vous être utile en certaines heures de délassement et d'amertume.
L'instant est hélas peu favorable pour gagner un éditeur allemand, car la situation de la librairie allemande est tragique et la résistance de la presse contre un livre français trop décourageante pour les engager. Mais cela ne durera pas longtemps et j'espère de pouvoir faire alors une proposition à votre éditeur : il me tente beaucoup de traduire votre prose comme un poème, parsque je sens mieux encore la maîtrise en tâtant chaque parole, en balançant le rythme intérieur de chaque phrase. Mais ce qui me tente encore plus, c'est de dire un jour toute l'admiration que j'ai pour votre œuvre, votre tenue morale et l'unique de votre personnalité dans une

forme vivante, dans un essay, qui ne serait trop indigne de son maître et son sujet : depuis des années j'ai déjà des notes et le moment viendra, j'espère, bientôt, qui les réunira[1].
Croyez-bien, cher Maître, à ma sincère admiration et continuez d'être celui que je regarde comme un maître ou plutôt le maître du grand art, de voir clair tout en restant passionné.
Votre bien dévoué,

Stefan Zweig

Je travaille en ce moment sur Hölderlin[2] le plus beau génie allemand, frère aîné de Nietzsche, maltraité par la littérature, inconnu un siècle et ressuscitant maintenant : je regrette que vous ne le connaissiez pas et surtout ses poèmes qu'il écrivait déjà à la pente de la folie (il était fou 40[3] ans après une trop courte jeunesse) et où ce n'est pas lui qui écrit mais le démon. Il y a là des poèmes qui n'ont pas de ressemblance avec rien de la littérature, sauf peut-être des dessins de William Blake et les fragments expliqués[4].

1. À notre connaissance, ce ne fut jamais fait.

2. Première partie du *Combat avec le démon*, voir aussi la lettre à André Suarès, 19 avril 1925 (n° 144).

3. Les mots qui suivent sont ajoutés le long du texte, à gauche.

4. Dans le chapitre « Ténèbres empourprées » de son *Hölderlin*, Zweig rapproche longuement Hölderlin de William Blake (1757-1827), cf. *Zweig 1996*, La Pochothèque III, p. 351.

120. Stefan Zweig à Charles Hotz[1]

[Salzbourg, septembre 1923][2]

Cher Monsieur Hotz
Comme c'était gentil de votre part de nous envoyer une annonce si amusante de votre déménagement. Le dessinateur Monsieur Bouillion [*sic*] doit être un dessinateur d'une grande originalité et on aimera beaucoup voir des autres dessins de lui. Nous espérons que vous et Mme Hotz êtes contents de votre nouvelle demeure. Combien nous aimerons à passer quelques jours à Marseille. Nous en parlons souvent. Nos meilleurs compliments, cher Mr Hotz, de

Friderike M. Zweig
et mille amitiés de Stefan Zweig

121. Stefan Zweig à Georges Duhamel

[Salzbourg] 23. Nov. 1923

Mon cher Duhamel, j'entends avec grande joie que votre conférence à Vienne est fixée pour le 7. Décembre. Je ne suis pas encore sûr, si je pourrai être à Vienne ce jour, car je dois y être fin Décembre. Mais je vous prie, s'il vous sera possible, de faire station à Salzbourg et de loger chez moi : la ville délicieuse mérite bien un jour et vous <u>devez</u> passer par Salzbourg en allant et en retournant.

---

1. Carte postale avec vue du Kapuzinerberg (maison de Stefan Zweig). Fonds Charles Hotz, Amsterdam. Cachet postal illisible.
2. Datation approximative et possible grâce à une missive de Fernand Desprès qui, le 4 septembre 1923, remercie Charles Hotz de lui avoir communiqué sa nouvelle adresse (Marseille, Villa Île de France. Traverse des Messalistes) avec un dessin « spirituel » d'Albert Boussion, artiste né à Marseille.

Je fais tout mon possible pour que votre conférence soit un plein succès et je me suis mis aussi en relation avec les journaux et plusieurs amis[1].
Vous ne devinez pas, cher Duhamel, quelle peine j'ai avec votre anthologie (tout à fait prête et imprimée). L'éditeur allemand, la Insel, est lié par une convention entre les autres éditeurs, d'ajourner[2] la publication : je lui ai fait la proposition de vendre le livre à un éditeur autrichien. Combien de lettres ai-je écrit dans cette affaire ! La maudite politique envenime tout ! Mais je réussirai de le voir paraître cette année soit en Allemagne, soit ici.
Mon cher Duhamel, laissez-moi savoir si vous voulez me faire le plaisir de rester un jour ou deux chez nous (nous avons eu Rolland[3], Fauconnier[4], Jouve[5], Masereel chez nous et ils ne l'ont pas regretté). S'il était impossible en venant, faites-moi savoir l'heure du passage : je serai à la gare, si vous ne prenez pas le sleeping-car.
Pour le visum, adressez-vous à l'ambassade autrichienne à mon ami Paul Zifferer[6]. Il sera charmé de pouvoir vous être utile

1. Pour l'évocation détaillée de cette visite à Vienne (6 au 9 décembre 1923), voir *Delphis 2001*, pp. 42-54, et les lettres 122 et 123.

2. Plaisante confusion de mots, Zweig ayant écrit ici « de séjourner ».

3. Romain Rolland a passé une douzaine de jours au Kapuzinerberg en août 1923, où Zweig lui ménagera peu de visites, mais choisies : Arthur Schnitzler, Paul Amann (qui traduit *L'Âme enchantée*), Hermann Bahr, Erwin Rieger et le musicologue Paul Stefan.

4. Le Fauconnier à l'automne 1922, Frans et Pauline Masereel au mois d'avril 1922.

5. Pierre Jean Jouve se rendit plusieurs fois à Salzbourg et devint un habitué du festival. Dans ses souvenirs *En miroir* (1954), il rend un long hommage à Zweig : « Une personnalité activement intellectuelle, vivante, pleine de courtoisie [...] À Salzbourg, il occupait, sur la montagne des Capucins, un "casinetto" du style rococo où l'on pouvait se croire chez Goethe : architecture ornée, pièces douces et basses, couloirs dallés en marbre gris et noir. [...] Sous les jardins on apercevait toute la ville déroulée comme une tapisserie. »

6. Paul Zifferer (1879-1929), ami de longue date de Zweig ; depuis septembre 1919 « conseiller spécial » à la Légation d'Autriche, c'est un ardent

et de fournir toutes les facilités. À Vienne, l'arrangement est entre les mains de mon ami Erwin Rieger, qui a traduit « La Lumière » – excellent garçon et fin poète. Donc, tout se passera admirablement et j'aurai, j'espère, la joie de pouvoir vous acclamer et saluer.

Fidèlement votre

Stefan Zweig

122. Stefan Zweig à Georges Duhamel

Salzbourg, 27 nov. 1923

Cher Duhamel, encore un mot ! La section autrichienne du Pen-Club veut faire son premier dîner[1] en votre honneur. Est-ce que cela vous est agréable et quel jour proposez-vous ? Écrivez la réponse pas à moi mais directement à

Madame Grete von Urbanitzky[2]
The Pen Club Vienne
IV. Victorgasse 12a

Je suis sûr, que Hofmannsthal, Schnitzler[3] et tous les autres assisteront.

médiateur entre la France et l'Autriche ; auteur de romans et d'essais, dont deux traduits en français : *La Ville impériale* (1924) et *Le Saut dans l'inconnu* (1927) cf. *Delphis 2001*, p. 121.

1. La section autrichienne du Pen-Club a été fondée récemment, en juin 1923.

2. Grete von Urbanitzky (1891-1974), journaliste, autrice et traductrice, est la secrétaire générale du Pen-Club autrichien jusqu'en 1933 ; après le congrès de Dubrovnik, elle affichera ses convictions nationales-socialistes et rejoindra la section allemande, à Berlin.

3. Arthur Schnitzler (1862-1931) est président d'honneur du Pen-Club. Zweig a une vive admiration pour ce grand Viennois, son aîné, avec qui il est en relation suivie depuis 1907.

À tantôt donc ! Tout se passera admirablement : je suis déjà sûr de l'assistance de la presse et d'une salle pleine

Fidèlement votre

Stefan Zweig

Si possible, choisissez le 8 (Samedi) ou le 7[1].

123. Stefan Zweig à Georges Duhamel[2]

Salzbourg, [début décembre 1923][3]

Mon cher Duhamel, j'ai tant regretté d'avoir été absent. Tout était déjà préparé pour partir quand la mère de ma femme[4] tombait malade à Vienne et elle y partait : donc j'étais obligé de rester pour garder la maison. Mais j'ai suivi de loin votre grand succès et mes amis Moritz Scheyer et Rieger m'ont raconté tous les détails. Moi-même j'espère de venir à Paris au printemps[5] et sans doute vous serez déjà retourné[6] de Tunisie à cette époque : la tension politique semble diminuer et enfin paraîtra, j'espère, votre anthologie. Je fais mon mieux, pour presser l'éditeur de la faire paraître. Travaillez bien, mon cher ami et recevez l'assurance de mes sentiments les plus dévoués.

Stefan Zweig

1. Ces mots sont ajoutés à gauche le long du texte. Zweig a écrit ici le « 8ème / ou le 7ème », à l'allemande.

2. Carte postale (très petit format), adressée à « Monsieur Georges Duhamel/ Paris (France)/ 28 rue Vauquelin » et transférée par la poste au « 9 rue Broca, à Tunis ».

3. Datation approximative, grâce au contenu.

4. La mère de Friderike Zweig, Theresia Burger, meurt à Noël 1923, âgée de 80 ans.

5. Zweig avancera ce voyage à Paris, où il ne rencontrera donc pas Duhamel, encore en Tunisie.

6. Zweig a écrit « retour ».

124. Stefan Zweig à René Lalou[1]

21 décembre [19]23 Salzbourg, Kapuzinerberg 5

Mon cher Monsieur Lalou, je vous remercie de tout cœur pour votre utopie lyrique[2] qui n'est que trop réelle et trop poignante, pour ne pas sentir la tragique réalité de votre rêve. Vous avez trouvé une forme tout à fait nouvelle qui n'appartient que à vous-même et j'étais très frappé par ce procédé psychologique de faire sortir toute une époque et une grande crise morale de la forme si simple et plastique d'un journal. J'espère de pouvoir venir ce printemps à Paris et que mon séjour me permettra enfin de vous dire personnellement tout mon respect et ma sympathie. Votre dévoué

Stefan Zweig

---

1. Fonds René Lalou, BnF, NAF 14693, volume V, f. 364.

2. René Lalou, *Le Chef, confession lyrique*, Paris, Crès, 1923, 205 p. Il s'agit d'un roman d'anticipation, dont le sujet est la guerre et la caste des guerriers par vocation ; et le journal intime d'Otto von Rosenkranz commence le 17 mai 2510…

1924

125. Stefan Zweig à Marcel Martinet[1]

[Salzbourg, Janvier 1924]

Mon cher ami, je n'exagère pas, si je te dis qu'il ne se passe pas un jour sans que je pense à toi, depuis que je te sais souffrant[2]. Les dernières nouvelles étaient heureusement bonnes et je ne doute plus que tu as vaincu par ta belle force – car je crois infiniment plus à la volonté vitale que aux remèdes. Mon vieux, tu es trop nécessaire pour te permettre de rester longtemps malade : nous avons besoin des forts et en toi vit une vraie âme de chef.

Nous espérons donc de t'avoir l'année prochaine chez nous. Rolland passait une quinzaine inoubliable pour nous dans notre maison[3]. Et nous sommes si fiers d'avoir nos amis entre nos murs. La situation en Autriche est maintenant excellente au point de vue international et bonne au niveau économique[4] : nous sommes devenus un carrefour de commerce et heureusement aussi de l'esprit. Notre tâche sera d'abord de faire le pont entre

1. Fonds Marcel Martinet, NAF 28352 (74), f. 271.
2. Un diabète sous une forme grave est diagnostiqué en 1923, obligeant Martinet à démissionner de *L'Humanité*.
3. Rolland a séjourné à Salzbourg du 30 juillet au 13 août 1923.
4. Voir l'article de Zweig « Le Génie de l'Angleterre », paru le 25 janvier 1924 dans le numéro spécial de la *Neue Freie Presse* sur « L'Angleterre et l'Autriche », cf. *Zweig 2020*, pp. 179-186.

l'Allemagne et la France – pourvu que l'Allemagne ne croule pas. Ils ont un malheureux caractère, les Allemands, en politique, ils sont à la fois brutaux et pas courageux. Ni ceux de la droite, ni ceux de la gauche n'agissent avec la force concentrée d'une volonté passionnée : des années « d'organisation » ont canalisé et étouffé la force spontanée en eux. Et puis ils n'ont pas des chefs, ils n'ont que des politiciens, des gens lents et prudents et méthodiques. Pour les intellectuels la situation est terrible : encore deux mois et il ne paraîtra plus des livres et des revues, seulement les bulletins de la bourse.
Mon cher ami, je serre ta main et je te prie : reprends ta force, terrasse ta maladie. Tu aimeras plus la vie après ! Je suis déjà impatient de te revoir – au printemps je serai à Paris.
Amitiés aux amis, respects à ta chère femme ! Ton vieux

Stefan Zweig

126. Stefan Zweig à René Arcos[1]

[Salzbourg, 21.1.1924]

Petit père, je passerai la semaine prochaine à Paris et j'espère bien de te revoir. Je logerai Hôtel Beaujolais, rue Beaujolais (Palais Royal). Ton vieux

Stefan Zweig

1. Carte de correspondance manuscrite, adressée à « René Arcos, Paris (France), 12 rue du Ruisseau », datation d'après le cachet postal « 21.1.24 ». ÖNB, Stefan Zweig Autogr.1311/21-5.

127. Stefan Zweig à René Arcos[1]

[Salzbourg, début mars 1924]

Cher petit père, je t'envoie avec plaisir deux pages sur Wilson[2] : je ne suis pas grand politicien, mais tu as raison. Il ne faut pas se taire en face d'un tel événement[3]. Tu trouveras certainement quelqu'un à traduire ces deux pages[4]. Je l'aurais fait moi-même, mais je suis très pressé. Les bons jours de vagabondage sont passés : je leur garde bon souvenir et aussi à cet déjeuner exquis avec ta chère femme et Sieur Philippe.
Tu es toujours attendu chez nous et on fera grande illumination à ta bienvenue ! N'oublie pas ton vieux et fidèle
Stefan

1. Lettre manuscrite à l'encre violette avec en-tête de Salzbourg et le monogramme SZ. ÖNB, Stefan Zweig Autogr. 1311/22-9.

2. Dans sa lettre du 9 février 1924, Arcos a demandé au « Cher vieux Stefan [...] une ou deux pages » évoquant « ce qu'il [Wilson] a été pour les principales nations européennes pendant la guerre et au moment du traité de Versailles » (*Fredonia*).

3. La mort, le 3 février 1924, du président démocrate américain Thomas Woodrow Wilson.

4. Intitulé « Le Visage énigmatique de Wilson », l'article de Zweig, traduit par Jean Guéhenno, parut effectivement dans *Europe*, le 15 avril 1924 ; voir Brigitte Vergne-Cain et Gérard Rudent, « Les articles de Stefan Zweig dans la revue *Europe* : en réserve », in *Europe 2023*, ici p. 81.

128. Stefan Zweig à Charles Baudouin[1]

Salzbourg, 24 juin 24

Cher Monsieur Baudouin,

à vous et à Mme Baudouin nos cordiales félicitations pour la naissance du petit Rolland [*sic*][2], dont le prénom, joint à celui de son père est de si bon augure.
Nous espérons que lui et sa mère se trouvent en bonne santé et que son père se trouve bien aussi et qu'il ne travaille pas trop. Nous aimerons bien le revoir.
Je vous salue, cher Monsieur Baudouin, ainsi que Mme Baudouin, aussi de la part de mon mari, sincèrement
Friderike Maria Zweig

Mon cher ami, félicitations sincères et le bon vœu de vous revoir bientôt. Le livre sur Verhaeren[3] a-t-il paru ? Je l'attends depuis longtemps. Vos livres sont un grand succès et j'ai lu avec plaisir vos belles traductions de Werfel. Avez-vous reçu mon livre de poèmes, les « Gesammelte Gedichte[4] » ? Sinon, dites-moi un mot et je vous les enverrai.
Fidèlement votre

Stefan Zweig

---

1. Lettre manuscrite sur papier libre ; première partie à l'encre noire, la suite à l'encre violette. Fonds Charles Baudouin, Bibliothèque universitaire de Genève, Ms.fr. 7531, f. 128-129.

2. Nous comprenons que le second fils des Baudouin, né le 5 juin 1924, se prénomme Rolland Charles, Romain Rolland étant son « parrain ».

3. Charles Baudouin, *Le Symbole chez Verhaeren : Essai de psychanalyse de l'art*, Genève, Montgenet, 1924.

4. [« Les Poèmes réunis »], volume publié à l'Insel Verlag, daté 1924 ; et dans sa lettre à son éditeur Kippenberg, le 15 octobre 1923, Zweig exprime sa joie « d'être lui-même parmi les vivants qui ont la chance de témoigner de leur vie par un livre […] », cf. *Kippenberg-Zweig 2022*, p. 480.

129. Stefan Zweig à René Arcos[1]

[Salzbourg, 1. 7. 1924]

Merci, mon cher vieux, mais je te prie d'attendre encore 8-10 jours avec ma décision[2]. Il y a là un fâcheux « imbroglio » – j'ai donné l'autorisation à Madame Chandler il y a deux ans. Comme elle ne soufflait pas mot, j'ai donné l'autorisation il y a six mois à Alzir Hella[3]. Je lui écris pour savoir quel conte il a déjà traduit pour que tu puisses choisir l'autre. Maintenant on me « découvre » comme conteur depuis que mon livre est entré dans le 30 mille en deux ans[4] – la traduction Anglaise, Polonaise, Hongroise est prête déjà et je suis impatient de gaspiller l'argent en novembre à Paris.
Fidèlement
Stefan

Je t'écrirai un jour longuement sur Europe. Je le trouve beaucoup mieux depuis quelque temps – mais j'aimerais encore plus d'esprit d'attaque. À tantôt donc !
La traduction de Mme Chandler est-elle bonne ?

1. Lettre manuscrite, à l'encre violette, avec en-tête et monogramme. ÖNB, Stefan Zweig Autogr. 1311/21-8.

2. Dans sa lettre du 28 juin 1924 (*Fredonia*), Arcos a demandé à Zweig l'autorisation de publier dans *Europe* l'une des deux nouvelles qu'il a reçues, traduites par Mme Chandler : « La Femme et le paysage » ou « Le Coureur Amok ».

3. C'est en mars 1922 que Zweig a rencontré Alzir Hella, voir lettre 101, note 3.

4. Ce livre, paru en 1922 à l'Insel Verlag, est le recueil *Der Amokläufer, Novellen einer Leidenschaft* [« Le Coureur Amok, Nouvelles d'une passion »] composé de cinq récits, avec un sonnet comme « préface lyrique », cf. *Zweig 1991*, p. 209.

130. Stefan Zweig à René Arcos[1]

[Salzbourg] 7. Juillet 1924

Cher ami, je reçois à l'instant la réponse de Alzir Hella. Il a déjà traduit le « Coureur d'Amok » et il paraîtra dans « Clarté ». Mais l'autre conte est encore libre.

Je trouve Europe très intéressant, il ne me manque que le côté saillissant, agressif, amusant, une partie jeune, gamin, qui ôte le « sérieux » de ta revue. Puis tu devrais te procurer plus de documents littéraires neufs comme par exemple les lettres inédites de Dostoïevski (publiées en Allemagne), des parties des mémoires de Masaryk (qui paraîtront bientôt), des lettres inédites de Walter Rathenau (adresse-toi pour cela à Madame Mathilde Rathenau, Berlin, Victoriastrasse 5, la mère de Rathenau, pour qu'elle t'en envoie quelques-unes ; tu peux te servir de mon nom), un article de Caillaux ou de Malvy[2] un des petits essays pas encore publiés en forme de livre de Freud, un essay de Hofmannsthal (adresse-toi pour cela à Paul Zifferer, Neuilly-Paris, 7 avenue Sainte Foy.) Le Keats était très intéressant. Ou un jour un essay de Benedetto Croce, une petite chose de James Joyce, une partie du merveilleux livre de Gustav Landauer sur Shakespeare[3] ou un autre de lui (adresse-toi pour la permission, en me mentionnant, à Martin Buber, Heppenheim a. d. Bergstrasse, Allemagne), des petits contes de Schnitzler, de Heinrich Mann, Knut Hamsun. Il y a assez de matière.

Nous parlerons de tout cela en novembre à Paris ! Je suis navré de savoir le pauvre Maurice Scheyer[4] très malade et

---

1. Lettre manuscrite, à l'encre violette, avec en-tête et monogramme. ÖNB, Stefan Zweig Autogr. 1311/21-9.

2. Joseph Caillaux (1863-1944) ; Louis-Jean Malvy (1875-1949), hommes politiques du Parti radical, ayant eu de longues carrières mouvementées.

3. Voir lettre 95.

4. Moriz Scheyer (évoqué dans la lettre 111) vit alors à Paris comme correspondant du *Neues Wiener Tagblatt*.

seul dans son hôtel 35 rue Cambon. Peut-être tu peux passer un jour chez lui.
Fidèlement ton vieux

Stefan Z.

Amitiés à ta femme et à Philippe !

131. Stefan Zweig à Georges Duhamel

Salzbourg, le 31 juillet 24

Mon cher ami, c'est avec un réel soulagement que je vous écris : enfin l'Anthologie a paru. Vous n'avez sans doute jamais eu le moindre soupçon que ce retard fâcheux était de ma faute – toutefois je me sentais envers vous dans une dette morale et je vous remercie de tout mon cœur pour la façon amicale qui a toujours évité de me faire le moindre reproche.
Enfin l'Anthologie a paru et je crois que l'extérieur est bien réussi et digne du goût que vous avez montré en composant cette admirable réunion de chefs d'œuvres. Vous avez sans doute donné vous-même au Insel-Verlag des adresses auxquelles il faut envoyer des exemplaires en France. La seule chose fâcheuse est que – au contraire à l'état des choses en 1922 – le prix des livres en France est beaucoup moins cher qu'en Allemagne et je crains qu'elle ne pourra pas se vendre bien chez vous. En 1922 elle aurait eu un prix ridicule pour l'étranger. Dans de telles petites choses on s'aperçoit de toute l'inconstance de notre époque : nous sommes encore en plein bouleversement, mais le désordre est devenu tellement naturel à nous dans ces derniers dix ans, que nous avons perdu la faculté de l'apercevoir.
J'ai reçu avec grand plaisir votre « Journée des aveux[1] ». J'admire comme vous savez bien de temps en temps vous soulager l'âme par une œuvre légère, amusante et pétillante – malheureuse-

1. *La Journée des aveux*, comédie en trois actes (suivie de *Quand vous voudrez*), a paru en avril 1924 au Mercure de France.

ment la nature m'a refusé cette bonne veine, je reste toujours sérieux dans mes livres[1], si gai que je puisse être entre camarades. Mais de telles œuvres, sans avoir l'importance comme les autres, aiguisent[2] l'esprit et font sortir de l'âme des choses imprévues : il y a des admirables finesses et observations cachées dans le dialogue et je devine tout le plaisir que cette pièce peut faire (bien représentée, il faut cela en tout cas ! !) au théâtre.

Encore une fois, mon cher ami, tous mes remerciements. J'espère d'être en novembre avec ma femme à Paris, heureux de vous revoir et de vous serrer la main. Votre tout dévoué

Stefan Zweig

Mille compliments à Madame votre femme !

---

1. Mais bientôt, avec *Volpone* en 1925, Zweig exprimera toute sa veine comique.

2. Zweig a écrit « aiguille ».

LETTRES 132 À 155

Août 1924-mars 1926

Ce sont des années superbes et tourbillonnantes pour Zweig. Il est dans la force de l'âge ; il connaît le succès en Allemagne et déjà dans le monde entier grâce à des traductions bien concertées et soigneusement gérées. Or, personne ne sait, au fond, comment le définir. En tout cas, ce n'est pas un faiseur de romans. On le recherche. Tout prouve qu'il est devenu un promoteur universel de la littérature civilisatrice. En 1924, une autre époque s'amorce : meurt Lénine, meurt Kafka. Le Manifeste du surréalisme *est publié à Paris, chez Simon Kra, un vieil ami français de Zweig. Grâce au plan Dawes, la Ruhr et la Rhénanie vont être évacuées par les troupes franco-belges. 1925 est quand même l'année où est publié* Mein Kampf. *En 1926, le* Liber amicorum *célèbre le soixantième anniversaire de Romain Rolland. Ce livre d'hommages d'une rare diversité devrait être mieux considéré, comme une œuvre significative de Stefan Zweig, le « cross-pollinator ». Car c'est là son génie – un génie aussi de la responsabilité, et qu'il entend assumer avec les plus grands : Thomas Mann, Romain Rolland, Jules Romains pour ne retenir que ces exemples. En 1924, Zweig présente Rolland à Freud, et en 1925 à la sœur de Nietzsche. Assisté de Duhamel et de Gorki, il rassemble dans le* Liber amicorum *cent trente contributions venues du monde entier, en sept langues différentes, avec de la musique, de Richard Strauss, et des dessins, de Frans Masereel : c'est de l'humanisme triomphant. André Spire contribue, avec un texte très original, qui salue Romain Rolland comme un père de la poésie française renouvelée. Mais quand Spire cherche à entraîner Zweig vers le sionisme de la* Revue juive *qui vient d'être créée, l'Autrichien botte en touche (lettre 135) ! Cela dit, on voit que Zweig est à l'aise sur la scène littéraire française : il veut pousser André Suarès, Léon Pierre-Quint, Simon Kra ; il veut aider René Arcos à dynamiser la jeune revue* Europe. *Sans oublier jamais ni Marcel Martinet ni Fernand Desprès… ni Kurt Eisner, le héros malheureux des soviets munichois (lettre 132). Zweig est alors beaucoup plus qu'un écrivain. Il s'établit dans sa tonalité dominante : « servir » (c'est son terme). Ce qui ne l'empêche pas de rester un poète lyrique, dans l'ombre de Verhaeren et de Whitman, et un conteur inspiré, en prise directe sur la psychanalyse freudienne. Il voudrait aussi écrire un grand roman : celui de la demoiselle des postes saisie par l'ivresse de la métamorphose… Il s'y essaye en août 1925, à Zell am See où il fuit le festival de Salzbourg – tout en lisant le* Marcel Proust *de Léon Pierre-Quint (lettre 146). Mais en novembre, à Marseille, dans l'euphorie qui suit une période de grande contrainte, ce sera l'adaptation fulgurante du* Volpone *de Ben Jonson l'élisabéthain. Années superbes et tourbillonnantes vraiment, où l'on comprend aussi que Zweig n'est pas près de donner dans l'écriture automatique (lettre à André Suarès n° 137) !*

132. Stefan Zweig à Marcel Martinet et Fernand Desprès[1]

Salzbourg, [18 août 1924]

Mes chers amis, j'étais heureux de votre carte[2], surtout la nouvelle que Martinet va mieux me réjouit. Je viendrai sûrement en novembre avec ma femme pour vous voir. J'espère de rencontrer un Martinet guéri et gai, qui a vaincu cette bête maladie. – Une question, mes amis : La veuve de Kurt Eisner[3] m'a confié quatre pièces dramatiques dans un acte qu'il écrivait dans la prison. Je tâche de lui trouver un éditeur (ils n'osent pas en Allem.) et de lui procurer un peu de l'argent (l'état Bavarois lui refuse de la pension). Pourriez-vous [en] imprimer une soit dans votre journal ou dans une revue ? Alzir Hella pourrait traduire une : cela serait aussi avantageux pour son souvenir. Ses pièces sont (à vrai dire)

1. Carte de correspondance manuscrite à l'encre violette, avec le nom et l'adresse de Salzbourg préimprimés. Cachet postal d'arrivée à Paris : « 18 VIII 22 ». La poste a fait suivre ce courrier, adressé à « Marcel Martinet, Hôtel du Nord, Eymoutiers, Haute-Vienne », Martinet étant reparti à Paris le 15 août. Fonds Marcel Martinet, BnF, NAF 28352 (74), f. 258.

2. Le 13 août, Fernand Desprès a envoyé à Zweig une carte cosignée avec Martinet : « Je pense souvent à Salzburg, à Parsch, au Königssee, à Vienne même. [...] Es-tu toujours décidé, Stefan, à venir nous voir ? » (*Fredonia*).

3. Kurt Eisner (1867-1919), politicien socialiste, assassiné à la tête de la république des soviets de Munich, le 7 avril 1919. Zweig utilise ici le mot allemand « (die) Akte » qui signifie « dossier ».

pas très extraordinaires, mais remplies d'une foi, qu'il a payée avec sa vie et cela pèse à mon avis plus que les beaux vers. J'ai réussi de les placer en Autriche et je tâche maintenant de gagner[1] des traductions. Je ne crois pas à une amélioration de la situation politique. Londres[2] était une paix économique. L'autre, la paix des peuples et des idées est encore loin. Mille amitiés. Votre fidèle

Stefan Zweig

133. Stefan Zweig à René Arcos[3]

[Salzbourg, après le 14 août 1924]

Cher petit père, tu peux comprendre que je suis bien fier d'avoir dans ta collection une pièce[4] dédiée à moi et je porte cette dédicace de Rolland dans mon cœur comme un autre sa grande croix de la légion d'honneur sur la poitrine. On se verra sûrement en novembre. As-tu écrit à Madame Chandler ? Et sa traduction est-elle bonne ? Nous en parlerons mon vieux. Je travaille comme un nègre pour pouvoir être gai et paresseux à Paris. Scheyer[5] était hier ici, nous avons parlé beaucoup de vous tous. As-tu déjà trouvé un de ces Dostoïevskis inédits pour l'Europe ? Et dans la dernière Rundschau était un admirable essay de Gorki

---

1. Comprendre ici : « susciter ».

2. La conférence de Londres (16 juillet-16 août 1924) voit les Français accepter de se retirer de la Ruhr et signer le plan Dawes qui aménage les versements dus par l'Allemagne.

3. Carte de correspondance, s. d. (cachet postal illisible), adressée à « René Arcos, père de Philippe, Paris (France), 12 rue du Ruisseau ». On peut cependant la dater précisément grâce à la lettre de Rolland à Zweig du 14 août 1924 (voir note suivante). ÖNB Stefan Zweig Autogr., 1311/21-7.

4. *Le Jeu de l'amour et de la mort*, « drame révolutionnaire », dont Rolland envoie copie à Zweig le 14 août 1924 (*Rolland-Zweig 2015*, n° 179, p. 428) et il salue dans sa préface (datée « août 1924 ») « le bon Européen Stefan Zweig qui m'a été depuis quinze ans le plus fidèle ami et le meilleur conseiller ».

5. Moriz Scheyer, voir lettre 130.

sur Lénine[1]. Il ferait sensation dans ta revue. Adieux mon vieux ; impatient de vous revoir tous ! Ton
Stefan Zweig

Reçu une lettre de Guilbeaux, où il est très hautain et me réprouve, d'avoir trouvé qu'il est un peu fanatique. Quel drôle[2] !

134. Stefan Zweig à André Spire[3]

Salzbourg, 23 septembre 1924

Cher Monsieur Spire,
Je suis confus de vous remercier aujourd'hui seulement pour vos vers[4]. Votre article[5] en « Europe » m'a de nouveau montré le sentiment de solidarité, qui nous unit par l'esprit et par le sang[6] et je me réjouis de vous dire, combien votre livre[7] m'a donné du plaisir. J'aimerai bien en causer longuement avec vous à Paris, où je serai en novembre. Dites-moi seulement sur une carte postale votre adresse.
Je vous ai envoyé – à votre ancienne adresse – peu de temps après la guerre, ma tragédie « Jeremias » et je ne sais pas si vous

1. Cet article de Gorki sur Lénine a paru dans la *Neue Rundschau* d'août 1924, pp. 753-777.

2. Mots ajoutés en tournant autour du texte principal. Exemple ici d'une petite nouvelle qui, en circulant entre correspondants, peut faire des vagues.

3. Lettre manuscrite (à l'encre noire, de l'écriture de Friderike Zweig) avec la signature de Stefan Zweig. Archives André Spire, Paris.

4. *Poèmes juifs*, Genève, Kundig, 1919 ; édition définitive, Albin Michel, 1959.

5. « Otokar Fischer », in *Europe* n° 21, septembre 1924, pp. 15-19. Otokar Fischer (1883-1938), dramaturge, poète tchèque, traducteur du français, de l'allemand et de l'anglais, vient (écrit André Spire) de revendiquer hautement sa judeïté dans son dernier recueil de poèmes *Voix* (Prague, 1923).

6. Au-delà de l'allusion à leur judeïté commune (« le sang »), un idéal d'art et de culture (« l'esprit ») est affirmé par André Spire : « Le Juif assimilé rejoint l'Artiste. »

7. Il s'agit du livre à venir, *Henri Franck, Lettres à quelques amis*, préfacé par Spire, et qui cherche encore un éditeur ; voir plus loin lettre 155.

avez reçu ce livre. Il devait vous signaler la conviction, dont je sens l'union avec vous.

Sincèrement

votre

Stefan Zweig

135. Stefan Zweig à André Spire[1]

Salzbourg, le 4 oct. 24

Cher Monsieur Spire,

bien des remerciements pour votre lettre[2]. J'espère de vous voir sûrement à Paris. Quant à la collaboration de cette revue, éditée par M. Cohen, je crois que ce sera le mieux, si elle publiait une scène ou un acte de mon « Jeremias », que je vous envoie aujourd'hui. Il est, pour la plus grande partie, traduit en français, par Charles Baudouin, Sacconex d'Arve, près de Genève (Suisse), lequel vous connaissez sans doute comme poète. Je suis sûr qu'il vous enverra sa traduction pour votre revue avec plaisir, si vous le lui proposez[3].
À bientôt alors, cher Monsieur Spire

sincèrement

votre bien dévoué

Stefan Zweig

1. Lettre manuscrite (l'écriture est de Friderike Zweig, encre noire), sur papier sans en-tête, avec la signature à l'encre violette. Archives André Spire, Paris.

2. André Spire a écrit à Zweig le 1er octobre 1924, au sujet de la *Revue juive*, que vient de fonder l'écrivain Albert Cohen « destinée à servir de lien intellectuel et moral entre les Juifs du monde entier [...]. Cette revue, qui sera éditée par la Nouvelle Revue française, aura une haute tenue littéraire », in *Halévy-Spire 2020*, p. 70.

3. Zweig a ajouté à l'encre violette : « Avec plaisir, si vous lui le proposez » (*sic*).

136. Stefan Zweig à Marcel Martinet[1]

[25.XI.1924]

Cher Ami, je serai à partir du 29 pour quelques jours à Paris et j'aimerais beaucoup à te voir. Dis-moi un mot, quand je pourrai te voir : en général l'heure entre 2-4 est pour moi la plus facile et celle entre 10-12, car je dois être pour le déjeuner et le soir avec ma femme. Dis-moi donc le jour et laisse-moi deux possibilités de venir : tu comprendras bien, que ce n'est pas de l'impossibilité de ma part, mais cette fois mon temps est très serré.
Donc un mot à mon Hôtel Beaujolais, rue Beaujolais, Paris, quand je pourrai te voir à partir du 30 et à quelles heures !

Fidèlement ton

Stefan Zweig

Amitiés de Rolland[2] !

137. Stefan Zweig à André Suarès[3]

Villeneuve, 25 novembre 1924

Cher et grand André Suarès, je serai à partir du 29. Novembre jusqu'au 7 décembre à Paris et j'attends un mot de vous Paris, Hôtel Beaujolais, rue Beaujolais quand vous me permettrez de vous voir[4]

1. Carte postale (petit format) avec une vignette portant la mention « Davos am See / Graubünden ». Cachet postal « 25.XI.24 ». Fonds Marcel Martinet, NAF 28352 (74), f. 259.

2. Stefan et Friderike Zweig ont fait halte à Villeneuve, pour voir Romain Rolland.

3. Lettre manuscrite à l'encre noire sur papier libre. Fonds Maurice Noël.

4. Rentré à Salzbourg, Zweig écrit à Rolland, le 16 décembre 1924, qu'il a « passé deux excellents après-midis chez Suarès », et l'a trouvé « sans aucune amertume, tout à fait fort et courageux et plein d'esprit », cf. *Rolland-Zweig 2015*, p. 447.

Je voudrais que vous puissiez entendre avec quelle affection Rolland parle de vous[1] ! Je suis si heureux qu'il partage si profondément mon admiration pour vous : hélas, nous sommes si peu à vous comprendre, si peu à distinguer une valeur durable de toute cette fabrication psychoautomatique des livres qui s'appelle Littérature !

Impatient de vous serrer la main et très respectueusement

Votre fidèlement dévoué

Stefan Zweig

138. Stefan Zweig à Marcel Martinet[2]

[Paris, le 28 novembre 1924]

Cher Ami, merci pour ton mot. Nous viendrons Dimanche 30 novembre mais pas pour le déjeuner, mais pour le café noir chez toi vers 2 heures d'après-midi. J'espère cela te conviendra ! Très content de te trouver en bonne santé et de te transmettre les amitiés de notre cher Romain Rolland.

Fidèlement ton

Stefan

1. Stefan et Friderike Zweig sont en route vers Paris où ils vont fêter leurs anniversaires respectifs (28 novembre et 4 décembre). Ils seront de retour le 10 décembre à Salzbourg.

2. Pneumatique bleu, manuscrit (encre bleue) adressé à « Monsieur Marcel Martinet, 43 avenue Gambetta, Paris XXe ». Fonds Marcel Martinet, NAF 28352 (74), f. 260.

139. Stefan Zweig à Georges Duhamel

Hôtel Beaujolais,
15, rue de Beaujolais
1. Dez. [1924]

Cher Duhamel, je suis à Paris pour quelques jours et j'aimerais beaucoup de vous serrer la main[1]. Si vous disposez d'une heure libre, dites-le-moi, je suis libre excepté pour les heures du déjeuner et du dîner tous les derniers jours de cette semaine sauf le vendredi entre 4-5 heures où je suis chez André Suarès. Je vous serre la main amicalement. Votre tout dévoué

Stefan Zweig

140. Stefan Zweig à André Spire[2]

[Salzbourg] 14 décembre 1924

Cher Monsieur Spire,
Ne croyez pas, cher Monsieur, que j'avais oublié mon projet de vous voir pendant mon récent séjour à Paris. Au contraire j'y pensais vivement, seulement il me fallait abréger mon voyage de trois ou quatre jours et pendant le peu de jours, qui me restaient, je me sentais énormément fatigué par tout ce que je devais entreprendre en si peu de temps et dans une forme de vie aussi différente de celle que je mène ici dans ma petite ville.

J'espère de revenir à Paris l'année prochaine et j'espère que je pourrais sûrement vous voir alors.

Votre bien dévoué

Stefan Zweig

---

1. Réponse de Blanche Duhamel, le 2 décembre, confirmant leur rencontre pour « Samedi 6, à 5 heures ».
2. Lettre manuscrite (l'écriture est de Friderike Zweig), avec la signature de Stefan Zweig. Fonds Stefan Zweig, Bibliothèque nationale d'Israël.

141. Stefan Zweig à René Arcos[1]

[Salzbourg, 23.XII. 24]

Cher petit père, à ta chère femme, au grand Philippe et son petit père les meilleurs vœux pour Noël et la nouvelle année. On aurait tant aimé de te voir encore à Paris, mais ma femme était trop fatiguée le dernier jour : hélas, nous sommes devenus des provinciaux ! À l'année prochaine donc ! Ton vieux

Stefan

1. Carte de correspondance manuscrite à l'encre violette, adressée à « Mr René Arcos, Paris (France), 12, rue du Ruisseau ». ÖNB, Stefan Zweig Autogr. 1311/21-10.

1925

142. Stefan Zweig à André Suarès[1]

[Salzbourg] 3. II. 1925

Cher et grand André Suarès, excusez-moi de vous ennuyer avec des détails techniques – mais je suis un peu déconcerté. J'avais écrit à Émile Paul Frères et leur demandé leurs conditions il y a un mois et plus[2]. Ils me répondent sans délai et me font savoir leurs conditions[3]. Je réponds immédiatement que je les accepte sans modification ni restriction avec la plus grande joie et que j'attends le traité. – Aucune réponse ! Je leur écris une seconde fois, craignant ma première lettre égarée ou perdue il y a douze jours. – Aucune réponse ! Je ne sais pas quoi penser. Je vous prie donc, si vous passez chez Émile Paul Frères de faire des recherches. Vous savez bien, j'espère, que dans toute cette affaire je ne connais aucun autre intérêt que le vôtre, que je ne suis personnellement intéressé que par mon désir de vous être utile et de vous montrer mon affection admirative. Donc je suis un peu étonné de ce silence absolu que je me cherche

1. Lettre manuscrite avec l'en-tête de Salzbourg et le monogramme SZ. Fonds Maurice Noël.

2. Zweig annonce à son éditeur Kippenberg, de l'Insel Verlag à Leipzig, le 29 décembre 1924, qu'il vient de recevoir l'accord de l'éditeur français pour « une anthologie en un volume, composée à partir de tous les ouvrages de Suarès parus chez eux. […] », cf. *Kippenberg-Zweig 2022*, lettre 314, p. 490.

3. « Mille francs français », et Zweig considère que « l'Insel réaliserait ainsi plutôt à bon marché un bel objet éditorial » (*ibid.*).

vainement à expliquer : c'est pour cela seulement que je fais appel à vous !

Fidèlement à vous

Stefan Zweig

143. Stefan Zweig à Christian Sénéchal[1]

Salzburg, 9 février 1925

Monsieur,
En réponse à votre lettre, concernant mes écrits sur Balzac, je crois de faciliter vos recherches en vous envoyant *Drei Meister*[2] !
L'essay sur Balzac que ce livre contient a paru d'abord chez R. Lutz à Stuttgart, dans la série « Aus der Gedankenwelt großer Meister[3] », un choix des aphorismes dans les œuvres de Balzac.
Je vous ferai parvenir le Inselschiff avec l'article que vous citez[4], qui a été pris des « Correkturbögen » de Balzac et qui est une étude sur épreuves du maître, une étude que j'ai fondée sur un autographe d'un roman de Balzac, que je possède[5].
Merci aussi pour l'annonce de votre livre[6] et agréez Monsieur l'expression de mes sentiments sincères
Stefan Zweig

1. Lettre manuscrite. Collection Hermann Hofer, BnF, NAF 28914.

2. Cette (première) trilogie de biographies littéraires (« Trois Maîtres »), composée de *Balzac, Dickens, Dostoïevski*, a paru en 1920, Insel Verlag, Leipzig.

3. *Balzac : Sein Weltbild aus den Werken* [« Son image du monde à partir de ses œuvres »] dans la collection [« L'Univers intellectuel des grands maîtres »]. Cette parution de 1908 témoigne d'une fascination précoce, et qui durera jusque dans l'exil brésilien. Les mots soulignés sont ajoutés avec une autre encre.

4. *Die unterirdischen Bücher Balzacs* [« Les livres souterrains de Balzac »] concernant les épreuves d'imprimerie (*Correkturbögen*), article paru dans *Das Inselschiff* (la revue de l'Insel Verlag), II, n° 2, Noël 1920.

5. Il s'agit d'*Une ténébreuse affaire* : la pièce n° 26 (comportant 731 feuillets) répertoriée dans le catalogue de la collection de Zweig, établi par Oliver Matuschek, *Ich kenne den Zauber der Schrift* (désormais *Matuschek 2005*), p. 168.

6. Christian Sénéchal, *L'Abbaye de Créteil*, Librairie André Delpeuch, 1930, Paris.

144. Stefan Zweig à André Suarès[1]

[Salzbourg] 16. IV. 1925

Cher et grand André Suarès, je peux vous donner la bonne nouvelle que la traduction de votre choix des essays[2] avance bien : ce que j'ai vu est excellemment fait. Le choix doit naturellement respecter les limites de la connaissance moyenne en Allemagne : il fallait choisir les portraits des hommes qui sont aussi connus chez nous. Mais je crois, vous serez content.
Seulement, j'aurais une petite demande. Ne pourriez-vous pas nous donner pour ce volume un ou deux des essays qui ne sont pas encore parus en livre et que je ne possède pas ? Le « Mallarmé » ou le « Anatole France » ou un autre essay de votre dernière époque – un essay qui n'a paru que dans une revue ? Si vous n'avez qu'un seul exemplaire il vous sera rendu sûrement après la traduction faite – j'aimerais d'avoir aussi un spécimen du Suarès de 1924 dans ce livre représentatif.
Quant à ma grande préface je tâcherai, dès qu'elle sera prête, de la faire paraître aussi dans une revue Française et Anglaise. Et je m'occuperai aussi de la révision de la traduction.
Un grand livre « Le combat avec le démon » vient de paraître de moi. Trois études sur Hölderlin, Kleist, Nietzsche – et leur opposé Goethe, celui qui est le vainqueur du démon (les autres la proie). Peut-être on en fera une traduction Française[3] – mon

1. Lettre manuscrite avec l'en-tête de Salzbourg et le monogramme SZ. Fonds Maurice Noël.

2. Malgré l'insistance de Zweig, Anton Kippenberg renonça finalement à réaliser ce projet.

3. En effet, mais en ordre très dispersé : de ce triptyque *Der Kampf mit dem Dämon* [*Hölderlin – Kleist – Nietzsche*] dédié à S. Freud, la traduction française par A. Hella et O. Bournac de *Hölderlin* paraîtra en 1928, celle de *Nietzsche* en 1930, celle de *Kleist* en 1936.

Dostoïevski (écrit avant le vôtre[1]) paraîtra aussi chez Rieder[2] et je suis impatient de le savoir entre vos mains.
Soyez sûr, cher et grand Suarès, que le livre que je prépare sera digne de votre œuvre. Et si en France le silence autour de vous continue, la voix d'Europe vous répondra.

Fidèlement vôtre

Stefan Zweig

145. Friderike Zweig à André Suarès[3]

[Salzbourg] 6 / 6 25

Cher Monsieur,

en absence de mon mari – il est justement avec M. Rolland à Leipzig, pour entendre les festivals de Händel – je vous remercie pour votre aimable lettre, qui sera certainement répondue bientôt après le retour de mon mari, que j'attends dans dix jours.
Permettez que je vous exprime à cette occasion ma grande admiration pour vos œuvres. Votre dévouée
Friderike M. Zweig

1. Zweig semble penser ici au texte de Suarès publié à l'occasion du centenaire de Dostoïevski en 1921. Mais il ignore que Suarès écrit sans cesse sur le grand Russe, et depuis ses années à l'École normale supérieure.

2. Le *Dostoïevski* de Stefan Zweig (publié à l'Insel Verlag dans *Drei Meister*, cf. lettre 143, n. 2) paraît (seul) chez Rieder en 1928, traduction Henri Bloch, 223 p., dans la collection « Les Prosateurs modernes étrangers », dirigée par Léon Bazalgette.

3. Lettre de la main de Friederike Zweig (encre noire). Fonds Maurice Noël.

146. Stefan Zweig à Léon Pierre-Quint[1]

Zell am See, 11 août 1925

Cher Monsieur Pierre-Quint, j'ai quitté Salzbourg pour quelques jours à cause du festival et je me suis retiré ici, seulement accompagné de votre livre sur Proust[2]. Et je ne peux pas vous dire, à quel point ce livre m'a enthousiasmé : admirable dans la documentation il est excessivement clair et inductif (et aucun sujet moderne se refusait jusqu'à présent tellement à une critique claire de l'œuvre de Proust[3]) – et tout cela grâce à une architecture intérieure, je connais très peu des livres critiques qui consument (si je peux oser cette expression) si complètement leur sujet – on connaît sa méthode, sa vie, sa pensée, il ne reste rien qui ne soit illuminé au moins par un reflet. Vraiment c'est un livre complexe et riche, un des ceux [auxquels] on retourne : et vous n'avez pas à craindre ceux qui suivront. Ils peuvent amplifier peut-être : mais en concentration et vision concise le vôtre restera.

Je suis, quant aux biographes, « du métier » – je connais donc la difficulté énorme surtout en face d'une œuvre non jugée, toute neuve, qui même étonnera encore par des inédits. Mais vous l'avez vaincue et je vous félicite en pleine sincérité et j'espère de pouvoir vous montrer plus efficacement encore l'intensité de mon intérêt. Je veux tâcher d'intéresser un auteur allemand pour une traduction et aussi rendre compte quand j'écrirai sur Proust. Je ne fais d'abord qu'une esquisse de sa vie héroïque, documentée par votre livre pour lequel je dirai à cette occasion toute ma gratitude et admiration.

---

1. Lettre manuscrite à l'encre violette, avec l'en-tête de Salzbourg et le monogramme SZ. Fonds Léon Pierre-Quint, BnF, NAF 18363, Vol. VI, f. 365-366.

2. Léon Pierre-Quint, *Marcel Proust, sa vie, son œuvre*, Le Sagittaire, 1925, maison d'édition fondée par Simon Kra.

3. Nous comprenons : « aucune œuvre moderne ne se refusait jusqu'à présent autant que celle de Proust à une critique claire ».

Excusez ces mots hâtifs, écrits dans une chambre d'hôtel, chauffée par 12 heures de soleil comme dans un fourneau, misérable table : votre livre y est la seule belle chose. Votre sincèrement dévoué
Stefan Zweig
Salzburg, Kapuzinerberg 5

147. Stefan Zweig à Léon Pierre-Quint[1]

[Salzbourg] 2 sept. 1925

Cher Monsieur et confrère, excusez si je vous réponds seulement avec quelques mots hâtifs. Je ferai bientôt un petit essay sur la vie de Proust où j'indiquerai votre beau livre comme la source et à la fois comme l'œuvre absolument nécessaire pour entrer dans l'âme de cet homme et cette œuvre. Peux-je vous donner qq. adresses des auteurs connus qui rendront sûrement compte de votre œuvre
Hermann Bahr, Barerstr. 58, München (Allemagne)
Will Scheler, Königstor, Cassel (Allemagne)
Dr. Moritz Scheyer, Möllwaldplatz, Vienne IV (Autriche)
Je leur ai parlé de votre œuvre et ils sont très impatients de la connaître.
Comme vous dirigez la collection du Sagittaire[2], j'aimerais d'attirer votre attention sur un grand esprit, un génie qui est encore tout à fait inconnu en France, Sören Kierkegard, le Danois, mort je crois 1845, prédécesseur de Nietzsche. Son livre Journal d'un séducteur ou sa Paraphrases de Don Juan sont à mon avis le comble de l'intellectualité pure. Stendhal aurait été fou de lui s'il l'avait connu. Informez-vous un peu là-dessus, il vaut cent fois le Samuel Butler et les autres intellectualistes. Son œuvre

1. Lettre manuscrite à l'encre violette, avec l'en-tête et le monogramme. Fonds Léon Pierre-Quint, BnF, NAF 18363, vol. VI, f. 367.
2. En 1923, L. P. Quint a succédé à Malraux comme directeur littéraire (avec Philippe Soupault) des éditions du Sagittaire, fondées par Simon Kra.

est énorme, je ne connais qu'une petite parcelle, mais ces deux études seraient une découverte pour la France. Faites-la ! Il y a sûrement des Danois à Paris qui pourraient vous renseigner sur cette matière.
Encore une fois : votre livre m'accompagne et j'espère de pouvoir vous envoyer bientôt mes paroles[1].
Sincèrement à vous, cher camarade,

Votre tout dévoué

Stefan Zweig

148. Stefan Zweig à Henry Poulaille[2]

25 sept. [19]25

Cher Monsieur
C'est avec un intérêt de plus en plus vif, que j'ai lu votre roman « Ils étaient quatre[3] ». J'en étais touché et ému et j'admire la simplicité monumentale de votre œuvre qui va droit au cœur. Je vous remercie de me l'avoir envoyée, ainsi que pour l'aimable dédicace.
Acceptez Monsieur l'expression de mon sincère estime

Stefan Zweig

1. Cet article « Marcel Prousts tragischer Lebenslauf » parut dès le 27 septembre 1925 dans la *Neue Freie Presse* ; cf. *La Chambre aux secrets*, Laffont, Paris, 2020 : « La destinée tragique de Marcel Proust », traduction David Sanson.

2. Lettre manuscrite (écriture de Friderike), mais signée par Stefan Zweig. Fonds Henry Poulaille, Centre de littérature prolétarienne, ville de Cachan, Val-de-Marne.

3. H. Poulaille, *Ils étaient quatre*, Paris, Grasset, 1925, 183 p. C'est l'histoire de quatre soldats qui pendant une permission du front explorent une grotte, où ils meurent l'un après l'autre. Après des recherches, très insuffisantes, leurs supérieurs les déclareront comme déserteurs.

149. Stefan Zweig à Léon Pierre-Quint[1]

[Salzbourg, fin septembre-début octobre 1925]

Cher Monsieur Pierre-Quint, je vous envoie le premier article (sur la vie seulement de Proust) qui contient au commencement les paroles qui dirigent avec énergie l'attention sur votre livre[2]. Il a paru dans la « Neue Freie Presse[3] », Vienne, « Börsencourier » Berlin, « Frankfurter Nachrichten » Frankfort, et paraîtra encore à Hambourg. Je suis sûr que beaucoup de commandes de l'Allemagne et de l'Autriche arrivent ces jours-ci chez Kra[4] et que l'éditeur publiera sûrement votre livre[5].
Croyez, cher confrère, à ma sympathie sincère et dévouée

Stefan Zweig

1. Lettre manuscrite à l'encre violette, avec en-tête et monogramme. Fonds Léon Pierre-Quint, NAF 18363, vol. VI, f. 370. Date approximative : Pierre-Quint répond en effet à cette lettre le 3 octobre (voir papier pelure avec sa réponse dactylographiée, f. 368) : « Comment vous remercier encore une fois de votre magnifique article, que j'ai lu avec le plus vif intérêt. Je suis ravi de savoir qu'il sera si multiplement reproduit. »

2. Léon Pierre-Quint commence en effet par une première partie sur « La vie de Marcel Proust » comportant cinq chapitres.

3. Le 27 septembre 1925, *Neue Freie Presse*, p. 27-28.

4. Nombreux sont donc alors les acheteurs germaniques de livres en français.

5. Confiance et enthousiasme de Zweig, en quoi il ne se trompe pas, puisque le *Marcel Proust* de Pierre-Quint sera plusieurs fois complété et réédité, en 1928, puis en 1936.

150. Stefan Zweig à Charles Hotz[1]

[Marseille, début novembre 1925]

Cher Monsieur Hotz, je suis à Marseille[2] pour quelques jours – si vous êtes libre un soir, j'aurais grand plaisir de vous revoir. J'habite Hôtel Beauvaux, votre tout dévoué

Stefan Zweig

---

1. Carte postale écrite avec un crayon à papier représentant une vue de « Marseille, Quai des Belges et rue Cannebière ». Fonds Charles Hotz, Amsterdam. Cachet postal illisible.

2. Zweig a écrit à Rolland, depuis Salzbourg le 23 octobre 1925 : « Je viendrai, je crois vers le 14 ou 15 novembre. [...] je vais me retirer – dans une ville. Je vis dans la solitude, j'aime l'autre solitude de pierres, les villes pour mon repos. Et je crains Paris que j'aime tant, à cause des amis. Je ne peux les visiter tous et je ne peux offenser personne : Masereel, Bazal., Zifferer, Duhamel, Bloch, Martinet, Hella etc. etc. [...] Je pense donc soit aller à Marseille, ville que j'adore, soit dans la campagne de Rousseau [...] » (*Rolland-Zweig 2016*, p. 535).

1926

151. Stefan Zweig à Georges Duhamel[1]

[Salzbourg, 12 janvier 1926]

Cher Ami, je viens de lire les épreuves du « Liber amicorum R. R. »[2] et je crois, nous pouvons être contents : enfin un livre Européen, livre de foi et d'amitié, qui honore un homme dignement, qui a été lui-même l'honneur de notre époque. J'étais heureux de pouvoir unir mon nom avec le vôtre dans cette initiative[3] et j'ai pensé à vous comme toujours avec une sympathie sincère et fraternelle. Votre femme va bien, j'espère ! De tout mon cœur à vous, cher Duhamel
Stefan Zweig

1. Petite carte postale manuscrite à l'encre violette, avec panorama de Salzbourg. Fonds Georges Duhamel, BnF, NAF 28275.

2. Ce recueil d'hommages (Rotapfel Verlag, Zurich, 1926, 406 p.) est destiné à Romain Rolland pour son soixantième anniversaire, le 29 janvier 1926. Y sont rassemblées cent trente et une contributions en plusieurs langues (y compris le mandarin et l'arabe), avec de la musique (R. Strauss, les femmes pacifistes allemandes), et plusieurs illustrations (Masereel, Tagore, Nanda Lal Bose) ; format remarquable : grand *in-octavo*. Voir aussi les lettres 152 et suivantes.

3. À l'imitation des grandes éditions humanistes, une inscription latine ouvre l'ouvrage : « Hunc librum curaverunt edendum ["Ont veillé à l'édition de ce livre"] Maxim Gorki, Georges Duhamel, Stefan Zweig / Imprimendum Emil Roniger ["a veillé à l'impression"]. »

152. Stefan Zweig à Marcel Martinet[1]

Salzbourg, [18.1.1926]

Cher Ami, je n'ai pas l'admirable don de notre cher Rolland de pouvoir travailler et d'écrire en même temps des lettres. Pardonne-moi : je pense si souvent à toi et j'étais si heureux d'entendre que ta santé s'améliore. J'ai lu tes belles paroles dans le « Liber amicorum » dont je suis très fier d'avoir eu l'initiative. Je pars maintenant pour Zürich, Berlin & Hambourg[2] tenir des conférences sur R. R. Quel homme, quel jour de fête pour nous tous, ces amis[3] ! Je suis content que enfin son Théâtre révolutionnaire reçoive sa place[4] : je suis si dégoûté de tout ce qu'on joue dans ces places d'amusement. Et toi, ta pièce, ton roman[5] ! Mon cher, on a besoin de toi, reprends tes forces. Et au printemps j'espère de te revoir à Paris.

Fidèlement ton

Stefan Zweig

---

1. Petite carte de correspondance, manuscrite à l'encre violette, avec le nom et l'adresse préimprimés. Datation d'après le cachet de la poste. Fonds Marcel Martinet, BnF, NAF 28352 (74), f. 266.

2. [*Sic*], orthographié à la française.

3. Comprendre : « ces amis qui ont écrit pour le *Liber Amicorum* ». La contribution de Martinet occupe les pages 234 à 238.

4. R. Rolland, *Le Jeu de l'amour et de la mort* (Le Sablier, Paris, 1925) a paru en allemand, traduit par Erwin Rieger (Rotapfel Verlag, Leipzig, 1925) et a été représenté dans plusieurs villes d'Allemagne : créé à Hambourg, le 24 février, puis joué notamment à Munich, Leipzig et Dresde. À Paris, la création n'aura lieu que le 29 janvier 1928, au théâtre de l'Odéon, dirigée par Firmin Gémier.

5. Trois romans de Martinet sont restés inédits : *Rose ou l'adolescence provinciale*, *Les Amours de trois jeunes dames*, *L'Ami commun* (cités in *Les Temps maudits*, UGE, 1975, p. 316). Pour la pièce, voir la lettre 158, le 14 avril suivant (note 4).

153. Stefan Zweig à René Arcos[1]

[Salzbourg, après le 7 février 1926]

Cher petit père, excuse-moi, j'avais trop à faire[2]. Mais mon vieux, tu as eu tort de m'avertir après avoir fait le N°[3] – J'aurais pu te procurer tout ce que tu aurais voulu, comme j'ai entre mes mains tous les fils du *liber amicorum*. Nous avons consacré, Roniger[4] et moi, des mois pour faire une belle manifestation[5], qui durera – on aurait pu réunir beaucoup les efforts.
Mon vieux, je suis tellement fatigué en ce moment – j'ai fait deux livres nouveaux, un volume des contes et une comédie[6]. Mon dernier livre[7] est un grand succès 20 000 exemplaires en six mois dans la plus grande crise de la librairie allemande, et un livre si sérieux ! Mais où sont les beaux jours de paresse et d'amusement ?

---

1. Carte de correspondance manuscrite à l'encre violette, portant « Stefan Zweig, Kapuzinerberg 5 » tamponnée, et adressée à « Monsieur René Arcos, Paris XVIIIème, 12, rue du Ruisseau ». ÖNB, Stefan Zweig Autogr. 1311/22-4.

2. Réponse en effet tardive : Zweig est rentré le 7 février 1926 d'une tournée de conférences sur Rolland en Allemagne. Or, le 9 décembre 1925, Arcos avait écrit à Zweig de Villeneuve où il rendait visite à Rolland pour se concerter avec lui au sujet du numéro d'*Europe* consacré à Rolland. Voir les lettres échangées par Rolland et Zweig sur cette visite, les 10 et 14 décembre 1925, in *Rolland-Zweig 2016*, n°s 239 et 240.

3. C'est le n° 38 d'*Europe*, de février 1926. Ni Zweig ni Rieger ne figurent au sommaire comportant trente-cinq textes de témoignages sur Rolland et trois textes signés Rolland. Par ailleurs, la comparaison avec les textes du *Liber amicorum* réserve des surprises.

4. Le nom d'Emil Roniger (1883-1958), directeur du Rotapfel Verlag, Zürich et Leipzig, ainsi que traducteur, ami de Romain Rolland, mécène et collectionneur d'autographes, figure sur la page de titre du *Liber amicorum*, voir lettre 151, note 3.

5. Terme employé par Arcos dans sa lettre : « Il était indispensable [...] qu'une manifestation eût lieu en France. »

6. Le recueil de récits, c'est *Verwirrung der Gefühle* [« La Confusion des sentiments »] et la comédie : *Volpone*.

7. *Der Kampf mit dem Dämon* [« Le Combat avec le démon »] ; voir lettre 144.

Rieger a écrit, je suis sûr l'articles sur les théâtres[1]. Je le verrai demain.
À tantôt mon cher, et embrasse Philippe, ton grand fils, de son oncle

Stefan

154. Stefan Zweig à Simon Kra[2]

Kapuzinerberg 5, Salzburg
8. II.1926

Cher monsieur Kra, je suis revenu hier très content du succès de mes conférences partout, de Zuric jusqu'à Hambourg j'avais des salles bondées. Mais, hélas, les livres ne marchent plus en Allemagne : crise terrible, qui s'augmente d'un jour à l'autre.
J'ai trouvé votre carte me disant que j'ai obtenu le Murger et Restif de La Bretonne[3] : très content ! Je suis très curieux des prix : je suis consolé que ce monsieur, qui a acheté le Baudelaire l'a dû payer 9 000 francs. Assez pour un poème !
Puis-je vous demander de me procurer les deux livres suivants :
Maurice Castelain : *Ben Jonson*, Paris 1907 (L'Homme et l'œuvre 1572-1637)

---

1. C'est la « liste des pièces [de Rolland] représentées à l'étranger (noms des théâtres, dates, pays etc.). On ignore tout de ces choses en France et nous serions très heureux de publier cette nomenclature dans *Europe* », a écrit Arcos à Zweig le 9 décembre 1925 (*Fredonia*). Mais aucune trace de ceci dans le numéro d'*Europe*.

2. Lettre manuscrite recto verso, à l'encre violette avec l'en-tête de Salzbourg et le monogramme SZ. Consultable chez Christie's, http://onlineonly.christies.com/alphabet-genius-important-autograph-letters-manuscripts/stefan-zweig-1881-1942-199/204987?Ibp-breadcrumb-back.

3. Zweig a acquis lors de la vente aux enchères du 30 janvier 1926 un poème d'Henry Murger (1822-1861) intitulé « La Courtisane » et de Restif de la Bretonne (1734-1806) un extrait des *Contemporaines*, pièces n°s 544 et 614 du Catalogue des manuscrits de Zweig, cf. *Matuschek 2005*.

et Marcel Poète *Une vie de cité* (Paris) éd. Picard (Auguste Picard Paris 1924) vol. I et Album
(voilà le titre exact de l'histoire de la ville de Paris que je cherche.)
J'ai été voir Geigy-Hagenbach[1] encore une fois, j'étais chez Henrici qui a dû vendre sa maison et ses meubles mais qui prépare une belle vente. Et la « Autographenrundschau[2] » va reparaître, tout autrement !
Je vous envoie demain 1 000 francs que vous voulez bien porter sur mon compte : j'aime bien d'être un peu en avance !
Excusez la hâte ! je suis très pressé : 38 lettres à répondre.

Votre fidèle

Stefan Zweig

155. Stefan Zweig à André Spire[3]

Salzbourg, 1er mars 1926

Mon cher André Spire, enfin donc les lettres de Henri Franck[4], attendues de moi avec impatience, depuis que j'en avais lu les premiers extraits. Vous avez fait une admirable preuve d'amitié et votre préface[5] surpasse ce titre modeste : c'est un essay de grande envergure. J'espère mon cher Spire de pouvoir bientôt

1. Karl Geigy-Hagenbach (1866-1949), industriel suisse de Bâle et collectionneur d'autographes ; Karl Ernst Henrici (1879-1944), important marchand de manuscrits autographes et de livres d'art, dont l'active maison de vente berlinoise édita cent trente catalogues entre 1916 et 1929.

2. « La Revue des autographes ».

3. Archives André Spire, Paris.

4. *Henri Franck, Lettres à quelques amis, précédées d'une préface par André Spire*, coll. « Les Cahiers verts » (dirigés par D. Halévy), Bernard Grasset, Paris, 1926, 301 p.

5. Cette longue préface (p. 7-74), dédiée à Israël Zangwill, est une véritable biographie d'Henri Franck (1888-1912), brillant intellectuel juif emporté précocément par la tuberculose ; normalien engagé et auteur d'un long poème *La Danse devant l'Arche*, NRF, 1911.

vous serrer la main à Paris – vous savez vous-même, que nous les écrivains sont ceux qu'on empêche le plus d'écrire de vraies bonnes lettres. Mais vous ne doutez pas de mes sentiments, n'est-ce pas !

Votre tout et sincèrement dévoué

Stefan Zweig

LETTRES 156 À 208

Avril 1926-juin 1928

Au fil de ces cinquante-sept lettres, le grand écrivain multiplie les messages rapides, efficaces et chaleureux pour fixer des rendez-vous qui dérangent le moins possible, sans rien dévoiler de ses projets tout en jouant de la présence de sa digne épouse, Friderike. Il peut s'enflammer – pour dénoncer l'incurie de certains, comme dans les bureaux de la revue Europe, *au demeurant peuplés de ses amis – quand il s'adresse à Charles Baudouin ou à René Arcos lui-même, ce « cher petit père » ! Il sait ne froisser personne, tout en restant ferme sur l'essentiel. Il sait lire avec attention les livres qu'il reçoit, voire un manuscrit qu'on lui confie un soir (comme le fait Martinet) et le réexpédier le lendemain après l'avoir lu d'un œil critique et positif, pendant la nuit (lettre 158). Dans cet ensemble, la lettre à André Gide d'avril 1928 (n° 204) mériterait à elle seule un commentaire approfondi : on y sent la réserve, la franchise embarrassée qui sonne pourtant très juste – comme d'ailleurs dans les lettres à Thomas Mann Malgré la distance qui peut séparer deux écrivains de premier rang, Zweig, courageusement, se pose et s'éprouve à parité : son* Dostoïevski *vaut celui de Gide ! Sa réflexion sur la sincérité d'un Tolstoï vaut celle de Gide sur lui-même dans* Si le grain ne meurt. *Et il est toujours troublant, et admirable, qu'un écrivain sache exprimer, sans forfanterie ni fausse modestie, qu'il est conscient de sa valeur.*

Dans cette séquence relativement longue, l'unité provient du fait qu'elle est centrée sur le théâtre et sur l'intérêt universel de l'écriture dramatique digne de ce nom, loin du pur divertissement : Martinet, Baudouin et Jules Romains sont les correspondants avec qui Zweig n'a pas de mal à montrer sa compétence et son ambition en la matière. Volpone, *adapté de la pièce de Ben Jonson l'élizabéthain, nous paraît constituer une inflexion capitale sur sa trajectoire brillante, désormais internationale, susceptible de provoquer les plus belles opportunités. La collaboration avec Jules Romains se développe sans réserve, intelligente et impeccable sous l'angle moral, pour le plus grand profit de tous les auteurs, acteurs, metteurs en scène et directeurs de théâtre, ainsi que du public civilisé, dans la tradition des Lumières : dans* Volpone, *le Veau d'or est tout à la fois dénoncé et bien utilisé pour de bonnes œuvres. Zweig et Rothschild, même combat ! On le verra malheureusement bientôt. Pour l'heure (septembre 1928), Zweig est à la veille de son voyage à Moscou, où se célèbre le centenaire de la naissance de Tolstoï.*

156. Stefan Zweig à Marcel Martinet[1]

[Toulouse, 10 ou 11 avril 1926][2]

Mon cher Martinet, je serai la semaine prochaine pour quelques jours à Paris, très désireux de te voir et je suis déjà impatient de serrer ta main. Écris-moi quand je pourrais te voir soit l'après-midi ou le soir après 9 heures (c'est pour moi le plus facile, après les déjeuners ou dîners, comme je ne suis pas seul[3]). Propose-moi deux rendez-vous entre mardi et samedi pour que je puisse choisir. À tantôt donc ! Ton

Stefan Zweig

Adresse : Hôtel Beaujolais, rue Beaujolais.

1. Carte postale manuscrite où Zweig a inscrit « en route : Toulouse ». Fonds Marcel Martinet, NAF 28352 (74), f. 255.

2. Une lettre inédite de Martinet à Romain Rolland montre que cette lettre-ci est arrivée le 12 avril à Paris. « J'ai reçu ce matin un mot de Zweig qui arrive à Paris et que je compte voir cette semaine. Un vrai plaisir, car je l'aime bien, à cause de lui et à cause de vous. » Fonds Romain Rolland, BnF.

3. Zweig est en effet accompagné de son épouse Friderike.

157. Stefan Zweig à Marcel Martinet[1]

[Paris, le 13 avril 1926]

Mon cher ami, je serai chez toi demain mercredi soit à 4 ou à 5 heures[2], je ne peux pas fixer tout à fait l'heure, mais je viendrai serrer ta main. Ton

Stefan Z.

158. Stefan Zweig à Marcel Martinet[3]

[Paris, le 15 avril 1926]

Cher Marcel, tu sais que j'ai énormément à faire ici, mais rien ne m'était plus pressant que de lire ta pièce[4]. Je l'ai fait hier soir encore, lisant jusqu'à deux heures du matin et je veux te dire nettement mon impression.

La pièce est admirablement forte, tout humaine et son problème le plus brûlant de notre époque. Elle est dramatique et elle le sera d'autant plus que tu te résigneras à couper les dialogues, qui, très beaux, très profonds sûrement, prennent un peu de la spontanéité de l'action.

Ce que je ne trouve pas assez réussi, c'est la figure de Andrée. On devrait sentir plutôt que ce n'est pas l'amitié qui la lie à

1. Carte pneumatique, « petit bleu », adressée à « Marcel Martinet, 43 avenue Gambetta, Paris XXème ». Fonds Marcel Martinet, BnF, NAF 28352 (74), f. 261.

2. Martinet signale à Jean-Richard Bloch, le jeudi 15 avril 1926, qu'il a rencontré Zweig la veille, soit le mercredi 14 (*Correspondance Bloch-Martinet*, p. 274).

3. Lettre manuscrite, à l'en-tête de l'hôtel Beaujolais, sans date ; mais les indications précises (« hier soir / samedi / dimanche ») figurant au début et à la fin de la lettre permettent de la dater du 15 avril. Fonds Marcel Martinet, BnF, NAF 28352 (74), f. 267-269.

4. Il s'agit de *La Victoire*, drame en quatre actes, qui ne sera publié qu'en 1937, Éditions Entre-Nous, R.-G. Fouquin, Nemours.

Paul et sa femme, mais qu'elle est du commencement[1] la femme du plus fort, poussée toujours vers celui qui la domine par sa volonté virile – femme qui n'aime pas seulement, mais qui sent, qui flaire le dompteur. Sa désillusion de Tony Gilbert devrait devenir visible par degrés (plus forte déjà dans la deuxième entrevue que à la première.) C'est elle[2] qui à mon avis devrait toujours marquer qui est le plus fort en caractère et en volonté. Tu comprends bien, mon vieux, que je ne te conseille pas de faire du « théâtre », mais la pièce par le sujet lui-même est peut-être trop surcharchée en idéologie. Les femmes devraient entrer plus fort dans l'action, non comme éléments d'action, mais comme reflets de critiques dessinant et illuminant les trajets et l'abîme entre les hommes. Peut-être tu verras en cela que je te propose aussi une concession, mais tu dois toujours te figurer comme le public d'aujourd'hui est devenue abruti par un théâtre banal et ordinaire. Et il faut sauver ta pièce de l'obscurité qui la menace, car j'aime énormément l'ardeur, l'élan et les péripéties morales de ce Paul. Je vois que tu n'es pas encore sûr de la fin de la pièce – excuse-moi de te dire que de toutes les deux solutions je n'aime aucune ; l'une (le suicide) m'est trop mélodramatique, l'autre ne me semble pas répondre à son caractère, elle l'avilit. Je choisirais comme solution le geste qui me serait naturel – de jeter le portefeuille avec dédain à tous ceux qui le guettent et se poster soi-même aux premiers rangs des grévistes, épousant maintenant publiquement leur cause, qu'il a soutenue en secret – retournant à soi-même et consacrant sa « carrière ». Cela serait même peut-être Andrée qui lui devrait donner ce geste – car il faut que non par les idées seulement, mais aussi par des élans, de l'inconscient, se développent les actions.

J'exprime tout cela très vaguement, mais je suis sûr d'être compris de toi : tu n'as pas beaucoup à faire pour sauver cette admirable pièce, œuvre de foi et d'ardeur, il suffit de diminuer le trop de discussions, des enchevêtrements logiques et de faire entrer la passion de l'homme et de la femme (il peut même se dessiner

1. Comprendre : « d'emblée, dès le début ».
2. « Elle » renvoie à « l'entrevue », c'est-à-dire « le dialogue ».

un combat secret entre Tony et Paul non pour la possession corporelle de cette femme, mais comme symbole de la force, de la victoire.) Tu me jugeras peut-être durement pour ce conseil, mais je suis loin de t'inciter à avilir cette belle pièce en une action d'amour et de la diminuer en valeur morale en y mêlant des passions amoureuses : je ne pense pas à un « amour » banal, mais à un symbole visible de la bataille entre les deux hommes. Je vois que tu n'as pas foi toi-même dans cette pièce – eh bien, tu as tort, c'est la plus belle qu'on a faite en France sauf celles de Rolland, seulement les idées ne sont pas encore tout à fait transformées en symboles et en action, elles sont encore nues en partie ou seulement habillées en paroles. Tu as très peu à faire pour mettre la pièce au point : courage donc. Je ne crois plus à ta maladie. Un homme qui a pu écrire une œuvre si vigoureuse a tout de même plus de bon sang dans les veines que tous les autres.
Je pars Samedi[1] – malheureusement, j'aurais tant aimé de causer encore avec toi. Inutile de faire de longues phrases – je crois, tu dois sentir, combien je suis attaché à toi

Ton vieux

Stefan

Je suis déjà Dimanche à Salzburg. Au revoir à Villeneuve en automne. Je te renvoie le manuscrit demain

159. Stefan Zweig à Georges Duhamel[2]

Paris, le 17. [16] IV. 1926

Mon cher ami, je reçois votre aimable mot justement un jour avant mon départ – c'était ma faute, de ne pas pouvoir venir cette fois. Mais je viendrai bientôt à Paris et je ferais même un

---

1. C'est-à-dire le 17 avril. Et « demain » *in fine*, c'est donc le vendredi 16, quand Zweig renverra le manuscrit à Martinet.
2. Lettre manuscrite sur papier à l'en-tête « Hôtel Beaujolais, Palais-Royal ».

voyage de plusieurs heures pour causer avec vous[1]. Je vous dois encore une lettre sur « La Pierre d'Horeb[2] », un de vos livres les plus humains que vous avez écrits – trois figures qui ne s'oublient plus et pour la première fois cette figure de l'étudiante Russe qu'on aimait tant à romantiser[3], vue avec une profonde pénétration psychologique. Ce qu'un jeune étudiant découvre là pour lui, c'est notre passion, notre déception à nous tous, que nous avons subie de la Russie : l'attraction par le vide, par l'abîme dans ces hommes, si j'ose dire ; et jamais je n'ai plus intensément senti la <u>véridicité</u> d'une figure et d'une race à la fois. Je crains, on ne comprendra pas assez ici comme ce livre, qui ne paraît qu'un livre réaliste, est symbolique et intuitif – je l'aime bien, comme toute votre œuvre et comme vous même. À tantôt donc, j'ai 5 mois de travail devant moi – en automne je veux aller en Angleterre et passer par Paris.
Dites à votre chère femme mes souvenirs fidèles et respectueux et gardez votre amitié à votre toujours fidèle

Stefan Zweig

1. Sous-entendu : Je suis prêt à venir vous voir à Valmondois, près de l'Isle-Adam (Oise), où les Duhamel ont acheté en 1925 « la nouvelle maison » (après avoir loué depuis le printemps 1919 « la maison blanche »).

2. *La Pierre d'Horeb* a paru le 5 janvier 1926 au Mercure de France ; roman en partie autobiographique, nourri de souvenirs de l'apprentissage médical et des premières aventures amoureuses, cf. *Delphis 2002*, p. 129.

3. C'est-à-dire : « à prendre comme personnage de roman ».

160. Stefan Zweig à René Arcos[1]

[Salzbourg, 18.6.26]

Petit père, comment peux-tu t'expliquer sur l'étrange fait que je lis en Europe des longs comptes-rendus sur ton roman[2], sans le connaître ? As-tu parfaitement oublié ton vieux

Stefan Zweig ?

Amitiés à Philippe et à sa mère !

161. Stefan Zweig à André Spire[3]

[Salzbourg] 22 juin 1926[4]

Cher ami, permettez-moi de vous présenter un jeune ami de moi Hans Rosenkranz[5], qui est très intéressé dans les choses sionistes et aimerait beaucoup vous causer. Je vous le recommande vivement et j'espère vous causerez bien ensemble.

Je vous dois encore une lettre au sujet de ce drame que vous m'avez fait lire et qui m'a vivement intéressé, mais cet été

1. Carte postale (petit format) manuscrite, sans date (mais le cachet postal est très net) à l'encre violette, avec une vue générale de Salzbourg, adressée à « Monsieur René Arcos, Paris (France) 12, rue du Ruisseau ». ÖNB, Stefan Zweig Autogr. 1311/22-1.

2. C'est le roman *Autrui* (Rieder, Paris, 1926) qu'Arcos a déclaré « terminé » dans sa lettre à Zweig, le 9 décembre 1925. Un compte rendu (« note de lecture ») signé Luc Durtain en a paru dans le numéro d'*Europe* de juin 1926.

3. Lettre manuscrite à l'encre violette, sur papier libre. Archives André Spire, Paris.

4. Cette date (douteuse) figure en réalité quelques lignes sous la signature.

5. Hans Rosenkranz (1905-1956), écrivain juif, poète, directeur du Spaeth-Verlag qui publia en 1928 la première biographie de Stefan Zweig, écrite par Erwin Rieger. Dans le recueil *Cosmopolite*, traduit par Frédérique Laurent, Éditions du Portrait, 2024, se trouvent trois lettres que Zweig lui a écrites en 1921 et 1922.

était à la fois plein de travail et de visites. À une autre fois ! Gardez-moi votre bon souvenir et transmettez mes compliments à Madame ! Votre tout dévoué

Stefan Zweig

Mr André Spire, 34, rue du Bois de Boulogne, Paris.

162. Stefan Zweig à Henry Poulaille[1]

[Salzbourg] 24 juin 1926

Mon cher Henry Poulaille, je vous remercie de tout mon cœur pour votre roman[2]. Vous savez combien j'aime votre « Ils étaient quatre[3] », cet émouvant épisode qui s'est passé peut-être plus souvent en réalité que vous ne le savez vous-même (il y avait à Vienne une affaire célèbre[4] où on calomniait un chef du parti ouvrier d'être parti avec beaucoup d'argent, sa famille mourait presque de honte et deux ans après on trouvait son cadavre, il avait péri par un accident de montagne). Déjà la première fois cette œuvre m'a saisi beaucoup et cette fois encore plus. Vous savez que la chance est mince en ce moment de faire traduire en

1. Lettre manuscrite avec l'en-tête et le monogramme de SZ. Fonds Henry Poulaille, Cachan.

2. *L'Enfantement de la paix*, Bernard Grasset, 1926, que Poulaille dédie « À mon aîné Heinrich Mann / à l'auteur de "Sujet" / amicalement / H. P. ». Ce récit traite dans un style populiste de la démobilisation et du difficile retour à la vie civile.

3. Roman reçu par Zweig en septembre 1925 (cf. lettre 148), et manifestement relu maintenant par lui, d'où sa formule « J'ai lu aussi [souligné par nous] "L'Enfantement de la paix" ».

4. Allusion au destin tragique de Franz Silberer (1871-1912), député social-démocrate au Reichsrat, dirigeant de la Fédération des travailleurs de l'alimentation, disparu le 6 janvier 1912 lors d'une excursion à ski. Avant la découverte de son corps six mois plus tard en juin 1912, ses adversaires politiques déclenchent une campagne de calomnies, prétendant même qu'il aurait été vu aux États-Unis.

Allemand, car il y a une crise terrible dans la librairie allemande. Mais cela passera et j'espère de trouver un jour un éditeur. J'ai lu aussi « L'Enfantement de la Paix », livre superbe de documentation : c'est notre premier regard vers cette époque en France et je vois presque étonné qu'elle était également cruelle pour les pauvres, peut-être plus cruelle encore parce que le contraste était plus violent : chez nous tout le monde avait faim un certain moment (pas trop long, pas assez long, pour qu'on s'en souvienne encore) donc le contraste ne se dessinait pas si âprement. Je vous avoue (avec cette franchise, qui fait le fond de chaque sympathie entre hommes) que le côté roman, donc invention – « fiction » comme les Anglais disent – ne me paraît pas assez développé. Pas assez de personnages, de variantes[1], la fable trop peu nouée – la partie documentaire et humaine me paraît cette fois plus forte. Mais j'ai eu une très forte impression et je vous souhaite le plus grand succès.
Nous voyons de loin les affaires financières de la France : éternel retour du même, la même incompréhension des riches de donner quand il n'est pas trop tard, le même parlementarisme corrompu et servile. Ah, mon cher, nous entendons la même mélodie et elle ne sonne pas très clairement[2]. Sortirons-nous enfin de cet égout ? Seulement les états unis de l'Europe peuvent mettre fin à ce désordre (artificiellement conservé par les profiteurs de tous les pays) – mais comme c'est loin !
Je regrette que vous ne sachiez pas l'Allemand, j'ai justement fini un livre de contes[3]. Peut-être Hella vous montrera l'un ou l'autre et j'aimerais beaucoup d'entrer avec un dans votre belle collection[4].

---

1. Comprendre ici : « variations / nuances diverses ».

2. On sent dans cette formule (et dans toute la lettre) autant l'amitié chaleureuse de Zweig que son dégoût.

3. *Verwirrung der Gefühle. Drei Novellen* [« La Confusion des sentiments, trois nouvelles »] composé de « Vingt-quatre heures de la vie d'une femme », « Destruction d'un cœur ». « La Confusion des sentiments » paraîtra en 1927, Insel Verlag, Leipzig.

4. Henry Poulaille est entré en 1923 au service de presse des éditions Bernard Grasset dont il est devenu un directeur littéraire officieux.

Donc adieu, et à tantôt. Je viendrai à Paris – mais pas avant que cette bande de pilleurs en casquettes, des « voyageurs[1] » vous aura quittée. Et vous, ne viendrez-vous jamais. De bons camarades sont toujours attendus ici.

Votre tout dévoué

Stefan Zweig

Sur *L'Or* de Cendrars, j'ai écrit un grand essai[2] qui a paru en beaucoup de journaux allemands et que vous avez, j'espère, reçu. J'espère aussi pouvoir écrire sur votre livre.

163. Stefan Zweig à René Lalou[3]

Salzbourg, 1 juillet [19]26

Monsieur,
Votre « Défense de l'homme[4] » avec l'aimable dédicace m'a fait présent d'une récréation intellectuelle que je ne peux que trop apprécier dans un temps où la critique ressemble si peu à ce qui fait l'essence de votre excellent livre : cet au-delà du sujet, à la fois cette possibilité de « prolongation dans d'autres

---

1. Allusion à un fait divers, ou à la cherté des billets de train ? En tout cas, humour de Zweig.

2. Notamment dans la *Neue Freie Presse*, 25 avril 1926, pp. 29-30. *L'Or*, de Blaise Cendrars (1887-1967), publié chez Grasset en 1925, paraît la même année, traduit par Ivan Goll, au Rheinverlag, Basel-Zürich. Sur la forte amitié entre Cendrars et Poulaille, voir leur *Correspondance 1925-1957*, introduction de Doris Jakubec, Éditions Zoé, 2014.

3. Lettre manuscrite sur papier bleu, sans en-tête. La première partie est de la main de Friderike Zweig ; la seconde est écrite et signée par Stefan Zweig. Fonds René Lalou, BnF, NAF 14693, f. 365-366.

4. René Lalou, *Défense de l'homme (Intelligence et Sensualité)*, Paris, Éditions du Sagittaire, 1926. Ouvrage composé de trois parties : « 1. Essai sur la critique », pp. 9-52 ; « 2. L'idée de poésie pure en France », pp. 53-115 ; « 3. De Descartes à Proust », pp. 115-248.

domaines[1] », cette complexité de l'esprit et l'analyse du rôle de la critique.
Je vous remercie Monsieur pour ce que votre livre me donne pour l'heure et pour l'avenir et ses tâches.
Avec l'assurance de ma respectueuse sympathie

Stefan Zweig

Je regrette si sincèrement de vous avoir manqué toujours à Paris, mais certainement donc la prochaine fois. Votre livre m'occupera encore longtemps.

164. Stefan Zweig à Georges Duhamel[2]

Salzbourg, 2 juillet 26

Cher ami,
quel plaisir de vous lire !
Je vous remercie sincèrement pour votre livre et votre dédicace. L'attribut de savant et de sage, je l'ai mérité après vous avoir lu, mon ami. Vos « Lettres au Patagon[3] » jalonnent, il me semble, un nouvel état dans votre œuvre. La façon, de laquelle votre regard saisit les choses, l'état de la mentalité humaine actuelle est presque le regard d'un aviateur, qui, tout en voyant – sans dogme – mais attentif à l'appel de l'inconnu, se détache vers des endroits glacials, qui, hélas, nous deviennent familiers. Est-ce une consolation, qu'on s'y tient compagnie ?
J'espère mon ami que vous vous reposez à la campagne et que Mme Duhamel va bien, ainsi que vos enfants. Je vous serre la main tout en vous remerciant encore

sincèrement, cher Duhamel
Stefan Zweig

---

1. *Ibid.*, p. 12.
2. Lettre manuscrite sur papier libre bleu pâle, probablement dictée (écriture de Friderike Zweig).
3. *Les Lettres au Patagon*, recueil d'essais (publiés déjà entre 1920 et 1925) a paru à la fin mars 1926 au Mercure de France.

J'attends encore l'édition allemande pour écrire sur vos romans. Vous n'avez pas trop de chance : en ce moment les éditeurs allemands ont peur d'éditer les auteurs Français, puisque l'édition allemande se vend huit fois plus cher que l'original. Quand finiront ces temps absurdes !
Peut-être il vous fera plaisir de lire un petit article « Kosmopolitisme ou Internationalisme » prochainement en Europe[1].

165. Stefan Zweig à Marcel Martinet[2]

[Salzbourg] 12 juillet 1926

Mon cher ami, honteux, n'est-ce pas[3] ? On n'a plus le temps d'écrire à ses plus chers amis. Ton article[4] m'a dit beaucoup – j'ai senti, nous sommes tous trop cléments contre les gens équivoques, nous ne sommes pas assez durs dans une époque molle. Mais, mon frère, les gens ne suivent plus la foi, – nous vivons dans une époque où les peuples et chaque peuple cherche une garantie, une vie sans souci. Ils ne demandent pas beaucoup de la vie, du tout, ils sont modestes, mais ce petit rien, ils veulent avoir garantie. Jamais il n'existait tant de rentes viagères, garanties contre la maladie, la foudre, la vieillesse – personne ne veut plus comprendre, que la sûreté embourgeoise le monde. Et le prolétariat a [tant] transformé son idéal qu'il veut être sûr et reposé comme un bourgeois.

1. Dans la revue *Europe* du 15 juillet suivant, paraît (traduit par Alzir Hella et Olivier Bournac) « Internationalisme ou Cosmopolitisme ? » (pp. 352-356), qui reprend l'article de Zweig « Internationalismus und Kosmopolitanismus », publié le 2 juillet 1926 dans la revue berlinoise *Die Literarische Welt*. Dans sa lettre à Martinet (n° 165), Zweig mentionne *in fine* cet article.

2. Lettre manuscrite à l'encre violette, avec en-tête et monogramme. Fonds Marcel Martinet, BnF, NAF 28352 (74), f. 270.

3. Zweig s'excuse ainsi de répondre un peu tard à une carte des 26-27 juin que lui ont écrite Rolland et Martinet réunis à Villeneuve, cf. *Rolland-Zweig 2015*, p. 593, n° 264.

4. M. Martinet, « Contre le courant », *Europe*, n° 41, 15 mai 1926, pp. 90-103.

Peut-être il faudrait aller dans les pays neufs, où l'idée de l'aventure existe encore obscurément dans les hommes – même dans une Amérique mécanisée. Chez nous il y a une torpeur et les chefs représentent cet esprit. Ce que Mussolini réalise (dans une direction fausse et dangereuse) l'esprit de l'énergie, le concisme[1] de tout un peuple, il faudrait faire cela pour toute l'Europe. Mais, hélas, nous sommes une génération brisée, nous avons épuisé trop d'énergie morale contre le plus grand courant de folie qui a jamais traversé l'Europe. Nous pouvons être les Saint Jean d'un Christ qui viendra. Lui-même ne sera pas de notre âge[2]. Peut-être notre tâche sera d'être les vrais historiens du passé : je n'ose pas penser à ce qui viendra. Je sais seulement que on doit raffermir les esprits pour qu'ils concentrent leurs forces, (qui sont plus grandes que les nôtres, parsque notre foi est empoisonnée par une amertume, parsqu'il y a trop du sel de dégoût dans notre conviction.) Il faut préparer, non faire en ce moment.
Un article comme le tien est admirable pour cela. Je te serre la main. Mon vieux, si tu pouvais devenir l'homme que tu es, grâce à une santé parfaite – toi seul tu as l'âme d'un chef de nous tous (Rolland n'est pas un chef, il est un prêtre héroïque de la foi). Toujours quand je lis un des progrès de la science, de la médecine, je pense à toi : et avec Max Eastman[3] nous avons longuement parlé de toi.
Je travaille beaucoup. Mais je n'ai pas encore trouvé l'œuvre qui conviendrait à mon âge, à mes expériences. Je prépare et je prépare[4] : nous n'avons plus la folie naïve qui attaque har-

1. Mot forgé par Zweig à partir de l'italien et du latin (*concire* : « mettre en branle », « passionner »).

2. Au sens de : « génération », « époque ».

3. Max Eastman (1883-1969), poète, écrivain et traducteur américain, qui édita en 1913 à New York la revue socialiste *The Masses* ; Zweig en parle à Rolland, le 21 mai 1926, « [...] il a vécu deux ans en Russie : il est en villégiature non loin d'ici et m'informe bien », cf. *Rolland-Zweig 2015*, p. 587.

4. Non pas un roman, comme on le croit souvent ; Zweig confie en effet à Rolland, le 21 mai 1926 : « [...] je fais maintenant des études sur Fouché »

diment le projet au-delà de nos forces et qu'on conquiert tout de même grâce à cette sainte folie.
Je t'embrasse mon vieux. Reste fort et dompte avec ta belle énergie l'ennemi de ton sang : tu n'as pas un autre dans ce monde[1]. Ton vieux

Stefan

En Europa [*sic*] paraîtra un petit article de moi, provoqué par le dégoût de faux internationalistes qui sont aux tables patriotes et aux nôtres à la fois. Je m'éloigne tout à fait de toutes les manifestations Pen-Club ect. ect.

166. Stefan Zweig à René Arcos[2]

Salzbourg, 13 juillet 26

Cher ami,
le petit père qui se souvient de ses amis, aussi de celui sur la colline de Salzbourg, leur a fait un don spécial avec ce livre[3] d'amitié et de souvenir. Merci mon cher petit père. Il y a des passages dans ton livre, des descriptions de milieu dans lesquelles tu te surpasses et qui restent dans la mémoire comme un tableau intime, suspendu dans une chambre d'ami. Tu auras un beau succès avec ce roman.

(biographie qui paraîtra en 1929, après un travail donc de longue haleine, lié d'ailleurs au *Balzac* !). Et le 25 septembre 1926, c'est « l'histoire, cette grande tentatrice, qui nous entraîne dans ses labyrinthes […], cf. *Rolland-Zweig 2015*, lettres 261, p. 587 et n° 273, p. 605.

1. Belle formule malgré sa maladresse, et très polysémique ; il s'agit déjà d'une guérison par l'esprit, pour dire à la fois : « Tu n'as pas de sang de rechange »… et/ou : « Tu n'as pas ton pareil, tu es unique dans le monde ».

2. Lettre manuscrite, sur papier sans en-tête. ÖNB, Stefan Zweig Autogr. 1311/22-2.

3. Zweig s'indignait (cf. sa carte à Arcos, 18 juin 1926, n° 160) de ne l'avoir pas reçu : le roman *Autrui*.

J'espère cher Arcos que toi, ta femme et Philippe vont bien et que tu es en train de passer des radieuses vacances.
Moi je suis à la correction de mon nouveau volume de nouvelles, qui paraîtra en automne[1] et puis je partirai en vacances aussi.
Je te serre la main et merci encore. Ma femme qui vient aussi de lire ton roman te félicite aussi et nous vous envoyons nos pensées sincères.

Stefan

Ne me gronde pas de t'écrire si peu, je suis justement avant de partir. Mais en hiver je viendrai te serrer la main et nous causerons longuement. Adieu, petit père, nous ne t'oublions pas !

167. Stefan Zweig à Charles Baudouin[2]

[Salzbourg, 11 octobre 1926]

Cher ami,

Votre recueil de poèmes m'a fait un grand plaisir et je vous remercie, cher ami, vivement. Votre « Accablement » qui m'a touché et que je trouve si beau se trouve heureusement contesté par le livre dont il fait partie[3]. Le « trésor qu'on serrait en soi » me semble bien riche en vous, cher ami et vos lecteurs et amis en jouissent parfaitement.

1. *Verwirrung der Gefühle* [« La Confusion des sentiments »], cf. lettre 162.

2. Lettre manuscrite (écriture de Friderike Zweig), mais signée par l'écrivain, trois feuilles dont seule la première porte à droite l'en-tête « Kapuzinerberg 5 / Salzburg ». Fonds Charles Baudouin, Bibliothèque universitaire de Genève, Ms.fr. 7531, f. 131-132.

3. Zweig a écrit « part ».

Ce que je trouve précieux dans votre œuvre, c'est votre manière de voir la vie à la fois scientifiquement et comme pur poète, dont même le regard attristé ne rencontre que beauté. « Mais il y a ce grand dégoût » : comme vous savez triompher de ce grand dégoût en homme et en poète.
Je vous remercie de tout cœur.
J'espère, cher Baudouin que vous et votre famille se portent bien. Ma femme et moi nous pensons souvent à vous
Je vous serre la main bien cordialement
fidèlement
Stefan Zweig

168. Stefan Zweig à Charles Baudouin[1]

30 décembre 1926

Cher ami,

Bizarre, à la seconde précise, à l'instant où arrive votre bonne lettre[2], je m'apprêtais à vous écrire – ainsi en décide le hasard quand les états d'esprit sont proches, dans un seul et même instant. Je reçois en effet justement une lettre d'Edmond Fleg[3], écrite de Paris I, Quai aux Fleurs, où il m'apprend l'affligeante nouvelle qu'ayant été chez Rieder il a appris là-bas que votre manuscrit[4] ne s'y trouve plus. C'est prétendument le traducteur qui l'aurait

1. Lettre dactylographiée, en allemand, à l'encre violette, avec en-tête et monogramme. La signature et la phrase ajoutée sont manuscrites. Fonds Ch. Baudouin, Bibliothèque universitaire de Genève, Ms.fr. 7531, f. 134.

2. Baudouin à Zweig, le 27 décembre, donne ses impressions de *Verwirrung der Gefühle*, et parle de sa visite chez Freud à Vienne (*Fredonia*).

3. Edmond Fleg (1874-1963) codirige chez Rieder la collection « Judaïsme » (1923-1933), d'où son intérêt pour le drame biblique de Zweig.

4. Il s'agit du manuscrit de la traduction française de *Jérémie* par Baudouin.

repris. Mais ceci est en totale contradiction avec les faits, de sorte que la seule possibilité que je puisse imaginer, c'est que Jean Richard Bloch l'ait égaré quelque part, peut-être. Mais étant donné qu'à mon grand effroi vous n'en possédez pas de copie, je vous prie instamment[1] d'écrire à Rieder et d'exiger énergiquement qu'on vous dise exactement ce qui est arrivé au manuscrit. Vous pourrez aussi réclamer des dommages et intérêts, s'il a réellement été perdu, et je crois qu'après quelques investigations ces messieurs parviendront à le retrouver. Du reste, Edmond Fleg leur demande instamment de lui remettre alors le manuscrit, car il entend s'occuper aussitôt de sa publication.

Mon cher ami, nous avons été tous deux trop modestes dans cette affaire. Je n'ai pas osé leur poser de questions, vous avez attendu patiemment de voir ce que ces indifférents décideraient, à Paris. Mais on dirait qu'avec de la douceur c'est seulement au royaume des cieux qu'on obtient une place, mais pas sur notre terre, et nous allons sans doute devoir nous remuer un peu. Je vous en prie, faites l'effort d'écrire énergiquement à Rieder en lui affirmant que vous n'avez jamais repris ce manuscrit et qu'il est absolument certain qu'il se trouve encore chez lui. J'écris à l'instant même à Bazalgette[2] en lui demandant aussi de voir un peu ce qu'il en est.

Ce que vous me dites par ailleurs me réjouit bien sûr vivement, et ce, par une sombre journée : je viens de lire que sur les rives du lac Léman vient de mourir Rainer Maria Rilke[3], le maître de mes années de jeunesse, un homme que j'aimais et vénérais. Nous n'avons connu personne qui lui ressemble, depuis.

1. Les mots « instamment », puis « énergiquement » sont respectivement soulignés de trois, puis de deux traits.

2. Léon Bazalgette dirige chez Rieder la collection des « Prosateurs étrangers modernes » et peut intervenir, par amitié pour Zweig.

3. Rainer Maria Rilke, né le 4 décembre 1875 (à Prague) est mort le 29 décembre, la veille, à Valmont (Suisse).

Une chose encore : Amann m'écrit qu'il a des difficultés chez son éditeur à propos de votre nouveau livre[1]. Vous me permettrez d'intervenir éventuellement, et d'agir de mon côté.
Toutes mes salutations pour les vôtres,
de votre fidèle
Stefan Zweig

Ma femme va vous écrire à propos de sa fille[2].

1. La traduction de *Suggestion et autosuggestion* par le Viennois Paul Amann (1884-1958) a paru au Sibyllen-Verlag, à Dresde, en 1926 : *Psychologie der Suggestion und Autosuggestion*.
2. Elle cherchait pour sa cadette Suse (Susanna von Winternitz, 1910-1998) un pensionnat en Suisse.

1927

169. Stefan Zweig à André Suarès[1]

4. I. 1927

Cher et grand André Suarès, j'ai voulu vous écrire avant la nouvelle année, mais, hélas, les derniers jours étaient bien attristés par la mort de Rainer Maria Rilke[2]. Je ne sais pas, si vous avez connu cet homme admirable, resté pur et solitaire, à une époque, où même les plus esthétiques ont fléchi et se sont penchés vers ce miroir de bordell qu'on appelle la gloire publique. Il vivait toujours en voyage, toujours loin de sa patrie, de sa langue et se défendait contre tous, même contre ses amis. Je ne sais pas si vous l'avez connu. Mais il vous aimait bien. En 1913 je lui prêtais des livres de vous[3], il ne connaissait pas encore votre œuvre et était avide d'entendre de vous et je lui devais raconter de votre solitude : il vivait à cette époque rue Campagne première et une des rares fois où je me promenais avec lui (je n'étais pas dans son intimité, il ne parlait bien que avec des femmes et avait une chasteté, une pudeur de la parole devant les hommes), nous passâmes à travers la rue Cassette et je lui montrai votre maison. Je

1. Lettre manuscrite, datée 4 janvier 1927, sur papier à l'en-tête de Salzbourg, avec le monogramme. Fonds André Suarès, Bibliothèque Jacques Doucet, Ms. 25 397 (legs de Mme de Margerie).

2. Le 29 décembre 1926, cf. la lettre précédente.

3. Pendant le long séjour de Zweig à Paris au printemps 1913, évoqué dans ses *Journaux* et dans *Le Monde d'hier*.

ne sais pas, si vous l'avez connu, et les traductions de ses livres ne donnent qu'une ombre de la couleur magique de ses paroles. Il était notre maître, notre exemple par sa vie comme par son œuvre. On m'a demandé de plusieurs côtés d'écrire sur lui. Je ne le peux pas[1]. Je ne peux causer que à ces quelques gens qui comprennent par fraternité secrète cette perte d'un homme qui a vécu une vie lyrique et monacale à la fois, une vie enveloppée de silence et de mystère.

Mon cher Suarès, vous comprendrez que je vous parle de lui. Je sais bien, vous le comprendrez. Vous avez aussi la foi. Moi, je suis d'une génération qui a cru combattre et s'approcher plus de la vie ; j'ai tous les succès possibles en ce moment, grands tirages, tout ce bruit. Mais mon cœur est resté chez ceux qui étaient plus sages, plus sereins. J'ai lu votre nouveau livre avec admiration[2]. On ne peut embrasser le monde spirituel dans une étendue pareille que depuis la solitude de la vie privée. J'étudie beaucoup moi aussi, je me suis retiré de la ville pour ne pas me perdre : mais toutefois, comme je m'épuise en me défendant[3]. J'espère bientôt vous envoyer le troisième volume de mes grands essais[4] : il contiendra un Stendhal, un Tolstoï. Je vois Tolstoï autrement que vous[5] : l'œil le plus perçant, le plus solide de l'humanité moderne. Mais quel cerveau faible ! quelle manie de s'attaquer aux questions qui de leur nature même ne peuvent

1. Zweig fera cependant un discours d'hommage à Rilke, le 20 février suivant, au Théâtre national de Munich.

2. *Présences* (1925) d'André Suarès est réédité en 1926 chez Émile-Paul, Paris. Parmi ces (vingt et un) « portraits », celui de Stendhal retient particulièrement Zweig (cf. *Valeurs et autres écrits, 1923-1948*, éd. Parienté, Laffont, Paris, 2002, pp. 81-82).

3. Cette phrase (jusqu'à « en me défendant ») constitue une confidence exceptionnelle de Zweig.

4. *Drei Dichter ihres Lebens* [« Trois poètes de leur vie »] : *Casanova, Stendhal, Tolstoï*, Insel Verlag, 1928 – venant après *Drei Meister : Dickens, Balzac, Dostoïevski* (1920) et *Der Kampf mit dem Dämon : Hölderlin, Kleist, Nietzsche* (1925).

5. Zweig pense ici à *Tolstoï vivant*, paru aux *Cahiers de la Quinzaine*, le 19 février 1911 (7e Cahier de la 12e série).

pas être répondues. Et quelle peur de la mort, quelle peur d'animal blessé plus que d'un homme, maladive et lâche, qui le pousse vers le dernier refuge de tous ceux qui ont peur, vers le Christ[1]. Je n'ai pas encore fini mon travail, mais je me sens pris moi-même d'une violence d'être vrai à tout prix, justement contre celui-là[2]. De combien je préfère Stendhal ! vous l'aimez, je le sais bien, vous êtes le seul qui lui donnez son rang : prince des psychologues, homme sans peur et sans vile pudeur. Mais je bavarde. Il m'est doux de me figurer vos yeux, me regardant de loin. Et j'oublie presque de vous dire que j'espère : enfin cette année paraîtront les essais de vous en Allemand[3]. Je vous ai expliqué le retard : les livres Français étaient si bon marché pendant ces années que personne n'achetait plus de traductions. Maintenant cela finit enfin et j'espère pouvoir enfin prendre la parole. Je pense souvent à vous et je me souhaite un livre de vous : écrivez votre vie ! vous avez passé la cinquantaine, vous avez les yeux ouverts, le cœur fervent. Vous avez le courage de la vérité. Écrivez votre Henry Brûlard. C'est le devoir de tous les grands psychologues de tourner une fois dans leur vie leur regard vers eux-mêmes, et de dire cette suprême vérité, qu'on ne connaît que par le regard intérieur.

À vous, cher maître, cher grand Suarès, de tout mon cœur,

Stefan Zweig

---

1. Cette même idée va inspirer à Zweig (en juillet 1927) *Die Flucht zu Gott* [« La Fuite vers Dieu »], cf. *Rolland-Zweig 2015*, lettre du 2 septembre 1927, n° 321, p. 685.

2. « Contre celui-là » : Tolstoï.

3. Anton Kippenberg ayant finalement refusé de publier Suarès (lettre inédite à Zweig du 12 février 1926), Zweig a donc continué à chercher un éditeur et croit l'avoir trouvé.

170. Stefan Zweig à Henry Poulaille[1]

[Salzbourg, 5 janvier 1927 ?]

Mon cher Poulaille, charmant de votre part de m'envoyer ce délicieux cahier sur Chaplin[2]. Oui, vous avez raison, il faut aimer les gens, qui nous donnent quelques moments de gaîté dans une vie morne et contradictoire. J'ai entendu avec joie que votre roman paraîtra prochainement en allemand chez l'excellent éditeur Zsolnay[3] : on l'attend avec impatience. De mes œuvres paraît maintenant une édition complète en Russe avec une préface de Gorki[4], chose qui me fait plus de plaisir que mes livres en Allemagne et ailleurs. Mon cher Poulaille, n'oubliez pas de m'envoyer votre prochain livre. Vous savez, je suis un de ceux qui se retiennent longtemps pour montrer après plus vivement leur ferveur.

Votre sincère

Stefan Zweig

1. Carte postale manuscrite avec un panorama de Salzbourg, adressée « 24, rue Ménilmontant, Paris (France) ». Fonds Henry Poulaille, Cachan.

2. H. Poulaille, « Charlie Chaplin écrivain », *Chroniques du jour*, n°s 7-8, « n° double consacré à Charlot », 15 déc. 1926-31 décembre 1926, pp. 203-214.

3. Paul Zsolnay (1895-1961) publie à Vienne des écrivains contemporains réputés. *L'Enfantement de la paix* paraît en 1927 sous le titre *Die Geburtsstunde des Friedens*, traduit par Lina Friedländer-Frender, préfacé par Heinrich Mann, et aura un grand succès. En novembre et décembre 1927, l'ouvrage sera aussi publié en feuilleton dans le journal de Styrie et de Carinthie, *Arbeiterwille*.

4. Éditions Vremja de Léningrad en 1927.

171. Stefan Zweig à Jules Romains[1]

10. I. 1927

Mon cher Jules Romains, je n'avais pas de chance avec vous. J'étais parti quatre jours avant votre arrivée à Berlin. Je vous ai manqué à Vienne. Et j'avais tant envie de causer avec vous. Vous ne savez peut-être pas que grâce à mon intervention le Burgtheater à Vienne a pu encore mettre la main sur le « Dictateur[2] » ; je sais quel effort on fera pour cette pièce. Si vous assistez à la première, avertissez-moi, pour que j'aille à Vienne. Je n'ose pas vous prier de vous arrêter ici à Salzburg.
Vous avez dû rencontrer partout en Allemagne et en Autriche mon « Volpone » sur la scène. C'est devenu un très gros succès – justement parsque je n'ai pris de Ben Jonson que le commencement, pour développer cette farce non comme lui, sérieusement, mais tout à fait sans moralité aucune. On montera ma pièce maintenant à Leningrad et en Italie et Hollande. Donc j'ai pensé, si cela ne vous intéressait[3], de vous en occuper – je ne dis pas : traduire, mais faire librement une adaptation. Je l'ai fait en dix jours, ce *Volpone*, vous n'auriez pas besoin de plus et on aurait en France aussi un gros succès et on partagerait honnêtement la peau. Je vous propose cela seulement parsque je sais que vous aimez la farce, que vous détestez comme moi le genre sentimental. Et comme vous savez l'allemand, peut-être la chose vous fera quelques après-midis amusants. Vous avez dû

1. Lettre manuscrite à l'encre violette, avec l'en-tête [« Salzbourg » est souligné en violet] et le monogramme. Fonds Jules Romains, BnF NAF 28403 (177).

2. Jules Romains, *Le Dictateur*, pièce en quatre actes, créée le 5 octobre 1926 à la Comédie des Champs-Élysées, mise en scène par Louis Jouvet. Création au Burgtheater de Vienne, en février 1927. Le texte a paru en janvier 1927 à l'Insel Verlag, 127 p., *Der Diktator* traduit par Hans Feist. Et la création au Lessingtheater de Berlin a été un triomphe, le 23 décembre 1926, voir *Rony 1993*, pp. 327-328. Jules Romains y assista, d'où *supra*, « votre arrivée à Berlin ».

3. Comprendre : « je me suis demandé si cela ne vous intéresserait pas ».

entendre combien cette pièce porte et emporte : c'est le même succès à Berlin et Vienne et Dresde comme dans les toutes petites boîtes à Heilbronn et Ulm. C'est tout de même une preuve. Et puis : quelle tentation, ces deux rôles de Volpone et Mosca pour les acteurs : ils sont tous fous de la jouer.
Vous comprenez, cher Jules Romains, que je ne serai pas « fâché » si vous me dites : cela ne m'intéresse pas. Je n'ai moi-même plus le temps de traduire. Mais je crois, il y a dans cette pièce quelque chose qui pourrait vous tenter. Et, transformée pour la France par vous, cela pourrait – fait en dix jours – remplir les théâtres, deux ans. Pourquoi donc pas en causer ?

En vieille affection, mon cher Romains

Votre tout dévoué

Stefan Zweig

Je vous joins un exemplaire

172. Stefan Zweig à Charles Baudouin[1]

12 janvier 1927

Cher ami,

Tous mes remerciements pour votre lettre. Je vous envoie d'abord l'adresse d'Edmond Fleg : Paris 1, Quai aux Fleurs. Je vais moi-même lui écrire encore aujourd'hui sur le sujet en question. Bizarrement, cette pièce presque disparue s'agite d'un seul coup dans toutes les directions : la traduction polonaise vient de paraître et à Jérusalem on projette de la représenter en grande pompe. Je vous ai sans doute déjà parlé de l'édition russe de mes œuvres complètes. On est en train de l'imprimer et je suis très curieux de la voir.

1. Lettre dactylographiée, en allemand, sur papier siglé SZ, avec signature manuscrite. Fonds Charles Baudouin, Bibliothèque universitaire de Genève, Ms.fr. 7531, f. 136.

Ma femme s'adressera bientôt à vous avec confiance et affection si elle envoie sa fille en Suisse.
Ces jours-ci, comme je travaille sur Tolstoï, j'ai lu votre « Tolstoï éducateur[1] » que j'ai trouvé très important, quoique je sois d'un avis presque opposé, car je pense que Tolstoï fut l'être le moins pédagogue de son époque. Mais bien sûr il me faudra expliquer tout cela plus en détail un jour prochain.

Très cordialement votre fidèle

Stefan Zweig

173. Stefan Zweig à Jules Romains[2]

4. II. 1927

Mon cher ami, merci pour votre bonne lettre[3]. Le Volpone fait des progrès étonnants en Allemagne, 25 fois déjà au Burgtheater, 25 fois à Berlin, puis Hamburg, Dresden, Leipzig, Hannover, Frankfurt – toutes les villes.
En Italie le grand Gandusio[4] le jouera, à Leningrad le théâtre d'État, la Hongrie, la Pologne – tout marche. Je n'ai pas peur de la concurrence, car si vous comparez, la pièce est tout à fait autre que le sérieux et bombastique[5] Ben Jonson. La courtisane est tout à fait inventée, le deuxième acte et le troisième n'ont aucun rapport avec l'original et le Mosca est devenu le centre, qui était pauvre larron chez Jonson. Je crois vraiment qu'un gros succès serait à encaisser avec cette farce et si j'ai fait toute

1. Charles Baudouin, *Tolstoï éducateur*, Neuchâtel-Paris, éditions Delachaux & Niestlé, 1921.

2. Carte manuscrite à l'encre violette, avec en-tête et monogramme. Fonds Jules Romains, BnF, NAF 28403 (177), f. 7.

3. Lettre de Jules Romains non conservée ; la première figurant dans la Stefan Zweig Collection Fredonia, étant du 19 février 1927.

4. Antonio Gandusio (1875-1951), né à Rovigno d'Istria (ville alors austro-hongroise), il se rendit célèbre au théâtre et au cinéma.

5. Décalqué du mot allemand *bombastisch* : « emphatique, bavard ».

la chose en dix jours, vous le ferez en 8 jours. Mais je ne veux pas vous presser, je me figure seulement l'amusement de faire une telle farce. En tout cas je vous envoie quelques critiques.

Le « Dictateur » fera son chemin en Allemagne. J'en suis heureux.

Deux livres de moi paraîtront ce mois en France[1]. Mais mon pays est la Russie, maintenant mes œuvres complètes paraissent dans une admirable édition avec une préface de Gorki[2]. J'ai grande envie de faire une petite promenade à Moscou, mais j'ai le dégoût de la politique : et en Russie tout devient politique. Je serai bientôt à Paris. Merci donc et meilleures amitiés de votre

Stefan Zweig

174. Stefan Zweig à Charles Baudouin[3]

Salzburg, Kapuzinerberg 5
11 février 1927

Cher ami,

Concernant l'affaire du « Jérémie[4] », Bazalgette m'informe aujourd'hui que le manuscrit a été transmis, il y a un certain temps et à votre demande à Charles[5] Cohen, de la défunte « Revue Juive », lequel réside à Genève et est sans doute encore à présent en possession du manuscrit. Voilà qui est tout de

1. *Amok ou le Fou de Malaisie*, recueil traduit par A. Hella et O. Bournac, préfacé par Rolland, Stock, 1927, et *Dostoïevski* (extrait de « Trois maîtres »), voir plus loin la lettre 176.

2. Voir lettre à Poulaille, n° 170.

3. Lettre dactylographiée, en allemand, avec en-tête, monogramme et signature manuscrite. Fonds Charles Baudouin, Bibliothèque universitaire de Genève, Ms.fr. 7531, f. 138.

4. Voir la lettre à André Spire du 4 octobre 1924, n° 135.

5. Inadvertance : il s'agit d'Albert Cohen (1895-1981), directeur de *La Revue juive*, fondée en janvier 1925, éditée par la Libraire Gallimard (NRF) dont la publication avait cessé en novembre 1925, cf. lettre 134.

même un indice précieux, et j'espère que vous allez en fin de compte parvenir à le récupérer.
Je suis plongé dans toutes sortes de travaux, et je ne vous envoie donc aujourd'hui que les plus cordiales salutations
de votre sincère ami
Stefan Zweig

175. Stefan Zweig à Jules Romains[1]

[Salzbourg] 21. II. 1927

Mon cher ami, vous êtes droit et clair. Un plaisir de causer avec vous[2] !
Je joins la déclaration tout à fait telle que vous la proposez. Et je tiens tout discret. Seulement je suis obligé de faire savoir mes conditions à mon éditeur théâtral Felix Bloch Erben, Berlin, qui vous enverra de sa part son consentement et le traité. Mais il m'a promis silence absolu et vous pouvez être sûr de lui. Comprenez ma situation : je ne suis pas le possédeur unique de mon œuvre, mais je dois céder une part à l'agence, donc il a le droit de savoir tout. Mais c'est une formalité (comme chez vous à la « société[3] »).
Encore un mot qui n'est pas nécessaire non plus : je lui ai prié de prononcer aussi dans notre traité, que mon nom doit [être] nommé à côté du vôtre pour qu'on ne dise pas simplement en France : *Volpone* de Romains d'après une idée de Ben Jonson ; il y a très peu, disons mieux, rien du vieux Ben Jonson dans cette pièce, sauf le skelette du premier acte. Nous partagerons l'honneur de l'affiche comme celui de l'argent ; je suis très fier, d'être aussi là votre camarade.

---

1. Lettre manuscrite à l'encre violette, avec en-tête et monogramme. Fonds Jules Romains, BnF, NAF 28403 (177), f.8.
2. Allusion à la lettre détaillée de Jules Romains, le 19 février 1927 (*Fredonia*).
3. La Société des auteurs dramatiques.

Le succès en Allemagne continue et se répand. Ces deux semaines c'est Breslau, Karlsruhe, Bremen de nouveau et le théâtre royal de Munic. Quand vous viendrez, j'arrangerai que partout où vous le désirerez, vous pourrez voir une représentation, soit à Vienne, à Munic, en Suisse – il se promène partout, le bon Volpone et il se prépare, à passer les Alpes : Gandusio, le fameux acteur, l'a acheté pour l'Italie et le promènera la saison prochaine à travers toutes les villes.
Maintenant une petite demande. Envoyez-moi en tout cas une dépêche où vous êtes à trouver entre le 1-15ème mars. Je veux aller à la Côte d'Azur et à Paris, mais je peux changer de telle façon mon plan, que je viendrai d'abord à Paris, ou telle place que vous me proposez. Il serait bien de causer de certains détails peut-être (pas des choses matérielles qui sont réglées déjà). Mais il se peut que je pourrais vous être utile dans la traduction et adaptation : j'ai l'expérience des cinq représentations[1] diverses. (Par exemple la fin du deuxième acte n'est pas assez bien dans le livre, nous l'avons renforcée très heureusement dans les représentations, et comme cela mille détails). Il vaut bien un petit voyage que je fais avec plaisir.
Je suis sûr que vous vous amuserez bien avec cette farce. Et si vous gagnez autant avec ce petit travail que les recettes allemandes promettent déjà, je serai heureux – ajouté au plaisir de vous rencontrer en travail et en personne. Votre sincère ami

Stefan Zweig

1. Comprendre : « les diverses mises en scène ». Quant au « livre », il s'intitule *Stefan Zweig :* Volpone*, eine lieblose Komödie in drei Akten von Ben Jonson. Frei bearbeitet* [« *Volpone*, une comédie sans amour en trois actes, de Ben Jonson. Librement adaptée »].

176. Stefan Zweig à Charles Baudouin[1]

[Salzbourg] 22 février 1927

Cher ami,
Je n'ose pas vous adresser une demande, c'est seulement si le hasard voulait que la chose vous fût agréable.
Bazalgette me presse de lui indiquer un traducteur pour mon Dostoïevski, qui doit paraître chez Rieder[2], et il déclare que le plus beau serait que vous vous en chargiez. Si vous en avez envie, si vous avez le temps, écrivez-lui aussitôt quelques mots, je vous en prie. Bien sûr je serais heureux que vous le fassiez. Mais peut-être connaissez-vous quelqu'un d'autre de vraiment compétent, si vous n'en avez pas envie.
Il est évident que si je n'ose pas vous demander cela, cher ami, c'est que je sais quel homme actif et occupé vous êtes ; c'est seulement au cas où cela pourrait vous être agréable pour des raisons matérielles ou autres, et je vous déclare aussi bien sincèrement que ce serait une grande joie pour moi.
Êtes-vous parvenu à repêcher le manuscrit de Jéremias dans les décombres de la « Revue Juive » ? Je serais heureux de savoir cela aussi.
Portez-vous bien, cher ami, et soyez sûr que je me réjouirais de pouvoir bientôt, j'espère, vous montrer combien je vous suis reconnaissant – et pour tant de choses déjà.
Stefan Zweig

Je pars la semaine prochaine en voyage, je passerai peut-être.

---

1. Lettre dactylographiée en allemand, avec en-tête et monogramme ; la signature et le post-scriptum sont manuscrits. Fonds Charles Baudouin, Bibliothèque universitaire de Genève, Ms.fr. 7531, f. 140.

2. Le *Dostoïevski* de Zweig paraît (seul) en 1928, dans la collection « Les Prosateurs étrangers » dirigée par Bazalgette, mais traduit par Henri Bloch (1867-1954).

177. Stefan Zweig à Marcel Martinet[1]

[Paris, début mars 1927]

Mon cher ami, je suis honteux : j'étais pour deux jours en passage à Paris[2] et toujours l'idée me hantait : il faut voir Martinet. Mais j'ai dû m'en aller plus tôt sans avoir vu aucun des amis – donc seulement ce mot de sincère, de profond regret.
Je suis heureux d'entendre qu'on montera ta « Nuit[3] ». Je t'aime bien, tu le sais ! Ton vieux

Stefan

Je vais d'ici à Marseille ce soir à 7 heures. Je reviendrai à Paris[4] en automne : et tu seras le premier que je verrai.

178. Stefan Zweig à Charles Vellay[5]

[Salzbourg] 7 mai 1927

Monsieur,

je vous accuse bonne réception de votre aimable lettre et envoi, contenant le Saint-Just, Sully et Barbaroux[6]. Vos informations étaient très importantes pour moi, comme je tâche toujours de

1. Carte pneumatique, manuscrite à l'encre violette, cachet postal illisible. Fonds Marcel Martinet, BnF, NAF 28352 (74), f. 273.

2. C'est principalement pour rencontrer Jules Romains, comme Zweig l'écrit à Rolland le 23 février 1927 (lettre 292, *Rolland-Zweig 2015*, p. 641).

3. Nouvelle sans doute entendue de la bouche d'Alzir Hella, devenu le « partenaire » de Zweig : le drame de Martinet sera monté par ses amis, les Palin, à la salle Adyar, réservée aux *happy few* (4, square Rapp, dans le VIIe arrondissement).

4. Les mots suivants sont ajoutés à droite, le long du texte.

5. Lettre manuscrite avec en-tête et monogramme. Deutsches Literaturarchiv Marbach. Fonds A. Stefan Zweig, 62.532.

6. Dans la collection de Zweig, le manuscrit de Saint-Just (1767-1794), un projet de loi sur la censure, est le n° 653 ; les « Demandes de Monsieur de Sully »

décrire la trace de tous les manuscrits jusqu'à l'entrée dans ma collection.
Quant au Montesquieu et le manuscrit de Robespierre[1] j'accepte après mûre réflexion votre aimable offre de francs Suisses 5. 500 pour les deux pièces ensemble. Je sais bien que les temps sont passés où je pouvais acheter à Paris le manuscrit des « Fêtes Galantes » pour 900 francs, un conte de Balzac pour 680, le testament de Stendhal pour 240 et si je trouve le prix des deux manuscrits encore considérable, je me dis, que ce qu'on achète cher aujourd'hui sera bon marché dans cinq ans. Je vous enverrai 5 500 frcs suisses pour le discours de Robespierre et le manuscrit de Montesquieu, 385 pour les autres trois pièces, donc 5 885 frcs suisses en tout. Je donne ordre aujourd'hui même[2] à une banque allemande Jacob Wolff & Co à Frankfort sur Main de vous envoyer un chèque barré sur les francs 385, soit en francs suisses soit en francs français au cours du jour immédiatement.
Et je vous prie de m'envoyer les deux manuscrits recommandés sans indication extérieure de la valeur : vous pouvez les faire assurer, sans faire apparaître toute la somme, si vous le croyez nécessaire, mais je veux éviter les ennuis de la douane, qui demande toujours des explications, si elle voit une grosse somme. Mais je crois, une lettre recommandée suffit : je n'ai jamais eu une perte d'une lettre recommandée : je vous enverrai les 5 500 immédiatement après avoir reçu les manuscrits et je vous accuserai la réception par un télégramme.
Si vous entendez parler de manuscrits en possession privée qui pourraient m'intéresser, je vous saurais bon gré, si vous vouliez me renseigner. Moi de ma part je veux tâcher d'intéresser un amateur en Allemagne pour vos autographes de la Révolution.

---

portent le n° 727 (*Matuschek 2005,* p. 315 et p. 333) ; celui de Charles Barbaroux (1767-1794), député à la Convention, n'y figure pas (peut-être revendu ?).

1. De Robespierre (1758-1794), Zweig acquiert le manuscrit d'un discours intitulé « La rose croît pour tous les hommes », n° 627, *ibid.*, p. 307 ; de Montesquieu (1689-1755), les *Considérations sur la richesse de l'Espagne* (ébauche pour *L'Esprit des Lois*), *ibid.*, p. 288, n° 532.

2. Zweig a écrit à l'allemande « aujourd'hui encore ».

Je collectionne aussi les catalogues d'autographes et j'en possède presque tous de l'Allemagne et la plus grande partie des Français. Si vous avez à disposition ceux entre 1870-1906 je serais acheteur de tous ceux que je ne possède pas encore : je réalise avec beaucoup de travail le projet d'une collection complète qui n'existe nulle part, dans aucune bibliothèque, et qui serait indispensable à la fois pour la science et pour celui qui tâcherait d'écrire une histoire des autographes. Ils sont si rares ceux qui ont compris toute la beauté de nos collections, leur valeur à la fois psychologique et intellectuelle et je le regrette pour vous, que vous cessiez de rester un des nôtres. Mais vous avez au moins la satisfaction de procurer un plaisir très pur aux autres en leur cédant des pièces d'une telle beauté et je vous en remercie pour ma part. Veuillez croire, cher Monsieur, à l'assurance de mes sentiments les plus distingués

Stefan Zweig

179. Stefan Zweig à Edmond Jaloux[1]

18 mai [1927]

Cher ami,
Merci pour l'envoi des deux romans[2], dont L'Âge d'or m'était déjà parvenu en automne et que nous[3] admirons beaucoup.

1. Lettre manuscrite à l'encre violette, sur papier libre. Fonds Edmond Jaloux, Bibliothèque Jacques Doucet, Ms 6060. L'année (proposée par Jean-Paul Corsetti, cf. *Zweig 1990*) s'appuie sur les parutions (nécessairement antérieures) des deux romans de Jaloux.

2. *L'Alcyone* a paru à Paris en 1925 chez Plon-Nourrit ; dédié à Paul Bourget, ce roman correspond bien à une problématique traditionnelle du mariage ; *L'Âge d'or* paraît en 1926 chez Rasmussen, Paris ; il fait écho, dans une Provence de rêve, à *L'Escalier d'or* (cf. lettre 108) et revient sur l'esprit d'enfance et la poésie.

3. Les époux Zweig.

L'Alcyone (le titre est si bien choisi[1]) nous a également plu beaucoup et intéressera en Allemagne. La figure de Christiane est tout à fait charmante et ce milieu de Venise un attrait de plus, et la psychologie bien fine.
Malheureusement, cher ami, je ne tiens pas encore la lettre de réponse à la mienne, dans laquelle je vous ai prié de me nommer les conditions de la cession des différents romans, pour que je puisse venir à bout avec l'éditeur qui s'intéressera à la publication de votre œuvre[2]. J'espère qu'elle n'est pas perdue. Veuillez me rassurer là-dessus et m'envoyer s'il vous plaît l'information qui me sera nécessaire pour conclure un traité avec cette maison d'édition.
J'espère que vous vous trouvez bien et que vous jouissez encore du merveilleux printemps au bord du Léman.
En vous remerciant encore pour le plaisir de la lecture d'Alcyone, je vous serre la main cordialement, tout en vous priant de m'écrire bientôt, pour que je vous puisse être utile enfin d'une façon efficace
Sincèrement cher ami

Stefan Zweig

180. Stefan Zweig à Henry Poulaille[3]

Salzburg, 7 juin 1927

Cher ami et camarade,

avec grand plaisir j'ai reçu par l'ami Hella votre article sur mon livre[4] et je vous remercie cordialement. Vous pouvez vous imaginer combien j'ai été content, pas seulement en égard de votre

1. Il désigne le personnage de Christiane « comparée un jour aux alcyones qui ne faisaient leur nid [sur les vagues] que dans les jours calmes » (p. 250).
2. Entendre : « l'ensemble de votre œuvre », voir la lettre 181.
3. Lettre manuscrite (écriture de Friderike Zweig), signée par Stefan Zweig qui ajoute le post-scriptum. Fonds Henry Poulaille, Centre de Cachan.
4. Sans doute sur le recueil *Amok ou le Fou de Malaisie* (Stock, 1927, traduit par Alzir Hella et Olivier Bournac, cf. la lettre 173) et dans une revue

aimable opinion, mais comme marque d'amitié et de solidarité au-dessus des nations, qui nous a toujours été commun.
J'espère que je pourrai bientôt être parrain de votre roman[1] dont la parution[2] ne tardera donc pas.
Je suis moi-même un peu fatigué, en ce qui concerne le travail et assez retiré en moi-même. Mais j'espère de venir en France l'année prochaine : ce n'est pas l'envie qui me manque.
Je vous serre la main bien sincèrement et je me réjouis de lire vos œuvres futures.
En vous saluant cordialement, je suis avec l'assurance de mon amitié et de ma considération

Votre fidèle

Stefan Zweig

En ce moment Kra[3] m'envoie votre essai sur Balzac. Vraiment vous me confondez : je ne sais presque pas comment vous remercier mais je le ferai activement et pas avec des paroles.

militante comme *Les Primaires* (Issy-les-Moulineaux) ou *Le Petit Démocrate* (à Saint-Denis),

1. Probablement *Le Train fou*, « roman-film », Grasset, 1928.
2. Zweig a écrit : « l'apparition ».
3. Simon Kra, l'éditeur bien connu de Zweig (cf. lettre 154) qui vient de publier de Stefan Zweig, *Deux grands romanciers du* XIX*e siècle : Balzac, Dickens*, traduit par Alzir Hella et Olivier Bournac ; *Dostoïevski* paraîtra, lui, en 1928 (cf. lettre 176). La trilogie des « Trois maîtres » conçue par Zweig n'a donc pas été conservée en français (contrairement aux éditions en anglais, espagnol ou italien).

181. Stefan Zweig à Edmond Jaloux[1]

Salzbourg, 24 juin 1927

Mon bien cher ami,

Je suis tout ému à la lecture de votre admirable critique, que vous avez eu la bonté de me consacrer dans « Nouvelles littéraires[2] ». Je sais que je puis être reconnaissant, quoique je n'ai pas toujours le don de l'exprimer. Je préfère être actif dans mon sentiment de reconnaissance.
Je m'impatiente de pouvoir vous dire quelque chose de définitif et suis en relation avec deux éditeurs[3]. L'un est dernièrement venu me voir, mais étant en vacances maintenant, sa réponse se retardera de trois semaines. L'autre m'a également promis son intérêt à bientôt. Ce serait bien facile de placer un livre, mais je tiens à réunir toute l'œuvre, parce que un éditeur peut faire beaucoup plus pour l'auteur que pour une seule œuvre et parce que j'aimerai à écrire l'introduction pour l'œuvre entière[4]. Il me semble plus essentiel de bien placer que de placer en hâte. Habent sua fata libelli[5], mais il faut tout de même tâcher de corriger la fortune soi-même.

1. Lettre manuscrite à l'encre violette sur papier blanc. Fonds Edmond Jaloux, Bibliothèque Jacques Doucet, Ms 6055.

2. Edmond Jaloux, « Balzac, Dickens, Stefan Zweig », *Les Nouvelles littéraires*, 18 juin 1927. Cet intitulé suggère finement que Stefan Zweig est le troisième, voire le quatrième « maître », cf. la lettre précédente n° 180.

3. Le premier est l'éditeur principal de Zweig, Anton Kippenberg ; pour le second, c'est la maison Reclam Universal (également à Leipzig) : dans la revue *Reclams Universum* paraîtra en effet le 26 avril 1928 l'article « Stefan Zweig schreibt über Edmond Jaloux » [« Stefan Zweig écrit sur Edmond Jaloux »]. Or, le seul essai connu de Zweig sur Jaloux (nettement plus long) porte la date de 1931.

4. Cette étude, *Edmond Jaloux,* a bien été écrite, et fut publiée en 1960 par Richard Friedenthal. Deux romans de Jaloux furent traduits, dont l'un par Friderike Zweig : *Ô toi que j'eusse aimée* : *Dich hätte ich geliebt*, chez Ph. Reclam Jr., 1928.

5. Zweig entend par ces mots latins : « Les petits livres détiennent leur propre destin. » C'est aussi une allusion aux petits formats jaunes

Je vous remercie encore de tout cœur pour votre amitié si efficace et vous verrez que vous ne l'avez pas consacrée à quelqu'un d'indigne.

Votre tout dévoué

Stefan Zweig

J'aurai la réponse de l'éditeur dans quelques jours.

182. Stefan Zweig à Paul Morand[1]

[Salzbourg, début juillet 1927]

Cher Monsieur et confrère,

C'est avec un plaisir bien vif que j'ai lu votre excellent roman[2] et je vous remercie, cher Monsieur, que vous avez eu l'amabilité de m'envoyer cette œuvre exceptionnelle et merci aussi cordialement pour votre dédicace. Mon admiration pour ce livre m'a poussé à écrire tout de suite[3] à mon éditeur, le Insel-Verlag, pour qu'il tâche de se procurer le droit de la traduction en allemand. La publication de Bouddha vivant[4] augmentera encore beaucoup vos admirateurs en Allemagne et en Autriche.

---

lancés par l'éditeur Reclam dès 1828, les célèbres petits « livres de poche » allemands.

1. Lettre manuscrite (écriture de Friderike Zweig), sans date, signée par SZ. Mais on peut la dater, voir ci-dessous la note 3. Fonds Paul Morand, NAF 18246 (f. 272-273), BnF.

2. *Bouddha vivant*, publié en juin 1927 chez Grasset, qui paraît dès 1928 aux éditions Insel sous le titre *Der lebende Buddha* dans une traduction de Theresia Mutzenbecher (1888-1979).

3. Lettre écrite de Salzbourg dès le 30 juin 1927 à Anton Kippenberg, conservée dans les archives Suhrkamp/ Kippenberg (Deutsches Literatur Archiv, DLA, Marbach).

4. En 1919, Zweig avait célébré la valeureuse traduction en allemand des *Discours de Gautama Bouddha* par Karl Eugen Neumann (1865-1915) : « Un très remarquable legs », in *Zweig 2021*, pp. 221-231.

En renouvelant mes remerciements, cher confrère, je vous exprime l'assurance de ma parfaite estime et de mon admiration pour votre œuvre, dont la lecture m'a charmé et sincèrement enthousiasmé.
Veuillez croire, cher Monsieur et maître, à l'expression de mes sentiments les plus distingués

Stefan Zweig

183. Stefan Zweig à René Arcos[1]

[Salzbourg, 4.7.27]

Cher petit père, merci de tes bonnes lignes. Je croyais mes livres expédiés à toi depuis longtemps[2] : je veux voir immédiatement si j'en ai encore des exemplaires. J'espère encore de venir à Paris cette année, je ne suis pas tout à fait sûr : je suis un peu fatigué, j'ai travaillé trop les dernières années et une correspondance absurde me tue. Mais j'ai bien envie (tu comprends) de revoir Philippe, sa charmante mère et son gros papa et de me reposer un peu de la littérature. Nous pensons souvent à toi et toujours avec beaucoup d'affection. Ton vieux

Stefan Zweig

---

1. Carte de correspondance manuscrite à l'encre violette, avec adresse tamponnée. ÖNB, Stefan Zweig Autogr. 1311/22 (3).

2. Arcos a en effet écrit à Zweig le 28 juin : « On publie de toi des traductions françaises ; mais tu ne nous les fais pas envoyer. C'est triste car j'aurais eu plaisir à te lire dans ma langue maternelle » (*Fredonia*). Les livres en question sont *Amok ou le Fou de Malaisie* ainsi que *Deux grands romanciers du XIXe siècle : Balzac, Dickens* (voir lettre 180).

184. Stefan Zweig à Noël Charavay[1]

[Salzbourg] 25 août 27

Cher monsieur Charavay, je vous accuse bonne réception des poèmes de Baudelaire que vous avez eu l'aimabilité de m'offrir[2]. Je vous suis vraiment reconnaissant d'avoir si bien répondu à mon désir réitéré de posséder des poèmes des « Fleurs du mal » et c'est avec plaisir que je les introduis dans ma collection. Je vous fais parvenir la somme de 2 500 francs par une banque allemande, elle sera en trois ou quatre jours entre vos mains. Maintenant la liste de mes desiderata Français est un peu diminué. Je cherche un beau Chénier – celui de Maggs à £ 275 – est bien désirable, mais hélas, quel prix ! – et un manuscrit de Prosper Mérimée avant tout ; dans les derniers temps j'ai fait quelques acquisitions assez importantes et j'en suis content, car la matière diminue et les belles choses deviennent très chères. Encore une fois, merci, d'avoir pensé à ma collection qui doit déjà des belles pièces à votre intervention et en devra, j'espère, encore bien d'autres.
Votre tout dévoué

Stefan Zweig

1. Lettre manuscrite à l'encre violette, avec en-tête et monogramme. Collection particulière.
2. Zweig décalque de l'allemand « bieten », mais il veut dire « proposer ».

185. Stefan Zweig à Charlotte Chennevière[1]

[Salzbourg, 1er septembre 1927]

Chère Madame,
La triste nouvelle que j'apprends à l'instant me consterne. Je n'ai pu y croire, en la lisant. Je venais de lire ces notes de voyage en Pologne[2], qui me le montraient si vivant. Mon chagrin est profond. Non seulement j'admirais le talent poétique et critique de Georges Chennevière. Mais j'avais le respect de son haut caractère, de sa générosité, de sa noblesse morale. De tout le groupe d'amis, qui tous l'estimaient, il était modeste et le plus désintéressé[3].
Je m'incline avec douleur devant sa mort et je vous adresse, Madame, ainsi qu'à votre fils[4], et à ses parents, l'expression de ma respectueuse sympathie.

Stefan Zweig

---

1. Lettre manuscrite, spécialement soignée pour le français. Datation d'après la lettre de Zweig à Rolland du 2 septembre 1927, *Rolland-Zweig 2015*, n° 321. Fonds Georges Chennevière, NAF 28253 (4), f. 237-238, BnF.

2. G. Chennevière avait entrepris avec Duhamel, en octobre 1926, un voyage en Pologne pour « demander l'amnistie des détenus politiques ». Et il venait de donner à la revue *Europe* (juin, juillet et août 1927) un reportage détaillé et documenté : « Une mission à Varsovie. Notes sur la Pologne ».

3. Le 21 août 1927, Romain Rolland note dans son *Journal* (inédit) : « Mort de Georges Chennevière, âgé de 43 ans. De tout le petit groupe de l'Abbaye le plus modeste et le plus désintéressé. Poète et critique de premier rang, écrasé par les conditions matérielles, contraint d'écrire à la grossière *Humanité*, malgré son indépendance d'esprit et son goût délicat. Au reste, frère du peuple et de tous les malheureux » (BnF, Fonds Romain Rolland, Carnets dactylographiés, juillet 1927-mai 1928, p. 33).

4. André Chennevière (1908-1944), poète et rédacteur à *L'Humanité* de 1937 à 1940. Membre des FFI, il meurt sous les balles allemandes le 20 août 1944, lors de la Libération de Paris.

186. Stefan Zweig à Marcel Martinet[1]

[Salzbourg, 2 septembre 1927]

Cher ami, je ne savais rien de la mort de Chennevière et j'envoie encore aujourd'hui au comité mon secours personnel. Mon vieux, ce sont toujours les meilleurs qui s'en vont, Patroclos meurt et Thersite vit éternellement. Comment vas-tu ? Je viendrai cette année sûrement à Paris, on va monter mon adaptation libre du « Volpone » dans une traduction de Jules Romains[2]. J'ai grande envie de te serrer la main et d'être avec toi – raconte-moi ce que tu as fait ! À Berlin il y a maintenant un excellent théâtre populaire et révolutionnaire (Piscator) qui serait fait pour donner « La Nuit ». Je m'en occuperai quand j'irai à Berlin. Fidèlement ton vieux

Stefan

1. Carte « Bristol » manuscrite à l'encre violette, sans date, avec en-tête et monogramme. Fonds Marcel Martinet, BnF, NAF 28352 (74), f. 275.

2. Présentation un peu surprenante. Signalons la façon dont Jules Romains racontera « comment est née cette version de *Volpone* », dans le programme du 5 novembre 1937 du théâtre de l'Atelier (qui reprend alors la pièce, avec Charles Dullin dans le rôle-titre) : « J'ai dû reconnaître que l'auteur autrichien avait réalisé ce travail de refonte, de recréation avec un bonheur exceptionnel. Tout ce qu'il y a de fort, d'humain, de durable dans l'œuvre de Ben Jonson, je l'y retrouvai conservé, épuré, enrichi, dans une structure et un mouvement dramatique qui me paraissent bien supérieurs à ceux de l'original. [...] Vouloir tenter la même entreprise sans passer par Zweig, c'eût été de la part de n'importe qui, je crois, se donner toutes les chances de faire moins bien. [...] De plus, Zweig m'avait amicalement accordé, et même recommandé, toute licence. [...] J'ai fait comme si le *Volpone* de Zweig était un manuscrit de moi, précédemment achevé, et que j'aurais laissé dormir un ou deux ans. J'ai recommencé à l'écrire. [...] Je n'hésitai pas à changer deux ou trois ressorts [...]. »

187. Stefan Zweig à Maurice Parijanine[1]

[2 septembre 1927]

Cher Monsieur, mon ami Martinet m'avertit qu'un comité s'est réuni pour aider un peu la famille de l'excellent Chennevière. Permettez-moi de vous envoyer un billet de cent marks allemands pour ce fonds.

Votre tout dévoué

Stefan Zweig

188. Stefan Zweig à René Lalou[2]

Salzburg, 15. X. [19]27

Mon cher Monsieur Lalou,

« Vers une Alchimie lyrique[3] » ajoute à votre œuvre un si précieux don, que je ne saurais vous remercier assez sincèrement. C'est une étude profonde et originale qui m'a enrichi en différents points de vue d'une façon féconde.

Je suis sûr que ce livre sera d'une grande utilité, d'un bien tout à fait supérieur pour chacun, qui a un sentiment intense pour l'essentiel de la poésie lyrique et qu'il ouvrira des aspects nouveaux à ceux qui, tout en jouissant de l'art lyrique, n'arrivent pas à y trouver les secrets de l'œuvre naissante, cette jouissance intime et créatrice à la fois.

Merci aussi cher Monsieur et ami pour votre si aimable dédicace.

---

1. Lettre manuscrite à l'encre violette, avec en-tête et monogramme. Fonds Georges Chennevière, NAF 28253 (4), f. 241, BnF. « Parijanine » est le pseudonyme [« le Parisien », en russe] de Maurice Donzel (1885-1937).

2. Lettre manuscrite (écriture de Friderike Zweig), signée par SZ, sur papier libre. Fonds René Lalou, BnF, NAF 14693, volume V, f. 367-368.

3. René Lalou, *Vers une alchimie lyrique (Sainte-Beuve, Aloysius Bertrand, Gérard de Nerval, Baudelaire)*, Éd. Les Arts et le Livre, Paris, 1927.

J'espère que la nouvelle édition du livre de Marceline Desbordes-Valmore[1], enrichie par des lettres etc. vous est parvenue déjà.
Croyez-moi, en vous remerciant encore, avec l'assurance de mon estime et de ma gratitude

Sincèrement

Stefan Zweig

189. Stefan Zweig à Henry Poulaille[2]

Salzburg 15 octobre 1927

Mon cher Confrère,
Que je suis honteux de ne pas avoir écrit pour vous remercier sincèrement[3] pour votre excellent « Charlie Chaplin[4] ». Mais je me trouvais déjà à Paris[5], songeant d'y aller bientôt et de vous serrer la main personnellement. Maintenant le voyage est retardé et je vous prie, cher ami, d'excuser le retard.
En lisant votre « Chaplin », j'ai ressenti le plaisir que vous avez sûrement eu en l'écrivant. Cet enthousiasme est réconfortant.

---

1. Il s'agit de *Marceline Desbordes-Valmore. Son œuvre, portrait et autographes*. Document pour l'histoire de la littérature française, Paris, La Nouvelle Revue critique, 1928. La première édition en allemand datait de 1920, et Zweig y avait travaillé dès avant 1914.

2. Lettre manuscrite (écriture de Friderike Zweig, qui signe aussi « Stefan Zweig »). Fonds Henry Poulaille, Centre de Cachan.

3. Zweig a déjà remercié Poulaille, début janvier 1927 (lettre 170). Il s'agit ici d'une autre publication.

4. H. Poulaille, *Charlie Chaplin*, Grasset, coll. « Le Livre gai », [5 juill.] 1927, 218 p. (précédé de « Un soir avec Charlot à New York » par Paul Morand). En 1929, le quotidien *Neues Wiener Tageblatt* publie ce texte de Poulaille dans son supplément du dimanche (17 février au 17 mars). Voir aussi le riche numéro « Cinéma I » des *Cahiers Henry Poulaille* 2 & 3, éditions Plein Chant, 1990.

5. Comprendre : « je m'imaginais déjà à Paris ».

Je suis sûr que vous aurez un beau succès, bien mérité, avec ce livre.

Merci donc de tout cœur et à bientôt j'espère.

Sincèrement
Stefan Zweig

Je suis impatient de vous revoir. J'ai lu un article sur vous dans la *Arbeiterzeitung*[1] : on vous aime beaucoup dans l'Allemagne[2].

190. Stefan Zweig à Georges Duhamel[3]

Salzburg, le 30 octobre 1927

Cher ami,
tout de suite après la lecture de votre « Voyage[4] », j'aurais voulu vous remercier cordialement pour le grand plaisir que j'avais à vous suivre en Russie. L'envie de voir ce pays extraordinaire est devenue maintenant encore plus vive. Merci donc, mon cher ami, pour ce nouvel et précieux don que vous nous avez fait avec cet excellent ouvrage. Les préparations d'un voyage et les

---

1. Long article d'Anny Gutmann intitulé « Begegnung mit Henry Poulaille » [« Rencontre avec H. Poulaille »], *Arbeiterzeitung*, 9 octobre 1927.

2. Ce même journal social-démocrate viennois publie en feuilleton, depuis le 2 octobre, une traduction d'Anny Gutmann de *Ils étaient quatre* (paru en 1925) sous le titre *Es waren ihrer vier*. Un an plus tard, Lina Friedländer-Frender traduit un choix de récits pris dans *Âmes neuves* (Grasset, 1925) (*Kinderschicksal*, Berlin, Weltgeist, 1928).

3. Lettre manuscrite sur papier libre.

4. Le *Voyage de Moscou*, paru le 15 septembre 1927 au *Mercure de France* ; Duhamel était parti avec son ami Luc Durtain (1881-1959), du 20 mars à la mi-avril 1927. « J'avais fait non pas une simple excursion, mais bien le voyage de Moscou. J'étais allé péleriner aux lieux saints du communisme. [...] J'écrivis un livre où je formulais des réserves, mais où je me plaçais dans une position d'attente ou, pour mieux dire, de bonne volonté », in *Les Espoirs et les Épreuves*, Paris, Mercure de France, 1953, p. 231.

efforts de finir un travail avant mon départ[1] ont retardé cette lettre, sans qu'elle soit pour cela moins dictée par un sentiment de sincère gratitude. Je vous serre la main en vous assurant mon admiration et mes pensées bien cordiales

Stefan Zweig

P. S. J'étais surtout frappé par votre maîtrise d'être clair et juste. Je devine toutes les difficultés morales d'écrire sur la Russie et elles se présenteront sans doute aussi à moi-même, quand je réussirai d'aller en Russie[2]. Mais il faut combattre le mensonge systématique et organisé, par une sincérité absolue. Vous avez parfaitement réussi. Seulement il faudrait aussi regarder la vie paysanne et voilà notre difficulté. Sans connaissance de la langue et entouré par des guides trop professionnels on éprouve sans doute un sentiment d'incertitude en face d'un peuple qui représente en lui-même un monde, un cosmos. Mais vous avez magistralement restreint vous-même vos impressions sur les choses <u>vues</u> ; mon Dieu, si tout le monde faisait autant, il y aurait plus de justice et moins de mensonge sur notre terre. Je vous serre la main, mon cher ami !

Stefan Zweig

1. Départ le 6 novembre pour une tournée de conférences (sur Tolstoï) dans toute l'Allemagne, jusqu'au 19 novembre, voir la lettre suivante (à Edmond Jaloux). Et Zweig travaille encore à son essai sur « Tolstoï », la troisième partie des futurs *Trois poètes de leur vie* (Casanova, Stendhal, Tolstoï).

2. C'est du 8 au 16 septembre 1928 que Zweig partira pour une semaine en URSS, invité à la célébration du centenaire de Tolstoï. Il en rendra compte, dès octobre 1928, dans trois numéros successifs de la *Neue Freie Presse*.

191. Stefan Zweig à Edmond Jaloux[1]

Salzbourg, 7 décembre [1927 ?]

Cher confrère et ami,
Il y a longtemps que nous n'avons pas de vos nouvelles. Je suis moi-même en retard avec ma correspondance, étant seulement de retour depuis peu de temps. Nous aurions pu par hasard nous rencontrer en Allemagne. J'étais à Francfort à peu près au même temps que vous à Heidelberg. Notre ami Rieger, ancien secrétaire du Kulturbund, nous l'a dit quelques jours avant. Cet ami part pour Tunis dans quinze jours. Ma femme vous a parlé d'un discours au « Kulturbund ». Il me semble que Rohan[2] lui-même ne s'occupe pas des discours. Cet ami pourra vous procurer les renseignements nécessaires si vous profitez du temps qu'il est encore à Vienne pour les lui demander. Son adresse est Dr Erwin Rieger, VI Linke Wienzeile 4 – quant aux lettres de Rilke, cher ami, j'en ai parlé à Kippenberg. On ne publiera maintenant que quelques correspondances spéciales, par exemple les lettres adressées à la Princesse Thurn und Taxis et celles à Rodin. Mais ce n'est pas Kippenberg seul qui a les droits de la publication, mais la famille. Et il me semble qu'il y a quelques difficultés à vaincre. Peut-être que la situation sera un peu plus précise dans quelques temps et je vous [renseignerai] en ce cas. – Ma femme et moi nous regrettons vivement que votre roman ne soit pas encore imprimé[3]. Croyez-nous, ce n'est pas par notre faute, ni le temps qui passe avant que Reclam ait lu le premier

---

1. Lettre dactylographiée, puis manuscrite à partir de « Je joins encore quelques mots », à l'encre violette sur papier blanc. Fonds Edmond Jaloux, Bibliothèque Jacques Doucet, Ms 6059.

2. Karl Anton de Rohan (1898-1975), écrivain et publiciste, il fonde en 1925 l'association culturelle Europäischer Kulturbund qui défend une Europe chrétienne et élitiste ; il adhère au parti nazi en mai 1938 (cf. *Delphis 2001*, pp. 49 et 53-54).

3. Il s'agit de la traduction, par Friderike Maria Zweig, du roman d'Edmond Jaloux *Ô toi que j'eusse aimée*, publié en 1926, à Paris, qui va paraître à Leipzig, Ph. Reclam jr., daté de 1928, *Dich hätte ich geliebt* (176 p.).

roman. J'espère qu'il l'a demandé à Plon. Le temps avant Noël est un enfer pour les éditeurs et pour ceux qui leur demandent quelque chose. Veuillez vous rappeler des petites nouvelles que Reclam voulait publier, cher ami, en même temps que le roman. J'espère, cher ami, que vous travaillez à votre aise et que Madame Jaloux se porte bien. Nous vous souhaitons bonnes fêtes et j'espère que nous nous verrons en Autriche.

Je joins encore quelques mots. Une conférence de vous à Vienne est sûre quand vous voudrez indiquer la date exacte, et pour Berlin, je ne prévois non plus de difficultés. Donc si un jour l'envie des voyages vous prend, dites-le à nous et nous arrangerons tout.
Je suis bien content que le roman n'ait pas paru pour Noël. Jamais une pareille avalanche de livres s'est précipitée sur nous. On imprime horriblement beaucoup en Allemagne et le raisonnement d'introduire un auteur non au moment du grand « rush » était le plus raisonnable. J'ai travaillé assez, car je prépare un volume des essays et je rêve d'aller en mars en Russie, mais je n'ose pas encore de faire des dispositions.
J'ai vu quelques épreuves des lettres de Rilke à Rodin, surtout celle après que Rodin (dû à un malentendu) lui avait défendu sa maison ; c'est très émouvant et montre la noblesse de Rilke. Il est très difficile d'agir avec les héritiers, qui étaient peu en relation avec lui durant sa vie et qui font toutes sortes de difficultés pour la publication de ses œuvres posthumes. J'espère avoir bientôt occasion de vous raconter tout cela personnellement.
Travaillez bien et recevez les meilleures salutations de votre tout dévoué

Stefan Zweig

192. Stefan Zweig à Valéry Larbaud[1]

Salzbourg, 31 Dez. 1927

Cher monsieur et confrère, je vous remercie de tout cœur pour l'envoi de votre livre[2] et d'autant plus qu'en le lisant j'ai éprouvé le rare plaisir de sentir réunis dans une façon tout à fait naturelle et spontanée les deux pôles, entre lesquels oscille notre vie : la façon de voir au fond les choses et tout de même luisantes dans les rayons d'une ironie spirituelle. C'est justement cette particularité qui fait la gloire spéciale des lettres françaises et vous avez continué une tradition, qui date de Diderot et de Voltaire, dans notre vie immédiate. J'étais très sensible à la finesse de votre prose et je vous prie de croire à la sincérité de ce plaisir. Avec l'expression de mon hommage, je reste, cher confrère votre tout dévoué

Stefan Zweig

1. Lettre manuscrite avec l'en-tête et le monogramme SZ. Fonds Valéry Larbaud, Médiathèque de Vichy.

2. Le contenu de la lettre laisse penser qu'il s'agit de *Jaune bleu blanc*, Gallimard, 1927 (plutôt que d'*Allen*, paru la même année).

1928

193. Stefan Zweig à Marcel Martinet[1]

[avant le 3 janvier 1928][2]

Mon cher ami, je suis ici avec un ami de Berlin qui est très lié avec Piscator[3] et nous parlons de ta « Nuit ». Envoie-moi, je t'en prie, un exemplaire et dis-moi aussi si la traduction existe. (Celle que je connaissais n'était pas très fameuse). Et tes nouvelles pièces !! N'oublie pas tes vieux amis et surtout pas ton

StefanZweig[4]

J'espère le mieux pour ta santé. Donne-moi des renseignements.

---

1. Billet manuscrit, à l'encre noire, sans date, sur papier libre. Fonds Marcel Martinet, NAF 28352 (74), f. 274.

2. On lit « Reçu 3 janvier 1928 », de la main de Martinet tout en bas de la feuille.

3. Erwin Piscator (1893-1966), le célèbre metteur en scène allemand qui lance après 1918 le théâtre prolétarien, que Martinet ne peut qu'approuver ; et à Berlin, en 1928, Piscator travaille à l'adaptation du *Brave soldat Chweik*, en collaboration avec Brecht et Georg Grosz.

4. [*Sic.*]

194. Friderike Zweig à Marcel Martinet[1]

[Salzbourg, Janvier 1928 ?]

Cher Monsieur Martinet

Mon mari vous prie de vous joindre à la manifestation pour le 60e anniversaire de M. Gorki[2].
Avec ma vive admiration, cher Monsieur

Friderike M. Zweig

195. Stefan Zweig à Charles Baudouin[3]

[Salzbourg] 16 janvier 1928

Cher ami,
Eh oui, aujourd'hui, aujourd'hui – donc six à sept ans trop tard arrive la nouvelle que Rieder est enfin sérieusement décidé à imprimer Jeremias, et je lui ai évidemment écrit que tous les droits vous reviennent à vous. Si je peux formuler une seule demande, c'est que vous tailliez dans le texte, sans scrupule et à coups de serpe. Je vais publier à présent en langue allemande une version définitive[4], dans laquelle à peu près un quart du texte a disparu.
Vous pouvez en faire autant, tout à votre guise. À titre d'échantillon, pour vous montrer combien j'ai été radical afin de

1. Billet manuscrit, sur papier bleu pâle, sans date. Fonds Marcel Martinet, NAF 28352 (74), f. 252.

2. Maxime Gorki (1868-1936) était né un 28 mars.

3. Lettre en allemand, dactylographiée, avec en-tête et monogramme ; signature à l'encre violette. Fonds Charles Baudouin, Bibliothèque universitaire de Genève, Ms.fr. 7531, f. 142.

4. *Jeremias*, Insel Verlag, 1928, 191 p. La traduction française, antérieure, par Louis Charles Baudouin, paraîtra en 1929 chez Rieder, n° 10 de la collection « Judaïsme » dirigée par Edmond Fleg ; voir lettre 168, du 30 décembre 1926.

supprimer des longueurs, je vous envoie quelques cahiers d'épreuves.
Je travaille en ce moment d'arrache-pied à un nouveau grand volume d'essais[1] dont le morceau principal sera un Tolstoï. Et je me réjouis fort à l'idée de pouvoir, ce printemps ou cet été, vous faire parvenir ce livre.
Mais il se pourrait très facilement que nous venions sous peu, ma femme et moi, passer quelques jours au bord du lac de Genève où l'une de nos premières agréables occupations sera d'aller vous rendre visite.

Très cordialement votre

Stefan Zweig

196. Stefan Zweig à Georges Duhamel[2]

Salzbourg, mars 1928

Mon cher ami,

le plaisir de vous lire m'est plus précieux encore, parce qu'il y a de nouveau bien du temps que je ne vous ai pas causé. Merci cordialement, mon cher Duhamel, pour le nouveau don[3] et l'aimable dédicace. Quel art de traiter un sujet aussi difficile d'une façon aussi touchante et compréhensible et justement dans un milieu le plus opposé. Mais sur les qualités duhameliennes il ne reste plus rien à ajouter, sinon qu'elles se trouvent réunies et augmentées dans votre beau livre, qui sera surement un renouvellement de vos succès bien dus.

---

1. *Drei Dichter ihres Lebens* [« Trois poètes de leur vie »] *: Casanova, Stendhal, Tolstoï.*

2. Lettre dactylographiée sur papier libre (bleu pâle), avec des ajouts manuscrits ainsi que la signature.

3. Sans doute *Les Sept Dernières Plaies*, paru au Mercure de France en 1928, sorte de suite à la *Vie des martyrs* (1917) et à *Civilisation* (1918).

J'achève justement un nouveau recueil d'essais sur Tolstoï, Stendhal, Casanova[1] et je suis bien content d'être enfin un peu plus libre.
J'espère que vous vous trouvez bien ainsi que Madame Duhamel et vos enfants.
[2]Vous avez, j'espère, reçu l'invitation pour notre félicitation commune à Gorki[3]. Et vous recevrez la semaine prochaine un livre sur Hölderlin[4], le « poète des poètes allemands ».
Je vous serre la main, cher ami et merci encore pour l'enrichissement que je vous dois une fois de plus.

cordialement, votre fidèle

Stefan Zweig

1. *Trois poètes de leur vie*, la trilogie centrée sur la question de l'autobiographie, paraît la même année 1928 à l'Insel Verlag. En français paraît d'abord le seul *Tolstoï* (Attinger, 1928), puis *Casanova* en 1930 (Attinger) et seulement en 1937 la trilogie complète, incluant *Stendhal*, chez Stock (traduction par Alzir Hella et Olivier Bournac).

2. Ce paragraphe a été ajouté à la main par Zweig, la suite « Je vous serre… une fois de plus » étant de nouveau dactylographiée.

3. Duhamel ne s'associera pas à cet hommage écrit, n'ayant pas de relations personnelles avec Gorki. Zweig, lui, est en correspondance avec lui depuis 1923 ; et grâce à Gorki, des nouvelles de Zweig paraissent aux éditions Vrémia à Léningrad, en 1925 et 1926.

4. Il s'agit de la seule première partie du recueil *Der Kampf mit dem Dämon. Hölderlin – Kleist – Nietzsche*, Insel Verlag, 1925, [« Le Combat avec le démon »] ; *Hölderlin* paraît chez Stock en 1928, traduit par Alzir Hella et Olivier Bournac. Les essais sur Kleist et sur Nietzsche, eux, ne paraîtront en français qu'en 1930 et en 1936.

197. Stefan Zweig à Edmond Jaloux[1]

[Salzbourg] 11 mars 1928

Cher confrère et ami, c'est bien tard que je vous remercie pour votre merveilleux présent, le beau manuscrit de votre roman[2]. Mais vous connaissez vous même trop bien les moments où on se refuse à écrire, faute d'écrire trop[3]. J'ai terminé mon grand livre des essays[4], 300 pages très serrées (en français ce seraient 500), puis les épreuves à faire et j'étais très fatigué. Mais la première minute libre était réservée à vous et maintenant qu'elle est enfin venue je vous adresse ma profonde gratitude. Le beau manuscrit n'aura pas à se plaindre d'un voisinage ignoble : vous savez, je crois, que je possède des œuvres de Balzac, de Maupassant, de Dostoïevski, Tolstoï en manuscrits et maints autres qui se réjouissent d'être visités par vous.
Je n'ai pas encore la nouvelle quand votre roman[5] paraîtra ; je crois, l'éditeur veut lancer toute une série à la fois. Mais j'en aurai bientôt la certitude. Combien de temps se perd dans ces éternels délais, et il n'y a qu'un seul moyen de ne pas s'ennuyer de ces procédés techniques – c'est de travailler des nouvelles œuvres.
J'espère d'être à Paris au commencement d'avril et de vous voir. Je suis un peu fatigué et rien ne me rafraîchit plus que de vivre dans une grande ville loin de ma table de travail. Nous causerons bien de tout et je me réjouis déjà d'avance des bonnes choses

---

1. Lettre manuscrite à l'encre violette sur papier bleu à l'en-tête de Salzbourg. Bibliothèque Jacques Doucet, Ms 6056.

2. Dans son précieux ouvrage sur la collection de Stefan Zweig, Oliver Matuschek précise qu'il s'agit de *L'Alcyone*, dont le manuscrit signé et dédicacé par E. Jaloux fut offert à Zweig le 10 décembre 1927, d'où : « c'est bien tard que je vous remercie », *Zweig 2005*, pièce n° 377, p. 250.

3. Comprendre : « parce qu'on écrit trop ».

4. Cette trilogie *Drei Dichter ihres Lebens. Casanova, Stendhal, Tolstoï* parut à l'Insel Verlag en 1928.

5. *Ô toi que j'eusse aimée*, voir lettre 181, note 4.

que j'ai à vous dire. Il faut enfin organiser cette série de conférences en Allemagne et en Autriche : vous ne le regretterez pas, car l'Allemagne est très intéressante en ce moment, très active et dans l'architecture, les théâtres, il y a des expériments très intructifs, et dans la littérature le grand roman de Wassermann[1] est réellement un événement, une création imposante et durable. Il n'a jamais rien fait de mieux.
Avez-vous reçu l'invitation pour le comité Gorki : de lui envoyer quelques paroles ? J'ai mis votre nom et adresse sur la liste. Les lettres de Rilke à Rodin ont paru, il s'y trouve des lettres admirables. Mais je crois que ses lettres à des femmes seront encore plus surprenantes. Il ne se donnait jamais que dans la conversation entièrement aux femmes. Même envers ses amis il gardait une certaine pudeur.
Donc à tantôt ! je donnerai fin Mars à Berlin une conférence sur Gorki et en Avril j'espère d'être à Paris. Je vous prie de transmettre mes compliments à Madame votre femme et de garder bon souvenir de votre sincèrement dévoué

Stefan Zweig

198. Stefan Zweig à Georges Duhamel[2]

[Salzbourg] 21. mars 1928[3]

Cher ami,
Je serai à partir de mardi soir pour dix jours à Paris et très

1. Jakob Wassermann (1873-1934) : *Der Fall Maurizius* [« Le Cas Mauritzius »] paraît en 1928, au Fischer Verlag, Berlin.

2. Lettre dactylographiée, avec en-tête et monogramme, la signature et quelques corrections sont manuscrites.

3. Zweig arrive le 25 mars 1928, et repart autour du dimanche de Pâques, le 8 avril, en passant par Villeneuve. Duhamel lui répond le 31 mars : « Je suis installé à Valmondois pour six mois. [...] Venez déjeuner, si possible, au moins entre deux trains. » Mais ils ne se verront pas, cf. *supra*, lettre 202.

heureux de vous voir. Dites-moi, je vous en prie, par un mot quand cela sera possible (Hôtel Beaujolais, rue Beaujolais).
Je vous serre la main bien affectueusement

Stefan Zweig

199. Stefan Zweig à Marcel Martinet[1]

[Salzbourg] 23 mars 1928

Cher ami, je serai à Paris la semaine prochaine, très désireux de te voir. Dis-moi une heure quand je pourrais te voir vendredi ou samedi.

Ton

Stefan Zweig

Hôtel Beaujolais, rue Beaujolais

200. Stefan Zweig à Marcel Martinet[2]

[Paris, 27.03.1928]

Cher vieux, je viendrai vendredi à midi chez toi sans ma femme – je suis seul cette fois et déjà très désireux de te voir. Ton vieux

Stefan

1. Petite carte de correspondance avec nom et adresse préimprimés ; texte dactylographié, signature manuscrite. Fonds Marcel Martinet, BnF, NAF 28352 (74), f. 276.
2. Carte pneumatique, manuscrite. Fonds Marcel Martinet, BnF, NAF 28352 (74), f. 277.

201. Stefan Zweig à Henry Poulaille[1]

[Paris, 31 mars 1928]

Mon cher Henry Poulaille, je suis encore pour 3 jours ici et très désireux de serrer votre main. Dites-moi si c'est pour vous possible de déjeuner ou dîner avec moi mercredi. Je suis impatient de vous voir.

Votre sincèrement dévoué

Stefan Zweig

Hôtel Beaujolais

202. Stefan Zweig à Georges Duhamel

[Paris, vers le 8 avril 1928][2]

Cher Duhamel, j'ai tant regretté, mais j'étais pris ici cette fois par des pourparlers de la mise en scène de mon « Volpone ». Je reviendrai bientôt et alors non sans vous rendre visite. Travaillez bien ! Votre fidèle

Stefan Zweig

1. Lettre manuscrite à l'encre noire, envoyée de l'hôtel Beaujolais, adressée « chez Grasset éditeurs, rue des Saints Pères », que Grasset a fait suivre à Poulaille le 2 avril 1928, « Les Roumégous », Magagnosc / Alpes maritimes ». Fonds Henry Poulaille, Centre de Cachan.

2. Billet manuscrit à l'encre violette, avec l'en-tête de l'hôtel Beaujolais. Pour cette date, voir lettre 198, note 3.

203. Stefan Zweig à André Gide[1]

[Salzbourg] 9. Avril 1928

Cher monsieur et maître, je vous remercie très sincèrement d'avoir pensé à moi en m'envoyant votre livre[2] et je ne peux pas répondre mieux à ce témoignage de votre sympathie qu'avec la franchise la plus sincère. Je ne suis pas un de ceux qui ont toujours et du premier moment aimé vos livres. J'ai toujours senti les hautes et incomparables qualités d'art, mais j'avais le sentiment que vous ne réussissiez pas de sortir complètement ce que vous êtes, et que l'homme, la personnalité est supérieure à ce qu'elle sait peu [faire] ressortir. Mais vos derniers livres vous ont enfin relevé en votre totalité, vous avez à une époque d'âge où les autres se sont donnés et épuisés commencé à créer, à vous montrer avec une force prodigieuse. « Les faux-monnayeurs » étaient pour moi votre première grande création et je crains qu'on n'ait pas encore compris la valeur psychologique de ce chef-d'œuvre, qui montre enfin une nouvelle jeunesse fine et énergique, une jeunesse qui ne correspond nullement avec celle d'avant-guerre et qui ne se reconnaît que dans votre seul livre véritablement. Et puis « Si le grain ne meurt », « Le voyage au Congo » – livres d'un courage nouveau, livres qui osent, qui parlent : vraiment vous avez fait un pas énorme dans les années d'après-guerre et je suis heureux de pouvoir vous offrir une admiration toute nouvelle et plus vigoureuse que jamais. Notre époque, qui a découvert toutes les zones de la terre, qui connaît les profondeurs de la mer et les lois de l'univers, n'a que l'homme lui-même à découvrir[3] ; nous approchons, si je ne me trompe pas, d'un siècle qui ne sera plus dominé par

---

1. Lettre manuscrite à l'encre violette, avec l'en-tête et le monogramme. Fondation Catherine Gide, Archives André Gide.

2. C'est *Le Retour du Tchad* qui vient de paraître, début 1928.

3. C'est pourquoi Zweig a inscrit en tête de son « dernier livre des essais » [*Trois poètes de leur vie : Casanova, Stendhal, Tolstoï*] la phrase : « The proper study of mankind is man » (Pope).

la philosophie mais par la psychologie – une psychologie nouvelle et courageuse qui aime les profondeurs et qui n'a plus de fausses hontes, de résistances, une psychologie qui ose. J'ai essayé dans mon dernier livre des essais de montrer les étapes où la conscience de soi-même et les efforts de l'autobiographie montent en trois figures : Casanova (l'homme naïvement vrai, amoraliste né, mais très faible en connaissance de soi même) Stendhal (qui a la joie de se découvrir) et Tolstoï (qui connaît la cruauté de se découvrir, le juge de soi-même). Je vous envoie ces essays sans vous obliger de les lire, car le livre est bien gros et votre temps précieux. Et vous recevrez mon Dostoïevski en Français (écrit il y a dix ans[1], je les comprends, les Russes maintenant mieux grâce à la Révolution). Mais si je vous envoie ces livres, c'est seulement un geste très faible de reconnaissance pour tout ce que je vous dois et j'espère que la parole publique me servira mieux un jour[2].

Je vous prie, cher maître, de croire à la sincérité de mon admiration. Votre tout dévoué

Stefan Zweig

204. Stefan Zweig à René Arcos[3]

[Salzbourg, 14.4.1928]

Cher petit père, je reviens de mon voyage en France et à Paris. Je trouve ici un mot de Gregor[4], me disant qu'il t'a

---

1. Malice de Zweig : c'est même avant la guerre, en 1914, que son propre *Dostoïevski* était quasiment écrit, et paraîtra dans *Drei Meister* en 1920 ; la traduction française par Henri Bloch ne paraît qu'en 1928, chez Rieder.

2. Nous n'avons connaissance d'aucune publication de Zweig sur Gide.

3. Carte postale manuscrite à l'encre violette, avec panorama de Salzbourg. ÖNB, Stefan Zweig Autogr. 1311/22-5.

4. Joseph Gregor (1888-1960), entré à la Bibliothèque nationale d'Autriche à Vienne en 1918. Il y ouvre en 1922 le département du théâtre (Theater Sammlung) auquel il adjoindra en 1931 le cinéma ; ses travaux sur l'histoire du théâtre font référence ; voir lettre 287.

envoyé un portrait de Haydn[1] et t'avoir ouvert l'autre grande bibliothèque de la ville[2]. J'espère, tu as été content. Rolland désire que son « Beethoven » paraisse chez le Insel-Verlag, l'éditeur t'aura écrit sans doute déjà. C'est tout de même le meilleur et ton propre éditeur. Je suis très content que R. se soit émancipé de ce petit Rotapfelverlag, qui agissait d'une façon peu respectueuse avec lui et n'a rien fait de ses livres. À Paris j'ai assisté avec Romains à la lecture de mon « Volpone » chez Dullin, qui le montera en automne[3]. La traduction de R.[4] est superbe. Je n'ai pas pu te voir comme tu n'as pas de téléphone et comme d'ailleurs j'ai certains griefs contre toi (je ne puis pas, néanmoins que je me f... de la littérature, pardonner que vous ayez fait ce numéro d'Europe sur R. R.[5] sans moi) mais en automne je viendrai plus longuement pour la pièce et j'espère de voir alors ton grand Philippe Amitiés de ton vieux

Stefan

1. Dans sa lettre du 12 février 1928, Arcos a demandé l'aide de Zweig pour les illustrations prévues dans le (premier) volume du *Beethoven* de Rolland : *Les Grandes Époques créatrices. De l'*Héroïque *à l'*Appassionata, qui va paraître aux Éditions du Sablier, Paris, en 1928.

2. L'Albertina.

3. La création de *Volpone* aura lieu au théâtre de l'Atelier, le 23 novembre 1928, mise en scène de Charles Dullin, décors et costumes d'André Barsacq, musique de Georges Auric. Le succès en France se poursuit alors sur trois cent cinquante représentations.

4. « La traduction de R. », c'est-à-dire l'adaptation par Romains de l'adaptation par Zweig, cf. lettre 186, note 2.

5. Sur Romain Rolland, numéro paru le 15 février 1926.

205. Stefan Zweig à Christian Sénéchal[1]

[Salzbourg] le 19 avril 1928

Cher monsieur Sénéchal,
Quelle stupide erreur ! Tout le paquet à vous adressé était destiné à André Levinson[2], 42, avenue du Parc Montsouris, et il a lui-même probablement reçu celui qui était pour vous. Je me console en pensant que pour votre peine, vous aurez le plaisir de faire la connaissance de l'un des critiques les plus intelligents et les mieux informés. Mon prochain livre vous arrivera bientôt.
Pour aujourd'hui, toutes les salutations
De votre sincèrement dévoué
Stefan Zweig

206. Stefan Zweig à Henry Poulaille[3]

[Salzbourg, avril-mai 1928]

Mon cher Henry Poulaille, j'étais à Paris et en tout cas je vous avais écrit un mot[4] pour vous voir (adressé chez Grasset) – mais, hélas, vous étiez absent. Je vous envoie donc quelques lignes

1. Lettre dactylographiée en allemand, avec en-tête et monogramme. Collection Hermann Hofer, NAF 28914, BnF.

2. Russe blanc originaire de Saint-Pétersbourg, André Levinson (1887-1933) est un critique musical et littéraire fort érudit qui a écrit plusieurs articles circonstanciés sur les œuvres de Zweig : « Kleist et le "désordre allemand" », *Comœdia*, 23.10.1927, p. 3 ; « Stefan Zweig et sa trilogie de la passion », *ibid.*, 20.11.1927, p. 3 ; « Stefan Zweig et la critique créatrice », *ibid.*, 8.1.1928, p. 3.

3. Lettre manuscrite à l'encre violette, non datée, avec en-tête et monogramme ; la date proposée est approximative. Fonds Henry Poulaille, Centre de Cachan.

4. Voir *supra*, lettre 201.

pour votre revue[1] et je vous remercie pour votre livre[2] qui sera lu en ces jours. Je suis très heureux d'entendre que Madame Poulaille se porte mieux et j'espère en automne à Paris de pouvoir serrer votre main d'ami.

De tout cœur votre

Stefan Zweig

207. Stefan Zweig à Marcel Martinet[3]

[Salzbourg] 10 mai 1928

Mon cher Marcel, j'ai entendu que tu as passé une petite crise et j'espère que tu te portes déjà tout à fait bien : je crois, il faut absolument que tu ailles une fois dans un sanatorium Suisse ou Allemand et tu sais que je suis tout à fait à ta disposition pour te faciliter cette cure absolument nécessaire. De Berlin j'ai des nouvelles sur tes pièces[4], on me dit qu'il faudrait les concentrer[5] pour leur donner plus de force dramatique et peut-être tu pourras bientôt te vouer à une telle recomposition. J'attends Jean Richard Bloch en ces jours[6] et je veux causer avec lui sur ses impressions de Berlin. Mais avant tout occupe-toi de ta santé et fais-nous la joie de guérir complétement. Dès que j'aurai des exemplaires de mon Hölderlin[7], je t'enverrai un. Ton fidèle

Stefan

1. Poulaille a lancé une grande enquête avec la question « Le cinéma peut-il être considéré comme une valeur sociale ? » dans la revue *Mon ciné*, n° 328, 31 mai 1928, p. 11. Les réponses d'un grand nombre d'écrivains paraîtront du n° 329 (7 juin) au n° 346 (4 octobre) 1928. La réponse de Stefan Zweig paraît dans le n° 335, 19 juillet, p. 12.

2. H. Poulaille, *Le Train fou, roman-film*, Grasset, [janvier] 1928.

3. Lettre manuscrite à l'encre violette, avec en-tête et monogramme. Fonds Marcel Martinet, BnF, NAF 28352 (74), f. 278.

4. Voir les lettres 105 et 186.

5. C'est notre lecture : ce mot est illisible (à la pliure de la lettre).

6. Jean-Richard Bloch fait une brève visite au Kapuzinerberg, les 13-14 mai 1928, cf. *Delphis 2019*, pp. 104-105.

7. Voir lettre 196, dernière note.

208. Stefan Zweig à André Spire[1]

[Salzbourg, juin 1928]

Mon cher ami, je suis très heureux d'avoir aussi le second volume de votre œuvre[2], qui peut facilement s'élargir encore, car jamais la littérature juive n'a été tellement active et puissante que dans nos jours[3]. C'est un renouveau tout à fait inattendu qui a ses raisons peut-être dans la régénération physique de la race. Je serai en automne à Paris et très heureux de vous revoir ! Votre fidèle Stefan Zweig

1. Carte postale avec panorama de Salzbourg en noir et blanc, manuscrite, à l'encre noire. Cachet postal illisible ; Spire a inscrit : « 1928 » ; l'adresse à Neuilly est barrée et remplacée par « Avaray, Loir et Cher ». Archives André Spire, Paris.

2. André Spire, *Quelques Juifs et demi-Juifs*, livre paru chez Grasset en 1928 et qui fait suite à *Quelques Juifs (Israël Zangwill, Otto Weininger, James Darmesteter)*, Mercure de France, 1913, voir *Halévy-Spire 2020*, p. 968.

3. Un peu plus tard, Zweig écrit à un ami écrivain (peut-être Shalom Asch (1880-1957), en partance pour Paris : « Là-bas, vous devriez à tout prix faire la connaissance d'André Spire, qui déjà du temps de Herzl était le premier représentant de la littérature juive en France [...] ; c'est un être simple, délicat et extraordinairement distingué et grâce à lui, vous pourriez peut-être faire connaissance avec tout le groupe... », 31 août 1931, *in* Stargardt, catalogue d'autographes n° 682, Berlin, 2005, p. 158.

LETTRES 209 À 250

Septembre 1928-février 1931

Dans cette séquence – certes limitée, mais hautement significative de toute cette période, est confirmé un important tournant dans la carrière littéraire de Stefan Zweig dû principalement au succès de son Volpone *– un succès international accru par la collaboration originale de Jules Romains. Le théâtre retrouve donc la première place dans ses orientations. Cela modifie la perception qu'on a de son œuvre, dans son développement. Grâce à ce succès, il a pu apercevoir son avenir autrement, ailleurs qu'en Europe. La France cesse d'être le pôle attirant prédominant – et surtout Paris. Il ne fait plus qu'y passer rapidement, s'échappant des amis trop nombreux. Il préférerait voyager incognito… Car le monde change beaucoup, d'une façon menaçante. Zweig, qui renoue avec Charles Baudouin à l'occasion de la publication bien tardive (1929), en France, de sa traduction de* Jérémie, *lui écrit qu'il faut en profiter tant que c'est possible, et voyager (lettre 248, janvier 1931). Romain Rolland a changé lui aussi, et on sent que ce n'est pas en mieux (lettre 252, mars 1931).*

Stefan Zweig tente cependant de poursuivre avec Jules Romains le succès immense qu'ils ont obtenu avec leur « Volpone *commun ». Mais ni son propre* Agneau du pauvre *(devenu sous la plume d'Alzir Hella* Un caprice de Bonaparte*), ni* L'Armée dans la ville *de* Romains *ne sont de bons sujets (lettre 226). Si les deux grands écrivains restent des amis très complices, leur collaboration cesse. Le cinéma* *aussi se révèle décevant, dans l'immédiat. Reste l'espace purement littéraire pour chacun d'eux. Zweig continue d'y faire des découvertes, grâce à ses correspondants français, qui sont des confrères. Il est sensible à l'évolution d'André Gide vers l'authenticité la plus courageuse. Il découvre l'existence de Lautréamont, grâce à Léon Pierre-Quint. Il ne peut s'empêcher de comparer Charles Du Bos et André Suarès : à sa grande surprise, le chantre de l'île Saint-Louis l'emporte sur l'ermite (tant admiré pourtant) de la rue Cassette, surtout grâce au profond « dialogue » que Du Bos mène avec André Gide. Des perspectives stimulantes ont dû s'ouvrir devant lui. Surtout, on perçoit dans cette séquence la vibration, le tremblotement d'une vie tout orientée vers la création littéraire, sans manquer d'éprouver que Zweig prend conscience de son autorité croissante et que son français défectueux devient un langage original. Durant cette période, l'écrivain germanique international se voit volontiers comme le moine de Salzbourg, capable de faire des raids dans les grandes villes du monde : « Salzbourgeois volant » (selon Rolland), mais aussi capucin studieux et vertueux. L'argent de* Volpone *lui permet d'aider Martinet à se soigner et à enrichir sa collection d'autographes littéraires, comme il l'aurait fait d'un trésor pour l'humanité.*

209. Stefan Zweig à Marcel Martinet[1]

[Salzbourg] 4. 9. 28

Cher vieux, heureux de te savoir mieux ! Je pars vendredi pour Moscou[2], invité pour assister aux fêtes Tolstoï et très curieux de voir avec mes propres yeux. J'espère que tu as reçu mon Dostoïevski ! Et le Tolstoï viendra bientôt ! Très curieux de voir ton travail ! En hâte mon vieux !

Stefan

210. Stefan Zweig à Edmond Jaloux[3]

[Salzbourg] 27 septembre 1928

Mon cher ami, je reviens de Moscou où j'étais invité pour les fêtes Tolstoï et où j'ai tenu le grand discours sur « Tolstoï et l'Europe » (devant 4 000 personnes au Grand Théâtre, tout a là-bas des proportions formidables). J'ai reçu l'invitation très tard

1. Carte de correspondance avec l'adresse préimprimée, manuscrite, adressée à « M. Martinet, Bernex (Haute Savoie), Hôtel du Midi ». Fonds Marcel Martinet, BnF, NAF 28352 (74), f. 279.
2. Voir la lettre suivante (210) pour plus de détails.
3. Lettre manuscrite, à l'encre violette sur papier blanc. Bibliothèque Jacques Doucet, Ms 6057.

et je suis parti sur le champ, laissant tout mon travail, et je ne le regrette pas. Car ces trois semaines[1] étaient bien nécessaires pour élargir mon horizon : quel incomparable, quel incompréhensible pays ! je vous raconterai beaucoup.

Malheureusement mon essay sur vous, tout préparé (il paraîtra dans un journal) venait, par ce voyage imprévu, trop tard pour être encore inséré dans ce livre : Reclam l'avait déjà imprimé[2] et j'espère vous le tenez déjà entre vos mains. Il se présente bien et je vous espère content : mon essai paraîtra dans le prochain roman[3], que ma femme sera heureuse de traduire. L'entrée est donc faite : venez souvent par la porte ouverte ! je vous écrirai encore sur les conférences : à Vienne tout est préparé.

Retournant, j'entends que vous avez eu la bonté de vouer votre grand art poétique aux Hölderlin et Dostoïevski[4] : j'ai immédiatement commandé un exemplaire et c'est pour cela que je ne vous remercie que provisoirement. Mais je sais ce que je puis attendre de votre plume à la fois si pénétrante et amicale : je vous serre la main avec toute ma gratitude déjà avant d'avoir vu vos pages.

Je vous écris tout cela en hâte avec une plume courante, car j'ai trouvé un amas de choses, et j'ai encore l'âme bouleversée par l'impression énorme de la Russie. Il est absolument nécessaire pour nous tous de connaître ce pays dans ce moment de transition. Et puis, quelles merveilles d'art ! Quel peuple !

Je serai bientôt à Paris, heureux de vous voir, de vous remercier. Votre tout dévoué

Stefan Zweig

---

1. La durée est un peu exagérée : Zweig a été absent de Salzbourg du 7 au 20 septembre.

2. Voir la lettre 181 à Edmond Jaloux, le 24 juin 1927.

3. Comprendre : « en guise de préface au prochain roman [de Jaloux] que nous pourrions traduire » ; peut-être *Soleils disparus*, comme le suggère la lettre de Friderike à Stefan Zweig le 29 septembre 1927, in *Zweig-Zweig 2006*, p. 201.

4. Edmond Jaloux, « Hölderlin, Dostoiewsky (St. Zweig) », *Les Nouvelles littéraires*, 15 septembre 1928, cf. *Zweig 1990*, p. 40.

211. Stefan Zweig à René Lalou[1]

[Salzbourg] X. [19]28

Mon cher René Lalou, je vous dois grande gratitude pour vos excellentes paroles ; nous deux sommes attelés au même char, donc nous connaissons le poids moral de la critique littéraire : un jugement de vous m'est plus précieux que d'un boulevardier littéraire et ma gratitude grandit donc avec le sentiment de respect. Je me propose encore un cycle très, très large[2] Platon, Leonard, Goethe, les trois hommes de la vision de l'univers, l'un représentant de la conception antique, l'autre du moyen-âge, le troisième de la conception moderne. Mais je n'ose pas encore de commencer, car je me donne le plaisir d'écrire des petits romans[3]. J'espère d'être à Paris au mois de novembre et enfin j'aurai le plaisir de vous serrer la main. À tantôt donc et encore une fois : merci de tout mon cœur !

Votre très dévoué

Stefan Zweig

212. Stefan Zweig à Henri Barbusse[4]

[Salzbourg, après le 21 septembre 1928]

Cher et grand Barbusse, combien j'ai regretté que le même jour quand j'arrivais à Moscou vous avez dû repartir. J'aurais été

---

1. Carte manuscrite, avec en-tête et monogramme. Date inscrite au crayon noir, sans doute par Lalou. Fonds René Lalou, BnF, NAF 14693, volume V, f. 369.

2. Trace précieuse d'une idée de trilogie, qui ne sera pas poursuivie par Zweig.

3. Il peut s'agir ici de longues (et excellentes) nouvelles, comme *Leporella*, ou *Le Bouquiniste Mendel*.

4. Copie manuscrite par Henri Barbusse d'une lettre autographe de Zweig. Correspondance du Secours rouge international, MSH Université de Bourgogne, cf. pandor.u-bourgogne.fr/fr/archives-en-ligne.

heureux de vous serrer la main sur la terre russe. Et maintenant au Congrès[1] ! Mon cher Barbusse, j'ai parlé il y a très peu de temps très intimement avec deux amis italiens* qui ont une très haute place morale dans la vie de leur pays et qui souffrent atrocement sous le manque de liberté individuelle et morale, des amis qui sont sûrs et aussi internationalistes que vous et moi. Donc ils m'ont prié : ne faites rien ! Tout ce qu'on fait à Berlin, à Paris, à Vienne contre le fascisme lui donne des nouvelles forces en Italie. Vous vous trompez, me disaient-ils, [en pensant] que les démonstrations[2] allemandes, françaises, slaves, russes contre le fascisme lui sont désagréables – au contraire il en a besoin chez soi pour démontrer sa nécessité nationale, ils sont le plus grand service que vous pouvez faire, le plus grand tort que vous faites à nous.

Je comprends cela : chaque réunion antiallemande en France aide aux Pangermanistes. Chaque démonstration antifasciste à Berlin ou Paris galvanise le fascisme en Italie (qui a déjà besoin de galvanisation, car il lui manque le succès visible, soit une grande prospérité économique du pays, soit une conquête territoriale). Il ne vit que des paroles, de chaque parole à Berlin ou à Paris contre lui [qui] lui donne du souffle. Si ce congrès se tenait en Amérique – bien ! Mais Berlin, Paris, Vienne, ce sont dans l'idéologie fasciste des villes qui envient la grandeur future de l'Italie.

Mon cher Barbusse, ne croyez pas que ce soit une lâcheté morale que non seulement je m'abstienne du congrès, mais je vous conjure de ne pas le tenir à Berlin (choisissez Kopenhagen, Amsterdam, une place plus neutre). Pour vous prouver que je n'hésite pas à prendre position, je vous envoie mes impressions sur la Russie[3] qui ont paru dans la Neue Freie Presse et qui ont

1. C'est le Congrès antifasciste international auquel appelle alors Barbusse, et qui se tiendra finalement en mars 1929 à Berlin, cf. *Barbusse-Rolland 2023*, pp. 243 et suiv.

2. Au sens de « manifestation ».

3. Sous le titre général « Reise nach Rußland » [« Voyage en Russie »], ces impressions ont paru en six épisodes, du 21 octobre au 6 novembre 1928, à chaque fois sur les pages 1-3 de la *Neue Freie Presse*, à Vienne.

fait du bruit, parce que pour la première fois dans la presse non-communiste on a osé de parler avec une telle sympathie pour la Russie actuelle. Je veux encore retourner en Russie pour approfondir l'étude : comme c'est admirable le peuple dans ce moment critique. Et comme c'est nécessaire politiquement à contribuer que l'Allemagne ne se laisse pas captiver par l'Angleterre et la France pour lâcher la Russie. Ils veulent donner l'hallali final !

(signé) Stefan Zweig

(*) excusez si je tais leurs noms. Je leur ai promis et je vous dis cela discrètement.

213. Stefan Zweig à Marcel Martinet[1]

[Paris, le 20 ou 21 novembre 1928]

Mon cher ami, ce moment Cedar Paul[2] me dit que tu es rentré à Paris. J'en suis heureux et je veux te voir à tout prix. Je ne sais pas si tu peux aller au théâtre voir « Volpone » à l'Atelier, sans cela je t'enverrai des billets[3]. Mon vieux, téléphone-moi, je suis jusqu'à 9 ½ toujours chez moi. Je reste jusqu'à mardi. Tu dois déjeuner ou dîner avec nous[4] mon vieux !

Je t'embrasse

Stefan

As-tu reçu mon Tolstoi et Dostojewski et Hölderlin ?

1. Billet manuscrit, sur une feuille de papier pliée en deux, sans date.

2. Cedar Paul (1880-1972) traduit Zweig en anglais, avec son mari Eden Paul (1865-1944), depuis les années 1910 ; ils sont en contact avec Martinet, étant trotskistes eux aussi.

3. La première de *Volpone* a lieu le 23 novembre, donc la générale est le 22, d'où la datation proposée.

4. Friderike Zweig est avec son époux à Paris.

214. Stefan Zweig à Jules Romains[1]

[Salzbourg] 4. Dez. 1928

Mon cher ami, j'ai immédiatement télégraphié à Marcel Ballot[2] que Felix Bloch[3] a déjà un traité avec l'Italie (Alberto Spaini[4] a fait la traduction et le contrat) et avec la Schowbourg à Rotterdam – mais pour l'Espagne, l'Amérique du Sud, le Portugal tous les droits vous restent réservés. En Norvège, en Suède, en Russie, Amérique, Tchécoslow. la pièce roule déjà depuis une année : mais je crois l'Amérique du Sud sera encore fertile.
Nous avons ici une grève de postiers ou plutôt une résistance passive : peut-être ce mot arrive un peu retardé. C'est pour cela que j'ai télégraphié immédiatement à Ballot.

Laissez-moi vous dire, cher ami, toute ma gratitude encore une fois. Une collaboration entre auteurs, même entre amis a généralement l'effet funeste de détruire leur amitié. – Chez nous, heureusement, je sens la nôtre affermie et il n'y avait pas un seul malentendu entre nous, qui aurait pu diminuer la joie sur ce succès si complet. Je vous répète encore une fois que nous comptons absolument sur votre chère femme chez nous pendant que vous (et peut-être moi ici) serez au congrès du Pen Club et je peux garantir de bonne foi qu'elle se trouvera bien.
Amitiés sincères de votre

Stefan Zweig

1. Carte de correspondance manuscrite à l'encre violette, avec en-tête et monogramme. Fonds Jules Romains, BnF, NAF 28403 (177), f. 12.

2. Zweig répond ici à Romains, qui lui a écrit le 2 décembre 1928 : « Mon agent Marcel Ballot va vous envoyer les pièces à signer pour votre adhésion à la société des auteurs » (*Fredonia*).

3. Felix Bloch und Erben (Berlin) est l'agence qui gère les droits de Zweig pour le théâtre.

4. Alberto Spaini (1882-1975), né à Trieste, germaniste et notable traducteur, ainsi que journaliste ; voir aussi la lettre 217.

215. Stefan Zweig à Jules Romains[1]

[Salzbourg] 6. déc.1928

Merci, cher ami, pour les bonnes nouvelles[2]. Je suis ravi que le bon Volpone continue dans la réalité son jeu : de faire l'argent avec ses farces !

Les pièces pour Ballot sont déjà signées depuis qques temps et envoyées par mon agent de Berlin.

Quant à la publication du « Volpone » chez Gallimard[3] je ne demanderais pas mieux. Mais je vois un certain inconvénient à joindre une autre pièce de vous, car pour cela il faudrait vous nommer sur le titre du volume entier comme l'auteur unique et j'aimerais franchement de partager l'honneur de ce succès. Ne pourrait-on pas le publier seul, peut-être dans les « Documents bleus » avec nos noms réunis, cela serait plus simple et on vendrait le livre très bien au théâtre. Ou il faudrait choisir le titre comme celui-ci

Stefan Zweig et Jules Romains
« Volpone »
suivi de « .... » par Jules Romains

Cela me paraît un peu compliqué et à mon avis la solution idéale serait de l'éditer seul*[4] avec les jolis dessins de Aubrey Beardsley (je vous envoie un exemplaire) et de demander pour ce livre mince, mais illustré par un maître, 12 francs. L'effet de ces dessins (qui en original sont plus grands et diminués

1. Lettre manuscrite à l'encre violette, avec en-tête et monogramme. Fonds Jules Romains, BnF, NAF 28403 (177), f. 13.

2. Dans la lettre de Jules Romains à Zweig, datée « Dimanche 2 » [décembre 1928] : « Le succès est immense. (Hier soir recette de 15 000. La plus forte recette de l'Atelier avant *Volpone* était de 10 500) » (*Fredonia*).

3. Romains demandait aussi l'accord écrit de Zweig pour publier son adaptation de *Volpone* chez Gallimard.

4. Nous signalons par un simple astérisque les mots que Zweig a soulignés de deux traits dans cette lettre.

pour cette édition en cul de lampe et Frontispice, qui donc pour une édition in octavo pourraient être pris plus grand) est ravissant*. Montrez-les à Gallimard et je suis sûr il sera content et le public aussi ! On a beaucoup acheté ce livre allemand à cause de ces dessins admirables (le chef-d'œuvre peut-être de Beardsley). Je peux prêter à Gallimard pour une reproduction l'édition en grand folio et il peut choisir la grandeur des reproductions. Croyez à mon expérience : Gallimard vendra le livre avec les 6 illustrations de Aubrey Beardsley cinq fois mieux* que réuni avec un autre sans ces petites merveilles et il aura peu de frais avec la reproduction. Il aura avec cela un livre délicieux sans être obligé d'élever le prix et nous ne pouvons pas trouver un ~~illustrateur~~ collaborateur plus ingénieux que ce génie de Beardsley.

N'est-ce pas, cela serait la solution qui conviendrait le mieux à nous tous et ferait de Volpone un livre bien acheté, délicieux et pas cher, et éviterait l'inconvénient de la mixture d'une œuvre commune avec une œuvre de vous seul[1] ?

Amitiés, mon cher Romains, à vous et votre chère femme. Votre

Stefan Zweig

Si vous et Gallimard consentez, envoyez-moi une dépêche et je vous ferai parvenir la grande édition de Beardsley in Folio. La reproduction coûte quasi rien !

1. Longue et précise réponse de J. Romains, datée « Dimanche » [9 décembre 1928] : « Mon cher Ami, /Je comprends fort bien votre point de vue. Et il n'était pas question de vous dépouiller de quoi que ce soit » (*Fredonia*).

216. Stefan Zweig à Noël Charavay[1]

[Salzbourg] 6. déc. 1928

Cher monsieur Charavay, merci pour le Brébion[2] ! Et pensez à moi pour des vieux catalogues, je les collectionne très intensément.
Je vous joins la photo de mon manuscrit de Philippe Desportes[3]. Ce sont en tout dix pages et il est huit fois signé avec la même paraphe Dp comme à gauche en bas sur cette photo[4]. Il s'agit, je crois, d'un carnet où il se notait des proverbes pour en faire des poèmes, qu'il signait après Dp.
Je crois que cette pièce (que j'ai achetée à un prix minime avec une vieille collection en Allemagne) est vraiment de la main de Philippe Desportes et j'aimerais beaucoup d'avoir votre opinion. Sans doute il n'est pas encore publié et j'aimerais de le soumettre à un spécialiste de Desportes, seulement je ne sais pas à qui m'adresser.
Je joins pour les frais du port 5 Francs et je vous prie de vouloir me retourner la photo. Et je vous remercie sincèrement pour votre aimabilité. Votre sincèrement dévoué

Stefan Zweig

1. Lettre manuscrite à l'encre violette, avec en-tête et monogramme. Collection particulière.
2. Il n'a pas été possible de vérifier ni d'identifier ce nom.
3. Philippe Desportes (1546-1606), poète français. Il s'agit des *Maximes rimés, sentences, épigrammes, aphorismes*, la pièce n° 130 dans le catalogue de la collection de Zweig, cf. *Matuschek 2005*, p. 192.
4. Zweig a envoyé seulement la première photo du manuscrit.

217. Stefan Zweig à Jules Romains[1]

[Salzbourg, après le 8 décembre 1928]

Cher ami, merci pour vos bonnes paroles. Je suis enchanté que Volpone marche si bien à Paris : on le donne en ce moment à Leningrad, Moscou, Stockholm et Oslo. Seulement les Italiens ont joué un joli tour : Alberto Spaini l'avait traduit il y a 2 ans et offert le manuscrit à trois théâtres qui tous ont promis de le jouer. Et tout d'un coup ils jouent, sans l'avoir annoncé, à Milan un Volpone par de Stefanis : je n'ai pas encore pu obtenir un livret. Je travaille à ma nouvelle pièce[2]. Elle sera assez sombre mais avec des parties très fortes. Je n'ai pas encore aucun jugement sur l'ensemble. Je ne sais pas si vous connaissez la comédie « Gelegenheit macht Liebe[3] » que j'ai écrite ensemble avec un ami sous le pseudonyme Neydisser (en six jours). Elle a eu grand succès à Vienne et Francfort[4]. Croyez-vous que la pièce pourrait intéresser en France : le problème est bien international[5].

N'est-ce pas, c'est convenu que vous viendrez pour le congrès[6] à Vienne et que votre chère femme[7] se repose pendant ce temps chez nous à Salzbourg. Amitiés ! Votre

Stefan Zweig

---

1. Lettre manuscrite à l'encre violette, avec en-tête et monogramme Fonds Jules Romains, BnF, NAF 28403 (177), f.10. Pour la datation proposée, voir la note 4.

2. C'est *Das Lamm des Armen* [« L'Agneau du pauvre »] qui, traduit par Alzir Hella, deviendra en français *Un caprice de Bonaparte* (Grasset, 1952).

3. Littéralement : « L'occasion fait l'amour », titre qui joue avec le proverbe « Gelegenheit macht Diebe » [« L'occasion fait le larron »]. Cette comédie en trois actes, signée Clemens Neydisser, portera aussi le titre de *Quiproquo* ; Zweig l'a écrite en 1927 à Salzbourg pour se divertir, avec son jeune voisin et ami, l'écrivain autrichien Alexander Lernet-Holenia (1897-1976).

4. Création au Schauspielhaus de Francfort-sur-le-Main le 3 novembre 1928, puis au Deutsches Volkstheater de Vienne, le 8 décembre 1928. Cf. *Stefan Zweig-Handbuch 2018*, p. 152.

5. Humour de Zweig : c'est la galanterie…

6. Il s'agit du (VIIe) congrès du Pen-Club International qui a lieu du 24 au 29 juin 1929.

7. Gabrielle Gaffé (1885-1976), la première épouse de Jules Romains.

218. Stefan Zweig Georges Duhamel

[Salzbourg] 12. XII. 1928

Mon cher ami[1], le Phaidon Verlag à Vienne appartient à un homme[2] très riche et idéaliste, qui fait beaucoup pour sa maison et vous pouvez vous confier à lui. Je suis moi-même du Inselverlag, vous le savez, mais si vous ne pouvez pas avoir une garantie de lui, de publier vos prochains cinq volumes[3], je vous conseille de préférer le Phaidon Verlag. Votre position en Allemagne serait beaucoup plus forte, si votre œuvre n'était pas éparpillée entre cinq éditeurs : peut-être vous pouvez suggérer au Phaidon Verlag de racheter les livres des autres éditeurs (par exemple « Deux hommes[4] » et « La vie des Martyrs »), Renan disait qu'un homme devait avoir à un certain âge une femme, une revue, un éditeur, et il a raison.
Le « Volpone » à Paris a vraiment eu beaucoup de succès[5], néanmoins que la représentation traîne un peu à mon avis. Mais je suis terrible spectateur : toutes les pièces, toutes les conférences me paraissent trop longues.
J'étais en Russie et j'ai rencontré beaucoup des amis communs. J'espère de retourner encore pour voir le Caucase, la Géorgie : mais j'étais très touché déjà de ce que j'ai vu à Leningrad, Iasnaïa Poliana et Moscou. Fidèlement votre

Stefan Zweig

1. Duhamel, approché par l'éditeur viennois Phaidon-Verlag qui veut publier ses œuvres complètes, a consulté Zweig par lettre à ce sujet, le 3 décembre précédent (*Fredonia*).

2. Bela Horowitz (1898-1955) dut émigrer à Londres en 1938.

3. L'Insel Verlag a publié à l'automne 1928 *Gewitternacht*, la traduction de *La Nuit d'orage* (par Wilhelm Friedmann), voir lettre 109. Le conseil donné à Duhamel est une constante chez Zweig, qui le pratique lui-même : ses livres paraissent à l'Insel Verlag de 1906 à 1932.

4. *Deux hommes*, Mercure de France, 1924 (deuxième volume du cycle romanesque *Vie et aventures de Salavin*). La traduction (par Nannie Colin) de *Zwei Freunde* a paru en 1925 aux éditions Propyläen, Berlin.

5. Sur *Volpone* à Paris, voir lettre 204.

219. Stefan Zweig à Jules Romains[1]

Montreux, Hôtel Monney 30. déc. 1928
(jusqu'à 2 janvier matin puis Salzburg)

Cher ami, j'ai télégraphié à Ballot « Droits cinéma Volpone encore libres je donne Romains toute liberté Stefan Zweig »

Il y avait quelques offres directes il y a un an, mais elles n'ont pas abouti. N'oubliez pas à dire au cours des négociations que Volpone a été joué plus de 200 fois et joue en Amérique entière encore maintenant. Cela améliore les conditions parsque cela évite pour la maison de cinéma les frais de réclame (le nom est populaire).

Puis réservez-vous le droit du film-parlant. Aucun doute que dans 2 ans nous l'aurons, et alors on peut le vendre encore une fois.

Vous voyez, cher ami, je suis prompt et sûr. J'ai de la distance l'impression que Volpone va continuer et que nous réussirons aussi en Belgique Suisse et province.

Je me suis retiré pour quelques jours ici, pour me rafraîchir le cerveau. Il n'y a pas mieux que la solitude complète et sauf deux entretiens avec Rolland je n'ai parlé pas mot dix jours.

Compliments à votre chère femme. Et de tout cœur votre

Stefan Zweig

1. Lettre manuscrite, à l'encre violette, sur papier libre Fonds Jules Romains, BnF, NAF 28403 (177), f. 14.

220. Stefan Zweig à René Arcos[1]

[Montreux, 30.12.1928]

Mon cher vieux, je suis pour qq. jours à Montreux, me réjouissant de trouver R.R.[2] en florissante santé. Ma femme m'écrit que ton admirable « Beethoven » vient d'arriver[3] : je te remercie de tout mon cœur et je te félicite, car il est beau comme Philippe et artistique comme ta propre prose. Mon vieux, ne me gronde pas que je ne suis pas venu chez toi, homme sans téléphone, mais j'étais très pris cette fois et en plus je t'avoue mon vieux vice, d'être toujours un peu libre et avoir aussi une demi-journée sans rendez-vous. Et cela était fort difficile, vu les répétitions et préparations du *Volpone* qui d'ailleurs semble marcher bien. Souvenirs affectueux à ta chère femme et Phillipon ! Ton vieux

Stefan

1. Carte postale manuscrite à l'encre bleue, avec vignette représentant St. Gallen, adressée à « René Arcos, Paris (France), 45 rue du Ruisseau », datation d'après le cachet postal. ÖNB, Stefan Zweig Autogr. 1311/22-7.

2. Romain Rolland.

3. L'ouvrage de Rolland, publié par Arcos dans sa maison Le Sablier, est évoqué dans la lettre 204.

1929

221. Stefan Zweig à Jules Romains[1]

[Salzbourg, début 1929]

mon cher ami, un mot seulement pour la nouvelle année ! Tout va bien donc avec Volpone, on me le demande de l'Argentine, mais j'ai encore retardé pour laisser la possibilité à la version commune. Sur le cinéma vous m'informerez dès que cela marchera. Fayard m'a remis un chèque de 3 500.

J'espère qu'on se verra chez nous sûrement en été et que votre chère femme restera chez nous pendant que vous irez au congrès[2].

J'ai une idée pour une comédie, qui me paraît vraiment promettante[3], un superbe sujet dont je ne sais pas encore si je pourrais le vaincre seul. Nous en causerons, peut-être cela vous intéressera.

À tantôt donc et meilleures amitiés de nous deux à votre femme et vous. Fidèlement votre

Stefan Zweig

---

1. Carte manuscrite s. d., à l'encre violette, avec en-tête et monogramme préimprimés. Fonds Jules Romains, BnF, NAF 28403 (177), f.9.

2. Le (VIIe) congrès du Pen-Club International, à Vienne, cf. lettre 217.

3. *L'Agneau du pauvre*, pièce de théâtre déjà mentionnée (lettre 217) et longuement évoquée dans la lettre 226.

222. Stefan Zweig à René Lalou[1]

[Salzbourg] 7 janvier 1929

Mon cher René Lalou, je vous remercie très tardivement pour votre « André Gide[2] », livre excellent et plein de passion artistique. Ce qui m'attire chez Gide, c'est son évolution vers la franchise[3] – ce soudain courage envers soi-même depuis la guerre, qui l'a fortifié. Au commencement de son œuvre il se mirait esthétiquement, il s'intéressait à son moi comme à une œuvre d'art. Maintenant il s'est élevé à un degré beaucoup plus humain de l'introspection et je crois (un peu en contradiction avec vous) que son œuvre durera grâce à ses derniers livres et non grâce aux premiers comme « Préludes[4] » et « André Walter », qui n'étaient que des préludes pour son étonnant développement. Vous avez magistralement montré son universalité, sa curiosité vers tout, inclus le moi, Dieu et les anges (comme vous formulez si bien) et votre livre garde un superbe équilibre entre le poème et la critique.
J'étais bien vexé, que je n'avais pas occasion à Paris de causer longuement avec vous, mais j'étais fatigué par les répétitions ect., et avec un homme comme vous on veut avoir une heure longue et pleine. Donc à tantôt et merci pour ce délicieux livre et votre si précieuse sympathie

Votre tout dévoué

Stefan Zweig

1. Carte manuscrite, à l'encre violette, avec en-tête et monogramme préimprimés. Fonds René Lalou, BnF, NAF 14693, volume V, f. 370.

2. René Lalou, *André Gide* (avec une lettre inédite d'André Gide), Strasbourg, Éditions Joseph Heissler, collection « la Nuée-Bleue », 1928.

3. Voir la lettre à Gide d'avril 1928, n° 203.

4. *Paludes* et *Les Cahiers d'André Walter* ont paru respectivement en 1895 et 1891.

223. Stefan Zweig à Henry Poulaille[1]

[Salzbourg, 8 janvier 1929]

Mon cher ami, je reçois avec beaucoup d'émotion la triste nouvelle de la terrible perte[2] que vous avez subie et je m'empresse à vous dire combien mes sentiments sont avec vous. Puisse le travail vous aider et la sûreté que vos amis vous seront dorénavant encore plus attachés que jamais. Je vous serre la main, cher Poulaille et je vous salue de tout mon cœur. Votre
Stefan Zweig

224. Stefan Zweig à Marcel Arland[3]

[Salzbourg, janvier 1929]

Cher Monsieur,
Cordial remerciement pour votre roman[4], que je lirai avec grand intérêt. Je vous remercie également pour votre aimable dédicace. Avec l'assurance de ma parfaite estime, je suis, cher confrère, votre

Stefan Zweig

---

1. Carte « Bristol » manuscrite à l'encre violette, avec l'en-tête et le monogramme, adressée au « 24, rue Ménilmontant, Paris (France) ». Fonds Henry Poulaille, Centre de Cachan.

2. Décès le 2 janvier 1929 de la compagne de Poulaille, Julia Bonnet (née en 1902), avec laquelle il a deux enfants en bas âge.

3. Petite carte postale manuscrite à l'encre bleue au recto, et noire au verso, non datée, avec vue générale de Salzbourg. Fonds Marcel Arland ARLC-176, Bibliothèque Jacques Doucet.

4. Il s'agit sans doute de *L'Ordre*, paru chez Gallimard le 1er janvier 1929, qui vaut à Arland le prix Goncourt en 1929.

225. Stefan Zweig à Jules Romains[1]

[Salzbourg, début février 1929]

Cher ami, je vous accuse bonne réception de votre chèque et de l'excellente nouvelle. Si vous avez l'influence, tâchez que la traduction en Espagnol soit confiée à Luis Araquistain, Espalter 5 Madrid, qui m'est très recommandé et un excellent écrivain (une mauvaise traduction peut gâter beaucoup). Je travaille déjà à cette pièce dont je vous ai parlé. Si vous avez un jour le temps, tâchez de vous renseigner s'il y a une traduction Française de la célèbre comédie Espagnole « La Celestina » de Fernando de Royas. C'est la figure la plus puissante que la comédie Espagnole ait créée, la vieille putaine et entremetteuse, plein d'humour et admirablement amorale. La pièce elle-même (en vingt actes !) est pour notre goût impossible comme *Volpone* en original, mais on pourrait en faire une admirable adaptation. C'est un des chefs-d'œuvre inconnus[2] ! Mille amitiés de votre

Stefan Zweig

226. Stefan Zweig à Jules Romains[3]

[Salzbourg], 5. II. 1929

Mon cher ami, je vous réponds avec un sensible retard, tout en vous remerciant pour les bonnes nouvelles (cinéma, Espagne, centième représentation ect. ect.). Peut-être je viendrai en Mars pour un jour à Paris, j'ai des conférences en Belgique et Hollande[4].

---

1. Lettre manuscrite à l'encre violette, avec en-tête et monogramme. Fonds Jules Romains, BnF NAF 28403 (177), f. 11.

2. Clin d'œil à Balzac… et à la nouvelle *Le Chef-d'œuvre inconnu* (1831).

3. Lettre manuscrite à l'encre violette, avec en-tête et monogramme. Fonds Jules Romains, BnF, NAF 28403 (177), f. 15.

4. Conférence sur « L'Idée européenne dans la littérature », à Bruxelles, La Haye et Utrecht.

Je m'occupe en ce moment vaguement avec ma nouvelle pièce qui aura le titre (que je trouve très bien[1]) « L'Agneau du pauvre ». Le sujet de cette âpre comédie ou plutôt tragicomédie est l'histoire de ce lieutenant Fouldès[2], auquel Bonaparte prenait la femme en Égypte, qu'on expédiait sous prétexte diplomatique avec un bateau en Europe pour l'avoir loin et qui, capturé par un navire anglais, fut renvoyé en Égypte après 8 jours par le commandant anglais qui avait entendu cette histoire et voulait ennuyer Bonaparte par la présence non désirée du mari. Tout cela est historique (Mémoires de la duchesse d'Abrantès), aussi qu'on forçait là-bas le pauvre Fouldès à signer un contrat de divorce pour que Bonaparte puisse jouir honnêtement de sa femme. Mais ce pauvre homme aimait follement sa femme et, revenu en France, il la redemandait, parsque le divorce était nul. Il entendait au procès[3] qui fut supprimé – et voilà le côté tragique, qui m'attire, le petit lieutenant qui combat pour sa femme, son honneur, son droit et qui a le malheur d'avoir pour adversaire l'homme de génie, qui l'écrase sans le toucher. C'est lui naturellement qui succombe, parsqu'il ne trouve personne qui ose lui donner son droit, et il sort vaincu. Vous comprendrez maintenant le titre : – L'agneau du pauvre, c'est Bellilotte, sa femme, son seul bien, que le riche lui prend. Je crois que c'est un excellent sujet de comédie qui aura la même dureté cachée que le Volpone, qui ne sera pas sentimentale dans aucune place. Et le milieu du Caire aux premiers actes et celui de Paris dans les derniers (ministère de police, Fouché, qui représente Bonaparte, devenu invisible) sera divertissant – pourvu que tout réussisse comme je le rêve. À mon avis sujet et coloris de cette comédie intéresseraient vivement en France : et quels bons rôles, Bonaparte (qui n'apparaît pas trop, on doit le sentir plutôt que le voir), Fouldès, honnête, droit, un peu

1. Ce titre en allemand fait référence à la Bible, Samuel 2, 11-12. Pour le public français, Hella trouvera mieux : *Un caprice de Bonaparte.*

2. Son nom dans la pièce est Fourès.

3. Comprendre : « il voulait absolument faire un procès (au Premier Consul) ».

bête et lourd, Bellilotte sa femme, qui sent la supériorité de Bonaparte et se donne à lui sans être forcée, mais qui souffre en même temps, bon cœur qu'elle a, de la douleur qu'elle fait à son pauvre honnête homme, qui devient ridicule sans l'être dans ses yeux. Puis Berthier, les soldats avec leur mécontentement d'être là-bas sans femmes dans ce désert de sable, Fouché, qui tranche l'affaire avec sa façon calme : et surtout le contraste de la discipline militaire et le sentiment républicain, qui fait, que Fouldès ne peut pas trop résister et Bonaparte pas trop oser. J'espère, nous en causerons ! Et cela pourrait donner une belle suite au succès de Volpone.

Nous causerons aussi sur les changements qui me paraissent nécessaires pour faire monter « L'Armée dans la ville » en Allemagne. Cette pièce est une pièce d'avant-guerre[1]. Il faudrait lui injecter maintenant l'atmosphère d'après-guerre, plus de résistance chez certains dans la ville contre la guerre et l'armée, contre les idées de la force et de la majorité. Cela renouvellerait l'élan (d'ailleurs « Les Aubes[2] » de Verhaeren ont subi une telle transformation sociale en Russie et ont triomphé grâce à ce changement : chez nous les changements devraient viser le côté moral et anti-guerrier. J'ai déjà demandé à une revue si elle a déjà donné « Le Dieu des corps[3] » à un critique et prié de me le réserver. Amitiés à votre femme et vous, de votre fidèle St. Z.

1. « Ce fut ma première pièce jouée », écrit Romains ; un drame en cinq actes, créé au théâtre de l'Odéon le 4 mars 1911, voir lettre 7, note 3.

2. C'est « la seconde tragédie » de Verhaeren, éditée d'abord chez Edmond Deman, Bruxelles, 1898.

3. *Le Dieu des corps*, deuxième volume tout récent (1928) de *Psyché*, la trilogie de Jules Romains : après *Lucienne* en 1922, et avant *Quand le navire* en 1929.

227. Stefan Zweig à Jean Guéhenno[1]

[Salzbourg] 8. 2. [19]29

Cher confrère,
Mes remerciements sincères pour votre Caliban qui m'intéresse beaucoup[2] et que je lirai bientôt.

Merci également pour l'aimable dédicace.

Avec l'assurance de mon estime votre
Stefan Zweig

228. Stefan Zweig à Marcel Martinet[3]

[Salzbourg, 13. 3. 1929]

Mon vieux, tes paroles m'ont fait grand bien. Tu sais, je n'estime pas trop ces petits romans psychologiques de moi qui ont grand succès : je cherche des choses plus dures maintenant et après longtemps j'espère avoir trouvé un sujet dramatique qui me donne pleine occasion de me développer. Il s'appellera « L'agneau du pauvre[4] » et montre l'éternelle histoire, écrite pour la première fois dans l'Évangile[5], que le Riche prend au pauvre son seul agneau – et que Dieu se tait et que les hommes donnent tort au pauvre, s'il résiste. Cela montré dans une fable très intéressante, une tragicomédie, tragique pour le pauvre,

---

1. Carte-lettre manuscrite (écrite et signée par Friderike Zweig), avec adresse préimprimée. Fonds Jean Guéhenno, NAF 28297, feuille non numérotée, BnF.

2. Jean Guéhenno, *Caliban parle*, Paris, Grasset, [janvier] 1928. Signalons qu'en 1918, dans *Quasi una fantasia*, un texte inspiré par *La Tempête* de Shakespeare, Zweig avait publié un *Épilogue à Caliban*, cf. *Zweig 2021*, pp. 179-186.

3. Petite carte de correspondance, manuscrite, avec nom et adresse préimprimés. Fonds Marcel Martinet, NAF 28352 (74), f. 282.

4. Cf. lettre n° 226 à Jules Romains sur *Un caprice de Bonaparte.*

5. Erreur : c'est dans l'Ancien Testament : Samuel 2, 11-12, cf. lettre 226.

comique pour les autres. Mon vieux, j'ai grande envie de causer avec toi ! Nous avons un deuil commun avec Bazal[1] ; donne le sort que nous ayons encore des joies communes. Ta santé rétablie en serait une, et non la dernière ! Ton vieux

Stefan

Je donne le 16 une conférence à Bruxelles[2].

229. Stefan Zweig à René Arcos[3]

[Salzbourg, après le 23] mars 29

Mon cher ami,
Comme ma femme t'a écrit, j'étais à Bruxelles, en Hollande et en Allemagne pour conférences[4] et je viens de retourner. Je m'empresse donc cher petit père de te dire que ton livre[5] m'a fait un très grand plaisir, que tu as créé quelque chose de rudement beau, qui te fait honneur dans sa franchise, sa verve, tout son élan de fraternité. J'admire ton pouvoir de connaître et de décrire un ouvrier d'une façon aussi intime et proche, un don vraiment enviable et précieux. Tu nous approches un monde dans lequel un intellectuel tâche presque toujours en vain à pénétrer et pour cela tu as fait quelque chose de pro-

1. Léon Bazalgette est mort le 30 décembre 1928, voir dans *Rolland-Zweig 2016* les lettres 33 et 34 échangées en janvier 1929, pp. 89-92.

2. Dans le *Palais des Beaux-Arts* : « Die Europäische Idee in der Literatur » [« L'idée d'Europe dans la littérature »]. C'est l'esprit qui souffle depuis le pacte de Locarno (1925).

3. Lettre dactylographiée, à l'encre violette, avec en-tête et monogramme. La dernière phrase est ajoutée à la main « Ne viendrais-tu... ». ÖNB, Stefan Zweig Autogr. 1311/22-8. Datation d'après le retour de Zweig.

4. Sur l'état d'esprit de Zweig pour ce voyage à Bruxelles (déjà évoqué, lettres 226 et 228), voir sa lettre à Rolland, le 7 mars 1929, *Rolland-Zweig 2016*, n° 37, p. 94.

5. René Arcos, *Médard de Paris*, avec une aquarelle et neuf bois gravés de Frans Masereel, 114 p., Éditions du Sablier, 1929.

fondément humain et à la fois original dans le meilleur sens du mot. Enfin : de connaître la mentalité de ton Médarde[1], qui est assurément celle de beaucoup de ses frères, est une chose, qui ouvrira les yeux à un public qui n'est pas habitué à les ouvrir. Il y a des scènes inoubliables, comme celle devant Legouge ou la conversation, où Médarde se plaint du gargarissement des mots rares, qui fait que la « suprématie de l'intelligence » devient douteuse. Et puis la scène dans l'Élysée avec ce final flamboyant ! Il faut t'avouer que je n'ai pas pu toujours te suivre dans les buissons de cet argot réjouissant, mais tu peux t'imaginer quel plaisir ton Montmartre à toi et à Masereel m'a donné. À toi et à Masereel ! Son aquarelle et ses bois sont uniques, impossible de s'imaginer une collaboration, une identité de vision plus perfection.
Après tout ceci et tout ce que je voudrais encore te dire sur ton beau livre, je te serre la main de tout cœur et je te prie de me rappeler au bon souvenir de ta chère femme et d'embrasser Philippe. À tantôt, mon vieux ! Ne viendrais-tu jamais rendre visite à ton vieux

Stefan

230. Stefan Zweig à Charles Vildrac[2]

[Salzbourg, après le 23 mars 1929]

Cher ami, je reviens d'une tournée des conférences en Allemagne. J'ai parlé personnellement avec Roniger[3] (éditeur de Rolland, de Duhamel, homme riche tout à fait idéaliste et pas commerçant) et avec Rütten & Loening à Francfort. Ils m'ont expliqué la

1. En allemand, c'est Medardus, d'où peut-être cette erreur de Zweig.
2. Lettre manuscrite à l'encre violette, non datée, avec en-tête et monogramme. Fonds Charles Vildrac, IMEC, 675/VLD/ 23/ 5 (1922-1963).
3. Emil Roniger, directeur du Rotapfel Verlag, cf. les lettres de 1926 (151 à 153), à propos du *Liber Amicorum*, en l'honneur de Rolland.

difficulté des conditions de Tolmer[1] : les livres d'enfants illustrés ont un rabais plus élevé que les autres en Allemagne. Puis il faut chercher un dessinateur pour remplacer les textes français dans les clichés par des paroles allemandes. Puis il n'est pas encore sûr si le livre correspond au goût du public enfantin en Allemagne. Dans de telles réflexions les conditions très lourdes de Tolmer ont été décisives : et calculez-vous même le risque avec le profit possible et n'oubliez pas qu'il s'agit d'une grande investition.

D'autre part : les livres en Allemagne sont horriblement chers. Et si un livre a du succès, il rapporte, même à un pourcentage assez bas, beaucoup. Ce n'est plus comme il y a deux ans.

Cher ami, je vous écris tout cela sans arrière-pensée. Nous ne sommes pas des esprits commerçants et je vous le jure que peu de choses me pourraient faire tant de plaisir que de vous être utile. Vous m'avez témoigné, vous et votre femme, du premier jour tant de confiance et d'amitié que je serais une vile canaille, si je prenais parti contre vous et tâchais de vous persuader que vous donniez une œuvre telle que « l'Île Rose » trop bon marché. Mais vous verrez, si Ullstein marchera ! Je ne le crois pas. Si ces deux éditeurs que je connais comme probes et à la fois ambitieux reculent devant ces conditions (tout en vous estimant beaucoup) je ne crois pas que des autres auront le courage. Mais je vous assure que les conditions de Tolmer étoufferont l'affaire[2].

J'ai moi-même maintenant une vingtaine de livres traduits. Mon Dieu, combien cela m'a rapporté peu ! Et ils ont (surtout en Amérique !) des tirages ! Je serais donc le dernier à défendre les éditeurs étrangers.

Quelle bonne occasion, cher Vildrac, de vous dire toute mon affection ! À l'année prochaine à Paris – pourvu que vous ne

---

1. Alfred Tolmer (1876-1957), imprimeur-éditeur et publiciste, spécialisé dans le commerce de luxe au début du XXe siècle ; sa maison de l'île Saint-Louis, à Paris, sera à l'avant-garde de la création imprimée, principalement pendant l'entre-deux-guerres ; il publie en 1924 *L'Île rose*, illustrée par Edy Legrand (1892-1970), qui sera un grand succès.

2. *L'Île rose* paraîtra pourtant en allemand en 1930 : *Das Inselparadies. Ein Roman für Kinder*, Erich Liechtenstein, Weimar, traduit par Lina Liechtenstein.

réalisez pas[1] votre intention de nous rendre visite avec votre chère femme. Votre fidèlement dévoué

Stefan Zweig

231. Stefan Zweig à Marcel Martinet[2]

[Salzbourg, 11. 4. 1929]

Mon cher vieux, naturellement avec le plus grand plaisir. Mais avant de t'envoyer l'argent, une question très urgente. Je voulais justement t'écrire : il y a en ce moment à Vienne un très grand événement, le professeur Gustav Singer a trouvé une nouvelle méthode de guérir le diabète sans Insulin et il a des succès prodigieux[3]. Je le connais un peu et j'ai des amis qui le connaissent et je pourrais arranger que ce soit lui qui entreprendrait le traitement : c'est un de nos premiers savants et sa méthode (dont j'ai justement demandé des détails) ne sera sûrement pas une charlatanerie. Il paraît que une cure suffit pour deux ou trois années complètement sans application de Insulin et tu serais donc rendu à ta liberté de créer et de vivre. Dis-moi donc un mot si en principe tu serais prêt aussi d'aller à Vienne (où j'ai des amis très sûrs qui seront enchantés de te connaître et de t'être utiles, où tu verras un peu de monde. Et matériellement j'arrangerai tout). Réponds-moi donc avec un mot si tu serais prêt, en principe, pendant ce temps j'aurai les renseignements de Vienne par des amis. Si non je t'envoie l'argent pour Strasbourg, mais tu comprends que l'idée me passionne de te savoir complétement guéri pour des années et non seulement mis en équilibre. Tu peux compter absolument sur moi, j'attends ta

1. Comprendre : « à moins que vous réalisiez ».

2. Lettre manuscrite à l'encre violette, avec en-tête et monogramme ; datation d'après le cachet postal sur l'enveloppe. Fonds Marcel Martinet, BnF, NAF 28352 (74), f. 283-284.

3. Le mot « prodigieux » est doublement souligné.

lettre et pendant ce temps j'aurai mes nouvelles de Vienne et si tout ne s'arrange pas on choisira Strasbourg

Affectueusement ton

Stefan

J'écris en ce moment un drame qui me paraît bien, enfin quelque chose dont j'espère de pouvoir répondre.

232. Stefan Zweig à Marcel Martinet[1]

[18 avril 1929]

Cher ami, va donc à Strasbourg. Les nouvelles de Vienne sont bonnes mais pas tout à fait certaines. J'espère d'entendre bientôt de tes progrès. Tu recevras les 3 M[2] par la Bayerische Vereinsbank demain ou après-demain. Ton fidèle

S.

[3]Voilà la maison que tu verras guéri, j'espère

1. Petite carte postale manuscrite à l'encre violette, représentant le manoir du Kapuzinerberg. Le cachet postal affiche « 18. IV. 29 ». Fonds Marcel Martinet, NAF 28352 (74), f. 265.
2. Comprendre : « trois mille ».
3. La suite est écrite à gauche, le long du texte.

233. Stefan Zweig à Charles Du Bos[1]

[Salzbourg] 13 juillet 1929

Cher Monsieur et confrère, laissez-moi vous dire tout le plaisir que j'ai éprouvé en lisant votre Byron[2]. C'est la plus intéressante étude psychologique que je connaisse et j'ai lu pas mal des études sur lui. Je n'attends que l'apparition d'un livre de Madame Helene Richter pour m'occuper en public de ce sujet, et j'aurai bonne occasion de témoigner combien j'estime et j'admire votre façon spirituelle et profonde de comprendre Byron. Quant au fameux « mystère Byron[3] », moi, personnellement j'adhère à la combinaison que vous connaissez sans doute, que Byron ait renouvelé sa liaison avec miss Chaworth, femme divorcée à cette époque, et que Augusta a caché un enfant naturel de celle-là. Naturellement je ne nie pas qu'il y eut autrefois inceste entre eux (cela arrive plus souvent qu'on l'avoue), mais à cette époque je crois que c'était l'enfant de Mary Chaworth qu'elle donnait pour le sien, et que la terrible Mistress Byron ne savait jamais toute la vérité. Vous êtes très indulgent pour elle. Pour moi elle a toujours été le type de la femme anglo-saxonne demi-aristocrate, donc orgueilleuse et sans culture approfondie, et avant tout sans compréhension sexuelle et psychologique : peut-être je suis injuste, mais cette femme c'est pour moi Hudson Lowe[4] traduit

---

1. Lettre manuscrite recto verso à l'encre violette, papier blanc avec en-tête et monogramme. Fonds Charles Du Bos, Bibliothèque Jacques Doucet, Paris, Ms 27 581, f.1.

2. Charles Du Bos, *Byron ou le besoin de la fatalité*, Paris, Au Sans pareil, 1929 (réédition Archives Karéline, 2009).

3. En effet, Zweig a déjà écrit deux longs articles sur Lord Byron parus dans la *Neue Freie Presse* : en août 1918, « Le secret de Byron » (cf. *Zweig 2021*, pp. 187-210) ; en avril 1925, « Le spectacle d'une grande vie ». Et il publiera bientôt, en octobre 1929, « Byroniana » : une recension de cinq livres récents, dont précisément ceux de Charles Du Bos et de la savante angliciste autrichienne Helene Richter (1861-1942).

4. Sir Hudson Lowe (1769-1844), général anglais, gardien de Napoléon à Sainte-Hélène.

en féminin, la rigidité des bonnes mœurs, la stupidité envers l'extraordinaire. Votre tout dévoué

Stefan Zweig

Je lirai bientôt le livre sur André Gide.

234. Stefan Zweig à Charles Baudouin[1]

[Salzbourg] 13 juillet 1929

Cher ami,

Je reçois aujourd'hui la traduction du « Jeremias » qui a enfin vu le jour après une si longue attente[2], et je dois en tout premier lieu vous renouveler mes plus fervents remerciements. Des années me séparent, il est vrai, de cette œuvre, parfois elle m'apparaît même presque comme celle d'un homme nouveau, mais dans cette forme nouvelle et si éminemment poétique que vous lui avez donnée, très cher ami, je peux la goûter à nouveau et avec bonheur. Je vais l'emporter avec moi ces jours-ci à la campagne où je ferai affectueusement des comparaisons. Il serait tellement important pour moi de me retrouver un jour bien tranquille avec vous, et aussi de discuter d'un projet qui me tente beaucoup. Je vais peut-être composer un livre sur la guérison par l'esprit[3], non pas en théorie, mais avec ces types, principalement Messmer, dont le personnage m'intéresse énormément. Je sais que vous vous êtes beaucoup occupé de ces problèmes et vous avez sûrement acquis tant de certitudes que

1. Lettre dactylographiée (encre violette) en allemand, avec en-tête et monogramme ; signature à l'encre bleue. Fonds Charles Baudouin, Bibliothèque universitaire de Genève, Ms.fr. 7531, f. 143.

2. Première mention de ce drame dans leurs échanges le 16 décembre 1917 (lettre 47).

3. *Die Heilung durch den Geist (Messmer, Mary Baker-Eddy, Sigmund Freud)* paraîtra en 1931, à l'Insel Verlag.

nous aurions peut-être toutes sortes de choses à nous dire là-dessus. Par ailleurs j'aimerais bien revoir vos enfants qui ont grandi, et votre maison, et j'aimerais savoir comment votre travail s'est développé et organisé.

En tout cas, je vous prie vivement et chaleureusement de croire à ma fidèle amitié et à ma gratitude, même si les lettres se raréfient entre nous, comme les rencontres. Mais il faudra que la volonté redouble d'énergie pour rattraper tout cela un jour.

Avec mes meilleures salutations, votre

Stefan Zweig

235. Stefan Zweig à Charles Du Bos[1]

[18 juillet 1929]

Cher Monsieur et confrère, les mots hâtifs, envoyés il y a trois jours[2], ne donnent point du tout l'admiration que j'ai pour votre Byron : c'était un parler seulement spontané. J'aimerais à discuter longuement avec vous l'hypothèse Chaworth : elle répond au caractère de Byron qui certainement a voulu avoir cette femme pour avoir la revanche. Je vous l'écrirai encore[3] – aujourd'hui deux livres de moi[4]. Je ne sais pas si vous lisez l'allemand, je vous pourrais envoyer mon Nietzsche encore. Votre tout dévoué

Stefan Zweig

1. Carte postale pittoresque, éditée lors des commémorations Beethoven de 1928, adressée à « Monsieur Charles Du Bos, Versailles (France), 11 bis rue des Réservoirs » et datée d'après le cachet postal « 18. VII. 29 » ; texte manuscrit à l'encre violette. Fonds Charles Du Bos, Bibliothèque Jacques Doucet, Paris, Ms 27 581, f.2.

2. Plus exactement : cinq jours, le 13 juillet (lettre 233).

3. Comprendre : « j'y reviendrai dans une autre lettre – aujourd'hui je vous envoie deux livres de moi ».

4. Très probablement les deux ouvrages parus en 1928, *Dostoïevski*, chez Rieder, et *Hölderlin*, chez Stock.

236. Stefan Zweig à Daniel Halévy[1]

Salzburg, le 1 août 1929

Cher Monsieur, je vous remercie pour votre bonne lettre et j'espère de la meilleure façon : avec la franchise. Je connais naturellement vos éditions et votre œuvre depuis longtemps : c'est l'esprit des « Cahiers de la Quinzaine » qui revit et ressuscite dans votre collection[2] et qui honore vraiment votre pays (chez nous on n'édite plus que des livres à succès.) Mais justement dans le cas de Jouve[3] je me trouve embarrassé. J'ai aimé Pierre comme un frère[4] et j'admire encore son œuvre passionnément, mais notre amitié très intime a été détruite par une brusque évolution de sa façon de penser, et tout en l'aimant encore et sans le moindre ressentiment de ma part j'ai dû cesser nos relations. Il ne s'est rien passé entre nous deux qui nous laisserait regretter notre vieille amitié d'autrefois comme une erreur morale, mais pour le moment nous ne nous voyons et ne nous écrivons plus. Donc vous comprendrez, qu'il me serait difficile d'écrire dans une situation si délicate sur un homme – le jour viendra, où je pourrai le faire plus aisément et largement. Personnellement je tiens à vous dire que je trouve le vers de Jouve encore plus musical et parfait qu'autrefois. J'ai lu ses poèmes avec joie et une admiration extrême et je suis complétement de votre avis que ni la prose, ni la poésie de Jouve ne sont assez appréciées en France. Il est loin d'avoir le haut rang qu'il mérite et la distance qui me sépare personnellement de lui n'empêche pas de voir combien il se perfectionne et à quel degré son art devient plus important. Vous avez un grand mérite en lui aidant, car il

1. Photocopie d'une lettre manuscrite avec en-tête et monogramme. Fonds Daniel Halévy, NAF 28147, BnF.

2. Il s'agit de la collection « Les Cahiers verts », chez Grasset.

3. *Le Paradis perdu* de Pierre Jean Jouve vient de paraître (le 12 juin 1929), dans la collection dirigée par Halévy, chez Grasset.

4. Plusieurs lettres en témoignent, notamment les n°s 66, 81, 87, 89, 92, 100, 101, 121.

est, je crains, très seul et je le répète avec toute ma conviction, très méconnu.
Veuillez recevoir, cher Monsieur Halévy, l'assurance de mes sentiments les plus distingués.

Stefan Zweig

237. Stefan Zweig à Jules Romains[1]

[Salzbourg] 24 août 1929

Mon cher ami, vous comprendrez par [votre] propre expérience : on a peu de temps pour écrire aux amis, même si on pense souvent à eux. J'ai causé avec Feist[2] sur le sujet de « L'Armée dans la Ville ». Je crois à une résurrection de la pièce – seulement il faudrait accentuer le sentiment que nous éprouvons depuis que nous avons connu la guerre. J'aimerais de causer avec vous et de discuter scène sur scène pour arriver à un accord sur les changements qui me paraissent nécessaires.
Je vous félicite d'avoir terminé la grande trilogie[3]. Le dernier volume relève[4] le vrai problème – c'est l'aboutissement de l'action intérieure et les deux premiers volumes reçoivent leur vraie importance par les reflets qui éclaircissent de tous côtés le problème, d'une façon vraiment plastique. C'est maintenant rond et terminé et je crois le moment venu pour l'admirer avec l'intelligence nécessaire et toute la joie psychologique.

---

1. Lettre manuscrite à l'encre violette, avec en-tête et monogramme. Fonds Jules Romains, BnF NAF 28403 (177), f. 16.

2. Hans Feist (1887-1952), médecin et écrivain juif allemand, francophile ; personnalité influente dans le monde théâtral ; traducteur (Pirandello, Giraudoux, Cocteau) aussi de Jules Romains, dont *Der Diktator* paraît chez Samuel Fischer, à Berlin, en 1927.

3. Il s'agit de *Psyché*, composé de *Lucienne* (1922), *Le Dieu des corps* (1928), dont le dernier volume *Quand le navire* vient de paraître ; voir lettre 226.

4. Comprendre : « fait ressortir ».

J'ai terminé enfin ma pièce « Das Lamm des Armen » et j'en suis assez content. Une bataille a déjà commencé pour le premier droit, le Burgtheater et Reinharts Josefstädter Theater[1] veulent tous les deux la première représentation : il paraît que cela marchera bien. Voulez-vous avoir l'obligeance de la lire bientôt et de me dire votre opinion. Il va sans dire que j'aurais grand plaisir de la voir présentée au public Français aux mêmes conditions que Volpone. Je crois que justement en France cette pièce pourrait « porter », je crois d'avoir saisi un problème éternel dans l'histoire, la bataille d'un petit homme qui a raison devant Dieu, contre l'homme qui a raison devant l'histoire. Seulement je pense que cette fois il faudrait un grand théâtre et aussi dans quelques détails des changements. Le caractère de Bonaparte comme homme non-sentimental, grand travailleur, homme qui marche vers son but est absolument exact à l'histoire et plus vrai que les fades sentimentalisations. Votre opinion me sera très importante et je m'adresse avant tous les autres à vous, cher ami, dont je respecte, avec la grande connaissance artistique, la franchise amicale et humaine.

Je vous enverrai dans quinze jours aussi mon livre sur Josef Fouché[2], biographie d'une admirable canaille !

Nous avons vainement attendu votre chère femme et vous-même. Il semble tout de même qu'il faut aller à Paris pour vous serrer la main. Votre fidèle

Stefan Zweig

1. Sont en concurrence le Burgtheater, la scène officielle, près du palais impérial de la Hofburg, et le Theater in der Josefstadt (fondé en 1780) que Max Reinhardt rachète et fait revivre brillamment à partir de 1924. Pour finir, cette « Tragicomédie en trois actes et neuf tableaux » (sous-titre) est créée le 15 mars 1930 simultanément à Breslau, Hanovre, Lübeck et Prague.

2. *Joseph Fouché. Bildnis eines politischen Menschen* [« Portrait d'un homme politique »], Insel, Leipzig, 1929, 332 p. ; Jules Romains lit l'allemand, et ne doit donc pas attendre la traduction (par Alzir Hella et Olivier Bournac) qui paraît en 1931 chez Grasset.

238. Stefan Zweig à Charles Du Bos[1]

Gastein, 1. Septembre [1929]

Cher confrère, j'ai pris avec moi dans une solitude complète dans la montagne votre « Dialogue avec André Gide[2] ». Un livre d'une telle lucidité, d'une telle richesse demande impérieusement la reconnaissance de tous ceux qui aiment la compréhension humaine comme le plus haut plaisir spirituel. Je suis confondu, de vous connaître si tard, et très déçu de ne vous avoir jamais rencontré, car dans vos livres on sent si bien qu'ils proviennent d'une plénitude, dont tout le livre isolé[3] n'est qu'un reflet isolé. Je suis un fervent admirateur de Suarès (qui n'a que le défaut de ne pas connaître l'Anglais et l'Allemand et d'être encarcéré dans le point de vue purement Français), je crois qu'on lui fait grand tort en France parsqu'il saisit (au milieu des abstractions longues et vagues) avec la sûreté du génie compréhensif toujours le caractéristique. Mais vous l'égalez par l'embrassement ardent du problème, vous lui êtes supérieur par la méthode. Quel malheur, que des conférences comme les vôtres ne se tiennent pas à la Sorbonne : elles seraient un honneur pour les lettres Françaises et une attraction pour toute une jeunesse. Ceux qui comme nous ne connaissent pas plaisir plus âpre et passionnant que la descente dans des âmes et qui ne vivent vraiment avec intensité psychologique que dans les dédales et labyrinthes, creusés par le génie – nous observateurs-chercheurs, nous nous comprenons toujours au premier mot, même dans les dissentiments d'opinion. Et je ne peux pas vous dire tout le plaisir que je dois à vos deux livres[4] – je me permettrai un jour

1. Lettre manuscrite à l'encre violette, sur papier à l'en-tête « Der Kaiserhof, Badgastein », sur deux feuilles recto verso. Fonds Charles Du Bos, Bibliothèque Jacques Doucet, Paris, Ms 27 581, f.4.

2. *Le Dialogue avec André Gide*, Éditions Au Sans Pareil, Paris, rééd. Corréa, Paris, 1946.

3. Comprendre : « dont chaque livre séparément n'est qu'un reflet isolé ».

4. Le deuxième livre, c'est Charles Du Bos, *Byron ou le besoin de la fatalité*, voir les lettres 233 et 235.

de l'exprimer. Et quand votre Baudelaire ? Avant le Novalis et l'incomparable Keats ?
Je ne sais pas si vous connaissez mon livre sur l'autobiographie, contenant trois degrés psychologiques en types : Casanova, Stendhal, Tolstoï (Casanova qui se raconte naïvement, Stendhal qui se raconte et s'observe, et Tolstoï, qui se raconte qui s'observe et qui se juge.) Je serais heureux de vous l'envoyer, si cela ne vous encombre pas. Très important aussi pour l'autobiographie est aussi un homme complètement inconnu en France, un Scandinavien Hans Jäger[1], mort en 1900 à peu près, qui a écrit « Christianiabohemen » *und* « Kranke Liebe ». D'ailleurs vous êtes le seul, qui pourrait informer la France sur Kierkegaard, dont le « Tagebuch eines Verführers » et les études sur Don Juan sont les plus hauts faits psychologiques que je connaisse. Il faudrait les découvrir pour la France. Un génie stérile, mais énorme, le seul contemporain de Nietzsche, qui l'égale en psychologie.

Par ces lignes vous voyez combien je désirerais m'entretenir avec vous et j'espère, vous le permettrez à mon prochain séjour à Paris. Merci encore et encore ! Votre tout dévoué

Stefan Zweig

1. Hans Henrik Jaeger (1854-1910), écrivain norvégien ; le roman mentionné par Zweig (sur la bohème d'Oslo) date de 1885. Les deux autres ouvrages cités sont *Amour malade* et le *Journal d'un séducteur*.

1930

239. Stefan Zweig à Marcel Martinet[1]

Salzburg, le 4 janvier 1930

Cher ami,
Je suis heureux d'avoir de bonnes nouvelles de toi, j'espère toujours que tu vaincras enfin ta fatigue et que ton esprit triomphera sur la stupidité de ta maladie[2]. De nos amis j'ai de mauvaises nouvelles sur Guilbeaux[3]. La « Humanité » l'a flanqué à la porte, sans lui payer les appointements du dernier mois, et il est dans la misère complète. Je ne vois pas encore la possibilité qu'il puisse rentrer en France, et quand je le vis la dernière fois, il avait déjà les cheveux blancs ; il a bien payé pour son courage aussi que pour sa gaminerie d'autrefois.

Je t'envoie mon livre sur Rolland. Entre nous : il est paru trop tard[4] car il ne contient pas sa dernière phase et je ne l'ai pas voulu continuer avant que « L'Âme enchantée », les livres

1. Lettre dactylographiée avec la signature de Stefan Zweig (crayon à papier de couleur orange). Fonds Marcel Martinet, BnF, NAF 28352 (74), f. 285.

2. C'est l'idée-force de *La Guérison par l'esprit* sur quoi Zweig travaille alors et qui paraîtra en 1931.

3. Henri Guilbeaux (cf. lettre 2, note 2) est alors à Berlin où il était correspondant de *L'Humanité*.

4. Sous-entendu : « en France ». *Romain Rolland : sa vie, son œuvre*, traduction Odette Richez, paraît en 1929, Paris, Éditions pittoresques ; Bruxelles, Neuchâtel, La Baconnière. La parution originale, *Romain Rolland : Der Mann*

sur les Indes et « Le théâtre révolutionnaire » ne soient terminés[1]. Mon livre a été créé en 1920 et a eu son effet dans tous les pays, excepté dans la France. J'espère, on sera là-bas enfin plus juste envers notre grand ami.

Milles amitiés

de ton
Stefan

240. Stefan Zweig à France Bloch[2]

[Salzbourg, après le 8 février 1930]

Chère Mademoiselle,
voilà ma contribution bien modeste à votre collection[3] : venez un jour pour voir la mienne, qui a de bien belles choses et attend encore le manuscrit promis de Jean Richard[4]. Je reviens de l'Italie en ce moment, donc seulement ce mot rapide de votre

Stefan Zweig

---

und das Werk, date de 1921, Rütten & Loening, et a connu une réédition augmentée en 1926.

1. Zweig oublie (?) ici de mentionner le *Beethoven* des *Grandes Époques créatrices*.

2. Carte postale portant au verso la photo de Stefan Zweig (studio photographique Setzer, Wien VII, Museumstrasse 5). Cette carte n'a ni date ni cachet postal, le timbre ayant été décollé (collection particulière de Roland Sérazin-Bloch). Seul le contexte permet la datation après le 8 février 1930, date de retour en Autriche de Stefan Zweig qui avait quitté Salzbourg avec sa femme, le 10 janvier, pour l'Italie (Rome et Naples).

3. C'est « une collection d'autographes d'hommes célèbres », comme l'explique France Bloch en écrivant le 21 janvier à Zweig. Elle le remerciera le 13 février ; cf. *Delphis 2019*, pp. 117-119.

4. Nulle trace dans le catalogue de la collection de Zweig, établi par Oliver Matuschek, *Zweig 2005*.

241. Stefan Zweig à Léon Pierre-Quint[1]

[Salzbourg] 7 mars 1930

Cher Léon Pierre-Quint,

Je dois vous avouer que le premier sentiment, quand je recevais votre livre « Le comte de Lautréamont et Dieu[2] » était celui d'une vanité froissée. Quoi ? Il existe donc un grand poète lyrique en France dont je n'ai jamais lu une ligne ? Un homme de génie dont jamais un livre ne m'a rencontré ? Mais le second sentiment était celui de la reconnaissance de m'avoir renseigné sur un phénomène littéraire qui n'échappera plus à ma curiosité[3]. Je m'occuperai dès maintenant à me renseigner plus directement et votre livre me servira de guide et je vous remercie vivement de m'avoir initié.

Recevez, cher Monsieur Pierre-Quint, en même temps l'assurance de mon respect toujours renouvelé et mes meilleures salutations.

Votre tout dévoué

Stefan Zweig

1. Lettre dactylographiée, avec en-tête et monogramme ; la signature est ajoutée à l'encre violette. Fonds Léon Pierre-Quint, NAF 18363, vol. VI, f. 371, BnF.

2. Léon Pierre-Quint, *Le Comte de Lautréamont et Dieu*, Cahiers du Sud, Marseille, 1929, 166 p.

3. Ni Lautréamont ni Ducasse ne figurent dans le catalogue de la collection de Zweig établi par Oliver Matuschek, *Zweig 2005*.

242. Stefan Zweig à André Suarès[1]

[Salzbourg] le 2 avril 1930

Très cher André Suarès,
J'ai honte de n'avoir pas écrit à vous si longtemps et je fais appel à votre bienveillance, si je n'écris pas cette lettre de ma main, mais ma vie est tellement dispersée et agitée pendant les derniers mois que j'ai supprimé trois quarts de ma correspondance. J'étais en Italie, puis en Allemagne, maintenant je vais à Vienne. Je ne travaillais pas mal et vous connaissez sans doute ces époques fiévreuses où on se perd soi-même dans ses travaux. Mais j'ai souvent pensé à vous et lorsque notre vieux et cher Romain Rolland me raconta dernièrement que vous avez dû laisser votre cellule Rue Cassette, j'étais très ému de cette pensée, car votre figure est pour moi étroitement liée à ce milieu et je ne peux pas me vous figurer autrement que dans cette vieille rue du plus vieux et plus vrai Paris[2], une des dernières, qui ne soit pas encore touchée par l'américanisme. J'y tiens beaucoup donc, de vous envoyer au moins quelques paroles, pour vous dire que je pense souvent à vous et toujours avec une admiration fervente. J'ai hésité de vous envoyer mes livres en français, parsque je les trouve un peu durs dans la traduction, il leur manque ce que vous avez si merveilleusement dans vos essays, la musicalité de la langue et le rythme passionné[3], mais toutefois vous recevrez bientôt mon « Casanova[4] » (retravaillé par le traducteur après la parution de quelques chapitres dans *Les Nouvelles Littéraires*).

---

1. Lettre dactylographiée, avec en-tête et monogramme SZ. L'adresse figure au bas de la lettre : « M. André Suarès / Collioure ». Fonds Maurice Noël.

2. C'est le quartier autour de l'église Saint-Sulpice, dans le VIe arrondissement, rive gauche ; cf. dans *Le Monde d'hier*, le chapitre « Paris la ville de l'éternelle jeunesse ».

3. Voir ses premières lettres à Suarès (de mars et août 1913, n°s 12 à 15), sur ces mêmes questions.

4. Casanova [ce seul texte, extrait de la trilogie « Trois poètes de leur vie »], traduction A. Hella et O. Bournac, paraît en 1930 chez Attinger,

Mais vous, mon cher Suarès ? J'attends si longtemps de vous un livre qui me paraît si nécessaire, un choix de vos œuvres, 300 pages de ce que vous avez fait du mieux et du plus durable. À mon avis, ce livre serait pour tous les Français et pour l'Europe une surprise, car votre œuvre est dispersée dans un espace de 30 ans et cela dans une époque qui ne sait rien si parfaitement bien que d'oublier vite, dans une époque pour laquelle ne compte que l'aujourd'hui et pour laquelle on est toujours l'auteur de son dernier livre. L'autre œuvre que j'aimerais voir de vous, ce serait une autobiographie, une œuvre qui relève votre vie très invisible derrière un travail continuel, invisible aussi par la solitude extrême dans laquelle vous vous êtes emprisonné. Nous avons eu grâce à cette solitude une intensité de votre personne qui est rare dans ce siècle, mais j'ai peur que vous ayez payé très cher cette perfection et je crois que vous pouvez vous permettre maintenant un petit congé, et revenir dans le monde et vous rendre visible. J'ai senti moi-même, combien les voyages renouvellent la vie intérieure, en parcourant maintenant l'Italie (nouvelle, très nouvelle !) et en me découvrant la Russie.

Je regrette que vous soyez presque le seul auteur français qui depuis des années ne soit pas venu en Allemagne et Autriche, pour comparer et réviser. Laissez-vous encourager, mon cher et grand André Suarès par un, dont vous savez bien combien il vous est dévoué et qu'il n'a jamais cessé de vous regarder comme son maître, laissez-vous encourager de venir et de rafraîchir vos yeux et de faire à ceux qui vous aiment bien, le plaisir de vous revoir. Comme vous n'êtes plus à Paris, j'ai peu d'occasion de vous trouver et votre solitude trop allongée se transformerait facilement en réclusion. On a si besoin de vous justement maintenant, où tout le monde fait l'essayisme, sans en comprendre les lois profondes et les ferveurs nécessaires ! Je tiens à vous dire, que tous ceux qui ont usurpé votre place de chef et de maître ne possèdent pas, à mon avis, vos qualités et votre intensité d'âme.

Paris/Neuchâtel, 187 p. Exemple ici de l'engagement d'Alzir Hella pour préparer avec des « bonnes feuilles » le succès du prochain Zweig en France.

C'est peut-être d'une forme crue et brusque que je vous dis tout cela, mais c'était un besoin pour moi de vous dire que le silence ne m'a pas fait vous oublier et que je suis entré dans un âge, où on ne change plus ses admirations, où l'on reste plus fidèle que jamais à ceux qu'on estime de tout son cœur.

À tantôt donc, mon cher Suarès, et je reste toujours

votre fidèle

Stefan Zweig

243. Stefan Zweig à Francis Ambrière[1]

[Salzbourg], 24. IV 1930

Cher confrère, laissez-moi dire plus hâtivement que je ne le voudrais tout le plaisir que j'ai eu en lisant votre très très belle biographie de Bellay[2]. Vous avez évité heureusement le genre « romancé » tout en vous prouvant poète : la rencontre de Bellay avec Ronsard est une page qui touche le cœur comme un beau poème en prose. Et tout en savourant la beauté tragique de cette vie (peu connue) j'ai appris beaucoup grâce à votre érudition qui embrasse cette époque malheureusement peu documentée. Un épisode dans le voyage à Lyon[3] m'a donné le vif désir de voir écrire par vous une vie de Louise Labbé, poétesse que j'adore et de laquelle je n'ai aucune vision corporelle. Et je suis sûr : comme moi-même, beaucoup des autres

1. Grande carte « Bristol » manuscrite à l'encre violette, avec en-tête et monogramme. Enveloppe adressée à « Firmin Didot Éditeurs, Pour Mr. Francis Ambrière / Paris (France) /56 rue Jacob », adresse barrée et rectifiée en « 18 rue de Paris, Vincennes ». Bibliothèque de l'Institut de France, Fonds Madeleine et Francis Ambrière, MS 7041, f. 204, f. 205.

2. Francis Ambrière, *Joachim du Bellay*, Firmin-Didot et Cie, Paris, 1930, 203 p. La brève préface « Notes pour le lecteur » se termine ainsi : « À d'autres, plus doctes, les dissertations et les théories. Ce livre est une œuvre d'amour. »

3. Allusion aux pages 128-130 de la biographie. Le mot « épisode » vient ici sous la plume de Zweig, comme (en allemand) dans son propre Journal, s'agissant d'aventures galantes et fortement érotisées.

seront enthousiasmés de recevoir enfin une révélation de cette vie cachée derrière les vitres luisantes de ses poèmes. Ayez le courage d'écrire cette vie, vous en avez le droit après cette première biographie qui compte entre les meilleures par son tact intime, par sa finesse psychologique ; je suis tout à fait sincère, si je vous dis qu'elle m'a profondément ému. Recevez, cher confrère, l'assurance de mon respect et mes meilleures salutations ! Votre tout dévoué

Stefan Zweig

Je ne sais pas, si vous avez mon Tolstoï, il me ferait plaisir de vous l'envoyer ou la nouvelle biographie sur Fouché

244. Stefan Zweig à Henry Poulaille[1]

Salzburg (Autriche) / 28 VI. 1930

Mon cher ami, je suis très heureux de recevoir votre livre documentaire[2], qui m'intéresse très intensément et qui m'occupera les semaines prochaines. Je regrette que je n'aie pas pu encore vous signaler un jeune talent allemand, un ouvrier Walter Bauer[3] qui vient de publier des excellents poèmes, peut-être les plus intenses depuis longtemps, mais je vais vous envoyer le livre dès qu'il paraîtra. J'espère de pouvoir bientôt vous serrer la main et de vous témoigner la sympathie profonde qui me lie à vous et à votre œuvre.

Sincèrement votre

Stefan Zweig

1. Carte manuscrite à l'encre noire avec le monogramme SZ et l'ancienne adresse viennoise barrée. Enveloppe portant l'adresse des Éditions Grasset. Fonds Henry Poulaille, Centre de Cachan.

2. Henry Poulaille, *Nouvel âge littéraire*, Paris, Librairie Valois, 1930. Cet ouvrage est une anthologie constituée d'articles antérieurs.

3. Walter Bauer (1904-1976), *Stimme aus dem Leunawerk* [« Une voix, depuis l'usine de Leuna »], Malik Verlag, Berlin, 1930. Cf. *Zweig 2023*, pp. 130-135.

245. Stefan Zweig à Louis-Raymond Lefèvre[1]

[Salzbourg, le 29 novembre 1930]

Cher Monsieur, merci de m'avoir envoyé votre intéressant livre[2], que je lirai avec grand plaisir.

Votre dévoué

Stefan Zweig

246. Stefan Zweig à Charles Baudouin[3]

Salzbourg, le 4 décembre 1930

Cher ami,
je viens de lire votre article dans « Vient de paraître ». Je vous remercie, cher ami pour ce nouveau témoignage d'amitié. J'espère, que vous et votre chère famille allez bien et que vous avez réalisé votre projet de passer quelques mois à Paris, où j'aimerai bien vous serrer la main. Mon nouveau livre s'approche de votre science[4] ; il vous sera envoyé dans deux mois à peu près.

Recevez mon cher ami, mes plus cordiales pensées et merci encore sincèrement

Stefan Zweig

1. Carte écrite à l'encre violette, d'une autre main (Friderike Zweig ?) ; adressée à « Monsieur Louis-Raym. Lefèvre, Paris VII, rue de Beaune, 43, Libr. Gallimard » (barré et remplacé par « 29, rue Saint-Louis en l'Île, Paris ») ; présentée sur le site autographes-des-siecles.com.

2. Louis-Raymond Lefèvre, *Héraclès*, coll. « Les vies légendaires » (n° 2), 210 p., Gallimard, 1930 (parution 1er janvier). « Cette *Vie d'Héraclès* [...] est essentiellement une vie romancée », déclare l'auteur, non sans ironie, au début de sa préface où il cite plusieurs fois Gide. On ne peut que penser au *Thésée* d'André Gide.

3. Lettre dactylographiée sur papier à en-tête, sans le monogramme ; signature manuscrite à l'encre violette. Fonds Charles Baudouin, Bibliothèque universitaire de Genève, Ms.fr. 7531, f. 147.

4. Voir plus loin la lettre 248.

247. Stefan Zweig à Jules Romains[1]

[Salzbourg] le 12. XII. 1930

Cher ami, je lis dans les journaux le grand succès que vous avez remporté[2] ! Mes félicitations sincères et amicales !! Bravo, bravo ! Enfin une pièce qui vaincra[3]. Chez nous le théâtre est devenu un foyer de politique et de reportage. Mais je crois, le tournant viendra et le temps de « Crommedeyre ».
Je vais en janvier en Espagne (aux Baléares) et je passerai par Paris. J'espère de vous voir et de pouvoir dire à Madame Romains mes amitiés ! Encore une fois : bravo !! Votre

Stefan Zweig

---

1. Lettre manuscrite à l'encre violette, avec en-tête et monogramme. Fonds Jules Romains, NAF 28403 (177, 17), BnF.

2. Il s'agit du « coup de feu de l'automne 1930 [...] où pas moins de quatre salles parisiennes mettent des pièces de Romains à l'affiche » : l'Atelier [*Musse*], la Comédie des Champs-Élysées [pour la quatrième reprise de *Knock*], l'Odéon [*Boën ou la Possession des biens*] et le théâtre Pigalle [*Donogoo*], cf. Olivier Rony, *Jules Romains ou l'appel au monde*, Laffont, 1993, pp. 362-363 et 369 (désormais *Rony 1993*).

3. Comprendre : « ce sera pour finir une pièce qui dépassera le relatif insuccès de *Boën*... – et digne, selon Zweig un peu plus loin, de *Crommedeyre-le-Vieil* (NRF, 1920).

1931

248. Stefan Zweig à Charles Baudouin[1]

[Salzbourg] 5 janvier 1931

Cher ami,

Oui, c'est dommage qu'on se voie si rarement, les années coulent et s'enfuient, et il ne nous en reste guère dans les mains qu'un peu d'écume, il y a seulement dans les armoires à livres les œuvres qui se multiplient comme l'écorce grossit sur l'arbre. Ainsi vous recevrez dans trois semaines un nouveau livre de moi, et c'en sera un cette fois, qui vous intéressera certainement car il touche à vos centres d'intérêt les plus personnels[2]. Il s'intitule La Guérison par l'esprit et à travers trois personnes, Messmer, Mary Baker-Eddy et Freud, il présente l'ensemble des méthodes thérapeutiques psychiques. Je suis curieux de savoir ce que vous précisément vous allez en penser. D'une façon générale je suis assez fatigué des essais et j'ai l'intention de revenir au roman.

Je n'ai pas été à Genève depuis longtemps, ni en Suisse, et je n'ai même pas été rendre visite à Rolland. En revanche je pars la semaine prochaine pour Paris et de là, vers les Baléares. Tant que c'est possible, j'aimerais encore faire de grands voyages

1. Lettre dactylographiée, en allemand à l'encre violette, avec en-tête et monogramme ; signature à l'encre noire. Fonds Charles Baudouin, Bibliothèque universitaire de Genève, Ms.fr. 7531, f. 149.

2. Voir la première lettre à Baudouin de février 1916 (n° 42).

et visiter à fond notre chère Europe. Ma femme et moi nous pensons souvent chaleureusement à vous et l'heure qui nous réunira sera une heure heureuse.

Très cordialement votre

Stefan Zweig

249. Stefan Zweig à Marcel Martinet[1]

Cap d'Antibes, 15 février [1931]

Mon cher ami,

Je suis bien content d'avoir de tes nouvelles. J'espère que tu seras content de ton séjour[2] et que tu iras bientôt beaucoup mieux. Moi j'étais très fatigué et je fuyais Paris. Mais l'Espagne, c'est à dire Palma n'était pas ce que je cherchais pour travailler. Mais malheureusement d'ici[3] je ne passerai pas dans ton endroit et il ne faut pas que je te dise combien je regrette de ne pas te voir.

Je te serre la main, mon cher ami et je te souhaite le séjour le plus réconfortant que possible.

De tout cœur

ton

Stefan Zweig

---

1. Lettre dactylographiée sur papier gris, sans en-tête, la signature est ajoutée au crayon à papier. Fonds Marcel Martinet, NAF 28352 (74), f. 290.

2. Martinet séjourne de la mi-janvier à la mi-mars 1931 à Dax (Landes), chez ses amis Antoine et Marcelle Richard, instituteurs et militants syndicalistes, tendance École émancipée.

3. Après trois jours aux Baléares (à Palma de Majorque) et une escale à Marseille, Zweig, accompagné de Friderike, trouve au Cap d'Antibes un lieu de séjour idéal (du 28 janvier jusqu'à la mi-mars) pour se remettre en forme et travailler à *Marie-Antoinette* et au roman *Ivresse de la métamorphose*. Retour à Salzbourg vers le 20 mars.

LETTRES 250 À 296

Mars 1931-janvier 1933

Ce furent des années fantasmagoriques : à la fois brillantes et très menaçantes. Grâce à ses nombreux contacts, Stefan Zweig est mieux informé que nous ne le serons jamais. Ses lettres à ses « confrères » français sont toujours substantielles et whitmaniennes. À l'évidence, les lettres à Roger Martin du Gard sont d'emblée (en avril 1931) d'une chaleur spéciale. Mais l'amitié pour Romains et pour Duhamel reste profonde ; l'estime pour Charles Du Bos et pour Henri-René Lenormand apparaît très vive : ces deux Parisiens, anciens condisciples du lycée Janson-de-Sailly, qui ne se laissent pas enfermer dans l'Hexagone, n'arrêtent pas de surprendre Zweig et de le faire évoluer, concernant Goethe, Freud et Gide réunis ! Années très menaçantes : « L'air est lourd et plein de feu... la grande peur plane comme un oiseau noir sur tout le pays... un tourbillon moral et politique... quelque chose de métaphysique... une volonté encore impénétrable... le moment que nous vivons est historique... l'atmosphère est incendiaire... » Ce sont là quelques bribes d'un patchwork saisissant ! Il n'empêche que 1932 est l'année du centenaire de la mort de Goethe – même si c'est aussi celle où Adolf Hitler est devenu citoyen allemand. Stefan Zweig est resté autrichien. Il écrit à Mussolini, et il obtient du Duce la grâce de l'opposant Giuseppe Germani et de sa petite famille. Il donne des conférences brillantes, en italien, à Florence et à Milan, pour essayer de guérir l'Europe ! Romain Rolland est devenu stalinien quant à lui. Tout cela nous laisse rêveurs et interloqués : fantasmagorie historique de 1932. C'est l'année du congrès d'Amsterdam, où Barbusse se distingue. C'est aussi l'année où éclate pour Zweig l'immense succès de Marie-Antoinette, *« biographie d'un caractère moyen ». Et ce sera bientôt celle d'*Érasme de Rotterdam, *pour son triomphe et son tragique. Et bientôt aussi le livret de* La Femme silencieuse, *d'après Ben Jonson, pour Richard Strauss.*

Comme si de rien n'était, Zweig continue de faire le « cross-pollinator » : pour Henry Poulaille, pour Edmond Jaloux, pour Léon Pierre-Quint. Il veille sur la santé de Martinet. Quant à ses collègues du premier rang, il salue leurs créations en essayant d'en prendre de la graine, pour un long roman éventuellement. En 1932, il salue avec enthousiasme l'apparition première des Hommes de bonne volonté. *Il ose écrire à Jules Romains : « Mais Dieu a ses plans ainsi – seulement il ne les montre aux hommes que plus tard, comme vous avec les lecteurs » (19 avril 1932, n° 279).*

250. Stefan Zweig à Charles Baudouin[1]

[Salzbourg] le 21 mars 1931

Mon cher ami,

Bien entendu, vous pouvez traduire un extrait de mon livre[2], sans me le demander spécialement. Il va d'ailleurs être traduit en français, mais votre traduction sera certainement la meilleure, de sorte que je pourrai ensuite la transmettre comme modèle au traducteur de l'ensemble[3].
Il est de la plus grande importance pour moi que vous tout particulièrement n'ayez pas eu de résistances à formuler face à ce livre, après lequel je vais m'éloigner pour quelque temps des essais. Je voudrais revenir à mon travail personnel Et nous sommes bien d'accord, pour penser qu'il faut une alternance de rythme entre la création et la réflexion.

1. Lettre en allemand, dactylographiée, avec en-tête et monogramme ; la signature est à l'encre violette. Fonds Charles Baudouin, Bibliothèque universitaire de Genève, Ms.fr. 7531, f. 151.

2. Il s'agit pour Baudouin de publier « quelques pages de votre étude sur Freud » dans *Action et Pensée*, sa « revue psychologique internationale » (lettre à Zweig du 14 mars 1931, *Fredonia*).

3. « Generalübersetzer », écrit Zweig : c'est son traducteur (et quasi-agent littéraire) Alzir Hella, resté le seul après le décès d'Olivier Bournac en janvier 1931.

Quant à la nouvelle orientation de Rolland[1], je ne lui ai pas caché, moi non plus, certaines de mes réserves. Comme lui j'ai protesté avec énergie contre la possibilité d'une attaque contre la Russie (quoique je ne crois pas qu'on en projette sérieusement une). Pourtant, ai-je demandé à Rolland, est-ce que dans dix ans la Russie, renforcée et raffermie, ne passera pas elle-même à l'attaque contre le monde bourgeois ? N'est-ce pas pour elle au fond un devoir, d'après son idéologie ? J'ai un immense respect pour les réalisations russes, mais je n'ai jamais considéré Staline comme un pacifiste ni comme accordant une valeur particulière à la vie humaine des individus. Nous sommes tout à fait d'accord là-dessus.

Très cordialement votre

Stefan Zweig

251. Stefan Zweig à Georges Duhamel[2]

[Salzbourg, après le 21 mars 1931]

Cher ami,
retournant à la maison après une absence de deux mois, je trouve parmi les livres votre précieux envoi[3] et votre mot touchant pour Fouché[4]. Je vous remercie bien cordialement. Ce que j'ai déjà

---

1. Le 14 mars (*ibid.*), Baudouin, à propos « de l'attitude, brusquement si décisive, de Rolland à l'égard des soviets » se disait « un peu effrayé par le caractère absolu, sans condition, de son adhésion » (*Fredonia*).

2. Grande carte de visite, manuscrite à l'encre bleue, avec en-tête, mais sans monogramme. Fonds Georges Duhamel, NAF 28275, BnF.

3. *Géographie cordiale de l'Europe*, Paris, Mercure de France (achevé d'imprimer 30 janvier 1931).

4. *Joseph Fouché*, sous-titré (seulement dans l'original) « Portrait d'un homme politique », vient de paraître chez Grasset, fin 1930, traduit par Alzir Hella. Duhamel a écrit depuis Valmondois, le 30 janvier 1931 : « Mon cher Zweig, / j'ai lu votre “Fouché” ici, à la campagne, où je suis venu soigner une grippe. Ce “Fouché” est une lecture épatante, on le reconnaît à ceci que toutes autres lectures paraissent après fades et languissantes. Je ne suis pas

lu, en le feuilletant tout de suite, m'a beaucoup impressionné, intéressé et réconforté. J'espère que vous vous portez bien, ainsi que votre chère famille.

Croyez-moi, cher ami,

votre sincère ami
Stefan Zweig

Hélas, la correspondance ! On a si peu de temps pour causer <u>longuement</u> avec ses amis. Et j'aurais tant de choses à vous dire. Donc à Paris !!

252. Stefan Zweig à Jules Romains[1]

[Salzbourg] le 30 [mars] 1931

Mon cher ami, j'ai lu avec beaucoup de plaisir vos pages réunies[2], qui vous montrent dans un espace de 10 ans ou même 15 ans toujours le même : vous êtes un de ceux qui sont assez puissants pour n'avoir pas besoin de se plier aux circonstances[3]. À Paris j'étais chez vous – au théâtre, et j'ai eu grande joie de voir le succès véhément de votre « Donogoo[4] » – nous le fêterons,

---

malade au point de ne pouvoir vous dire, et de tout cœur, merci / Votre fidèle / G. Duhamel », *Delphis 2001*, pp. 140-141.

1. Lettre manuscrite à l'encre violette, avec en-tête et monogramme. Si le jour et l'année sont lisibles, la mention du mois l'est moins. La datation en mars s'explique par les lettres précédentes, voir la n° 249, note 3. Fonds Jules Romains, BnF, NAF 28403 (177), f. 18.

2. Jules Romains, *Problèmes d'aujourd'hui*, Éditions Kra, a paru début février 1931. Recueil de six essais écrits en 1915, dont le premier s'intitule « Pour que l'Europe soit ».

3. Contrairement à Romain Rolland et à « sa nouvelle orientation » (voir la lettre à Baudouin, n° 250).

4. *Donogoo*, comédie en un prologue, trois parties et un épilogue, avec musique de scène de Jacques Ibert, créée au théâtre Pigalle le 25 octobre 1930. Le succès est fulgurant ; elle fête sa centième en janvier, et est très commentée par la presse viennoise. Notamment dans le *Neues Wiener Journal*, n° 13308 (pp. 3-4) et la *Neue Freie Presse* (pp. 14-15) du 9 décembre 1930.

j'espère, bientôt en Allemagne, néanmoins que le théâtre est devenu à Berlin du reportage parlé, transformation des procès actuels ect. Moi, je reste loin de tout cela, j'écris tranquillement un roman[1] et vis la vie retirée d'un moine avec des intervalles fréquentes dans les grandes villes. Mon nouveau livre « Die Heilung durch den Geist / Messmer, Baker-Eddy, Freud » paraîtra aussi en Français, d'abord le « Freud[2] » – depuis le succès du « Fouché » je me vois « recherché » par tous les éditeurs à la fois.

Je serais très heureux, mon cher Romains, de vous revoir et non moins votre chère femme. Nous pensons souvent à vous et toujours avec ferveur. Bonne santé, bon travail, je vous le souhaite de mon cœur d'ami ! Votre

Stefan Zweig

253. Stefan Zweig à Roger Martin du Gard[3]

Excusez les fautes de langue[4] !

[Salzbourg], 18 avril 1931

Cher et grand Martin du Gard, peut-être vous m'avez jugé assez négligent de n'avoir pas répondu immédiatement à un mot si

---

Dans son édition du 5 avril (pp. 33-36), la *Neue Freie Presse* en publiera aussi un extrait traduit par Berta Zuckerkandl-Szeps, proche amie de Zweig, cf. lettre 86.

1. Roman que Zweig désigne alors comme « l'histoire de la postière » et qui, resté inachevé, ne sera publié qu'en 1982 sous le titre *Rausch der Verwandlung [Ivresse de la métamorphose]*.

2. L'exemplaire de *Freud* – daté de 1932, Stock, Paris, traduit par Alzir Hella et Juliette Pary – que Zweig a envoyé à Jules Romains, comporte deux dédicaces : « À Jules Romains / de la part de l'auteur et bien cordialement / Alzir Hella » et « Au cher Jules Romains, que j'aime comme ami et que j'admire comme maître / Stefan Zweig ».

3. Lettre manuscrite à l'encre violette (deux recto/verso), avec en-tête et monogramme, Fonds Roger Martin du Gard, NAF 28190 (120), f. 276/277.

4. Ajout remarquable, en exergue à ce premier long message, dont il faut souligner qu'il est une réponse.

fraternel et si précieux comme le vôtre[1]. Mais j'étais absent. Je voyage beaucoup. Souvent l'envie m'attaque comme un vent violent, de changer du lit, du mur, qui m'entoure et j'obéis toujours et immédiatement à ce désir que je sais bienfaisant et nécessaire.

J'aurais beaucoup à vous dire. Depuis dix ans je suis votre œuvre avec une admiration qui a eu grand tort de rester silencieuse, de ne pas prendre l'élan nécessaire, pour se former en paroles et se manifester en actes. Mais sans doute vous connaissez le fardeau de correspondance que la littérature nous impose, les devoirs multiples et journaliers qu'on supporterait comme une tâche attachée à notre action intellectuelle et morale si elle n'entraînait pas la néfaste injustice qu'on écrive le moins à ceux auxquels on aimerait le plus adresser la parole. À part d'une correspondance, qui est devenue pour nous une vieille habitude, avec mon cher Romain Rolland, j'ai délaissé presque tous mes amis lointains sans cesser de les aimer ; rarement une lettre avec Jean-Richard Bloch ou Masereel ou Duhamel me rappelle

1. La lettre inaugurale de cette grande amitié, c'est celle de Roger Martin du Gard (désormais dans les notes : RMG) à Zweig, le 28 mars 1931 : « J'ai eu un grave accident de voiture le 1er janvier, et c'est seulement cette semaine, à ma sortie de la clinique, que je trouve chez moi les bonnes feuilles de votre "Fouché", (– que j'avais acheté déjà, et lu, dans mon lit d'éclopé, avec un plaisir continu et une excitation intense)./ Je m'excuse d autant plus de vous répondre si tardivement, que cette attention, venant de vous, m'est extrêmement agréable. Vous êtes, parmi mes contemporains, l'un des rares vers lesquels je me sens attiré par des sentiments fraternels et forts. J'ai lu de vous : "La Confusion des sentiments" "Vingt-quatre heures de la vie d'une femme", le recueil d'"Amok" (ma lecture de la "Lettre d'une inconnue" a été une date heureuse de ma vie) ; et, naturellement, vos admirables "Dostoïevsky" et "Tolstoï". J'admire tous ces livres, à des titres divers. Admiration n'est pas un mot de mon vocabulaire habituel, mais je ne l'ai jamais employé avec une si complète bonne foi. Et c'est si bon, de pouvoir admirer ! Permettez-moi, même, d'ajouter, qu'en dehors du romancier, du critique, de l'historien, j'éprouve pour l'homme (tel du moins qu'il me semble l'apercevoir à travers son œuvre) une sympathie fraternelle. Et je suis bien heureux que vous m'ayez procuré cette occcasion de vous tendre fraternellement la main ! / Roger Martin du Gard » (*Fredonia*).

notre bonne et sincère amitié. Une lettre spontanée est donc – je m'excuse – devenue rare et je vous prie de croire à ma sincérité que à vous et à Julien Green[1] les premières auraient été adressées. Maintenant vous avez, avec un geste que je n'oublierai pas, détruit ce silence qui vibrait entre nous – je dis « vibrait » parsque ce silence était vivant et plein des énergies secrètes[2]. J'aime beaucoup vos œuvres et certaines figures comme celles d'Antoine Thibault et de Rachel sont si vivantes pour moi, comme si je les avais connues dans leur chair vivante. Et puis j'admire énormément la grande façon de réunir un monde dans un roman – vous savez, qu'on admire toujours cela le plus qu'on ne peut pas soi-même : jusqu'à présent j'ai toujours évité par peur ou par instinct ou par paresse (je ne puis pas distinguer les racines) d'écrire un grand roman, mais j'en rêve toujours. Donc l'architecture claire, la façon tranquille et sûre avec laquelle vous édifiez vos grands romans me hante et j'ai suivi chaque travail avec une curiosité avide. Un jour (quand les Thibault seront terminés) je me permettrai de leur consacrer une étude spéciale : tout est préparé intérieurement.

Votre cadeau spécial[3] m'a fait un grand plaisir. Admirable cette confession à la fois intime et discrète. Et admirable aussi la transformation des personnages : ces Italiens qui ne sont jeunes que très peu de temps, mais avec une intensité de jeunesse qui dévore leur jeunesse. Tout cela est vu avec votre regard véridique qui ne sait pas mentir. Vous avez l'œil droit et clair et profond – je n'ai jamais vu une photo de vous, mais je suis sûr de connaître vos yeux.

Maintenant un petit trouble me saisit : comment répondre à un cadeau si précieux ? J'ai regardé parmi mes livres français et j'ai trouvé un petit que vous ne connaissez pas sans doute. Ce sont deux petits contes, écrits il y a dix ou quinze ans (je

1. Voir la lettre 331, à Julien Green.

2. Loin d'être une formule creuse, ceci correspond à un intérêt très fort de Zweig pour toutes sortes de mystères de la psychologie.

3. RMG a envoyé à Zweig son récit *Confidence africaine*, paru en ce printemps 1931.

ne sais pas) et traduits un peu raidement[1]. Si je vous les envoie, je suis bien sûr de rester encore votre débiteur.

Mais plus un homme donne, plus on demande de lui. Votre cordialité me donne du courage, de vous demander encore un présent précieux. J'avoue être collectionneur de manuscrits et non dans la façon sportive ou commerciale qui est à la mode. Depuis mon enfance aucun secret ne m'attire autant que la création de l'œuvre artistique et je crois comprendre mieux une œuvre si j'en ai vu le manuscrit ou la partie d'un manuscrit – le combat de la parole avec la plume, ce chiffre énigmatique de l'écriture créative. J'ai dépensé depuis le lycée tout mon argent pour cette collection, qui renferme un roman de Balzac comme des parties du Figaro de Mozart, des Dostoïevski et des Robespierre, des Rimbaud et des Keats et des Aretino – toutes les variantes dans des œuvres écrites. Mes amis, connaissant cette faiblesse, ont apporté maint trésor, Romain Rolland, Gorki, Verhaeren et les Allemands m'ont donné des œuvres ou une partie. Donc je fais appel à votre bienveillance : on imprimera bientôt un catalogue de ma collection et j'aimerais beaucoup y voir encore votre nom représenté par quelques pages. Autrefois je m'adressais facilement avec des demandes de telle sorte à mes camarades ; à cette époque on ne vendait pas encore les manuscrits des vivants, et les auteurs les détruisaient eux-mêmes. Aujourd'hui c'est presque comme si on demandait de l'argent. Mais j'ai la confiance que vous comprendrez que mon désir est purement un hommage secret, car je vous range dans la compagnie de ceux qui restent et qui resteront.

Mon cher Roger Martin du Gard, je ne savais rien de votre accident. J'étais, il y a trois semaines, en France et j'aurais tout fait pour vous visiter : une conversation intellectuelle avec un homme que j'admire, une conversation franche et claire devient

1. Il pourrait s'agir de *La Ruelle au clair de lune*, suivi de *La Gouvernante*, volume publié chez Snell, Paris, en 1930, traduction de A. Hella et O. Bournac, avec des illustrations de Pierre Louchel. Et ce n'est pas la seule fois où Zweig se montre peu admiratif du style de ses versions françaises (si célébrées en général…).

pour moi de plus en plus une des plus sublimes choses de la vie. J'ai grande envie de vous voir et un excellent pressentiment. En vérité nous sommes très peu pour lesquels la chose humaine soit la seule importante : avec Whitman je n'aime que les livres où je sens l'homme vivant, profond et pénétrant – ou les autres, ceux de l'histoire, qui montrent toute l'humanité. Je vous remercie pour tout – pour votre bonté, pour vos livres, pour votre existence, et je vous souhaite le mieux qu'on peut souhaiter à un homme[1] : bientôt cette bonne santé qui par son abondance nous rend créateurs. Votre tout dévoué

Stefan Zweig

254. Stefan Zweig à Jean-Marie Carré[2]

Salzbourg, [20 avril 1931]

Cher Monsieur, je vous remercie de m'avoir fait envoyer vos « Lettres de Rimbaud[3] », si pleines de nouveaux détails et documentant puissamment votre belle biographie[4]. Il vous intéressera peut-être de savoir que c'est moi qui ai acheté en 1913 à la vente Pierre Dauze des manuscrits reproduits chez Vanier et j'en possède en plus encore deux petits fragments (déjà publiés). Vieux Rimbaldien[5], je suis tout ce qu'on publie sur lui et vos livres m'ont fait un grand et sincère plaisir. Merci ! Votre tout dévoué

Stefan Zweig

Salzburg (Autriche)

---

1. Toute la fin, à partir de « bientôt cette bonne santé » est ajoutée entre les lignes, au crayon noir.

2. Carte postale avec vue générale de Salzbourg, Fonds Arthur Rimbaud, Charleville-Mézières, Médiathèque Voyelles, Ardenne-Métropole.

3. Jean-Marie Carré, *Lettres de la vie littéraire d'Arthur Rimbaud (1870-1875)*, Paris, Gallimard, 1931.

4. Jean-Marie Carré, *La Vie aventureuse de Jean-Arthur Rimbaud*, Librairie Plon, 1926.

5. Zweig a traduit des poèmes de Rimbaud dès 1900 à Vienne ; voir aussi son article de 1914 : *Habent sua fata libelli*, in *Zweig 2020*, pp. 47-51.

255. Stefan Zweig à Henri-René Lenormand[1]

[Salzbourg] le 19 juin 1931

Cher Monsieur et Confrère,
Je vous remercie très sincèrement du charmant envoi du nouveau volume de votre Théâtre complet[2] que je compte parmi tout ce qu'il y a de plus intéressant dans l'art dramatique français contemporain. « Mixture[3] » complètera dans la série de vos œuvres que contient ma bibliothèque et que je reprends souvent avec intérêt, profit et admiration.

Veuillez croire, cher Monsieur et Confrère, à l'expression de mes sentiments les plus dévoués.

Stefan Zweig

256. Stefan Zweig à Roger Martin du Gard[4]

[Salzbourg] 20 Août 1931

Cher et grand Roger Martin du Gard, j'ai pris la fuite, car à Salzburg le festival rassemble toute la littérature du monde et je suis occupé de faire la mienne. Votre lettre[5] m'était une

1. Lettre dactylographiée à l'encre violette, avec en-tête et monogramme, signature à l'encre noire. Fonds Henri-René Lenormand, BnF Département Arts du spectacle, 4-COL-38 (533).

2. Ce volume (VII) du *Théâtre complet* vient alors de paraître chez G. Crès et Cie, Paris, 1931.

3. *Mixture*, 1925, a été créée en 1927 par Georges Pitoëff au théâtre des Mathurins, à Paris.

4. Lettre manuscrite à l'encre violette, avec monogramme et en-tête surmonté de la mention manuscrite « Adresse toujours ». Fonds Roger Martin du Gard, BnF, NAF 28190 (120), f. 278.

5. RMG a écrit à Zweig, le 14 août 1931 : « C'est la première fois, je l'avoue, que je vais laisser quelqu'un mettre le nez dans ma petite cuisine... Mais je ne veux pas refuser de contenter votre flatteuse curiosité, et je sais que ces papiers resteront en bonnes mains. / Voulez-vous le brouillon et

grande joie ! Si vraiment vous voulez me faire cadeau du brouillon de la « Confidence africaine » vous me rendrez heureux, car j'aime connaître les œuvres que j'aime dans le « status nascendi » ; j'apprends plus par un tel manuscrit que par des longues études.

Il est possible que je sois cet hiver deux trois mois à Paris, mon ami Shalom Asch veut me laisser pour ces semaines sa villa à Bellevue[1] à ma disposition et je pourrais finir un roman, qui avance lentement, une petite histoire très simple et j'espère très vraie qui me tente[2]. Ce qui m'empêche souvent à la concentration, c'est la folie de l'époque. Vu d'une distance de vingt ans, on croira que notre Europe depuis la guerre était frappée d'une contagion de crétinisme. Les chefs d'état, les grands banquiers, les diplomates n'ont fait que des bêtises et si on avait pris d'un asyle d'aliéné les malades et les avait mis à leur place, ils n'auraient pas pu faire pire. En Allemagne l'esprit est tellement empoisonné, en France le dogme des « réparations » tellement entêté que je ne vois pas d'autre sortie qu'une grande explosion sociale ou financière. L'air est lourd et plein de feu : il est difficile de garder l'esprit clair et actif sous une telle pression. Merci donc, votre fidèle

Stefan Zweig

---

le deuxième état de cette "Confidence africaine" que vous avez aimée ? » (*Fredonia*). Choix raffiné, car la structure de ce récit (une confidence, par une nuit étoilée, sur le pont d'un paquebot) rappelle celle de la nouvelle *Amok* de Zweig.

1. La villa occupée par Schalom Asch (1880-1957), le célèbre écrivain yiddish, était située au 5, rue Émile à Bellevue (aujourd'hui rue Jules-Hetzel, à Meudon).

2. *Ivresse de la métamorphose*, cf. lettre 252.

257. Stefan Zweig à Marcel Martinet[1]

[Salzbourg, (?) août 1931]

Mon cher ami, j'étais tellement heureux de revoir ton écriture[2] et j'ai lu ton essay avant tout comme une résurrection de ta force personnelle. Immédiatement j'ai fait des efforts pour le faire publier dans une revue allemande, mais il y a la difficulté, que tu parles dans ton Essay de Deubel comme d'un poète connu et en Allemagne il est tout à fait inconnu : il faut encore trouver quelqu'un qui en même temps présente le poète Deubel au public Allemand. Et puis, la situation est critique dans les revues (diminution des pages ect. ect.) mais je fais mon mieux.

Je viendrai (si je ne vais pas en Russie Orientale[3]) à Paris cette année pour quelques semaines, pour travailler. L idée de te voir est une qui me fait chérir ce projet. J'ai écrit à moitié un roman[4], mais il y a encore des difficultés à surmonter. Bonne santé, cher ami et bon courage. Ton fidèle

Stefan

---

1. Lettre manuscrite à l'encre violette, sur papier libre, non datée. Fonds Marcel Martinet, NAF 28352 (74), f. 286. Datation d'après le contenu, voir la note suivante.

2. Martinet a écrit, le 31 juillet précédent : « Mon cher Stefan / je t'envoie la copie d'un article que j'ai écrit sur Deubel. » On saisit ici tout un réseau d'amitiés françaises, et anciennes : Martinet est l'ami de Louis Pergaud (1882-1915), lui-même très proche du poète Léon Deubel (1879-1913), celui-là même que Zweig évoquait déjà dans son article du 28 juillet 1913 « Soutien financier des écrivains », cf. *Zweig 2020*, pp. 43-45.

3. Il pourrait s'agir du voyage envisagé par Zweig en URSS, pour écrire un livre à quatre mains, en collaboration avec Frans Masereel, qui dessinerait.

4. *Ivresse de la métamorphose.*

258. Stefan Zweig à Henry Poulaille[1]

[Salzbourg, 16 septembre 1931]

Mon cher ami, votre roman[2] m'a frappé par son intensité. Il est très fort et va directement au centre de la souffrance humaine : la tradition de Charles Louis Philippe est retrouvée[3], mais avec plus de violence. Nous avons si peu de livres où on sent cette sainte substance « peuple » et je ne sais presque personne sauf Gorki qui sait tellement décrire l'élément humain. J'espère, nous en parlerons bientôt, de toutes les possibilités pour trouver un éditeur en Allemagne ; pour le moment tout est difficile, la grande peur plane comme un oiseau noir sur tout le pays. C'est un énorme combat économique qui se livre silencieusement en cette époque, mais combat sans grandeur, cruel sans héroïsme. Mais je crois, le monde sera plus transformé d'ici cinq ans qu'il ne le suppose. Je vous serre votre main vaillante et à tantôt, cher ami ! Votre fidèle

Stefan Zweig

1. Carte manuscrite à l'encre violette, avec en-tête et monogramme ; l'enveloppe porte l'adresse professionnelle de H. Poulaille chez Grasset. Fonds Henry Poulaille, Centre de Cachan.

2. Henry Poulaille, *Le Pain quotidien (1903-1906)*, Librairie Georges Valois, coll. « Les romans du nouvel âge », octobre 1931. La traduction allemande (par Ferdinand Hardekopf) paraît en 1938 sous le titre *Das tägliche Brot* (Zurich-Prague, Büchergilde Gutenberg).

3. H. Poulaille est lui aussi un grand connaisseur de l'œuvre de Ch.-L. Philippe (1874-1909) ; voir *Charles-Louis Philippe, le populisme et la littérature prolétarienne*, Librairie Georges Valois, coll. « Les Cahiers bleus », n° 55, 29 mars 1930, 40 p.

259. Stefan Zweig à André Maurois[1]

[Salzbourg] le 27 septembre 1931

Cher monsieur Maurois, je vous remercie beaucoup de l'envoi de votre délicieux « Fragment d'un journal[2] ». Si on aime un auteur, on est presque plus curieux de ses livres intimes que de ceux qui se trouvent dans toutes les mains ; j'ai été très heureux de pénétrer par la petite porte privée de ce livre dans la conception personnelle de votre psychologie et j'en ai appris beaucoup.

Dans quelques semaines je vous enverrai la traduction Française de mon portrait de Freud[3] – livre indépendant, comme j'espère, et qui n'était pas facile à écrire en face de l'homme vénéré, qui vit encore. Et vous savez, maître biographe[4], comme la présence de l'objet vivant rend toujours le jugement libre plus difficile.

Votre fidèlement dévoué

Stefan Zweig

---

1. Lettre manuscrite, à l'encre violette, avec en-tête et monogramme. Fonds André Maurois, Manuscrits de l'Institut de France, Ms. 8505.

2. André Maurois, *Fragment d'un journal*, sous-titré (*Relativisme suite*), Éditions du Sagittaire, Paris. Or, ce livre s'ouvre sur une conversation spirituelle, entre Maurois et Valéry, sur l'art de l'équilibriste – voir la lettre suivante.

3. Livre annoncé déjà, voir la lettre 252.

4. À cette date, André Maurois a déjà publié *Ariel ou la vie de Shelley* (1923), *La Vie de Disraëli* (1927) et *Don Juan ou la vie de Byron* en 1930.

260. Stefan Zweig à Paul Valéry[1]

[Salzbourg] le 27 sept. 1931

Cher Maître, j'ai reçu avec infiniment de plaisir cette été votre gracieux envoi de vos Regards sur le monde actuel[2] et j'ai lu ce livre lentement, très lentement, pour savourer mieux les idées, comprimées si densément dans une forme parfaite. Laissez-moi vous dire maintenant toute ma gratitude qui vous doit déjà tant d'heures fécondes et qui me donne toujours la preuve, que encore aujourd'hui la grande contemplation sereine est possible dans un tourbillon moral et politique. Vous enseignez la vue large et vous savez (comme personne aujourd'hui) élever chaque problème dans l'atmosphère éternelle, tout en lui gardant la couleur de l'actualité. Comme une telle façon de penser et de regarder d'un point élevé serait nécessaire à notre époque entière, qui ne s'occupe que du détail journalier et qui perd de plus en plus la vue d'ensemble ! Ma gratitude envers vous, cher maître, surpasse donc de beaucoup ma dette intellectuelle envers vous – je suis heureux que vous êtes parmi nous et au-dessus de nous.

Votre fidèlement dévoué

Stefan Zweig

1. Lettre manuscrite à l'encre violette, avec en-tête et monogramme ; enveloppe adressée à « Monsieur Paul Valéry, membre de l'Académie Française, Paris, 43 rue de Beaune. / par bonté éditions de la Nouvelle Revue française », barré et remplacé par « 40, rue de Villejust, Paris ». Fonds Paul Valéry, NAF 19199, *Correspondance générale*, f. 159-160.

2. Paul Valéry, *Regards sur le monde actuel*, Paris, Librairie Stock, Delamain et Boutelleau, 1931.

261. Stefan Zweig à Edmond Jaloux[1]

[Salzbourg] 15 octobre 1931

Mon cher ami, je ne sais pas si le télégramme que je vous ai envoyé de Montreux vous a enfin trouvé : j'étais justement chez Romain Rolland et – trop tard ! – l'idée m'est venue que vous étiez peut-être tout près de moi à Lausanne. Mais j'espère de vous voir bientôt à Paris et de pouvoir vous serrer la main en vive reconnaissance.

Chez nous la crise des livres est terrible. Le vôtre est presque imprimé et l'éditeur retient toute sa publication jusqu'au moment où il verra clair. Mais quand verra-t-on enfin l'aurore ? Les choses politiques ont pris quelque chose de métaphysique : il semble qu'une volonté encore impénétrable se cache dans tous ces flux et reflux[2], et que soudainement nous en comprendrons la signification[3].

Nous pensons souvent à vous et je serai heureux de pouvoir vous dire bientôt personnellement ma gratitude et mon amitié.

Votre tout dévoué

Stefan Zweig

1. Lettre manuscrite à l'encre violette, sur papier blanc à l'en-tête de Salzbourg. Fonds Edmond Jaloux, Bibliothèque Jacques Doucet, Paris, Ms 6058.

2. Plusieurs lettres à son éditeur Anton Kippenberg témoignent des préoccupations de Zweig face à la crise monétaire, cf. *Kippenberg-Zweig 2020*, lettres du 23 juillet (n° 425) et du 21 septembre 1931 (n° 427).

3. Voir les lettres à Rolland du 1er août 1931 : « [...] je suis maintenant convaincu qu'il existe une volonté métaphysique qui veut la déchéance de l'Europe » et du 23 septembre 1927, in *Rolland-Zweig 2016*, p. 223 et pp. 230-231.

262. Stefan Zweig à Georges Duhamel[1]

[Salzbourg] 25 oct. 1931

Mon cher ami, j'entends ce moment que vous serez jeudi à Vienne[2] et je regrette infiniment de ne pouvoir partir pour vous serrer la main. Mais si vous repartez pour la France, vous passez par Salzbourg forcément et si vous ne voulez pas vous arrêter ici (on vous garderait avec plaisir chez nous à la maison[3]), envoyez au moins une dépêche avec l'heure de votre passage, pour que je sois à la station, vous serrer la main[4]. Votre fidèle

Stefan Zweig

263. Stefan Zweig à Roger Martin du Gard[5]

[Salzbourg] 27 oct. 1931

Mon cher et grand ami, il est difficile pour moi de vous exprimer toute la joie que vous m'avez procurée en m'envoyant

---

1. Lettre manuscrite à l'encre violette, avec en-tête et monogramme. Fonds Georges Duhamel, NAF 28275, BnF.

2. Sur le passage de Duhamel à Vienne et sa conférence du 29 octobre « gratuite, à l'université » sur « quelques petits secrets de la langue française », Paul Amann écrit dans la *Neue Freie Presse* du 28 octobre (p. 7), du 29 octobre 1931 (p. 7) et du 30 octobre 1931. Duhamel reprendra son texte dans *Discours aux nuages* (Nouvelles Éditions Latines, Paris, 1934) sous le titre « Aventures et mésaventures de la langue française ».

3. Duhamel quittera aussitôt Vienne pour Budapest ; il n'a jamais séjourné au Kapuzinerberg, contrairement aux affirmations de Friderike Zweig dans ses ouvrages *Stefan Zweig. Wie ich ihn erlebte* (p. 204) et *Stefan Zweig. Eine Bildbiographie* (p. 77).

4. Politesse ferroviaire aujourd'hui disparue…

5. Lettre manuscrite à l'encre violette avec le monogramme SZ, surmonté par un ajout manuscrit de Zweig : « Excusez si cette lettre est mal écrite : j'étais fatigué d'un voyage » ; au-dessus de l'en-tête, l'ajout d'une autre main : « (sur le manuscrit 1) ». Fonds Roger Martin du Gard, BnF, NAF 28190 (120), f. 279.

ce précieux manuscrit, qui m'enseigne d'une façon visuelle quelques secrets de votre création[1]. J'étais heureux pour vous de voir que la parole surpasse presque toujours chez vous la pensée en vitesse, que vous n'avez pas à ciseler et à méditer longtemps la forme, mais qu'elle naît avec l'imagination déjà presque définitive : cela prouve comme vous êtes profondément inspiré. La vision doit être très intense chez vous : vous ne colorez pas après, comme maint peintre littéraire son portrait en fusain, mais vous voyez immédiatement en couleurs, en vif. J'ai senti toujours cette intensité de la vision, chez vous : maintenant je la comprends. Votre manuscrit sera d'abord relié et puis gardé dans le coffre-fort sacré qui contient, au lieu des stupides actions, les seules vraies « actions », celles des grands artistes.

J'hésite encore comment vous répondre à un si beau geste de camarade et j'espère le faire bientôt. Vous recevrez aussi sous peu mon livre sur Freud[2] – et un autre vieux bouquin, que Attinger va soudainement publier après l'avoir retenu pendant des années, ne me fait pas du plaisir : c'est une époque surpassée[3]. Mais je travaille des autres livres, quoique j'aie interrompu mon roman[4] : il y a là-dedans une lacune que je ne suis pas encore sûr de remplir et je ne voulais pas y jeter du sable. Attendant la solution intérieure et nécessaire, j'ai attaqué une biographie qui m'intéresse depuis longtemps[5]. Probablement je serai dans quelques semaines à Paris et vous me permettrez, je l'espère, de vous rendre visite. Je suis impatient de vous voir et de causer longuement avec vous. Le moment que nous

1. Il s'agit de *Confidence africaine*, dont Zweig a reçu « le brouillon et le deuxième état », voir la lettre 256.

2. Stefan Zweig, *Freud*, paru en 1932 chez Stock (voir lettre 252).

3. Comprendre « dépassée ». Chez Victor Attinger va en effet paraître le recueil *Destruction d'un cœur* (219 p.) composé en français (après la nouvelle-titre) de « La Gouvernante » (1907) et « Le Jeu dangereux » (*Somme-novelette*, 1906), traduction Alzir Hella et Olivier Bournac, Paris, Neuchâtel, 1931.

4. Il s'agit de la future *Ivresse de la métamorphose*, texte resté inachevé et publié en 1982.

5. Allusion à *Marie-Antoinette*.

vivons est historique. Peut-être on sera étonné un jour que nous ayons pu assister si tranquillement à une des plus grandes transformations de toutes les valeurs matérielles et sociales, sans comprendre où le chemin va ; je crois, nous voyons et pressentons tout cela plus intensément, car la France reste dans sa tradition de vivre et de penser, elle a une certaine méfiance contre tout ce qui est neuf et non sorti d'elle-même. Mais quel spectacle incompréhensible, l'Allemagne, avec cette jeunesse qui s'enivre d'un idéalisme absurde et n'a qu'un rêve : de servir. De servir à son magicien Hitler, de servir à un empire dans les nuages, qui ne sera jamais réalisable, à un nouvel ordre des choses – une folie en plein jour, un rêve organisé comme une manœuvre militaire et tout cela (voilà l'incompréhensible) à côté d'un commerce actif, une vie journalière exacte et bourgeoise dans une Allemagne bien américanisée. Ce nouveau Mahdi[1] et ses disciples montrent qu'encore dans nos jours les grands entraînements comme autrefois les croisades des enfants sont possibles, nonobstant la T. S. F. et la crémière électrique[2] – j'aimerais causer avec vous de tout cela. On ne connaît[3] pas notre aujourd'hui si on n'a pas vu la Russie et l'Allemagne d'aujourd'hui avec leur idolâtrie uniformée, les pays de labour vite réalisé et de la mesure surpassée. Encore une fois : merci ! Votre sincère

Stefan Zweig

1. Prophète musulman et chef du djihad.
2. Baratte électrique pour faire du beurre.
3. La suite est écrite dans la marge de gauche.

264. Stefan Zweig à Roger Martin du Gard[1]

Hôtel Louvois, Square Louvois, 23. XII. 1931

Mon très cher et grand confrère,
je suis pour trois ou quatre semaines à Paris, et si vous quittez un jour votre « retiro » je serais très heureux si vous vouliez me donner signe[2]. Je tiens beaucoup à vous serrer votre main vaillante[3] !

votre tout dévoué

Stefan Zweig

1. Billet manuscrit sur papier libre (encre violette). Fonds Roger Martin du Gard, BnF, NAF 28190 (120), f. 280.

2. RMG a répondu à Zweig, le 2 janvier 1932 : « Vous êtes arrivé à Paris juste au moment de notre départ pour revenir chez nous [Le Tertre, à Bellême / Orne], mais je pense bien retourner à Paris en janvier et j'espère que vous y serez encore, car j'ai grand désir d'avoir enfin devant moi l'homme de ces livres que j'aime tous ! » (*Fredonia*).

3. Exemple du français créatif de Zweig, inspiré sans doute par l'examen de l'écriture de RMG dans le manuscrit de *Confidence africaine*.

1932

265. Stefan Zweig à Roger Martin du Gard[1]

[Paris, 3 ou 4 janvier 1932]

Mon cher Roger Martin du Gard, votre bonne promesse de vous voir encore me réjouit[2]. Je reste encore jusqu'au 26 ou 29. Janvier. Depuis ma jeunesse j'habite toujours ce quartier, soit Hôtel Beaujolais (Palais-Royal) ou maintenant ici, je me sens ici au cœur du vrai Paris – tout ce domaine proustien Champs Élysées, le côté américanisé m'était toujours odieux.
Quel plaisir pour moi de pouvoir bientôt serrer votre main vaillante !
Votre tout dévoué

Stefan Zweig

1. Lettre manuscrite à l'encre violette, non datée, avec la vignette et l'en-tête de « Hôtel Louvois, Square Louvois près l'Opéra ». La date proposée s'explique par le contexte, et les dates du séjour de Zweig à Paris, du 21-22 décembre jusqu'au 28 janvier suivant. Fonds Roger Martin du Gard, BnF, NAF 28190 (120), f. 297.

2. Le 2 janvier 1932, RMG poursuivait en effet sur une seconde carte de visite : « Vous êtes installé au cœur même du quartier d'où je suis sorti. / Mon père est né au 65 de la rue Ste Anne. Ma mère au 63. / Et j'ai habité avec eux le 69 de la même rue, jusqu'à mon mariage ! Ce délicieux coin du square Louvois est pour ainsi dire le berceau paternel et maternel de ma famille ! Je n'y reviens jamais sans que le cœur me batte… » (*Fredonia*).

266. Stefan Zweig à Georges Duhamel[1]

[Paris, vers le 11 janvier 1932]

Mon cher ami, on me raconte que vous déménagez[2], mais j'espère cette lettre vous parviendra. Je resterai encore 10 jours ici et si vous avez une bonne heure pour un entretien avec un vieux camarade, souvenez-vous de votre sincère

Stefan Zweig

267. Stefan Zweig à Georges Duhamel[3]

Paris [après le 13 janvier 1932][4]

Cher ami, je viendrai avec joie Jeudi à 5 heures[5]. Mais si vous n'êtes pas encore en ordre nous pourrions aussi nous rencontrer comme aux bons temps de notre jeunesse dans un Café. Je serai heureux de causer avec vous.

Votre fidèle

Stefan Zweig

1. Lettre manuscrite à l'encre violette, à l'en-tête de l'hôtel Louvois. Fonds Georges Duhamel, NAF 28275, BnF. Datation possible grâce à la réponse de Duhamel, datée du 12 janvier 1932. Cf. *Delphis 2001*, p. 146

2. Duhamel s'installe le 14 janvier avec sa famille et ses proches au 31, rue de Liège, dans le VIIIe arrondissement.

3. Billet manuscrit à l'encre violette, sans date ni en-tête. Fonds Georges Duhamel, NAF 28275, BnF.

4. La datation est possible grâce à la lettre de Duhamel à Zweig, le 12 janvier, lui proposant de venir « le jeudi 27 janvier, vers 5 heures »

5. Duhamel écrit à propos de cette visite : « Zweig est un grand lettré, un excellent écrivain dont le labeur est, aujourd'hui, récompensé par une belle gloire. Il a, sur le monde moderne, des vues larges et variées », *in* Duhamel « Le Trésor de la France », *Adam International Review*, septembre 1941/8.

268. Stefan Zweig à Charles Du Bos[1]

[Paris], le 18. 1. 32

Cher monsieur et confrère, je causais cette après-midi de vous (avec toute l'admiration que j'ai pour votre œuvre) avec Mme Zifferer[2]. Elle me dit, que vous serez samedi à Paris, peut-être on pourrait avoir une heure ensemble. Moi de ma part je serai Dimanche avec ma femme pour deux heures à Versailles – j'aimerais beaucoup de vous serrer la main, soit à Paris, soit à Versailles. Peut-être vous pouvez me téléphoner entre 8-10 heures du matin ici à l'Hôtel. Votre tout dévoué

Stefan Zweig

1. Lettre manuscrite, à l'en-tête de l'hôtel Louvois. Fonds Charles Du Bos, Bibliothèque Jacques Doucet, Paris, Ms 27 581, f. 5.
2. Épouse de Paul Zifferer, évoqué dans la lettre 121.

269. Stefan Zweig à Henry Poulaille[1]

[Paris, avant le 23 janvier 1932]

Cher ami, je suis malheureux que je n'ai pas pu passer une soirée avec vous, mais je viendrai encore une fois chez Grasset, pour causer avec vous[2] et pour arranger l'affaire Martinet[3] qui m'occupe intérieurement. J'ai besoin de serrer votre main d'ami. Votre fidèle

Stefan Zweig

1. Lettre non datée, à l'en-tête de l'hôtel Louvois. Cette date n'est donc qu'approximative. Fonds Henry Poulaille, Centre de Cachan, Val-de-Marne.

2. D'après les souvenirs d'Henry Muller, Poulaille aura par la suite l'impression d'être délaissé par Zweig : « J'ai aussi aperçu pour la première fois, causant avec Poulaille, Stefan Zweig. Il n'était, à cette époque, pas encore très célèbre, en France tout au moins. *Fouché* et *Marie-Antoinette* ne l'avaient pas encore définitivement imposé. Poulaille s'en indignait du reste. "On publie dans cette maison [Grasset] des gens qui ont cent fois moins de valeur que lui", criait-il. Et je tremblais qu'un auteur passât à ce moment-là. Zweig souriait ; il avait un air optimiste et heureux, satisfait de la vie, content de ce qu'elle lui apportait. Un gros cigare autrichien entre les dents, coiffé d'un chapeau du plus pur style tyrolien, il vous gratifiait d'un : "Ça va ?" qu'il essayait de rendre parisien. Plus tard, lorsqu'il devint un auteur de grande vente, il échappa un peu à Poulaille, il me semble, et se dirigea plus souvent vers le bureau de Brun [bras droit de Grasset] qui le couvait, l'appelait "mon cher Stefan" ou "mon vieux Zweig" et l'emmenait dans les meilleurs restaurants. "Zweig se gâte", disait Poulaille avec une pointe de mélancolie. » Henry Muller (1902-1980) entre chez Grasset en 1923 au service des manuscrits. Il y accomplira toute sa carrière d'éditeur et en deviendra le secrétaire général. Ses mémoires *Trois pas en arrière* (La Table Ronde, éd. 2002, ici pp. 224-225) sont un livre drôle, insolite et anticonformiste.

3. Marcel Martinet le trotskiste, entré chez Rieder en 1929 (grâce à son ami Jean-Richard Bloch) et devenu directeur littéraire, fait des choix qui dérangent les intellectuels staliniens de la maison.

270. Stefan Zweig à André Suarès[1]

23.1.1932

Cher et grand André Suarès,
à mon grand étonnement on me dit que vous êtes à Paris, sans pouvoir me donner votre adresse, mais j'espère cette lettre vous parviendra. Je suis encore pour quelques jours ici et serai heureux de vous revoir, mon cher maître. Avez-vous une heure libre Lundi ? Je viendrai quand vous me le proposerez.

Votre fidèle admirateur

Stefan Zweig

271. Stefan Zweig à Jean Guéhenno[2]

[Salzbourg, février ? 1932]

Cher Monsieur Guéhenno, je m'excuse de vous répondre si tard. Mais j'hésitais. J'aurais bien envie de dire tout ce que je dois à Goethe, mais j'ai une répulsion de le dire justement cette année-ci[3] où tout le monde en Allemagne écrit, et parle de Goethe. Cette répulsion, elle est, je l'avoue, dénuée de sens, mais je ne peux pas écrire si je n'ai pas la nécessité intérieure et je ne puis pas vaincre le dégoût, si je pense à des flots d'encre qui submergeront ce nom pendant cette année. Mais je vous offrirai bientôt une autre œuvre[4]. De tout mon cœur votre

Stefan Zweig

---

1. Lettre manuscrite à l'encre bleue, à l'en-tête de l'hôtel Louvois.
2. Carte-lettre manuscrite à l'encre violette, non datée, avec l'en-tête et le monogramme. La date proposée ne peut être qu'approximative, le numéro d'*Europe* consacré à Goethe paraissant en avril 1932. Fonds Jean Guéhenno, BnF, NAF 28297, f. 2.
3. L'année du centenaire de la mort de Goethe (1749-1832).
4. Proposition qui restera sans suite, puisqu'après son hommage à Léon Bazalgette, paru en juin 1929, Zweig n'a plus envoyé de contribution à la revue *Europe*, dont Jean Guéhenno est depuis 1929 le rédacteur en chef.

272. Stefan Zweig à Guy de Pourtalès[1]

Salzburg, 3. II. 1932

Mon très cher confrère, malheureusement votre lettre si cordiale[2] ne m'est revenue que après mon retour à Salzburg ; je regrette maintenant, de n'avoir pas été assez hardi pour vous demander l'occasion de vous voir. Car j'avais grande envie de causer avec vous. J'aime beaucoup votre Chopin, votre Liszt[3] et je suis infiniment curieux, de connaître votre Wagner[4] et de voir si vous avez réussi de lever un peu le voile trop artificiel avec lequel la famille a tenté de couvrir cet homme si curieux et compliqué. Ils ont toujours voulu faire de lui un homme simple, droit, bon Allemand, un idéal à leur conception étroite, sans comprendre qu'il était mille fois plus puissant que leur image conventionnelle. D'ailleurs il manque encore un livre sur Wagner, homme de nerfs, une étude médicale et clinique de ses crises mystiques qui accompagnent ou préludent chez lui à la création. Oh, si on pouvait pénétrer en Wahnfried (pourvu que tout ne soit pas brûlé !) – je connais par exemple des lettres à Meyerbeer en contenu, que la famille a achetées pour les faire disparaître, même un essay supra-élogieux sur Meyerbeer. Et il y avait sans doute aussi des documents sur Nietzsche en dehors des lettres publiées d'après ses brouillons. Et l'affaire Ritter et celle de la première femme ! Est-ce qu'on trouvera

1. Carte longue avec en-tête et monogramme, manuscrite à l'encre violette. Fonds Guy de Pourtalès, f. 3285-3286, UNIL.

2. Lettre du 31 janvier 1932 où Pourtalès a remercié Zweig pour l'envoi du volume *Freud*, dédicacé, et a proposé de réunir chez lui (à Paris) « une petite phalange de confrères [...] qui vous estiment et vous admirent » (*Fredonia*).

3. *Chopin ou le Poète*, Gallimard, Paris, 1927 ; *La Vie de Franz Liszt*, NRF, Gallimard, 1925.

4. *Wagner. Histoire d'un artiste*, Gallimard, Paris, 1932, 448 p. Zweig a pu le lire partiellement, puisque « la première et la seconde partie ont paru dans *La Revue hebdomadaire* en décembre-janvier-février 1931-1932 », comme l'écrit Pourtalès, le 14 juin 1932, voir son *Journal 1919-1941*, pp. 189-190.

encore un jour la vérité ? – Dernièrement j'ai pu acheter la première version manuscrite de Nietzsche « Die Geburt der Tragödie », la copie calligraphique qu'il a faite pour Cosima – le premier jet, pas encore gâté par l'influence de Wagner et de Schopenhauer, qui rend le livre aujourd'hui lourd et presque indigeste. Et si vous passez un jour ici, je vous montrerai aussi des choses wagnériennes[1]. Vous comprenez donc, à quel degré votre livre m'intéresse – il est nécessaire en face de ce Wagner (fabrication de Bayreuth) et je suis convaincu que personne en ce moment n'était plus doué que vous pour l'écrire. Avec toute ma sympathie et ma grande admiration, votre tout dévoué

Stefan Zweig

273. Stefan Zweig à Roger Martin du Gard[2]

[Salzbourg, après le 3 février 1932]

Mon cher Roger Martin du Gard, je comprends si bien votre situation[3] : elle est exactement la mienne. J'ai dû laisser en panne un roman et pour m'occuper jusqu'au moment propice, je fais une biographie. J'espère, le « Freud[4] » vous est parvenu.

---

1. Voir la lettre 289 pour des précisions. La section « Musik » de la collection de Zweig recense vingt-quatre autographes (lettres ou partitions) de Richard Wagner (n° 959 à 982), cf. *Matuschek 2005*, pp. 391-396.

2. Carte postale représentant le manoir du Kapuzinerberg, manuscrite à l'encre violette ; seule l'année est lisible sur le cachet postal. Fonds Roger Martin du Gard, BnF, NAF 28190 (120), f. 281.

3. Zweig répond ici à la longue lettre de Roger Martin du Gard, datée du 2 février 1932 : « Je me débats dans de grandes difficultés » (*Fredonia*), et il explique ainsi qu'il ne soit pas venu à Paris malgré son désir de rencontrer Zweig.

4. Dédicacé : « Au très cher et très grand Roger Martin du Gard / son dévoué Stefan Zweig ». Voir *Catalogue de l'exposition Roger Martin du Gard* [15 octobre-30 décembre 1981] par Florence Callu, Françoise Bléchet et Michel Brunet, BnF, 1981, p. 101.

Je reviendrai en automne et j'espère de vous rencontrer sûrement. Votre fidèle

Stefan Zweig

274. Stefan Zweig à Guy de Pourtalès[1]

Salzburg, le 12 février 1932

Bien cher monsieur Pourtalès,

Ce fut pour moi une grande joie et une surprise de recevoir une lettre de vous dans un si excellent allemand. Je savais certes que vous parliez l'allemand, mais non que vous maîtrisiez si parfaitement la langue allemande[2]. Je suis très curieux de votre livre sur Wagner, et si vous avez besoin de quelque document que ce soit, je suis à votre entière disposition. C'est bizarre, pour nous, de voir combien les Français continuent à s'intéresser à Wagner. Chez nous en Allemagne, c'est comme si on l'avait trop joué, et d'autre part l'image de l'homme a été rehaussée de trop de couleurs ; la jeune génération ne se sent guère proche de lui, alors que pour nous, les relations passionnées de toute notre jeunesse sont indissolublement liées à lui.

Comme vous, je souffre moi aussi beaucoup de l'absurdité de la situation politique actuelle. L'état d'esprit en Allemagne est violent, survolté. Le vieil idéalisme allemand a une nouvelle fois dérivé vers le militarisme, et cette nouvelle formule absurde de « combativité de la jeunesse » est effroyablement dommageable, parce que dans les faits, à l'âge de la guerre chimique et technique, toutes ces ligues, ces associations sont parfaitement moyenâgeuses sur le plan matériel autant qu'idéologique. Mais la jeunesse qui instinctivement envie ses aînés « d'y avoir été »

1. Carte longue, dactylographiée en allemand à l'encre violette, avec l'en-tête et le monogramme. Fonds Guy de Pourtalès, f. 3287-3288, UNIL.

2. Guy de Pourtalès, issu d'une famille de huguenots français, est né à Berlin où il a vécu jusqu'en 1887 ; il a fait des études supérieures en Allemagne.

éprouve le besoin de faire étalage de son courage, alors qu'en réalité, dans l'atmosphère incendiaire d'aujourd'hui, il faut plus de courage pour se proclamer pacifiste et internationaliste. Mais peut-être vaut-il mieux que cette vague monte aussi haut : elle refluera d'autant plus vite.

Ce que nous pouvons et devons faire : ne pas nous laisser égarer, et manifester sur le plan de l'esprit la seule véritable vertu, la passion de la justice. Le service qui est le nôtre s'accomplit de façon souterraine, mais il n'est pas vain pour autant.

Mille salutations et en cordiale sympathie, votre

Stefan Zweig

275. Stefan Zweig à Jean Paulhan[1]

[Salzbourg] le 14 février [1932][2]

Cher Monsieur et confrère, merci pour vos bonnes paroles, j'espère beaucoup de pouvoir vous rencontrer un jour personnellement. Quant aux cahiers de Beethoven, je ne possède qu'un seul et petit : celui de sa 23ème année – les 112 cahiers à la Bibliothèque Nat. de Berlin sont loin d'être déchiffrés et publiés, mais il faudrait pour cela deux à trois ans et personne dans notre époque ne veut consacrer tant de temps pour une étude dont le succès est si peu sûr : on a commencé l'édition complète il y a 6 ans et on a vendu, je crois, 60 exemplaires : alors on a laissé tout. Mais nous trouverons un autre sujet un jour. Votre tout dévoué

Stefan Zweig

1. Lettre manuscrite à l'encre violette, avec l'en-tête et le monogramme. Fonds Jean Paulhan, IMEC.

2. Zweig a écrit « 1931 », mais c'est une erreur de début d'année, vu qu'en février 1931 il n'est pas à Salzbourg.

276. Stefan Zweig à Georges Duhamel[1]

[Salzbourg] 11. Mars 1932

Mon cher ami, faut-il vous le dire, avec combien de plaisir j'ai lu et relu votre délicieux livre[2] ou vous livrez grande bataille aux Béotiens (dans le sens du feu Renan). Vous avez la seule façon juste de parler de cette chose, avec l'ironie fine qui cache l'amertume intérieure ; il serait ridicule de vouloir « accuser » une évolution qui peut-être a besoin des exagérations pour arriver à un but que nous ne devinons pas encore. Mais il faut mettre les hommes en garde de ne pas avoir trop de respect de leurs propres inventions. Je viens de publier pour ma part un essay sur le livre[3], qui montre que tous les explosifs ne contiennent pas autant de force qu'une seule pensée humaine concentrée en trois lignes et qu'aucun acier n'est aussi durable qu'une feuille de papier bien remplie de beauté et de pensées profondes, qu'aucune vitesse n'a la même force que celle d'une idée vivante – j'ai dit cela à ceux qui geignent : le livre est mort. Il survivra à tout. Cette fierté des choses techniques est – et vous le prouvez si bien – un manque de fierté, un esclavage gratuit de l'esprit humain. Vous avez bien mérité de la patrie, mon cher Duhamel, de notre patrie humaine qui ne connaît pas de frontières et de drapeaux, de notre grande et impérissable famille ! à tantôt, cher ami, et toujours votre

Stefan Zweig

---

1. Lettre manuscrite à l'encre violette, avec l'en-tête et le monogramme. Fonds G. Duhamel, NAF 28275, BnF.

2. *Querelles de famille*, Mercure de France, janvier 1932 ; ce recueil réunit des articles que Duhamel a publiés entre mai et décembre 1931 dans la revue *Candide*.

3. *Das Buch als Eingang zur Welt* [« Le Livre comme accès au monde »], essai que Zweig publie à cinq reprises dans la presse germanophone entre août et novembre 1931, ainsi qu'à Paris, dans la revue *Le Mois* (10 décembre 1932, sous le titre « Éloge du livre ») ; il le reprendra en 1937 dans son anthologie-somme : *Begegnungen mit Menschen, Büchern, Städten* [« Rencontres avec des hommes, des livres, des villes »], chez Reichner, Vienne.

277. Stefan Zweig à Marcel Arland[1]

[Salzbourg, printemps 1932]

Cher confrère,

Bien en retard, mais pas moins reconnaissant, je vous remercie pour « Antarès[2] » et votre dédicace. J'ai lu avec beaucoup d'intérêt votre livre si fin et psychologiquement intéressant.

Croyez-moi, cher confrère, avec l'assurance de mon estime et ma sympathie

votre

Stefan Zweig

278. Stefan Zweig à Charles Baudouin[3]

[Salzbourg, 23 mars 1932]

Cher ami, j'ai appris avec un plaisir très vif que vous vous occupez du traitement[4] de Mlle Kra, la fille de notre vieux ami Simon Kra[5] et je suis content de savoir vos soins donnés à elle ; avec sa grande intelligence elle vous aidera elle-même sans doute dans le diagnostic psychologique. Ma femme avait la chance de vous revoir et m'a dit qu'elle vous a trouvé bien

1. Carte de visite manuscrite à l'encre bleu nuit, non datée, avec l'en-tête de Salzbourg. Fonds Marcel Arland ARLC-176, Bibliothèque Jacques Doucet.

2. Marcel Arland, *Antarès*, Gallimard, paru fin février 1932, 157 p., « petit roman, qui [selon John Charpentier dans *Le Mercure de France* (1er mai 1932, p. 671) fait penser au *Grand Meaulnes* d'Alain-Fournier » et « où le héros est un enfant à la recherche d'un "royaume perdu" ».

3. Carte postale représentant le manoir du Kapuzinerberg (charmant dessin à la mine de plomb, signé Irene Hölzer-Weinek (1888-1965), avec l'adresse de Saconnex barrée et remplacée par « Pension Chesolez, Tavel s/ Clarens ». Fonds Charles Baudouin, Bibliothèque universitaire de Genève, Ms.fr. 7531, f. 153.

4. Charles Baudouin était aussi psychothérapeute.

5. Voir la lettre 154 qui lui est adressée, le 8 février 1926.

jeune et actif. J'aurais grand désir de vous revoir et de serrer amicalement votre main.

Fidèlement votre vieux

Stefan Zweig

279. Stefan Zweig à Jules Romains[1]

[Salzbourg] 19. IV. 1932

Mon cher ami, vous savez vous-même, que les lettres importantes nous défendent d'écrire les lettres vraiment nécessaires. Toutefois j'ai le besoin de vous dire combien votre roman (ou plutôt ce que vous offrez de lui) m'a occupé et gagné[2]. La préface, un chef-d'œuvre de clarté, de lucidité, fait ressentir ce que vous vous êtes proposé et j'approuve avec enthousiasme ce plan, qui évite la concentration forcée, ce lit de Procuste, des romans habituels et donne la spontanéité de la vie avec son appât de désordre[3] – mais Dieu a ses plans ainsi, seulement il ne les montre aux hommes que plus tard, comme vous avec les lecteurs Mais on sent dans ce « à côté »[4] dès la première page une main qui dirige et une main de maître. Admirables les conversations de Quinette avec le meurtrier, délicieux maints détails, et je vous assure avec toute la franchise que je dois à votre amitié, que les deux volumes m'ont laissé dans le double état du contentement et de l'attente. Comme la vie doit vous paraître intéressante et importante avec une telle œuvre en main ! Je vous félicite donc de tout mon cœur pour ce double sentiment et n'oubliez pas que je serai toujours à votre disposition, si vous avez en

1. Carte manuscrite du 19 avril 1932 à l'encre violette, avec l'en-tête et le monogramme. Fonds Jules Romains, BnF, NAF 28403 (177), f. 19.

2. Les deux premiers tomes du roman-fleuve de Jules Romains, *Les Hommes de bonne volonté*, viennent de paraître, en février 1932, chez Flammarion : *Le 6 octobre* et *Crime de Quinette*.

3. Comprendre : « avec son désordre attirant, désirable ».

4. Comprendre : « cette simultanéité animiste ».

Allemagne un conseil ou un intermède[1]. Amitiés à votre chère femme et de tout cœur votre vieux (et très fier) ami

Stefan Zweig

280. Stefan Zweig à André Maurois[2]

[Salzbourg] le 23 avril 1932

Cher et grand confrère, je vous remercie beaucoup pour votre roman[3] – tableau large et pénétrant de notre époque, qui vous montre dans la plénitude de votre force. Tout en décrivant la France, vous le faites toujours dans les romans d'une position plus élevée et on sent chez vous (presque plus que chez tous les autres) la connaissance des grands courants sociaux et moraux, qui font notre époque peut-être la plus mouvementée depuis des siècles. J'aurais tant d'envie de vous rencontrer un jour et, hélas, je vous manque par une méchante ironie du destin à chaque occasion : vous avez tenu, me dit-on, des conférences en Italie justement quinze jours avant que j'y sois, et également à Paris et à Vienne je suis venu trop tard ou trop tôt. Mais toujours quand j'ai voulu rencontrer quelqu'un dans ma vie et je ne réussissais pas immédiatement, j'ai remarqué plus tard, que cela aurait été trop tôt et qu'on se trouve toujours quand on est mûr l'un pour l'autre. Donc je me réjouis d'avance d'une bonne heure quand j'aurai enfin le plaisir de serrer votre main.

Votre tout dévoué

Stefan Zweig

---

1. Le sens général, c'est : « à votre disposition » pour quoi que ce soit en Allemagne : a) si vous avez « besoin d'un conseil ou d'un intermédiaire » ; b) si vous avez (en vue) un « conseil » (*concilium*), c'est-à-dire une rencontre sérieuse, ou un « intermède », c'est-à-dire une récréation.

2. Lettre manuscrite à l'encre violette, avec l'en-tête et le monogramme. Fonds André Maurois, Manuscrits de l'Institut de France, Ms. 8505.

3. André Maurois, *Le Cercle de famille*, Paris, Grasset (achevé d'imprimer le 4 mars 1932).

281. Stefan Zweig à Jean Guéhenno[1]

[Salzbourg, 1er] mai [19]32

Mon cher confrère, excusez ce mot trop rapide, ingrate réponse à vos excellentes paroles, mais je suis en train de partir pour des conférences[2]. J'ai fait des efforts pour l'essay de vous que Rolland me communiquait[3], mais vous ne devinez pas l'état d'esprit dans l'atmosphère politique de chez nous ! On devient sans puissance devant cette folie, qui ne veut pas entendre la raison. À tantôt, j'espère à Paris

Votre Stefan Zweig

282. Stefan Zweig à Henri Barbusse[4]

[Salzbourg] 11 mai 1932

Mon cher Henri Barbusse, c'est avec le plus grand plaisir que je donne mon nom pour le Comité Mooney (je connais le cas[5]). Seulement je me permettrais de conseiller d'être très prudent

---

1. Carte postale représentant le manoir du Kapuzinerberg à Salzbourg. La signature de Stefan Zweig se trouve sur la photographie elle-même ; adressée à « Jean Guéhenno / rédaction de l'*Europe* / Paris 6e / 7, Place Saint-Sulpice ». Fonds Jean Guéhenno, NAF 28297, f. 3, BnF.

2. Stefan Zweig se rendra du 2 au 7 mai 1932 dans l'Italie fasciste ; à Florence et à Milan, il prononcera (en italien) la conférence « La pensée européenne dans son développement historique », traduction Alzir Hella, reprise dans Stefan Zweig, *Derniers messages*, Bartillat, 2013.

3. L'article de Jean Guéhenno, « Les intellectuels et le désarmement », est publié dans *Europe* n° 111, mars 1932, pp. 313-327, cf. lettre de Rolland à Zweig du 6 mars 1932, in *Rolland-Zweig 2016*, p. 264. « J'ai fait des efforts », écrit Zweig, qui a essayé de le diffuser en traduction dans la presse allemande.

4. Lettre manuscrite, avec en-tête et monogramme. Archives nationales, Paris, Fonds Maurice Thorez.

5. Tom Mooney (1882-1942), « martyr du syndicalisme américain » ; condamné à tort pour terrorisme, il fait l'objet d'une campagne de réhabi-

dans la forme de notre demande. Je crains que c'était nous Européens, qui avons tué Sacco e Vanzetti, car la façon violente des protestations Européennes avait aigri et envenimé l'orgueil américain, qui visait que l'Europe n'a rien à dire ; et notre intervention, au lieu d'aider, les a poussés sous la chair[1] électrique. Je conseille donc de formuler, que nous donnons notre adhésion au comité américain, que ces hommes de haute valeur morale et leur jugement personnel nous inspirent pleine confiance. Donc aucune attaque contre la juridiction américaine – au contraire, pleine confiance au comité américain. Il faut toujours compter avec ce stupide nationalisme, qui, détruisant des pays entiers, ne recule pas de prendre vengeance sur des individus isolés, pour se manifester.
L'occasion m'est agréable, de vous dire, cher Barbusse, mon admiration et mes amitiés. Votre tout dévoué

Stefan Zweig

283. Stefan Zweig à Charles Du Bos[2]

[Salzbourg] 11. Juin 1932

Cher monsieur Du Bos, c'est avec le plus grand plaisir que j'ai reçu le précieux volume de vos « Approximations » ; j'en connaissais déjà, fervent lecteur de tout ce que vous publiez, l'essay sur Baudelaire et nonobstant la fatigue de l'année 1932[3] j'avais le bon courage de lire votre Goethe[4] et ce courage,

litation internationale et sera gracié en 1939, cf. Anne Mathieu, *Retronews*, 16 février 2021.

1. En anglais !

2. Lettre manuscrite à l'encre violette, avec en-tête et monogramme. Fonds Charles Du Bos, Bibliothèque Jacques Doucet, Paris, Ms 27 581, f. 6.

3. Trait d'humour. Voir lettre à Guéhenno de février 1932 (n° 271).

4. Un essai de Charles Du Bos, *Aperçu sur Goethe*, paraît en 1931 dans la *Revue d'Allemagne*, poursuivi en 1932, et dans le recueil de critiques littéraires *Approximations VIe série*, paru en 1934 chez Corréa.

comme toujours, était pleinement récompensé. Vous avez renoncé de donner <u>tout</u> le Goethe, mais vous avez montré le vôtre et dans une lumière tout à fait personnelle : dans ce terrible amas des Goetheschriften[1] de cette année il me paraît remarquable par sa belle clarté latine (chez nous on cherche toujours un Goethe trouble, Rembrandtesk : c'est une réaction parsque l'ancienne philosophie le montrait toujours en plâtre blanc comme l'Olympien.) Vous avez heureusement évité la funeste exagération qui veut voir en Goethe le plus grand peintre, philosophe, poète, scientiste à la fois, pendant qu'il n'était que l'homme qui avec les yeux d'un peintre, le cerveau d'un penseur, l'âme d'un artiste peignait l'humain dans toutes les formes, du plus réaliste jusqu'au plus sublime. Vous lui avez laissé cette ampleur en la remplissant par votre prose lumineuse ; quel admirable essay ! J'espère, on le traduira et je veux le signaler aux connaisseurs ! J'espère aussi de vous revoir encore cette année à Paris, si mes voyages ne me mènent pas en Orient. J'ai une grande biographie sous la main, puis je veux écrire un petit Roman et peut-être aussi un essay sur Érasme, homme solitaire dans une époque de haine, qui, hélas, ne ressemble que trop à la nôtre. Merci encore et gardez bon souvenir à votre fidèlement dévoué

Stefan Zweig

1. « Les écrits sur Goethe » (Du Bos connaît l'allemand).

284. Stefan Zweig à Henri Barbusse[1]

[Salzbourg ?] 26 juin 1932

Mon cher Barbusse

bien content, que nous sommes d'accord en ce point[2], que vous aussi trouvez essentiel, je vous prie de lire la réponse ci-incluse[3], que je viens de donner au comité de Vienne, et de vouloir la faire publier[4] dans « Monde[5] ».
Quant au congrès[6], je vous prie de m'enregistrer comme prenant part. Pour que vous ayez en tout cas mon point de vue, je vous prie, mon cher Barbusse de vouloir faire lire au congrès la réponse ci-incluse au cas que je serai empêché de venir personnellement[7].

---

1. Copie dactylographiée (papier pelure). Fonds Stefan Zweig, ARC. Ms. Var. 305123. Bibliothèque nationale d'Israël (consultable en ligne).

2. À savoir, que ce congrès (d'Amsterdam) est une initiative au-dessus des partis.

3. Ce texte figure (en allemand) dans le recueil de Stephan Resch, *Worte haben keine Macht mehr* [« Les paroles n'ont plus de pouvoir »], Sonderzahl, Wien, 2019, pp. 119-122 : « Aux organisateurs du Congrès international contre la guerre à Genève [ville envisagée d'abord] » : face au danger, Zweig appelle à un armistice entre les frères ennemis que sont les communistes et les sociaux-démocrates.

4. Barbusse le publia en effet dans *Monde*, le 23 juillet 1932 (n° 216) comme la « déclaration d'adhésion [de Zweig] au Congrès mondial contre la guerre » et « un appel passionné au front unique ». (Nous remercions Philippe Baudorre pour cette archive). Et Rolland écrivant à Zweig, le 27 juillet 1932, mentionne « votre belle lettre ouverte, publiée dans *Monde* », *Rolland-Zweig 2016*, p. 286.

5. L'hebdomadaire *Monde* (qui paraît de 1928 à 1935) a été fondé par Barbusse dans le but de rassembler toute la gauche.

6. Ce congrès, auquel Barbusse et Rolland ont appelé, se tiendra finalement à Amsterdam du 27 au 29 août 1932, cf. *Rolland-Zweig 2016*, les lettres des 20 et 23 juillet, et Philippe Baudorre, *L'Esprit et le Feu, Correspondance Barbusse-Rolland*, le chapitre « Autour du congrès d'Amsterdam », pp. 259-328.

7. En effet, Zweig ne s'y rendra pas.

Inutile de vous dire que je vous souhaite les meilleures adhésions et le plus grand succès.

Amicalement votre dévoué

[Stefan Zweig]

285. Stefan Zweig à André Spire[1]

Salzbourg, le 16 juillet 1932

Mon cher ami,

J'ai eu le plus grand plaisir à vous lire[2]. Il va sans dire que je lirai la traduction de vos POÈMES de LOIRE due à M. Pobé[3] avec tout l'intérêt que j'attache à votre œuvre si fraternelle. Malheureusement la situation des éditeurs allemands est actuellement telle que je ne peux rien promettre pour Insel-Verlag.

Excusez ces lignes trop brèves, mais je suis débordé de travail[4] et je ne veux pas vous faire attendre. Veuillez croire à mon très cordial souvenir

Stefan Zweig

1. Lettre dactylographiée, avec en-tête et monogramme, mais la signature est à l'encre violette. De la main d'André Spire, la mention « transmis copie à Pobé le 21. VII. 32 ». Archives André Spire.

2. Lettre d'André Spire du 13 juillet 1932.

3. Marcel Pobé (1907-1967), germaniste suisse, critique littéraire et traducteur, cf. notamment *André Spire, Gedichte* [Poèmes], Heitz, Strasbourg Zurich 1929.

4. C'est la phase intense de mise au point, puis la correction d'épreuves de sa biographie *Marie-Antoinette, portrait d'un caractère moyen*.

286. Stefan Zweig à Jules Romains[1]

Salzbourg, [25. VIII. 1932]

Cher ami, je lis en ce moment l'admirable traduction que Rieger a faite d'un chapitre des « Hommes de bonne volonté[2] » – c'est la plus belle de loin qu'on ait jamais faite de votre prose[3]. Tâchez qu'il traduise tout le livre, cela serait d'un avantage énorme. Votre vieux

Stefan Zweig

287. Stefan Zweig à Julien Cain[4]

[Salzbourg] le 30 Sept. 1932

Cher monsieur Cain, merci pour votre bonne lettre. Je suis malheureux qu'il y ait tant de difficultés[5], mais c'est l'État qui les crée (on ne peut pas envoyer une simple lettre recommandée à

1. Carte postale avec le panorama de Salzbourg, manuscrite à l'encre violette, adressée à « Jules Romains, Auteuil-Paris XVIème, 2, rue Wilhem » ; seuls le jour et le mois du cachet postal sont lisibles. Mais cette carte ne peut dater que de 1932, car en 1933, Jules Romains quitte la rue Wilhem pour s'installer boulevard Murat. Fonds Jules Romains, NAF 28403 (177, 20), BnF.

2. Habileté chaleureuse de Zweig à recommander son fidèle Erwin Rieger. Mais *Am 6. Oktober* et *Quinettes Verbrechen*, les deux premiers tomes de *Die guten Willens sind*, seront traduits par Franz Hessel (1880-1941) et paraîtront en 1935 chez Rowohlt, Berlin.

3. Erwin Rieger vient aussi de publier un élogieux compte rendu des deux premiers tomes des *Hommes de bonne volonté* dans la *Neue Freie Presse*, 5 juin 1932, p. 34.

4. Carte manuscrite à l'encre violette, demi-format, avec en-tête et monogramme. Enveloppe manuscrite adressée à « Monsieur Julien Cain, Bibliothèque Nationale, Paris, rue Richelieu ». BnF (site François Mitterrand), Archives de l'administrateur général Julien Cain 2004/023/001, *Correspondance 1932-1935*.

5. Il s'agit d'expédier à Paris de précieux autographes choisis par Zweig dans sa collection et qu'il va prêter en vue de l'exposition organisée à la

l'étranger, sans la faire fouiller d'avance). Je ne sais pas encore si c'est permis de donner ici au parcours du courrier un paquet pour la valise diplomatique, s'il ne serait pas nécessaire d'expédier avec quelqu'un tout le matériel d'abord à Vienne – c'est pour cela que j'ai envisagé la façon d'envoyer par Dr Gregor[1] plus simple, car il pourrait prendre tout à la fois et vous être utile à Paris dans la disposition, l'annotation. Il est – entre nous – le seul de tous les directeurs qui réunit un sens artistique avec des connaissances profondes et un goût supérieur. En tout cas : les manuscrits sont toujours prêts chez moi.

J'ai fini mon grand livre sur Marie Antoinette (640 pages) – lourd travail, car il fallait se défendre contre la fausse documentation qui domine chez la plupart des auteurs (aussi chez les Goncourt)[2]. Je serais heureux si le livre, quand il paraîtra chez Grasset, trouvera votre approbation. Mes meilleurs compliments à Madame Cain et des bons souhaits pour votre vie et votre travail[3] !

Votre tout dévoué

Stefan Zweig

L'air en Allemagne est empesté par la politique et la folie

Bibliothèque nationale pour le centenaire de la mort de Goethe. L'inauguration était fixée au 26 octobre. Catalogue de 233 pages, *Goethe 1749-1832*.

1. Joseph Gregor, de la Bibliothèque nationale d'Autriche, voir la lettre 204, note 4.

2. Les frères Edmond et Jules de Goncourt, célèbres pour leur *Journal*, étaient des historiens des mœurs du XVIIIe siècle, et spécialement de la femme, et sont les auteurs d'une *Histoire de Marie-Antoinette*, Firmin Didot, Paris, 1858.

3. Pendant son long séjour à Paris (22 décembre 1931-28 janvier 1932), Zweig fréquente assidûment la « B.N. » pour *Marie-Antoinette* et il est reçu en ami chez Julien Cain (en fonction depuis mai 1930) et son épouse Lucienne, née Mayer (1892-1974), rue des Petits-Champs, cf. *Julien Cain et Lucienne Julien Cain, Correspondance, De la Bibliothèque nationale au camp de Buchenwald, 1941-1945*, édition établie, présentée et annotée par Pierre-André Meyer, L'Harmattan, Paris, 2020, ici p. 22.

288. Stefan Zweig à Guy de Pourtalès[1]

[Salzbourg] le 15 octobre 1932

Bien cher monsieur de Pourtalès,

Je vous écris en allemand pour aller plus vite et vous dire que demain précisément, je parlerai moi-même avec le Professeur Kippenberg qui passera me voir[2]. Je n'en espère pas vraiment beaucoup, car à ma connaissance il prépare lui-même quelque chose sur Wagner, mais en même temps j'ai prospecté aussi d'un autre côté, en écrivant à un éditeur qui publie de grandes éditions populaires à 2,85 Mark. Car ce qui serait une chance pour votre livre, c'est que cette maison (elle s'appelle Knaur[3]) puisse s'en charger. Car les volumes bon marché qu'elle publie font immédiatement des tirages entre 50 000 et 100 000 et se répandent dans la population mieux que tous les autres.

Et je vous en prie, croyez-moi : vu la grande estime que m'inspire votre ouvrage, je m'active déjà pour lui avant même d'en avoir terminé la lecture. Je vous tiendrai aussitôt au courant, pour aujourd'hui je voulais simplement vous assurer que c'est pour moi un honneur et une joie de pouvoir faire quelque chose pour vous en Allemagne.

Permettez-moi aussi de répondre à votre présent en vous envoyant mon nouveau livre[4].

Avec mes meilleures salutations, votre

Stefan Zweig

---

1. Lettre dactylographiée en allemand, encre violette, format carte longue avec en-tête et le monogramme. Fonds Guy de Pourtalès, f. 3289, UNIL.

2. Anton Kippenberg passa en effet les 16 et 17 octobre à Salzbourg chez les Zweig, qu'il remercie vivement « pour leur hospitalité aussi tonifiante pour le corps que pour l'âme » (20 octobre 1932, lettre 477, *Kippenberg-Zweig 2022*, p. 700).

3. Maison fondée à Leipzig en 1846 par Theodor Knaur ; aujourd'hui Droemer Knaur Verlag, à Munich.

4. *Marie-Antoinette, Bildnis eines mittleren Charakters* [« Portrait d'un caractère moyen »] qui vient de paraître à l'Insel Verlag, Leipzig.

289. Stefan Zweig à Guy de Pourtalès[1]

[Salzbourg] le 2 novembre 1932

Cher monsieur de[2] Pourtalès,

Je suis très content que l'affaire se soit conclue avec Knaur et croyez-moi, dans la situation actuelle en Allemagne, les honoraires sont considérables. Aucune autre maison d'édition ne vous en aurait proposé ne fût-ce que le tiers. Et puis vous allez voir comment Knaur lance un pareil livre dans le public. Votre portrait du vieux magicien[3] va se retrouver dans des centaines de milliers de mains en Allemagne.
Les documents concernant Goethe que vous avez vus dans l'exposition de Paris[4] ne représentent qu'une partie de mes Goethiana, cette section n'étant elle-même qu'une partie de ma grande collection. Pour Wagner aussi, j'ai de très belles choses[5], le manuscrit orig. de l'Ouverture Rule Britania qu'on lui retourna, à l'époque, à Paris où il ne put la réceptionner parce que les sept Francs de port étaient trop pour lui (voir : « Ma Vie ») et qui ne refit surface que soixante-dix ans plus tard, en Angleterre. Et par ailleurs, des esquisses du texte pour « Siegfried ». Nietzsche aussi est bien représenté, avec le manuscrit de la première version de la « Naissance de la tragédie », ce manuscrit qu'il offrit à Cosima Wagner pour Noël (et que la fille de celle-ci vendit un jour par la suite), et j'ai encore une petite symphonie inédite. Je ne vous raconte pas tout cela par vanité de propriétaire, mais avec l'espoir que cela vous attire un jour vers Salzbourg. Il est d'ailleurs

1. Carte longue, dactylographiée en allemand, à l'encre violette, avec en-tête et monogramme ; la signature est manuscrite, ainsi que quelques corrections. Fonds Guy de Pourtalès, f. 3290, UNIL.

2. La particule (que porte le comte Guy de Pourtalès) est ajoutée à la main, au-dessus.

3. *Wagner, Histoire d'un artiste*, voir la lettre 272.

4. L'exposition « Goethe » de la Bibliothèque nationale, voir la lettre 287.

5. Zweig l'écrivait déjà à Pourtalès en février 1932 (voir lettre 272).

incompréhensible pour moi que vous n'ayez jamais assisté au Festival, c'est ici que Bruno Walter a commencé à déployer toute sa magie, et nous pourrions passer ensemble quelques bonnes heures avec lui et Richard Strauss.

Très cordialement vôtre

Stefan Zweig

290. Stefan Zweig à Christian Sénéchal[1]

[Salzbourg] le 2 Novembre 1932

Cher monsieur Sénéchal,

Je suis consterné de voir que j'ai infiniment tardé à vous répondre, mais je venais tout juste de terminer un livre terriblement épais sur Marie Antoinette, qui va paraître au printemps[2]. Pendant ce temps toute ma correspondance est restée en souffrance. Je me réjouis énormément que vous écriviez sur Rolland[3], c'est plus nécessaire que jamais, et vous qui êtes Français, vous servez la justice, par là. Pour quoi que ce soit, je vous apporterai bien volontiers mon aide, mais laquelle choisir, parmi ses lettres ? Il me semble qu'en extraire une en particulier, c'est détruire un ensemble, et j'aurais presque envie de vous conseiller de piocher plutôt dans la correspondance d'un mort, et surtout de choisir une lettre de Bazalgette[4], une lettre à un Français, car il subsiste

1. Lettre dactylographiée, en allemand, sur papier à l'en-tête « Kapuzinerberg 5, Salzbourg » avec le monogramme SZ. Collection Hermann Hofer, NAF 28914, BnF.

2. Optimisme de Zweig : la traduction française de *Marie-Antoinette* par Alzir Hella ne va paraître chez Grasset qu'un an plus tard, le 10 novembre 1933, cf. Anne-Élise Delatte, *Alzir Hella, la voix française de Stefan Zweig*, Eric Jamet, Étival-lès-Le Mans, p. 307.

3. Christian Sénéchal, *Romain Rolland*, Éditions de la Caravelle, Paris, 1933, 132 p.

4. Comprendre : « une lettre de Rolland reçue par Bazalgette » (mort à la fin décembre 1928).

encore en France une sorte de méfiance, comme si Rolland n'avait ouvert son cœur qu'à des étrangers. Et ce serait aussi là une bonne occasion de redonner vie à l'image de Bazalgette, notre ami disparu. La gardienne de ses papiers mettra sans aucun doute à votre disposition une de ses meveilleuses lettres.

Oui, je souhaite moi aussi très vivement pouvoir vous saluer à Paris, la prochaine fois où j'y serai, et je vous ferai signe alors avec le plus grand plaisir,

Stefan Zweig

291. Stefan Zweig à Guy de Pourtalès[1]

[Salzbourg] le 9 novembre 1932

Cher monsieur de Pourtalès,

Merci beaucoup ! À propos de votre livre sur Wagner, je me suis soudain avisé que cela vous intéresserait peut-être de connaître une pièce sur Wagner que j'ai écrite il y a dix ans[2] et dont je me sens aujourd'hui encore assez proche intérieurement. Faites-moi, je vous prie, la joie de la lire ; je me suis même demandé si elle ne pourrait pas intéresser quelqu'un à Paris, pour la scène. Bien que ce soit une pièce intellectuelle, il y a des personnages dramatiquement puissants, et je suis sûr de trouver en vous un lecteur qui compte.

Un point encore : je vous envoie en même temps le catalogue d'une vente aux enchères de manuscrits-autographes qui aura lieu en décembre à Berlin, parce qu'elle inclut un superbe portrait de Liszt, par notre grand peintre Kriehuber[3]. Je pourrais imaginer que vous ayez envie de l'acheter, car il vous fait concurrence

1. Carte « Bristol » rectangulaire, dactylographiée en allemand, à l'encre violette, avec en-tête et monogramme. Fonds Guy de Pourtalès, f. 3291, UNIL.

2. *Légende d'une vie*, voir la lettre de juin 1918, n° 59, note 4.

3. Josef Kriehuber (1800-1876), peintre et graveur viennois, très prolifique et apprécié dans les milieux aristocratiques et cultivés de son temps.

d'une manière tellement séduisante, à vous le portraitiste[1]. Il est évalué à huit cents Marks et partira peut-être même en dessous.

Cordiales salutations de votre

Stefan Zweig

292. Stefan Zweig à Jean Guéhenno[2]

[Salzbourg] le 17 novembre 1932

Cher Confrère, je lis aujourd'hui dans Europe les nécrologies sur Robertfrance[3] et combien regrettable est-il pour moi de n'avoir jamais fait sa connaissance ! J'étais plusieurs fois à Paris, mais je suis très peureux, de voir et de visiter les hommes qui travaillent beaucoup et toute grande réunion m'effraye. C'est aussi la raison pour laquelle je n'ai pas assisté au congrès « Europe » à Rome[4], où j'étais invité par l'académie de Rome. J'ai envoyé seulement ma thèse[5] « La désinfection morale de l'Europe » et je la mets à votre disposition pour la France, si vous voulez la faire traduire et paraître dans votre revue[6]. Croyez, cher Jean Guéhenno, à ma grande sympathie pour tout ce que vous faites, j'ai suivi non seulement vos livres,

1. *La Vie de Franz Liszt*, NRF, Gallimard, 1925, voir lettre 272.

2. Lettre manuscrite à l'encre violette, sur papier demi-format, avec en-tête et monogramme SZ. Fonds Jean Guéhenno, BnF, NAF 28297, f. 4.

3. Jacques Robertfrance (1897-1932), écrivain qui, sous l'égide de Romain Rolland, se dévoua (malgré sa santé défaillante) à la revue *Europe* dès sa fondation en 1923, ainsi qu'aux Éditions Rieder ; le numéro d'hommage en question parut le 15 novembre 1932.

4. Ce congrès sur l'Europe a lieu à Rome, organisé par la Fondation Volta de la Reale Accademia d'Italia, du 14 au 20 novembre 1932.

5. Comprendre : « mon texte » ; Zweig s'abstint de s'y rendre, pour ne pas serrer la main des fascistes présents. Il s'agit de « Die moralische Entgiftung Europas », « La désintoxication morale de l'Europe », traduit par Jacques Le Rider, cf. Stefan Zweig, *Appels aux Européens*, Bartillat, Paris, 2014.

6. Cette proposition ne fut pas retenue par la rédaction d'*Europe*.

mais aussi vos essays : je suis heureux de la bonne occasion pour l'exprimer. Votre tout dévoué

Stefan Zweig

293. Stefan Zweig à Jacques Chardonne[1]

[Salzbourg] le 15. XII. 1932

Cher monsieur Chardonne, j'ai lu la traduction allemande de votre roman[2]. Elle n'est pas mauvaise, elle ne fait pas des fautes, mais il lui manque un peu de musicalité et de finesse. Elle est honnête, mais comme souvent les gens et les choses honnêtes, un peu sèche, sans balances[3], sans ce parfum qui enveloppe vos paroles. Ce n'est pas un malheur, si les mêmes traducteurs font leur travail pour « Claire[4] », mais si vous avez le choix je vous conseillerais comme traducteur Erwin Rieger (Vienne, I Schottenring 17) qui est un poète lui-même et qui a maîtrisé les plus difficiles traductions comme Mallarmé ect.[5] Il serait certainement heureux de pouvoir traduire un livre tel le vôtre, et il le ferait mille fois mieux.

Autre chose : je trouve que l'extérieur de votre livre laisse à désirer dans l'édition allemande. L'impression, la reliure sont très pauvres et ne montrent pas trop de goût : votre livre aurait droit d'être édité avec plus de soin. Demandez à votre éditeur qu'il fasse mieux pour cela : aussi le format est trop grand et mal choisi.

1. Lettre autographe avec en-tête et monogramme, fac-similé visible sur le site autographes-manuscripta.com.

2. *Eva ou le journal interrompu* (Grasset, 1930), qui sera traduit en 1932 à Berlin chez l'éditeur Erich Reiss sous le titre *Eva oder das unterbrochene Tagebuch*.

3. Nous comprenons : « sans hésitations » (au sens de « nuances subtiles »).

4. *Claire*, Grasset (novembre 1931), couronné en 1932 par le grand prix du roman de l'Académie française.

5. Rappelons cet usage de Zweig d'écrire « ect » pour *e ceteris* (parmi d'autres), moins désinvolte que le banal « etc. » : *et cetera*.

J'ai reçu avec beaucoup de joie votre Amour du Prochain[1] : il est sur ma table et sera le cadeau de Noël que je ferai à moi-même en le lisant. Je suis très heureux de votre grand succès – d'ailleurs je n'ai pas à me plaindre pour ma part. Ma Marie Antoinette devient le grand succès de la saison, on a vendu 40.000 en deux mois, ce qui est énorme pour un livre à 8 Mark 50 (cinquante francs) dans un moment de détresse extrême. J'étais il y a 8 mois à Strasbourg et Colmar[2], mais je n'avais pas le temps, d'aller à Paris. Il faut faire son travail et je finis un petit opéra pour Richard Strauss[3]. Fidèlement votre

Stefan Zweig

294. Stefan Zweig à Guy de Pourtalès[4]

[Salzbourg] le 31 décembre 1932

Cher monsieur de Pourtalès,

Je vous transmets ici une invitation à venir faire une conférence à Leipzig. C'est en effet une excellente proposition, et il y a un seul point sur lequel je ne suis pas d'accord avec mon ami Friedmann[5], qui pense qu'il ne sera pas très facile d'orga-

1. *L'Amour du prochain*, Grasset, achevé d'imprimer le 25 novembre 1932.

2. Pour rendre visite à Albert Schweitzer, voir les lettres de 1934 (n°s 304 à 307 et 311).

3. *Die schweigsame Frau* [« La Femme silencieuse »], livret de Stefan Zweig d'après Ben Jonson, qui sera créé à Dresde le 24 juin 1935 et retiré de l'affiche après quatre représentations, pour cause de librettiste juif…

4. Lettre dactylographiée, en allemand, avec en-tête et monogramme ; la signature et deux petites corrections sont manuscrites. Fonds Guy de Pourtalès, f. 3292, UNIL.

5. Wilhelm Friedmann (1884-1942), voir Claudine Delphis, *Wilhelm Friedmann, Le Destin d'un francophile, Correspondance avec Georges Duhamel, Jean-Richard Bloch et Marcel Raymond*, Leipziger UniversitätsVerlag, 1999 (désormais *Delphis 1999*).

niser d'autres conférences à la suite de celle-ci[1] ; au contraire, à Berlin[2] la maison Knaur pourra très rapidement vous procurer la possibilité de parler dans un des meilleurs lieux, et ces deux occasions seraient la meilleure campagne de promotion que vous puissiez souhaiter pour votre beau livre. Je suggère que vous écriviez directement au Professeur Friedmann, titulaire de la chaire de langue française à l'Université, pour lui indiquer votre décision.

Je vous avais préparé une surprise, excusez-moi si elle n'a pas réussi. J'ai essayé de convaincre Richard Strauss d'écrire une petite introduction à votre livre, mais il m'a répondu (avec trop de modestie) qu'il ne se sentait pas assez sûr de lui pour écrire.

Je m'attends à un très grand succès pour votre livre[3] ; l'intérêt n'est pas mince aujourd'hui pour les récits biographiques, je le constate ces temps-ci avec une surprise joyeuse à propos de ma *Marie-Antoinette*, qui est trois fois plus chère que ne le sera votre livre sur Wagner et dont nous imprimons déjà les 40 000 à 50 000 (ce qui m'a permis de dépasser le record des livres de l'année). Très cordiales salutations de Noël et meilleurs souhaits, cher monsieur de[4] Pourtalès,

de votre

Stefan Zweig

1. Conférence de Pourtalès sur « Wagner et la France » tenue le 24 février 1933, dans le grand amphithéâtre de l'Université de Leipzig, lors du cinquantenaire de la mort de Richard Wagner, festivités ouvertes par Hitler en personne, *ibid.*, p. 605.

2. La même conférence aura lieu à Berlin le 1er mars 1933, dans un contexte différent : sous l'égide de la Société d'études franco-allemande (« Deutsch-Französische Gesellschaft, DFG »), fondée par Otto Grautoff, voir lettre 1.

3. Guy de Pourtalès, *Richard Wagner : Mensch und Meister*, traduction Anton Mayer, avec 43 illustr., Berlin, 1933, 599 p.

4. « Monsieur de » est ajouté à la main.

1933

295. Stefan Zweig à Léon Pierre-Quint[1]

[Salzbourg] 19. 1. [1933]

Cher Monsieur Quint

Vous m'avez fait un don exceptionnel avec votre biographie sur Gide[2], que je trouve excellente, d'une plasticité impressionnante, d'un tact et d'une sensibilité admirable. Vous avez si bien su saisir cette personnalité compliquée et imposante qu'elle sera désormais – au-delà de ses admirateurs, parmi lesquels je suis – respectée et comprise.
Gide n'aurait pas pu trouver un biographe plus doué à cette grande tâche et qui mérite la reconnaissance du monde cultivé et surtout de celui passionné de la vérité dans l'art.

Vous avez ajouté à votre excellente œuvre sur Proust un document précieux. Merci donc sincèrement, cher confrère, pour ce nouvel enrichissement.

J'espère que ma biographie sur Marie-Antoinette vous parviendra dans peu de mois[3]. Elle a un grand succès chez nous

---

1. Lettre dactylographiée, avec la signature à l'encre violette. « 1932 » est une erreur de début d'année, car la biographie d'André Gide en question ne paraît qu'à la fin de 1932. Fonds Léon Pierre-Quint, NAF 18363, vol. VI, f. 372.

2. *André Gide, sa vie, son œuvre*, Stock, Paris, 1932 (édition revue et augmentée en 1952).

3. Elle paraîtra seulement dix mois plus tard, le 10 novembre 1933 chez Grasset, à cause de la mauvaise volonté d'Alzir Hella qui refuse de collaborer

et je serai heureux si elle trouve un écho favorable chez mes amis en France.

Avec mes sentiments bien dévoués, cher Monsieur Quint et l'assurance de ma sympathie

Stefan Zweig

296. Stefan Zweig à André Maurois[1]

[Salzbourg] le 21 janvier 1933

Cher et grand confrère, c'était avec la plus grande joie que j'ai reçu votre nouveau livre[2] et mon impatience de le lire vaincra sous peu l'amas de travail que j'ai encore à faire avant un voyage de conférences[3]. Malheureusement ma grande biographie sur Marie Antoinette ne paraîtra en français que vers l'été, mais un des premiers exemplaires tâchera de vous dire ma gratitude. Si dans des moments de contemplation intérieure vous vous souvenez de ceux, qui aiment beaucoup votre œuvre et qui, sans vous connaître personnellement, sont vos amis dévoués, n'oubliez pas jamais de compter entre les plus fervents votre tout dévoué

Stefan Zweig

---

avec Erwin Rieger, comme Zweig le lui demande, et alors que les traductions en italien et en anglais ont déjà paru ; voir lettre 290, note 2.

1. Lettre manuscrite à l'encre violette, avec en-tête et monogramme. Fonds André Maurois, Manuscrits de l'Institut de France, Ms. 8505.

2. Ce livre, intitulé *Mes songes que voici*, porte la dédicace « Pour Stefan Zweig, son admirateur et ami inconnu, André Maurois » ; c'est un recueil de textes placés sous le patronage de Montaigne : « Tantost je resve, tantost je dicte en me promenant mes songes que voicy. »

3. Zweig fait une tournée en Suisse pour des conférences et des lectures, en allemand : à Berne (7 mars), Zurich (8 mars), Genève (9 mars), puis Bâle et Saint-Gall (13 et 14 mars), où il reprend sa conférence sur « La pensée européenne et son évolution historique », d'abord prononcée en mai 1932 à Florence et Milan (en italien). Merci à Michèle Schilling pour la confirmation de ces lieux et dates.

LETTRES 297 À 334

Mars 1933-septembre 1936

Hitler devient chancelier et Zweig reste au zénith. Il y a même deux Zweig (Stefan, « LE Juif à abattre » et Arnold, le sioniste marxiste) : c'en est trop pour Goebbels, qui voudrait simplifier un peu, dans sa terrible propagande. Stefan Zweig observe et comprend tout, sans trembler, mais non sans souffrir. En 1934, il organise sa retraite ; il se détache de la France et de ses confrères français quand ils sont trop politisés – tandis qu'il se défait de Salzbourg, des trésors de sa collection, et de sa chère épouse, entêtée à rester autrichienne. Il entend changer de vie pour persévérer dans son être : le travail et la musique lui deviennent essentiels. C'est dans ce contexte tragique que les échanges avec André Maurois, Léon Pierre-Quint et Guy de Pourtalès (pour ne citer qu'eux) prennent un relief plus vif. Et aussi avec Roger Martin du Gard. « Il faut garder ses nerfs, rester fort », comme Zweig l'écrit à Marcel Martinet (en mars 1933). Il faut se dépasser : « Seules les couches inférieures vivent dans l'opposition et le conflit », comme il l'écrit à Albert Schweitzer. À Pourtalès, il pose comme condition (en avril 1935, à Vienne) : « Aucun mot de la politique. »

En tant qu'artiste-écrivain, il considère « les biographies », même sérieuses, comme un genre inférieur et chronophage. Pourtant, il les multiplie à destination du monde entier avec bonheur et honneur : une par an, de 1932 à 1936. Grandeur et tragédie d'Érasme *et* Castellion contre Calvin, *notamment, lui permettent de garder la tête haute à Vienne jusqu'à l'Anschluss – et dans le vaste monde grâce à leurs traductions rapides. Le stéréotype qui voudrait que Stefan Zweig soit devenu un lâche, trop attaché à son argent, qui perd la tête, vole en éclats, pour peu qu'on lise ces quelques lettres. Elles montrent que d'Europe aux Amériques, il parcourt le monde en multipliant les conférences retentissantes, notamment « La désinfection morale de l'Europe » (1932), ou « L'unité spirituelle du monde » (1936) – tout en constatant avec admiration que Georges Duhamel, Jules Romains et Roger Martin du Gard écrivent de grands romans, des romans-fleuves. Certes « les temps sont troubles et menacent d'absorber l'existence » (lettre 303), mais l'espace littéraire reste riche et comme ouvert à l'infini. Sans doute les amis français « bolchevisants » autour de Romain Rolland n'ont-ils pas été capables, aux yeux de Zweig, de le célébrer dignement pour son soixante-dixième anniversaire, et cela laisse un goût amer (lettre 324). Mais il est capable, en 1935, de composer* Le Chandelier enterré *et de partir sur le même paquebot que son ami Arturo Toscanini pour New York, où il va essayer de créer une revue juive internationale, non sioniste de préférence.*

297. Stefan Zweig à Marcel Martinet[1]

[Salzbourg, 22. 3. 1933]

Cher ami, je reviens justement d'un voyage, très fatigué[2] et puis très excité par les événements en Allemagne (je serai boycotté là-bas comme auteur[3], je suis curieux si on vendra encore nos livres[4]. Pour cela excuse-moi, si je parais indolent et ne t'écris qu'un mot rapide. Tout ce que tu me dis, m'émeut profondément et j'espère que je pourrai t'être utile : à distance ce n'est pas bien possible grâce à nos lois monétaires, mais je viendrai si tôt que cela sera possible à Paris et je veux immédiatement faire de mon mieux. La chose principale aujourd'hui, de garder ses nerfs. De rester fort, car ils nous attendent des choses !! j'étais trois heures chez Rolland[5], je l'ai trouvé bien faible, sa santé me donne des inquiétudes, mais il travaille et même trop !

Amitiés fidèles de ton

Stefan

---

1. Carte postale (très petit format) manuscrite à l'encre violette, avec vue générale de Salzbourg. Fonds Marcel Martinet, NAF 28352 (74), f. 288.
2. C'est la tournée de conférences en Suisse, voir la lettre 295, note 3.
3. « Le cas Zweig » est dénoncé quotidiennement dans la presse nazie, où *Marie-Antoinette* est vilipendé, voir la lettre du 20 janvier 1933, in *Zweig-Rolland 2016*, p. 312.
4. Comprendre : « à nous, les anti-hitlériens ».
5. Zweig se rend à Villeneuve, le 9 mars.

298. Stefan Zweig à Georges Duhamel[1]

[Salzbourg] 10 avril 1933

Cher ami,

permettez-moi de vous remercier très cordialement de l'envoi de votre beau « Notaire du Havre[2] » que je viens de lire au milieu de ces temps si angoissants que nous traversons. J'aime infiniment cette histoire de petite gens, que vous traitez, comme à l'ordinaire, en maître, et je vous suis bien reconnaissant du grand plaisir intellectuel que nous vous devons à nouveau, ma femme et moi. Nous sommes émerveillés de l'intrépidité de votre labeur et des brillants résultats qu'il donne avec tant de profusion

Veuillez croire, cher ami, à mes sentiments très amicaux et mon admiration très sincère

Stefan Zweig

299. [Pour] Stefan Zweig à Charles Du Bos[3]

[Salzbourg] 2 Mai 1933

Monsieur,

M. Stefan Zweig étant absent[4], nous vous remercions, en son nom, très chaleureusement de l'envoi de votre beau livre sur

---

1. Lettre dactylographiée en violet, avec en-tête et monogramme ; signature à l'encre violette. Fonds Georges Duhamel, NAF 28275, BnF.

2. *Le Notaire du Havre*, Mercure de France, février 1933. Premier volume de la *Chronique des Pasquier*.

3. Lettre dactylographiée avec en-tête et monogramme ; signature à l'encre violette. Fonds Charles Du Bos, Bibliothèque Jacques Doucet, Paris, Ms 27 581, f. 7.

4. Les époux Zweig séjournent du 23 avril au 4 mai à Cadenabbia, au bord du lac de Côme, en Italie.

François Mauriac[1] et de la charmante dédicace que vous avez bien voulu y apposer. M. Zweig lira sans doute avec le plus grand intérêt votre étude, dès qu'il sera de retour. En attendant nous vous prions de bien vouloir croire à l'expression de nos sentiments les plus distingués.

Erwin Rieger

300. Stefan Zweig à Guy de Pourtalès[2]

[Salzbourg, après le 10 mai 1933]

Cher monsieur de Pourtalès, je viens vous demander un petit service. Je sais que vous avez les plus grandes relations dans le monde musical. Pouvez-vous les mettre à disposition pour un parent de moi, l'admirable chef d'orchestre de la Städtische Oper à Berlin, Fritz Zweig[3], qui vient d'être chassé pour les mêmes raisons pour lesquelles on vient de brûler mes livres publiquement Unter den Linden à Berlin en face de l'université. Je vous remercie d'avance et j'espère, vous tiendrez votre promesse, de venir cette année au festival. Votre tout dévoué

Stefan Zweig[4]

1. *François Mauriac et le problème du romancier catholique*, Éditions Corréa, 1933.

2. Carte longue, manuscrite à l'encre violette, non datée, avec en-tête et monogramme ; mention ajoutée au crayon noir : « mai-juin 1933 ». Fonds Guy de Pourtalès, f. 3293-3294, UNIL.

3. Fritz Zweig (1893-1984), cousin éloigné, chef d'orchestre (en fait, à la Staatsoper de Berlin) ainsi que pianiste et compositeur ; après Paris, ce fut l'exil à Prague, puis de nouveau en France et enfin aux USA en 1940.

4. Au verso de cette lettre, on lit les quatre lignes suivantes « Hôtel des Terrasses / 74 rue de la Glacière / Paris XIII / Gob. 04-57 », c'est-à-dire l'adresse et le téléphone [Gobelins 04-57] de Fritz Zweig réfugié à Paris.

301. Stefan Zweig à Marie Bonaparte[1]

[Salzbourg] 20. VI. 1933

Madame, je suis tout à fait sincère en vous disant que votre Poe[2] a été pour moi un don de grande valeur : depuis des années cette figure mystérieuse et impérieuse me hante et je crois d'avoir assez bien suivi les publications Anglaises, sans jamais être satisfait. Il fallait vraiment le grand maître, dont nous sommes tous plus ou moins les élèves, pour nous apprendre à « oser », où l'autre génération se gênait et par gêne masquait les vraies impulsions. Je trouve votre portrait de l'homme tout à fait extraordinaire – dans l'analyse des contes vous me semblez d'aller quelquefois un peu loin (par exemple Le Scarabée comme symbol[3]) et le motif de la cruauté chez Poe a une explication aussi par le goût de l'époque, mais tout cela ce sont des détails sans importance. Le livre est absolument convaincant : on comprend le désastre de Poe comme une nécessité, non comme les Américains veulent toujours le démontrer, comme un malheureux hasard. Pour moi, serait encore intéressant une petite remarque plus ample sur l'écriture : Poe a comme Dostoïevski une écriture qu'on attendrait le moins de lui, très régulière, très fine, avec ses traits si légers qui sont caractéristiques pour les violents qui se dominent et s'enivrent en écrivant. Je pourrais causer des heures avec vous sur ce livre extraordinaire (et j'espère d'avoir occasion à Paris en automne) mais laissez admirer aussi le travail scientifique et philologique, votre énergie, qui a créé vraiment un standard-work de biographie et qui, je l'espère, aura tout le succès dû en France, en Amérique et tout le

---

1. Lettre manuscrite du 20 juin 1933, à l'encre violette, avec en-tête et monogramme. Fonds Marie Bonaparte, NAF 28230 (64), BnF.

2. Marie Bonaparte, *Edgar Poe. Étude psychanalytique. Avant-propos de Sigmund Freud*, 2 volumes, Paris, Éditions Denoël et Steele, 1933.

3. [*Sic*], écrit à l'anglaise, comme plus loin « standard-work » ; Zweig a sans doute relu des nouvelles de Poe dans une édition américaine.

monde (sauf l'Allemagne qui en psychologie comme ailleurs n'aime plus la sincérité).

Recevez, madame, avec mon admiration l'expression de mes sentiments les plus dévoués

Stefan Zweig

302. Stefan Zweig à Jules Romains[1]

[Salzbourg, début décembre 1933]

Mon cher ami, laissez-moi vous remercier pour vos deux volumes des « Hommes de bonne volonté[2] ». Comme l'œuvre avance elle devient de plus en plus grandiose.

Moi-même écrivain je ne comprends tout simplement plus, comment vous faites, pour embrasser tout un monde et de savoir tout cela. C'est inconcevable pour moi.

Mon ami, nous sommes trop vieux pour mentir et faire des compliments. Mais si je vous affirme ma conviction que votre roman est l'œuvre épique la plus importante de toute notre époque, je me sais tout à fait sincère. Vous avez surpassé de loin Zola, étant plus artiste que lui et on peut prononcer le nom de Balzac sans faire tort à lui ou à vous. Franchement, mon cher Romains, je vous admire[3] et je suis fier de votre amitié. Votre vieux

Stefan Zweig

1. Lettre manuscrite, non datée, à l'encre violette sur papier gris-bleu sans en-tête. Fonds Jules Romains, NAF 28403 (177), BnF. La datation proposée s'appuie sur la date de parution des tomes 5 et 6 des *Hommes de bonne volonté*, voir note ci-dessous.

2. Les tomes 5 et 6, *Les Superbes* et *Les Humbles*, ont paru en novembre 1933 chez Flammarion.

3. La lettre de Zweig à Rolland, le 18 décembre 1933, confirme son admiration pour Romains : « Vous êtes le seul (excepté Romains maintenant, dont j'estime beaucoup l'effort) qui avez attaqué la totalité de la vie [...] », cf. *Rolland-Zweig 2016*, p. 383.

1934

303. Stefan Zweig à Roger Martin du Gard[1]

[Salzbourg] 22 janvier 34

Cher Maître et Ami,

Je vous remercie bien sincèrement de votre si aimable lettre du 16 décembre[2] et de tout ce que vous avez bien voulu me dire au sujet de mon livre[3]. Je suis bien aise qu'il vous plaît. En effet, dans toutes les inquiétudes de ces temps si troubles, il n'y a que le travail qui puisse nous distraire de toutes ces épreuves dont vous parlez si justement et qui absorbent une si large partie de notre existence.

Je vous serre les mains et vous prie de croire à ma sympathie fidèle

Stefan Zweig

[4]J'attends impatiemment la continuation de votre grand roman !

1. Lettre dactylographiée, à l'encre violette comme la signature, avec en-tête et monogramme. Fonds Roger Martin du Gard, BnF, NAF 28190 (120), f. 282. C'est ici la dernière lettre de cette anthologie portant l'adresse de Salzbourg.

2. Nulle trace de cette lettre dans le tome V (1933-1936) de la *Correspondance générale* de Roger Martin du Gard, Gallimard, 1990.

3. *Marie-Antoinette*.

4. Ligne ajoutée à la main (encre violette).

304. Stefan Zweig à Albert Schweitzer[1]

[Londres] 15. 04. 34

Cher monsieur,

Je crains de ne pas pouvoir vous rencontrer[2] avant la fin de cette semaine, car pour demain Margarete Wallmann[3] s'est annoncée, venant de Vienne, ainsi qu'une foule de gens pour les jours suivants, en liaison avec l'exposition autrichienne[4]. Et je crains vraiment de ne pas pouvoir vous aider beaucoup, car mes relations avec les milieux universitaires sont des plus réduits, et je pense que c'est la Woburn House[5], avec son important réseau, qui sera le mieux à même de s'entremettre. Le titre de votre livre est incroyablement attirant[6], la psychocratie et la technocratie, et vous parviendrez peut-être à trouver ici l'occasion de faire au moins une sorte de conférence prospective, en quelque sorte pour lancer cette idée. Je ne vois pas bien sûr exactement comment on peut procéder,

1. Lettre dactylographiée en allemand, avec l'en-tête du « London W 1. 11 Portland Place » et la mention « Tel. Langham 2030 ». Fonds Stefan Zweig, Archives de Gunsbach.

2. Zweig et Schweitzer se connaissent bien, notamment depuis leur rencontre en Alsace, en décembre 1932 (voir lettre 293).

3. Margarete Wallmann (1904-1992), danseuse et directrice du ballet de l'opéra de Vienne, qui a pris Zweig comme témoin de mariage, cf. *Zweig 2023*, photo p. 62.

4. Durant la « London Season », une exposition « présentait aux Anglais les meilleures réalisations artisanales et artistiques d'Autriche dans un ensemble vivant », écrit Zweig dans « Un bilan autrichien », article paru à Vienne dans la *Neue Freie Presse*, le 24 juin 1934, cf. *Zweig 2020*, pp. 257-265.

5. La Woburn House est alors le siège de l'organisme londonien juif d'assistance aux réfugiés.

6. Sans doute l'ouvrage évoqué le 22 février 1935 (voir la lettre 311, note 5) sur « la conception du monde des penseurs de l'Inde ». Zweig n'a pas besoin ici de citer le titre, en écrivant à l'auteur, et relève « la psychocratie et la technocratie » comme deux notions clés.

mais je vais en tout cas faire mon possible pour trouver des informations à cet égard.

Avec mes meilleures salutations, votre très dévoué

Stefan Zweig

305. Stefan Zweig à Albert Schweitzer[1]

Act.[t] à Folkestone[2], le 13. September 1934

Bien cher monsieur,

Votre lettre si bonne et cordiale m'est arrivé après bien des détours. J'ai passé quelques jours en Suisse, puis à Salzbourg pour Toscanini et Bruno Walter, ensuite à Vienne, et suis maintenant de nouveau en Angleterre. La vie aujourd'hui vous chahute plutôt, l'essentiel c'est de ne pas se laisser intérieurement déboussoler, mais d'être de plus en plus résolu face aux obstacles. Si je vous écris aujourd'hui, c'est bien sûr pour vous remercier sincèrement, mais aussi avec un motif particulier. J'ai lu que vous alliez faire des conférences cet automne à Oxford ou à Cambridge, et je voudrais vous demander bien cordialement de me faire savoir si vous passez par Londres, car je ne voudrais vraiment pas laisser échapper cette occasion rare de vous voir.

Encore merci de tout cœur, et avec mon sincère respect

Votre

Stefan Zweig

---

1. Lettre dactylographiée, en allemand, sur papier à l'en-tête « London W 1, 11 Portland Place ». Fonds Stefan Zweig, Archives de Gunsbach.

2. Sur ce séjour de travail à Folkestone avec Lotte Altmann (1908-1942) que Zweig épousera le 6 septembre 1939), cf. « *J'aimerais penser que je vous manque un peu* », *Lettres à Lotte, 1934-1940,* édition Oliver Matuschek, traduction B. Cain-Hérudent, Albin Michel, 2023 (désormais *Zweig 2023*), ici pp. 74-75.

306. Stefan Zweig à Albert Schweitzer[1]

22 octobre 1934

Bien cher monsieur,
J'assisterai bien évidemment à votre concert, parmi les spectateurs comblés, mais je serais immensément heureux si nous pouvions aussi passer une bonne heure ensemble. Faites-moi savoir peut-être si vous voulez manger avec moi un midi ou un soir, je n'inviterai personne d'autre, sinon éventuellement M. Alfred Einstein[2], que vous estimez certainement autant que moi, comme un grand connaisseur de musique.

sincèrement heureux de vous voir, votre
bien amical et toujours dévoué
Stefan Zweig

307. Stefan Zweig à Albert Schweitzer[3]

[Londres, entre le 22 et le 31 octobre 1934]

Bien cher maître et ami, je viendrai avec joie vous chercher mercredi 31 octobre à 9 heures à L'Aetheneum Club avec Alfred Einstein. Je me réjouis beaucoup d'avance d'entendre votre musique, mardi, et tout autant de vous voir, vous !

Avec tous mes respects, votre fidèle
Stefan Zweig

---

1. Lettre dactylographiée, en allemand, avec l'en-tête de « London W 1, Portland Place ». La dernière phrase et la signature sont ajoutées à la main. Fonds Stefan Zweig, Archives de Gunsbach.

2. Alfred Einstein (1880-1952), musicologue réputé et critique musical, il s'exila d'abord à Londres, puis en 1939 aux États-Unis.

3. Billet manuscrit sur papier libre, en allemand. Fonds Stefan Zweig, Archives de Gunsbach.

308. Stefan Zweig à Georges Duhamel[1]

Londres, le 25 novembre 1934

Cher ami,

C'est seulement aujourd'hui que je vous remercie pour votre livre[2] et votre dédicace. Je travaille à la fin de la « Marie Stuart[3] » et je n'ai pas tout de suite trouvé le loisir de lire votre chronique, qui est une œuvre remarquable, d'une plasticité qui la rend inoubliable. Ces parents et ce frère sont dessinés avec une netteté psychologique la plus fine. Et comme on sent le savant[4] dans la complexité et dérivation des pensées d'une unité, quasi éternelle. Je vous remercie, cher ami, pour ce nouveau plaisir que vous m'avez fait goûter.

J'espère que vous et votre famille se trouvent en bonne santé et que le travail vous fait oublier cette époque oppressive. Quel bon remède, tâchons de le garder !

Je vous serre la main et encore merci, cher ami

Stefan Zweig

---

1. Lettre dactylographiée sur papier libre, avec la signature à l'encre violette, comme le mot « London » ajouté. Fonds Georges Duhamel, NAF 28275, BnF.

2. *Le Jardin des bêtes sauvages*, Mercure de France, janvier 1934. Deuxième volume de la *Chronique des Pasquier*.

3. *Marie Stuart* (Wien/Leipzig/Zürich, Reichner, 1935) paraîtra, traduit par Alzir Hella, chez Grasset en 1936.

4. C'est le personnage de Laurent Pasquier le biologiste, qui raconte et réfléchit, selon un choix très judicieux de Duhamel aux yeux de Zweig.

309. Stefan Zweig à Jean-Louis Vaudoyer[1]

[Paris[2]] 4. déc. [19]34

Cher Monsieur Vaudoyer,

avec nos meilleurs vœux pour le Nouvel an pour vous et Mme Vaudoyer, je vous remercie beaucoup pour l'aimable envoi de Chassériau[3]. J'étais très intéressé du fait que Moreau et Puvis de Ch.[4] ont été tellement formés par cet admirable artiste, que vous avez le mérite de souligner d'une façon si efficace.

Avec l'assurance du plaisir que ma femme et moi avons eu de vous rencontrer chez les chers Cain's[5], je vous salue sincèrement et vous prie de me rappeler à Mme Vaudoyer.

Stefan Zweig

1. Carte postale avec vue d'un paysage enneigé, légendé « Am Gaisberg, 1286 M. ». Fonds Jean-Louis Vaudoyer, NAF 28429, BnF.

2. Stefan et Friderike Zweig s'étant retrouvés à Zurich le 29 novembre 1934 (lui venant de Londres, elle de Salzbourg), ils passent quelques jours à Paris, avant de continuer vers Nice le 5 décembre, où Lotte Altmann les rejoint (cf. *Zweig 2023*, p. 76).

3. *Théodore Chassériau 1819-1856*. Catalogue, préface de Jean-Louis Vaudoyer, musée de l'Orangerie, 1933.

4. Les peintres Gustave Moreau (1826-1898) et Pierre Puvis de Chavannes (1824-1898).

5. Julien et Lucienne Cain (voir lettre 287), grands amis des Vaudoyer, reçoivent beaucoup dans leur appartement de fonction à la Bibliothèque nationale, tout près de l'hôtel Louvois où logent sans doute les Zweig.

1935

310. Stefan Zweig à Paul Valéry[1]

Nice, 2 janvier [1935]

Mon cher et grand maître, j'ai tant regretté que pendant mon séjour à Nice, avant de partir en Amérique[2], je n'ai pas eu l'occasion de vous voir. Puis-je me permettre de vous informer sur la personne d'un jeune Allemand qui aspire à la position du lecteur d'allemand au Centre Universitaire Méditerranéen[3] ? C'est un excellent homme, Dr Hans Goetzfried, un espoir très humain et cultivé, qui justement allait avoir le professorat de français dans une université allemande ; il vit depuis 1931 en France, n'est donc pas un émigré et ne connaît nulle autre politique que celle de l'humanisme universel. Il est ami de mes meilleurs amis français[4] et je suis sûr que le Centre Universitaire ne pourrait pas trouver un professeur ou lecteur plus doué et sympathique. Et comme c'est toujours une belle chose de voir

---

1. Lettre manuscrite à l'encre violette sur papier bleu, sans en-tête. Fonds Paul Valéry, coll. « Valeryanum » (VRY), Ms 1770, Bibliothèque Jacques Doucet, Paris.

2. Zweig s'embarque à Villefranche s/Mer le 10 janvier, avec Arturo Toscanini et Shalom Asch, pour New York (qu'il n'a pas revu depuis 1911), voir ses « Notes de New York (17-30 janvier 1935) », in *Zweig 1993*[A], pp. 237-249.

3. En 1933, Paul Valéry avait été nommé administrateur de ce centre.

4. Zweig pense notamment à Romain Rolland – voir la lettre à Zweig du 31 mars 1933 au sujet de Hans-Leo Götzfried (né en 1905), in *Rolland-Zweig 2016*. Mais il se garde bien ici de nommer Rolland, qui est loin d'être aussi apolitique que son protégé allemand.

un homme à sa vraie place, et une place occupée par le meilleur homme ! j'ai cru qu'il n'était peut-être pas superflu de lui gagner votre sympathie

Votre fidèle admirateur

Stefan Zweig

311. Stefan Zweig à Albert Schweitzer[1]

Hôtel Regina, Wien[2]

le 22 février 1935

Cher monsieur et bien cher ami,

Depuis le bateau, en voyage vers l'Amérique[3], je n'ai pu que vous envoyer de rapides félicitations pour ce jour solennel[4]. Continuez maintenant vaillamment vers l'âge des patriarches, toujours animé, je l'espère, d'une joie de vivre et d'une force de foi aussi grandes ! À mon retour, j'ai trouvé le cadeau si précieux de votre livre[5], et je ne peux que vous en remercier très vivement. Le malheur dans la plupart des travaux publiés, c'est qu'ils obscurcissent plutôt la philosophie indienne qu'ils ne l'éclaircissent, en nous la représentant comme une curiosité, comme une forme de pensée à peine compréhensible. Votre livre en revanche nous y fait entrer véritablement, et enrichit notre intuition[6] parce qu'il révèle la

---

1. Lettre en allemand, dactylographiée, seule la signature est manuscrite. Archives Schweitzer, Gunsbach.

2. Zweig va loger près de trois mois dans ce bel hôtel, situé devant la Votivkirche, l'église néo-gothique non loin de l'appartement de sa mère Ida Zweig, âgée de 81 ans (née Brettauer) ; elle mourra en août 1938.

3. Voir lettre précédente, note 2.

4. Soixantième anniversaire d'Albert Schweitzer, le 14 janvier 1935.

5. Albert Schweitzer, *Die Weltanschauung der indischen Denker*, München, Beck, 1934 (*Les Grands Penseurs de l'Inde, étude de philosophie comparée*, Paris, Payot, 1936).

6. Depuis « votre livre en revanche » jusqu'à « intuition », le texte a été souligné au crayon (probablement par Schweitzer lui-même).

parenté qui existe entre les idées, et toujours les différentes races et nations se rejoignent à leurs sommets les plus élevés. Seules les couches inférieures vivent dans l'opposition et le conflit, et ceux qui apprennent à élever le regard nous permettent de dépasser ces zones troubles. Vous avez fait cela magnifiquement, et je ne suis certainement qu'un individu parmi beaucoup d'autres, et sans doute ni le premier ni le dernier à vous exprimer aujourd'hui sa reconnaissance. Continuez à présent vers d'autres travaux et des actions nouvelles. Rarement une époque a eu besoin autant que la nôtre de ceux qui peuvent la rendre plus forte.

Avec les très cordiales salutations d'une maison vers l'autre, toujours

votre fidèlement dévoué

Stefan Zweig

312. Stefan Zweig à Guy de Pourtalès[1]

Hôtel Regina, Vienne, 23. III. [1935]

Mon cher confrère, je lis dans les journaux que vous serez à Vienne ces jours[2] et un heureux hasard veut que j'aurai l'occasion de vous entendre[3]. Mais j'espère aussi de vous voir en petit comité. Dites-moi, je vous en prie, si vous préférez de déjeuner ou de dîner avec nous ou de faire une promenade – (peut-être je pourrais aussi vous faire connaître des amis qui vous intéresseront, comme Bruno Walter ou les jeunes compositeurs de

1. Lettre manuscrite, en français à l'encre violette, datée du 23 mars [ajouté d'une autre main : 1935]. Fonds Guy de Pourtalès, f. 3295-3296, UNIL.

2. Pourtalès quitte Paris le 23 mars pour Vienne et Budapest, mais dès son arrivée il est terrassé par une pneumonie ; il rencontrera Zweig néanmoins plusieurs fois avant de repartir le 25 avril, voir son récit, in *Guy de Pourtalès, Journal II, 1919-1941*, pp. 241-245.

3. Cette conférence de Pourtalès en allemand (« Wagner et la France »), prévue pour le 27 mars, était annoncée dans le *Neues Wiener Abendblatt* du 22 mars 1935, p. 4.

Vienne). En tout cas disposez de moi, je serais heureux de passer quelques bons moments avec vous.

Votre sincèrement dévoué

Stefan Zweig

313. Stefan Zweig à Guy de Pourtalès[1]

[Vienne, après le 14 avril 1935]

Cher monsieur de Pourtalès, excusez-moi, si je ne suis venu encore[2], mais j'étais absent pour deux jours[3] et en plus de nouveau l'otage du dentiste[4]. Mais je viendrai avec le plus grand plaisir encore au commencement de cette semaine.

Merci de l'honneur que vous voulez me faire en parlant de moi[5]. Je serais bien ingrat de le refuser, mais si je peux ajouter une demande cela serait : aucun mot de la politique (que je déteste) ou sur les difficultés que nous avons en Allemagne. Tout est si facilement mal compris et en vérité je fais de mon mieux pour ne pas penser à ces choses : pour ma part j'aime seulement les choses positives qui nous élèvent et enthousiasment et non celles qui nous dépriment.

1. Lettre manuscrite, en français à l'encre violette, non datée [ajout d'une autre main : « 14 au 19 avril 1935 »]. Fonds Guy de Pourtalès, f. 3297-3298, UNIL.

2. Comprendre : « si je ne suis pas revenu vous voir », puisque Pourtalès mentionne deux visites que Zweig lui a rendues au Löw Sanatorium, de Vienne, où il est soigné.

3. Zweig avait rendez-vous à Linz, le 14 avril (dimanche des Rameaux), pour y mener avec « [mon] éditeur [l'Insel Verlag, depuis 1906] des négociations difficiles », puisque la diffusion de tous ses ouvrages risquait d'être interdite en Allemagne, cf. *Kippenberg-Zweig 2022*, p. 812. Ce sera le cas à partir du 1er mars 1936.

4. Dès le 10 avril, Zweig écrit à Lotte Altmann : « On s'est lancé dans la grande plomberie dentaire [qui] va continuer jusqu'à Pâques », cf. lettres nos 30 et 31, *Zweig 2023*, pp. 105-108.

5. Pourtalès a dû lui parler de son intention d'écrire à son retour, voir la lettre suivante, n° 314, note 6.

Je vous envoie mon nouveau livre, tout frais de l'imprimeur[1]. La lettre de Mozart[2], j'aurais aimé de vous l'envoyer aussi, mais à cause de son contenu, j'avais fait imprimer seulement 40 exemplaires et il ne m'en reste aucun. Mais j'en emprunterai une d'un ami pour la montrer à vous. La conférence de Bruno Walter[3] sera imprimée et je vous procurerai un exemplaire avant qu'elle paraisse en livre – regrettable que vous ne serez pas encore présent, mais avant son départ le 26 avril et le vôtre, j'espère de vous réunir tous les deux à ma table[4].
Ceci en hâte. Et meilleurs vœux de votre

Stefan Zweig

314. Stefan Zweig à Guy de Pourtalès[5]

[Vienne, fin avril 1935]

Cher confrère et ami, merci pour votre charmant article[6] et votre lettre amicale – je serai heureux de vous revoir à Paris ! Puis-je vous

1. Il s'agit de *Marie Stuart*, Reichner, 1935, 524 p. qui sort alors des presses, voir *Zweig 2023*. Mais Pourtalès retient surtout : « Il [Zweig] m'a apporté son récent ouvrage sur Érasme » (*Journal*, p. 244).

2. Zweig a fait imprimer à Vienne, chez l'éditeur bibliophilique Herbert Reichner, l'une des quatre lettres de Mozart à sa cousine Maria Anna Mozart [« Bäsle-Briefe »], qu'il avait acquises en mai 1931 ; c'est la n° 917 dans sa collection, cf. *Matuschek 2005*, pp. 132-133, avec fac-similé. « Leur contenu » a longtemps choqué comme ordurier.

3. Bruno Walter (1876-1962), *Von den moralischen Kräften der Musik : Vortrag, gehalten im Kulturbund zu Wien* [« Des forces morales de la musique : conférence prononcée au Kulturbund »] ; cette plaquette de 21 pages paraît en 1935 chez Herbert Reichner, Wien.

4. *Journal* de Pourtalès (p. 243) : « Le vendredi saint [19 avril 1935], déjeuner à l'Impérial [l'hôtel où est descendu Pourtalès] offert par Stefan Zweig, où j'ai causé longuement avec Bruno Walter. »

5. Lettre manuscrite, en français à l'encre violette, non datée [ajouté d'une autre main : fin avril 1935]. Fonds Guy de Pourtalès, f. 3300, UNIL.

6. Le quotidien *La Presse* publie du 30 avril au 3 mai 1935 une série d'articles de Guy de Pourtalès sous le titre « Promenades dans Vienne » et

signaler un petit fait qui vous intéressera sans doute – que votre ancien éditeur Allemand[1] (ou Suisse) marchande toutes vos œuvres (Liszt, Chopin ect.) à prix très réduit (2 Mk 80). Lui avez-vous donné la permission ? A-t-il le droit ? En tout cas je vous avertis. Au futur mon éditeur[2] sera très intéressé dans vos livres à venir !

Mes compliments à Madame[3] et de tout cœur votre

Stefan Zweig

Hôtel Regina Wien

315. Stefan Zweig à Charles Baudouin[4]

Hôtel Bellerive

Zurich, le 24 mai 1935

Mon cher ami,

Je suis malgré tout un peu plus près de vous que vous le supposez, mais hélas pas assez près, car je crains de ne pas aller jusqu'à Genève ces temps-ci, et sûrement pas à Pontigny[5]. En effet je ne crois plus à la possibilité d'arriver par de petites actions isolées

« Soirées de Vienne », cf. Pourtalès, *Journal II, 1919-1941*, p. 245 et p. 213, note 23.

1. Il s'agit de l'Urban-Verlag, à Friburg-en-Brisgau, où ont paru quatre ouvrages de Pourtalès entre 1927 et 1932 ; et de Knaur (voir lettres 288, 289 et 294) qui a publié, à Berlin en 1933 *Richard Wagner : Mensch und Meister*, 599 p., traduction Anton Mayer.

2. Depuis 1934, Zweig a choisi Herbert Reichner (1899-1971), marchand de livres anciens, qui publie l'avant-garde dans sa maison d'édition fondée en 1925 ; Zweig connaît aussi sa revue de bibliophilie *Philobiblon. Die Zeitschrift für Bücherfreunde* [Revue pour les amateurs de livres]. Reichner doit s'exiler avec sa famille dès mars 1938 en Suisse, puis aux USA, où il mourra.

3. Hélène de Pourtalès (1885-1964), née Marcuard, fille d'un banquier de Lausanne.

4. Lettre en allemand, dactylographiée, avec la signature au crayon noir. Fonds Charles Baudouin, Bibliothèque universitaire de Genève, Ms.fr. 7531, f. 154.

5. Les rencontres intellectuelles des « Décades de Pontigny », créées par Paul Desjardins (1859-1940) ont repris en 1922 et jusqu'en 1939.

à lutter contre la monstrueuse confusion actuelle. À cause de la situation créée par l'Allemagne, nous avons maintenant besoin de toutes nos forces intérieures pour nous maintenir nous-mêmes en équilibre et il faut sacrément bander ses muscles pour rester capable de se concentrer. J'ai plutôt beaucoup travaillé ces dernières années, et j'espère que vous avez reçu mon « Érasme » soit en allemand soit en français, sinon je vais me rattraper, car je me montrerais infidèle si j'oubliais les vieux amis, connus dans une époque aussi tragique que celle-ci[1]. Hier j'ai vu par hasard dans une vitrine l'un de vos livres anciens, avec votre portrait, et j'ai pensé très fort à vous, et on dirait que ce genre de contact télépathique est efficace, car aujourd'hui même j'ai eu la joie de votre lettre. Beaucoup, beaucoup de bonnes choses et le cordial souvenir

de votre

Stefan Zweig

316. Stefan Zweig à Jean Guéhenno[2]

Pour l'instant :
Villa Souvenir, Waldquellzeile, Marienbad[3],
Tsch. Slov. Republik
5 août 1935

Messieurs[4],
permettez-moi que je vous écrive, néanmoins que j'ai déjà intéressé à mon projet mon ami Jean-Richard Bloch. Au mois de

1. Le premier contact de Zweig avec Baudouin date de février 1916 (voir lettre 42).

2. Lettre-circulaire dactylographiée ; la signature et le soulignage sont manuscrits, à l'encre violette. Fonds Jean Guéhenno, NAF 28297, f. 5, BnF.

3. Pour des précisions sur les trois semaines de cure d'amaigrissement passées par Zweig en août à Marienbad, voir les lettres 45 et 46 à Lotte Altmann, in *Zweig 2023*, pp. 131-134.

4. Zweig ne s'adresse pas ici à la seule rédaction de la revue *Europe*, mais à un large éventail de gens de toutes obédiences, dans le monde entier.

janvier 1936 Romain Rolland aura son soixante-dixième anniversaire[1] et je crois que ceci serait l'occasion d'une fête spéciale et individuelle. Selon mon avis, le plus beau serait d'organiser toute une semaine Romain Rolland à Paris, dont une journée serait consacrée au poète, une au musicien, une au pacifiste, une au révolutionaire, etc. On pourrait lui donner la durée du dernier congrès « pour la défense de la culture[2] ». N'oublions pas : nous n'aurons peut-être jamais plus une occasion pareille de fêter une grande idée dans la personne d'un grand homme. Il me semble donc important, qu'un comité soit constitué aussitôt que possible à Paris, pour commencer à temps les préparations et je crois que votre revue sera celle qui devrait publier après tous les comptes rendus. J'ai écrit pour cela déjà à Jean R. Bloch et Masereel[3].

Je vous prie de tenir compte, que le temps presse déjà, il faudrait qu'on commence bientôt, car les amis de Rolland n'habitent pas seulement l'Europe, mais tous les continents et il faut les convoquer de bonne heure.

Cordialement votre

Stefan Zweig

1. Romain Rolland est né le 29 janvier 1866 à Clamecy (Nièvre).

2. Le « Congrès international des écrivains. Pour la défense de la culture » a réuni du 21 au 25 juin 1935 au Palais de la Mutualité, à Paris, deux cent trente intellectuels antifascistes de trente-huit pays, voir la lettre de Zweig à J.-R. Bloch, le 6 juillet 1935, in *Delphis 2019*, pp. 163-164, et jusqu'à la p. 201.

3. Cette dernière phrase est ajoutée par Zweig à l'encre violette.

317. Stefan Zweig à Jean Guéhenno[1]

[Marienbad] le 15 août 1935[2]

Cher Monsieur Guéhenno, je vous remercie de votre bonne lettre. Oui, Madame et Mademoiselle Rolland sont renseignées et ne désirent mieux que notre succès, donc nous pouvons être sûr de lui[3], car elles n'approuveraient pas contre sa volonté. Faisons notre mieux ensemble, jamais pareille occasion ne nous sera donnée de nous réunir dans une pareille manifestation.

Votre tout dévoué

Stefan Zweig

Adresse : Salzburg, Autriche

1. Carte postale manuscrite avec une petite annonce et une photo des concours internationaux de ski dans les Hautes Tatras du 13 au 18 février 1935, adressée à « Monsieur Jean Guéhenno / Montolieu (Aude) / France / Frankreich ». Fonds Jean Guéhenno, BnF, NAF 28297, f. 6.

2. Zweig est encore à Marienbad (jusqu'à la fin d'août), d'où le choix de cette carte postale.

3. « lui » : Romain Rolland. Zweig se fait encore des illusions, puisque son projet (cf. lettre 316) sera supplanté par celui du PCF.

318. Stefan Zweig à René Étiemble[1]

[Londres, avant le 26 octobre 1935]

Cher Monsieur, la date exacte du jubilé[2] est le 26. Janvier et j'espère que nous réussirons d'organiser une manifestation digne de ce grand homme et ami[3].

Votre tout dévoué

Stefan Zweig

11, Portland Place
London

319. Stefan Zweig à Jean Guéhenno[4]

[Londres] 14 novembre 1935

Cher Monsieur Guéhenno,
je suis très navré de n'entendre rien de mes amis de Paris, sur ce qu'on prépare de digne pour le 70me anniversaire de Romain Rolland et je crains, on a perdu beaucoup de temps précieux, pour faire réellement quelque chose de vraiment digne. Mon vieux Jean-Richard Bloch ne me répond pas[5] et

1. Carte de correspondance, datée ici d'après le cachet postal d'arrivée « 26 octobre 35 », adressée à « René Étiemble / Congrès International des Écrivains / 8, rue d'Aboukir / Paris (France) ». Fonds René Étiemble, BnF, NAF 28279 (54).

2. « jubilé » est aussi utilisé par Jean-Richard Bloch et permet d'éviter celui d'« anniversaire » (ce serait le 29 janvier). Or rien n'est fixé encore définitivement quand Zweig écrit cette lettre à Étiemble.

3. L'hommage à Rolland aura lieu en définitive le soir du 31 janvier 1936 à Paris, salle de la Mutualité. Zweig n'y assistera pas.

4. Lettre manuscrite, à l'en-tête londonien. Fonds Jean Guéhenno, Bnf, NAF 28297, f. 7.

5. Nombreux détails dans la correspondance de Zweig avec J.-R. Bloch, voir les lettres 56 à 72 in *Delphis 2019*, pp. 162-196.

il faudrait vraiment se décourager, si un tel jour ne réunissait pas ses amis.

Votre tout dévoué

Stefan Zweig

320. Stefan Zweig à Georges Cattaui[1]

[Vienne] 31 décembre 35

Monsieur,

Votre livre[2] m'a beaucoup intéressé et je suis sûr que les amis de Proust l'accueillent avec le plus grand plaisir.

Merci aussi de l'avoir muni d'une si aimable dédicace.

Avec mes sentiments de sympathie et mes sincères remerciements

Stefan Zweig

Au plaisir de vous revoir à Londres[3] ! Je suis pour l'instant en route à travers l'Europe.

---

1. Lettre manuscrite à l'encre bleue sur papier blanc sans en-tête, d'une autre écriture (probablement sa secrétaire salzbourgeoise Anna Meingast, cf. *Lettres à Lotte*, p. 153) ; Zweig a seulement signé et ajouté la dernière ligne à l'encre violette. L'enveloppe porte « p.l.b. M. Gallimard, M. Georges Cattaui, Paris, 43 rue de Beaune », rectifié en « 95 rue de Passy, Paris 16e », et le cachet postal de départ indique « WIEN, 2.1.36 ». Fonds Georges Cattaui, Bibliothèque universitaire de Genève, Ms.fr. 04968, f. 35.

2. *L'Amitié de Proust*, qui paraît dans la collection des « Cahiers Marcel Proust », NRF, Gallimard, 1935, préfacé par Paul Morand.

3. G. Cattaui était alors secrétaire d'ambassade à Londres, et ce fut son dernier poste de diplomate.

1936

321. Stefan Zweig à André Maurois[1]

Nice, le 8 janvier 1936

Mon cher confrère,

J'avais envoyé hier ma secrétaire[2] pour déposer une lettre qu'on vous remettra en même temps que celle-ci et pour m'acheter deux billets pour votre conférence[3]. Heureusement pour vous et malheureusement pour moi vous avez tant des admirateurs à Nice qu'il était impossible d'obtenir des places pour ma femme et moi et le secrétaire de la société nous prenait toute espérance d'en trouver encore. C'est donc pas ma faute si je perds le plaisir d'assister à votre conférence, mais j'espère vous me donnerez occasion de vous voir personnellement à Nice. Peut-être il vous serait possible de dîner avec nous ce soir (Mercredi) au Westminster à huit heures où Mlle Gaby Morlay[4] nous tiendra compagnie.

1. Lettre dactylographiée sur papier à lettres gris-bleu. Fonds André Maurois, Manuscrits de l'Institut de France, Ms. 8505.

2. Lotte Altmann rejoint les Zweig à Nice, le 7 janvier 1936, cf. *Zweig 2023*, pp. 157-158.

3. Un entrefilet dans *Le Figaro* du 15 janvier 1936 (p. 2) signale : « À l'Artistique de Nice, M. André Maurois a fait, devant une salle comble, une conférence très applaudie sur le sujet : "Où va le monde ?" ».

4. Gaby Morlay (1893-1964), actrice très populaire au théâtre et au cinéma, dès les années 1910.

Quelle mauvaise chance que j'ai eue. Croyez à mes regrets sincères, cher André Maurois[1]. Au revoir !

Votre tout dévoué

Stefan Zweig

322. Stefan Zweig à Jules Romains[2]

[Nice, le 24 janvier 1936]

Mon cher ami, donc avec grand plaisir demain samedi soir pour dîner ensemble : je vous attends vers sept heures dans mon hôtel[3] et nous irons au Caneton. À neuf heures nous pouvons être facilement retournés[4].

Avez-vous lu l'excellent article de Rolland[5] dans « Vendredi ». Depuis longtemps il n'a pas été si clair et ferme.

Donc j'attends vous deux[6] pour demain soir et au grand plaisir de vous rencontrer

Votre vieil ami

Stefan Zweig

---

1. À l'encre violette, Stefan Zweig a ajouté « Maurois » au-dessus.

2. Lettre manuscrite, non datée, signée Stefan Zweig à l'encre violette sur papier à lettres gris-bleu, sans en-tête. Fonds Jules Romains, BnF, NAF 28403 (177), f. 61.

3. L'hôtel Westminster, 27, Promenade des Anglais, inauguré en 1881.

4. Ceci pour retrouver, après le dîner, Roger (et Hélène) Martin du Gard, qui a écrit à Zweig, la veille, 23 janvier : « Mon cher Stefan Zweig, / Combien heureux de profiter de votre présence à Nice, et du truchement de Jules Romains, pour que nous nous rencontrions enfin ! », *Correspondance générale, VI, 1933-1936*, p. 471.

5. Article intitulé « Pour l'indivisible paix », *Vendredi*, n° 12, 24 janvier 1936. *Vendredi*, « hebdomadaire littéraire, politique et satirique » de gauche (1er numéro le 8 novembre 1935, et parution jusqu'en décembre 1938), a été cofondé par André Chamson, Jean Guéhenno et Andrée Viollis.

6. Jules Romains et Lise, sa future épouse, qui dans ses *Souvenirs* (*Les Vies inimitables*, Flammarion 1985) raconte que Zweig « cachait [Lotte]. Jamais il ne nous l'a présentée », voir *Delphis 2019*, pp. 199-200. Friderike Zweig avait quitté Nice dès la mi-janvier.

323. Stefan Zweig à Georges Duhamel[1]

[Paris, 9 février 1936]

Cher et grand ami, je suis quelques jours (jusqu'à Jeudi soir) à Paris[2] Hôtel Louvois et si vous avez une heure pour moi, quelle joie de vous revoir

Fidèlement votre

Stefan Zweig

324. Stefan Zweig à Charles Baudouin[3]

Paris, le 10 février 1936

Mon cher ami,

Oui, ce fut vraiment désolant que l'affaire Rolland ne se fasse pas. Et au fond c'est à cause de la politique, qui s'est emparée de sa personne. Mais on pourrait peut-être tout de même imprimer les contributions dans une brochure[4], du moins les plus belles. La seule erreur, ce fut que Wittkowski[5] s'y est mis

1. Carte postale manuscrite à l'encre violette, représentant l'hôtel Louvois, le cachet postal indiquant « 9. II. 1936 ». Fonds Georges Duhamel, BnF, NAF 28275.

2. La lettre à Martin du Gard (jeudi 12 février, lettre 325) signale qu'il a effectivement rencontré Duhamel lors de son passage à Paris.

3. Lettre dactylographiée, en allemand, sur papier libre, avec la signature ajoutée, et Zweig tutoie ici (pour la première fois, semble-t-il) son vieil ami Baudouin. Fonds Charles Baudouin, Bibliothèque universitaire de Genève, Ms.fr. 7531, f. 142.

4. Ce sera le recueil intitulé *Hommage à Romain Rolland*, mais que Baudouin ne publiera qu'en 1945 à Genève, aux Éditions du Mont-Blanc.

5. Victor Wittkowski (1909-1960), poète allemand, né à Güstrow (Mecklembourg), qui s'est exilé dès juin 1931 ; réfugié en Suisse, il assiste Baudouin dans le projet d'un *Liber Amicorum R. R. 1936* (voir *Baudouin-Rolland 2000*, les lettres du 27 janvier au 2 février 1936 (80 à 83). Arrivé en juin 1940 à Rio de Janeiro, il sera pour Zweig à Petropolis un collaborateur de confiance, cf. Cl. Foucart, « Deux Européens : André Gide et Stefan Zweig », in *Bulletin des amis d'André Gide*, VIII, 46.

trop tard. Quant à moi, j'ai été lanterné par les amis de Paris qui n'ont organisé qu'à la dernière minute cette célébration – dans laquelle ont figuré une bonne partie des gens qui se sont seulement ralliés à Rolland quand il s'est déclaré en faveur de la cause russe. Cependant on raconte ici que ce fut une célébration très belle et grandiose.
Très cordialement,

Ton

Stefan Zweig

325. Stefan Zweig à Roger Martin du Gard[1]

Paris, Hôtel Louvois

le 12. II. 1936

Mon cher ami, je reçois ici à Paris vos bonnes paroles et je m'empresse de vous dire combien j'étais content de vous avoir rencontré – à un certain âge on sait d'avance avec quels poètes on pourrait être amis et avec vous le sentiment (absolument sûr) ne m'a pas trompé.

J'ai passé ici d'excellentes heures, voyant les meilleures intelligences, Paul Valéry, Julien Green, Duhamel et maints autres : j'étais très frappé de certains tableaux de Salvador Dali (il faut absolument que vous les voyiez ; avec tout ce qu'on peut reprocher à ses tableaux qui sont souvent intolérables, on est toujours forcé d'admirer ses dons énormes). De André Gide j'ai eu un mot charmant.

Demain je pars pour Londres (11, Portland Street[2], W I) et j'emporte avec moi l'excellent souvenir de nos heures amicales. Mille compliments à Madame Martin du Gard. Et affectueusement à vous

Stefan Zweig

1. Lettre manuscrite, à l'encre bleue, avec l'en-tête et la vignette de l'hôtel Louvois. Fonds Roger Martin du Gard, BnF, NAF 28190 (120), f. 283.

2. Lapsus, pour Portland Place.

326. Stefan Zweig à Jules Romains[1]

11 Portland Place, London W.I.

le 24 février 1936.

Mon cher ami,

J'ai encore à vous remercier pour les excellentes heures passées ensemble à Nice. Mais je ne veux pas vous prendre votre temps si précieux. Seulement deux ou trois choses urgentes !

D'abord une chose qui vous concerne, mon cher ami. Je crois être obligé de vous avertir d'un abus de votre éditeur allemand[2], en vous envoyant le texte de son prospectus. Pour se gagner la faveur des tout-puissants, il imprime, que vous avez montré en Allemagne votre sympathie de cœur et d'esprit pour la « Nouvelle Allemagne » – donc l'Allemagne hitlérienne[3]. Une telle parole imprimée sans doute à votre insu, est, j'en suis sûr, contre votre opinion et conscience et peut vous faire immensément tort, et je crois, vous devriez lui défendre énergiquement une telle propagande qui veut vous accaparer comme partisan[4] de la dictature et fervent du Troisième Reich. Je ne prends pas la liberté de vous donner un conseil, mais je vous envoie en tout cas l'original du prospectus[5].

Maintenant une petite question. Le six mai sera le 80ème anniversaire de Sigmund Freud. Nous préparons (Thomas Mann, des Anglais et des Américains) une adresse commune pour ce jour en lui disant notre respect. Est-ce que vous voulez entrer dans ce comité préparatif et nous donner votre nom ?

---

1. Lettre dactylographiée sur papier libre ; la signature, les soulignages et quelques corrections sont manuscrits, à l'encre violette. Fonds Jules Romains, NAF 28403 (177), f. 22, BnF.

2. Romains répond le 27 février, de Nice, qu'il est « évidemment ennuyé » de ces initiatives de son éditeur Rowohlt et qu'il va réagir (*Fredonia*).

3. Jules Romains a fait à Berlin, le 12 novembre 1934, une conférence « pour laquelle Otto Abetz et Baldur von Schirach ont réglé une mise en scène invraisemblable », écrit son biographe, cf. *Rony 1993*, pp. 430 et suiv.

4. Deux mots ont été raturés, Zweig avait d'abord écrit « qui veut vous montrer comme propagandiste de la dictature ».

5. Document non conservé avec la lettre.

Je suppose que vous avez, continuant avec la même intensité, déjà terminé votre roman[1]. Quel contraste ici entre la brume de Londres et le soleil de Nice. Je regrette déjà d'être parti trop tôt.

N'oubliez pas de dire à Madame Dreyfus[2] mes meilleures salutations, néanmoins qu'elle a oublié de m'envoyer les photos !

De tout cœur votre

Stefan Zweig

327. Stefan Zweig à Jules Romains[3]

11 Portland Place, London W. I.

le 6 mars 1936.

Mon cher ami,

Merci à vous et à Madame Dreyfus pour les photos qui me resteront un souvenir des jours excellents que nous avons passés ensemble et qui prouvent que vous réussissez en tout ce que vous entreprenez, maître-artisan non seulement ès lettres, mais aussi chauffeur incomparable et photographe parfait.

Votre bonne nouvelle comme quoi vous avez terminé votre volume XI m'aurait rempli d'un sentiment dédaigneux[4] d'envie si heureusement je ne mettais pas moi-même la dernière main à mon manuscrit. Je crois, ce livre vous intéressera et au milieu des innombrables biographies qui sont devenues courantes, il aura au moins le mérite de mettre un grand homme inconnu soudainement à sa place méritée[5].

---

1. C'est le tome XI des *Hommes de bonne volonté*, intitulé *Recours à l'abîme*.

2. Lise Dreyfus (1910-1997), qui deviendra le 18 décembre 1936 la seconde épouse de Jules Romains (voir lettre 347), après avoir été sa « secrétaire » depuis 1933.

3. Lettre dactylographiée, avec la signature à l'encre violette, sur papier à lettres gris. Fonds Jules Romains, BnF, NAF 28403 (177), f. 23.

4. Comprendre : « méprisable ».

5. Le « grand homme inconnu » est le Français Sébastien Chatillon ou Castellion (1515-1563), grand latiniste salué par Pierre Bayle (1647-1706) dans son *Dictionnaire historique et critique*. Voir lettre suivante.

Immédiatement après que j'aurai envoyé le manuscrit à mon éditeur[1] je déménagerai et je prie Madame Dreyfus de noter soigneusement dans le carnet rouge ma nouvelle adresse[2]

49 Hallam Street, London W. I.

où je serai toujours heureux de recevoir de vos Nouvelles et si possible vous-même.

J'espère qu'on se reverra en été en Argentine[3] et mille fois merci encore pour la photo dédiée que je viens de recevoir de Meyerovitz[4]. Fidèlement et avec les meilleures salutations à Madame Dreyfus

votre

Stefan Zweig

328. Stefan Zweig à Georges Duhamel[5]

[Londres, après le 15 mars 1936]

Mon cher ami,

merci pour les Fables de mon Jardin[6], je les ai lues comme un enfant avec cette belle attention des choses inattendues et j'ai admiré beaucoup comme vous savez entretenir[7], tout en disant des choses très profondes. Vous êtes, mon cher Duhamel, dans un excellent moment et vos derniers livres me paraissent

1. Herbert Reichner, à Vienne.

2. Voir dans *Zweig 2023* (p. 148) la façade de ce vaste immeuble prévu d'abord pour être un hôtel.

3. Pour le congrès du Pen-Club, voir lettres 335 et suivantes.

4. Nom du studio qui a imprimé ce tirage ; la dédicace dit « à Stefan Zweig, son fidèle Jules Romains / Nice, Fév 36 ».

5. Lettre manuscrite non datée, sur papier bleu pâle, et à l'en-tête du nouvel appartement, « 49 Hallam Street / London, W.1. », où Zweig a emménagé le 15 mars, d'où notre datation. Fonds Georges Duhamel, BnF, NAF 28275.

6. Mercure de France, janvier 1936, 236 p.

7. Anglicisme, comprendre : « divertir ».

(chose rare vers la cinquantaine) comme les plus importants que vous avez écrits ; il y a une défense constructive dans votre manière calme et humaine, de se laisser troubler par tout ce stupide fracas des événements extérieurs, vous restez observateur juste et pénétrant des événements sans vous laisser emporter par eux.
Vous recevrez de moi en automne un nouveau livre[1], dédié à ce grand Français inconnu, Sebastian Castellion, et j'ai le pressentiment heureux, qu'il aura quelque chose à vous dire.
Meilleurs souvenirs à Madame Duhamel et de tout mon cœur votre vieux

Stefan Zweig

329. Stefan Zweig à Jules Romains[2]

[Londres] le 1er avril 1936.

Mon cher ami,

Merci pour vos bonnes paroles. Je suis très content d'avoir fini mon livre[3] et d'avoir même expédié les premières épreuves aujourd'hui.

Maintenant encore une petite seccatura[4]. Je vous prie de signer l'original du texte de la manifestation pour Freud que nous voulons lui transmettre personnellement et de me le renvoyer

1. *Castellio gegen Calvin : oder ein Gewissen gegen die Gewalt*, Reichner, Wien/Leipzig/Zürich, 1936. Mais Zweig se ravisera et, pour conserver son public suisse francophone (et en majorité calviniste), retiendra la publication en français ; la version (assez tronquée) d'Alzir Hella, *Castellion contre Calvin, ou conscience contre violence* attendra 1946, chez Grasset ; nouvelle traduction par Jean-Jacques Pollet, Les Belles Lettres, Paris, 2019.

2. Lettre dactylographiée, papier à lettres gris, à l'en-tête de la nouvelle adresse « 49, Hallam Street, London W.I. ». Sont ajoutés à l'encre violette les mots « votre fidelissimus » et la signature. Fonds Jules Romains, BnF, NAF 28403 (177), f. 24.

3. *Castellion contre Calvin*, voir les lettres précédentes.

4. Mot italien signifiant « corvée ».

dans le couvert ci-joint[1]. Vous voyez que je fais tout ce que je peux pour sauver du travail à Madame Dreyfus.

Je ne viendrai pas à Nice maintenant. Même ici il fait beau, malheureusement je ne vois pas beaucoup du soleil pâle, à cause des épreuves.

Mes meilleures amitiés à vous et à Madame Dreyfus

votre fidelissimus

Stefan Zweig

330. Stefan Zweig à Paul Valéry[2]

[Londres] 15 mai 1936

Cher Maître et ami, si je vous remercie avec un retard trop considérable à l'envoi si précieux de votre Variété III[3], la raison en est une très administrative[4] ; je lis vos livres, néanmoins que je les attends avant avec la plus grande impatience, toujours ligne par ligne et en me défendant de lire jamais plus que 4 ou 5 pages un jour – pareil aux sages enfants qui n'avalent pas tout le gâteau avec avidité. J'ai connu déjà votre « credo » esthétique, contenu dans les souvenirs sur Mallarmé[5] et dans la préface du livre de Cohen[6], mais c'est le

1. C'est-à-dire l'enveloppe (en allemand « das Kuvert »).

2. Lettre manuscrite, à l'en-tête du « 49, Hallam Street, London, W.1 ». Enveloppe avec l'adresse barrée « Monsieur Paul Valéry, de l'Académie française, 43, rue de Beaune, Librairie Gallimard, Paris » et remplacée par « 40, rue de Villejust, Paris 16e ». Fonds Paul Valéry, Bnf, NAF 19199, *Correspondance générale*, f. 161-162.

3. Paul Valéry, *Variété III*, comporte onze textes qui constituent comme un art poétique de Paul Valéry, paru en janvier 1936.

4. Zweig désigne ainsi sa façon (toute pratique) de « gérer » sa lecture d'un tel livre.

5. Paul Valéry : « Je disais quelquefois à Stéphane Mallarmé... », texte qui figure en tête du recueil *Variété III* de 1936 ; il a déjà paru comme préface aux *Poésies* de Mallarmé dans une édition de luxe en 1931, et fut repris par la NRF en 1932.

6. Gustave Cohen (1879-1958), grand médiéviste et historien de la littérature, *Essai d'explication du « Cimetière marin »*, Paris, Gallimard, 1933.

secret et la merveille des choses parfaites qu'elles paraissent plus neuves, plus on les connaît.
Mon cher Maître, mon cher ami, il m'est difficile de vous le dire et surtout dans une langue étrangère, combien je suis heureux de vous savoir parmi nous dans ces moments de folie et de l'éclipse totale de la raison dans le monde extérieur. Dans les moments de lassitude morale, qui nous envahissent hélas, trop souvent, il est doux de voir quelque chose qui démontre la présence éternelle de la raison et l'existence de votre œuvre est pour moi toujours cette preuve consolante.

De tout cœur

Votre admirateur fidèle
Stefan Zweig

331. Stefan Zweig à Julien Green[1]

[Londres] 15 mai 1936

Mon cher ami[2], excusez si je vous remercie si tard pour votre superbe livre[3], plein de secrets et luisant comme l'or au fond des eaux à travers la limpidité extraordinaire de votre prose. Tout y est d'une tristesse profonde, mais sans jamais devenir oppressant et j'ai senti, en lisant, ces frissons de volupté artistique, qui sont pour moi la preuve presque physique d'une vraie émotion. Au plaisir de vous voir bientôt ! Votre fidèlement dévoué

Stefan Zweig

1. Lettre manuscrite sur papier bleu. Collection particulière.

2. Ils sont en contact au moins depuis 1931, témoin une lettre (non datée) de Green à Zweig (la seule conservée dans la Reed Library, Fredonia), suite à la parution de *Joseph Fouché* chez Grasset, en 1931 : « Cher Monsieur, j'ai été extrêmement touché de la pensée que vous avez eue en m'envoyant votre Fouché [...]. Notre conversation à Munich me revient souvent à l'esprit et je souhaite que nous puissions la reprendre à Paris [...]. »

3. Julien Green, *Minuit*, Librairie Plon, Paris (janvier) 1936, 313 p., roman qui paraît en allemand la même année, chez l'éditeur Bermann-Fischer, alors exilé à Vienne : *Mitternacht* (traduit par Maria Giustiniani).

332. Stefan Zweig à Paul Valéry[1]

[Londres] 14 août 1936

Mon cher Maître et ami, un livre de vous[2] est pour moi toujours une fête (et hélas, les jours de fête sont devenus bien rares dans notre monde). Je dois dire franchement que Degas ne m'a jamais trop attiré et c'est pour cela que je suis doublement reconnaissant à vous, car rien ne paraît plus important dans l'art, que de devenir plus juste et de voir ce qu'on n'avait pas vu auparavant : maintenant j'ai une sorte d'impatience d'admirer Degas à travers vos yeux et je sens déjà d'avance qu'il me conquerra.

Si par hasard vous avez le temps un jour à Paris de voir Salvador Dali et son œuvre[3], je crois que vous auriez une grande impression. Je suis fort méfiant envers les surréalistes, mais ce jeune homme me fascine par son fanatisme artistique et par l'intensité des couleurs ; des vivants et surtout des jeunes il est le seul qui provoque en moi une admiration comme vous l'avez subie de Degas et je crois qu'il sera un jour (quand il aura laissé à part ses extravagances, d'ailleurs tout à fait sincères) le peintre de notre époque. J'aimerais beaucoup, quand je serai un jour à Paris, d'aller avec vous chez lui pour voir ensemble son œuvre.

Cher maître, je suis toujours heureux de pouvoir vous dire combien je suis reconnaissant – j'oserais dire à votre existence : un pivot de clarté dans le monde vacillant. Votre fidèle

Stefan Zweig

1. Lettre manuscrite, à l'en-tête londonien, avec le numéro de téléphone. Enveloppe adressée à « Monsieur Paul Valéry / Paris XVIe / 40, rue de Villejust ». Fonds Paul Valéry, NAF 19199, BnF, *Correspondance générale*, f. 163-164.

2. Paul Valéry, *Degas, danse, dessin*, Paris, A. Vollard, 1936.

3. Même conseil à Roger Martin du Gard en février 1936 (lettre 325).

333. Stefan Zweig à Roger Martin du Gard[1]

[à bord de l'*Alcantara*], 21 août 1936[2]

Mon cher ami,
Je vous envoie mon souvenir affectueux ! J'espère de trouver en rentrant votre roman[3] à Londres W.I, 49, Hallam Street.

Votre fidèle

Stefan Zweig

---

1. Carte postale sépia, légendée « ROYAL MAIL STEAMER "ALCANTARA" SOUTH AMERICAN SERVICE », avec cachet postal du RMS ALCANTARA. Fonds Roger Martin du Gard (parmi les lettres de Duhamel à RMG), NAF 28190 (f. 120), BnF.

2. La veille de l'arrivée à Rio de Janeiro.

3. Impatient de lire *L'Été 1914* (la suite des *Thibault*) auquel Zweig sait que RMG travaille encore avec acharnement à Nice, il lui communique ici sa nouvelle adresse, cf. lettre 327.

334. Stefan Zweig [*et al.*] à Roger Martin du Gard[1]

[à bord du *Highland Brigade*,
entre Montevideo et Buenos Aires,
le 4 septembre 1936]

Mon cher ami, on a tant parlé de vous : demain[2] à Buenos Aires[3] encore plus

Amitiés fidèles

Stefan Zweig

On vous embrasse tous deux affectueusement
GDuhamel

Mille amitiés
de Blanche

1. Carte postale « Royal Mail Lines, Ltd (cachet postal illisible), adressée à « Roger Martin du Gard, Nice (France), Alpes Maritimes, Cité du Grand Palais, Boulevard Cimiez ». Carte classée parmi les lettres de Georges Duhamel à Roger Martin du Gard. Fonds R. Martin du Gard, NAF 28190, BnF.

2. Dans *Le Livre de l'amertume, Journal 1925-1956* (p. 237), Duhamel précise : « Nous arrivons à Buenos-Aires avec vingt-quatre heures de retard, c'est-à-dire le 5 septembre, au matin. » Cette remarque permet de dater cette carte du 4 septembre.

3. Le congrès international du Pen-Club se tient du 5 au 15 septembre 1936.

LETTRES 335 À 373

Septembre 1936-décembre 1938

Londres, en tant que port d'attache, fut le premier foyer de résistance, pour Stefan Zweig. Sans se tromper, il avait une fois de plus bien anticipé. Personne ne devrait pouvoir le lui contester, puisque Paris, comme Vienne, allait bientôt basculer. En attendant, dans cette tempête historique épouvantable, il s'est surpassé. Comme il l'écrivait déjà en 1919 : « Pas de défaite pour l'esprit libre. » Il l'écrit encore, un peu autrement, le 13 août 1937, à Roger Martin du Gard, en passe de recevoir le prix Nobel : « Si nous voulons prouver ce que nous sommes, il faut le faire dans ces quelques années. » Pour lui, le terme était à cinq ans…

Cela bien senti, Zweig demeure fidèle à lui-même : les amis, leurs publications, leurs épouses, leurs chiens, rien n'est oublié. Aimés, ils sont conseillés, aidés, félicités, en dépit de l'inepte politisation générale. La « scène » française change tout de même beaucoup : André Gide se révèle plus intéressant, plus courageux, tandis que le vieux Romain Rolland est de plus en plus décevant. Ce revirement discret (mais attesté) de Zweig tient au stalinisme discipliné de celui qui fut un aigle en 1914, tandis que l'esthète inquiétant de la NRF devient, à son retour du Congo, du Tchad, puis de l'URSS, un audacieux dénonciateur des oppressions d'alors. C'est d'ailleurs Roger Martin du Gard, l'ami intime de Gide, qui devient le chaleureux confident de Zweig. Plus d'un télégramme en témoigne. Parmi toutes les autres, la lettre d'août 1937 (n° 354) l'atteste encore une fois clairement. En forme de bilan personnel, Zweig y démontre comment il a reconquis sa liberté. Il y fait des projets. Il est plein d'espérance pour lui comme pour son ami : « Vous verrez que le succès en pays Anglais surpassera encore celui en France. » Ce nonobstant, il va changer d'éditeur, pour que paraisse en allemand son roman Impatience du cœur. *Après mars 1938 et l'Anschluss, ce sera Bermann-Fischer (exilé à Stockholm) ; son œuvre brille encore aujourd'hui au catalogue de Fischer Verlag. En France, en 1936, ses amis de longue date demeurent, malgré leurs rivalités trop humaines : Georges Duhamel et Jules Romains notamment, et aussi Baudouin, Arcos, Vildrac. D'autres s'ajoutent. Julien Cain en tête ; administrateur général de la Bibliothèque nationale, il facilite beaucoup de choses. C'est chez lui que, en février 1938, Zweig rencontre Colette, en voisins du même quartier. Leur bonheur est fragile, ils en ont tous conscience. Et Zweig n'a rien d'une épave abandonnée aux vents mauvais, rien d'un exilé malheureux. Il poursuit son périple, comme Magellan, son nouveau héros. Il continue par exemple d'acheter des autographes musicaux et littéraires, alors même qu'il a vendu sa collection de Salzbourg – trop content de coiffer au poteau un émissaire de Bayreuth, sans doute quelque peu nazifié ! C'est du moins ce qu'il laisse entendre à Alfred Cortot lui-même, en décembre 1937 (lettre 359). Il continue aussi de songer à « son bon chien Kaspar », comme il l'écrit à Marie Bonaparte, elle qui vient de sauver Freud du grand enfer de Vienne (lettre 372).*

335. Stefan Zweig à Jules Romains[1]

[Buenos Aires, le 11 septembre 1936][2]

Mon cher ami, merci – le mieux serait vraiment qu'on se voie et se parle en franchise, toute la délégation Française, et si vous voulez moi et un autre, comme homme de confiance. En tout cas je serai ici à partir de $2^{1/2}$ et tout l'après-midi à votre disposition. Bien amicalement

Stefan Zweig

1. Billet manuscrit, non daté, signé Stefan Zweig à l'encre violette sur papier à lettres bleu, sans en-tête. Fonds Jules Romains, BnF, NAF 28403 (177), f. 62.

2. Notre datation s'appuie sur les journaux de Georges Duhamel, *Le Livre de l'amertume, Journal (1925-1956)*, présenté et annoté par Bernard Duhamel, Mercure de France, Paris, 1983 (désormais *Duhamel 1983*) ; ils montrent (p. 250) que Zweig a tenté de servir d'intermédiaire entre Romains et Duhamel qui briguent l'un et l'autre la présidence internationale des Pen-Clubs. Il pourrait s'agir ici du billet que – selon le récit de Duhamel – Zweig aurait glissé sous la porte de la chambre de Romains, ce vendredi 11 septembre.

336. Stefan Zweig à Georges Duhamel

[Buenos Aires, le 12 septembre 1936]

Mon cher ami[1], je reçois ce moment une lettre de Jules Romains[2], dont il vous enverra copie comme il m'écrit. Mon cher ami, vous comprendrez pour moi, votre vieil ami des temps où vous avez été comme des frères, tout le pénible de voir qu'on veut provoquer ici un antagonisme ouvert dans la délégation française, et le souligner[3]. Ne serait-il pas mieux que la délégation française elle-même se réunisse pour décider et prendre position ? Quant à moi vous pouvez disposer toujours de moi pour faciliter une solution qui serait digne : je vois avec dégoût que certaines gens se réjouissent déjà d'avance de cette élection de président comme s'il s'agissait d'une course de chevaux.
Mon cher ami, vous comprendrez que je ne me mêle pas du tout dans tout ce jeu – Mais que je serai toujours près de vous pour vous servir quand il s'agit de trouver une solution honnête et loyale dans cette situation. Affectueusement votre

Stefan Zweig

Je pars maintenant mais je serai tout l'après-midi à l'hôtel.

---

1. L'original de cette lettre n'a pas été retrouvé. Comme pour la lettre 339, il s'agit d'une transcription effectuée par Duhamel et publiée dans *Duhamel 1983*, pp. 251-252.
2. Cette longue lettre de Jules Romains est reproduite aussi par Duhamel, *ibid.*, pp. 250-251.
3. Après de graves altercations entre les délégations française et italienne, Zweig a craint que Duhamel et Romains ne s'affrontent publiquement. « Je regrette, moi qui suis entre les deux, qu'ils ne puissent pas se souffrir », écrit-il à Friderike Zweig. « Ce sont tous deux des hommes de bon sens, courageux, humains, ce sont mes amis proches, je suis un peu entre la chèvre et le chou », in *Zweig-Zweig 1987*, p. 371. Voir aussi sa lettre détaillée à Raoul Auernheimer du 17 septembre 1936, Stefan Zweig, *Correspondance 1932-1942*, pp. 238-239. Le seul discours prononcé par Zweig, le 14 septembre 1936, sera un hommage à H. G. Wells, le président que Jules Romains va remplacer ; discours bref, mais inspiré, lisible en ligne sur le site gallica.bnf.fr/ark : « 14e congrès international des Pen-Clubs, 5-15 septembre 1936 », pp. 175-177.

337. Stefan Zweig à Jules Romains[1]

[City-Hotel, Buenos Aires, le 12 septembre 1936]

Cher ami, mille fois merci[2] et aussi pour votre pensée généreuse hier soir[3]. Ludwig[4] voudrait que nous déjeunions ensemble aujourd'hui à 12[15] avant l'excursion, dans l'Hôtel, cela serait charmant !

Votre fidèle

Stefan Zweig

338. Stefan Zweig [*et al.*] à Roger Martin du Gard[5]

Cityhotel, Buenos Aires, 15 septembre 1936

Chers amis,

Avant de quitter Buenos Aires où nous sommes réunis, nous vous envoyons nos plus affectueuses pensées.

À bientôt, au Masséna !

Stefan Zweig

Jules Romains

Lise D.

Anthony Donker[6]

---

1. Lettre manuscrite non datée, écrite à l'encre violette sur papier à lettres bleu sans en-tête. Fonds Jules Romains, BnF, NAF 28403 (177), f. 63.

2. Il s'agit de la lettre que Romains vient d'envoyer à Zweig ; elle figure, recopiée, dans *Duhamel 1983*, p. 250.

3. Romains a écrit à Zweig : « Quand trois hommes comme vous, lui [i.e. Duhamel] et moi, sont mêlés à une affaire, il faut [...] qu'au moins entre eux tout ce qui se passe soit de bonne qualité », *ibid.*, p. 253.

4. Emil Ludwig (1881-1948) né Emil Ludwig Cohn, écrivain allemand célèbre pour ses biographies romancées. Il siégeait comme délégué du Pen-Club allemand en exil et avait prononcé un discours très hostile aux écrivains nazis.

5. Feuillet sur papier ivoire, cosigné par Stefan Zweig, mais rédigé par Jules Romains, et classé parmi les lettres de J. Romains adressées à RMG, Fonds Roger Martin du Gard, NAF 28190 (119), f. 85.

6. Il s'agit d'Anthony Donkersloot (1902-1965) qui est cité parmi les congressistes néerlandais de 1936, et avait fait avec Duhamel le trajet Boulogne-

339. Stefan Zweig à Georges Duhamel[1]

[Buenos-Aires,
sans doute le mercredi 16 septembre 1936]

Mon cher ami, je vous ai cherché hier soir, pour vous dire adieu avant mon départ[2], mais je n'ai pu saisir dans l'Opéra que le cher Jean-Pascal[3]. Adieu donc, cher ami, et on se reverra à deux et non dans une foule. J'espère qu'on se comprendra comme on s'est toujours compris pendant toutes ces bonnes et mauvaises années. Les meilleurs compliments et embrassez pour moi Jean-Pascal. Votre vieux

Stefan Zweig

340. Stefan Zweig à Roger Martin du Gard[4]

[Londres, 30. 11. 1936]

LISANT PASSIONNÉMENT JOUR & NUIT VOTRE ADMIRABLE

---

sur-Mer-Buenos Aires. Zweig les avait rejoints à l'escale de Santos (Brésil), début septembre.

1. L'original de cette lettre n'a pas été retrouvé. Comme pour la lettre 336, c'est une transcription publiée dans *Duhamel 1983*, p. 258.

2. Avant de citer ce deuxième message, Duhamel le commente ainsi : « Un mot de Zweig. Il s'est montré fort importun. Il a joué dans tout cela un rôle assez louche. Je ne lui cache pas que cela me déplaît, et après l'avoir légèrement tancé je lui montre pendant les dernières heures le visage le plus froid. Vraiment cet homme intelligent s'est, lui aussi, comporté comme un sot. À la dernière minute, il m'envoie le billet suivant. »

3. Jean[-Pascal] Duhamel (1919-1998), qui sera plus tard médecin (comme son frère aîné Bernard), accompagnait ses parents lors du congrès.

4. Télégramme du « 30. 11. 36 » (cachet postal d'arrivée) et adressé à « Martin du Gard, Cité Grand Palais, Nice ». Fonds RMG.

ROMAN[1] JE VOUS EMBRASSE FRATERNELLEMENT FIER D'ÊTRE VOTRE AMI – STEFAN ZWEIG[2]

341. Stefan Zweig à Jules Romains[3]

[Londres, début décembre 1936]

Mes chers amis, vous n'auriez pas pu me donner meilleure nouvelle que celle que contient votre bonne lettre. Malheureusement je ne serai pas à Londres au commencement de janvier, mais je serai à Paris le 16, 17, et 18 matin[4]
Pour mercredi 16 je suis engagé pour le déjeuner
Pour jeudi 17 pour le déjeuner et l'après-midi
Mais si vous avez une heure pour moi soit Mercredi après-midi ou soir, soit jeudi soir, avertissez-moi si tôt que possible. Je serai très heureux de vous voir.

Quelle merveille, le livre de Roger Martin du Gard !

Donc à tantôt ! Votre fidèle

Stefan Zweig

---

1. *L'Été 1914* (3 volumes), Paris, Gallimard 1936.

2. RMG répond le 2 décembre : « Votre télégramme chaleureux me touche infiniment, cher ami ! Mais j'attends avec impatience vos critiques. Car, – si ridicule que cela puisse être pour un auteur quinquagénaire et grisonnant – je n'ai pas renoncé à connaître mes défauts, ni perdu l'espoir de faire beaucoup mieux ! / Fidèlement vôtre », cf. *Correspondance générale*, *VI*, pp 610-611.

3. Lettre manuscrite non datée, à l'encre violette, sur papier à lettres gris à l'en-tête du « 49, Hallam Street, London, W.I. ». Fonds Jules Romains, BnF, NAF 28403 (177), f. 25.

4. Zweig fait étape à Paris, étant parti pour Vienne (sans passer bien sûr par l'Allemagne), voir la lettre à Lotte Altmann du 20 décembre 1936, *Zweig 2023*, pp. 194 et 196.

342. Stefan Zweig à Jules Romains[1]

[Londres] le 11 décembre [1936]

Chers amis,

Je me réjouis de dîner avec vous Mercredi 16 et j'essaierai de vous téléphoner pendant la journée.

J'arrive le matin et je descendrai à l'Hôtel Louvois, Square Louvois, mais je ne serai probablement pas à l'Hôtel toute la journée : En tout cas je serai à l'Hôtel entre sept et huit heures Mercredi soir et si nous ne nous parlons pas avant, vous pouvez me téléphoner ou venir me chercher à cette heure.

Meilleures amitiés

Stefan Zweig

343. Stefan Zweig à André Gide[2]

[Londres] 12. XII. 1936

Cher et grand André Gide, je viens de recevoir vos trois livres[3] et vous comprendrez, que celui sur la Russie m'a excité le plus. Je crois ce livre très nécessaire et justement dans ce moment. Vous savez que j'ai toujours eu beaucoup de sympathies pour la U.S.S. [*sic*], mais on ne m'a jamais pardonné de m'être refusé de me lier complètement. Vu les changements continuels dans un régime, ses tergiversations (nécessaires au point de vue politique), il m'a toujours été

1. Carte dactylographiée à l'en-tête de Hallam Street, mais la signature et le soulignage sont manuscrits à l'encre violette. Fonds Jules Romains, BnF, NAF 28403 (177), f. 26.

2. Lettre manuscrite, sur papier à l'en-tête de Hallam Street. Lettre transcrite ici d'après le manuscrit conservé. Bibliothèque Jacques Doucet, Ms GAMMA – 1516-2.

3. Gide a publié en 1936 chez Gallimard : *Nouvelles Pages de Journal 1932-1935* ; *Geneviève*, et *Retour de l'U.R.S.S.*

impossible de donner carte blanche à quelque parti que ce soit et de me lier les mains. Et je vois que j'avais raison. Le procès Sinowiew m'a dégoûté – si Staline veut imiter Hitler et avoir son 30 juin[1] chez lui, c'est son affaire, mais ce n'est pas la nôtre, de défendre ces actes d'une jalousie personnelle. Je suis dégoûté du papisme de tous les dictateurs[2], de ce dogme d'infaillibilité (justement j'avais publié[3] en Allemand – non en Allemagne !!! – une étude sur le combat de Castellion contre Calvin qui, admirable homme libre, attaquait cette terrorisation genevoise de la conscience). J'avais depuis longtemps l'envie de retourner après dix ans en Russie[4], mais je crains, que je ne pourrais pas supporter physiquement de voir à chaque coin de rue le portrait de Staline – je crois que le Stalinisme a déformé l'idée de la collectivité et du communisme en idolâtrie d'un seul personnage, et je suis convaincu qu'un homme comme vous – partisan à la fois de la cause communiste mais aussi partisan de la vérité – a rendu un immense service par sa critique. J'ai insisté souvent chez Rolland qu'il use de son influence[5], pour tenter de modérer l'orgueil et la jalousie personnelle de Staline, mais, hélas, il croit servir mieux la cause en tenant discipline stricte. Mais comment attaquer donc Mussolini et Hitler qui demandent exactement la même abnégation de la conscience, le « Cadaver-Gehorsam[6] » nu et brutal ? J'ai essayé de démontrer dans mon livre que autoritarisme et liberté ne peuvent jamais se lier, qu'ils sont ennemis-nés. Et l'indépendance avant tout !

---

1. Allusion au 30 juin 1934, qui voit la liquidation de Röhm et des SA, la « Nuit des longs couteaux ».

2. Cette formulation révèle que Zweig baigne alors dans la culture anglaise, très antipapiste.

3. Comprendre : « je viens justement de publier » ; voir lettre 328.

4. Rappelons que Zweig s'est rendu en URSS en septembre 1928, pour l'hommage à Tolstoï.

5. Voir le riche ensemble des lettres échangées entre décembre 1936 et mars 1937, n° 248 à 254, in *Rolland-Zweig 2016*.

6. Désigne l'obéissance aveugle, littéralement celle d'un cadavre. C'est une des devises des jésuites : « perinde ac cadaver ».

Vous serez, je suppose, vivement attaqué et mis au pilori par les admirateurs d'hier. Vous serez – ce qui est bien pire[1] – loué et cajolé par des partis et des gens, que vous détestez ; on abusera de vos paroles honnêtes. Mais je sais que vous avez agi selon votre conscience, et du fond de ma conviction je veux vous dire : vous avez bien agi en défendant le peuple Russe, l'art Russe, la jeunesse Russe contre l'intolérable doctrinarisme. C'est le plus dangereux, d'éduquer d'abord un peuple, pour l'abrutir après par un système (toutes les religions ont fait cela et c'est pour cela qu'ils ont toujours voulu surveiller l'éducation) – et plus tard, (je crains, beaucoup plus tard) on vous sera reconnaissant.

Je vois que je bavarde trop. Mais j'aurais tant à vous dire ! Est-ce que vous avez peut-être le 16 ou le 17 Décembre (Mercredi ou jeudi) une heure pour moi ? je serai à Paris à l'Hôtel Louvois (Square Louvois). Votre fidèlement dévoué

Stefan Zweig

J'ai toujours envie de publier un article « Hommage à Guillaume II, François-Joseph, ect… », pour montrer comme ils étaient modestes en comparaison avec nos dictateurs – ils ne voulaient pas être empereurs et papes à la fois, ils se contentaient d'être rois.

344. Stefan Zweig à Roger Martin du Gard[2]

[Londres] 12. XII. 1936

Mon cher ami, grande est l'envie de vous écrire et faibles les forces, car je suis justement en train de partir pour Paris et Vienne – et après, peut-être l'Italie ou la Côte d'Azur. Je vous

1. Zweig a écrit « beaucoup plus pire ».
2. Lettre manuscrite, sur papier à lettres bleu-gris, à l'en-tête londonien avec le numéro de téléphone. Le paragraphe ajouté après la signature commence à gauche dans la marge et se poursuit tout en haut de la première page. Fonds Roger Martin du Gard, NAF 28190 (120), BnF.

avais envoyé mon télégramme quand j'étais au second volume[1]. Maintenant j'ai tout lu et mon admiration s'est plutôt augmentée. J'aime beaucoup et franchement et profondément votre livre, il est un témoignage moral tout en restant œuvre artistique, il est un document historique et en même temps une grande peinture en fresco. Peut-être il gardera dans votre œuvre une position isolée : c'est pour la première fois que vous avez écrit le roman d'une collectivité, le roman d'une époque (ou d'un mois[2]) au lieu du roman intime. Vous êtes sorti de votre cercle familier, mais vous vous êtes surpassé. Je ne crois pas que vous répéterez cet experiment – je crois, une fois seulement dans la vie d'un artiste, une telle transgression de la forme naturelle réussit et vous ne trouverez jamais un événement collectif de cette intensité – ou plutôt, mon ami, l'intensité de l'événement était à nous, à nos vieux ans !! Ce qui se passe aujourd'hui et – hélas ! – se passera demain est beaucoup plus terrible encore, mais (soyons sincères) nous, avec 50 ou 55 ans[3], sommes déjà trop sages, trop fatigués pour enflammer nos cœurs, comme en 1914. J'ai écrit d'ailleurs sur cela, prenant votre livre comme point de départ (1914 et aujourd'hui) – dès qu'il paraîtra en des langues diverses, je vous enverrai l'article[4] (vous verrez que mon admiration pour votre livre était si spontanée que j'avais le besoin impérieux d'en parler et j'en ai parlé aussi personnellement à tout le monde. Je suppose que vous avez un éditeur Américain, sinon je le ferai en deux minutes, de même en Autriche, si Szolnay, qui est un lâche, n'osait pas.

Mon ami, vous me demandez une critique[5]. Je n'ai trouvé rien (peut-être un peu trop long la mort de Jacques, et de tout le

1. Le second volume de *L'Été 1914* qui en compte trois ; voir le télégramme, daté du 30 novembre précédent, cf. lettre 340.

2. C'est le mois de juillet 1914 (chapitres 1 à 63), et puis, en août pour les chapitres 64 à 85.

3. S. Zweig et R. Martin du Gard, tous deux nés en 1881, ont 55 ans.

4. En France, ce sera le 20 décembre dans *Le Populaire* : « S. Zweig, "1914 et aujourd'hui, À l'occasion de la parution du roman *Été 1914* de Martin du Gard" ».

5. Voir la réponse de Martin du Gard au télégramme de Zweig, lettre 341, note 3.

livre on pourrait couper 30-40 pages, c'est tout.) Difficile sera la « Conclusion[1] », car je crains, le roman a une telle hauteur avec la mort de Jacques que tout ce qui vient ne peut que l'atténuer. Mais vous saurez faire, mon ami. Je suis si fier de vous[2]. Vous connaissez ce sentiment de bonheur quand un homme qu'on aime beaucoup, a bien fait sa tâche. Vous avez surpassé toutes nos espérances. Et elles étaient de bonne taille déjà !!

Je suis (peut-être vous serez par hasard à Paris) à l'Hôtel Louvois le 16 et le 17 décembre ! Amitiés de votre

SZ

[3]J'ai écrit à Thomas Mann combien j'admire votre livre et il m'a promis de se le procurer et de le lire bientôt. Je suis content aussi du livre de Gide : enfin une parole d'un ami des U.S.S. contre ce nouveau papisme ! Je voudrais bien que Rolland aussi ne tiendrait pas si stricte discipline et se permettrait au moins un mot libre parfois. Hier j'ai vu Duhamel ici[4], nous avons parlé longuement de vous et je verrai Romains à Paris !

1. Ce sera l'*Épilogue* (en seize chapitres) des *Thibault*.
2. Phrase doublement soulignée.
3. La suite est ajoutée tout en haut de la première page.
4. Dans le post-scriptum d'une lettre adressée à RMG, le 25 décembre 1936, Duhamel écrit : « J'ai vu, à Londres, Zweig. Il était dans l'enthousiasme après la lecture de *L'Été 1914* » (*Témoins d'un temps troublé. Roger Martin du Gard-Georges Duhamel, Correspondance 1919-1958*, éd. Arlette Lafay, Minard, Paris, 1984, p. 295).

345. Stefan Zweig à Pauline de Pange[1]

[Londres] le 12 décembre 1936

Madame la Comtesse,

Malheureusement, je ne suis plus libre pour déjeuner avec vous[2], mais je me réjouis déjà beaucoup de vous revoir dans peu de temps – (4,30 jeudi)[3].

Agréez, Madame la Comtesse, l'expression de mes sentiments les plus respectueux.

Stefan Zweig

346. Stefan Zweig à Roger Martin du Gard[4]

[Paris] le 17. Déc. 1936

Mon très cher ami, j'ai vu en deux jours[5] un tas de vos confrères, Valéry (qui aimerait beaucoup de vous connaître) Romains,

1. Message dactylographié, sur une carte « Bristol » à l'en-tête londonien. Fonds De Pange, MS.7.136 / 132. f. 269, Bibliothèque nationale et universitaire, Strasbourg.

2. Un déjeuner à Londres ou à Paris ? En tout cas, Zweig a récemment reçu l'ouvrage *Monsieur de Staël*, volume signé Comtesse Jean de Pange (Éditions des Portiques, collection « Leur ménage »), ainsi dédicacé : « À Mr Stefan Zweig/ Avec l'espoir qu'il voudra bien faire une préface pour une traduction allemande de ce livre dont il connaît si bien l'époque / Broglie Pange / oct. 1936. »

3. Heure et jour ajoutés à l'encre violette. Ce jeudi est bien le 17 décembre suivant, et Zweig sera à Paris. À l'occasion d'une réunion de la Société staëlienne chez sa fondatrice, la comtesse Jean de Pange, celle-ci offre un thé en l'honneur de Stefan Zweig ; l'assistance est nombreuse et choisie, voir la notice parue dans *Le Figaro* (21 décembre 1936, p. 2, n° 356) et reproduite, avec la liste des convives, dans *Delphis 2019*, pp. 202-203.

4. Lettre manuscrite à l'encre violette, sur papier à l'en-tête « Aux Trois Mousquetaires, Café-Restaurant, 88 rue de Richelieu, Paris ». Fonds Roger Martin du Gard, BnF, NAF 28190 (120), f. 287.

5. Voir les lettres précédentes depuis la n° 341.

Duhamel ect. ect., mais vous, mon cher Roger Martin du Gard avez été loin[1]. Maintenant je dîne avec mon vieux copain Frans Masereel, qui a fait les illustrations pour vos « Thibaults » en Russie et attend déjà impatiemment les derniers volumes. De tout cœur votre

Stefan Zweig

Les « ТҊБО »
Thibault

viennent de paraître à Leningrad, en édition populaire. Je dois illustrer vos trois derniers volumes. J'espère que la N.R.F. me les fera parvenir. Votre œuvre est très connue là-bas en URSS.

Cordialement vôtre[2] Frans Masereel[3]

347. Stefan Zweig à Jules Romains[4]

[Paris, le 18. XII. 1936][5]

MEILLEURES FÉLICITATIONS DE TOUT CŒUR – STEFAN ZWEIG

---

1. RMG a quitté Nice pour Rome où (comme il l'écrit à Jules et Lise Romains, le 19 décembre 1936), « nous sommes venus passer cinq jours en "train de plaisir" (une occasion inespérée) » ; cf. Roger Martin du Gard, *Correspondance générale*, *VI*, p. 626.

2. Masereel a inscrit à gauche, dans la marge : « Frans Masereel, 7 rue Antoine Chantin, Paris XIV ».

3. Ici, RMG a ajouté les mots : « Répondu / noté adresse de Masereel. » Et voici sa réponse à Zweig, le 19 décembre 1936 : « De Rome ! où me parvient votre bonne lettre, cher ami ! Je voudrais vous remercier mieux de tout le plaisir qu'elle m'apporte. Je vous récrirai dès mon retour à Nice. / Bien affectueuse accolade ! / R. M. G. », *ibid.*, p. 626.

4. Télégramme adressé à « Jules Romains, Hôtel Pierre 1 de Serbie Paris ». Le cachet postal porte « Paris 75, rue La Pérouse. 7[10] 18-XII-1936 ». Fonds Jules Romains, BnF, NAF 28403 (177), f. 27.

5. C'est le jour du mariage de Jules Romains avec Lise Dreyfus. Zweig quitte Paris « le 18 matin » (cf. lettre 341) vers l'Autriche.

1937

348. Stefan Zweig à Georges Duhamel[1]

[Londres] le 27 février 1937

Mon cher ami,

Enfin le roman[2] ! Je l'ai attendu depuis des mois et il a tenu ce que je me suis promis. Admirable Justin, admirable Sénac[3], et je n'ai pas nommé tous les détails qui m'ont enchanté. Mais maintenant, mon cher ami, est-ce que vous avez aperçu vous-même que vous n'avez presque rien à faire pour transformer votre roman en une délicieuse comédie ? Elle est tout à fait faite – elle serait amusante, avec un fonds très sérieux et presque tragique. Elle serait en plus un document d'une forme d'idéalisme que notre génération a vécue. Si vous ne le faites pas, ce sera une

---

1. Lettre dactylographiée sur papier bleu pâle, à l'en-tête londonien, avec signature à l'encre violette.

2. *Le Désert de Bièvres*, cinquième volume de la *Chronique des Pasquier* (Mercure de France), que l'auteur envoie avec la dédicace « À Stefan Zweig / d'un cœur amical / GDuhamel / février 1937 », est une transposition romanesque de l'histoire de l'Abbaye de Créteil (voir lettre n° 8, note 4). – L'année suivante, Duhamel enverra le sixième volume *Cécile parmi nous* » en le dédicaçant « À Stefan Zweig / en souvenir de la tragédie de septembre et en affectueux message / GDuhamel / octobre 1938 ». Suivra *Le Combat contre les ombres*, dédicacé « À Stefan Zweig/ du fond des jours amers, en souvenir affectueux et fidèle / GDuhamel / novembre 1939 ».

3. Inadvertance de Zweig, qui nomme « Sénace » le personnage.

grande tentation pour les autres de s'accaparer[1] ce sujet en le grossissant. Je ne crois pas avoir tort si je vous dis que vous pouvez doubler, centupler le succès sûr de votre livre par une paraphrase dramatique.

J'ai passé maintenant six semaines en Italie[2]. Jours de soleil et de travail, mais tout de même la brume de Londres ne pèse plus autant que je ne craignais, car avec cet air gris on respire tout de même la liberté.

Mille amitiés à votre femme, à vos fils et à vous,

votre tout dévoué

Stefan Zweig[3]

349. Stefan Zweig à Roger Martin du Gard[4]

[Londres] le 12 avril 1937

Mon cher Ami,

Comme ce serait beau d'être à Rome ensemble[5] ! Et avant tout : j'y ai un très cher ami, Enrico Rocca[6], le meilleur essayiste

---

1. Zweig a écrit ici : « Il sera une grande tentation pour les autres qui s'accaparaient de ce sujet. »

2. Séjour à Naples, où Zweig a terminé la deuxième version de son ouvrage *Magellan*, puis a passé quelques jours à Rome, Milan et Zurich. *Zweig 2023*, pp. 197-198.

3. Aucune lettre ultérieure échangée entre Zweig et Duhamel n'a, semble-t-il, été conservée. Cependant Duhamel se rend parfois à Londres soit en qualité d'écrivain ou aussi, à partir de juin 1937, en qualité de président d'honneur de l'Alliance française, et il y rencontrera encore Zweig à plusieurs reprises.

4. Lettre dactylographiée, à l'en-tête londonien. Fonds Roger Martin du Gard, BnF, NAF 28190 (120), f. 288.

5. Zweig répond ici à RMG qui, le 8 avril, l'a interrogé, depuis Rome, sur les possibilités de publier *L'Été 1914* « en langue allemande ».

6. Enrico Rocca (1895-1944) est aussi un confrère de Lavinia Mazzucchetti (1889-1965), la chère traductrice de Zweig pour l'italien, qui les a récemment revus tous deux, avec Lotte, à Rome, début 1937, cf. *Zweig 2023*, pp. 197-198.

d'Italie, qui se réjouirait sûrement beaucoup de faire votre connaissance. Je lui ai déjà écrit, mais peut-être vous lui écrivez encore un mot à son adresse Casa Giornaliste, Viale Medaglie d'Oro 157, Roma. Probablement aussi Mario Puccini[1] essaiera de vous voir.

Quant à votre roman, j'ai immédiatement écrit à mon éditeur anglais[2], et j'espère bientôt savoir comment c'est en Amérique[3]. En même temps j'ai écrit à mon éditeur à Vienne[4]. Soyez tranquille, quelque chose s'arrangera.

Mon ami, c'est infâme de ma part de vous écrire seulement ces faits sans un mot personnel. Mais je termine justement en ces jours mon nouveau livre[5] et je me suis juré de ne plus écrire des lettres avant. Vous êtes la seule exception.

Amicalement votre

Stefan Zweig

350. Stefan Zweig à Roger Martin du Gard[6]

[Londres, après le 12 avril 1937]

Mon cher ami, un mot seulement pour vous montrer que je ne vous ai pas oublié.

1. Nom souligné à l'encre violette ; Mario Puccini (1887-1957), romancier italien, traducteur de l'espagnol.
2. C'est Cassell, à Londres, et depuis fort longtemps.
3. Voir la lettre suivante, et la fin de la lettre 354.
4. Herbert Reichner, voir lettre 313.
5. *Magellan. Der Mann und seine Tat* paraîtra en 1938, ce sera le dernier livre édité chez Reichner. La traduction française par Alzir Hella, est publiée par Grasset en 1938.
6. Lettre manuscrite à l'encre violette, avec l'en-tête londonien. Fonds Roger Martin du Gard, BnF, NAF 28190, f. 295.

Mon éditeur Huebsch[1] de la Viking Press à Newyork[2], a fait tous les efforts pour débrouiller la question des droits assez compliqués. Je crois, il a réussi ; et il ira après-demain pour voir votre agent. Espérons que tout s'arrange.
Mon ami, je suis écœuré. Je souffre de vivre dans cette époque de folie – folie de tous les côtés, folie funeste pour nous tous. Je me suis sauvé dans le travail et j'ai commencé un petit roman[3].

Amitiés très fidèles de votre

Stefan Zweig

351. Stefan Zweig à Guy de Pourtalès[4]

[Londres] 12 juillet 1937

Mon cher ami,

J'ai terriblement tardé à vous remercier pour votre livre[5], mais j'ai beaucoup circulé, et je voulais d'abord lire votre roman avec le temps et l'attention précise que demande un ouvrage comme le vôtre. En revanche, je puis à présent vous dire ma gratitude pour un vif plaisir artistique, et même davantage : car c'est notre génération, et jusqu'à un certain point notre expérience commune que vous décrivez. Cette atmosphère, nous l'avons respirée, ces conflits, nous les avons vécus, et chacun à sa manière dans l'esprit de cette génération. C'est pourquoi un

---

1. Benjamin W. dit Ben Huebsch (1876-1964), fils d'un rabbin hongrois émigré en 1866 ; éditeur de D. H. Lawrence et de Joyce depuis 1900, il fonde en 1925 sa maison, Viking Press ; pacifiste et mélomane (violoniste), il se lia d'amitié avec Zweig, qui le désigne comme « mon vieil ami et éditeur Huebsch » (lettre 414).

2. Orthographe fréquente sous la plume de Zweig.

3. Ce sera le seul et assez long roman achevé par Zweig : *Ungeduld des Herzens* [« Impatience du cœur »].

4. Lettre dactylographiée, en allemand, avec l'en-tête londonien. Fonds Guy de Pourtalès, f. 3303-3304, UNIL.

5. *La Pêche miraculeuse*, Gallimard, 1937, grand prix du roman de l'Académie française (réédition Infolio, 2016).

livre comme le vôtre a touché en moi toutes sortes de registres en même temps. Puis-je aussi vous dire que je le trouve remarquable sur le plan purement littéraire. Il est à la fois calme et dynamique, il a de la tenue, de la vie et de l'architecture, et comme je travaille moi-même en ce moment à un roman, j'y ai beaucoup appris. Grâce à ce sentiment de proximité, je comprends aussi quel bienfait ce dut être pour vous d'échapper au biographisme, qui consiste malgré tout à reproduire ; et j'ai le sentiment qu'après ce succès étonnant, Pourtalès le conteur va conquérir encore une fois les amis que son œuvre antérieure lui a déjà valus.

J'espère vivement vous voir à Paris en septembre. Bien des choses d'ici là et très cordialement, votre

Stefan Zweig

352. Stefan Zweig à Jules Romains[1]

[Londres, 15 juillet 1937]

Mon cher ami, je savais que vous avez beaucoup à faire avec le Pen Congress[2] ; c'est pour cela que je ne vous dis que aujourd'hui toute ma gratitude pour le merveilleux poème de « L'Homme blanc[3] » (qui, hélas, paraît devenu fou et prépare son suicide). Comme il était nécessaire, un livre comme le vôtre, qui relève les cœurs, qui donne un peu de confiance !

1. Carte manuscrite rectangulaire, à l'en-tête londonien, avec enveloppe adressée à « Monsieur Jules Romains, Paris (France), 134 Faubourg St Honoré ». Fonds Jules Romains, BnF, NAF 28403 (177), f. 28.

2. Le Congrès du Pen-Club international, dont Romains a été élu président à Buenos Aires en 1936, se tient à Paris du 21 au 27 juin 1937, car les congrès se tiennent tous cette année-là à Paris à l'occasion de l'Exposition internationale (mai à novembre 1937).

3. Jules Romains, *L'Homme blanc. Poème*, Flammarion, Paris, juin 1937, 140 p.

Je serai en Septembre à Paris[1] et je tiens beaucoup à vous voir. Votre fidèle
Stefan Zweig

Amitiés à Madame Romains

353. Stefan Zweig à André David[2]

Marienbad[3], le 3 août 1937.

Cher Monsieur,

Merci infiniment pour votre livre que je lirai immédiatement et pour votre aimable invitation de donner une conférence[4]. En principe j'accepte volontiers et je crois que mon français est suffisant, seulement il y faut quelques préparations et je devrai aussi réfléchir sur le choix du thème. Pour cette raison je vous prie de me permettre de vous écrire définitivement dans quelques semaines quand je serai de retour à Londres.

Croyez, cher Monsieur, à mes sentiments les plus distingués.
Stefan Zweig

1. Mais peu de temps : Zweig, arrivé le 22 septembre, reprend l'avion pour Londres, le 24.

2. Lettre dactylographiée, signature à l'encre violette. Fonds André David, dossier W-Z, cote 4-MS_FS_24_0814, Bibliothèque historique de la Ville de Paris.

3. Comme à l'été 1935, Zweig fait à Marienbad (aujourd'hui Mariánské Lázně, en République tchèque) depuis mi-juillet une cure d'amaigrissement tout en travaillant avec Lotte sur ses manuscrits, cf. *Zweig 2023*, pp. 220 et suiv.

4. André David avait fondé en 1931 « les conférences des ambassadeurs » et ses échanges avec Zweig aboutiront à la fameuse conférence du 26 avril 1940 au théâtre Marigny, à Paris, sur « La Vienne d'hier ».

354. Stefan Zweig à Roger Martin du Gard[1]

Marienbad (partant pour la Suisse) 13 août 1937
Adresse toujours 49, Hallam Street, Londres

Mon cher ami, je vous remercie de tout cœur pour votre bonne lettre et l'invitation à Pontigny[2] mais, hélas, je ne peux pas venir. D'abord je travaille et puis : j'ai peur de toute conversation, excepté avec des amis intimes. Cette année était pleine de conflits intimes, je suis passé par les péripéties tragiques qui sont peut-être celles de mon âge. J'ai changé ma vie entière – j'ai laissé tout, mes livres, mes autographes et maintes autres choses, pour reconquérir ma liberté. Mon dégoût pour la politique est énorme – nous sommes entrés dans une phase catastrophique et je veux comme Archimède rester fixé sur mon travail, sans regarder que les barbares entrent déjà dans la ville. J'ai laissé les choses biographiques pour faire un petit roman qui s'appellera « Meurtre par compassion[3] » – un motiv[4] très compliqué qui veut montrer comme l'exagération de la compassion produit plus de mal que l'indifférence brutale. Ce n'est pas encore le grand roman que je voudrais écrire un jour (si les dictateurs nous permettront gracieusement d'écrire encore). Je me « fais la main » seulement à ce sujet et je suis heureux d'être loin[5], avec cette œuvre, de notre époque.

---

1. Lettre manuscrite à l'encre violette. Fonds Roger Martin du Gard, BnF, NAF 28190 (120), f. 289.

2. Longue, chaleureuse et très insistante lettre du 3 août 1937 de RMG, pour convaincre Zweig de venir à « la décade » du 20 au 30 septembre sur le thème « Du rôle de l'art et des intellectuels dans les périodes troublées » (*Fredonia*).

3. Après ce premier titre [« Mord durch Mitleid »] Zweig en envisagera plusieurs autres, avant de choisir *Ungeduld des Herzens* [« Impatience du cœur »] ; la première traduction française, par Alzir Hella, sera *La Pitié dangereuse* et en anglais *Beware of pity* [« Gare à la pitié »].

4. Comprendre : « un sujet ».

5. L'expression « loin de notre époque » laisse penser qu'à la date de cette lettre, Zweig n'a pas encore conçu le riche récit-cadre qui ouvre le roman

Mais je passerai peut-être en septembre par Paris, heureux de pouvoir vous serrer la main. J'évite souvent Paris, parsque la politique a divisé mes amis et qu'ils ne veulent pas comprendre que nous, qui avons vu tous les enfers, ne craignons pas comme eux ces petits feux ; quelque chose en nous est devenu raide et dur, nous regardons les événements avec le regard diagnostique d'un médecin dans une maison des aliénés. Nous sommes, mon ami, à peu près dans le même âge, nous savons que nous aurons peu des années de production vraiment productives devant nous. Ce que nous avons à dire, il faut le dire, l'exprimer maintenant, nous n'avons plus le beau droit du gaspillage ; si nous voulons prouver ce que nous sommes, il faut le faire dans ces quelques années.

Je suis heureux, que le Viking Press soit déjà en relation avec votre éditeur[1]. Vous verrez, que le succès en pays Anglais surpassera encore celui en France. Une poignée de mains très chaleureuse de votre

Stefan Zweig

---

et le referme. Il avait été écarté par Hella, et nous l'avons traduit pour la première fois en 1991 dans La Pochothèque, cf. *Zweig 1995*, pp. 843-849 et pp. 1147-1150.

1. RMG termine en effet sa lettre du 3 août 1937 : « Grâce à vous, la N.R.F. est en pourparlers avec le directeur de la Viking. Rien n'est décidé encore. Mais, merci quand même ! » (*Fredonia*).

355. Stefan Zweig à Vercors[1]

[Paris, 23 septembre 1937]

Cher monsieur Bruller, vous ne devinez pas quelle joie vous m'avez procurée en m'envoyant vos livres en dessins[2]. J'avais admiré à Nice l'année passée, ensemble avec Roger Martin du Gard vos passionnants dessins chez Jules Romains et j'avais de ce moment le plus vif désir de vous dire, combien je les aime. Après mon vieux ami Masereel vous êtes depuis des années le premier, qui écrit l'histoire de notre époque en dessins, continuant ainsi la grande tradition de Daumier et avec quel talent, quelle psychologie, quelle verve vous composez vos dessins !! Je crains qu'on ne les connaisse pas encore assez en dehors de la France et peut-être il serait utile d'en faire une exposition soit à Londres soit en Suisse ou en Autriche – je suis sûr, le succès artistique serait immédiat (hélas, j'ai des doutes pour le succès moral, car toute notre bataille contre la guerre compte peu contre la fureur de la folie). Je regrette infiniment que je n'étais que pour deux jours cette fois à Paris, mais à mon prochain séjour je me permettrai de vous avertir : je voudrais tant connaître l'artiste lui-même et plus de son œuvre.

En vous remerciant de tout cœur pour votre précieux envoi, je reste votre tout dévoué

Stefan Zweig

1. Lettre manuscrite non datée, à l'encre bleu nuit, à l'en-tête de l'hôtel Louvois, Paris. Fonds Vercors, Bibliothèque Jacques Doucet, Paris, Ms 46 977. Elle peut dater du 23 septembre 1937, car un tampon sur le passeport de Zweig montre qu'il a pris l'avion (pour Londres) à l'aéroport du Bourget le 24 septembre : document reproduit dans *Zweig 2023*, p. 197.

2. Allusion probable à l'ouvrage de Bruller, *Visions intimes et rassurantes de la guerre*, Éditions Aux nourritures terrestres, Paris (achevé d'imprimer le 11 novembre 1936). Zweig possède à Londres un autre livre illustré par Bruller, *Baba Diène et Morceau-de-Sucre*, de Claude Aveline, évoqué en décembre 1939, voir *Zweig 2023*, pp. 311-312.

356. Stefan Zweig à Marie-Anne Comnène[1]

[Londres] le 22 octobre 1937

Chère Madame,
J'ai été en voyage pendant quelques mois et en retournant à Londres je trouve votre charmant livre[2] que j'ai lu avec beaucoup de plaisir et d'intérêt. Je vous remercie de me l'avoir envoyé et reste, avec l'expression de mes sentiments les plus distingués,

Votre tout dévoué

Stefan Zweig

357. Stefan Zweig à Jules Romains[3]

[Londres, 3 novembre 1937]

Mes chers amis, heureux de vous savoir ici. Si cela vous convient, nous pourrons déjeuner jeudi ensemble vers 1 heure ou vendredi ou ~~samedi à midi~~ Dimanche soir. Je téléphone demain matin, [pour savoir] ce qui vous convient le plus. Mille bonnes choses de votre fidèle

Stefan Zweig

Je trouve dans l'annuaire une autre adresse, mais je crois, c'est le même « Institut français ».

---

1. Lettre dactylographiée, papier à en-tête londonien ; signature à l'encre violette. Fonds Crémieux, MS-FS-02-1779, Bibliothèque de la Ville de Paris.
2. M.-A. Comnène, *L'Homme aux yeux gris* [Nouvelles], Paris, Gallimard, 1937.
3. Carte manuscrite à l'encre violette, à l'en-tête londonien complété à la main par le numéro de téléphone LANGHAM 3693 doublement souligné ; enveloppe avec cachet postal « 3 NOV 37 », adressée à « Monsieur et Madame Jules Romains, Institut français, S. W. 7, 33 Cromwell Road ». Fonds Jules Romains, BnF, NAF 28403 (177), f. 29.

358. Stefan Zweig à René Arcos[1]

[Londres] 10 décembre 1937

Mon vieux, je réponds immédiatement[2]. Hélas je ne peux pas faire beaucoup. Je ne fréquente pas ni ici, ni ailleurs les gens riches et tu ne m'as jamais vu dans la soi-disant « bonne société ». Et pour l'édition Allemande – tu ne devines pas, mon vieux, comme nous sommes presque anéantis dans la langue Allemande, nous, auxquels on défend la vente de nos livres en Allemagne. Rolland est sur « l'index » Nazi, il ne reste donc que l'Autriche et la Suisse Allemande, ce qui n'est pas assez pour faire des éditions de luxe. Ils ont bien travaillé, les Nazis, pour nous étouffer. Je ne crois pas que Reichner ou un autre éditeur Autrichien osera de publier le livre de R., qui a aussi le stigma d'être bolchevik, ce qui est pire chez nous que assassin et violenteur des petites filles. Hélas, hélas – telle est la situation actuelle de nos lettres et si je n'avais pas mes éditions étrangères, je n'existerais plus après 35 ans de travail assez honnête.

Je veux tout de même essayer de mon mieux et tâcher de dresser une liste de quelques personnes. Autre question – je connais ici un amateur qui collectionne des épreuves corrigées – peux-tu me dresser une liste, ce que tu demanderais pour les épreuves corrigées du Beethoven (si possible tous les états) ? Je suis sûr, il achèterait aussi après, un exemplaire de luxe. Et as-tu encore des autres épreuves à disposition – Duhamel ect ?

Je sais bien, quel formidable travail tu accomplis avec ce livre[3] et je suis sûr qu'il sera un des chefs-d'œuvres de notre cher

---

1. Lettre manuscrite à l'encre violette, sur le papier à l'en-tête londonien ; les derniers mots, à partir de « trahir nos idées », sont écrits sur une ligne, dans la marge de gauche. ÖNB, Stefan Zweig Autogr. 1311/22-11.

2. La lettre d'Arcos ne semble pas avoir été conservée.

3. Romain Rolland, *Beethoven*, *Les Grandes Époques créatrices*, publié d'abord par les Éditions du Sablier à partir de 1928 ; Albin Michel, Paris, 1980.

Rolland. Je tâcherai tout mon possible pour vous être utile et non seulement par amitié, mais aussi par conviction.
De moi un mot rapide. Je vis une vie tout à fait retirée, et comme toi je n'ai ni décorations, ni honneurs, je ne fréquente pas les congrès, je ne fais partie d'aucun parti, d'aucune société, d'aucun jury, je refuse tout pour garder mon indépendance. Conséquence – on est très seul, mais intérieurement très libre. Je n'ai pas à me plaindre de la circulation de mes livres dans le monde entier, elle surpasse de loin ce que j'aurais osé espérer dans les rêves les plus hardis, mais c'est tout de même dur, d'être banni dans la patrie réelle, dans sa propre langue, d'être écrivain par traductions.
Je viendrai sûrement à Paris bientôt pour quelques jours, c'est la seule grande ville libre, sauf Londres, qui est un désert de neuf millions où je vis dans ma cellule. J'ai grande envie de te voir, car des amis on a perdu une bonne moitié par la mort ou par la trahison, et quant à moi je préfère de mourir que de[1] trahir nos idées.

De tout cœur ton vieux

Stefan

---

1. Les derniers mots sont écrits dans la marge de gauche.

359. Stefan Zweig à Alfred Cortot[1]

26. XII. 1937

Mon cher ami[2] et chère Madame[3], laissez-vous envoyer les meilleurs vœux pour l'année nouvelle ; je suis tellement heureux de savoir que vous vous reposez maintenant après les semaines et les mois de travail. Je ne sais pas encore exactement quand je viendrai à Paris, mais certainement cela sera encore au printemps. J'ai eu la chance extraordinaire de pouvoir mettre la main pendant un petit séjour à Vienne[4] sur tout un lot de manuscrits musicaux et littéraires de Richard Wagner[5] de sa première époque (Leipzic, Magdebourg, Riga et Paris). Il contient des choses qui vous intéresseront spécialement[6], par exemple la traduction complète (60 pages) de la version française (inédite, je crois du texte du « Liebesverbot ») entièrement de la main de Wagner, puis le manuscrit d'une chanson de vaudeville « Descendons

1. Lettre manuscrite, à l'encre violette sur papier avec l'en-tête londonien, fac-similé consultable sur Edition-Originale.com (lettres autographes et manuscrits).

2. Zweig a dû alors rencontrer Alfred Cortot venu donner un concert à Londres, et le grand pianiste, qui est aussi collectionneur, le remercie ensuite pour son « opuscule sur la portée et l'intérêt des autographes » – sans doute un tiré à part de : *Sinn und Schönheit der Autographen* [« Le sens et la beauté des manuscrits autographes »] cf. *Matuschek 2005*, pp. 136-140 ; il ajoute : « Les jours où l'on rencontre un Zweig sont à marquer d'une pierre blanche » (lettre à Zweig du 13 octobre 1937, *Fredonia*) ; Zweig lui adressera *Le Chandelier enterré*, tout juste paru chez Grasset, en signant « son admirateur depuis tant d'années, Stefan Zweig 1937 ».

3. Renée Chaine (1903-1965), compagne depuis 1931 d'Alfred Cortot, qui l'épousera en 1946, après la mort de sa première femme Clotilde Bréal (1870-1946), la première épouse de Romain Rolland.

4. Ces cinq jours très remplis, passés à Vienne (26 novembre au 2 décembre 1937) seront l'ultime visite de Zweig en Autriche, cf. *Zweig 2023*, p. 245. Bonheur d'expression remarquable : « mettre la main sur ».

5. Richard Wagner : le nom est souligné de deux traits.

6. Voir la lettre 272, de février 1932, à Guy de Pourtalès, aussi à propos de manuscrits autographes de Wagner, et du rôle de « Bayreuth ».

la Courtille » (qu'il faisait dans sa misère la plus noire), des « Lieder » français, composés par lui (« Les adieux de Maria Stuart » par Béranger, deux Lieder, je crois inédits, de Victor Hugo) puis l'esquisse de la Ballade de Senta en Français. En outre la « Polonia Ouverture » (version pour piano) des esquisses de l'Ouverture pour le roi Enzio ; ouverture d'esquisses pour le « Liebesverbot », parties de sa première symphonie et la « Neujahrscantate », le libretto allemand presque entier du « Liebesverbot », des lettres à Meyerbeer, à Pillet ect, ect* – presque trente pièces du plus haut intérêt et justement de l'époque la plus rare. Tout cela était caché pendant 50 ans dans une collection privée et j'avais la chance de pouvoir acquérir le lot entier, un jour avant que Bayreuth n'envoie une personne de confiance[1]. Vous ne doutez pas, j'espère, du plaisir que j'aurai de pouvoir vous montrer bientôt ces manuscrits !

Et votre conférence ou votre essay pour mon éditeur[2] ? Il m'a déjà écrit, qu'il serait heureux de pouvoir faire une édition.

Mille amitiés à vous deux de votre

Stefan Zweig

* Une partie du libretto de son premier opéra « Die Feen », la musique pour une tragédie inconnue, un « entreacte » inconnu ect. ect.

1. Reprenant ce qu'il a écrit plus haut : « J'ai eu la chance de pouvoir mettre la main [...] sur tout un lot... », Zweig souligne qu'il a marqué un point sur les nazis. Ceci à Londres. Mais Zweig semble avec malice compter sur le grand virtuose Cortot, pour le faire savoir en Allemagne où il se produit souvent.

2. Zweig suggère en effet l'idée à son éditeur viennois Herbert Reichner (lettre du 6 novembre 1937), mais cela n'eut (semble-t-il) pas de suite.

1938

360. Stefan Zweig à Roger Martin du Gard[1]

[Monte Estoril] 3. 2. 1938

Mon cher ami, votre mot amical[2] me trouve à une des places les plus belles pour un travailleur intellectuel – solitude, soleil, anonymité, un pays à la fois sauvage et aimable. Maintenant une chose importante (pour moi) ; je pars d'ici le 7 février, serai le 10 février quelques jours à Marseille. Puis je vais à Paris – mais je viendrais aussi à Nice pour vous revoir. En tout cas je ne veux pas que je sois tout près de vous et vous manquer.

Donc, mon ami, si ennuyé par la correspondance que vous êtes, donnez-moi (si possible jusqu'au 10-12 février) un mot sur vos séjours en Février, à l'adresse suivante :

À retenir pour Mr Stefan Zweig
chez Ruys § Co
Agents du Rotterdamsche Lloyd
9-11 Boulevard Dugommier
Marseille

1. Lettre manuscrite à l'encre violette, sur papier à lettres à l'en-tête de l'« Hotel Atlantico Estoril, Monte Estoril, Portugal ». Fonds Roger Martin du Gard, BnF, NAF 28190 (120), f. 290.

2. Lettre non conservée, comme les autres signes de vie échangés entre les deux écrivains depuis l'annonce du prix Nobel de littérature de RMG, absorbé par « l'aventure de Stockholm » en décembre-janvier 1937 et submergé par l'avalanche des lettres, cf. plus loin « si ennuyé par la correspondance que vous êtes ».

(si c'est trop tard que cette lettre vous trouve, par télégramme). J'espère donc vous revoir bientôt[1], mille amitiés à votre chère femme ! Votre fidèle

Stefan Zweig

361. Stefan Zweig à Charles Vildrac[2]

[Marseille, 10 février 1938]

Mon cher ami, arrivant à Marseille je lis dans les journaux de votre nouvelle pièce, qui se prépare[3]. Comme je serai justement ce jour à Paris et comme j'aimerais beaucoup d'assister à votre triomphe il serait très gentil à vous de faire envoyer une ou deux places pour la répétition générale à moi Hôtel Louvois, Paris, Place Louvois.

Votre vieux et fidèle

Stefan Zweig

---

1. On sait par la réponse de RMG (le 8 février 1938) qu'ils se reverront, mais ce sera à Paris, le 17 février, où ils se retrouvent à 11 heures à l'hôtel Louvois (cf. Roger Martin du Gard, *Correspondance générale*, *VII*, pp. 243 et 246).

2. Lettre non datée, manuscrite à l'encre violette, sur papier à l'en-tête « Hôtel Beauvau, situation unique sur la Canebière et le Vieux-Port ». Dans diverses lettres, Stefan Zweig signale à ses correspondants qu'il arrivera à Marseille le 10 février. Il séjournera ensuite à partir du 15 février à Paris, qu'il quittera le 22 (ou 23) février. Fonds Charles Vildrac, Imec, 675/VLD/23/5 (1922-1963).

3. Il s'agit de *L'Air du temps*, comédie en trois actes, créée le 23 février 1938 au théâtre du Vieux-Colombier ; voir *infra*, la lettre 364.

362. Stefan Zweig à Jules Romains[1]

Paris, 16 [février] 1938

Chers amis, arrivant à Paris je vois que vous avez un numéro de téléphone secret – donc ayez la bonté de me téléphoner (le matin) ou d'écrire s'il y a possibilité de vous voir. Je suis libre – pour vous toujours – sauf demain, vendredi, et samedi pour le déjeuner, à toute heure que vous me direz.

Fidèlement à vous deux

Hôtel Louvois Stefan Zweig

363. Stefan Zweig à Roger Martin du Gard[2]

[Paris, 19. II. 1938]

Mon cher ami, je vous remercie de tout cœur pour vos bonnes paroles, mais je savais bien que des petits malheurs comme cela[3] nous arrivent tous les trois mois. On a beau faire, pour éviter les gaffes, mais il semble qu'elles ont un droit divin d'exister dans notre existence et peut-être elles sont même nécessaires pour

1. Pneumatique, avec cachet postal (où le mois est peu lisible) envoyé par l'hôtel Louvois, adressé à « Mr & Madame Jules Romains, Paris, 134, rue du Faubourg St-Honoré ». Fonds Jules Romains, BnF, NAF 28403 (177), f. 30.

2. Petite carte-lettre de l'hôtel Louvois , manuscrite à l'encre violette, non datée, cachet postal du [19]. II.38, adressée à : « Monsieur Roger Martin du Gard, Paris, Hôtel Lutétia, Boulevard Raspail ». Fonds Roger Martin du Gard, BnF, NAF 28190 (120), f. 291.

3. La lettre de RMG à Zweig le 18 février, lendemain de leur rencontre (*Correspondance générale*, *VII*, p. 246), montre qu'il s'agit des remarques désobligeantes qu'il a faites à Zweig, concernant la récente publication de « bonnes feuilles » du *Magellan* dans *Candide*, hebdomadaire d'extrême droite maurrassienne (1924-1944). Rappelons que Zweig laissait le champ libre à Alzir Hella pour organiser la promotion de ses œuvres en France.

la fonction régulière de la bile[1]. Mon ami, je vous souhaite bon travail, bon repos et j'ai marqué notre heure[2] comme avec un crayon de diamant entre les maintes autres d'ici, qui s'effacent. De tout cœur votre

Stefan Zweig

364. Stefan Zweig à Charles Vildrac[3]

[Paris, 22 février 1938]

Mon cher ami, je vous remercie de tout mon cœur de m'avoir donné occasion de voir votre pièce parmi les premiers[4]. C'est tout vous, cette pièce, pleine d'humanité, de bonne foi et vous pardonnez dans votre bonté même à ceux que les autres mettraient au pilori, parsque vous sentez avec les êtres jusqu'aux profondeurs obscures, où le bien et le mal se confondent mystérieusement. J'aimais le plus l'explication entre le père et le fils au troisième acte – elle était inattendue et vraie à la fois. J'espère que vous aurez tout le succès que vous méritez, justement parsque vous ne cherchez pas le succès. Et la prochaine fois, nous causerons, j'espère longuement ensemble. De tout cœur votre vieux

Stefan Zweig

1. Mot repris de Roger Martin du Gard : « Vous auriez tort de vous en faire de la bile » (*ibid.*, p. 247).

2. Comprendre « l'heure de cette rencontre » – d'autant plus que Zweig a invité aussi Frans Masereel, au grand plaisir de RMG, qui en remercie Zweig : « J'espère que ce sera le début d'une amitié. Je me sens très attiré vers cet homme droit, mesuré, humain » (*ibid.*, p. 247) ; voir aussi la lettre du 17 décembre 1936, n° 346.

3. Lettre manuscrite à l'encre violette, à l'en-tête de l'hôtel Louvois, non datée. La date proposée s'explique par le contexte. Fonds Charles Vildrac, Imec, 675/VLD/23/5 (1922-1963).

4. Lors de la répétition générale de la pièce de Vildrac, *L'Air du temps*, le 21 février 1938 (cf. lettre 361).

365. Stefan Zweig à Colette[1]

Paris, le 22 février 1938, en partant.

Madame, permettez-moi un mot qui vous paraîtra peut-être stupide. Mais j'ai à avouer mes défauts – je suis très timide, bêtement gêné en société. Et, justement vers ceux, que j'admire et j'aime le plus, je trouve la parole le plus difficilement en présence des autres[2]. Donc je ne vous ai dit un mot chez mes amis Cain[3], que je suis votre œuvre depuis des années avec une fidélité assez rare dans notre époque et que j'étais non une fois, mais dix fois, dans les derniers vingt ans, au point de vous écrire. Mais vous savez comme nous sommes, la correspondance continuelle nous prive d'écrire les lettres qu'on aimerait à écrire, mais j'avais bien besoin de soulager mon cœur, de vous dire que vous êtes pour moi la femme des lettres françaises, et si j'étais si malhabile de ne pas profiter de la bonne occasion, de vous expliquer pourquoi je suis tellement attaché à votre œuvre, je désire que vous sachiez au moins que toujours, quand une occasion se prêtera, je dirai ce que j'étais trop gêné à vous dire personnellement[4].
J'espère que vous permettrez à moi que la prochaine fois, quand je viendrai à Paris, de vous voir et excusez ma malheureuse timidité qui m'éloigne en société toujours de ceux que je cherche le plus. Votre sincère

Stefan Zweig

---

1. Lettre manuscrite à l'encre violette, à l'en-tête illustré de l'hôtel Louvois ; en ligne sur Gazette Drouot.
2. Zweig fait déjà le même « aveu » à Rolland, le 29 novembre 1917 (!), cf. *Rolland-Zweig 2014*, p. 353.
3. Leur appartement de fonction, à la Bibliothèque nationale. Le lendemain, Zweig, revenu à Londres, écrit à Romain Rolland : « J'étais 5 jours à Paris et j'ai vu les vieux amis – Arcos, Masereel, Jean-Richard Bloch, Roger Martin du Gard, Andrée Jouve, Romains, Duhamel, Desprès et aussi (chez mon ami Julien Cain qui fait des merveilles à la Bibliothèque nationale) Valéry, Colette et maints autres », cf. *Rolland-Zweig 2016*, le 23 février 1938, p. 538.
4. Nulle trace cependant d'un article de Zweig sur Colette.

366. Stefan Zweig à Guy de Pourtalès[1]

[Londres, 2 juin 1938]

Mon cher ami, un mot encore pour vous dire, combien j'étais heureux de vous voir ici. Et voilà l'adresse du Lord Carlow[2]

67, Westminster Gardens
Marsham Street
London S W

qui serait heureux d'avoir un livre en épreuves de vous.
Il les fait admirablement relier et vous enverra sans doute le livre [sorti] de sa propre printing press[3]

De tout cœur votre

Stefan Zweig

1. Carte rectangulaire, manuscrite à l'encre violette, avec le cachet postal « 7 PM/ 2 June 1938 », avec l'enveloppe adressée à « Guy de Pourtalès, Paris (France) 73, rue des Vignes ». Fonds Guy de Pourtalès, f. 3301-3302, UNIL.

2. George Lionel Seymour Dawson-Damer, Viscount Carlow (1907-1944), imprimeur et collectionneur, qui fonde en 1936 les Éditions Corvinus Press. En 1938, il publie une édition bilingue de grand luxe (80 pages, 32 exemplaires) de la « miniature historique » de Zweig, *Georges Frederick Handel's Resurrection / Auferstehung Georg Friedrich Handels* (traduction Cedar et Eden Paul).

3. En clair : Pourtalès n'a qu'à envoyer un jeu d'épreuves, à sa convenance, et il recevra un exemplaire réalisé par Corvinus Press, dans une édition remarquable.

367. Stefan Zweig à Roger Martin du Gard[1]

[Londres] 14 août 1938

Mon cher ami, il est longtemps que je n'ai pas entendu de vous et vous comprendrez que j'étais aussi un « taciturne[2] ». Les affaires d'Autriche[3] sont tombées lourdement sur mes épaules, de tous côtés on s'adresse à moi pour aider, pour recommander, la misère est multiple et en même temps toujours la même. Toutefois j'ai terminé un roman de 400-500 pages[4] qui n'était pas facile et qui, j'espère, ne montrera pas trop les traces du désespoir personnel. Mon ami, où sommes-nous ? Peut-être votre « Été 1914 » (qui paraîtra d'ailleurs bientôt en Amérique) aura une terrible actualité. J'avais grande envie d'accepter une invitation en Amérique du Sud pour échapper à cette folie Européenne, mais j'aurais été trop fatigué, puisque j'ai accepté de donner 25 conférences en Amérique du Nord en janvier[5] – chose que je déteste profondément mais qui devient nécessaire, puisqu'on cesse d'être auteur dans sa propre langue et [qu'on] se voit obligé de conquérir son public outre-mer. Et vous ? Votre épilogue[6] est-il terminé ? Et aura-t-on la chance de vous revoir ? J'ai peur de Paris, parsque toute la misère de Vienne s'y est réfugiée et je ne peux plus, non que je sois devenu dur, mais tout simplement parsque je souffre de voir des gens perdus

1. Lettre manuscrite à l'encre violette, avec l'en-tête londonien. Fonds Roger Martin du Gard, BnF, NAF 28190 (120), f. 292.

2. *Un taciturne*, drame en trois actes de Roger Martin du Gard, a été créé (par Louis Jouvet) le 28 octobre 1931 à la Comédie des Champs-Élysées ; Gallimard, mars 1932 ; nouvelle édition « retouchée par l'auteur » en 1948.

3. L'Autriche a été envahie par l'Allemagne nazie le 12 mars 1938, pour lui être annexée.

4. En français, *La Pitié dangereuse* (Grasset, novembre 1939), voir lettre 354.

5. Ces conférences (en alternance : « Les secrets de la création artistique » et « L'historiographie de demain ») seront faites, en anglais, entre le 9 janvier et le 27 février 1939, voir la liste des diverses villes parcourues par Zweig, accompagné de Lotte Altmann, in *Zweig 2023*, p. 262.

6. L'*Épilogue* sera la dernière partie des *Thibault* et ne paraîtra qu'en 1940.

sans cesse, de sentir trop l'impuissance d'aider. Mon ami, ne m'oubliez pas tout à fait[1], peut-être avant d'aller en Amérique je peux vous voir encore ! De tout cœur votre fidèle

Stefan Zweig

368. Stefan Zweig à Julien Cain[2]

[Londres] le 10 octobre 1938

Cher ami,

Je suis enchanté[3] d'apprendre que vous viendrez à Londres prochainement[4]. Naturellement je suis tout à fait à votre disposition et j'espère que nous serons beaucoup ensemble. Mais je vous prie de me faire savoir – si possible – à peu près huit ou dix jours en avant quand vous aurez une après-midi libre entre six et huit heures, puisque je voudrais inviter pour un cocktail quelques amis qui pourraient vous intéresser, écrivains, éditeurs etcetera[5] [X].

---

1. RMG répond par une longue lettre chaleureuse à Zweig, le 4 septembre 1938, où il évoque son passage par Salzbourg en février 1938, l'avancement de son « Épilogue » durant l'été et son admiration pour *Le Chandelier enterré* « au son magnifiquement tragique et éternel » (*Fredonia*). Mais aucune proche rencontre n'est envisagée.

2. Lettre dactylographiée, avec l'en-tête londonien et le numéro de téléphone ; l'ajout manuscrit [[X]], les quatre passages soulignés et la signature sont à l'encre violette. Fonds Julien et Lucienne Cain, BnF, NAF 28238.

3. Ici commence une séquence de quatre lettres (n° 368 à 371) qui témoignent du dynamisme de Zweig, dans la conscience qu'avec ces visites françaises (les Cain, puis les Romains) se constitue une sorte d'îlot de résistance – qui d'ailleurs se concrétisera en avril 1940 autour de la conférence de Marigny et l'allocution radiophonique intitulée « Le grand silence », cf. *Zweig 2020*, pp. 319-326.

4. Julien Cain venait sans doute à l'occasion de la 14e Conférence internationale de documentation qui se tenait à Oxford et à Londres.

5. Écrire « etcetera » en toutes lettres, c'est une plaisanterie de Zweig, lui qui d'ordinaire en allemand écrit « ect » pour « e ceteris » (latin : « parmi tous les autres »).

Encore une autre chose. Si je pouvais vous être utile ici dans quelque chose, ce ne serait qu'une grande joie pour moi et je vous prie de me le dire sans gêne. L'hôtel Scott n'existe plus et je vous recommanderais le Langham Hotel tout près de moi. Ici il faut absolument choisir un bon hôtel, les plus petits ont tous le chauffage avec du gaz et ils sont insupportables pour un continental[1]. Bien aussi « Brown Hotel » Dover Street, et très central.

Je ne peux pas vous exprimer ma joie de vous revoir bientôt et mon désir de vous être utile ici.

N'hésitez pas de disposer complètement de moi.

Avec mes meilleurs compliments à votre femme

Votre tout dévoué

Stefan Zweig

x Et ici à Londres il faut toujours informer huit jours d'avance (la semaine n'a pas plus que 4 jours ici ! on s'en va le vendredi et ne revient que lundi : heureux pays).

369. Stefan Zweig à Julien Cain[2]

[Londres] 18. Oct. 1938

Mon cher ami, je suis très très heureux de vous voir ici et je réserverai naturellement la chambre.

J'ai invité quelques gens, qui vous intéresseront peut-être pour un cocktail

Thursday, Jeudi le 27 oct
entre 6-8

1. Notamment parce qu'il fallait mettre régulièrement des pièces pour activer le chauffage.

2. Lettre manuscrite à l'encre violette, avec l'en-tête londonien ; enveloppe manuscrite, à « Monsieur Julien Cain / administrateur de la Bibliothèque Nationale / Paris / rue des Petits-Champs, Biblioth. Nationale ». Fonds BnF, NAF 28238.

J'ai un tout petit appartement et ils ne seront que une ou deux douzaines de gens. Il est un peu tard d'inviter une semaine d'avance à Londres, mais j'espère que je puis réunir quelques personnes qui peuvent vous être agréables (il y en a très peu ici).

Heureux de voir bientôt Madame Cain et vous,

votre fidèle

StefanZweig

Vous venez dans un moment où je n'ai pas beaucoup à faire et je peux me permettre – ayant fini mon gros livre[1] – le luxe, d'être avec mes amis[2] !

370. Stefan Zweig à Jules Romains[3]

[Londres] le 31 octobre 1938

Cher ami,

On me prévient que vous serez à Londres vers le 8 novembre[4] et je voudrais seulement vous dire que je me réjouis déjà beaucoup de vous voir tous les deux !

Amicalement votre

Stefan Zweig

---

1. Le roman *Ungeduld des Herzens*, qui sera *La Pitié dangereuse*.

2. Zweig en parle à Rolland, le 2 novembre 1938 : « Julien Cain était ici ces jours-ci [...] Je l'aime beaucoup. Il est d'une grande intelligence, très honnête, et on peut avoir pleine confiance en lui », cf. *Rolland-Zweig 2016*, pp. 555-556.

3. Carte dactylographiée, avec l'en-tête londonien ; les mots « tous les deux ! », ajoutés, sont à l'encre violette comme la signature. Fonds Jules Romains, NAF 28403 (177, 31), BnF.

4. Que la carte suivante soit envoyée à l'Institut français permet de penser que Jules Romains est venu y donner une conférence sur *Les Hommes de bonne volonté,* dont les tomes 15 et 16, *Prélude à Verdun* et *Verdun*, ont paru en 1938.

371. Stefan Zweig à Jules Romains[1]

[Londres, 7 novembre 1938]

Chers amis, je téléphonerai demain mardi entre $11^{3/4}$-12^{h}.
À tantôt. Votre

Stefan Zweig

372. Stefan Zweig à Marie Bonaparte[2]

[Londres] 21 novembre 1938

Madame la Princesse, laissez-vous remercier de tout mon cœur pour le charmant portrait de « Topsy[3] » – des êtres comme lui qui n'ont fait que d'enrichir la vie, méritent bien une statue dans l'acropole du cœur. Avec quelle tendresse avez-vous évoqué toute la sensibilité muette de cet être souffrant et je me souvenais comme j'ai dû moi-même assister (et même aider) la mort de mon bon chien Kaspar[4]. Quand le docteur voulait l'emmener pour l'empoisonner, il se méfiait. Il refusait d'aller avec

---

1. Carte de correspondance « Postcard », adressée à « M. Jules Romains, London, Institut français, 33 Cromwell Road ». Fonds Jules Romains, BnF, NAF 28403 (177), f. 32.

2. Lettre manuscrite écrite à l'encre violette, à l'en-tête londonien ; enveloppe (petit format) adressée à « Madame la Princesse Georges de Grèce, Paris, 6 rue Adolphe-Yvon » ; cachet postal 21 novembre 1938, au dos « Stefan Zweig » écrit à l'encre violette au-dessus de l'adresse londonienne imprimée. Fonds Marie Bonaparte, BNF NAF 28230, cote 28230 (72).

3. Marie Bonaparte, *Topsy, chow-chow au poil d'or*, Paris, Éditions Denoël et Steele, 1937. L'ouvrage paraîtra en allemand dans une traduction d'Anna et Sigmund Freud, à Amsterdam en 1939 (Éditions Allert de Lange), sous le titre *Topsy. Der goldhaarige Chow*, et en anglais à Londres en 1940 (Pushkin Press), traduit par (sa fille) Eugénie de Grèce : *Topsy : The Story of a Golden-Haired Chow*.

4. Le 18 juillet 1934 est indiqué comme date de cette euthanasie par Donald Prater (1918-2001) dans sa biographie *Stefan Zweig*, La Table ronde, Paris, 1988.

lui. Et il me regardait comme pour me dire : tu ne permettras certainement pas qu'on me fasse du mal. Mais, hélas, j'aidais à le trahir, et comme je lui conseillais d'obéir et de manger, il devenait rassuré – et il mangeait, ou buvait plutôt la coupe de Socrate. Votre livre me souvenait ce moment, où j'ai trahi la confiance, mais c'est vous, qui comprendrez mieux que tout autre, que c'était pour son bien[1].

J'ai revu hier Freud[2]. Le cher maître va mieux, et il supporte avec beaucoup de courage les petites douleurs, dues à l'opération. Chaque fois que je le vois, je me sens fortifié par son énergie intellectuelle et sa grande bonté.

Laissez-vous remercier encore une fois et de tout mon cœur pour ce délicieux livre – je me permettrai dans quelques mois d'envoyer mon dernier, qui sera traduit maintenant[3]. Je suppose que la traduction vous sera plus facile à lire que l'original (que je préfère naturellement).

Votre tout dévoué

Stefan Zweig

---

1. Zweig commente ici l'aveu de Marie Bonaparte : « C'est pourquoi, Topsy, ma dernière tendresse envers toi fut de te préparer la pâtée douce et traîtresse qui va à jamais t'endormir » (p. 60 de l'édition de 1937).

2. Sigmund Freud (1856-1939) est arrivé à Londres le 6 juin 1938, venant de Paris où l'a accueilli Marie Bonaparte, grâce à qui il a pu enfin quitter avec ses proches (le 4 juin) une Vienne désormais nazie. Zweig lui rendra plusieurs fois visite avant sa mort à Londres, le 23 septembre 1939.

3. Zweig pense ici sans doute à la version anglaise : *Beware of Pity* (cf. lettre suivante, note 5) car la traduction française ne paraîtra qu'en novembre 1939.

373. Stefan Zweig à Marie Bonaparte[1]

[Londres, 2 décembre 1938]

Madame la Princesse, j'étais trois jours absent et en retournant je trouve votre bonne lettre. Laissez-moi dire[2] que je ne suis pas tout à fait innocent quant à cette offre de l'éditeur Américain ; je n'ai vu personne qui pourrait écrire avec tant d'autorité et pénétration sur notre grand maître comme vous. Moi-même j'ai fait pour la même collection un Tolstoï[3]. Seulement je trouve qu'il n'a pas proposé assez à vous et je suis sûr qu'il vous accordera le double, si vous le demandez. C'est un homme d'affaires assez habile et il a nous « roulé » tous, car il a vendu toute la série pour les autres langues à un prix qui couvre tous ses frais. Je me dégoûte de marchander et je vous comprends tout à fait, si vous ne lui laissez pas passer tout[4] – nous vivons dans une époque où il y a tellement de misère qu'on préfère de donner son argent à ceux qui en ont besoin que à ceux qui en veulent profiter.

J'attends les exemplaires de mon roman[5] et un des premiers ira vous dire mes remerciements pour votre délicieux livre. Je

1. Lettre manuscrite écrite à l'encre violette, même papier à en-tête et enveloppe que la lettre précédente ; cachet postal « 2 DEC 1938 ». Fonds Marie Bonaparte, BNF NAF 28230, cote 28230.

2. Comprendre : « permettez-moi de vous dire ». Zweig a donc joué ici un de ses rôles favoris, celui d'agent éditorial, ou « cross-pollinator » (cf. avant-propos, p. 11).

3. Ce volume, *The Living Thoughts of Tolstoi. Presented by Stefan Zweig*, 154 p., paraîtra en 1939 chez Longmans, Green & Co, New York/Toronto ; une traduction française, par J. Angelloz, *Les Pages immortelles de Tolstoï, choisies et expliquées par Stefan Zweig*, sort la même année 1939 chez Corréa, à Paris.

4. Comprendre : « si vous discutez son offre ».

5. L'achevé d'imprimer du texte original allemand *Ungeduld des Herzens* date de ce même 2 décembre 1938 (coédition Bermann-Fischer [Stockholm] et Allert de Lange [Amsterdam]) ; *Beware of Pity*, la traduction en anglais (par Phyllis et Trevor Blewit) paraîtra en février 1939 chez Viking Press, à New York et en mai 1939 chez Cassell, à Londres, précisions données

pars pour l'Amérique dans deux semaines, mais j'espère d'être au printemps à Paris[1] – pourvu que les Dieux et les Hitler nous donneront encore un délai.

Recevez, madame la Princesse, l'assurance de mes sentiments les plus distingués

Stefan Zweig

---

dans la récente édition de *Ungeduld des Herzens*, Paul Zsolnay Verlag, 2021, Vienne, p. 492.

1. Pourtant, après son retour de New York le 8 mars 1939, Zweig ne quittera pas l'Angleterre le restant de l'année, pour ne pas compromettre le processus en cours de sa naturalisation comme citoyen britannique (voir la lettre 374).

LETTRES 374 À 424

Février 1939-février 1942

Cette dernière séquence pourrait se raconter comme on le ferait d'une « success-story », étonnante, paradoxale et quelque peu scandaleuse si l'on songe au cours que prend l'Histoire. Les voyages de Stefan Zweig sont multiples, d'Europe aux Amériques ; en train, en avion, en bateau (dont un aller et retour entre Southampton et New York – décembre 1938-mars 1939 accompagné de Lotte Altmann – sur le Normandie *flambant neuf, le luxueux paquebot de la French Line). Ses conférences sont nombreuses, brillantes et bien rémunérées : en Amérique du Nord et du Sud (en 1939 et en 1941) ; l'une surtout, à Paris, exceptionnelle, le 26 avril 1940, dont les lettres 384 à 390 notamment révèlent les coulisses. Par ailleurs, Zweig a obtenu le précieux et prestigieux passeport britannique. Il s'est remarié, le 6 septembre 1939, avec Lotte Altmann, la perle des secrétaires. Il a fait l'acquisition d'une belle propriété dans l'aristocratique cité de Bath, en Angleterre. Et pour finir, ce sera, à Petropolis, sa mort volontaire, digne d'un stoïcien : une apothéose – trois jours de deuil national au Brésil.*

C'est bien une success-story qu'attestent ici les lettres de Zweig : à Roger Martin du Gard (prix Nobel 1937), à Julien Cain, l'administrateur général de la Bibliothèque nationale, à Paris. Sans oublier les lettres amicales à l'aristocrate Guy de Pourtalès, au démocrate Jean Guéhenno, qui dirige alors la revue Europe *; au grand pianiste international Alfred*

Cortot. La palette est brillante et diversifiée. Or, le ton est simple, joyeux et, malgré les remarques sans illusion sur le drame d'alors, serein et un brin tutélaire. « La vraie joie, mon ami, celle d'un écolier qui échappe à l'école », écrit-il à Martin du Gard (lettre 374). À Julien Cain : « Car si vous allez en Amérique, j'aimerais de vous donner, avant, tous les renseignements. » Ou, après la déclaration de guerre, à Alfred Cortot : « Je suppose que votre voyage à Londres n'aura pas lieu. Donnez-nous au moins de vos nouvelles de temps en temps. » Cependant, à cause des événements catastrophiques, c'est l'amitié avec Jules Romains qui va s'imposer jusqu'à la toute fin. Émile Verhaeren naguère les présenta l'un à l'autre en 1904. Il y eut plus tard Volpone. *Et maintenant, à New York, Jules Romains est encore le président du Pen-Club international. S'ensuit une nouvelle collaboration confiante pour sauver l'indépendance de l'esprit, notamment pour les écrivains en exil (lettres 402 et 403). Le sommet de cette amitié se trouve à nos yeux dans la lettre du 28 novembre 1941 (419), écrite à Petropolis : Zweig reste en tous points égal à lui-même. Remerciant pour l'envoi du vingtième volume des* Hommes de bonne volonté*, il fait un éloge enflammé de ce qui lui plaît dans le roman de son ami : l'épisode amoureux de Jallez et d'Élisabeth. Il va même s'en inspirer, nous semble-t-il, pour Clarissa et Léonard dans son ultime roman alors en gestation,* Clarissa *(paru de façon posthume). En revanche, les aventures de Jallez au pays des soviets l'intéressent moins : il n'en parle (donc) pas…*

L'autre caractéristique de cette dernière séquence, ce sont les lettres de Lotte. La perle des secrétaires est devenue la digne épouse. Or, le drame est caché : c'est l'asthme incurable dont elle souffre. Depuis l'hiver 1941, à New Haven, il est devenu un obstacle croissant pour le bon travail du couple. Après maintes réflexions, il nous semble que ce fut là l'élément déterminant. La trace s'en conserve dans l'inachèvement de

Clarissa, *marqué d'une poignante amertume (« des années mortes »). L'inachèvement du* Montaigne *(lettres 416-424) est d'un tout autre ordre : la méditation fraternelle de Zweig lisant son grand texte est consolante autant qu'exaltante, et parfaitement réussie. Les œuvres amorcées ont glissé l'une sur l'autre et se sont oblitérées. Un peu de la même façon, si la mort de Lotte est une euthanasie raisonnable, celle de Stefan Zweig est une apothéose glorieuse. Le grand Thomas Mann, quand il apprit l'événement (en Californie), en éprouva de l'ombrage, et réagit très mal. Jules Romains (au Mexique, puis en France), infiniment mieux.*

1939

374. Stefan Zweig à Roger Martin du Gard[1]

49, Hallam Street, London. W. 1

Dans le train entre Toronto[2] et Newyork[3]

28. II. 1939

Mon cher ami, je vous remercie de tout cœur pour votre bonne lettre[4] ; elle arrive justement le moment quand les « Thibault » s'annoncent ici comme un grand succès. Mon éditeur[5]

1. Lettre manuscrite à l'encre violette, avec l'en-tête « Canadian Pacific Hotels », assorti d'une vignette représentant le Royal York Hotel, Toronto (imposant building) et reproduite in *Zweig 2020*, p. 311. Fonds Roger Martin du Gard, BnF, NAF 28190 (120), f. 293.

2. À Toronto avait eu lieu la veille, 27 février, la dernière conférence de Zweig, « L'historiographie de demain », voir le récit documenté de cette tournée américaine in *Zweig 2023*, pp. 262-268.

3. Zweig a vraiment l'habitude de cette orthographe, sans doute pour aller plus vite.

4. RMG a en effet écrit à Zweig le 8 février 1939, après avoir entendu la conférence donnée par Jules Romains à Nice, « devant une salle comble, sur "Stefan Zweig, grand Européen". [...] Il a parlé de vous avec une considération affectueuse qui donnait beaucoup de noblesse à sa conférence [...] rendu hommage à votre clairvoyance sur l'Europe, et [...] analysé vos principaux ouvrages avec une subtile pénétration ». RMG insiste ensuite (comme l'a fait Romains) « sur l'importance de votre "Érasme" [...] un de mes livres de chevet, celui où je puise réconfort et sérénité » (*Fredonia*).

5. Le directeur de Viking Press, Ben Huebsch, voir la lettre 350.

est heureux de vous avoir parmi ses auteurs et amis ; c'est donc un lien de plus qui nous réunit.
J'ai terminé ma grande tournée[1]. Elle était très intéressante et pas trop fatigante. En principe je déteste les conférences et l'idée de monter sur une plateforme et de me laisser regarder comme un veau avec deux têtes m'est exécrable. Toutefois il y a une tentation de chanter ici dans des salles énormes de 2 000 ou 3 000 personnes et d'être même payé pour le plaisir de voir, avec tout le confort, même dans un suprême luxe, un continent entier. La vraie joie, mon ami, était celle d'un écolier qui échappe à l'école ; j'avais le bon sentiment d'être échappé de cette maison des aliénés qui s'appelle Europe (c'est le taureau Hitler qui fout maintenant cette vieille vache). Je suis navré de rentrer et c'est peut-être la plus grande bêtise de ma vie, mais il s'agit pour moi d'acquérir cette année le passeport Anglais et pour cela je dois faire acte de présence à Londres.
J'espère, mon roman paraîtra bientôt en Français[2], je n'en sais rien – j'étais si loin de tout cela sur le bord du Pacifique et chez les Mormons à Salt Lake City. Il y a ici un antinazisme bruyant et passionné, on ne lit que des livres qui attaquent Hitler ; je voudrais personnellement que cette vague ne soit pas si écumeuse mais plus durable, car je crains que soudainement une réaction commencera. On s'enivre ici de l'idée, que l'Empire Hitlérien est miné et peut crouler chaque moment si on lui donne un petit coup de pied. Moi je sais, que dans la minute d'un danger national il sera plus fort que jamais. Ah, mon ami, quel don fâcheux d'avoir des yeux clairs et de ne pas se laisser enivrer par des illusions, de ne pas confondre ses vœux avec les réalités ! Le bavardage politique des copains, qui croient de savoir tous les secrets militaires et politiques, m'écœure ; j'ai appris un stoïcisme et j'attends tout sans m'étonner. Aucune lâcheté, aucun mensonge politique ne me surprend plus et j'ai resserré mon cœur pour qu'il ne contienne que de la place pour

1. En Amérique du Nord, voir la lettre 367, note 5.
2. *La Pitié dangereuse* paraîtra chez Grasset, mais seulement en novembre 1939.

quelques amis. J'ai grande envie de vous revoir et dès que je ne serais plus un « sans patrie » (oh, dans le cœur je le serai toujours) le premier voyage avec un papier légal sera, de vous rejoindre. Affectueusement votre fidèle

Stefan Zweig

[1]Et l'Épilogue ? Je l'attends !

375. Stefan Zweig à Julien Cain[2]

Reçue le 9 mars 1939[3]

French Line – à bord, le *Normandie*
[avant le 8 mars 1939][4]

Mon cher ami, enfin j'ai un bon moment pour vous écrire et je suis favorisé d'une traversée merveilleuse. Ma tournée en Amérique m'a fait voir tout le pays, j'étais dans le Nord (même au Canada) dans le Sud (Texas et Louisiana) dans l'Ouest et en Californie (San Francisco, ville admirable et Los Angeles) et j'ai tenu mes conférences dans des salles énormes – je suis si habitué maintenant de parler devant des microphones que j'ai peine de converser sans cela. Tout allait à merveille et j'ai vu tout, les bibliothèques (aussi les privées de Morgan, Stunlington, Rosenbach[5]) les universités, les usines (Ford ect) et j'ai eu l'impression que si même notre culture en Europe sombre, ici

1. Mots ajoutés en biais, dans la marge de gauche.

2. Lettre manuscrite non datée à l'encre violette, sur le papier à l'en-tête « French Line » ; enveloppe manuscrite adressée à « Monsieur et Madame Julien Cain, Paris Ier (France) Bibliothèque Nationale, rue des Petits-Champs », avec cachet postal « New York au Havre, mars 39 ». Imprimé au verso : « Compagnie Générale Transatlantique ». Fonds Julien Cain, BnF, NAF 24238.

3. D'une autre main, au crayon noir.

4. Jour de l'arrivée du paquebot à Southampton, le 8 mars 1939.

5. Ce sont la Pierpont Morgan Library, à New York ; la Huntington Library (et non « Stunlington ») à San Marino, près de Los Angeles (que les Zweig visitent le 13 février 1939) ; la Rosenbach Library, à Philadelphie.

tout ce que nous avons essayé, continuera. C'est une sorte de fièvre ici, de s'instruire – peut-être dans une forme trop hâtive et superficielle – mais tout de même un effort grandiose, surtout dans les villes de province. Dire, qu'on peut donner dans des villes comme Nantes ou Besançon des conférences devant 1 500 ou 2 000 personnes, dans des villes dont on ne connaît même pas le nom comme San Antonio *or* Houston *or* Salt Lake City ! Et les musées – celui de Toledo, de Toronto, contiennent des merveilles. Je me suis senti mille fois plus près de l'Europe et de nos idées qu'en Angleterre. Mon ami, venez avec votre femme pour une visite en Amérique – les deux expositions à NewYork et San Francisco[1] seraient un admirable prétexte : c'est une consolation morale, un bain d'optimisme. Le courant démocratique est si fort ici comme jamais et on a l'heureuse assurance, que les idées, qui paraissent vaincues et mortes chez nous en Europe, vivent ici et ont la vigueur, de se défendre.

Je suis revenu plus optimiste qu'en arrivant en Amérique. Je ne crois pas à la guerre imminente. Les dictatures savent, que l'Amérique sera contre eux et si on a vu les ressources énormes de ce continent, on comprend qu'une guerre serait pour eux en tout cas un péril énorme, sinon une catastrophe. Donc – respirons plus librement. Peut-être ceux qu'on accusait d'avoir trahi la démocratie en reculant en septembre[2], ont sauvé notre génération – peut-être ! En tout cas, j'espère de causer avec[3] vous de tout cela bientôt, car si vous allez en Amérique j'aimerai de vous donner avant, tous les renseignements. Ne manquez pas le bon prétexte de l'exposition. Fidèlement votre Stefan Zweig

1. La New York World's Fair a lieu du 30 avril 1939 au 31 octobre 1940, sur le site de Flushing Meadow Corona Park ; et à San Francisco se tient la Golden Gate International Exposition, du 18 février au 29 octobre 1939, puis de mai à septembre 1940.

2. Allusion à Daladier, Chamberlain et Mussolini, qui ont signé avec Hitler les accords de Munich, le 30 septembre 1938.

3. La suite est écrite en travers, dans la marge à gauche.

376. Stefan Zweig à Guy de Pourtalès[1]

[Londres] 1er mai 1939

Bien cher ami,

Je viens à présent de faire tranquillement une seconde lecture de votre Berlioz[2] et, comme je veux vous le dire aussitôt, avec une joie toute particulière, car j'étais ici un parfait ignorant et j en savais bien peu sur cette personnalité problématique, et tragique, au fond – car se trouver entre Beethoven et Wagner, sur le simple plan chronologique c'était déjà terrible. Vous avez exprimé tout cela avec une intensité à laquelle on ne pouvait que s'attendre de votre part, mais qui à chaque fois surprend de nouveau. Et si je me demande quel livre j'aimerais que vous écriviez ensuite[3] ce serait peut-être que vous fassiez ressurgir une des figures les plus singulières du romantisme, celle de Gérard de Nerval. Personne n'en serait plus capable que vous, qui évoluez vous-même entre les langues (et au-dessus d'elles), et chez personne le côté romantique, qui chez Berlioz se développe avec un tel génie, ne s'oriente autant vers la maladie et le morbide. Mais vous avez vraisemblablement déjà quelque chose de nouveau sur le chantier[4] et quoi que cela puisse être, croyez bien que je l'attends avec impatience et l'intuition la plus positive. Rien de ce que vous avez entrepris dans les vingt dernières années n'a déçu mes espoirs de plus en plus grands, et d'ailleurs nous sommes peut-être maintenant dans l'âge idéal pour représenter les choses, pour les comprendre déjà et les comprendre encore.

De tout cœur, et avec mes sentiments les plus amicaux,

Votre fidèlement dévoué
Stefan Zweig

---

1. Lettre dactylographiée, en allemand, avec l'en-tête londonien, au centre ; la signature est à l'encre violette, comme les mots « déjà » et « encore » soulignés doublement. Fonds Guy de Pourtalès, f. 3307-3308, UNIL.

2. *Berlioz et l'Europe romantique*, Gallimard 1939, 382 p.

3. Zweig fait une suggestion du même ordre à Francis Ambrière (lettre 243).

4. « sur le chantier » est en français dans le texte (confusion de « sur le métier » et de « en chantier »).

377. Stefan Zweig à Jean Guéhenno[1]

[Londres] le 1er juin 1939

Cher Monsieur Guéhenno,

Depuis des mois mes jours sont pris plutôt par une correspondance interminable que par mon travail, mais j'ai immédiatement lu votre livre[2] que vous avez eu la bonté de m'envoyer et votre traitement de ces problèmes si actuels[3] m'a profondément intéressé.

Je vous en remercie beaucoup et j'espère que nous en parlerons bientôt à Paris[4].

Votre tout dévoué

Stefan Zweig

---

1. Lettre dactylographiée, à l'en-tête londonien ; les mots « et j'espère que nous en parlerons bientôt à Paris » sont ajoutés à la main, à l'encre violette.
2. Il s'agit du *Journal d'une révolution (1937-1938)*, Bernard Grasset (achevé d'imprimer 21 avril 1939).
3. Essentiellement, la guerre d'Espagne et les procès de Moscou.
4. Les derniers mots « et j'espère… à Paris » sont ajoutés à l'encre violette. Mais Zweig ne reviendra pas à Paris avant avril 1940, pour sa conférence sur « La Vienne d'hier ».

378. Stefan Zweig à Alfred Cortot[1]

[Bath, après le 6 septembre 1939]

Stefan Zweig
Lotte Zweig
née Altmann
wish to inform you of their marriage
Bath, September 1939

Chers amis,
Voilà l'annonce de notre mariage qui vient de prendre place tranquillement ici à Bath et vous êtes parmi les premiers à en entendre. Je me juge heureuse que nous puissions être ensemble dans ce temps. Nous sommes restés à Bath pour le moment et n'avons pas l'intention de rentrer à Londres prochainement. Je suppose que votre voyage à Londres n'aura pas lieu et je regrette infiniment, de ne pas vous revoir. Donnez-nous au moins de vos nouvelles de temps en temps
Bien amicalement
Lotte Zweig

On demande de ne pas écrire longuement à cause de la censure. Combien serait à dire ! Gardez-nous votre amitié si précieuse !
Votre fidèle
Stefan Zweig

1. On trouve ici au recto le faire-part imprimé sur carte « Bristol » ; au verso, la lettre manuscrite commençant au dos et se terminant sur le haut du faire-part. Lotte écrit à l'encre noire, Stefan en violet. Leur mariage civil a eu lieu le 6 septembre 1939. Collection Alfred Cortot, Christie's, catalogue de ventes PAR18565, 7 octobre 2019. (Merci à Olivier Matuschek pour l'élucidation de ce document.) La guerre a été déclarée le 3 septembre 1939.

379. Stefan Zweig à Julien Cain[1]

Lansdown Lodge, Bath[2]

29. Sept. 1939

Chers amis, merci pour votre bonne lettre[3]. Je suis convaincu (et je l'étais toujours) que cette guerre ne sera pas une longue guerre et j'espère, elle résultera dans le rétablissement de ces idéaux universels en lesquels nous espérions entre 1914 et 1919. Ce sera un autre monde en tout cas et nous ne regretterons peut-être pas trop l'ancien. Et notre monde – celui des livres, celui de l'esprit – est au-dessus de toutes ces querelles ; je ne me laisse pas décourager et j'ai écrit en ces jours quelques pages sur Cicéron[4], le premier humaniste, qui restait[5].

Mille amitiés – et à tantôt !

Votre fidèle
Stefan Zweig

---

1. Lettre manuscrite à l'encre violette, sur papier gris sans en-tête ; enveloppe grise manuscrite, à « Monsieur Julien Cain, administrateur de la Bibliothèque Nationale, Paris Ier, rue des Petits-Champs » (mots soulignés par Zweig). BnF, Fonds Julien Cain, NAF 28238.

2. C'est l'adresse de la pension où Stefan et Lotte Zweig logent encore, pendant les gros travaux qui ont commencé dans leur future maison de Rosemount.

3. Zweig répond à la longue lettre de Julien Cain, datée du 24 septembre précédent (*Fredonia*).

4. Intitulé « Ciceros Tod oder das Haupt auf der Rostra » [« La mort de Cicéron ou la tête sur les rostres »], c'est la « miniature historique – une *Sternstunde* comme mes autres » que Zweig présente aussi à Rolland, en lui écrivant le 11 octobre 1939, cf. *Rolland-Zweig 2016*, p. 587.

5. Comprendre : « qui résistait, se tenait » (latin : « qui stabat »).

380. Stefan Zweig à Jules Romains[1]

Bath, le 13 octobre 1939

Mon cher ami,

Je veux vous faire savoir où je suis, pour le cas que vous veniez un jour à Londres. Je ne suis pas trop loin de la capitale et je trouverai toujours une possibilité d'y aller. Il y aurait tant de choses à se dire. J'étais sur le point de partir pour le P.E.N. Congress[2] quand cette avalanche est tombée. Je ne peux pas encore travailler, mais j'espère de continuer bientôt mon travail interrompu.

D'Alfred Bloch[3] je n'ai rien reçu. Il m'a seulement écrit un mot qu'il n'y a rien pour moi chez lui et que d'ailleurs une transmission[4] ne serait pas possible en ce moment.

Maintenant une petite demande, mon cher ami. Je reçois des lettres désespérées d'amis qui ont échappé aux camps de concentration allemands pour être maintenant internés en France. De tous ceux, je vous signale deux qui sont absolument irréprochables et de grand talent, Hermann Kesten[5] (Ière Section, 2. Groupe, Centre des travailleurs volontaires, Clos St. Joseph, Nevers, Nièvre) qui a la direction littéraire de la maison antihitlérienne Allert de Lange à Amsterdam et qui a publié d'excellents romans, et Salomon Morgenstern[6] (Stade de Colombe,

---

1. Lettre dactylographiée, pour la première fois avec l'en-tête de « "Rosemount" Lyncombe Hill, BATH » ; la signature et « Votre fidelissimus » sont ajoutés à l'encre violette. Fonds Jules Romains, BnF, NAF 28403 (177), f. 33.

2. Le Congrès du Pen-Club international, prévu en septembre à Stockholm, mais annulé.

3. Alfred Bloch (1864-1945), agent général de la Société des auteurs et compositeurs dramatiques (9-11, rue Ballu, Paris IXe). Cf. plus loin les lettres 396 et 398.

4. Comprendre : « un virement ».

5. Hermann Kesten (1900-1996), écrivain et éditeur engagé, véritable éminence grise de la littérature allemande en exil.

6. Soma Morgenstern (1890-1976), écrivain juif austro-hongrois, journaliste et critique musical, proche de Joseph Roth et d'Alban Berg ; réfugié à Paris

ex-Autrichien, Groupe I) qui a écrit un roman en trois volumes que j'aime beaucoup.

Un mot de vous pourrait peut-être leur rendre la liberté. Ils sont désespérés d'être loin de leurs femmes et privés de toute occasion d'agir pour la cause commune. Et il faut aider dans un tel moment[1].

Mille amitiés à votre femme et à vous

Votre fidelissimus

Stefan Zweig

381. Stefan Zweig à Julien Cain[2]

[Bath, 29 octobre 1939]

New permanent address[3] :
Nouvelle adresse permanente :

STEFAN ZWEIG
Lyncombe Hill,
BATH (England)
Telephone : Bath 4983

---

en mars 1938, il ne parvient à New York qu'en avril 1941 (cf. *Errance en France*, Liana Levi, 2002).

1. Jules Romains, dans sa réponse, le 24 octobre, de « Saint-Avertin (Indre-et-Loire) » sur le papier à en-tête de la présidence internationale du Pen-Club, envoie « nos plus vives félicitations et nos très affectueux vœux de bonheur, dans une époque où le seul bonheur possible est de source privée ». Il assure ensuite que Hermann Kesten « a été remis en liberté sur ma demande » et qu'il fera immédiatement le nécessaire pour Morgenstern (*Fredonia*).

2. Carte imprimée, au verso de laquelle on lit : PRINTED PAPER RATE / THE ADRESS TO BE WRITEN ON THIS SIDE. L'adresse est manuscrite (de l'écriture de Lotte Zweig) à « Monsieur Julien Cain, Bibliothèque nationale, Square Louvois, Paris (France) », Fonds Julien Cain, NAF 28238, BnF.

3. Un tel document atteste que pour Stefan Zweig, malgré les temps mauvais et la guerre, la vie (sociale) continue.

382. Stefan Zweig à Roger Martin du Gard[1]

[Bath, 10 ? décembre 1939]

Mon cher ami, j'ai bien reçu votre lettre et suis heureux de vous savoir retourné après tant d'aventures[2]. Je vous ai envoyé mon roman à Nice et j'espère, vous l'avez reçu, si non, je vous envoie une seconde copie[3]. Ma situation ici est peu plaisante – je suis regardé (après six ans de séjour en Angleterre) soudainement comme « enemy alien » et j'étais soumis jusqu'aux derniers temps à toutes les restrictions[4]. Drôle de vie[5] ! Votre fidèle

Stefan Zweig

1. Carte de correspondance manuscrite à l'encre violette, non datée, avec l'en-tête de Bath gravé en bleu, complété à la main par les mots « adresse permanente » au-dessus et par « England » au-dessous. Sur le cachet postal le jour est mal lisible : « 10. (13 ?). XII.39. » Adresse au verso : « Monsieur Roger Martin du Gard, Bellême (Orne) », rectifiée d'une autre main en : « Hôtel Lutétia, Paris, France ». Fonds Roger Martin du Gard, BnF, NAF 28190 (120), f. 294.

2. Zweig a reçu de Roger Martin du Gard (parti pour la Martinique en février 1939) une longue lettre datée du 2 décembre 1939, écrite « à bord [du Conte di Savoia], entre Gibraltar et Naples » : après huit mois passés aux Antilles françaises, ce retour vers la métropole a été compliqué et dangereux, mais l'étape à New York, chez les Huebsch, lui reste inoubliable.

3. Un autre exemplaire de *La Pitié dangereuse* qui vient de paraître, en novembre. RMG en effet n'y fait pas allusion dans sa réponse, voir note 5 ci-dessous.

4. Évocation détaillée de cette période, voir *Zweig 2023*, pp. 268 et suiv.

5. RMG, « réfugié chez [lui], à la campagne » répondra le 14 février 1940 par une longue lettre à cette carte qui « était si triste » ; il a « dévoré avec entrain » *Trois poètes de leur vie*, et « c'est votre Tolstoï qui m'a surtout enthousiasmé ! [...] et je ne sache pas qu'on ait jamais été aussi loin dans l'approfondissement de cette âme troublée. [...] », Roger Martin du Gard, *Correspondance générale*, VIII, p. 37.

1940

383. Stefan Zweig à André David[1]

Veuillez noter adresse permanente[2]
« Rosemount », Lyncombe Hill, Bath

29. I. 1940

Cher Monsieur David, c'est avec le plus grand plaisir que j'ai reçu vos deux cahiers[3] ; voilà la façon comme on doit écrire l'histoire politique d'aujourd'hui. Ici l'on produit trop de livres chers et touffus ; ce qu'il faut est l'instruction à bon prix, serrée, claire, décisive et vous l'avez fait admirablement.

Je ne désirerais pas mieux que de venir en France pour une conférence chez vous, soit sur un thème actuel – comparaison psychologique de la guerre d'aujourd'hui avec celle de 1914 – ou sur un sujet littéraire. Je crois même qu'il serait intéressant d'expliquer à Paris la façon de réagir chez les Anglais par quelqu'un

1. Lettre manuscrite à l'encre violette, avec l'en-tête de Bath ; sur l'enveloppe, adresse manuscrite : « Monsieur André David, Paris XVIe (France), 33, rue de la Tour ». Fonds André David, Bibliothèque historique de la Ville de Paris, 4-MS_FS_24_0814, f. 3.

2. Ligne ajoutée à l'encre rouge, « Bath » étant souligné.

3. Il s'agit de deux numéros de la revue hebdomadaire *Notre combat* (qui paraît depuis septembre 1939), dont celui du 5 janvier 1940 (2e année, n° 1) contenant l'article d'André David, en collaboration avec Léon Guerdan (1886-1949), intitulé « Anglais, amis de la France. Churchill, Eden, Duff Cooper, Attlee, Lord Lloyd, Wickham Steed ». Huit mois plus tard, la revue *Notre combat* sera interdite par les autorités allemandes.

qui n'est pas Français. La seule difficulté que je trouve est dans le fait que je suis encore « sans patrie » et comme Autrichien je ne possède pas de passeport régulier ; j'ai voyagé toujours sur un « identity paper » Anglais et il faudrait d'abord la permission officielle premièrement de quitter ce pays pour 15 jours, puis la permission d'entrée en France. Je suis presque sûr qu'il n'y aurait pas d'obstacle ici en Angleterre, pourvu que je puisse expliquer la raison de mon voyage et le prouver par une invitation formelle de votre part. Si vous voulez bien faire cela et en même temps m'obtenir la permission officielle de venir en France pour 10 ou 14 jours, tout serait en ordre.

Personnellement il me serait très important de venir en France. Depuis de longues années je prépare un très gros livre (deux larges volumes) sur Balzac, un livre qui a l'ambition de devenir la première histoire complète de sa vie et de son œuvre[1]. J'ai besoin pour cela de quelques renseignements encore sur place et mon ami Julien Cain m'a promis de me tout préparer[2] ; donc en venant pour la conférence je pourrais aussi dévouer quelques jours à mon travail.

Donc – si vous pouviez (à côté d'une réponse personnelle) m'envoyer une invitation quasi officielle pour une conférence, que je pourrais présenter ici, cela serait d'une grande importance pour moi. Votre sincère

Stefan Zweig

1. Seule la première partie, biographique, sera écrite par Zweig. Complétée d'après les dossiers conservés et mise au point par son ami (et exécuteur testamentaire) Richard Friedenthal (1896-1979), elle paraît en 1946 à Stockholm chez Bermann-Fischer et en 1950 chez Albin Michel, sous le titre *Balzac, Le roman de sa vie*, traduit par Fernand Delmas.

2. Voir lettre suivante.

384. Stefan Zweig à Julien Cain[1]

[Bath] 13. II. 1940

Mon cher ami, je reçois aujourd'hui une lettre de André David[2] et je n'ai pas besoin de vous répéter que je ferai mon mieux ; aussi le sujet de Vienne me conviendrait parfaitement. J'ai une vraie nostalgie de la France, je pourrais vous expliquer mille choses qui sont difficiles à formuler.

Pour mon Balzac, j'aurais bien besoin de quelques recherches sur place[3]. Il est incompréhensible qu'après presque cent ans les lettres à l'Étrangère ne sont pas encore complètement éditées ; à Princeton chez Prof. Hastings[4] ou à Chicago chez Professor Dargan[5] on travaille plus sur Balzac qu'en France. Et je serai

---

1. Lettre manuscrite à l'encre violette, avec l'en-tête de « "Rosemount", Lyncombe Hill, Bath » ; sur l'enveloppe, adresse manuscrite (en violet) « Mr Julien Cain, administrateur de la Bibliothèque nationale, Paris Ier/ 8 [ajouté au crayon noir] rue des Petits-Champs ». Fonds Julien Cain, NAF 28238, BnF.

2. Julien Cain écrivait à Zweig, le 14 février 1940 (et leurs lettres se sont croisées). « Mon cher ami, / [...] Nous pensons si souvent à vous, et votre voix nous paraît si lointaine ! Il a fallu que M. André David me fît, l'autre jour, espérer votre venue prochaine, et une conférence prononcée par vous pour que l'espérance entrât en moi de revoir bientôt Stefan Zweig au milieu de nous. Vous aurez, j'en suis sûr, un bel auditoire. André David m'a dit qu'il allait vous suggérer comme sujet : Vienne, avec tous les souvenirs que ce nom peut évoquer. C'est parfait. / Il me dit aussi que vous pensez à travailler sur Balzac. Je m'efforcerai de vous rendre plus faciles vos recherches. Mon ami Marcel Bouteron [1877-1962] vous y aidera assurément, si vous le désirez » (*Fredonia*).

3. « Très cher ami, j'ai remis à Bouteron la liste des questions balzaciennes qui vous intéressent. Il va s'en occuper et vous verra dès votre arrivée », écrira Julien Cain à Zweig, le 21 mars 1940 (*Fredonia*).

4. Walter Scott Hastings (1890-1962) a publié entre autres en 1934 les lettres de Balzac à sa famille (*Letters to his Family*), ouvrage qui sera repris par les Éditions Albin Michel en 1950.

5. Edwin Preston Dargan (1879-1940), auteur notamment de *Honoré de Balzac, a Force of Nature* (Chicago Press, 1932), prépare alors un important volume d'études (réunies par Bernard Weinberg) qui paraîtra en 1942 sous le titre : *The Evolution of Balzac's* Comédie humaine : *Studies* (Chicago Press).

heureux aussi d'entendre par vous ce qui se passe dans l'Europe littéraire ; ici je ne vois rien et je n'ai lu que le nouveau roman de Thomas Mann[1] et je commence aujourd'hui l'Épilogue de Roger Martin du Gard[2]. On devient un peu Robinson sur cette île. Je vous ferai savoir immédiatement si j'ai une chance de venir pour trois semaines à Paris et je ferai tous les efforts. Personne ne sait ce qui adviendra et il sera bon d'avoir serré la main des vieux amis avant le déluge.

Affectueusement à votre chère femme et à vous, votre fidèle

Stefan Zweig

385. Stefan Zweig à André David[3]

[Bath] 13. II 1940

Cher monsieur David, je vous remercie beaucoup de tout ce que vous avez fait et je fais de ma part le nécessaire. L'idée d'une conférence sur Vienne m'est tout à fait sympathique et j'approuve complètement. Dès que nous saurons des précisions si je réussirai à vaincre tous les buralismes et difficultés techniques. Je suis joyeusement à votre disposition.

Votre sincèrement dévoué

Stefan Zweig

1. C'est *Lotte in Weimar*, Stockholm, Bermann-Fischer Verlag, 1939. Zweig en publie un compte rendu, le 8 mars 1940, in *The European Press*, London.

2. Roger Martin du Gard à Zweig, le 14 février 1940 : « Mon *Épilogue* vient de paraître. Vous le recevrez ces jours-ci. C'est un livre terminé depuis dix mois, et qui ne m'intéresse plus. Et je doute qu'il puisse intéresser personne en ce moment… » (*Fredonia*).

3. Lettre manuscrite à l'encre violette, avec l'en-tête de Bath. Fonds André David, Bibliothèque historique de la Ville de Paris 4-MS_FS_24_0814, f. 4.

386. Stefan Zweig à André David[1]

[Bath] le 20 février 1940

Cher Monsieur David,

Je vous ai écrit que j'ai commencé mes démarches pour obtenir de la part de l'Angleterre la permission d'un voyage en France, ce qui ne serait pas si difficile vu ma naturalisation et je vous écrirai immédiatement dès que je saurai plus. J'espère avoir une réponse dans quelques jours.

En principe j'aimerais vous proposer la moitié d'avril pour la conférence et pour sujet, en suivant votre suggestion, je choisirai Vienne avec un joli titre disant par exemple « Vienne, ville d'Europe », ou « Vienne et sa culture » ou « Vienne d'hier ». Je peux vous assurer naturellement que je ne ferai pas un plaidoyer monarchiste[2] mais seulement un portrait d'une ville comme d'une personnalité artistique.

Donc, mes nouvelles à tantôt. Agréez, cher Monsieur David, l'expression de mes sentiments les plus distingués.

Stefan Zweig

Monsieur André David,
Les Conférences des Ambassadeurs,
56, Faubourg St. Honoré, Paris.

1. Lettre dactylographiée, avec l'en-tête de Bath, et signature à l'encre bleu-noir. Fonds André David, Bibliothèque historique de la Ville de Paris 4-MS_FS_24_0814, f. 6. Dans le premier paragraphe, les mots « ce qui… vu ma naturalisation » ont été ajoutés à la main, au-dessus à l'encre violette.

2. C'est l'époque où paraît en France *La Crypte des capucins* de son ami Joseph Roth, mort à Paris, le 27 mai 1939, et une quantité de journaux parisiens soulignent que Roth a été un monarchiste convaincu.

387. Stefan Zweig à André David[1]

[Bath] le 5 mars 1940

Cher Monsieur David,

Je regrette infiniment de ne pas pouvoir vous donner la date exacte aujourd'hui ; tout va très lentement en Angleterre, et puisque je n'habite plus Londres[2] – et en plus tout le monde a été malade maintenant[3] – je n'ai pas encore de réponse. Mais j'irai encore une fois à Londres cette semaine et j'espère pouvoir fixer la date la semaine prochaine.

Stefan Zweig

---

1. Lettre dactylographiée, avec l'en-tête de Bath ; signature à l'encre violette, soulignée d'un trait. Fonds André David, Bibliothèque historique de la Ville de Paris, 4-MS_FS_24_0814, f. 7.

2. Stefan Zweig vit depuis le début d'octobre 1939 à Bath, dans sa maison « Rosemount ». « C'est, avait-il écrit à Romain Rolland en juillet 1939, la place la plus ennuyeuse et surannée de l'Angleterre, pour échapper à ce siècle (on se sent au 18e) et pour me recueillir » (*Rolland-Zweig 2016*, p. 579).

3. La grippe sévit dans la capitale, ainsi que dans la famille Altmann, voir *Zweig 2023*, pp. 325-326.

388. Stefan Zweig à André David[1]

[Bath] le 13 mars 1940

Monsieur André David,
Les Conférences des Ambassadeurs,
56 Faubourg St. Honoré, Paris.
Cher Monsieur David,

Je viens de retourner de Londres où j'ai vu les amis qui s'occupent de mon exit permit. J'ai appris qu'il y avait un délai à cause d'un malentendu – on avait demandé la permission pour moi comme Autrichien et non comme sujet anglais – mais maintenant tout va en ordre et on m'a dit que j'aurai bientôt la permission nécessaire. Mais comme tout va ici avec une lenteur effroyable, je vous proposerais comme date le 26 avril et j'espère que cela vous conviendra, et vous annoncerez ma conférence « Vienne d'hier » comme vous l'avez proposé.

Je suis heureux de pouvoir fixer définitivement mon voyage en France et vous prie de croire, cher Monsieur David, à mes sentiments les plus distingués.

Votre sincèrement dévoué

Stefan Zweig

1. Lettre dactylographiée avec l'en-tête de Bath ; la signature ainsi que « Votre sincèrement dévoué » sont ajoutés à la main à l'encre violette. Fonds André David, Bibliothèque historique de la Ville de Paris, 4-MS_FS_24_0814, f. 8.

389. Stefan Zweig à André David[1]

[Bath] le 15 [mars] 1940

Cher Monsieur David,
Je veux seulement vous informer que je viens de recevoir ce moment l'information que ma naturalisation est enfin venue[2], j'aurai mon passeport anglais pour le voyage et puisque je suis déjà en relations avec le Ministry of Information j'espère que tout sera beaucoup facilité et je suis confident[3] que nous pourrons arranger les conférences pour avril.

En hâte votre tout dévoué

Stefan Zweig

390. Stefan Zweig à Jules Romains[4]

[Bath] le 16 mars 1940

Mon cher ami,

Je ne vous ai pas écrit depuis longtemps. La raison est que j'espère de vous voir bientôt. Je serai probablement à Paris au commencement d'avril pour trois semaines donnant une

1. Lettre dactylographiée, avec l'en-tête de Bath ; les mots soulignés (« pour le voyage » étant ajoutés au-dessus à la main) et la signature sont à l'encre violette. La date du « 15 février » inscrite « en hâte » est manifestement une erreur, cf. la note suivante. Fonds André David, 4-MS_FS_24_0814, Bibliothèque historique de la Ville de Paris.

2. Le 12 mars, Zweig a été averti par le cabinet d'avocats que son certificat de naturalisation était arrivé, et le 15 mars, il prête à Bath le serment prescrit, « Oath of Allegiance », devenant ainsi officiellement sujet britannique. Voir *Zweig 2023*, pp. 324-326.

3. Comprendre : « j'ai confiance / je suis tranquille » ; présence ici de l'anglais, comme « exit permit » dans la lettre précédente.

4. Lettre dactylographiée, avec l'en-tête de Bath ; signature à l'encre violette. Fonds Jules Romains, BnF, NAF 28403 (177), f. 34.

conférence aux Ambassadeurs[1] et travaillant à la Bibliothèque Nationale. Nous aurons beaucoup à nous dire et je suis déjà impatient de vous voir.

De tout cœur

Votre
Stefan Zweig

391. Stefan Zweig à André David[2]

[Bath] le 22 mars 1940

Mon cher confrère, merci pour votre lettre. J'ai déjà fait les démarches nécessaires et vous pouvez compter sur moi vendredi 26 avril. Je viendrai probablement à peu près dix à douze jours avant, pour travailler à la Bibliothèque Nationale ; donc nous avons amplement du temps pour que je lise[3], avant la conférence. Seulement deux détails pour ne pas faire erreur

1) La durée de la conférence sera une heure, si vous ne le dites pas autrement.
2) Je ne lirai pas en habit, comme il faut prendre le minimum maintenant à un voyage. En temps de guerre chacun trouvera cela tout naturel.

---

1. Le 26 avril 1940, Zweig sera l'invité à la fois de la Société des Conférences des Ambassadeurs, dirigée par André David et Léon Guerdan, et de la Société des Conférences, fondée par René Doumic et dirigée par Louis Gillet ; en janvier 1940, les deux sociétés avaient annoncé par voie de presse leur décision « de s'unir pendant la durée de la guerre ».

2. Lettre manuscrite à l'encre violette, avec l'en-tête de Bath. Fonds André David, Bibliothèque historique de la Ville de Paris, 4-MS_FS_24_0814, f. 9.

3. Comprendre ici : « que je fasse une allocution ["lecture" en anglais] à la radio, avant la conférence ». Ce sera le mercredi 24 avril, à 18 heures, sur Radio-Paris : « Pour ceux qui ne peuvent pas parler », voir *Zweig 2020*, « Le grand silence », pp. 319-326. Intervention qui s'accorde bien avec l'esprit de la revue *Notre combat* où écrit André David, voir lettre 383, note 3.

Je vous renseignerai immédiatement dès que je saurai le jour de mon départ et de mon arrivée à Paris.
Et mille fois merci !
Votre tout dévoué

Stefan Zweig

392. Stefan Zweig à André David[1]

[Bath] le 5 avril 1940

Cher Monsieur David,
Je serai à l'Hôtel Louvois le matin du onze et enchanté de vous voir bientôt. – La conférence à Genève est malheureusement impossible parce qu'il prendrait au moins deux semaines pour obtenir tous les visas nécessaires. Peut-être on pourra l'arranger une autre fois.

Votre tout dévoué

Stefan Zweig

393. Stefan Zweig à Julien Cain[2]

[Bath, avant le 10 avril 1940]

« Arriving Wednesday[3] »

1. Lettre dactylographiée, avec l'en-tête de Bath. Fonds André David, Bibliothèque historique de la Ville de Paris, 4-MS_FS_24_0814, f 10.

2. Petite carte avec enveloppe manuscrite adressée à « Monsieur <u>Julien Cain</u>, administrateur de la <u>Bibliothèque Nationale</u> » ; imprimé au dos (en barré) : « 49, Hallam Street, London, W.1 ». Fonds Julien Cain, NAF 28238, BnF.

3. Zweig « arrive mercredi » à Paris par avion, venant de Londres, le mercredi 10 avril 1940. Voir *Zweig 2023*, pp. 326-327. Dès le lendemain, il déjeune avec Julien Cain (*ibid.*, p. 330).

394. Stefan Zweig à Roger Martin du Gard[1]

[Bath, le 10 avril 1940][2]

Mon cher Roger Martin du Gard,

Je resterai à Paris jusqu'au 26 ou 28[3]. Et je ne laisse pas l'espoir, de pouvoir vous serrer la main[4]. De tout cœur votre

Stefan Zweig

---

1. Billet manuscrit à l'encre violette, non daté, avec l'en-tête de l'hôtel Louvois et sa vignette. Fonds Roger Martin du Gard, BnF, NAF 28190 (120), f. 296.

2. Zweig a dû écrire ce billet le 10 avril 1940 dès son arrivée à Paris, car le 11 avril, Roger Martin du Gard lui répond : « Croyez que j'ai la plus grande envie de causer avec vous. Plus que jamais ! / Aussi est-ce très sincèrement que je crois pouvoir dire : à bientôt ! », *in* Roger Martin du Gard, *Correspondance générale*, *VIII*, p. 721.

3. Le 17 avril suivant, Roger Martin du Gard demande à Zweig : « Voulez-vous être assez gentil pour me dire – confidentiellement – combien de temps vous resterez approximativement à Paris après le 26 ? Je ne l'ébruiterai pas » et il insiste : « Je tiens fort à vous revoir, même si je ne puis être le 26 à votre conférence. [...] » ; le 22 avril : « Cher ami, il m'est vraiment impossible d'assister à votre conférence. Les Dieux sont contre ! [...] Je reçois ce matin "La Pitié". Merci. Nous en parlerons » (*ibid.*, p. 92).

4. Cette rencontre tant souhaitée – ce sera la dernière – aura lieu samedi 27 avril, puisque Zweig termine « en hâte » sa lettre à son épouse Lotte (restée à Bath) : « Just my dear Roger Martin is here and I have to go out for lunch. ["À l'instant mon cher Roger Martin est là, et je dois sortir pour déjeuner"] », in *Zweig 2023*, p. 343.

395. Stefan Zweig à André David[1]

[Paris, avant le 26 avril 1940]

Cher Monsieur David, j'ai à vous remercier deux fois – pour l'excellente heure passée avec vous et la brochure de Péguy[2] que je lirai encore ce soir. Au plaisir de vous revoir bientôt !

J'espère de ne pas être exigeant en vous priant de m'envoyer 10 à 15 places pour la conférence, car j'ai des amis émigrés ici[3] qui sont si pauvres que je ne peux pas admettre qu'ils se paient les places et j'aimerais de les offrir à eux.

Sincèrement votre

Stefan Zweig

1. Lettre manuscrite à l'encre violette, non datée, avec l'en-tête de l'hôtel Louvois. Enveloppe aussi de l'hôtel Louvois, adresse manuscrite à l'encre violette : « Monsieur André David, *Les Conférences d'Ambassadeurs* [*sic*], Paris, 56, rue Faubourg St. Honoré ».

2. Charles Péguy, *La France*, choix de textes publié en 1939 dans la « Collection catholique » que dirige André David à la NRF (Gallimard), fascicule broché de 87 pages. C'est une des rares fois où apparaît sous la plume de Zweig le nom de Charles Péguy (1873-1914), le grand poète nationaliste, mystique et militariste français.

3. Parmi les émigrés autrichiens présents se trouve Alfred Polgar (1873-1955), qui note dans un compte rendu pour la revue bilingue *Freies Österreich / L'Autriche libre* (cahier 1, mai 1940, p. 16, et p. 47 pour la traduction française) : « L'auditoire français interrompait souvent par des applaudissements cet éloge de Vienne, et les Viennois qui assistaient à la conférence [intitulée « La Vienne d'hier »] s'y joignaient naturellement, malgré la mélancholie qu'éveillait en eux son caractère de nécrologie. Stefan Zweig s'abstint d'exprimer des désirs et des espoirs, concernant une Vienne de demain. Abstention intelligente ! »

396. Stefan Zweig à Jules Romains[1]

[Paris, le 25 avril 1940]

Mon cher ami, merci de votre lettre du 24 avril 1940[2]. Je ne doutais jamais que vous avez donné ordre de me verser la somme annoncée[3] ; mais je ne l'ai pas reçue et quand j'écrivais en septembre ou octobre à Alfred Bloch[4], il me répondait que rien ne m'était dû. Est-ce qu'il a envoyé le chèque ou la somme à un agent ou quelqu'un d'autre ?? – Moi je n'aurais pas réclamé si j'avais reçu ce que vous m'avez annoncé. Peut-être vous pouvez lui téléphoner encore aujourd'hui[5] pour savoir ce qui s'est passé – j'étais un peu surpris du ton de la lettre de Alfred Bloch où (au lieu de dire : je vous ai fait parvenir déjà la somme en question) il disait froidement qu'il ne trouve dans ses livres rien à me rapporter.

Amitiés sincères et à demain,

Votre

Stefan Zweig

---

1. Lettre manuscrite non datée, à l'encre bleue, avec l'en-tête de l'hôtel Louvois. Fonds Jules Romains, BnF, NAF 28403 (177), f. 36. Notre datation s'appuie sur deux indices : après le 24 (lettre reçue par Zweig, voir ci-dessous) et avant le 26, car les derniers mots « à demain » font allusion à la conférence du théâtre Marigny. Zweig repartira pour Londres le lundi 29 avril 1940, cf. *Zweig 2023*, pp. 340 et suiv.

2. Formulée ainsi, cette phrase indique le souci de constituer un dossier (destiné éventuellement à un avocat) pour cette « affaire *Volpone* (film) » sur laquelle Jules Romains, à la demande de Zweig, a récapitulé la situation, le 24 avril 1940 : un chèque de 29 000 francs (50 % des droits touchés par Romains) a été envoyé le 10 juillet à (et reçu le 13 par) Alfred Bloch.

3. Il s'agit des droits générés par l'adaptation au cinéma de *Volpone*, avec Louis Jouvet, Harry Baur et Charles Dullin, réalisée par Maurice Tourneur ; ce film dont le tournage commence en mars 1940 sortira en France le 10 mai 1941.

4. Voir la lettre 380, du 13 octobre 1939, notes 3 et 4. Il s'agit des droits pour *Volpone*, cf. aussi *infra*, lettre 398.

5. Comprendre : « aujourd'hui même ».

397. Stefan Zweig à Jules Romains[1]

[Paris, 27 avril 1940]

Chers amis, je ne veux pas partir sans vous avoir dit toute ma gratitude et amitié[2]. Votre

Stefan Zweig

398. Stefan Zweig à Jules Romains[3]

[Bath] I. June 1940

Mon cher ami, j'ai presque honte de vous écrire en ce moment[4] sur un sujet matériel. Mais il s'agit pour moi que vous n'ayez [pas] le moindre doute en regard à ma parole[5]. L'agent ici n'avait pas mentionné qu'il avait reçu et transmis le montant du film[6] de Alfred Bloch et l'avait noté, sans le spécifier, sous

---

1. Lettre manuscrite non datée, à l'encre bleue, avec l'en-tête de l'hôtel Louvois ; enveloppe adressée à « Jules et Lise Romains, Paris [ajouté à l'encre violette : 134 rue] Faubourg St. Honoré ». Fonds Jules Romains, BnF, NAF 28403 (177), f. 35.

2. Zweig a rencontré plusieurs fois Jules et Lise Romains durant ce séjour ; ainsi écrit-il le 21 avril à Lotte, restée à Bath : « J'ai dîné prodigieusement hier avec les Romains chez Larue [célèbre restaurant, rue Royale], il avait lui-même combiné le menu. Ils envoient les meilleures salutations », *Zweig 2023*, p. 340.

3. Lettre manuscrite à l'encre violette, avec l'en-tête de Bath, « I. June » étant ajouté à l'encre rouge. Petite enveloppe, adressée à « Monsieur Jules Romains, St. Avertin près de Tours, France ». Fonds Jules Romains, BnF, NAF 28403 (177), f. 4-37.

4. C'est l'exode… et les Romains partiront le 11 juin de leur propriété de Grandcour (en Touraine).

5. Zweig tient à clarifier entièrement cette affaire compliquée qui dure depuis près d'un an (cf. lettre 380).

6. L'agent britannique (« d'ici ») a bien reçu et viré sur le compte de Zweig la somme reçue d'Alfred Bloch (à savoir : la part de Zweig, cf. n° 396, notes 2 et 3) mais sans que Zweig ait pu l'identifier.

une forme difficile à saisir, sachant qu'il n'avait pas le droit de l'encaisser, comme il n'est pas mon agent pour le droit de film. À cette occasion il a balbutié que, il y a six mois ou dix mois, le Theatre Guild[1] avait donné une option et qu'il aurait quelque argent à me rembourser de cette affaire. J'ai immédiatement télégraphié au Theatre Guild que ni eux ni un agent n'avait jamais le moindre droit de donner des options sur ma propriété ; que je n'ai jamais reçu ni accepterai un sou, que cette option n'existe pas et tout argent reçu a immédiatement à être repayé à l'homme qu'on a volé en lui vendant une chose qu'on n'avait pas le droit de vendre. Vous m'avez une fois écrit qu'on aurait vendu les droits en Amérique. Je vous ai télégraphié immédiatement – jamais ! C'est la première fois que j'entends de cette louche affaire et comme le Theatre Guild n'avait aucun droit de vendre ou de donner des options sans mon consentement il est impossible qu'on puisse molester la société « Île de France[2] ». Au contraire, ce sera moi qui demanderai satisfaction pour cette transaction frauduleuse derrière mon dos et sans m'avertir, pendant toute une année.

Votre fidèle

Stefan Zweig

Informez les gens de « L'Île de France » qu'ils n'ont aucune difficulté à craindre, car tout ce que ces escrocs ont fait est sans ma signature, sans pouvoir donné par moi et pour cela sans valeur. Je prépare une action au contraire pour demander des réparations pour avoir disposé de ma propriété sans avoir le droit[3].

---

1. Société théâtrale, fondée en 1918 à New York City, qui a créé le *Volpone* de Zweig à New York, le 9 avril 1928.

2. « La société Île de France Films avec laquelle nous avons passé un contrat pour "Volpone", comme vous le savez », a écrit Jules Romains à Zweig, le 1er février 1940 (*Fredonia*).

3. Ces lignes, depuis « Informez… » sont ajoutées à l'encre rouge, à gauche du texte.

399. Stefan Zweig à André Maurois[1]

[New York, peu après le 30 juin 1940][2]

Mon cher confrère, j'entends par Mme Chambrun[3] que vous étiez bien arrivé à Newyork et je tiens beaucoup à vous saluer ici. Je ne resterai pas longtemps ici, comme j'ai des conférences en Amérique du Sud à faire[4], mais, étant voisin de vous – j'habite la même rue, Hotel Wyndham – j'espère que nous pourrons nous entretenir un jour[5] de notre situation qui a, hélas, beaucoup en commun et je serais heureux d'entendre par vous que nos amis communs – Duhamel, Cortot, Julien Cain – sont saufs. Si un jour vous avez une heure libre, je serais si content de vous

---

1. Lettre manuscrite à l'encre violette, non datée, sur le papier à l'en-tête de l'hôtel où loge André Maurois et où Zweig lui a sans doute écrit et laissé cette lettre : « The Plaza, Fifth Avenue at 59th Street, New York ». Fonds André Maurois, Ms. 8505, Manuscrits de l'Institut.

2. Partis de Liverpool le 25 juin, les Zweig arrivent à New York le 30 juin 1940.

3. Josée de Chambrun (1911-1992), fille unique de Pierre Laval et jeune épouse de René de Chambrun (1906-2002), de passage à New York avant de rejoindre son poste d'attaché militaire à l'ambassade de France à Washington. Ce sont des amis de Maurois et de sa femme Simone, née Arman de Caillavet (1894-1968).

4. Zweig a prévu de s'embarquer le 9 août sur l'*Argentina*, et arrivera le 21 août à Rio de Janeiro. Ces conférences nombreuses (et lucratives) auront lieu surtout en Argentine et en Uruguay, et elles sont la raison principale de son voyage outre-Atlantique, sur une invitation datant de février 1940, cf. Stefan et Lotte Zweig, *Lettres d'Amérique* (désormais *Zweig 2012*), p. 30, note 2.

5. André Maurois évoque aussi cette rencontre dans ses *Mémoires* (Flammarion, 1970, p. 324) : « Rentré à New York, je reçus de nombreuses visites. Celle de Stefan Zweig me bouleversa ; bien qu'il eût épousé une jeune femme qu'il aimait, il restait accablé par son malheur. Le mien m'aidait à le comprendre. Il avait été à Vienne l'écrivain le plus justement estimé, l'un des quelques grands hommes de son pays, entouré de respect et d'affection, et soudain [!] parce que le tonitruant et cruel caporal Hitler avait proscrit les Juifs et occupé l'Autriche, Zweig se trouvait au ban d'une société dont il avait été l'un des plus précieux ornements. »

revoir après tant de temps – et quel temps ! – et de vous dire toute ma sympathie.

Veuillez transmettre à Madame votre femme mes meilleurs sentiments et croyez-moi votre tout dévoué

Stefan Zweig
42 West 58 Street
Hotel Wyndham

400. Stefan Zweig à Jules Romains[1]

[Teresopolis, 15 octobre 1940]

Chers amis, nous sommes ici en villégiature au Brésil[2], la semaine prochaine nous irons en Argentine[3] et nous espérons de vous revoir à New York en Janvier[4]. Meilleures amitiés de votre

Stefan Zweig

1. Petite carte postale avec une vue, en noir et blanc, de Teresopolis ; non datée, cachet postal « 15 octobre 1940 », adressée à : « Monsieur et Madame Jules Romains, New York, Hotel Mayflower, Central Park West ». Fonds Jules Romains, BnF, NAF 28403 (177), f. 38.

2. Teresopolis est une station à mille mètres dans la montagne, à trois heures de voiture de Rio, voir *Zweig 2012*, pp. 101 et suivantes. Ce n'est pas loin de Petropolis, où les Zweig se fixeront, mais en 1941 seulement.

3. Rédaction volontairement anodine, sans doute pour déjouer tous les soupçons.

4. Ils seront de retour à New York le 23 janvier 1941.

401. Stefan Zweig à Jules Romains[1]

Rio de Janeiro c/o Editora,
132 rua Ouvidor[2]

[Teresopolis,
15 novembre 1940]

Mon cher ami, je reviens ce moment dans l'avion de Buenos-Aires, et dans le pays où j'ai donné une série de conférences[3]. Je ne veux rien vous dire aujourd'hui que vous informer du retentissement énorme de vos articles dans la Prensa[4] – tout le monde en parle, tout le monde les discute et on vous attend ici. Moi-même je n'admire pas moins la façon claire, intelligente, pénétrante de ces souvenirs qui valent à eux-mêmes plus que toutes les avalanches de soi-disant « experts » en politique. Je vous félicite de tout mon cœur.

Je ne sais pas quand je viendrai à Newyork – je me sens bien au Brasil, parsque je peux enfin me recueillir et reprendre mon

1. Lettre manuscrite à l'encre violette sur papier avion, à l'en-tête « Aerogramma Via Panair », non datée. Fonds Jules Romains, BnF, NAF 28403 (177), f. 45. Cette lettre a été publiée par Jules Romains dans son article « Derniers mois et dernières lettres de Stefan Zweig », *La Revue de Paris*, 62e année, n° 2, février 1955, p. 5 (désormais *Revue de Paris 1955*).

2. Zweig indique ici l'adresse de son éditeur brésilien, Abrahão Koogan.

3. Zweig écrit à Hannah et Manfred Altmann, 15 novembre [1940] : « J'ai fait une dizaine de conférences au lieu des quatre prévues, ces trois dernières semaines. J'ai gagné en trois semaines de quoi mener une vie paisible pendant les trois mois à venir », cf. *Zweig 2012*, pp. 124-125.

4. Zweig a découvert ces articles sensationnels en Argentine, puisqu'en octobre et novembre 1940, *La Prensa* (grand quotidien conservateur) reprend en espagnol, sous le titre *Los misterios de Europa*, ces articles parus en anglais dans le magazine hebdomadaire nord-américain *The Saturday Evening Post* et qui constitueront le (remarquable) premier livre publié par Jules Romains en exil : *Sept mystères du destin de l'Europe* (New York, collection « Voix de France », Éd. de la Maison française, 1940, tirage : 500 ex.), voir *Rony 1993*, p. 508.

travail. Je commence à oublier[1] que j'ai ma maison et mes livres à l'autre bout de l'océan. Il faut recommencer[2] – c'est déjà pour la troisième fois[3] !

Toutes mes amitiés à Madame et de tout cœur votre vieil ami

Stefan Zweig

1. Zweig avait tout d'abord écrit : « J'ai oublié. »

2. La tonalité entièrement positive de cette lettre se poursuit, Zweig suggérant à Jules Romains d'envisager (comme lui-même) l'Amérique du Sud, voir plus haut : « On vous attend ici. »

3. Il y a eu trois recommencements pour Zweig : il a dû quitter Vienne (1917), puis quitter Salzbourg (1934), enfin quitter Bath (1940).

1941

402. Stefan Zweig à Jules Romains[1]

Newhaven[2], 22 février 1941

Mon cher ami,

Merci pour votre bonne lettre. Comptez toujours sur moi quand il s'agit de faire quoi que ce soit pour montrer notre solidarité[3]. J'ai pensé même si ce ne serait pas un beau geste de faire une grande soirée représentative de « Remerciement au Portugal » pour dire publiquement la gratitude de tous ceux qui ont trouvé un refuge là-bas. Je n'y étais pas du nombre,

1. Lettre dactylographiée à l'en-tête « Hotel Taft, Connecticut » dont la vignette précise : « Hotel Taft, Opposite the famous Newhaven Green, Newhaven, Conn. 19 ». Seuls les mots « votre vieux » et la signature sont ajoutés à l'encre violette. Fonds Jules Romains, BnF, NAF 28403 (177), f. 39.

2. De retour à New York le 23 janvier 1941, Zweig s'est retiré à New Haven (à 122 kilomètres au nord-est de New York) dès le 11 février 1941, car l'agitation de la ville l'empêchait de travailler. C'est là qu'il achève le manuscrit de *Le Brésil, terre d'avenir* et celui d'*Amerigo* [sous-titre : *Récit d'une erreur historique*] et qu'il travaille intensément à « l'autobiographie », qui sera *Le Monde d'hier*.

3. La solidarité entre eux des écrivains européens en exil. Jules Romains, en qualité de président international du Pen-Club, est en effet en train d'élaborer les statuts d'une nouvelle section du Pen-Club, le « European Pen Club of America », pour lequel il bénéficie de nombreux soutiens, notamment de Thomas Mann, Franz Werfel, Lion Feuchtwanger, André Maurois, Jacques Maritain, Henri Focillon, Maurice Maeterlinck, Sigrid Undset.

mais je crois qu'on aiderait avec une telle manifestation ceux qui sont encore là ou en route. Je crois toujours qu'il faut faire des choses dans le sens positif et de n'être pas toujours « contre ». Et – hélas ! – nous avons si peu à manifester dans le sens positif. Une telle grande manifestation des intellectuels pour un pays pourrait appeler[1] l'ambition des autres, et nous avons bien besoin de stimuler les États Sud-américains pour qu'ils se montrent un peu plus accueillants.

Newhaven est l'ennui parfait, mais j'ai le droit de prendre de la Yale University tant de livres que je veux, et les trois éléments – ville ennuyeuse, solitude et documentation facile – sont favorables au travail.

Je vous avertirai avec grand plaisir quand je viendrai à New York.

Les meilleures amitiés à vous et votre femme de nous deux.

Votre vieux

Stefan Zweig

403. Stefan Zweig à Jules Romains[2]

[Newhaven, entre le 11 février et la fin mars 1941]

Mon cher ami, quelques indications pour la déclaration programmatique[3] :

---

1. Dans l'original : « évoquer » (latinisme de Zweig).

2. Lettre manuscrite non datée, à l'en-tête de l'Hotel Taft. Fonds Jules Romains, NAF 28403 (177), f. 41, BnF.

3. Comme dans la lettre 402 (cf. note 3), il s'agit de la création de l'« European Pen Club of America », qui sera officialisée le 15 mai 1941, et Zweig prononcera ce jour-là une allocution, reproduite le lendemain dans l'hebdomadaire *Aufbau* (vol. VII, n° 20, 16 mai, p. 3). À l'époque, Jules Romains est plus que jamais confronté aux manœuvres de Hermon Ould (1886-1951), le secrétaire général britannique du Pen-Club International depuis sa création, qui dès 1936 combat ses initiatives. En septembre 1941, Jules Romains démissionne finalement de la présidence internationale du Pen ; voir lettre 414.

nous avons le devoir de parler pour ceux qui ne peuvent pas parler[1],

nous avons à maintenir dans le dernier grand pays libre la liberté de l'expression et de la parole,

nous devons grouper les éléments dispersés de la culture Européenne et maintenir symboliquement leur unité

notre but est de préparer un foyer pour l'information mutuelle de la production intellectuelle de tous les pays de l'Europe

nous devons prouver pour la postérité d'une façon documentaire que même la conflagration la plus terrible de l'histoire n'a pas pu briser notre foi dans l'unité internationale de tous les esprits libres du monde

nous voulons donner à tous les sans-patrie, tous les réfugiés un petit coin où ils se peuvent sentir chez eux – l'Amérique leur donne l'asile, nous leur donnons au moins l'illusion d'être chez eux.

Tout cela seulement des petites notes. Je me réjouis de lire votre roman[2] et je vous remercie de tout cœur. À samedi donc !

Votre fidèle

Stefan Zweig

Amitiés de nous deux à Madame R.

1. Écho explicite de l'allocution radiophonique de Zweig, sur Radio-Paris, le 24 avril 1940 : « Ceux qui ne peuvent pas parler », publiée en allemand le 4 mai suivant dans le journal des émigrés allemands *Das Neue Tage-Buch* (Paris) sous le titre « Das grosse Schweigen » [« Le grand silence »], in *Zweig 2020*, pp. 319-326.

2. Le tome XIX des *Hommes de bonne volonté* : *Cette grande lueur à l'Est*, paru à New York aux Éditions de La Maison française, 1941.

404. Stefan Zweig à Jules Romains[1]

[Newhaven, entre le 11 février
et la fin mars 1941]

Mon cher ami, je serai demain jeudi à cinq heures chez vous[2], mais je dois filer à 6 1/2 au plus tard pour rattraper mon train[3].

Amitiés à vous deux

Stefan Zweig

1. Lettre manuscrite non datée. La datation approximative correspond au séjour des Zweig à New Haven. Fonds Jules Romains, BnF, NAF 28403 (177), f. 40.

2. Sans doute pour discuter du projet Pen-Club européen ; Jules Romains écrit : « Durant toute la période de New Haven et de New York, nous n'eûmes pas l'occasion de correspondre, autrement que par télégramme ou téléphone, car nous nous rencontrions souvent et passions de longues heures ensemble. Il s'intéressa même de très près, avec un zèle qui dans ces matières ne lui était pas coutumier, à la fondation du Pen européen d'Amérique [...]. Il sacrifia son goût de la solitude pour participer à de nombreuses réunions du Comité, et il y prodigua les plus utiles conseils. » Texte dactylographié *in* « Dossier Zweig », p. 3, Fonds Jules Romains, BnF.

3. Depuis la célèbre gare Grand Central Terminal (trajet d'1 h 40 environ). En tout cas, en mars 1941 à New Haven, Lotte Zweig est gravement affectée par son asthme, qui l'empêche de travailler avec son mari, voir *Zweig 2012*.

405. Stefan Zweig à Jules Romains[1]

[New York, avant le 19 avril 1941]

Mes chers amis,
Nous sommes retournés de Newhaven[2], malheureusement les nouvelles de l'Europe ne sont pas faites pour nous laisser réjouir trop du printemps[3].
Voudriez-vous deux me faire le plaisir d'assister comme nos hôtes à ce petit (très simple) dîner des Balzaciens le Samedi April 19. Je sais que vous aimez les choses caractéristiques et dans cette communauté des Balzaciens vous trouverez des types qui paraissent inventés par Balzac lui-même, avant tout Royce[4], le bibliographe de Balzac qui pendant 42 ans n'a pas lu d'autres livres que par ou sur Balzac et formé une bibliothèque fantastique dans sa petite bicoque à Brooklyn. Mais il y aura aussi Philip Moeller, du Theater Guild, le dramaturge Middleton[5], des professeurs d'université, un bric à brac amusant. J'assisterai moi-même pour la première fois à un tel dîner et cela ferait sensation si le continuateur de la tradition Balzacienne, l'auteur des Hommes de bonne volonté leur faisait l'honneur de sa présence. J'ai le pressentiment que ce sera assez amusant dans ce petit restaurant.

1. Lettre manuscrite non datée, à l'en-tête du « Hotel Wyndham, 42 West 58th Street. Telef. Plaza 33500 » à l'encre violette. Fonds Jules Romains, BnF, NAF 28403 (177), f. 42.

2. Ce retour à New York se situe au début d'avril (avant le 5).

3. Le 6 avril 1941 commence la campagne des Balkans : les troupes de la Wehrmacht envahissent la Yougoslavie et la Grèce. Une semaine plus tôt a débuté l'offensive de l'Afrika-Korps du général Erwin Rommel en Cyrénaïque.

4. William Hobart Royce (1878-1963), écrivain, critique littéraire, bibliophile, et poète. Fondateur et président de la Balzac Society of America qui publie (aujourd'hui encore) le *Balzac Bulletin*.

5. Philip Moeller (1880-1958), dramaturge et metteur en scène ; William George Middleton (1880-1967), auteur de pièces à succès et traducteur (de théâtre français).

Nous téléphonerons, n'est-ce pas si vous nous ferez ce plaisir. Et à tantôt. Votre

Stefan Zweig

406. Stefan Zweig à André Spire[1]

[New York, après le 24 avril 1941]

Mon cher André Spire, toutes nos félicitations[2] ! Nous espérons que la mère se porte bien et serons heureux de voir la petite Américaine dès qu'elle daignera de recevoir des émigrés.
C'est pour vous une grande journée de votre vie, un recommencement qui – si possible – vous rajeunira encore ! De tout cœur votre

Stefan Zweig

Mes sincères félicitations à l'arrivée de Danièle[3] et merci encore pour l'agréable soirée de l'autre jour[4] !
Lotte Zweig

1. Lettre manuscrite à l'encre violette, non datée, à l'en-tête de l'hôtel « The Wyndham, 48 West 58th Street New York ». Archives André Spire, Paris. La mention « 1941 » est ajoutée au crayon à papier. Les lignes écrites par Lotte sont elles aussi en violet.

2. La petite fille, née le 24 avril, s'appelle Marie-Brunette, en souvenir de la mère d'André Spire, Marie-Brunette Nathan-Spire, décédée en 1935.

3. Si l'enfant avait été un garçon (avaient dû apprendre les Zweig en rencontrant les Spire peu auparavant), il aurait été prénommé Daniel. Pour une petite fille, Lotte en avait déduit qu'elle s'appellerait Danièle.

4. Sur la chemise contenant les lettres de Stefan Zweig à André Spire (Archives A. Spire), sa femme Thérèse Marix-Spire a inscrit la remarque (à l'intention de sa fille) : « Tous deux, nous les avions rencontrés par hasard avant la naissance de M. Brunette, surprenante rencontre dans un tout petit restaurant de la 6e Avenue. Lui regardait ton père fixement, et tout d'un coup se leva d'un bond. Très chaleureuse soirée. »

407. Lotte Zweig à André Spire[1]

[New York] 14 mai 1941

Cher Monsieur Spire,

Merci pour votre lettre et la nouvelle adresse[2]. J'espère que vous vous êtes déjà bien installés et que votre femme et le bébé se portent bien. Nous comptons vous voir bientôt et nous vous prions d'excuser si ce ne sera possible avant la fin de la semaine prochaine. Nous avions justement un tas de choses à régler et vous saurez déjà combien de temps on perd à New York à cause des distances. Mais nous nous réjouissons déjà de vous revoir[3] et de visiter votre femme et la petite Danièle.

Avec nos meilleures amitiés à vous et à votre femme

Lotte Zweig

1. Lettre manuscrite à l'encre noire, avec l'en-tête de l'hôtel « The Wyndham ». Archives André Spire, Paris.

2. Depuis son arrivée aux USA en mars 1941, Spire a déjà déménagé trois fois, et vit alors au 14 East 95th. Par mesure de prudence, il recommande à ses amis d'utiliser l'adresse « C/o French Consulate, 610 Cinquième avenue New York », car – précise-t-il – « on change souvent d'adresse dans ce pays ». Voir sa lettre à Ludmila Savitzky, *Une amitié tenace. Correspondance 1910-1957*, présentation par Marie-Brunette Spire, Paris, Les Belles Lettres, 2010, p. 607.

3. La présence dans les archives Spire d'un document datant de mai 1941, où Zweig figure comme cosignataire, permet de penser qu'ils se sont revus avant l'été 1941.

408. Stefan Zweig à André David[1]

[New York] le 5 juin 1941.

Cher Monsieur David,

Revenu d'un petit voyage, j'étais navré d'entendre aujourd'hui à l'Hôtel Pierre que vous l'avez déjà quitté[2]. Mais dans l'Amérique on pense et on vit dans d'autres distances et j'espère que nous nous reverrons bientôt soit à Hollywood soit à New York.

Votre tout dévoué

Stefan Zweig

409. Lotte Zweig à André Spire[3]

Ossining[4], 29. 6. 41

Cher Monsieur Spire,

Merci pour votre bonne carte, nous sommes heureux que vous ayez pu quitter New York pour l'été[5] et nous espérons que vous y passez de bonnes heures.

---

1. Lettre dactylographiée, papier à en-tête de « Hotel Wyndham », enveloppe adressée à « Mr. André David, 237 South Reeves Drive, Beverly Hills, Calif. », et au dos, dactylographié : « Zweig, Hotel Wyndham ». Fonds André David, Bibliothèque historique de la Ville de Paris, 4-MS_FS_24_0814.

2. André David n'a séjourné que brièvement à New York. Durant les quatre années qui suivent, il assure la direction d'un centre de documentation sur la France (French Research Foundation), centre culturel créé à Los Angeles par le comédien Charles Boyer (1899-1978).

3. Lettre manuscrite sur papier libre, Archives André Spire, Paris.

4. Ossining, petite ville à 49 kilomètres au nord de New York, sur l'Hudson, dans une maison louée par les Zweig pour juillet 1941.

5. Les Spire ont pu passer l'été 1941 à Carlisle, en Pennsylvanie, grâce à l'aide d'une amie américaine. Sur la vie d'André et Thérèse Spire aux États-Unis, voir *Halévy-Spire*, pp. 136-139.

Nous aussi nous sommes à la campagne et Stefan en profite pour travailler beaucoup.
C'est bien agréable ici, mais malheureusement nous ne savons pas combien de temps nous pourrons encore rester. Il est possible que nous devions rentrer à l'Amérique du Sud, et en ce cas il faudra se décider vite. Si nous ne partons pas, nous nous réjouirons de vous revoir à New York en Septembre.

Meilleures amitiés de nous deux, aussi à votre femme (j'espère, la petite se développe bien).

Lotte Zweig

410. Stefan Zweig à Jules Romains[1]

[New York, 11 août 1941]

Chers amis, nous avons résolus de partir d'abord par Rio de Janeiro c/o Editora Guanabara 132 rua Ouvidor / le 15 août. Je suis excessivement fatigué. Ce n'était pas seulement le travail – j'ai terminé quasi l'autobiographie[2] – mais toutes sortes de dépressions psychiques, avant tout l'incertitude de ma position, et peut-être nous pourrons là-bas préparer une immigration si nous préférons de rester là-bas pendant la guerre. Ce sentiment de ne pas savoir quoi faire pèse sur nous depuis des mois. D'une part cela serait folie de rentrer en Angleterre où je suis moralement pour eux un étranger et un peu encore l'ancien

---

1. Lettre manuscrite à l'encre bleue, non datée, sur un papier à l'en-tête de « Hotel Wyndham ». Fonds Jules Romains, BnF, NAF 28403 (177), f. 43. Lettre reproduite par Jules Romains dans « Derniers mois et dernières lettres », dans *La Revue de Paris*, n° 2, février 1955, p. 7. (Dans les lettres suivantes, nous signalerons d'éventuelles variantes dans la transcription sous la référence *Revue de Paris 1955*).

2. C'est évidemment *Le Monde d'hier, Souvenirs d'un Européen*, achevé après un mois de travail acharné à Ossining. D'aucuns contestant aujourd'hui ce caractère autobiographique, il est à noter que Zweig l'auteur, lui, l'affirme à plusieurs reprises.

« alien enemy[1] » ; d'autre part cela crée des difficultés de vivre à l'étranger sans la possibilité de se fixer quelque part – ma position devient de plus en plus absurde. Je sais que la vôtre aussi n'est pas facile envers la France, mais vous êtes au moins plus libre. J'aime de vivre là-bas, mais c'est une langue étrangère que j'aurais à apprendre, et il me manque des amis comme vous et il n'y a pas des livres, des bibliothèques. Tout cela est bien sombre et surtout avec 60 ans et quand on a besoin de repos et d'un certain chez soi.

Je m'occuperai immédiatement – et déjà par des raisons égoïstes – de la possibilité des conférences là-bas. Maintenant la saison closera[2] bientôt, mais pour avril mai ou tout l'été ce seront des excellentes conditions à votre disposition en Argentine, Brasil, Uruguay. Est-ce permis de penser et de faire des projets pour de telles dates ? On verra !

Maintenant je veux remercier vous deux encore pour toute la bonne amitié que vous nous avez témoignée et je vous souhaite les plus belles choses. J'ai la sûreté qu'un jour – qui n'est peut-être pas trop loin – vous pourrez rentrer en France et l'Amérique n'aura pas été qu'une épreuve pour vous. Moi je n'aurai jamais plus de patrie et le provisoire semble devenir pour moi le définitif.

Mille amitiés de votre

Stefan Zweig

---

1. Stefan Zweig avait d'abord écrit : « un étranger et presque encore l'ancien « alien enemy ».

2. Comprendre : « se terminera ». Influence flagrante du milieu anglophone.

411. Lotte Zweig à Jules et Lise Romains[1]

[New York] Aug. 11th, 41

Chers amis,

Il paraît que nous partirons vraiment vendredi soir[2] – nous n'osons pas encore dire que c'est sûr et nous sommes plutôt contents de partir pour le Brésil. Les amis, les livres nous manqueront là-bas, mais j'espère qu'à part de cela nous serons bien au Brésil. – Nous sommes déjà rentrés à Newyork parce qu'il y a des quantités de choses à arranger, à régler, à demander. Quel dommage que vous ne soyez pas encore rentrés ! Il faut donc espérer que vous viendrez à l'Amérique du Sud l'année prochaine ou que nous pourrons rentrer ici. En tout cas écrivez-nous de temps en temps, vous savez vous-même comment on est heureux de trouver une lettre d'amis parmi le courrier actuel.

Meilleures amitiés

Lotte Zweig

---

1. Lettre manuscrite, à l'encre noire, de la main de Lotte Zweig, portant la mention « 2 bis » au crayon noir, jointe à la lettre précédente ; reproduite aussi par Jules Romains dans *La Revue de Paris 1955*, p. 8. Fonds Jules Romains, BnF, NAF 28403 (177), f. 44.

2. L'embarquement des Zweig à bord de l'*Uruguay* vers Rio de Janeiro, le 15 août, est confirmé par leurs lettres à Manfred (1900-1954) et Hannah (1898-1954) Altmann, le frère de Lotte et sa femme, cf. Stefan et Lotte Zweig, *Lettres d'Amérique, New York, Argentine, Brésil 1940-1942*, édition établie et préfacée par Darién J. Davis et Oliver Marshall, Paris, 2012 (*Zweig 2012*), p. 191.

412. Stefan Zweig à Jules et Lise Romains[1]

[Rio de Janeiro, 2 sept. 41]

Chers amis, je vous remercie de tout cœur pour votre bonne lettre et tout ce qu'elle contient de sentiments amicaux[2]. Je sais bien que j'étais déprimé et pour bonne cause. Ma situation est des plus compliquées et anormale ; mes livres n'existent plus dans leur langue, j'ai eu deux mois en tout une nouvelle « patrie » et je suis ici tout à fait à l'étranger ; j'ai là-bas[3] tout ce que je possédais, mes livres aussi et mes manuscrits et je suis sûr que je ne pourrais jamais y retourner. Et cette vie nomade sans livres, sans droit, sans sûreté nous pèse et avant tout, elle empêche avec les déménagements continuels la concentration nécessaire. J'ai presque 60 ans et il sera dur de recommencer dans quelques années et je souffre beaucoup de cette incertitude continuelle – en plus, j'ai eu toutes sortes de difficultés personnelles et mon caractère est plutôt penché vers le pessimisme. J'ai besoin d'une certaine tranquillité pour la concentration – maintenant nous voulons louer une maison à Petropolis pour une demi-année et vivre une vie retirée. On se sent ici plus loin de l'Europe – dans le bon sens qu'on sent moins son agonie, dans le mauvais sens qu'on est plus isolé, sans vrais amis, sans livres.
J'ai vu Max Fischer[4] et je n'ose pas encore me faire une idée de ce qu'il fait ici – une Maison Française, il semble, qui veut

1. Lettre manuscrite, sur papier avion, sans en-tête ni date. Fonds Jules Romains, BnF, NAF 28403 (177), f. 46[1]. La datation est celle de Jules Romains (qui avait sans doute conservé l'enveloppe) et qu'il indique dans *La Revue de Paris 1955*, pp. 8 et 9. En tout cas, Lotte Zweig écrit aux siens, depuis Rio, le 31 août 1941 : « Nous sommes bien arrivés ce mercredi », in *Zweig 2012*, p. 198.

2. Jules Romains raconte, après leur rencontre à Ossining le 13 juillet 1941, avoir été « si frappé de son aspect que je lui écrivis peu après une lettre particulièrement longue et affectueuse, qu'il reçut à Rio et à laquelle il répondit par sa lettre du 2 septembre ». Cf. *Revue de Paris 1955*.

3. En Angleterre, à Bath.

4. Max Fischer (1880-1957), ancien directeur littéraire des Éditions Flammarion, principal éditeur de Jules Romains ; il a accepté en 1932 de publier

rester en bons termes avec la France actuelle et qui penche vers le catholicisme[1] ; il se dit grand ami de vous et j'espère qu'il le soit, sans en avoir la conviction absolue. Je vais terminer mon autobiographie ici, toute cette vie historique que notre génération a vécue, avec ses espoirs et ses déceptions. Et après ? Je ne sais pas encore. Avant tout il faut retrouver l'équilibre et combattre la fatigue morale qui m'a envahi les derniers mois – je suis plus Européen que je ne le croyais. Quant à votre voyage et conférences vous entendrez bientôt de nous ; j'écrirai à mes amis à Buenos Aires et en tout cas on peut faire deux conférences, ici et à San Paolo. Le pays est tranquille, la vie sensiblement plus chère, le nationalisme en grand progrès – même mon livre sur le Brazil n'était pas encore assez enthousiaste. En somme je me sens beaucoup mieux ici, il ne manque que l'atmosphère intellectuelle, les stimulations artistiques et avant tout des amis tels que vous deux. De tout cœur, votre

Stefan Zweig

Les Hommes de bonne volonté. Zweig ne connaît pas les liens étroits qui l'unissent à Romains, au niveau tant professionnel que privé : Max Fischer est le témoin de mariage de Jules Romains en 1936, et pendant l'exode, les Romains le rejoindront dans le Sud-Ouest pour franchir ensemble la frontière espagnole et aller à Lisbonne. Voir Lise Jules-Romains, *Les Vies inimitables*, Flammarion, 1985, pp. 258-262. Lorsque Jules Romains publie cette lettre en 1955, il supprime les commentaires de Zweig sur Max Fischer.

1. Max Fischer crée la société Americ-Edit qui va jouer un rôle important dans le monde éditorial sud-américain.

413. Lotte Zweig à Jules et Lise Romains[1]

[Rio de Janeiro, 2 sept. 41]

Chers amis,

Merci pour votre bonne lettre que nous venons de recevoir, et soyez sûrs que nous ferons tout notre possible pour que vous puissiez venir à l'Amérique du Sud. Jusqu'à présent nous avons vu peu de gens et nous essayons d'éviter toutes les invitations. Nous cherchons une petite maison meublée à Petropolis pour y passer les prochains mois. Jusqu'à décembre ce sera très tranquille là-haut, et quand la saison commencera, nous serons probablement contents d'avoir un peu de compagnie. Petropolis sera bon pour travailler et comme il y a de bonnes communications[2], nous pourrons descendre à Rio à chaque instant.

J'espère que vous avez passé de bonnes semaines au College[3] et au Canada et que vous vous êtes bien reposés. Ici nous avons comme voisin de chambre un vieil ami de vous, Max Fischer de Flammarion qui nous a chargés de vous dire qu'il a bien reçu votre lettre et vous répondra bientôt[4].

Avec les meilleures amitiés

Lotte Zweig

1. Lettre manuscrite, sur papier avion. Datation due à Jules Romains (voir lettre précédente n° 412), les deux messages ayant été envoyés ensemble. Fonds Jules Romains, BnF, NAF 28403 (177), f. 46[2].

2. « Nous sommes, en bus ou en train, à une heure quarante de la ville », écrit Zweig à Friderike Zweig, le 10 septembre 1942, *Correspondance 1932-1942*, Grasset, 2008, Le Livre de poche, 2010, p. 456.

3. Le Middlebury College, désigné par Romains comme « l'École Francaise de Middlebury, dans le Vermont ».

4. Comme pour la lettre précédente, J. Romains a supprimé (dans *La Revue de Paris 1955*) toute cette phrase sur Max Fischer, bien qu'il ait lui-même précisé en note de bas de page qu'il reproduisait « textuellement » ces lettres (p. 8).

414. Stefan Zweig à Jules et Lise Romains[1]

Petropolis, 29. sept. 41

Chers amis, même dans notre solitude ici nous entendons qu'il y avait des discussions sur le Penclub[2] et je n'ai pas besoin de vous dire, combien je regrette que pour tout ce travail terrible que vous avez fait, vous avez en récompense encore des attaques. Vous connaissez ma méfiance contre tout ce qu'on fait en commun – on se dégoûte quand on voit à quel degré la plupart des gens sont mesquins ou esclaves de leur vanité. J'espère, vous ne prenez pas ces choses au cœur – vous avez vous-même et votre travail, la seule chose décisive dans cette vie.

Connaissant votre affection amicale pour nous, je suis heureux de vous dire que nous sommes très contents et presque heureux ici. La vie est si calme, le paysage si parfait, les gens si sympathiques que j'ai oublié presque les ennuis personnels que j'éprouvais[3] et qui n'ont pas diminué de fait, mais qui par miracle ne m'intéressent plus dès que je suis ici. La distance transforme toutes les valeurs et aujourd'hui plus on est loin de la guerre, de l'époque, de la bêtise des hommes, plus on respire librement. Je suis sûr que vous vous sentiriez beaucoup plus heureux ici dans un pays latin et (avec tous ses nègres et mestizos[4]) Européen que aux U.S.A. Peut-être je peux vous encourager de venir au printemps pour des conférences – celles

---

1. Lettre manuscrite, à l'encre bleu nuit, sur papier avion, avec un double en-tête pré-imprimé : à gauche, C/O Editora Guanabara, 132, Rua Ouvidor, Rio de Janeiro ; à droite : Petropolis (Brasil) (34, Rua Gonçalves Dias). Fonds Jules Romains, BnF, NAF 28403, f. 48[2]. Publiée par J. Romains en 1955 dans *La Revue de Paris* (pp. 9-10).

2. À cette date, Jules Romains a été contraint de démissionner de la présidence internationale du Pen-Club ; voir les lettres 402 et 403.

3. Il y a eu des soins dentaires, mais aussi une véritable campagne de presse contre son livre *Le Brésil, terre d'avenir*.

4. « Métisses » ; influence du portugais, cette fois.

de l'Argentine peut vous arranger mon agent là-bas, un homme de haute probité[1] et digne de toute confiance.

Quant au travail : je corrige mon autobiographie, qui me plaît assez et dont mon vieil ami et éditeur Huebsch semble très content. Puis j'ai écrit (presque) un petit conte[2], mais pas pour le grand public, plutôt pour les amateurs et fanatiques de l'échec, je crois, c'est la première du genre. Toutes nos amitiés pour vous deux

Stefan Zweig

[3]Petropolis est dans la montagne, $1^{1/2}$ de Rio, une place d'été et maintenant délicieusement vide

415. Lotte Zweig à Jules et Lise Romains[4]

Petropolis, 29. 9. 41

Chers amis,

Dans cet endroit lointain on a de nouveau le temps d'écrire des lettres et on apprécie plus que dans une grande ville les lettres amicales. Donc j'espère que nous aurons bientôt de vos nouvelles et je suis curieuse d'entendre si vous allez vraiment quitter New York pour le sud ou l'ouest[5].

---

1. Alfredo Cahn (Zurich 1902-Córdoba 1975) est à la fois le traducteur de Zweig et son agent pour l'Argentine, où il a émigré en 1924 avec sa femme espagnole. Il est aussi professeur à l'Université de Córdoba et éditeur.

2. C'est bien sûr *Schachnovelle* [*Le Joueur d'échecs*]. Et au-delà des formulations modestes, il s'agit bien dans cette lettre des deux chefs-d'œuvre salués aujourd'hui comme tels dans le monde entier.

3. Phrase ajoutée à droite, le long du texte.

4. Lettre manuscrite sur papier avion, sans en-tête, probablement jointe à la lettre précédente. Fonds Jules Romains, BnF, NAF 28403 (177), f. 48.

5. Les Romains vont quitter New York le 10 novembre 1941 pour voyager (en voiture) dans le sud des USA.

Nous sommes très contents d'être ici, et surtout Stefan se sent très bien ici. Il a tout – ou presque tout – ce qu'il lui faut, un petit appartement (un bungalow), avec une grande terrasse couverte, avec une belle vue sur les montagnes, 3 petits cafés à l'autre côté de la rue, une quantité d'autobus pour la petite ville et pour Rio, l'occasion de faire de belles promenades, et avant tout une tranquillité absolue pour le travail. Pour moi la vie est un tout petit peu plus difficile en ce moment parce que je dois expliquer dans mon pauvre portugais à une servante qui ne sait presque rien de la cuisine le peu que je sais moi-même. Mais ça va déjà mieux, et le contraste énorme entre un ménage aux États-Unis et ici (Petropolis comme ville d'été est infiniment plus primitive que Rio) est très amusant – là-bas une servante qui ne sait faire la cuisine sans « cans[1] » et ici une qui les a vus maintenant pour la première fois, celle des USA[2] qui ne sortait qu'en auto, celle d'ici qui enlève ses souliers de bois avant d'entrer dans une chambre et qui m'apporte des fleurs. – Malgré ces explications ménagères je m'occupe peu de temps avec le ménage, je travaille pour Stefan, et le joins[3] aux échecs, aux promenades et aux innumérables cafés.

J'espère d'entendre que chez vous tout va bien et que le travail continue sans interruption. Quand est-ce que nous recevrons le nouveau livre[4] ? Nous l'attendons avec impatience. Meilleures amitiés

Lotte Z

1. Boîtes de conserve.

2. Dans la transcription qu'il fera de cette lettre pour *La Revue de Paris 1955* (p. 10), Romains remplace « celle des USA » par « celle d'Ossining ».

3. Nouvel anglicisme, comprendre : « je le rejoins ».

4. *Le monde est ton aventure*, le tome XX des *Hommes de bonne volonté*, paru aux Éditions de la Maison française, à New York, à l'automne 1941.

416. Stefan Zweig à Jules Romains[1]

Petropolis, 28. October [1941]

Mon cher ami, nous n'avons pas entendu de vous[2] sauf cette déclaration[3] qui m'inquiétait parsqu'elle prouve que vous avez à faire face à toute sorte d'attaques. Mon ami, nul ne peut comprendre notre situation, et seulement nous-mêmes savons comme les autres se font la vie facile en concentrant toutes leurs pensées sur leur propre intérêt et en usant de phrases vagues sans jamais faire quelque effort. Vous m'avez vu à Ossining si opprimé[4], donc je puis comprendre tout ce que ce temps maudit demande de nous ; ici je reprends un peu mes forces après ce breakdown. Vous avez au moins votre langue, votre public, pendant que je me sens comme Keats qui faisait écrire sur sa tombe « written in water » – mais il faut s'habituer à tout et je lis ici Montaigne comme une découverte ; certains auteurs se révèlent à nous seulement à un certain âge et dans des moments choisis. J'ai terminé mon autobiographie qui est j'espère un livre coloré et avant tout un livre honnête qui témoigne de notre combat depuis 1910 et, hélas, aussi de notre défaite – je me sens soulagé. J'ai en tout cas donné compte de ma vie et

---

1. Lettre manuscrite, à l'encre bleu nuit, sur papier avion, avec un double en-tête (comme dans la lettre 414). Fonds Jules Romains, NAF 28403 (49), BnF. Lettre reproduite par Jules Romains dans *La Revue de Paris 1955* (p. 12) et reproduite aussi par le *Journal de Genève* (n° 24, 29 et 30 janvier 1955, p. 3).

2. Comprendre : « pas eu de vos nouvelles ».

3. C'est vraisemblablement la « Lettre ouverte à André Labarthe », directeur du journal *La France libre*, à Londres, cf. *Rony 1993*, p. 527.

4. Jules Romains a commenté (mais beaucoup plus tard) cette rencontre du 13 juillet 1941 à Ossining : « Nous fûmes extrêmement frappés du changement qui s'était produit chez Zweig en peu de semaines. Il avait, physiquement et moralement, l'air d'un homme brisé. Sa femme elle-même, la douce Lotte, était mélancolique. Je me souviens d'une phrase qu'il prononça, avec un sourire triste, devant Lotte qui ne protesta pas : "J'avais cru, en épousant une jeune femme, m'assurer une provision de gaîté pour mes vieux jours. Et voilà maintenant que c'est moi qui suis obligé de la remonter" », in *Amitiés et rencontres*, Flammarion, Paris, 1970, p. 208.

je crains, le reste de cette vie n'aura pas à ajouter beaucoup de resplendissant et héroïque. Ma crise intérieure consiste en ce que je ne peux pas m'identifier avec mon moi du passeport, de l'exil, du je-ne-sais-pas-où, écrivain sans son public, Coriolanus qui hait le pays dont il écrit et use la langue, être sans droit-d'être nulle part, un amas de contradictions au lieu de l'ancienne unité. Votre position aussi est compliquée, mais tout de même vous êtes sur vos propres pieds partout où vous marchez – et vous êtes un fort marcheur, vous avez une fermeté intérieure. Seulement je crains pour votre bon rire – je crois, il faudra beaucoup de temps pour le retrouver. Vous nous manquez beaucoup. Nous vivons dans une solitude absolue, il y a des semaines où nous ne voyons personne et le manque des livres se fait quelquefois sentir (nous n'avons pas encore reçu le 20ème volume[1]). Peut-être qu'on s'abrutira un peu ici, peut-être que la concentration et la lecture solide (Shakespeare, Homère ect.) aura de bons résultats – en tout cas on vit loin ici et je sens qu'il m'était nécessaire de faire cette cure de silence – il y a trop qui m'attend encore et on aura besoin de ses nerfs. Je jouis de cet enterrement à corps vivant mieux que de la vie à New York où les hommes, les choses me paraissaient des spectres d'une autre vie et moi-même aussi. – Nous ne laissons pas l'espoir de vous rencontrer ici un jour, car je ne pense pas à venir à Newyork. Ma femme serait si heureuse d'être avec la vôtre et plus le monde s'enlaidit, plus la vue d'un ami fait du bien. Votre vieux

Stefan Zweig

Meilleures amitiés Lotte Zweig[2]

1. Le tome XX des *Hommes de bonne volonté* : *Le monde est ton aventure*, New York, Éditions de la Maison française, 1941.

2. Ligne supprimée par Jules Romains dans *La Revue de Paris 1955.*

417. Stefan Zweig à Jules et Lise Romains[1]

[Petropolis] 3.11.41

Chers amis, nous avons la bonne lettre de Lise. Heureusement – je dis heureusement pour moi – je ne sais rien des détails, mais je connais assez la lâcheté des gens et leur méchante joie de voir attaqué un autre. Mon ami, j'attends de pareilles choses chaque instant et je sais combien on souffre d'un dégoût personnel[2] dans une époque où nous avons le cœur déjà gros des souffrances et des déceptions. Je lis Montaigne maintenant chaque jour – ah si j'avais la documentation j'écrirais un livre[3] ; il n'y a que la liberté intérieure, et lui il l'avait comme peu de gens dans ce monde. C'est un auteur fortifiant – et il ne faut lire que ceux-là. Je fais des esquisses pour un roman[4], ayant terminé l'autobiographie, mais hélas il manque ici la documentation sur certaines années en Autriche. Je ne peux faire que le fond, espérant un jour de pouvoir apporter les détails. C'est cet isolement intellectuel qui pèse ici sur le travail – j'ai encore des fonds dans ma mémoire mais il faudrait la stimulation par des détails.
Je suis curieux quelle place vous choisirez. J'ai pensé pour vous à New Orleans, ville où on mange bien et qui est à la fois grande et tout de même provinciale. Quant à moi j'ai renoncé

---

1. Lettre manuscrite à l'encre bleu nuit, avec date inscrite au crayon noir, sans doute par Jules Romains qui a publié cette lettre (*Revue de Paris 1955*, p. 13). Papier avion avec un double en-tête, comme la lettre 414. Fonds Jules Romains, BnF, NAF 28403, f. 50.

2. Comprendre : « blessures d'amour-propre ».

3. Manifestement Zweig n'a pas encore rencontré Fortunat Strowski (1866-1952), le savant éditeur (avec François Gebelin et Pierre Villey) des *Essais de Michel de Montaigne, publiés d'après l'exemplaire de Bordeaux*, 5 vol., 1906-1933, qui vit et enseigne à Rio de Janeiro. Les fragments que Zweig écrira sur *Montaigne*, restés à l'état de « premier brouillon », ne seront publiés qu'en 1960 par Richard Friedenthal.

4. Allusion à *Clarissa*, ultime roman resté inachevé qui ne parut en allemand qu'en 1990 (reconstitué par Knut Beck) ; l'édition critique récente, due à Simone Lettner et Werner Michler, a paru à Vienne, chez Zsolnay, 2024.

à[1] trouver une place fixe – nous resterons ici encore quelques mois et l'après est encore incertain, mais je ne crois pas que je quitterai le Brésil, nous sommes tous les deux assez fatigués de voyager, de changer d'adresse, de s'accoutumer de nouveau. Il ne faut pas oublier que c'est depuis 7 ans que je mène cette vie incertaine, sauf les quelques mois où j'installais cette maison de Bath pour la laisser aux autres[2]. En tout cas ne nous perdons pas les uns les autres, nous sommes si solitaires comme jamais dans ce monde ; je me souviens de votre poème Europe[3] ce jour. Tout de même, combien d'espoir on avait, même au gouffre de la dernière guerre ! Je pense souvent à Rolland et son silence forcé ; est-ce qu'on pourra sauver ces cahiers de quarante ans, peut-être la documentation la plus précieuse de notre époque[4] ? Mon ami je regrette que je n'étais pas à Newyork dans les jours où vous avez eu intérieurement le désir d'avoir des amis à côté de vous ; mais je ne laisse pas l'espoir que vous viendrez aussi un jour en Amérique du sud. Mille amitiés à vous deux. Votre

Stefan Zweig

1. Zweig a écrit : « j'ai résigné de ».

2. L'achat de Rosemount House fut signé le 12 septembre 1939, et en quittant l'Angleterre le 25 juin 1940, les Zweig laissaient la maison à la disposition de la famille du frère de Lotte, Manfred Altmann (1900-1954).

3. Jules Romains, *Europe*, *poème*, Édition de la Nouvelle revue française, 1916, 85 p., évoqué par Zweig dans deux lettres à René Arcos (n°s 48 et 56) le 16 décembre 1917 et le 23 mars 1918 (!).

4. Allusion au « Journal » de Romain Rolland (dont certaines parties sont aujourd'hui encore inédites).

418. Lotte Zweig à Lise Romains[1]

[Petropolis] 3.11.41

Chère amie,
Merci pour votre bonne lettre. Nous comprenons si bien vos sentiments en ce moment-là, et j'espère seulement que comme Stefan aussi chez votre mari le changement complet d'environs fera beaucoup de bien, autant que le fait d'être loin de tous ces gens et d'avoir toute la journée pour le travail. Dans ce sens-là nous menons en ce moment l'existence idéale – tranquillité absolue, une maison très modeste et petite, mais très convenable et bien située avec une belle vue. Je suis sûre qu'en voyageant un peu avec l'auto vous allez aussi trouver un coin, beau et isolé, dans le Sud et alors vous vous sentirez mieux immédiatement. J'espère que votre prochaine lettre nous donnera déjà de bonnes nouvelles et j'espère aussi que votre voyage en Amérique du Sud s'arrangera. On a tout ici excepté les amis.

Amicalement à vous deux

Lotte Z

419. Stefan Zweig à Jules et Lise Romains[2]

Petropolis, 28. Novembre 1941[3]

Mes chers amis, dans ce moment où la soi-disant humanité souffre comme jamais, c'est l'homme qui compte et jamais l'ami-

---

1. Lettre manuscrite, à l'encre bleu nuit, sur papier avion, sans en-tête, envoyée avec la lettre précédente. Fonds Jules Romains, BnF, NAF 28403, f. 51. Reproduite aussi dans *La Revue de Paris 1955*, pp. 13-14.
2. Lettre manuscrite à l'encre bleu nuit, sur papier avion, avec un double en-tête, comme sur la lettre 414. Fonds Jules Romains, BnF, NAF 28403, f. 52. Reproduite par Jules Romains, *La Revue de Paris 1955,* pp. 14-15.
3. Cette lettre est datée (sinon écrite) du jour anniversaire. Lotte Zweig est sans doute plus exacte, dans sa propre lettre (n° 420).

tié n'a prouvé sa force réconfortante comme aujourd'hui : vous pouvez imaginer quelle joie votre surprise amicale[1] a été pour moi. Nous tous nous sentons isolés, le monde paraît une place où nous sommes établis par une erreur fatale, notre propre vie comme une longue ligne des erreurs – et soudainement une voix fraternelle vous dit : rassurez-vous ! Ce n'était pas tout en vain. Dans toutes tes erreurs et fautes il y avait quelque chose de fécond, quelque chose que tu ne réalises pas toi-même, mais qui s'est réalisé en dehors de toi par l'atmosphère de ton être par des forces secrètes, qui sont jaillies de toi à ton insu et sans le concours conscient de ta volonté[2]. Votre livre était une belle réponse et d'autant plus précieuse qu'elle était inattendue et qu'elle venait de vous – non d'un quelconque, d'un bavard philologue, mais d'un homme, qui connaît les valeurs et qui en a produit des permanentes et visibles. Je ne peux rien dire de plus sincère que vous affirmer que j'étais profondément ému. Ce n'était pas une vanité superficielle qui se réjouissait d'un tel hommage. C'étaient les profondeurs que vous avez touchées. Et avant tout – vous m'avez aidé dans un moment très sombre. Rien ne vaut plus qu'une telle aide morale et amicale. Et je n'ai pas d'autre désir et je ne sens pas meilleur devoir que vous donner une revanche franche et inspirée par le même sentiment d'amitié ; l'heure viendra. Mon cœur a une bonne mémoire, une meilleure même que mon cerveau. Toute notre vie consiste en vérité d'un très petit nombre des instants de bonheur et de désespoir et vous m'avez donné un de ces rares instants qu'on n'oublie pas. Merci de tout cœur.

1. Il s'agit de l'hommage rédigé par Jules Romains, « Stefan Zweig, grand Européen » (New York, Éditions de la Maison française) dont Ben Huebsch a aussi envoyé à Zweig la version anglaise, reliée en cuir, avec une dédicace imprimée : « Stefan Zweig, Great European » (Translated by James Whithall), New York, Viking Press, 1941. Dans une dédicace très chaleureuse, qui commence par « Mon bien cher Stefan Zweig », Romains rappelle à Zweig que ce livre contient sa conférence faite en son honneur à Nice et à Paris en 1939, voir lettre 374, note 4.

2. Même idée dans « Le Shakespeare de Gustav Landauer », in *Zweig 2021*, pp. 261-262. Thème également présent dans l'œuvre de Jules Romains.

Vous lirez un jour comme mon autobiographie confirme le fond de ce que vous dites de moi – seulement je m'accuse de notre optimisme et je tâche de l'expliquer par l'atmosphère de confiance que nous avons vécue ensemble ; nous avons confondu notre propre bonne volonté, notre élan de fraternité au-delà des frontières avec la disposition du monde. Mais n'étions-nous pas plus heureux dans cette erreur que aujourd'hui, quand nous voyons plus juste et plus clair ? Tout de même je remercie les années où nous avons rêvé la fraternité Européenne et quand vous avez croqué[1], dans votre poème, notre patrie, l'Europe.

Et maintenant, mon ami, je dois faire appel à votre confiance ! Je veux vous écrire quelques mots sur votre roman et j'ai peur que vous preniez mes paroles comme une revanche flatteuse. Mais je vous prie, je vous prie très sincèrement, croyez-moi, que tout ce que je vous dis est absolument vrai et sans exagération : je trouve que, excepté deux ou trois volumes, vous n'avez rien donné de mieux dans les « Hommes de bonne volonté » que dans ce dernier volume[2]. L'entretien de Jallez et de Elisabeth est un chef-d'œuvre parfait, d'une finesse, d'une discrétion, d'une pureté morale, d'une délicatesse dans l'action et d'une supériorité intellectuelle dans la conversation que personne au monde ne pourrait égaler. Cet épisode me paraît si important parsqu'il donne au roman, qui montre toutes les formes de la passion humaine, aussi la plus sublime – il y a, si j'ose dire, dans ces moments quelque chose qui donne confiance, car si on voit des hommes qui peuvent s'élever à une telle humanité épurée dans les mêmes moments qui pour les autres sont fatalement imprégnés de quelque chose de gênant, de banal, de vulgairement sentimental, on sent un épanchement de cœur. J'ai lu ces pages trois fois, d'abord pour les goûter plus profondément et aussi en pur technicien qui aime à étudier le métier magistral. Et je vous répète – très sincèrement – que je ne sais personne

1. Comprendre : « esquissé, dessiné ».
2. Tome XX des *Hommes de bonne volonté* : *Le monde est ton aventure*, New York, Éditions de la Maison française, 1941.

qui pourrait écrire de telles pages avec une main si savante, un métier si sûr, un cerveau si clair, un cœur si ému ! Et non moins parfaite la description de Odessa, ce voyage en Russie, qui vient d'avoir une actualité si funeste[1] (hélas, la famine ne tardera pas longtemps dans ces régions). Maintenant on voit déjà toute la grandeur des proportions que votre œuvre capitale embrasse ; et avec quelle joie nous fêterons, nous les derniers hommes de bonne volonté, le jour où le grand cycle sera terminé et j'espère, cela sera avant que vous ayez vous-même passé la barrière qui est entre les 50 et les 60 ans[2] ! Ce jour sera un jour de fête et nous n'oublierons pas de le fêter – internationalement, comme je l'espère.

Je serai heureux d'entendre que vous avez déjà oublié votre fâcheuse expérience avec les confrères (quel mot peu approprié !). La plupart des gens vivent dans ce moment dans un état d'exaspération mal contenue ; ils se forcent de faire parade d'un pseudo-courage qu'ils n'ont pas dans leurs cœurs et de convictions qu'ils ont adaptées à la mode du jour. Voyant leur impuissance de montrer la vraie bravoure là où il faudrait la montrer, ils attaquent pour paraître courageux et ils choisissent ceux où ils n'attendent pas une résistance. Je suis intérieurement préparé à tout depuis cette grande vague de folie qui traverse notre monde depuis vingt-cinq ans (depuis 1914) ; beaucoup me blesse et rien ne m'étonne. Nous étions toujours une petite minorité, nous, les hommes de bonne volonté ; notre isolement devient seulement plus sensible dans les époques des grands courants où tous les autres se jettent anxieusement dans le grand troupeau. La chose importante est pour nous de ne pas montrer notre désenchantement ou seulement dans une forme lisible et visible pour the « happy few », comme le bon Montaigne le faisait, qui dans ces jours de solitude me remplace les amis lointains.

1. Allusion à l'opération Barbarossa, l'invasion surprise de l'URSS par la Wehrmacht, le 22 juin 1941.

2. C'est-à-dire avant 1945, Jules Romains étant né en 1885.

Encore un mot, mon cher ami. Il y a dans cette lettre quelque chose qui me gêne et c'est la façon de vous adresser[1]. Nous nous connaissons depuis 30 ans et nous sommes dans l'âge où on ne trouve plus beaucoup de ceux qu'on appelle des amis sûrs et intimes. Ceux-ci ont toujours choisi un signe extérieur pour démontrer l'intimité et la fraternité intérieure – ils ont remplacé le « vous » formel par le plus cordial « tu » dans leurs lettres et leurs entretiens. J'espère, vous permettrez que j'adresserai vous et Lise dans ma prochaine lettre dans cette forme fraternelle qui convient plus à mes sentiments d'amitié, de confiance et de gratitude. La plume obéira dans ce cas mieux au rythme de mon cœur.

De tout cœur à vous deux votre vieux

Stefan Zweig

420. Lotte Zweig à Jules et Lise Romains[2]

27. XI. 41

Chers amis,

Stefan a écrit si longuement qu'il ne me reste qu'une petite place pour vous remercier de tout cœur, pour le don si précieux et si bien présenté que vous lui avez fait et qui l'a profondément ému et réjoui. Je crois qu'il y a peu de gens qui apprécient comme Stefan l'amitié, et votre beau livre lui a donné un signe de vraie amitié personnelle et littéraire qui est plus précieux pour lui que toute autre chose. – J'espère que nous aurons bientôt de vos nouvelles et que cette lettre vous trouve déjà installés tranquillement dans des environs convenables, contents d'être seuls et de pouvoir travailler sans interruption. – Je me

1. Autre anglicisme ici.

2. Lettre manuscrite, à l'encre bleu nuit sur du papier avion, envoyée avec la lettre précédente. Fonds Jules Romains, BnF, NAF 28 403, f. 53. Quand Jules Romains reproduit cette lettre de Lotte (*Revue de Paris 1955*, p. 16), il la date du 28 novembre 1941.

réjouis déjà beaucoup de lire le dernier volume des « Hommes de bonne volonté ». Stefan m'en a tant parlé, mais il m'a fallu attendre que lui-même l'avait fini.
Très amicalement à vous deux

Lotte

421. Stefan Zweig à Roger Martin du Gard[1]

[Petropolis, décembre 1941]

[...] Je suis très fatigué ; il est difficile de se concentrer en voyageant continuellement. Ce qui me manque surtout, ce sont mes livres ; j'ai laissé tout ce que je possède en Angleterre, et je vis, à soixante ans, comme un étudiant.
Ne pouvant commencer une œuvre d'art, j'ai écrit l'histoire de ma vie, qui est plutôt celle de notre génération éprouvée. Mon grand livre sur Balzac, préparé depuis des années, et qui aurait dû avoir 1 500 pages, est resté en Angleterre : je n'ai pu prendre le manuscrit avec moi, ni les milliers de notes. Dommage – cela aurait été mon livre capital ! – Mais, mon ami, on a tellement réduit ses exigences envers la vie qu'on se contente de vivre, de respirer ; et j'espère que maintenant nos années après la soixantaine nous enseigneront à nous résigner avec plus de sagesse...
Je vois peu de gens. La plupart de ceux que j'ai vus à New York m'agacent par leur indifférence et leur optimisme factice ; ils ne veulent pas comprendre que c'est le plus grand cataclysme

1. L'original de cette lettre n'a pas été retrouvé, car ainsi que l'a signalé Roger Martin du Gard, sa propriété de Bellême dans l'Orne a été « pillée deux fois, en juin 40 et en août 44 ». Les extraits ci-dessus, recopiés par Roger Martin du Gard, ont paru dans *La Tribune de Genève* du 13 mars 1942 (p. 8) dans la rubrique « Échos de partout ». En France, *Le Figaro* n'avait pas pu les publier à cause de la censure « qui interdit de dire que Zweig est mort, interdit de dire qu'il a vécu, et interdit, bien entendu, de faire la moindre allusion à ses œuvres », mais en Suisse, le journal de Zurich, *Die Tat* (21-22 mars 1942, p. 8) ainsi que le *Berner Tagblatt* (27 mars 1942, p. 6) les publieront en allemand.

de l'histoire que nous traversons, et que rien du passé ne subsistera ; – qu'il faut se créer une tout autre conception de la vie, et se libérer, intérieurement, des vieilles conceptions. Seul notre ami J.R.[1] a gardé sa clarté, sa grande force virile. Moi, j'ai passé par des désespoirs terribles, mais je me ressaisis. Il faut oublier de penser « territorialement », et s'efforcer uniquement d'apercevoir les idées qui se dessineront à l'issue de ce terrible gâchis : je crois que cette guerre produira quelque chose de tout à fait inattendu.
Pourvu que nous ayons encore la possibilité de le voir, et assez de fraîcheur d'esprit pour le comprendre[2] ! [...]

[Stefan Zweig]

1. Initiales de Jules Romains.
2. Cette lettre n'est pas l'ultime lettre de Zweig à Roger Martin du Gard. Celui-ci évoque, dans son *Journal* une autre lettre, datée du 9 février 1942, et qui lui est parvenue après le double suicide : « Cette lettre est, au contraire, très apaisée et nettement heureuse. Il me dit avoir trouvé une villa adorable, dans un pays très beau, aux environs de Rio, un pays d'abondance et de liberté, où il se reprend à vivre, à aimer le bien-être, et à travailler dans la joie. De sorte que son suicide me devient tout à fait inexplicable. Et pourquoi avoir entraîné sa jeune femme dans la mort ?? Saura-t-on jamais le secret de cette double mort ?.... » (lettre citée dans le troisième volume du *Journal [de Roger Martin du Gard], 1937-1949* (Gallimard, 1993, édition Claude Sicard, pp. 482-483).

422. Stefan Zweig à Jules Romains[1]

[Petropolis] le 28 décembre 41

Mon cher ami[2],
Je ne suis pas sûr si tu as reçu ma longue lettre[3] où, désespérant de te montrer toute ma gratitude avec vingt paroles, je t'ai prié d'accepter de moi comme l'aîné le toi fraternel au lieu du vous plus cérémoniel[4]. En général j'observe depuis le commencement de la nouvelle guerre un grand ralentissement dans les communications postales, et ici dans notre solitude on est peut-être plus impatient ou méfiant pour chaque lettre expédiée ou expectée[5]. Cette isolation sera de plus en plus aussi une isolation morale et littéraire ; chacun saura seulement ce qui se passe dans son cercle étroit et nous, qui avons cherché la communication spirituelle avec le monde entier, sommes en ce moment bien frappés. – D'autre part nous sentons moins ici les secousses de la guerre. Pour le moment rien n'a changé, même pas le coût de la vie, mais nécessairement la grande vague viendra aussi jusqu'ici.
J'espère que tu peux, après ce merveilleux volume[6] qui démontre que ta faculté de concentration est restée absolument intacte,

1. Lettre dactylographiée, sur papier avion, avec un double en-tête (comme sur la lettre 414). Fonds Jules Romains, BnF, NAF 28403, f. 54

2. En publiant cette lettre dans *La Revue de Paris 1955* (p. 16), Jules Romains ajoute l'explication suivante : « Un assez vaste déplacement que nous faisions alors dans le sud des États-Unis [...] mit quelque désordre dans notre propre courrier. Zweig, qui n'avait pas eu encore de réponse de moi à la date du 28 décembre, m'écrivait... ».

3. La lettre 419 ci-dessus.

4. Là aussi, Jules Romains précise : « J'avais, bien entendu, accueilli avec chaleur [...] en particulier cette proposition de tutoiement qui, sans valeur de la part d'un autre, prenait beaucoup de prix chez un homme aussi pudique, aussi éloigné des effusions vulgaires et des simulacres » (*La Revue de Paris 1955*, p. 16).

5. Autre anglicisme, pour « attendues » ; d'ailleurs les *Lettres d'Amérique* envoyées à la famille Altmann sont toutes écrites en anglais, l'allemand étant « langue de l'ennemi », donc proscrite.

6. *Le monde est ton aventure*, cf. lettre 419.

continuer ton roman – hélas, le monde aujourd'hui te donnera sujets pour un nouveau cycle peut-être encore plus agité !

J'envoie cette lettre à ton éditeur de New York, espérant qu'il saura te trouver, et partout où vous êtes, nos bons vœux et notre sincère et sûre amitié restera invisiblement avec vous deux.

Stefan Zweig[1]

Merci infiniment pour l'exemplaire français et la dédicace. J'en ai grand plaisir !

Affectueusement à vous deux !

Lotte

1. Signature au crayon noir. Là aussi, les deux lignes ajoutées par Lotte Zweig, écrites à l'encre noire, n'ont pas été reproduites par Jules Romains.

1942

423. Stefan Zweig à Jules Romains[1]

le 22 janvier 42

Mon cher ami,

Nous étions très heureux de savoir toi et ta femme bien installés à New Orléans et nous voyons de loin vous deux assis dans ces délicieux petits restaurants où on mange le meilleur chicken à la Maryland et boit ce superbe café brûlé. Tu as été sage comme toujours de quitter New York. Il est vrai que dans notre époque les nouvelles nous attrapent partout avec la même rapidité, mais ce ne sont pas tant les nouvelles elles-mêmes qui nous bouleversent l'âme que les éternels commentaires qui prouvent combien peu de gens ont le courage de voir clair et de ne pas se faciliter la vie par un illusionnisme forcé. Nous devons être préparés à une longue époque de guerre et de troubles et tâcher de ne pas laisser ébranler notre vie par cette certitude, et d'accepter le provisoire de notre vie comme un état stable et à un certain point définitif. Il me fait grand bien d'étudier et d'esquisser mon Montaigne. La ressemblance de son époque et de sa position personnelle avec la nôtre est frappante. Je n'écris pas une « biographie » et ce n'est pas autre chose que son combat pour la liberté intérieure que je me propose de montrer comme un exemple.

1. Lettre dactylographiée sur papier avion, avec le même double en-tête que la lettre 414. La signature, ainsi que « Ton vieux » sont manuscrits, à l'encre noire. Fonds Jules Romains, BnF, NAF 28403, f. 54.

Nous voyons peu de personnes. Nous évitons tout ce qui est société, réception, publicité. Mais votre nouvelle, que vous vous proposez d'aller au Mexique[1] au lieu du Brésil comme nous avions secrètement espéré, nous a un peu déçus : ici c'est peut-être le point, sur le grand navire, où on sent le moins le mouvement des flots, et la beauté de la nature est inépuisable. Nous faisons chaque semaine de nouvelles découvertes.
Un grand et sincère et même émouvant plaisir était une lettre de Roger Martin du Gard – une lettre admirable qui prouve sa fermeté intérieure[2]. Il travaille à un grand livre[3] sans penser à le publier, et sans se tromper sur son rôle[4] : qu'il sera plutôt témoin véridique d'un grand passé que propagateur de formes et d'idées nouvelles. Un homme comme lui ou comme toi ici, et Petropolis serait le paradis.
Meilleures amitiés de nous deux et de notre enfant adopté, un délicieux petit fox-terrier qui nous tient compagnie et nous incite jour pour jour de faire de grandes promenades[5].

Ton vieux

Stefan Zweig

---

1. C'est seulement à la mi-février 1942 que les Romains arriveront à Mexico, où Jules Romains est invité à enseigner à l'université sur son œuvre et sur l'unanimisme.

2. Cette lettre ne figure pas parmi les lettres conservées dans la Stefan Zweig Collection, à Fredonia. Mais Zweig a répondu à Roger Martin du Gard, voir la lettre 421 ci-dessus.

3. Ce roman *Le Lieutenant-Colonel de Maumort*, écrit entre 1941 et 1958, aura une publication posthume en 1983.

4. Trace de relecture ici, Zweig ayant d'abord dicté « et sans illusions », qu'il remplace ensuite à la main (et au-dessous) par « et sans se tromper sur son rôle ».

5. Le chien « Plucky » a été offert à Zweig par son éditeur brésilien Abrahão Koogan pour ses 60 ans, le 28 novembre 1941.

424. Stefan Zweig à Jules et Lise Romains[1]

34 Goncalves Dias, Petropolis
19. II 1942

Mes chers amis comme vous me manquez à cette heure[2] ! Je travaille encore[3], mais sans entrain. Je me sens très fatigué, non moins comme à Ossining où nous nous sommes vus pour la dernière fois[4]. C'est déjà presque dix ans[5] que je mène cette vie d'un état provisoire à l'autre, d'une incertitude à l'autre et il ne manquait pas des dépressions, surtout quand je ne vois aucune chance que les prochaines années me permettront une stabilisation. J'ai essayé de commencer un roman d'assez larges proportions[6], mais il me manque ici la documentation et le Montaigne va plus lentement que je n'espérais. J'ai quelques années de plus que toi[7] et comme ces années passées étaient si chargées d'inquiétudes, je me demande souvent où trouver la fontaine de jouvence. Tout ce que j'ai pu donner c'était grâce à un certain

1. Lettre manuscrite, sur papier avion, avec le même double en-tête pré-imprimé que dans la lettre 414. Enveloppe papier avion vert amande, adressée à « M[r] et Madame Jules Romains, Mexico-City (Mexico) [doublement souligné], De Soto Arms Hotel, Calle Ramon Guzman 96 ». Fonds Jules Romains, BnF, NAF 28403, f. 56. Lettre reproduite dans *La Revue de Paris 1955*, pp. 19-20.

2. Ce jeudi 19 février n'est pas le jour de la dernière heure [qui sera le dimanche 22 février suivant], c'est un moment de méditation : les stances de Stefan Zweig (et plutôt celles de Polyeucte que celles de Rodrigue). Et l'on peut comparer avec d'autres lettres d'adieu explicite, voir *Lettres d'Amérique* (*Zweig 2012*).

3. Sans doute sur le *Montaigne*, voir plus loin, ce travail qui « va plus lentement que je n'espérais ».

4. Selon Jules Romains, c'est leur visite du 13 juillet 1941, voir lettre 412.

5. Huit années exactement, depuis le départ de Salzbourg en février 1934.

6. Allusion à *Clarissa*, voir lettre 417, n. 4.

7. Stefan Zweig a quatre ans de plus que Jules Romains, né le 26 août 1885. Par ailleurs il rectifie le « vous » qu'il a écrit d'abord, par habitude. De même, un peu plus loin, il rature « vous » et le corrige en « je t'envie ton énergie [...] ».

élan intérieur, j'ai su prendre[1] parsque j'étais pris moi-même et cela produisait une[2] chaleur communicative. Sans foi, sans enthousiasme, par le seul moyen de mon cerveau je marche comme sur des béquilles. – Mais je ne veux pas vous ennuyer avec des dépressions qui sont d'ailleurs bien fondées, mais vous dire combien je suis heureux de vous savoir au Mexique. D'après tout ce que je sais, il existe là une vie intellectuellement active et même avide ; et vous connaissez ma confiance dans une régénération latine – espagnole[3] – je crois, les grandes secousses ont réveillé dans tous les vieux peuples des sources qui paraissaient taries. Quant à votre voyage au Brésil, je crois qu'on trouvera une possibilité, néanmoins que c'est maintenant surtout aux Américains du Nord qu'on s'adresse pour accentuer l'accord spirituel. Tout devient toujours un peu plus difficile et je t'envie ton énergie inépuisable ; moi je me fléchis devant chaque coup de vent et ma seule force de me maintenir était de me retirer en moi-même. Un arbre sans racines est une chose bien chancelante, mon ami – je suis heureux que tu voies tes livres encore dans ta langue et que, avec ta vaillante compagne, tu te tiens droit et fier. Notre cher Roger Martin du Gard s'est remis au travail, de tous les autres je ne sais presque rien. Chose étrange, on n'aime pas écrire si on sait que les lettres arrivent refroidies par la durée du trajet – et ici je me sens tout à fait isolé, il y a des semaines[4] où je ne reçois pas un seul courrier. Et je pense à ton beau poème de jeunesse « Aujourd'hui je n'ai pas reçu de lettres[5] » – tu as pressenti comme fait toujours le poète.

---

1. Comprendre : « captiver » (mes lecteurs).

2. Premier jet : « une certaine chaleur communicative ».

3. Idée présente dans la conférence de 1936 « L'unité spirituelle du monde ».

4. Stefan Zweig avait d'abord écrit ici « jours ».

5. Frappante, la mémoire longue de Stefan Zweig, puisqu'il s'agit du poème de Jules Romains dans *La Vie unanime* : « On ne m'a pas donné de lettres, ces jours-ci » que Zweig avait lui-même traduit dès novembre 1913, pour la revue *Das Neue Pathos* (n° 5/6), sous le titre « Die Briefe » [« Les Lettres »]. Outre la nostalgie et le malaise qui s'y avouent, ce poème contient une profession de foi spiritualiste, unanimiste.

Le carneval à Rio était une chose fantastique – malheureusement je n'ai pas pu me laisser entraîner[1] par cette vague de plaisir et d'ivresse ; et combien on aurait autrefois joui de voir tout une ville dansant, marchant, chantant pendant quatre jours sans police, sans journaux, sans commerce – une multitude unie seulement par la joie !

Mille amitiés à vous deux ! Votre Stefan Z[2]

---

1. Premier jet, raturé : « malheureusement je l'ai regardé ».

2. Jules Romains écrit : « [...] J'ai relu cette lettre plus de trente fois. Je ne devine pas si, en l'écrivant, il était déjà décidé à mourir. Hésitait-il encore ? Ou est-ce par une suprême pudeur de l'amitié qu'il a retenu son aveu ? » (Fonds Jules Romains, « Dossier Zweig », BnF). Jules Romains, qui apprit à Mexico le soir du lundi 23 février par un coup de téléphone la mort de Stefan et Lotte Zweig, ne recevra cette lettre « qu'une semaine après [sa] mort » : « Du premier coup d'œil – écrit-il dans *La Revue de Paris 1955* (p. 19) – j'identifiai l'écriture de Zweig. Pendant que j'ouvrais l'enveloppe, j'eus, sans y mettre la moindre complaisance "littéraire", une impression que je n'avais jamais eue encore dans ma vie : celle qu'un mort se manifestait à moi dans l'instant présent, tendait la main à travers le mur de séparation, venait me toucher pour que je l'écoute ; ou encore que j'assistais à une de ces dislocations du temps dont je devais parler plus tard dans *Violation de frontières* », Flammarion, 1951.

Table des destinataires

avec leurs notices et les dates des lettres qui leur ont été adressées

AMBRIÈRE, Francis (1907-1998) : homme de lettres, historien ; auteur de biographies comme *Joachim du Bellay*. Prix Goncourt 1940 (décerné en 1946). De 1945 à 1972, directeur de la collection des « Guides Bleus ».

24 avril 1930, n° 243

ARCOS, René (1881-1959) : 38 lettres : 3e au classement. L'un des cinq fondateurs de l'Abbaye de Créteil ; pacifiste proche de Romain Rolland dès 1915 ; poète et éditeur, il fonde en 1919 *Le Sablier* avec Frans Masereel, et dirige (d'abord avec Paul Colin) la revue *Europe*, de 1923 à 1929. Il continua à publier romans et poèmes.

[fin juillet] 1912, n° 9
[début avril] 1914, n° 31
[16 décembre] 1917, n° 48
10 janvier 1918, n° 50
29 janvier 1918, n° 51
11 février 1918, n° 52
28 février 1918, n° 54
23 mars 1918, n° 56
25 juin 1918, n° 60
7 décembre 1918, n° 63
6 mars 1919, n° 64
27 juin 1919, n° 67
[novembre] 1919, n° 68
24 décembre 1919, n° 69
[3 mars 1920], n° 72
[6 avril 1920], n° 74

[après le 15 janvier] 1921, n° 78
[avant le 25 février] 1921, n° 81
[avant le 8 mars] 1921, n° 84
8 mars 1921, n° 85
[23 mars] 1921, n° 87
[1er avril] 1921, n° 88
[11 mars 1922], n° 100
[13 mai 1922], n° 107
[21 janvier 1924], n° 126
[début mars] 1924, n° 127
1er juillet 1924, n° 129
7 juillet 1924, n° 130
[après le 14 août] 1924, n° 133
[23 décembre 1924], n° 141
[après le 7 février] 1926, n° 153
[18 juin 1926], n° 160
13 juillet 1926, n° 166
[4 juillet 1927], n° 183
[14 avril 1928], n° 204
[30 décembre 1928], n° 220
[après le 23] mars 1929, n° 229
10 décembre 1937, n° 358

ARLAND, Marcel (1899-1986) : écrivain rendu célèbre par ses nouvelles. Un roman, *L'Ordre* (en trois volumes), lui vaut le prix Goncourt en 1929, et une certaine indépendance financière. Ami d'André Gide, il appartient à la NRF. On l'a désigné comme « un saint de la littérature ».

[Janvier 1929], n° 224
[Printemps] 1932, n° 277

BARBUSSE, Henri (1873-1935) : écrivain et homme politique, célèbre par *Le Feu* (prix Goncourt en 1916). Zweig nourrit une grande admiration pour cet artiste visionnaire et respecte son engagement militant.

23 mars 1919, n° 65
24 décembre 1920, n° 76

BARZUN, Henri-Martin (1881-1973) : le « mécène matériel » de l'Abbaye de Créteil et l'un de ses fondateurs, écrivain et poète expérimental (simultanéisme, orphisme). Envoyé en mission aux États-Unis en 1917, il y poursuit ses recherches créatives (notamment *L'Orphéide ou l'Universel Poème*).

BAUDOUIN, Charles (1893-1963) : 32 lettres : 4e au classement (*seize lettres traduites de l'allemand par nous*). Philosophe de formation, poète, pédagogue, traducteur, psychologue ; arrivé à Genève fin 1915 et pacifiste proche de Rolland, il fonde dès février 1916 la revue *Le Carmel*, « un îlot de paix situé au-delà des bruits de la Cité guerrière ».

30 décembre 1926, n° 168
12 janvier 1927, n° 172
11 février 1927, n° 174
22 février 1927, n° 176
16 janvier 1928, n° 195
13 juillet 1929, n° 234
4 décembre 1930, n° 246
5 janvier 1931, n° 248
21 mars 1931, n° 250
23 mars 1932, n° 278
24 mai 1935, n° 315
10 février 1936, n° 324

BLOCH, Françoise, dite France (1913-1943) : une des filles de l'écrivain Jean-Richard Bloch. Résistante, elle est guillotinée à Hambourg par les nazis.

[février] 1930, n° 240

BONAPARTE, Marie (1882-1962) : princesse de Grèce et de Danemark, arrière-petite-nièce de Napoléon Ier ; écrivaine, psychanalyste, fidèle disciple de Sigmund Freud dont elle assura l'exil à Londres.

20 juin 1933, n° 301
21 novembre 1938, n° 372
[2 décembre 1938], n° 373

CAIN, Julien (1887-1974) : agrégé d'histoire ; prend en 1930 la direction de la Bibliothèque nationale. Promoteur infatigable de la lecture publique et des bibliothèques, il préside à des expositions remarquées à la Bibliothèque nationale qui contribuent à démocratiser la culture. Révoqué en 1940, revenu de déportation en avril 1945, il reprend son poste jusqu'en 1964.

30 septembre 1932, n° 287
10 octobre 1938, n° 368
18 octobre 1938, n° 369

[avant le 8 mars] 1939, n° 375
29 septembre 1939, n° 379
[29 octobre 1939], n° 381
13 février 1940, n° 384
[avant le 10 avril 1940], n° 393

CARRÉ, Jean-Marie (1887-1958) : agrégé d'allemand ; enseignant de littérature française à l'Université du Caire, il devint professeur de littérature comparée à la Sorbonne (1936-1957). Comme Étiemble, il fut aussi un spécialiste de Rimbaud.

[20 avril 1931], n° 254

CATTAUI, Georges (1896-1974) : écrivain d'origine égyptienne (naturalisé français en 1955), juif converti au catholicisme (en 1928) ; ce personnage remuant, d'abord fervent royaliste (légitimiste), puis gaulliste convaincu, est l'auteur de nombreuses biographies (T. S. Eliot, L. Bloy, Péguy, Proust, Cavafy).

31 décembre 1935, n° 320

CHARAVAY, Noël (1861-1932) : libraire-éditeur parisien, issu d'une famille d'antiquaires spécialisés dans les autographes depuis 1862. Dix-huit catalogues de vente ont été publiés de 1878 à 1930.

[7 janvier 1921], n° 77
25 août 1927, n° 184
6 décembre 1928, n° 216

CHARDONNE, Jacques, né Jacques Boutelleau (1884-1968) : excellent romancier du couple ; il est aussi l'éditeur qui reprend et dirige la maison Stock, avec sa collection du « Cabinet cosmopolite ».

15 décembre 1932, n° 293

CHENNEVIÈRE, Georges, né Léon Debille (1884-1927) : poète et unanimiste avec Jules Romains dès le lycée Condorcet ; révolutionnaire pacifiste, « rollandiste » dès 1915 ; un humaniste « qui a la nostalgie de l'éternel » : un poulbot.

[fin janvier] 1921, n° 80

CHENNEVIÈRE, Charlotte Clarisse, née Larrieu (1887- ?), épouse du poète.

[1er septembre] 1927, n° 185

COLETTE (1873-1954) : la célèbre femme de lettres, voisine de Zweig et de Julien Cain, à Paris.

22 février 1938, n° 365

COMNÈNE-CRÉMIEUX, Marie-Anne (1887-1978), née Stephanopoli de Comnène : écrivaine et traductrice, notamment de Pirandello. Épouse de Benjamin Crémieux.

22 octobre 1937, n° 356

CORTOT, Alfred (1877-1962) : immense pianiste, réputé notamment en Allemagne dès les années 1920 ; wagnérien passionné, collectionneur, comme Zweig. Une amitié chaleureuse née d'une admiration réciproque se développe entre eux.

26 décembre 1937, n° 359
[après le 6 septembre 1939], n° 378

DAVID, André (1899-1988) : homme de lettres et peintre ; fondateur en 1931 des Conférences des Ambassadeurs visant à faire rayonner la culture française en Europe et aux États-Unis. De 1941 à 1945, il dirige la French Research Foundation créée par Charles Boyer à Los Angeles.

3 août 1937, n° 353
29 janvier 1940, n° 383
13 février 1940, n° 385
20 février 1940, n° 386
5 mars 1940, n° 387
13 mars 1940, n° 388
15 [mars] 1940, n° 389
22 mars 1940, n° 391
5 avril 1940, n° 392
[avant le 26 avril 1940], n° 395
5 juin 1941, n° 408

DU BOS, Charles (1882-1939) : critique exalté, de grande culture européenne, polyglotte ; proche de Gide et de la NRF ; nourri par un catholicisme ardent.

13 juillet 1929, n° 233
[18 juillet 1929], n° 235
1er septembre 1929, n° 238
18 janvier 1932, n° 268
11 juin 1932, n° 283
2 mai 1933, n° 299

DUHAMEL, Georges (1884-1966) : 51 lettres : 2e au classement. Ami éminent de Zweig depuis 1909, parce qu'il est poète. Sous l'Occupation, Duhamel reste à Paris, actif secrétaire perpétuel de l'Académie française, alors que Jules Romains et Zweig se retrouvent en Amérique.

6 mai 1912, n° 8
8 mars 1913, n° 11
[vers le 20 mars 1913], n° 14
[28 mars 1913], n° 16
[1er avril 1913], n° 17
[7 avril 1913], n° 18

[9 février 1936], n° 323
[après le 15 mars 1936], n° 328
[12 septembre 1936], n° 336
[16 septembre 1936], n° 339
27 février 1937, n° 348

ÉTIEMBLE, René (1909-2002) : brillant normalien, qui est alors pensionnaire de la Fondation Thiers (1933-1936), où il travaille à sa thèse sur le mythe de Rimbaud ; il a adhéré très tôt à l'Association des écrivains et artistes révolutionnaires (AÉAR) ; dès 1936, il rompra avec le stalinisme.

[avant le 26 octobre 1935], n° 318

GHÉON, Henri, né Henri Vangeon (1875-1944) : médecin, poète et dramaturge, ami intime d'André Gide, avec lequel il fonde la NRF ; personnage inclassable, d'abord libertin, puis catholique mystique.

2 février 1914, n° 23
12 février 1914, n° 24
[18 février 1914], n° 25
[16 mars 1914], n° 26
[après le 20 mars] 1914, n° 27
[22 mars] 1914, n° 28
[25 ? mars] 1914, n° 30

GIDE, André (1869-1951), un cas exceptionnel : Zweig réprouve d'abord en lui l'esthète narcissique et nationaliste (l'antithèse de Rolland, qu'il admire), pour saluer plus tard en Gide une évolution courageuse et positive.

[24 mars 1914], n° 29
20 février 1922, n° 99
9 avril 1928, n° 203
[12 décembre 1936], n° 343

GREEN, Julien (1900-1998) : grand romancier que Zweig découvre vers 1930 et recommande en 1931 à son éditeur de l'Insel Verlag comme « le plus puissant psychologue en France » (lettre à Kippenberg, 30 mars) pour *L'Autre Sommeil* ; il l'associe souvent à Paul Valéry pour l'intelligence.

15 mai 1936, n° 331

GUÉHENNO, Jean (1890-1978) : ancien combattant et pacifiste, il est un éminent enseignant de la République laïque. Il dirige *Europe* de 1929 à 1936. Zweig a de l'estime pour son courage et son indépendance d'esprit.

8 février 1929, n° 227
[février] 1932, n° 271
[1] mai 1932, n° 281
17 novembre 1932, n° 292
5 août 1935, n° 316
15 août 1935, n° 317
14 novembre 1935, n° 319
1er juin 1939, n° 377

HALÉVY, Daniel (1872-1962) : témoin par excellence de la IIIe République ; élitiste convaincu, il sut maintenir son indépendance réactionnaire jusqu'à la fin, ce qui l'empêcha d'être élu à l'Académie française. Longue amitié avec André Spire.

1er août 1929, n° 236

HOTZ, Charles (1874-1937) : illustre parfaitement les amitiés de Zweig avec les anarchistes français, dont le syndicaliste Alzir Hella (1881-1953), son traducteur historique est aujourd'hui le plus connu, sans oublier Fernand Desprès (1879-1949), cf. lettre 132.

18 octobre 1921, n° 91
[fin octobre] 1921, n° 93
20 mars 1922, n° 102

JALOUX, Edmond (1878-1949) : romancier prolifique, critique littéraire sans frontières dont les figures tutélaires sont Nerval et Rilke ; élu en 1936 à l'Académie française ; nombreuses affinités avec Zweig qui lui consacre une étude en 1931.

JOUVE, Pierre Jean (1887-1976) : poète, d'abord tolstoïen et pacifiste, très proche de Romain Rolland dès 1915. En 1924, il rompt avec son œuvre et tous ses amis (dont il détruit les lettres), par suite de sa conversion au catholicisme le plus mystique et pourtant charnel.

KRA, Simon (1853-1940) : né à Francfort-sur-le-Main ; libraire et marchand d'autographes à Paris, il fonde en 1919 les Éditions du Sagittaire, dirigées par Léon Pierre-Quint à partir de 1923. Très attaché à Kra, Zweig déplore sincèrement le procès que Rolland lui intente en 1927.

LALOU, René (1889-1960) : écrivain, professeur agrégé d'anglais et traducteur, devenu un critique littéraire éminent, plutôt intellectualiste, ayant pour référence Gide et Valéry ; très estimé de Romains et de Martin du Gard. Il est le rival de Christian Sénéchal, le germaniste.

4 décembre 1922, n° 113
21 décembre 1923, n° 124
1er juillet 1926, n° 163
15 octobre 1927, n° 188
octobre 1928, n° 211
7 janvier 1929, n° 222

LARBAUD, Valéry (1881-1957) : un Auvergnat cosmopolite, polyglotte et grand traducteur (notamment de Butler et Joyce) ; son envoi de *Jaune bleu blanc* à Zweig est un salut à une figure européenne fraternelle.

31 décembre 1927, n° 192

LEFÈVRE, Louis-Raymond (1901-1950) : historien français, qui meurt à « moins de cinquante ans » (cf. l'hommage publié dans *Combat*, 27 juillet 1950, p. 4) ; il publie des éditions savantes (par exemple *La Vie de Cyrano de Bergerac*, 1927, *Mémoires de Sully*, 1942, *Le Tumulte d'Amboise*, 1949).

29 novembre 1930, n° 245

LENORMAND, Henri-René (1882-1951) : auteur dramatique, qui dès 1908 (*Le Réveil de l'instinct*) apparaît comme un freudien ; beaucoup de ses pièces furent créées avec succès par F. Gémier, G. Baty et G. Pitoëff. Reprises en 1988 : *Le Simoun* (1920) ; en 1995 : *Les Ratés* (1919) ; en 2008 : *Le Temps est un songe* (1919). Ses *Confessions d'un auteur dramatique* restent d'un grand intérêt.

19 juin 1931, n° 255

MARTIN DU GARD, Roger (1881-1958) : 24 lettres : 6e au classement. Une des amitiés parmi les plus fraternelles ; forte admiration réciproque même si leur rencontre personnelle n'a lieu qu'à Nice, en janvier 1936, grâce à, et avec Jules Romains.

18 avril 1931, n° 253
20 août 1931, n° 256
27 octobre 1931, n° 263
23 décembre 1931, n° 264
[3 ou 4 janvier] 1932, n° 265
[après le 3 février] 1932, n° 273
22 janvier 1934, n° 303
12 février 1936, n° 325
21 août 1936, n° 333
[4 septembre 1936], n° 334
15 septembre 1936, n° 338
[30 novembre 1936], n° 340
12 décembre 1936, n° 344
17 décembre 1936, n° 346
12 avril 1937, n° 349
[après le 12 avril] 1937, n° 350
13 août 1937, n° 354
3 février 1938, n° 360
[19] février 1938, n° 363
14 août 1938, n° 367
28 février 1939, n° 374
[10 ? décembre 1939], n° 382
[10 avril] 1940, n° 394
[décembre 1941], n° 421

MARTINET, Marcel (1887-1944) : 28 lettres : 5e au classement. Normalien qui « refuse de parvenir », poète (*Les Temps maudits*, 1917-1920). Il s'engage dans l'activisme syndical-révolutionnaire ; directeur littéraire de *L'Humanité* entre 1921 et 1924. Zweig et lui se tutoient.

[fin novembre] 1920, n° 75
3 avril 1922, n° 105
[1er juillet 1922], n° 110
[janvier] 1924, n° 125
[18 août] 1924, n° 132
[25 novembre] 1924, n° 136

28 novembre 1924, n° 138
[18 janvier 1926], n° 152
[10 ou 11 avril 1926], n° 156
[13 avril 1926], n° 157
[15 avril 1926], n° 158
12 juillet 1926, n° 165
[début mars] 1927, n° 177
[2 septembre] 1927, n° 186
[avant le 3 janvier] 1928, n° 193
[janvier ?] 1928, n° 194
23 mars 1928, n° 199
[27 mars] 1928, n° 200
10 mai 1928, n° 207
4 septembre 1928, n° 209
[20 ou 21 novembre] 1928, n° 213
[13 mars] 1929, n° 228
[11 avril 1929], n° 231
[18 avril] 1929, n° 232
4 janvier 1930, n° 239
[15 février 1931], n° 249
[août] 1931, n° 257
[22 mars] 1933, n° 297

MAUROIS, André (1885-1967) : célèbre romancier, auteur de nombreuses biographies à la fois romancées et documentées que Zweig connaît de loin ; il se contente de respecter son « cher confrère ».

27 septembre 1931, n° 259
23 avril 1932, n° 280
21 janvier 1933, n° 296
8 janvier 1936, n° 321
[peu après le 30 juin 1940], n° 399

MERCEREAU, Alexandre (1884-1945) : poète, il adhère dès 1907 à l'Abbaye de Créteil, mais rompra avec les autres « abbés » en 1923 (*L'Abbaye et le Bolchevisme*, pamphlet). Mécène et critique d'art, il défend activement l'avant-garde (Dufy, Brancusi, Delaunay). Il est souvent évoqué par Zweig dans son *Journal* d'avant 1914, mais leurs lettres ont largement « disparu ».

10 juin 1914, n° 41

MORAND, Paul (1888-1976) : écrivain-voyageur à succès (depuis 1921) et diplomate, avec qui Zweig n'a guère d'affinités ; Morand ne s'est pas trompé sur l'influence de Zweig, « agent éditorial » efficace et influent.

[début juillet] 1927, n° 182

MORISSE, Paul (1866-1946) : germaniste et traducteur dévoué à la culture allemande, wagnérien de la première heure ; une des chevilles ouvrières du *Mercure de France*, avec Alfred Vallette ; il deviendra libraire à Paris, puis à Zurich.

[après le 4 avril] 1910, n° 5

PANGE, Pauline de, née de Broglie (1888-1972) : arrière-petite-fille de Germaine de Staël, elle-même fille de Necker. Elle fonde la Société d'études staëliennes (55, rue de Varenne, Paris VII) dans l'esprit du libéralisme européen ; son époux Jean de Pange, écrivain et historien, connaît bien Julien Cain et Jules Romains.

12 décembre 1936, n° 345

PARIJANINE pseudonyme (« le Parisien », en russe) de Maurice Donzel (1885-1937) : correcteur, traducteur du russe (de Trotski notamment) et militant communiste antistalinien, journaliste à *L'Humanité*, *Europe*, *Les Humbles*.

[2 septembre] 1927, n° 187

PAULHAN, Jean (1884-1968) : écrivain et critique littéraire, devenu l'éminence grise de la NRF qu'il dirige jusqu'en 1968 ; Zweig fait, dans sa réponse, la preuve de sa grande compétence et de son indépendance.

14 février 1932, n° 275

PIERRE-QUINT, Léon, pseudonyme de Léopold Steindecker (1895-1958) : écrivain, critique influent. Avec Philippe Soupault, il succède en 1923 à Malraux comme directeur littéraire des Éditions du Sagittaire, fondées par Simon Kra, où paraît en 1924 *Le Manifeste du surréalisme*. Il écrit sur Proust, Lautréamont et Gide des livres qui comptent toujours.

11 août 1925, n° 146
2 septembre 1925, n° 147
[fin septembre-début octobre] 1925, n° 149
7 mars 1930, n° 241
19 janvier 1933, n° 295

POULAILLE, Henry (1896-1980) : écrivain autodidacte, pacifiste et antimilitariste ; romancier et essayiste prolifique, champion de la littérature prolétarienne ; aux Éditions Grasset, il joue officieusement de 1923 à 1956 le rôle de conseiller littéraire ; son camarade Alzir Hella, le traducteur de Zweig, s'est souvent appuyé sur lui.

25 septembre 1925, n° 148
24 juin 1926, n° 162
[5 janvier 1927], n° 170
7 juin 1927, n° 180
15 octobre 1927, n° 189
[31 mars 1928], n° 201
[avril-mai] 1928, n° 206
[8 janvier 1929], n° 223
28 juin 1930, n° 244
[16 septembre 1931], n° 258
[avant le 23 janvier] 1932, n° 269

RYNER, Han, pseudonyme de Henri Ner (1861-1938) : figure pittoresque du *Journal* de Zweig (18/3/1913). Écrivain et philosophe anarchiste individualiste, professeur, journaliste libertaire qui milita sans répit, notamment en faveur de l'objection de conscience ; soutien critique de Romain Rolland dès 1914.

SCHWEITZER, Albert (1875-1965) : Alsacien, écrivain de langue allemande, médecin, théologien, organiste et musicologue, il est pour Zweig un des fleurons de la civilisation européenne. Le 25 décembre 1932 paraît « Une expérience inoubliable : une journée chez Albert Schweitzer », un éloge que Zweig reprend en 1937 et place entre celui de Busoni et de Mahler dans son vaste recueil *Begegnungen* [« Rencontres »]. Prix Nobel de la paix en 1952. (*Cinq lettres traduites de l'allemand par nous.*)

SÉNÉCHAL, Christian (1886-1938) : professeur agrégé d'allemand, traducteur et critique littéraire ; ancien combattant devenu pacifiste antifasciste ; dévoué à la poésie et d'esprit moderniste, il est l'ami d'André Spire et de Jules Supervielle. (*Deux lettres ici traduites de l'allemand par nous.*)

9 février 1925, n° 143
19 avril 1928, n° 205
2 novembre 1932, n° 290

SPIRE, André (1868-1966) : poète juif et lorrain, juriste haut fonctionnaire, il est « un amphibie politico-littéraire » selon Daniel Halévy ; explosif de caractère, homme de grand air, ennemi des honneurs, il s'accorde avec Christian Sénéchal ; il devient un sioniste convaincu, dès avant 1910.

23 septembre 1924, n° 134
4 octobre 1924, n° 135
14 décembre 1924, n° 140
1er mars 1926, n° 155
22 juin 1926, n° 161
[juin 1928], n° 208
16 juillet 1932, n° 285
[après le 24 avril 1941], n° 406
14 mai 1941, n° 407
29 juin 1941, n° 409

SUARÈS, André (1868-1948), 20 lettres. Écrivain d'esprit rebelle, poète et essayiste ; grand ami de Romain Rolland, tous deux pianistes passionnés ; les très riches lettres de Zweig à Suarès témoignent d'une admiration fervente, bien qu'il déplore son obstinée solitude.

12 mars 1913, n° 12
15 mars 1913, n° 13
21 mars 1913, n° 15
11 juin 1913, n° 21
14 août 1913, n° 22
28 avril 1914, n° 35
[5 mai 1914], n° 36
2 juin 1914, n° 37
[?] juin 1914, n° 38
3 juin 1914, n° 39
6 juin 1914, n° 40
9 décembre 1921, n° 95

23 août 1923, n° 119
25 novembre 1924, n° 137
13 février 1925, n° 142
16 avril 1925, n° 144
6 juin 1925, n° 145
4 janvier 1927, n° 169
2 avril 1930, n° 242
23 janvier 1932, n° 270

VALÉRY, Paul (1871-1945) : le grand poète – déjà admiré par Zweig à 17 ans, à Vienne (raconte-t-il dans *Le Monde d'hier*) – devient pour lui un penseur qui « démontre la présence éternelle de la raison » face à la folie du monde ; cette vénération chaleureuse est la marque même de Zweig.

27 septembre 1931, n° 260
2 janvier 1935, n° 310
15 mai 1936, n° 330
14 août 1936, n° 332

VAUDOYER, Jean-Louis (1883-1963) : écrivain et historien d'art. Conservateur du musée Carnavalet (1934-1941), puis administrateur de la Comédie-Française (1941-1944). Il est élu à l'Académie française en 1950 ; il est le beau-frère de l'écrivain Daniel Halévy.

4 décembre 1934, n° 309

VELLAY, Charles (1876-1953) : historien, spécialiste de la Grèce antique, ainsi que de la Révolution française.

7 mai 1927, n° 178

VERCORS – pour Zweig ce ne peut être que Jean Bruller (1902-1991) : dessinateur d'esprit pacifiste et satiriste, il devient Vercors avec *Le Silence de la mer* (1941) et cofonde les Éditions de Minuit en 1941.

VILDRAC, Charles (pseudonyme inspiré par Wildrake, héros de Walter Scott), né Charles Messager (1882-1971) : poète, « inventeur » de l'Abbaye de Créteil ; combattant mais pacifiste, il défend Romain Rolland dès 1915 ; grand succès avec *Le Paquebot Tenacity* en 1920 ; resta un socialiste engagé, mais jamais encarté ; célèbre aussi pour ses contes pour enfants, dont l'utopie sociale *L'Île rose* (1924) et *Amadou le bouquillon* (1949, réédité en 1999).

Bibliographie des principaux ouvrages cités
(dans l'ordre chronologique de leur parution)

[*Sénéchal 1934*]
Christian Sénéchal : *Les Grands Courants de la littérature française contemporaine*, N.G. Elwertsche Verlagsbuchhandlung, Marburg an der Lahn, 1934.

[*Rolland 1946*]
Romain Rolland : *De Jean-Christophe à Colas Breugnon. Pages de Journal*, Éditions du Salon carré, Paris 1946.

[*Rolland 1952*]
Romain Rolland : *Journal des années de guerre 1914-1919*, Albin Michel, Paris, 1952.

[*Revue de Paris 1955*]
Jules Romains : « Derniers mois et dernières lettres de Stefan Zweig », *La Revue de Paris*, 62e année, n° 2, février 1955.

[*Chaigne 1964*]
Louis Chaigne : *Les Lettres contemporaines*, Del Duca, Paris, 1964.

[*Duhamel 1983*]
Georges Duhamel : *Le Livre de l'amertume : Journal (1925-1956)*, présenté et annoté par Bernard Duhamel, Mercure de France, Paris, 1983.

[*Zweig-Zweig 1987*]
Friderike Zweig-Stefan Zweig : *L'Amour inquiet, Correspondance 1912-1942*, traduction Jacques Legrand, Des Femmes, Paris, 1987. [NB : le texte des lettres est cependant lacunaire et peu fiable, comme le montre l'édition allemande ultérieure, *Zweig-Zweig 2006*.]

[*Zweig 1990*]
Stefan Zweig, « *Correspondances inédites* », Introduction, établissement du texte et notes de Jean-Paul Corsetti, Recueil n° 14, Champ Vallon, 1990.

[*Klawiter 1991*]
Randolph J. Klawiter : *Stefan Zweig, An International Bibliography*, Ariadne Press, Riverside, 1991.

[*Pourtalès 1991*]
Guy de Pourtalès : *Journal II, 1919-1941*, préface et présentation de Rose et Yvonne de Pourtalès, Gallimard, Paris, 1991.

[*Zweig 1991*]
Stefan Zweig : *Romans et Nouvelles*, texte établi, présenté et annoté par Brigitte Vergne-Cain et Gérard Rudent, coll. « La Pochothèque I », LGF, Paris, 1991.

[*Rony 1993*]
Olivier Rony : *Jules Romains ou l'appel au monde*, collection « Biographies sans masque », Robert Laffont, Paris, 1993.

[*Zweig 1993^A*]
Stefan Zweig : *Journaux 1912-1940*, édition Knut Beck, traduction Jacques Legrand, Belfond, Paris, 1993.

[*Zweig 1993^B*]
Stefan Zweig : *Le Monde d'hier, Souvenirs d'un Européen*, traduction Serge Niémetz, Belfond, Paris, 1993.

[*Bloch-Martinet 1994*]
Correspondance Jean-Richard Bloch-Marcel Martinet (1911-1935), textes établis et annotés par Haruo Takahashi, Tokyo, Éd. Université Chuô, 1994.

[*Zweig 1995*]
Stefan Zweig : *Romans, Nouvelles, Théâtre*, texte établi, présenté et annoté par Brigitte Vergne-Cain et Gérard Rudent, Coll. « La Pochothèque II », LGF, Paris, 1995.

[*Bloch-Duhamel 1996*]
Jean-Richard Bloch-Georges Duhamel : *Correspondance 1911-1946*, Les Cahiers de l'Abbaye de Créteil 17, juin 1996.

[*Kerckhove 1996*]
Correspondance Émile et Marthe Verhaeren-Stefan Zweig (1900-1926), édition établie, présentée et annotée par Fabrice van de Kerckhove, Éditions Labor et musée de la Littérature, Bruxelles, 1996.

[*Zweig 1996*]
Stefan Zweig : *Essais*, édition préfacée, établie et annotée par Isabelle Hausser, Coll. « La Pochothèque III », LGF, Paris, 1996.

[*Delphis 1999*]
Wilhelm Friedmann (1884-1942), Le destin d'un francophile. Correspondance avec Georges Duhamel, Jean-Richard Bloch et Marcel Raymond, édition de Claudine Delphis, Leipziger Universitätsverlag, Leipzig, 1999.

[*Parienté 1999*]
Robert Parienté : *André Suarès, l'Insurgé*, biographie, nouvelle édition revue et augmentée, Robert Laffont, Paris, 1999.

[*Rolland-Baudouin 2000*]
Correspondance entre Romain Rolland et Charles Baudouin, Une si fidèle amitié (1916-1944), édition établie, présentée et annotée par Antoinette Blum, Cesura, 2000.

[*Delphis 2001*]
Georges Duhamel-Stefan Zweig : *Correspondance, L'Anthologie oubliée de Leipzig*, édition établie, présentée et annotée par Claudine Delphis, Leipziger Universitätsverlag, 2001.

[*Suarès 2002^A*]
André Suarès : *Idées et Visions et autres écrits polémiques, philosophiques et critiques (1897-1923)*, édition établie par Robert Parienté, collection « Bouquins », Paris, 2002.

[*Suarès 2002^B*]
André Suarès : *Valeurs, et autres écrits historiques, politiques et critiques (1923-1948)*, édition établie par Robert Parienté, collection « Bouquins », Paris, 2002.

[*Matuschek 2005*]
Oliver Matuschek : *Ich kenne den Zauber der Schrift. Katalog und Geschichte der Autographensammlung Stefan Zweig. Mit kommentiertem Abdruck von Stefan Zweigs Aufsätzen über das Sammeln von Handschriften* [« Je connais la magie de l'écriture. Catalogue et histoire de la collection d'autographes de Stefan Zweig. Avec reproduction commentée des essais de Stefan Zweig sur le collectionneur d'autographes »]. InLibris, Wien, 2005.

[*Matuschek 2006*]
Oliver Matuschek : *Stefan Zweig. Drei Leben [Trois vies]. Eine Biographie*, Fischer Verlag, Francfort-sur-le-Main, 2006 ; Fischer Taschenbuch, 2008.

[*Zweig-Zweig 2006*]
Friderike Zweig-Stefan Zweig : *Wenn einen Augenblick die Wolken weichen, Briefwechsel 1912-1942* [« Si les nuages se dissipent un instant, Correspondance 1912-1942 »], par Jeffrey B. Berlin et Gert Kerschbaumer, Fischer Verlag, Francfort-sur-le-Main, 2006.

[*Zweig 2008*]
Stefan Zweig : *Correspondance 1932-1942*, édition établie par Knut Beck et Jeffrey B. Berlin, traduit de l'allemand par Laure Bernardi, Grasset, 2008 ; Le Livre de poche, LGF, 2010.

[*Zweig 2012*]
Stefan et Lotte Zweig : *Lettres d'Amérique, New York, Argentine, Brésil 1940-1942*, édition établie et préfacée par Darién J. Davis et Oliver Marshall, traduit de l'anglais par Adrienne Boutang et Baptiste Touverey, Grasset, Paris, 2012.

[*Rolland-Zweig 2014*]
Romain Rolland-Stefan Zweig : *Correspondance*, édition établie, présentée et annotée par Jean-Yves Brancy, traduction des lettres allemandes par Siegrun Barat. Tome I : *1910-1919*, Albin Michel, Paris, 2014.

[*Rolland-Zweig 2015*]
Romain Rolland-Stefan Zweig : *Correspondance*, édition établie, présentée et annotée par Jean-Yves Brancy, traduction des lettres alle-

mandes par Siegrun Barat. Tome II : *1920-1927*, Albin Michel, Paris, 2015.

[*Rolland-Zweig 2016*]
Romain Rolland-Stefan Zweig : *Correspondance*, édition établie, présentée et annotée par Jean-Yves Brancy, traduction des lettres allemandes par Siegrun Barat. Tome III : *1928-1940*, Albin Michel, Paris, 2016.

[*Delatte 2018*]
Anne-Élise Delatte, *Alzir Hella, la voix française de Stefan Zweig*, Eric Jamet, Étival-lès-Le Mans 2018.

[*Delphis 2019*]
Stefan Zweig-Jean-Richard Bloch : *Correspondance (1912-1940)*, édition établie, présentée et annotée par Claudine Delphis, Éditions universitaires de Dijon, collection « Écritures », Dijon, 2019.

[*Halévy-Spire 2020*]
Daniel et Marianne Halévy-André Spire. *Correspondance 1899-1961*, édition établie, présentée et annotée par Marie-Brunette Spire-Uran, Honoré Champion, Paris, 2020.

[*Meyer 2020*]
Julien Cain et Lucienne Julien Cain, *Correspondance, De la Bibliothèque nationale au camp de Buchenwald, 1941-1945*, édition établie, présentée et annotée par Pierre-André Meyer, L'Harmattan, coll. Chemins de la Mémoire, Paris, 2020.

[*Zweig 2020*]
Stefan Zweig : *Pas de défaite pour l'esprit libre. Écrits politiques 1911-1942*, préface de Laurent Seksik, avant-propos, traduction de l'allemand et annotations de Brigitte Cain-Hérudent, Albin Michel, Paris, 2020 ; Livre de Poche, LGF, Paris, 2022.

[*Suarès-Zweig 2021*]
Lettres inédites entre André Suarès et Stefan Zweig, présentées et annotées par Stéphane Barsacq, *in* « Stefan Zweig, Leçons du monde d'hier », *Revue des Deux Mondes*, décembre 2021-janvier 2022.

[*Zweig 2021*]
Stefan Zweig : *Écrits littéraires. D'Homère à Tolstoï, Inédits (1902-1933)*, avant-propos, traduction de l'allemand et annotations de Brigitte Cain-Hérudent, Albin Michel, Paris, 2021 ; Livre de Poche, LGF, Paris, 2023.

[*Kippenberg-Zweig 2022*]
Anton Kippenberg, Stefan Zweig : *Briefwechsel* [« Correspondance »] *1905-1937*, édition et notes par Oliver Matuschek, avec la collaboration de Klemens Renoldner, Insel Verlag, Berlin, 2022.

[*Barbusse-Rolland 2023*]
Henri Barbusse et Romain Rolland : *L'Esprit et le Feu, Correspondance (1917-1935)*, édition de Philippe Baudorre, Classiques Garnier, Paris, 2023.

[*Delphis 2023*]
Christian Sénéchal, *Correspondance avec Romain Rolland et André Spire (1917-1935)*, édition de Claudine Delphis, Classiques Garnier, Paris, 2023.

[*Europe 2023*]
Brigitte Vergne-Cain et Gérard Rudent : « Les articles signés Stefan Zweig dans la revue *Europe* : en réserve », in *Europe*, *Une politique de la littérature, le numéro du centenaire*, automne 2023.

[*Zweig 2023*]
Stefan Zweig : *« J'aimerais penser que je vous manque un peu », Lettres à Lotte 1934-1940*, texte établi et présenté par Oliver Matuschek, traduction de l'allemand et avant-propos de Brigitte Cain-Hérudent, Albin Michel, Paris, 2023.

[*Zweig 2024*]
Stefan Zweig : *Cosmopolite*, Lettres réunies et commentées par Stefan Litt, traduction Frédérique Laurent, Éditions du Portrait, 2024.

Sources et sigles

Österreichische Nationalbibliothek, Vienne (ÖNB)

Literaturarchiv Salzburg, Sammlung Knut Beck (LAS)

Stefan Zweig Collection, Daniel A. Reed Library, State University of New York, Fredonia (Fredonia)

Deutsches Literaturarchiv, Marbach (DLA)

Bibliothèque nationale de France (BnF), Nouvelles acquisitions françaises (NAF)

Bibliothèque universitaire de Genève, Fonds Charles Baudouin

Centre des littératures en Suisse romande (UNIL), Fonds Guy de Pourtalès, Lausanne

Archives centrales Albert Schweitzer, Gunsbach

Fonds Maurice Noël, Paris

Archives André Gide, Fondation Catherine Gide

Archives André Spire, Paris

Institut Mémoire de l'édition contemporaine (IMEC), Archives Jean Paulhan / Fonds Charles Vildrac, Caen

Index

Remerciements

Frédéric Aguiléra (Vichy), Eva et Daniel Alberman (Londres), Gerhard Aschenbrenner (Salzbourg), Stéphane Barsacq (Paris), Philippe Baudorre (Bordeaux), Romain Collot (Gunsbach), Cécile Debray (Paris), Marylène Delbourg-Delphis (Menlo Park, CA), Julien Donadille (Paris), Agnès Flohr et Claire Mouzas (Paris), Maximilien Girard (Paris), Julia Glunck (Fribourg-en-Br./Salzbourg), Patrick Hecklen-Obernesser (Strasbourg), Martine Liégeois (Brèves), Oliver Matuschek (Berlin), Pierre-André Meyer (Paris), Jean-Paul Morel (Paris), Claire Paulhan (Paris), Stéphane Pétermann (Lausanne), Ambre Philippe (Olten, Suisse), Michèle Schilling (Aesch, Suisse), Amanda Shepp (Fredonia, NY), Marie-Brunette Spire (Paris), Lina-Maria Zangerl (Salzbourg).

Table

DE LA MÊME AUTRICE

Chez Albin Michel

Stefan Zweig, *Pas de défaite pour l'esprit libre*, préface de Laurent Seksik, avant-propos, traduction et annotations, 2020 ; Livre de Poche LGF, 2022.

Stefan Zweig, *Écrits littéraires, d'Homère à Tolstoï*, avant-propos, traduction et annotations, Paris, 2021 ; Livre de poche LGF, 2023.

Stefan Zweig, *« J'aimerais penser que je vous manque un peu »*, *Lettres à Lotte 1934-1940*, texte établi et présenté par Oliver Matuschek, traduction et avant-propos, 2023.

Chez d'autres éditeurs

Traductions signées Brigitte Vergne, avec Dominique Miermont :

Lou Andréas-Salomé, *Ma vie*, coll. « Perspectives critiques », 1977 ; rééd. Quadrige, PUF.

Alfred Brendel, *Réflexions faites*, Buchet-Chastel, 1982.

Martin Buber, *Une terre et deux peuples*, Lieu commun, 1985.

Traductions, avant-propos et éditions signées Brigitte Vergne-Cain, avec Gérard Rudent :

Ernst Weiss, *Cortège de démons*, Amiot-Lenganey, Rouen, 1992.

Wolfgang Hilbig, *La Lettre*, Flammarion, 1988.

Wolfgang Hilbig, *Les Bonnes Femmes*, Gallimard, 1993.

Wolfgang Hilbig, *Provisoire*, Métailié, 2004.

Stefan Zweig, *Romans et nouvelles*, coll. « La Pochothèque », LGF, 1991.

Stefan Zweig, *Romans et nouvelles*, théâtre, coll. « La Pochothèque », LGF, 1995.

Arthur Schnitzler, *Romans et nouvelles* (2 tomes), coll. « La Pochothèque », LGF, 1996.

Franz Kafka, *Romans, Nouvelles, Journaux*, traductions de François Mathieu et Axel Nesme, coll. « La Pochothèque », LGF, 2000.

Roland Reuß, *Sortir de l'hypnose numérique*, Des Îlots de résistance, Paris, 2013.
Otl Aicher, *Chacun sa guerre*, Le Murmure, Dijon, 2019.
Oliver Matuschek, *Les Éléphants de Goethe*, Macula, Paris, 2025.

Composition : Nord Compo
Éditions Albin Michel
22, rue Huyghens, 75014 Paris
www.albin-michel.fr
ISBN : 978-2-226-49975-2
Achevé d'imprimer par Normandie Roto Impression s.a.s.
N° d'impression : 2504394
N° d'édition : 26225/01
Dépôt légal : novembre 2025
Imprimé en France